曖昧な部分

塩貝敏夫

行路社

『曖昧な部分』目次

時間の罠

1

砂埃を勢いよく舞い上げる竜巻が通り過ぎ、秋の公園に自分だけがぽかんと取り残されていた。いや、よく見れば、正確には、隣り合わせのベンチに座っている一人の女と自分だけが取り残されていた。砂場で遊んでいた子供たちの姿も消え、それまで聞こえていた若者たちの声もいつしかなくなっていた。音がなくなっていたのである。先刻からベンチで本を読んでいた女は、すっくと立ち上がった。

「では行きましょうか」

自分は、狐につままれたような不思議な気分であった。

「あなたは誰ですか?」

「翔子」

彼女は、小さなリュックを背中に背負いながら答えた。声として聞いただけなのになぜかその漢字まで了解できていた。

「名前を聞いているわけじゃない」

「私についてそれ以上の説明はありません。ただ私はあなたが振り向くのを待っていました」

「あなたはさっきから私の隣にいたじゃありませんか。それなのに、私を待っていたというんですか?」

「そうです。待っていました。待つのは辛いものです」

「僕には信じられない」

「それでもいいです。せっかくここで出会ったのですからそれを無駄にしたくありません。行きましょう」

「どこへ?」

「みんなのいるところです」

「人に会いたい気分ではないのですが」

「でも、それでは生きている意味がありませんから」

自分はそれ以上問い詰めることはしなかった。何が何だかわからなかったということもあるが、彼女の表情があまりに真剣だったことが大きかった。二人は、公園を後にして、車の一台も走っていない通りに出、その道路の端の方を歩いていた。それまで賑やかだった街がまるで時間が止まったかのように静まりかえっていた。二人はゆっくりと歩いていた。翔子は、ときどき立ち止まって話しかけた。

「あなたは、この状況をどう考えているのですか？」

「何が何だかわからないね」

「私にだってわかりません。でも、生きていくしか仕方がありません。たまたまここで出会ったのですから。わからなくても、ここにいるのですから仕方がありません。もっと元気を出しましょう」

自分は、表面上面倒くさそうに後からついていったが、半ば照れくさいというのもあった。自分は、この翔子と名乗る女に対して少なからず興味はあったが、反面胡散臭いものをも感じていた。

「あなたに用事はないのですか？」

自分が訊いた。

「用事は忘れました。突然記憶が消えたようなのです。気がついたらあなたがいたので、誘ったまでのことです。いや、ずっと待っていたような気がしたのかもしれません。そんなことよりも、この状況から抜け出すためには、とにかく歩くことです。歩けばきっと誰かに出会うでしょう」

「本当に抜け出せるのでしょうか。さっきの竜巻を境に、何もかもが変わってしまったようです。知り合うことのあり得ない人と人とが知り合い、出会うべき人が出会えない。来るべき未来が裏切られ、宙ぶらりんの奇妙な世界が出現した、ただそれだけの本当につまらないことなのではないでしょうか」

自分はまた一見無愛想に理屈っぽく返答した。そう断定したものの、何らかの自信があったわけではなく、ただ、恐ろしく気分が不安定だったのである。説明できないことが、不安だった。けれども、一方で今までと違う何かが始まりそうな予感もしていた。

「出会いがつまらないのなら、それはあなた自身がつまらないからです。出会いは、あなた自身の中で準備されているものです。つまらないかそうでないかは、あなた次第なのです」

そう言いながらも、翔子は自分の不安定な気持ちを横から支えるようにして歩いていた。道路の行き着く先には大きなビルが見えるのだが、人の気配というものがしていなかった。そのくせ路傍にはゴミ一つ落ちてはいなかった。そして、何時間か前には確かに車や人が往来したであろう痕跡らしきものがあった。けれども、そのときは全く静かであった。

　やがて道路の向こう側から一団の人々が歩いてくるのが見えた。二列に並んで行進するように歩いていたが、歩き方はいかにも疲れたような感じだった。よく見ると彼らは同じよれよれの制服のようなものを着ていた。そして、肩には銃のようなものをかけていたが、その形はぼんやりとしていた。広い道路の真ん中を規則正しく歩いていたはずなのに、足音というものが全然しなかった。

　自分たちの前に来ると、彼らは号令の下一斉に行軍の足を止め、その中の隊長らしき人物が尋ねた。

「敵はどこですか？」

「敵なんていません」

　呆然として突っ立っている自分に代わり、慌てて翔子がそう答えた。

「そんなはずはありません。永い間敵を求めて進軍してきました。我々は敵の攻撃から国民を守るためにこれまで戦ってきました。敵がいるかぎり最後の一兵まで戦わなくてはなりません。敵はどこにいるのですか、教えてください。それともあなた方が敵なのですか？」

　隊長の表情が一瞬険しくなった。

「敵なんていません」

　今度は自分がきっぱりと言った。

「だとしたら、我々はどうすればいいのでしょう。敵は必ずどこかにいます。我々は、数々の手柄を立てて勲功を上げた友軍に、このまま後れを取るわけにはいきません。敵こそ我々の存在理由です。最新鋭の銃が錆びつかない前に、敵を殲滅しなければなりません。ただ、戦いを求めて、進軍あるのみです。敵を見つけたら教えてください。では、失礼します」

「待ってください。それではまるで武器のために戦争しているようなものではありませんか。『何のために』が欠けているのではないですか」

「軍隊は、考えたら負けなのです。考えることは上層部に任せておけばいいのです」

「その上層部はどこにあるのですか?」

「それさえも考えたら負けなのです」

勇ましい言葉とは裏腹に、隊長の身体はくしゃくしゃに疲れきっているようだった。それは隊員たちも同様だった。彼らは重い足取りで再び行軍を始めた。頬は痩せこけ、制服はぼろ布のように破れ、靴はその原形をとどめてはいなかった。まるで考え込んでしまったかのように、俯きながら、あてのない行軍を続けていた。

「僕たちは、とんでもないところへ迷い込んだのかもしれない」

「そうね。あの人たちまるでこの世とあの世の間をさ迷う亡霊のようだったわ。とすれば、さしずめここは冥界といったところね」

翔子は、曖昧な言い方をしないほうだった。短い言葉で要点だけを伝え、それに対して表情や愛想をつけるのが苦手なようだった。だから、取っつきにくい印象を与えてしまい、ほんの短い間の付き合いでは誤解されてしまうことも少なくなかった。しかし、物怖じしない性格からか、たまたま出会った自分とも、今は自然な感じで行動を共にしていた。

遠ざかる兵隊の影が、霧の中に消えていった。人の気配がしない、そこはまるで死の街のようだった。白っぽい建物の間から冷たい風がひゅるひゅると渡ってきて、二人の頬に当たった。あの迷子の兵隊たちは寒さを感じないのだろうか。あの部下たちの考え込んだような表情が僅かに救いだったが。

行く先の不透明な道路の両側には、黄色く色づいた銀杏の樹が規則正しく立ち並んでいた。しかし、霧のせいだろうか、その風景も何だかモノクロ写真のように色が褪せて見えてきた。通りに面したいくつかの商店はシャッターを下ろしたままだった。所々ガラス越しに洋服を着たマネキンや電気製品や時計が並んではいたが、その前で品定めをしている人は一人もいなかった。しかし、数時間前までその場所は買い物をする若い人たちでごった返していたに違いない。そのときは、時間が止まっただけでなく、別の奇妙な世界が出現してしまったのである。

自分はまだ夢なのか現実なのかわからないまま、必死でその世界のことを考えようとしていた。翔子の存在もまた現実的ではなかった。先刻出会ったばかりの見ず知らずの男と行動を共にすることは普通では考えられなかった。自分は冷静な翔子に話しかけた。

「あなたは、一体何を探しているのですか?」

「この世界の意味です」

「意味があるのでしょうか?」

「存在するものには必ず意味があると思います」

「これはまるで現実ではないよ。それでも意味を求めるのですか?」

「もちろんです。今ここにいることが現実です」

彼女は、澄まし顔で答えた。彼女が両足を開けて立ち止まったときのきりっとしたズボン姿に、自分は不思議に魅かれるものを感じていた。自分は思い直したかのように言った。

「もう少し先へ進みましょうか。行けば何かが見つけられるかもしれない」

二人は再び道路を歩き始めた。その足音が建物の間にわずかに反響していた。街があって、そこに人がいない。何かの大きな集会があって、そこにみんな集まっているのかもしれない。けれども、それなら街の人々が一人残らず集まっていることになるわけだが、はたしてそんなことが実際に可能なのだろうか。それに、あの亡霊のような兵隊たちはいったいどこから来てどこへ行くのだろうか。いずれも簡単に説明のつくことではなかった。そんなことを考えながら、私は広い道路の真ん中付近を歩いていた。ますます霧が深くなっていたので、どこから何が飛び出てくるか予測することは困難だった。

翔子は心持ち自分に寄り添って歩いた。時間が止まったから音がしないのかもしれなかった。時間とは同じものであるような気がしてきたのである。この世界で動いているものは自分たち二人だけなのかもしれない。さもなければ、死者たちだけが蠢いている世界なのかもしれなかった。自分は身震いした。しかし、相変わらず冷たい風が吹いて霧がゆっくり動いていたことは、取り敢えずは時間が止まっていないことの証明にはなったのである。

「電話をしてみたらどうかしら」

そう言いながら翔子は携帯電話を取りだして、どこやらに電話をかけ始めた。しばらく通話を聴いていたが、やがて絶望的な表情で電話を切った。

「つながるにはつながったけれど、何を言っているのかわからない雑音のようなものが聞こえてくるだけだわ」

彼女は、化粧気のない顔を曇らせてそう言った。時間と言葉を喪失した世界。彼女は不安の色を隠せないまま、努めて明るさを装っているようだった。

「心配ないさ。必ず出口はあるはずだ。いつまでもこんなことが続くわけはない」

自分は、先刻とは違って少しでも不安を取り除くように言った。しかし、そんな出口に確信があったわけではなかった。時間と空間の境目が曖昧になった世界、そう呼べばいいのだろうか。腕時計はしていたが、ぎこちない針の動きがなぜかそのときは信用できなかった。彼女はリュックから少年のかぶるような帽子を取り出した。顔を見られたくないのかもしれない。

いつの間にか通りは狭くなり、周りの建物も小さく古いものに変わっていった。坂道にさしかかり、道は緩やかに上っていく。両側の建物は白壁のある商家である。そこにひと昔前の街道の佇まいが出現した。やがて霧が晴れていき、それまでビルで遮られていた青い空の風景が広がった。雲がないので空の動きも感じられなかった。からんとした空間であった。彼女は興味深そうに商家の軒先を観察しながら歩いていた。商家の一部は土産物屋になっていた。竹を用いた工芸品や瓢簞、木彫、柑橘系の果物などが無造作に並べられていた。ときどき翔子がそれらを手に取って眺めていた。

「ついさっきまで人がいたのよ。ほら、温かいわ」

確かに湯飲みに残されたお茶には温もりがあった。

「ごめんください」

彼女はすかさず中に向かって呼びかけたが、しばらくは何の反応もなかった。

「ごめんください」

彼女が二度目に呼んだとき、中で何やら物音がした。

「うるさいわね。今何時だと思っているの！」

いかにも迷惑そうに出てきたのは、その店のおかみさんらしい人であった。今度は全く現実的であった。

「まだ昼間ですけど。お店は開けていないのですか？」

「昼間なもんか。とっくに日が暮れているよ」

「白夜だとでも言うのですか。太陽はこんなに高いのに、そんなはずはありません」

「暮れていると言ったら暮れているんだ。またにしておくれ」

「僕たちは買い物に来たのではありません。道を尋ねに来たのです」

「なんだい、それなら早く言ったらいいのに。で、どこに行くんだい？」

「それがわからないのです」

「なんだ、馬鹿にしているのかい。とっとと帰りな」

おかみは、怒ってまた家の中に入ってしまった。不味いとは思ったが、仕方がなかった。ただ、この世界に生身の人間がいるということがわかっただけでも収穫だった。自分たちはまたその店を後にした。この世界の本質にかかわる場所がどこかにきっとあるはずだと思ったのである。二人とも無意識に街の真ん中の官庁街を目指していた。そこに行けば何かわかるかもしれなかった。歩きながらまた翔子が話し始めた。

「私は、今まで何のために生きてきたのかしら。こんな状況におかれると、余計に考えてしまいます。この世界に生きていく形のようなものを求めてこれまで生きてきたような気がするのだけれども、この世界ではそれが何だというのでしょう。私という存在は一体何なのかしら。このまま消滅したとしても誰も悲しまないし、誰も困りはしない。むしろ余計なものなのかもしれないわ」

そのとき、前方の曲がり角から一団の中学生たちが飛び出してきた。ほとんどが女の子で、中に自転車を転がしている男の子も交じっていた。彼女らは賑やかに笑いころげながら坂を下ってきた。そんなに楽しいことがこの世にあるのかと言いたいくらい彼女らは明るかった。そして、自分たちを見つけると、愛想よく「こんにちは」と挨拶をして、またしゃべりながら踊るように坂を下っていった。それはほんの一瞬のことであり、話しかけようかどうか躊躇《ためら》う間も無く過ぎていった。笑い声だけが古い白壁の町並みにこだました。

　近くに学校があるなら、また同じような集団に出会うこともあるかもしれない。自分は今度こそは必ず話しかけようという心の準備をしていたら、翔子が話しかけた。

「彼女たちはきっと別の世界の人なのよ。挨拶をしたのも、私たちの影にしたようなものなの。だから、話しかけても多分無駄よ」

「どうしてそんなことが言えるのだい。今度出会ったら、絶対話しかけてみるから」

　そう言っているうちに、曲がり角の向こうから、また笑い声が聞こえてきた。同じような中学生の集団であった。自分は、今度こそ話しかけようとして、翔子の方をちらっと見て、一歩前に出て、それまで固かった表情を崩し始めた。彼女たちは、さっきと同じように「こんにちは」と挨拶をした。けれども、自分は話しかけなかった。話しかけられなかった。翔子にもその理由は理解できた。同じだったのだ。さっき出会った集団と何から何までそっくり同じで、寸分違わない光景が、自分の目の前で起こっていたのである。自転車を転がす男の子の顔も、最初に挨拶をした女の子の口の動きも、すべて。彼女らが通り過ぎた後で、同じように笑い声が古い白壁にこだました。翔子は慰めるように自分を見た。自分は再び腕時計を見た。文字盤の上の秒針が止まっていた。当然長針も短針も動かないのだろう。時間の秩序がずたずたになっていた。自分は何もかも信じられないような気がした。

「ここは時間が狂った世界なのよ。だから、こんなことが当たり前に起こるの。しっかりしなければ、こっちまで狂ってしまうわ」

　翔子の予感が的中したことにも、自分は戸惑っていた。

「そんなことはわかっている。わかっているから焦っているんだ」

　自分は半分怒ったように答えた。翔子の表情が固くなった。沈黙が訪れた。自分はすぐに後悔した。

「僕が悪かった。怒っても仕方のないことだった。どうやらまともな時間と空間を持っているのは、僕たちだけらしい。まともな時間というのも曖昧だけれど」

「彼女たちがもう一度来るかもしれないわ。あの曲がり角に先に行ってみましょう」

そう言うと彼女は坂道を走って上り始めた。赤いリュックと無造作に束ねた髪が左右に揺れていた。仕方なく自分も駆け足でついていった。その道路はコンクリート舗装してあったが、それ以外は昔のままだった。その曲がり角まで上って右に曲がると、道はすぐに突き当たりになっていて、今度はクランク状に左に曲がっていた。その短く平坦な小路には少女たちも翔子もいなかった。左に曲がることに少し躊躇いがあった。全く同じ緩やかな坂道が下っていたらどうしよう、ということが頭を掠めたのである。しかし、杞憂だった。思い切って左に曲がると、道は平坦なまま真っ直ぐ先まで続いていた。両側の商家の白壁もさまざまな表情をして通りに面して軒を並べていた。まるで三百年ほど前にタイムスリップしたようであった。

だが、もう一つの、恐れていたことが起こった。そこに翔子の姿が見当たらないのである。彼女がいなくなれば、自分は全くの独りぼっちになってしまう。慌てた自分は翔子の姿を求めて白壁の町をさまよい歩いた。さっき彼女に怒ってしまったことを後悔していた。時間と空間が狂ってしまった世界である。こんなところではぐれたら、もう二度と巡り合うことがないかもしれない。自分は片っ端から商家に入っていった。

いちばん手前の商家は、入ったところが広い土間になっていた。中は暗く、目が慣れるまでに時間がかかった。必死で目をこすって、辺りを見た。そこには、奇妙な彫り物が置いてあった。薄暗くてよくわからなかったが、梟のような形をしたものが、上がり框から畳の上までいっぱい並べてあった。翔子の姿がないことを確認すると、自分はすぐに出ていった。

二番目に入った家には、団扇が軒にも庇にもたくさん並んでいた。竹細工が盛んな町なのだろうか。店先には「酢」という文字も見えていた。平台の上にも細々とした特産品や置物が陳列されていた。そして、その店の少し奥まったところにじっと立っている老人がいた。けれども彼は動かなかった。顔の皺は深く刻まれていたが、穏やかな表情だった。

「ここに若い女の人が来ませんでしたか？」

彼はやはり答えなかった。自分はすぐに次の場所へ捜しに行こうとした。

「待ちなさい。捜している人はもういないよ」

老人がしっかりした声で自分に話しかけた。

「どうしてそんなことがわかるのですか？」

「時間が来たんだよ。時間がさらっていったのさ。もう戻れない」

「時間がさらうって、どういう意味ですか？」

「まだ早すぎたのさ。ここに来るのが早すぎたのさ。だから、時間がさらってもっと未来につれていったのさ」

「そんな馬鹿なことがあるもんか。隠しているんだろう」

自分は、翔子がこの店の中にいることを確信して、怒ったように言った。

「親切に教えているのに、信じないやつは馬鹿者だ。時間には誰も逆らえないよ」

「そこを退いてくれ」

その店は、意外に奥行きが狭く、すぐに行き止まりだった。翔子を隠しておくような場所は無かった。

「出鱈目を言うなよ。彼女をどこに隠したんだ？」

「ここまで言っても信じないのなら勝手にすればいい」

そして、老人はぷっつりと話すのをやめてしまった。自分は、どうしていいのかわからなかった。

「わかったよ。謝るから、もう少し詳しく説明してくれ」

老人は答えなかった。深く刻まれた顔の皺は、全く動かなくなった。そして、何を言ってもどんな刺激を与えても彼は反応すらしなくなった。まるで時間というものが気紛れに老人を支配しているかのようであった。今にも翔子が戸の蔭から飛び出してきて、「驚いた？」とでも言って笑いかけてくるような気がした。彼女はこの世界の意味を追求したいと言っていた。その好奇心があだになったのかもしれない。あるいは、その好奇心のせいで自分の手の届かないところへ行ってしまったのかもしれなかった。

その商家を出ると、外は夜だった。あまりにも早い変化だった。星が出ていた。夜なのに寒さは感じなかった。自分の足音が暗い道路にこだました。

前方から馬の足音がしてきた。闇の中から一頭の白い馬が現れたのである。白い息を吐き、大きくいななき、蹄の音を響かせて、馬は私の前で立ち止まった。よく見ると、後ろには御者がいて、古めかしい馬車もつないでいた。またしても不気味な者たちとの出会いであった。

「医者はどこですか。子供が病気なのです。近くに医院はありませんか。高熱が出て危ないのです」

唐突に御者の若い男が話しかけた。

「ここには誰もいません。だから、医者もいません。引き返したほうがいいのではありませんか」

「困ったな。険しい道をもう十里も走って、やっと町らしいところに着いたのです。医者のいない町なんてあるのですか」

「大きな病院はあるのかもしれませんが、人がいないのです。ここには一人もいないのです。少なくとも外には出ていないのです。だから、病院なら一緒に探してあげます、そこに医者がいるという保証はできませんが」

「それならこの馬車に乗って一緒に探してください。一刻を争うのです」

自分は、成り行きで古くて窮屈な馬車に乗った。馬車の中には子供を両手に抱いた母親が座っていた。若い母親の白い顔は、心配で強ばっていたが、小さく頭を下げた。彼女はどことなく翔子に似ているような気がした。馬車は揺られながら走った。窓からは霧の中に街の様子が移り変わっていった。一頭の馬で大人三人を運ぶのは、酷なことに違いなかった。馬の足音はだんだんゆっくりになってきた。

自分は母親を励ますように優しい声をかけた。その場面が自分には何だか遠い国の出来事のように感じられていた。母親の服装も何だか遠い昔の異国のもののようであった。けれども馬車は確実に町の中を進んでいた。町はよく見ると地方の都市のようにごみごみとしていた。散髪屋、喫茶店、食堂、居酒屋、時計屋、自転車屋、運送会社の倉庫など、一つの町に必要なものが一通りそろっていた。その片隅にひっそりと小さな病院が建っていた。自分は慌てて御者に声をかけた。

病院の玄関は黒いガラス戸になっていた。チャイムを鳴らして、必死で呼びかけたが、予想通り誰も出てこなかった。子供の息はますます苦しくなっていた。

「助けてください。お願いです、開けてください」

それしか言葉がないかのように御者は繰り返し叫び続けた。彼の声が静かな通りにこだました。すると、ガラス戸の中からようやく人の声が聞こえてきた。

「何か御用ですか。ここは救急病院ではありません」

「そこを何とかお願いします」

今度は自分が頼み込んだ。

「あなた方だけですか?」

「もちろん」

中では何か思案しているらしかった。しばらくして黒いガラス戸がそっと開いた。中から年配の看護師が出てきた。

「静かに入ってください。馬車はそこにつないでおいてください」

看護師は、時代錯誤な馬車で来ていることを不思議そうにもしなかった。

「ありがとうございます」

母親は、本当に心配そうに腕に抱いた子供を看護師に見せた。看護師は体温を測り、即物的に診断した。そして、しばらくして奥の医師に連絡を取りに行った。母親と御者は子供とともに診察室の方に入っていった。待合室に残された自分は、ソファーに腰を下ろし、診察の結果を待った。

しばらくして父親の方が診察室から出てきた。

「どうでした?」

「大丈夫なようです。どうもありがとうございました」

「ところで、あなた方はどこから来られたのですか?」

「この街道を真っ直ぐずっと行ったところの小さな漁村です。そこには医者も診療所もありません。放っておいたら子供が死んでしまいそうだったので、なりふり構わずここまで馬車を飛ばしてきたのです。どこをどう通ってきたのかわかりません。でも、最初に出会ったのがあなたのような親切な人で、助かりました」

「こちらこそ助かりました。普通に話のできる人になかなか出会えなかったのです。それに一緒に来た友達ともはぐれてしまいました」

「それはお気の毒です。よかったら私の家にいらっしゃいませんか。何もありませんが、お礼がしたいのです」

「ありがとうございます。でも、本当にお家まで帰れるのですか。あなた方は、時間を旅してこられたように思うのですが」

「大丈夫です。私の村は一つ一つの家が高い石垣に守られていて、一目で見分けがつきます。見失うはずがありません」

「もと来た経路への入り口がわかるでしょうか。それが心配なのです。時間の裂け目のようなところからこの町に来られたのではないでしょうか」

「そのときはそのときです。もともと家族も三人きりですし、近い親戚もいません。馬さえいれば、仕事はどこにでもあるでしょう」

「つかぬことをお伺いしますが、奥さんはその村の出身ですか?」

自分は、とんでもないことを考えていた。

「いえ、違います。三年前突然村に現れたのです。見慣れない格好をして突然やって来て、一晩泊めてくれというので泊めてあげたのですが、取り立てて行く当てもないというので、私から頼んでしばらく家にいてもらったのです。そのうちに一緒に暮らすようになったのですが、本当によくできた働き者です。でも、妻は未だにどこから来たのか教えてはくれません」

自分はひょっとして、と思った。この町では何が起こっても不思議ではない。五分が三年になるようなことがあるのかもしれない。

「そうですか。リュックのようなものを背負っていませんでしたか?」

「そうそう、赤いかばんのようなものを背負っていました。でも、どうしてそんなことがわかるのですか」

男は不思議そうに自分を見た。

「いや、そんな気がしただけです」

自分は気が動顚していた。彼女は翔子かもしれない、しかも、三年後の。

「あなたは、妻のことを何か知っているのですか」

「いや、似た人を知っているので、少し尋ねてみたまでです」

自分はそのままを言った。

「妻はそれまでの記憶をなくしているのかもしれません。手がかりになるようなものがあれば、教えてください」

「おそらく僕の人違いです。つい最近別れた人ですから、それはあり得ません」

「そうですか。でも、今は家族三人幸せに暮らしていますから、気にしていても仕方がありません」

そこへ赤ん坊を抱いた妻が診察室から出てきた。彼女の白い肌は幾分赤みを帯び、顔には小さな笑みが浮かんでいた。見れば見るほどそれは翔子だった。

「熱も引いてきたし、もう大丈夫らしいわ、あなた」

自分には彼女がわざとこちらを見ないようにしているように思われた。しかし、自分にすればさっき別れたばかりだと思っているのに、彼女にしてみればそれまでに三年という月日が介在しているのだから、それは当然かもしれなかった。

「本当に家まで来てください。なあ、ぜひ来てもらおう」

夫が妻に同意を求めると、

「何もありませんが、お急ぎでないのでしたら、ぜひ休んでいってください」

彼女の言葉は単なる社交辞令とは思われなかった。病院の人たちに丁重に礼を言って、私たちは再び馬車に乗った。霧の中を馬車は進んだ。夫が御者をしているので、馬車の中は自分と妻と赤ん坊の場所だった。

「厚かましくて、申し訳ありません」

その言葉を言い終わらないうちに、彼女が口を開いた
「最初からわかっていました。このまま私とこの子を連れて逃げてください。それしかありません」

自分は、いきなりのことで、まるで夢の中に放り出されたような気がした。身の回りの現実が夢のようなことばかりなのに、さらにその中でも夢を体験しているようなものであった。頭がくらくらした。

間違いなく彼女は翔子であった。

「私は待っていました。いつかはここに帰ってくることになっていたのです。石垣に囲まれた息の詰まるような生活からやっと戻ってこれたのです。このチャンスを逃したら、もう二度と戻ってこれないにちがいありません。だから、一緒に逃げてください」

あの時白壁の町ではぐれてから翔子の身にいったい何が起こったのか、私にしてみれば知りたいことばかりであった。

翔子は、赤ん坊をあやしながら、小さな声で話し始めた。

「忘れもしないわ。あの時、角を右に曲がったところがクランク状になっていたでしょう。すぐに突き当たりになったので左側に曲がったの。すると、通ってきたところと同じ風景が現れ、今度は下り坂になっていて、ちょうど点対称のような景色だった。けれども、そこには中学生もあなたの姿もなかった。慌てて引き返してもう一度クランク状の小路を通って反対側に出てみると、やっぱりもとの下り坂になっていて、そこにもあなたはいなかった。私は両方を見てしまったことによって、一つを見失ってしまったのかもしれない。何度もそのことを考えたわ。あなたが消えたのか、それとも私自身が消えたのか、私には説明がつかなかった。説明のつかないことには慣れていたけれど、やっぱり一人は寂しかった。とぼとぼ坂を下りて霧の中を歩き続け、また自分がどこにいるかわからない状態が少なからず続き、やがて山の斜面と石垣が見えてきたの。そこは小さな漁村のようだったわ。石垣にすっぽりと守られるように小さな家がいくつも山の斜面にへばりついていたの。ここでは空間はすぐに越えられるのでしょう。

その村に到着したことも、自然に受け入れられたわ。ただ、間もなくあなたが後を追いかけてくるような気がしていたの。でも、その場所では私は異邦人に違いなかった。出会う人ごとの好奇の目は私の身体を貫いた。服装も持ち物も髪形も彼らには異形のものだったのでしょう。たちまち私は隠れ場所を見つけなければならなかった。長い石段の下の入り組んだ小さな家に逃げ込んだとき、助けてくれたのが今の夫です。彼は私を一目見て何かを察してくれたのでしょう、私の言うとおりに村人に上手く説明してくれたわ。私はじっと息を潜めて、町に戻れる機会を待っていた。けれども、なかなかそのときは来なかった」

これまで胸に留めておいたものを一挙に吐き出すように彼女は話した。少年のような真剣な表情は、母になった今も変わってはいなかった。元気を取り戻して泣き出した息子にさりげなく乳首を吸わせながら、視線は遥か遠くの一点を見つめていた。彼女の両腕の筋肉がわずかに緊張した。自分は前を見ながら言った。馬の蹄と車輪の音が二人の密かな会話を掻き消していた。

「信じられないことが起きたんだね。でも、三年連れ添った、子供までもいる人を捨てて、ほんの三十分過ごしただけの僕と逃げようというのかい。僕は動顚していて、今の君の気持ちが想像できない」

「それはあなたが普通の時間に慣れているからよ。私の経験したのは普通の時間じゃないわ。石垣の村では、誰もが横暴な時間に怯えていたわ。突然植物が成長を始めてたわわに実を付けたと思うと、隣に座っていた人がいつしかじっと止まってしまって心臓までも停止している、あるいは、同じ人が同時に別の場所にいる、といったようなことが次々と起こるの」

「でも、それはこの白壁の町も同じことだよ。実際僕も君と別れてから突然止まってしまった人物に出会った」

「でも、それが毎日続いたら、どうなると思いますか。いったい自分というものは何なのか、自分が一つの統一したものだとは到底思えないのです。それは一つの実験のように思われたわ。まだ経験したことのない、個人個人にそれぞればらばらな時間が存在するところで、自分というものを持ち続けられるかという実験。けれども、もとからこの世界にいる人は、それが苦痛ではないらしいの。生まれてからこれまでそれが当然のこととしてあったからよ」

彼女は薄く目を閉じて何かを思い出そうとしているようだった。

「村の人たちは、何かに怯えていたの。災害や外敵から身を守るために石垣という方法を編み出した人たちは、長年の間にいつしか灰色の石垣そのものを守るようになった。そして、石垣を造る技術は発達し、より強固な石垣ができるようになったの。でも、彼らの住んでいる家はいつまでたっても見すぼらしいままだったわ。そのうちに石垣のない生活なんて考えられもしなくなったのね。石垣を守るための工事にたくさんの人が動員され、石組み中の事故で亡くなった人も一人や二人ではなかったわ。でも、それは必要な犠牲だった。なにしろ石垣が無ければもっとたくさんの人が死ななければならないのだったから。一連のことはどう考えても異様だったのだけれど、居候の立場としてはなかなかそれも言えなかったわ。それよりも、どうしたらその場所から離れられるのか、毎日石垣を見上げながらそればかり考えていた。ただ、男は優しかったし、毎日漁に出る男のために家事をしたりすることも悪くはなかった。灰色の石垣はますます立派にますます高くなっていったわ。石垣のために外から家は見えなくなった。だから、石垣から外へ出るのは容易なことではなかった。男は漁に出るとき、同じところを何度もぐるぐる回らなければならなかった。私はといえばようやく仲の良くなった村の人と外に出てしゃべるのが面倒になるくらいよ。それはそれは本当に無意味なことの連続だったわ。誰がそんなことを指図しているのか、私は密かに調べようとまでしたのよ。真実から目を逸らすために単純なことを複雑なことのように見せかけるというのは民衆を支配する常套手段の一つだから、誰かが背後で操っているに違いない、それは村の自滅を意味しているというのに、と思ったのよ。どこかでほくそ笑んでいる者に対して、何か反撃の仕掛けを講じたいと思ったの。でも、簡単には尻尾を見せないものなのね。また、毎日の生活に追われているうちに、ついついどうでもよくなっていったの。そのうちにこの子が生まれ、育児に手を取られるようになり、思っていたことは漠然とした不安に取って代わられるようになったの。この三年間、男は真面目に働き、私を大切にしてくれたわ。けれども、彼は高すぎる石垣に対して疑問を抱くことはついぞ無かった。そこで私は考えていたの。石垣を造っているのは、この村の人々以外ではあり得ない、と。それならなぜやめないのか。やめられないのに違いない。時間は流れに流れ、そして流れ始めたらなかなか止められない。石垣は、彼らの進歩の証なのでしょう。私はたえずその村から逃げる方法を考えていたわ。でも、その度に何かが後ろから私を引き戻す力が働いていたような気がするの。村を出るのは簡単なことだったわ。海岸沿いの道をたどっていけば、必ず次の村に着くことができたし、いずれは大きな町にもたどり着くことができるはずだったわ。けれども、そう決意して村を出ようとした途端、いつも別の用事のようなものができてくるの。それは、赤ん坊の咳とか、雨漏りとか、久しぶりに会った人とか、ほんのちょっとした用事だったのだけれど、歩きかけた足を止めるのには十分だったの。石垣の外へ出ること、それはいつしか重大な決心の必要なことになってしまっていたんだわ。ごめんなさいね。突然私ばかりがしゃべってしまって。でも、時間がないの。このままではもとの石垣の里に帰ってしまうわ」

「赤ん坊はあの人の子供だろう」

「私の子供です。この子を手放すわけにはいきません。それだけはもとに戻すことができません」

彼女は、落ち着きを失っていた。同時に、この機会を逃すまいという様子がありありと見て取れた。自分は、頭を整理するのに時間がかかった。逃げたとして、本当に逃げおおせるのか。妻と子に去られた男はそのときどうするのか。石垣の村は、彼女を捜すのだろうか。失われた時間は、彼女にどう保証されるのか。自分と彼女の時間の差はどう埋められるのか。

不思議な時間が秒刻みに過ぎていった。決断しなければならなかった。たまたま出会った女とこれから濃密な時間を過ごすのか、それとも、何もなかったかのようにこの馬車から一人出ていくのか。しかし、自分の答えは決まっていたようである。決意は、たいていずっと前に行われているものである。

「それで、どこへ逃げるんだい？」

「どこでもいいわ、高い石垣のない町なら。私たちは、どこかで擦れ違うようにできていたのよ、きっと。その擦れ違いを誰かが高い石垣の上から眺めているような気がするの。そして、本人たちは何も気づいてはいないのよ」

翔子は、何かに憑かれた人のように話を続けた。

「石垣は、誰が何のために造ったのか、今では誰もが忘れています。ある人の心の中にできた石垣が、他の人の心まで真綿のようにじわじわと締めつけます。それは強制力という力によってだけではなく、あらゆる美辞麗句と共に巧妙に行われます。だから人々は簡単には気づかないのです。私が持っていたいくつかのよいものが、この三年の間にすっかり色褪せてしまいました。締めつけられなければ自由に順調に育っていたものが、いつの間にか根絶やしにされていたのです。逃げることも必要なのです。逃げるきっかけを見つけることもまた必要なのです」

「あなたの言っていることは、簡単には理解できそうにありません。でも、きっと想像を絶する困難な経験をしたのでしょう」

「短い時間では伝えられないことがもどかしいです。早く逃げましょう、今すぐ」

「待ってください。逃げるなら、確実に逃げなければなりません。本当に彼に未練はないのでしょうね。決心は鈍りませんか？」

「もちろんです。これは考えに考えた末のことですから。結婚というのは、いつ誰が考えたものなのかしら。たまたま女に生まれたから、しばらく男と生活を共にするだけ。私にとってそれ以上の意味というものはかったの。村の生活は、まるで時計のように味気なく過ぎていったわ。ただ単調な時間が過ぎているだけとでも言ったらいいのでしょうか。村は何よりも面倒で厄介なことを好まなかったの。だから私はそれ以上身元を追及されることもなかったし、特別扱いされることもなかったのです。でも、そんな生活からは早めに抜け出したかったの。そのときが来たのよ」

「では、始めよう。まず馬車を止める口実を探さなくては。赤ん坊がまた発作を起こしたことにしよう」

翔子はうなずき、慎重に夫に馬車を止めてくれるように頼んだ。夫は、何の疑いも持たずに馬車を止め、三人が馬車から降りるのをやり過ごしていた。馬の吐く息が闇の中で白く煙っていた。翔子は、子供の熱を冷ますための水を谷川へ汲みに行くと言った。自分は、足元が危ないから案内についていくと緊張した声で言った。夫は喜んで同意したが、表情のどこかに不思議とあきらめの気持ちが浮かんでいたことに、自分は気づいていた。彼はこの日の来ることを予感していたのかもしれない。彼は、二度と帰ってこない妻子を待っていつまでもここに佇んでいることだろう。そうして、私たちが自分から逃げおおせたことを確認してから、ようやく馬を駆って一人寂しげに石垣の村へと帰っていくにちがいない。自分は、雑木林の中に入り込みながら、そんなことを考えていた。翔子はやはり憑かれたように林の奥へと突き進んでいった。

険しい道を三人は急いで下っていった。速足で歩きながら、翔子は自分に言い聞かせるように語りかけた。

「この子だけは手放すわけにはいかないわ。どうしてもあの石垣の村から連れ出さなければならなかったのよ。根拠のない一つの価値観がすべてを支配しているところでは、何も生まれないの。斜めに上っていく石の階段は象徴的に墓へと通じている。その階段も高い塀に囲まれていて、外からは見えなくなっていたわ。死に向かって走り続ける村には、もう住むわけにはいかない。曖昧な部分がないのよ、石垣で線が引かれたあの村には。私の恐怖をどうして伝えたらいいのかしら。それは大きな監獄なの」

片手で子供を抱え、もう一方の手で木の枝を払い除けながら、彼女はもどかしげに話した。下の方から水音が聞こえてきた。

「もうすぐ川に出るだろう。そうすれば、道もあるに違いない」

自分は、勢いよく藪をかき分けて進んだ。朝日が昇りかけていたのであろう、辺りが次第に明るくなってきていた。足取りが自然に軽くなった。寒さを感じなくなっていた。枝々の間からぎらぎらした金色の光が射してきた。もうすぐ自由な場所に出られるのである。翔子の上気した顔が心持ち明るくなった。後悔はしていないように見えた。

藪を抜けると、小さな川が流れていて、それはどこかの家の裏庭に通じていた。庭はきれいに手入れされて、池や築山が配置されていた。モミジや楓といった木が微妙な均衡を保ちながら植えられていた。三人は、しばらくその庭を眺めながら、ぼんやり佇んでいた。家の中で話し声がするのが聞こえていたが、何を言っているのかはわからなかった。まるで別の世界に来たようであった。今度はどんなことが起こるのか、新たな恐怖を感じてもいた。時間の暴力に翻弄されていた自分たちは、何を信じていいのかわからなかったのである。しかも、じわじわと迫ってくる追手のようなものを感じていた。広い庭園は深閑としていた。小さな橋を渡って家に近づいていくと、古い造りの縁側が見えてきた。大きなガラス戸の向こうには年寄りが一人籐椅子に座っていた。何やら歌らしいものを歌っているようだったが、無視して家の奥のほうまで入っていった。

「すみません。道に迷ったようなのですが、誰かいませんか」

返事がないのをいいことに、自分たちは家の中をさっさと通りすぎて、そのまま玄関まで出ていった。玄関の戸を開けて表に出ると、そこは見たことのある風景だった。白壁と乾いた道路。翔子が最初に消えた場所である。古い建物はあのときのままだった。ただ翔子は子供を連れていた、そして幾分年を取っていた。それ以外は何も変わっていない、静かな古い町並みである。しかし、子供を診てもらった病院はこの町にあったはずなのだから、馬車はほとんど進んでいなかったことになる。またしても奇妙で曖昧なことが起こった。説明のしようがない、ただここに存在することだけが確かなのである。自分にとって悪夢のような時間が過ぎていく。たまたま出会ったことが、いつの間にか逃れがたい運命のようになり、新たな関係が始まるのを防ぐことができない。けれども、翔子にとってもはやそれは普通の出来事なのかもしれなかった。

翔子の子供が歩きたい様子だったので、彼女はやっと子供を地面に手放した。自分たちには行くあてが無かった。もとの公園にも戻れそうにはなかった。この町で生きていくしか方法が無かったのである。朝の空気がすがすがしく頬に触れた。

2

目覚めると、午前八時を回っていた。窓から明るい光が差してきていた。身体がやけに重かった。不眠症が続いていたせいだろうか、半睡の中で見る夢は異様に生々しくて長い。ベッドにも光が射し込んでいた。九二〇号室。公団住宅の九階である。今日もまたいつもと同じ一日が始まる。私の住んでいる部屋は、1DKである。寝室と食堂だけの狭いスペースが空中に浮かんでいるような感じである。空中といっても、この時代に九階程度では、空中というほどではないのかもしれない。別れて五年になる妻がときどき息子の進路について相談しに来る以外、ほとんど来客というものが無かった。お互いに覚悟の離婚であったから、慰謝料も調停沙汰も無かった。一人暮らしの学生生活に戻ったような気分で気ままに生活していたが、仕事はきっちり午後三時半には行かなければならなかった。逆に、三時までは自由な時間であった。昨夜は奇妙な夢を見た。すぐそばで静かに寝息を立てているような存在があった。別れた妻のようでもあるが、やはりどこかで妻ではない。青白い肌の感覚だけがいつまでも残っている。あれはいったい誰だったのだろうか。かつて付き合ったことのある女なのか。それとも、これから出会うことになるであろう誰かなのか。それでいてどこか懐かしいのはなぜだろう。

私は、自分の求めているものが意味のあるものなのかどうか、ときどきわからなくなることがある。これまでのことは、実は自分の性格上の問題であって、自分以外の人間にとっては全くどうでもよいことなのではないかと思ってしまうのである。それでも続けなければならないのは、ここで生きるということである。現実というものは少しも待ってはくれないものだ。生きるということは判断をしなければならないということであり、判断をするということは、気に染まないものでも選ばなければならないということである。他の人にとってどうでもいいことでも、生きている自分にとって重要なら、それはそれでいいことに違いない。私は、そう自分に言い聞かせていた。

一人暮らしをするようになってから、じっと自分を見つめている時間が多くなり、自分というものが「自分の神経組織」のようなものだと思えてくる。離婚前と違って、出勤時間に急かされてはいない。午前中の時間はゆっくり使うことができる。紹介してくれる人がいて、学習塾の講師に転職したのであった。続きが見たいような気のする夢であったが、なかなか思い出せない。ふとしたきっかけで再現しできそうなのだが、そのきっかけがつかめないままベッドの上でもさもさしていた。起き上がれば、もうすっかり夢の記憶は消えてしまうことであろう。夢の続きを見ることのできる環境を得るために転職したのかもしれない。意識の連続性を維持するために、妻と別れたのかもしれないのである。あり得ないことなのだが、別の側面から見ればそのようなことも考えられるということである。

外面的な事件もないではなかった。二年前に母が亡くなった。元妻は葬式に来なかった。ひっそりした葬式だった。このマンションに移り住んだのも五年前。しばらく母と同居していた。団地の集会所での葬式は、簡素でいかにも事務的なものだった。母が自分でそれを望んだのでもある。その葬式の場面が何度も意識に昇ってくる。長男の航が手伝いに来てくれた。彼はもう十七歳になっているはずだ。大学進学のことで相談があると言っていた。すっかり逞しくなっていたが、何かと口実を設けては、外で私に会いに来ていた。孤独を得ることが唯一の利点であったかもしれない離婚のとばっちりを一人で受け入れなければならなかった航は、表面上両親の離婚に理解を示していた。私は今の自分が微妙な均衡の上に立っていることを知っている。少しでも油断をすれば、孤独と絶望の淵へ落ちかねないことも知っている。しかし、それを選んだ以上後戻りできないこともわかっていた。取り巻く世界は一見平和ではあったが、その平和は数々の犠牲の上に成り立っているように思われた。例えば母。彼女は私たち兄弟を育てるために身体を張って働き、寂しく死んでいった。

私はベッドの中で何か海のような茫漠としたものを見たような気がした。青く輝く海。深緑色に輝く水。確かに自分に近い人物がいて、本当に近くにいて、近すぎるくらいで、未だに触感的に残っていて、べっとりと絡みついている。なまめかしい夢の中で出会った人が誰なのか知りたくて、目を閉じてみるのだが、その近くを通るだけで、夢そのものにはなかなか届くことができない。私は、時間というものを次から次へと襲ってくる波のようなものであると感じていた。細い神経の糸の一本一本を弾いていくように、時間が過ぎていく。そして、それと同時に、今の自分には何も残っていないように感じていた。鎧や味方や服さえも剝ぎ取られ、言葉は直接神経に触れるような感じなのである。本当に家族も財産も友達も何もかも失ってしまった。僅かに仕事という自己を再生産する能力が残っているだけである。仕事がなくなれば、その再生産能力さえなくなり、この路上で野垂れ死にする以外道はない。私は、重い身体をベッドの上で寝返りさせる。起きたくないのである。いつまでもこうしていられたらいいのに、……。

どういうきっかけか、突然夢の話を細部に至るまで鮮明に思い出した。いつまでもすぐそばでしていた女の気配が、再び私を夢の世界へと誘ったのであろうか。どうしてそんな夢を見ることになったのか、最初は全く見当がつかなかった。しかし、よくよく考えてみると、思い当たる経験がないではなかった。三日ほど前に図書館で出会い、立ち話をしたあの女のせいだ。服装や雰囲気が夢の中の女と似ていなくはない。もう一度彼女に会ってみたいという無意識の願望がそこにはあったのかもしれない。

夢の余韻を楽しむかのように、私はしばらくベッドの上で横になっていたが、ようやくがばっと体を起こした。そして、朝の光の明るさを体一杯に浴びながら、トイレに行き、顔を洗った。相変わらず体が重いという感覚は抜けなかったが、その一日を無駄にしたくなかったので、洗面所の鏡の前で顔を引き締めた。黒いシャツとジーパンに着替えて毎朝朝食をとる習慣になっている喫茶店へ行くことにした。

自転車、子犬、熱せられたマンホールの蓋。二人、三人、一人、また二人、と目の前を通っていく。この瞬間瞬間は二度と戻ることがない。けれども、この感覚、この風景は何度も意識に上ってくることができる。六月二十一日、台風が接近していた。空は晴れていたが、雲の動きは急である。焼けつくような太陽の光。台風前の静けさ。公園の木々にはある緊張感があり、まもなくやって来るであろう風雨に耐えるために、息を潜め、静かに地面をつかむ準備をしているかのようであった。しかし、表面上は初夏の明るい太陽の光を浴び、鮮やかな青葉のシャワーを公園に降り注いでいた。

南の空から運ばれてきた生暖かい風。孤独と遠い連帯への予感のようなもの。忘れた頃にまたよみがえることもある。私は、公団住宅の自分の部屋から馴染みの喫茶店のある南側のビルへと続く遊歩道を、一つ一つ観察しながら歩いていた。左側の樹木と樹木の間に整然と置かれているたくさんの自転車やオートバイの列。その向こうのホテルと結婚式場の駐車場。結婚式のある日には、式場から放射状に降りてくる広い階段に赤い絨毯が敷かれる。その階段はここからは見えないが、喫茶店からは見えるようになっている。今日は敷かれているだろうか。右側に並んでいる図書館、区役所分室、郵便局とその前のスロープのついた入り口。この町に住む人々はほとんど日に一度はこの場所を訪れる。何度も通っている道なのに、その日はその日として新鮮である。夏の日の遅い朝はすっかり暑くなっていて、立ち木につながれている白い子犬もぐったりとし、植木の葉っぱの緑も喉をからからに涸らし、花柄の日傘もかりかりと緊張していた。ホテルのそばにはレストランがあり、そのレストランの窓からはプールが見える。今日も会えるだろうか、誰というあてもなく私は思った。

私は最近奇妙な感覚に襲われていた。自分というものがどこか遠くにいる他人のように思われて仕方がないのである。本当の自分はどこかの空中に漂っていて、現れたり消えたりする。私という物体は確かにここを歩いているのだが、それが自分であるという証明ができない。自分の顔をなでてみても、触れる触れられる感覚はあるものの、触れる自分と触れられる自分ははたして同一人物なのであろうか。

また今朝の夢のことを思い返していた。夢に現れた場所、あれはいったいどこだったのだろうか。あまりにもしんとして人気《ひとけ》がなかったし、人との関わりの希薄な場所だった。夢であるとはいえ、町の人との会話も成り立ってはいなかった。極力関わりというものを断ってきた私の人間関係がその夢に反映されているのかもしれなかった。もともと夢は心の中で起こっていることなのだから、人と関わりなど持っていないはずなのだ。けれども他者の痕跡が脳のどこかに付着しているものらしい。それでも、自分が感じた以上のことがその痕跡に含まれているはずはない。それなのに、夢の中の他者がまるで別の存在として振る舞うのはどうしてだろうか。夢の中においてもすでに創造力というものが働いているということだろうか。私は遊歩道の敷石の溝を目でなぞりながら、あちこちに散逸しそうな思考を何とかまとめようとしていた。ともすれば感覚に流されがちな思考の糸をたぐり寄せることが私には必要だった。

私の元の妻である明美の歯科衛生士という仕事は順調であって、一人で子供を大学に行かせるくらいの十分な収入はあった。息子の進路に関して別れた夫がどんな意見を言えるだろうか。財産も家族も友人もすっかり遠ざかってしまった。いや、自分から遠ざけてしまったのかもしれない。私に残されたのは、不安定な一つの仕事（いつ解雇されるかわからない）と人里離れた山の上にある小さな墓所くらいのものである。けれども、自由というものは何ものにも代え難いものだった。私は目に見えないさまざまな柵にとらわれることなく街の風景をしみじみと味わうことができた。

その喫茶店は、ビルの一階にあって、大きなガラス窓から中の様子が一日でわかるようになっている。道行く人々は慌ただしく歩きながら、店の中でのんびりコーヒーを飲んでいる人々に一瞥を投げかけて通り過ぎていく。店内の人々は、ぼんやり外の景色を眺めている独り者か、会話に夢中になっている友人連れかのどちらかである。私はこの店が気に入っていて、毎朝二時間くらいはそこで過ごすことにしていた。しかし、その日は九時に区役所に行く用事があって、いつまでも時間つぶしをしているわけにはいかなかった。窓から見える並木道と敷石のある歩道。葉桜ほかの濃い緑の木の葉がその回廊にかぶさるように茂っていた。一日の始まりにしては、疲れがどんよりと残っていた。頭の中にいろいろなことが交錯しながら浮かんでくるのだが、一つのことを続けて考えることは困難だった。私の着いた席は店の中の一番奥の窓際で、並木道を見通せる位置にあった。店内にはいつものように一昔前のジャズが流れていたが、古さは感じない。外の舗道には錆びてひび割れたマンホール。今日も暑くなりそうで、店の外を歩く人もすっかり薄着になっていた。半袖のシャツから見える二の腕の曲線。それは人間という生き物の不思議な均衡を表現しているように見えた。肩から腕へと続く線はなんとも説明のしようがない絶妙なカーブを描いていた。ここに流れている空間というものはいったい何なのだろうか。静かで無風で、誰のものでもない空っぽの空間。台風前の静かな時間。いや、それだけではない、無記名の、特権的な、幻想的な、詩的な時間が緩やかに流れていく。突然襲ってきた感覚である。そこにもう一つ欠けているものがあるという感じはするのだが、それが何だかは自分には曖昧模糊としている。ただ今朝見た夢の中の町での経験とどこか似ているような気がした。ガラス越しに見える外は、街路樹の緑でいっぱいで、テーブルの上には白いコーヒーカップが、地震でもないのに震えている。その店でときどき見かける、それまでろくに話したこともない初老の人が隣に座っていたが、ごく自然にたわいもない言葉を交わした。

「すっかり暑くなりましたね」

「ええ、でも台風がそこまで接近しているようですよ」

「嵐の前の静けさというわけですね。台風前というものは、いくつになってもどこかそわそわするものです」

「その感じ、僕にもわかります。さっきから変な感じがしているのも、そのせいかもしれません」

「変な感じですって？」

「ええ、そうなんです。何だかこうはっきりしないのですが、何かが起こる予感のようなものですね」

「それは羨しいことです。この年になると、胸がわくわくするようなことは、全くと言っていいほどないものですからね。永いこと忘れてしまっていますよ」

「でも、それがひどく曖昧で、つかみ所が無いのです。いっそのこと近くにいるあなたも一緒になって捕まえてほしいくらいです」

　私はそう言って笑った。その人は、静かに微笑んで、毎日の習慣になっているらしい仕草でコーヒーカップを口に運んでいた。

「そうですね、それはどんな香りがしますか」

　突然その人が訊いた。ゲームに参加するかのように私は咄嗟に答えた。

「そうですね。夏の終わりのような、草いきれのような、夕立の後の地面のような、非日常的な不思議な香りがします」

　しばらくは物思いに耽ってから、その人はコーヒーをほぼ底のほうまで飲んだ。

「それでは、不思議で懐かしいその感覚を心ゆくまで楽しんでください」

　その人は私の言葉に半信半疑のまま新聞のほうに目をやり始めた。私は、赤の他人にぺらぺらと自分の一時的な感覚についてしゃべったことを少なからず後悔した。一人暮らしが永くなると、どうしても話し相手が欲しくなるものだ。その曖昧な感覚を、それが濃いうちに、どうしてもどこかに定着しておきたかった。定着する場所はどこでも何でもよかった。その人の心の中でもよかった。明くる日その人は別の誰かとこのことを話すかもしれない。あるいは、話さないかもしれない。それでもよかった。また、ノートの中に残すのでもよかった。メールの文章でもよかった。写真でもよかった。あの腕のあたりの曲線が忠実に再現できたらなおのことよかった。けれども、曖昧な記憶は曖昧なまま間もなく消えていくのかもしれない。そして、誰も知らなかったかのように過ぎていくさまざまな観念というのもあるものだ。私の感じているものも、その一つに過ぎないのかもしれないが、もしもそれが定着されたとき、一つの地平となってその場に開けるのかもしれない。私は幾分焦っていた。

「ここにあるコーヒーカップは、さっきからずっと小刻みに揺れているのですが、どうしてでしょう。ほら」

そう言って、私は自分のコーヒーカップを指さしながら、隣の人にまた話しかけた。

「気のせいでしょう。私には静止しているように見えますが」

「そんなことはありません。現にコーヒーの表面が波立っているではありませんか」

その人はもうのぞき込もうとはしなかった。

「気のせいでしょう」

「台風が来る予兆のようなものかもしれません。地震の前には、鼠が大移動をするといいます。それと似たようなことがコーヒー豆に起こっているのではないでしょうか。その証拠にコップの水は震えていない」

私は自分のコップを指さした。

「コーヒーも水も同じです」

その人はそれ以上相手にするのを気味悪がっているように見えた。けれども、自分の見方によると確かにそれは微妙に揺れていた。そのコーヒーカップがどこか遠くで発生した地鳴りを敏感に感じているかのようである。しかし、私はそれ以上話題にすることはなかった。ただ、じっとその微かな波の動きを見つめていた。もうすぐ襲来する台風の予兆なのか、それとも別のもっと大きな災害の前兆なのか。私は、何か新しいことが間もなく起きるのではないかという胸の高鳴りを感じていた。そして、突然また別の新たな感情が自分を襲ってきた。それは、懐かしいような切ないような感情である。今この時間が永遠にどこまでも続くということに少しも疑いを抱かなかったころの記憶がそのとき噴き出してきたのかもしれない。それは、私の生活から長い間遠ざかっていた感情である。「悲しい」という言葉が実感を伴って私の脳裏に浮かんだのである。かといって感傷的な懐古趣味というのでもなく、ある種の予感を内に含んだ悲しみであった。見知らぬ町に誰かと迷い込み、道端に座り込んでお互いのそれまでの生を訥々と語り合うような、憂いに満ちた郷愁を感じるような、どこか馴染み深い空間である。それでも、そんなに意外な感じがしなかったのは、それまでに幾度か意識されずに感じてはいた感情であったからかもしれない。それが今回は、やはりぼんやりとしていたが、容易に消え去っていくことはなかった。むしろ実際に目頭に熱いものが込み上げてくるほどであったのである。私は、それにふさわしい情景を思い浮かべようとしていたが、またしても逃れゆきそうであった。

その代わりに、今朝の夢に出てきた奇妙な町の情景が脳裏に浮かんできた。自転車を押した中学生たちが何度も目の前を通り過ぎていく。風はなく、影だけがくっきりと白い地面に落ちている。それは、「悲しみ」と連動して、さらに不思議な世界へと私を誘うのであった。目の前のコーヒーカップは相変わらずカタカタと震えていた。その日の午後もやはり出勤であったが、私はどうも行く気がしなかった。このままどこかへ遁走したいところである。月曜日はそうでなくても憂鬱なのに、出勤にとってまたずしんと重いものが溜まってきたようである。しかし、その重さは自由な時間の中ではどこか快いものにちがいなかった。出勤までにはまだ十分な時間があるので、しばらくその世界に浸っていることはできた。自分にとって、そんなことは最近では珍しいことであった。単調で退屈な日々が続いていたのである。妻と別れてからというもの、仕事場以外での人間関係というものがなかった。いや、私はわざと自分から人を避けていたのである。だから、喫茶店で初めて出会った人と話すなんていうのは、例外中の例外であった。

いつものシナモン・トーストが運ばれてきた。ウエイトレスは、愛想がいい。近所の大学生アルバイトだろう。話さないでいれば、自分は好意をもたれているものと、勝手に思い込むことができた。店の中ではいつもの耳慣れた古いジャズの旋律があちこち行ったり来たりしている。窓の外には、幾何学的な建物と並木道が一点透視図法の画面を作っている。その一つの棟に自分の部屋、九二〇号室がある。私の位置からその部屋のベランダが見えていた。今にも雨が降り出しそうな灰色の空だ。さっきまでは青かったのに。雲が速く流れていく。窓辺の観葉植物の緑が、幾分暗くなった。正方形のテーブル。子供のことを話す二人の女。その話し声。仕事の打ち合わせをしている会社員。そして、暇そうに新聞を見ている初老の男。隣の席のその人に話しかけたのである。テーブル間の間隔が狭いことが、話しやすい理由の一つだろう。ぱらぱらときた。傘が開き始めた。走る人が出てきた。黄色い傘も通る。別の高校の制服を着た双子の姉妹が足早に通り過ぎる。

この世界には曖昧な部分がいっぱいあって、そのおかげで人生は不断の問いに満ちているにもかかわらず、その曖昧な部分をなくそうとする輩がいる。ある装置を作り、その中に曖昧な部分を閉じ込めておこうとするように見える。けれども、閉じ込めきれなくなって、世界が混乱する。その繰り返しのようにも見える。私のような存在は、どちらかといえば閉じ込めやすいほうなのだろう。しかし、どこかでその機能がほころび始めていたのかもしれない。自分は、密かにこの世界に苦痛を感じていた。けれども、私自身それがどういう苦痛なのか、はっきりとはしていなかった。耐えられない苦痛ではなかったのかもしれない。それもまた曖昧な苦痛とでも言うべきなのだろうか。ただ、自分の行動が何かに制限されているように感じるのである。いや、何ものかにすでに予定されているように感じるのである。ものを買うにしても、出かけるにしても、なぜか作られたレールの上だけ歩いているようなのである。その朝は、そんな決まりきった生活から少し外れてみたくなったのかもしれない。そして、その延長上に夢で垣間見た世界にこだわってしまうということもあるのだろう。

許されている自由とは、買うものを選ぶ自由でしかない。家も、電気製品も、自動車も、エアコンも、無数の製品の中から、お金さえあればいちばん気に入ったものを選ぶことができる。消費社会は無数の選択肢を作り続ける。それ以外の自由というものがないといえるところまで。ただ、その選択肢の幅は決して広いものではない。その狭い幅を限りなく細分化して、その幅がすべてを網羅しているように見せかけているだけである。物だけではない。旅を買い、環境を買い、教育を買い、職業を買う。入る店を選び、注文する品物を選び、サラダをつけるかどうかを決める。つまりそれが自己決定なのだ。その自由を行使しない限り、腹が空き、飢えを感じ、寒さを感じる。逆に、その自由を感じている限りそれ以外の自由を行使しようとは思わない。それ以外の自由というものがあることさえ感じない。メーカーを選び、パソコンを選び、ソフトを選び、プロバイダを選び、サービスを選び、また新たなサービスを選ぶ。欲望は無限に取り込まれる。そして、選ぶ余裕のない者たちは、目に見えない束縛を感じ、その策縛から逃れるために犯罪を犯す。いつしか彼らには犯罪を犯す自由くらいしか残されていなかったのだろう。

それは、私が最近感じていることだった。自分が買い物をしているのは、資本主義国家という一つの船の中でのことであり、その中から一歩も出ようとはしていないないか。いや、ゆくゆくはその国家さえも選ぶ時代が来るのかもしれないが。保険会社のように税金という掛け金を払って、サービスの一番有利な政府を買う。お金のない者は、当然いちばん粗悪な政府、つまりお情け程度の保障内容しか買うことができない。それでも自由と呼べるのだろうか。また、選ばれる側もまた自由を手にしていると言えるのだろうか。

私はトーストを一口ほおばった。ザラッとして甘いいつもの味が口の中に広がる。シナモンの香りが異郷へと誘う瞬間である。この瞬間が好きで毎朝この喫茶店に来ているようなものである。いつもならまだ寝ている時間であるが、その日は区役所に用事があって、いつもより早起きをしていた。少し体が重いような気がする。区役所には面倒な手続きがあった。健康保険、税金関係、各種の証明書、元妻に頼まれた用事もある。一度で済むわけではなかった。早くすっきりしたかった。それがすっきりしたとしても、気持ちがすっきりするというわけではなかったが。

雨が止んできた。通り雨だった。台風は、どこか南の海の上で緩やかに足踏みをしているらしい。台風までが、天気予報に刻々と記述されるのを嫌がっているのかもしれない。光が回復した窓の外では、先ほどと同じような人の往来がもどってきた。私は二枚目のトーストを食べる。いつの間にか隣の初老の男は席を後にしていた。代わりに黒いかばんとそして、黒い傘を持った大学生らしい人が座ってきた。何かの教科書らしいものを出してすぐに読み始めた。二三秒彼と目が合った。けれども、どちらもしゃべりかけることはなかった。気まずい沈黙があった。彼はこちらに対して興味がないわけでもないようだった。コーヒーカップを見た。けれども、それはさっきのように震えてはいなかった。最近ひどくなってきた乱視のなせる業だったのだろうか。

しかし、私には遠くで何かが始まっているという予感は拭えなかった。世界は日々変化しているし、どこにでも人はいて、二人以上いれば会話が成立する。その何億という会話の中に文法をはみ出したものがあっても不思議はない。それは、常識というものの恩恵に浴している人たちには育たない会話に違いないが、自分はそんなはみ出したものを考えている。しかし、それこそが私の「曖昧な部分」なのである。漠然とではあるが、私は求めていた。オートバイに乗り、離婚し、深夜まで机に向かい、ふっと放浪の旅に出、学習塾で子供たちと談笑する。そして、今朝見た夢の意味を考える。野垂れ死にしてもいい、自分の求めている空間がどこかにあるはずである。

トーストに添えてあるサラダをしっかりと食べ終わった私は、腕時計を見た。九時五分前である。もう少し味わいたい時間であったが、店を出ることにした。冷房の効いた部屋から出ると、雨上がりのむっとした暖かい空気が皮膚を撫でるようにじっとりとかぶさってきた。しばらく歩いてから家に忘れ物をしたことに気がついた。もう一度九階の自室まで戻らなければならない。

同じ道をまた歩いていく。また脇に止めてある自動車や結婚式場を見る。私は、同じ年代の男が持つであろう社会的地位も家庭もぴかぴか光る車も不思議と欲しくはなかった。もっと別のぴかぴかしたものが欲しかったのである。だが、それはなかなか手に入らなかった。いつもの九二〇号室に戻ると、いきなり暗闇が迫ってきた。北側が入り口になっているその部屋は、玄関の空間が暗い。毎回のことだが、少し驚き、陰鬱な気持ちになる。当然だが、そこには誰もいない。饐《す》えたようないつもの自分の臭いだけである。机の抽斗から印鑑を取り出してまた部屋を出ていく。ほんの数秒のことだが、他者の不在が私の後を追いかける。暗い巣箱のような自分の部屋が左右の肩にのしかかってくる。どこかへ行きたい。繰り返し通る道だが、限りなく遠い。区役所分室までの道のりが果てしなく遠く感じるのだ。役所のさまざまな面倒を思うと、私の足は進まなくなった。なかなか人から自由にはなれないものである。

反対側からさっきの大学生がうつむいて何か考えながら歩いてくる。彼もまた何かにとらわれながら生きている。目の前には明らかな選択肢があるのだが、その前でなぜか逡巡している。わかりきっているのに、割り切れない。割り切っているのに、ぼんやりしていて、憂鬱である。その感じは自分に対しても説明できない。私は共感を持ち、話しかけてみたくなった。

「さっきはどうも」

「どうも」

若者は、明らかに嫌そうな顔をした。

「すっきりしないことが多いですね。でも、そのほうがいいですよ」

「なぜそう言い切れるんですか？」

若者は半ば面倒くさそうに半ば怒ったように答えた。

「他人には見えない部分を、今のあなたが見ているからです」

「いい加減なことを言わないでください」

「いえ、枠の外側に広がる霧で曇った空間のようなものが見えませんか。しらじらしい糞みたいな空間かもしれませんが、そこが見える人はとても稀なのです」

「見えたとしても、私はうれしくありませんね」

若者はもう落ち着いていた。

「わけのわからないことで悩まされるよりはましでしょう。わけがわかれば悩みは半分解決できるのですよ。広く見る者はよく悩むことができます」

「誰もよく悩みたいとは思わない。それに、悩みたいから悩むというのでもないでしょう」

「悩みたいから悩んでいるなんて言っていません。解決したいから悩むのです。見えない者は悩むことすら知りません」

「それは確かにそうでしょう。でも、悩まなくてもいいことまで悩んでいるということもあるでしょう」

「問題を複雑化してしまう場合ですね。とはいえ、悩みの総体が世界を動かしています」

「でも、あなたの悩みと私の悩みはまず同じではない。百人いたら百の悩みが存在する。簡単に悩みの総体なんて言っていいのですかね」

「ははは、賢い人と話すのはこれだから面白い。あなたが若いから経験も浅いと思って、僕ははったりをかけたのかもしれない。悩みは悩みのまま終わったり、悩みがいつか消えていくこともあるでしょう。しかし、いくつかの悩みには存在の重みのようなものがあって、何度も襲ってくる心の闇のような部分があるものです。それは、悩みとさえ言えないかもしれない、ぼんやりとしたシミのようなもので……」

「そのシミを私に感じたというわけですね。面白い仮説です。もっとお話を聞きたいのですが、残念ながら急ぎの用事がありますので、これで失礼いたします」

若者は、礼儀正しく挨拶をして、私から離れていった。

「機会があれば、またお話しましょう。これは仮説なんかではありませんし、まだ話は終わっていないのですから」

彼の耳にかすかに聞き取れるように、私は少し離れてから言った。気分は悪くなかった。自分も彼もまた茫洋とした曇りやシミの中で生きているのかもしれなかった。そして、そのシミの中を毎日泳ぎまわっているのかもしれない。それは自分だけではない、今はそう思うことができた。黒ずんだ雲が、薄水色の空の下の今にも手の届きそうな高さのところを流れていった。いよいよ台風がやってくるのである。世の中を支えている基盤が、垂直に切り立った崖っ縁を走っているような感じがした。いや、すでに崖っ縁を飛び出して宙ぶらりんの状態になっているのかもしれなかった。それでも平気な者はいるにはいるが、また、なによりもそんなことを感じていない者が大多数なのだが、彼らもいずれは知るときが来るにちがいない。当たり前のように生きている生が、実は途方もない決断と決断と決断の賜物であることを知らなければならないときが必ず来るにちがいない。それは誰に対しても平等に個別に与えられる。けれども、その決断はその個人にとってあまりに苦いものとなるだろう。

そんな途方もないことを考えながら、私は区役所分室に向かっていた。それにしても、その舗道を歩いている人は、何と画一的な感じがするのだろうか。年齢も性別も職業も違うのだが、表情が均質である。堅いコンクリートの舗道と同じように、どの一枚も形も色も質感も均一である。それぞれの悩みや生き方の相違はあるのだろうが、なぜか同じ種類の立ち方であり、歩き方なのである。ベビーカーを押しながら隣の知り合いと話している若い母親、行く当てのない散歩で時間をつぶしている老人、平日なのに朝から遊んでいる子供たち。彼らの表情が皆同じに見えるのはなぜだろうか。こちらの心の持ち方のせいだろうか。狂い始めている、何かが。選択の幅を狭められ、選択できなくなった人々は、閉塞感に囚われて、絶望的な行為に出ることがある。そんなことを予感するのは自分だけであろうか。生活手段の選択が即生き方の選択になる。それは違うだろうと思いながら、大きな歯車に巻き込まれて、生活手段の獲得のために邁進する。そして、それが目標となり、それ以外の生き方は趣味という脇役に分類されてしまうのである。

その選択の幅から外れてしまったところに、犯罪や精神病というものが発生するのかもしれない。最近自分が考えているのは、「曖昧な部分」ということである。世の中ではいろいろなことに対して定規で線を引くようなことをしたがる傾向があることを感じていた。見栄えのいい形にするために、あるいは、すっきりした形にするために、植木屋が庭木の剪定をするように、豊かな可能性があるかもしれない曖昧な部分を一つまた一つと刈り込んでいく。さすがに手入れの行き届いた生け垣は気持ちのいいものだが、無理矢理に形を揃えたために、そこから大切なものが育ってきたかもしれない新芽までことごとく摘み取っているような気がするのは、私の見当違いな類推にすぎないのだろうか。しかし、そのことは、最近さまざまな事象に出会う度に共通して感じていることであった。はっきりさせたいがために、余分なものを切り捨てていく。単純化するために、細かい差異は見ようとしなくなる、なんとなく不気味な感じである。

またしても夢の情景が私の記憶につきまとってきた。あの古い蔵のある町並みは、あの海辺にある石垣に囲まれた村は、はたしてどこだったのだろうか。そして、彼女は、翔子という女はいったい何者なのだろうか。彼女は私に何をもたらすことになるのだろうか。何ももたらさないのなら、なぜこんなに脳裏につきまとうのだろうか。そのようなはかない問いだけが私の行き先に明るい光を投げかけているようだ。目の前の現実生活は、暗い影にすっぽり覆われているように見える。自分が何かを生み出しているという感覚がないのである。あるのは、退屈で在り来たりの日常と磨り減っていく時間だけである。その時間との戦いが現代人の生きるということなのかもしれないが。

台風が間近に迫る街、孤独な私は不安な気持ちで日常的な朝を迎えていた。今世界は確かに息をしている。台風の風が、地球のため息であるように、一人の存在の息がもう一人の頰にかかる。それもまたいいのかもしれない。不思議な混乱があったとしても、それは不思議なことではない。頭の中には、止めどないわだかまりが渦巻いていて、どんな努力をしても整理することができなかった。それは確かに「曖昧な部分」なのかもしれない。生産活動や消費活動で規定されているように見えながら、実はそれらによっては規定できない部分がたくさんあって、それが自分の感じる「曖昧な部分」となるのかもしれない。ただ、ことはそんなに単純ではないだろうが……。

3

役所の中は早くも冷房が効いていた。崖っぷちにしがみつくように私は手続きに来た。自分の払った税金が確実に還元されるように、是非とも今日中に申請しなければならない。国民年金、健康保険、介護保険、失業保険、それにまつわるさまざまな書類。印鑑証明、所得証明、住民票、戸籍抄本等等。その煩雑さはいやがうえにも人を憂鬱にさせるものである。それでも一つ一つ片付けていく快感もあるのかもしれないという期待を持ちながら、私は窓口まで来た。

人はまだまばらだった。眠そうな窓口は、思い思いの服装をした事務員たちで占められていて、話しにくい場所ではなかった。それでも、何もかもが合理的に作られていて、それに反するものは一切許されないような硬直した雰囲気が漂っていた。自分たちの税金で作られた役所というものが、実は自分たちを管理するところでしかないことを感じさせるには十分だった。

さっさと用事を済ますわけにはなかなかいかなくて、四十分はかかっただろうか。やれやれやっと終わったと思いながら、同じ建物の一階の図書館に入る。ここは朝から人が集まってくる場所だ。まるで宿泊しているホテルのロビーのように使っている階上の公団住宅の住人がいる。コーヒーを飲めないことを除けば、新聞や雑誌は読み放題であるし、エアコンは効いているし、静かにさえしていれば、何時間何をしていてもかまわない。定年後の老人などにはありがたい空間である。しかし、いつかこの時間にも代価を払わなければならない時代が来るのかもしれない。

　私は、最近読み始めたカール・ポパーの本を探していた。探しながら、またあの女性に会えるのではないかという淡い期待を持っていた。夢の中の翔子との共通点がいくつかあった。リュックを背負っていること、ズボンをはいていること、化粧をしていないこと、手足が長いこと、など雰囲気がよく似ていた。あのときは、ポパーの本の話をしたような気がするが、眼鏡をかけていたこと以外特に目立った印象はなかった。ただ、あの夢を見てからというもの、彼女のことが気になって仕方がない。

　はたして図書館に彼女がやってきた。いつものように地味な感じである。眼鏡をかけて臙脂色のブラウスを身につけ、今日はジーンズをはいている。目が合ったら話しかけようと思っていた私は、ゆっくり彼女に近づいていった。

「仕事はお休みですか」

「あなたこそ」

「僕の仕事は夕方からです」

「私も同じです」

　彼女は、少し安心したような笑顔を見せた。

「学習塾に勤めているもので」

「私も同じようなものです。今日は資料を探しに来たの。意外に蔵書数は多いのよ、この図書館」

　彼女は、年齢の割には落ち着いているように見えた。

「哲学に興味ありますか？」

「ええ、少しなら」

「やっぱり」

「そんな風に見えますか？」

「何となく。子供、いますか？」

「欲しいですが、いません。身元調査ですか？」

「少し話しませんか」

「いいですが、この本を借りてから」

　そう言って彼女は、分厚い心理学関係の本をカウンターまで持っていった。薄茶色のリュックを背負ったまま。

　図書館を出ると、彼女は赤い自転車を押しながら、私の左横を歩いた。

「さて、どこへ行きますか」

「ジャズの聴ける喫茶店。すぐ近くの」

先刻からの緑の街路樹はまぶしくて見えなかったが、真っ正面にある喫茶店の赤い庇は見えている。自転車と同じ色だ。真横に彼女の存在を感じながら歩いていると、あの夢の中の街角を歩いているような気がする。そのため、私に違和感はない。

その日二度目の喫茶店の窓からは結婚式の階段の赤い絨毯が見える。私は窓を背にして席に着いた。少し高くなった陽光を浴びて、彼女の姿が映えていた。リュックを足下に置いて、彼女は顔を上げてこちらを見た。そのため、彼女の顔をまじまじと見ることができた。

「何か変ですか?」

「いいえ、名前聞いてもいいですか?」

「自分の方から名乗るべきではありませんか」

「井口浩と言います。あなたは翔子さんというのではありませんか?」

「残念ながら、私は『ヒマリ』と言います」

「もちろん、いい名前です」

「変な方ですね」

ヒマリは気を悪くしているわけではなかった。私の頭にその名前の漢字は浮かばなかった。

「変なこと序でに、僕は今、ポパーという人の本を読んでいるのですが、彼はプラトンやヘーゲルを厳しく批判しています。両者ともに理想の世界を過去に見出して、その理想から脱落した現実態として現在をとらえているというのです。そして、その永遠に到達できない理想に注釈を加えることが彼らの哲学となっていると批判しています。彼らの哲学に因れば、現実というものは、弁明しようのない曖昧で堕落した世界ということになるのです。もしくは、遙かな理想に向かう途上の不完全な世界ということです」

「永遠に到達できない理想というのは、学者たちにとって魅惑的なものなのかもしれないですね。真理に到達するために人は学ぶのですから」

その唐突な話にヒマリも興味を感じて応じてくれた。

「しかし、その理想というのが、実は現実の体制を擁護するためのものだともポパーは言っています。全く唯物論的な解釈ですが、『イデア』とか『絶対精神』といったものは、なぜか当時の支配層に都合のよいように解釈されて、理想の実現の途上にあるとされる当時の支配者の正当性はその理想に沿って説明されるというわけです」

「言いたいことはわかるような気がします。自らの正当性を追認するために何かと理屈をこねたがる人は昔も今もたくさんいますから」

「ええ、そうなんです。ここからは僕の考えですが、僕らの日常的な意識の中にもこれと似たようなことはないかということです。例えば、僕たちは多かれ少なかれどこか未熟で不完全な世の中に暮らしているような気がしていて、理想的な世の中に至る途上にいるのではないか、と。でも、文句のつけようにない完全な世の中というものが、かつてもこれからもいったい存在するものでしょうか。世の中どこか間違っていると思いがちなのは、誰かが頭の中で作った理想や神話のせいなのではないでしょうか。言葉は至る所に罠を作っています。言葉で表されたものが事実であるような気がしているだけで、言葉は何も表していないとしたら、僕たちの暮らしているこの世の中は、いったい何に対して間違っていることになるのでしょうか」

「言葉が罠だったとしたら、文化というものもみんな罠になってしまいますね。極論は、暴力と同じですよ」

「では、文明批判ということにしておきましょう。僕たちが毎日考えていることももちろん言葉によってですが、言葉というものはたえず理想的なものを表現しようとする傾向があります。また、曖昧なものを明確にしようという傾向があります。例えば、世の中がどこか間違っているのではないかという雰囲気が長引いてくると、人々はわかりやすい処方箋を待ち望み始めます。言い換えれば、言葉巧みなわかりやすい言葉で未来を指し示してくれるのなら、彼がたとえ独裁者であってもその支配を受け入れやすくします。どんな組織にしろ、支配者というものは自らの政策を正当化するためにある種の明快な言葉を必要としているのでしょう。改革を標榜する言葉でさえ、実は権力の延命のための方便なのかもしれません。だとしたら、僕は言葉にできない曖昧で複雑な世の中こそ理想的な、いや、より理想的な世の中なのではないかと思うのです。単純な支配の言葉を無力化してしまうためにも、また、自分の頭で考える余地を残しておくためにも、いつの時代でも僕たちの言葉は曖昧で中途半端な方向に向かわなければならないと思っています。言葉を一人歩きさせないために、明快な言葉をたえず崩していく作業を続けることが必要なのじゃないか、ということです」

ヒマリは考え込んでいた。そして、徐に口を開いた。

「存在が中途半端なのに、言葉だけが明快だとしたら、その試みは必ず破綻しますよ」

彼女はきっぱりとそう言った。そう言わせるだけの彼女自身の経験があったのかもしれない。そんな彼女の落ち着きの背後には、人に言えない苦労があるのではないかと思わせるものがあった。ヒマリはさらに続けた。

「理屈でははっきりしているのに、体がいうことをきかないということもあります。それは、ある種の言葉の暴力に対する一つの抵抗です。そう、言葉に対する存在のレジスタンスとでも呼べばいいのでしょうか。私は、身体の言語のようなものを究めたいと思っています」

「あなたは何か感づいているのですか、僕たちのまだ体験していない何かを。初めて会ったときからそれとなく予感していたのですが、あなたは何か身体と精神の両方に関わることをしているのではありませんか」

「特別なことは何もしていません。でも、身体のことをもっと知りたいとは思っています。ところで、あなたはどうして私なんかに興味を持ったのですか。というか、どうして私なのかしら?」

彼女はあくまで落ち着いているように見えた。場を繕うために汲々としているのはむしろ私のほうであった。

「これは信じてはもらえないかもしれないけれど、昨夜の夢に現れた人とそっくりだったからです。夢の中であなたは、いや、あなたに似た人は赤ん坊を抱いて途方に暮れていた。夢の中の僕は赤ん坊と一緒にあなたを連れて逃げることにした。でも、行く当てもなかったし、何かを解決しようという意志もなかった。ただ逃げることの方がいいと思ったんです。逃げることによって、僕の方に背負うものはますます重くなるかもしれなかったのに。変な夢でしょう」

「確かに。でも、それと私とは何の関係もありませんね。私に子供はいませんし、もちろん子供は欲しいと思いますが、それもまたあなたにはまるで関係のないことです」

「もちろん関係ありません。ただ、僕にとっての不思議な巡り合わせをあなたに伝えたかっただけです。出会いというものは元々偶然なのですから、その偶然の一つに僕の夢があったとしても、おかしくはないでしょう。だから、初めて会ったような気がしないんだと思います」

　彼女は少し微笑みながら相手をはぐらかすように答えた。

「私がここにいるのは偶然ではないのよ。図書館には毎日行くし、食事も外ですることにしているわ。誰かと一緒に食事をすることも不思議じゃない。ただ台風が近づいているので、今日出かけることがちょっと心配だったのよ。でも、都会では、本当の心配事は台風じゃなくて、この流れからどう退場するかということではないかしら。この流れの中を泳ぐことは、本当は不安で不安でしょうがないのだけれど、流れの中に身を置いておれば心地良いし、楽だから、その流れに身を任せているだけなのよ」

　そのどことなく曖昧な返答に、私は好ましいものを感じていた。互いの言葉遣いが自然に親しげなものになっていくのを感じていた。

「たぶんそのとおりなんだと思う。僕もこの先暴風警報でも出たらいいのに、と半分期待しているところがあるよ。今日の出勤を止めにする口実ができるからね。君の言う不安のようなものがなければ、生きている意味もまたないのではないのではないだろうか。愛の不安、仕事の不安、人間関係の不安など、みんなそれを胸に抱きながら路地を曲がったり人混みを歩いたりしている。曖昧さの真っただ中で、人は不安を飲み込みながら生きている。でも、その曖昧さは目に見えないので、あり得ないような気がし、あり得ないことを感じている自分自身を苦しむのにちがいないよ。そして、いつしかその曖昧な部分が意識されなくなると同時に苦しみもまた遠ざかっていき、何もなかったかのように日常生活という安定した流れが戻ってくる。でも、それは悲しい恢復です、その人はもっと拡がったかもしれない豊かな地平を失ってしまうことになるから。いくら自分に言い聞かせても納得できない部分といってもいいかもしれない。僕は、何度か図書館であなたに出会ってそんな曖昧な部分をまた意識し始めたようなんです。うまく説明できないけれども、狭い日常生活の中にわずかに開いた不安と期待とが混じり合った出口の扉のようなものかもしれない。一方に明るい太陽が照りつけており、一方に間近に迫った台風がある。その境界線の上にかすかにできた隙間に片足を一歩踏み出したように僕は今ここに座っている。でもその隙間は片足を入れておかないとすぐに閉じてしまうようなんです。だからその扉をこじ開けるように僕はあなたにしゃべりかけたいし、一方でいつもの暗い表情もしている。つまり、ここ数日あなたはにとって閉じられた扉ではなく、曖昧な部分への入り口であるように感じていたのです。こじつけっぽいかもしれませんね」

言いたかったことをかなり正確に、ということは、かなり曖昧に表現できたように私は思った。ただし、そのことと、はたして彼女がそのことを受け入れてくれるかどうかは別問題であった。ヒマリはしばらく黙り込んで山イチゴのいい香りのする紅茶を口にした。それは一見怒っているようでもあり、どういう返答をしようかと考えているようでもあった。

「私もときどきどうしようもなく落ち込んでしまうときがあるわ。何をやっても、何を聞いてもだめ。何もできないので、ただじっと動かないで横になっているだけなの。それがすごく疲れてしまって、立ち上がる気力もないのよ。そんなとき私の頭の中にふっと浮かんでくる空間があるの。街があって、そこには誰もいない。無人の通りが続いている。いいえ、誰かいるの。でも、それは影のようなもので、顔も見えないし、色もない。ただ午後の陽射しだけがそのものの形を浮かび上がらせている。画面の半分以上が影になり、長い人影が地面に落ちている。たえず変化しそうな一瞬なのよ。だから、それはすぐに消えてはまたしばらくしてふっと浮かび上がってくる、気まぐれな情景なの」

　私はちらっと背後に視線を向けた。結婚式場から降りてくる階段とその前の広場が見えている。その広場に人通りが途絶えたとき、彼女の言う空間に似た一瞬が訪れるのかもしれない。私はこれから開けてくる奇妙な空間を予感しているが、それはまだどんなものかわからない。広場にはまた人通りが復活するだろう、自転車に乗った少女、白い紙袋を持った老人、細くて背の高い黒ずくめの男、マスクをした性別不明の中年。髪の毛を茶色く染めた若い母親とその娘。通行禁止の小型バイク。

「海が見たいわ」

「えっ？」

「どこか近くで海の見えるところはないかしら」

「車で一時間は走らなければならない」

「連れていってくれる？」

「僕は車を持っていない。オートバイの二人乗りでなら可能だが、……」

「それでいいわ。今年はまだ海を見ていないの」

　六月の午前中の風は南からの湿った空気を運んでくる。雲の色がだんだん暗くなり、空のずっと下を滑っていく。そして、その雲の面積がいちだんと広くなってきたようである。地面は明るい光をその先に走らせている。風が後ろへ流れていった。台風の風はどこかに散らばり、前から浴びせられる気流が、私の身体全体を吹き流している。後ろに乗ったヒマリの腕の力の入れ方が強くなったり弱くなったりする。握り方がぎこちないのは、彼女の気持ちが揺れ動いているからだろうか。私は、彼女の心の動きを楽しむようにアクセルを絞ったり緩めたりする。そのたびにオートバイはしゃくり上げるような叫び声を上げる。緑が流れていく。木々の匂いが身体を包み、ヘルメットの隙間からほんのり漂ってくる。化粧気のない彼女の顔からかすかな吐息を感じる。

「もっとスピードを出して」

「怖くない？」

「怖くない」

「僕が怖い？」

「何？」

私はアクセルを手前に絞った。単気筒のエンジンの爆音が伸びてくる。高速道路の風は恐怖だった。オートバイは何度も風にあおられて浮き上がりそうになった。私は運転に自信があったわけではないので、緊張しながらハンドルを固く握っていた。彼女にその弱気を見せたくはないので、アクセルをわざと吹かしてみせる。背中にいる彼女はそれを見透かしているかのように静かであった。

オートバイはやがて高速道路を下りて、海辺へと通じる道を行く。緑あふれる途中の山道でヒマリは合図を送り、「停めて」と言う。慌ててブレーキを踏んで右手を握ると、そこは「和紙作りの里」であった。幹線道路の左側の細い道を入ると、紙作りの小さな谷あいの村があった。狭い谷間を流れる澄み切った水は紙漉きをするための水なのであろうか。川底の石の色の一つ一つがくっきりと見える。流れる音が涼しげである。一通り村を散策した後、ヒマリはその水辺に腰を下ろして、じっとその流れを見ていた。山から湧き出てくる水が、小さなせせらぎとなって村を横切り、何百年という間一定の澄み切った水を途切れることなく送り続けているのであろう。風が強くなっていたが、まだ陽射しは明るかった。川の畔に座っている、きびきびした少年のような女は、どこか遠いところを見つめているようでいて、同時に今この場所に対して確かに興味を持っているように見えた。彼女の影の部分とはいったいどのようなもので、いつどこで開かれるのであろうか。年齢がよくわからないし、その素性も私には想像がつかなかった。

にもかかわらず、彼女に対してますます慕ってくる好奇心を、私は抑えることができなかった。

「紙漉きの実演を見学していこうか？」

「いいえ、もう行きましょう」

何かを振り切るようにそう言うと彼女はすっくと立ち上がり、急ぎ足でオートバイの方に向かった。やれやれという感じで後に続いた私の操るオートバイは、再び海に通じる道をひた走った。しかし、その間彼女の身体が自分の背中にぴったりと密着していることに、私は気づいていた。そのとき彼女は逆る感情を必死でこらえているようだった。そのため、私はできるだけ彼女の胸に刺激を与えないように運転した。溢れ出した感情は、止めどない涙となって彼女の頬を伝った。そのことを私は背中で感じていた。言いようのない不思議な気持ちであった。何かをしてあげなければならない気がしたのと同時に、そっとしておくのが一番いいような気もした。このまま時間が止まってしまえばいいとも思った。いつの間にかオートバイは川を右手に見ながら走っていた。彼女の目には今年初めての海がまもなく飛び込んでくるはずであった。

海の光をしばらく右手に感じながら走り続け、とある寂れた漁港の防波堤にオートバイを止めた。そこが今朝の夢の中で翔子の話に出てきた石垣の村にどこか似ていたからかもしれない。強風から村を守るための石垣がそれぞれの家を囲むように坂の上のほうまで築かれていた。ヒマリは突堤に腰を下ろして久しぶりの広い海を眺めていた。海はその明るさの中にやがて訪れるであろう大荒れの予兆を見せていた。私はゆっくりと隣に腰を下ろし、スピードから解き放たれたばかりのぼおっとした感覚の中で、彼女の語りだす言葉を待っていた。

「訪れたわけでもない、話に聞いたわけでもない、そこは貧しい山あいの村。着ているものはいずれも質素で、食べ物は自給自足と物々交換。そこに仕事らしい仕事はない。ときどき紙を作って遠くの町に売っている。それが唯一の収入。でも、村同士は見えない無線のようなものが通じていて、すぐに会話や手紙のやりとりができる。人々は村全体で子供を育て、夫婦というものはなく、移りゆく恋愛だけがある。したがって、家族の財産というものはなく、働いて得たものはそのまま村全体の収入になる。そんな村がいくつもあり、村と村の間を自由に行き来することができ、子供たちは村の中で教育を受け、芸術と愛を求めて、別の村や町へと旅を始める。その空間では、お金の代わりに、愛と芸術が財産となる。家や家具は共通のものであり、誰がどんな利用をしようと自由。自分の整備した乗り物にほかの人が乗ったとしても、誰も損をしたとは思わない。人々はそういう村を維持することに誇りを持っている。自分だけの利益を追求することは罪になり、また意味がない。労働はそのまま村を維持することになり、労働の代償としてのお金は存在しない。お金は富を偏在させる要素だから。そこでは労働の成果がそのまま人々に還元される。例えば、料理を作ってそれを自分も含めた人々が食べ、服を作れば自分を含めた他の人々がそれらを着、バスを運転すればそれによって人々は望みの場所まで移動することができる。そこにもお金というものが介在することはない。村人が必要とすれば、野菜を作り、演劇を上演し、新聞を作る。利殖のための労働はする必要もないし、意味もない。できるだけ自然を変えることなく、自然に生かされる生活をする。富が偏らないから、大きな土木工事もできないし、大規模な開発も巨大な建築物もできない。今近くにあるものを最大限活用し、新しいものはできる限り造らないので、資源の循環は自然に保たれる。かつての所有権中心の社会から、人間関係中心の社会へと段階的に移行している。『自分の』ではなく、『自分が』の世界への移行。自分と他人との区別は、『自分が』と『他者が』という区別だけとなり、それまでの『自分の』さまざまな利害が消滅して、肩書きや職名が消え、『自己否定』ということが現実的な意味を持ってくる」

彼女は一息ついて私のほうを見つめた。彼女はいったいどこから来てどこに向かおうとしているのだろうか、ひょっとして古代の理想郷から追放されでもしたのか、それとも発展しすぎて破綻してしまった遠い文明国から脱出してきたのか。だとしたら、やはり彼女は今朝寝覚めの夢に出てきた「翔子」の分身ではないのか。いや、あちらが予知夢に迷い込んできた分身なのかもしれないが。ポカンとしながらじっと視線を注いでいる私の様子を確認してから、彼女はまた話を続けた。

「そこには進歩がないと言う人がいるかもしれないわね。時代の最先端を行くコンピュータも通信技術も情報処理もなければ、その社会は原始的な状態にとどまってしまうだろうと。でもね、そもそも『技術の進歩』っていったい何なのかしら。ひょっとしたら、人間らしさの否定そのものが『進歩』だったのではないかと思えるの。例えばね、カメラを作って『見る』ことを否定したり、自動車を作って『走る』ことを否定し、テレビを作って『想像力』を否定し、ワープロの出現で『文字を書く』ことまで否定し、このまま否定し続けていけば、人間はもはや単なる意識だけになってしまうのではないかしら。どこかの研究会では、『技術の進歩』はいつの間にか『人間の退化』の別名になり始めているようなの。こうなると人間は、つまり、自力では何も作れなくなった人間は、この先意識だけで世界を操るようなー『新人類』に取って代わられてしまうんじゃないかしら」

ヒマリは自分の言葉に苦笑いしながらこちらの反応を窺っていた。私はやはり何も言えなかった。彼女は続けた。

「ねえ、この世界から『お金』という仕組みをなくしてしまえば、人々はさらさらと流れる川の水のように平等になれるんじゃないかしら。お金というものは、その性格上ダムのように特定の場所にとどまっては、自身が増殖するために新たに人々を吸い寄せ、そして、また吐き出していく。それはじわじわと人々の首を絞めて、その自由を奪っていく形のない怪物のようなものだわ。その怪物を退治することができれば、いえ、そのダムを解体することができれば、誰かが誰かを搾取することもなく、土地や資源のために互いに争うことも、それによって血を流したりすることもなく、世界はもっともっと平和になれるんじゃないかしら。何事もほどほどにすればいいの。石油なんかの資源だって必要に応じて少しずつ生産すればいいのよ、たえず緩やかに流れ続ける小川のようにね。そこでは芸術と愛が通貨の代わりとなって流通し、労働は自発性の下で行われる。それと相まって他者に対する考え方、いや、存在関係のようなものが画期的な変容を遂げると思うわ。個人と個人の間に余計な幻想がないので、国籍や人種や階級、財産などはもはや意味がなくなるのよ」

彼女は長い話を終え、今度は泡立つ海面をじっと見つめていた。私は思いきって言った。

「残念だけれど、それは明らかに理想化された古代の農村の姿でしかないよ。原始共同体だ。似たようなことは多くの人がイメージとして思い描いたことがあるし、実際に人里離れたところで似たような生活を試みている人たちもいるけれど、そういった芸術村のようなものは特殊な条件のもとでしか持続することができなかった。いずれ遅かれ早かれ大きな経済に飲み込まれてしまうというのが現実だよ」

ヒマリは、その反論を始めから予想していたかのように落ち着いて答えた。

「それは、イメージとして持つだけで、実際にそこで生活したことがないからよ。人々はそこで互いを尊重しながら仲良く豊かに生きているけれども、それは理想郷といったようなものではないの。そこにはありふれた諍いや裏切りもあるし、犯罪さえもあるかもしれない。そんなどろどろした人間的な部分は当然なければならない。何もかもが計画されたとおりに進行するのであれば、それはあり得ないし、いずれ破綻してしまうことになる。私の言っているのは、もっと現実的な生活形態なの。今ここで、ここからさっき言った存在を変容させていくこと、人と人との関係性みたいなものを変えていくことから始まるの。人々の労働によって築き上げられた富はすでに十分なはずだから、あとはそれをみんなに行き渡るようにし、それを持続させていくかということよ。でも、現実には人々はまるで金縛りにでも遭ったように無言で、振り落とされまいとただただ前を向いて働いたり、人間関係に傷ついて後ろを向き始めた人はどこか狭い場所に引きこもったりしている、どこかに広い世界への出口があるはずなのに……」

彼女はしばらく間をおいてから、また話し始めた。

「例えば、昔の美しい街並みを残しておくことが少しも退行的なことでないように、時間を逆回転させてみるっていうのはどうかしら。時間というもののとらえ方もそろそろ変えていくべきかもしれないわ。過去が未来であってもいいし、同じ時間が繰り返されてもいいじゃない。過去へ遡る旅をしてもいいし、やり直しをしてもいいの。そうね、やり始めた手前誰も止めると言えなくなった事業をやめる勇気もまた必要なのよ。そういう柔軟な時間体系は実際少しずつ広がり始めている気がするの。あなたも感じないかしら、同一の場所にいくつもの異なる時間軸が交錯しているということを。一つの文明が朽ち果てて新たな文明の胎動が始まっていると信じている直線的な時間軸があり、その一方で、この世界には、何百年と変わらない生活習慣を維持していると感じる円環的な時間軸もあるわ。その直線的な時間軸が徐々に優勢になって、それまでの円環的な時間軸を次々と否定していったその過程にあるのが現代社会だと感じている人たちもいると思うわ。だとしたら、私はきっとそういう円環的な時間軸を忘れられない人種の一人にちがいない。さっきの紙漉きの村で感じた悲しみは、そんな記憶が呼び起こされたせいかもしれないわ」

私は、話を自分なりに咀嚼しながら聞いているつもりだった。けれども、話が時間のことになると、頭がこんがらがってきた。

「円環的な時間というはあなたやあなたの祖先に特定されるものではなく、昔は誰でも持っていたものではないかなあ。それよりも、現実的に時間軸の変容というのはどうしたら体験することができるのだろう？」

「他者というのをどう見るかっていうことじゃないかしら。たぶん人は青春の一時期にいろんな人と出会い、苦い体験もしながら自己の時間軸を形成していく。そして、その軸はその後の比較的安定した人生において意識の中で何度も繰り返される。だから、それが途中で変容することは簡単ではないと思うのね。よっぽど深刻な経験や出会いがなければ、それは難しいかもしれないわ。ましてやあなたは私なんかよりもずっと経験を積んでいるでしょうから、私にそんな変容させるような力があるかどうかはわからない。むしろ私があなたの時間軸のほうに飲み込まれてしまうかもしれないわ。でも、こうしてあなたを受け入れて、ぼんやりしたところを漂いながら、混沌とした空間の中で、あなたに流れている時間軸に何らかの変化が生じるかもしれないことを願って、いま海辺で語っているというわけなの」

私は確かに、自分がそのときどこか不思議なところに誘い込まれているらしいということだけは感じていた。彼女は水平線の彼方を見つめながら付け加えた。

「一度私の部屋に来ますか。足の踏み場もないくらい散らかっていますが、混沌を体験するにはいい場所かもしれないよ。そこは一つの時間軸に沿った秩序というものを拒否していて、まるでその乱雑さ不便さを楽しんでいるかのよう。それでも、天窓からはときどき星が見えることがあるし、満月の夜は青白い光で部屋中のがらくた類が幻想的な陰影を描くこともある」

　彼女はそう言いながら少し照れたように笑った。私は、誘われるままその部屋を訪れてみたいと思った。読みかけの本の山や脱ぎ散らかした衣類、空き瓶や飲みかけのグラス、吊された洗濯物、書きつぶし原稿、無造作に壁に貼られたチラシ、踏み場のない部屋、何かの実験道具。それらが何の脈絡もなく存在している。小さな長方形に区切られた紺青の空と見慣れない星座。膝を抱えた少年がアルコールを飲んでいる。私は、夢を見ているかのように彼女の姿に釘付けになっていた。私はその日の仕事を欠勤することをすでに決意していた。

「もし宇宙に意志があるとしたら、その意志は明らかに現在の地球の時間を押しとどめようとしているのだと思う。　時間というものは一人一人の心の中にあって、やって来てはまた去っていく。その時間に乗って空間もまたやってくる。そして、記憶という形で彼の空間は彼の中に閉じこめられていく。人は部屋を掃除するように時間を整理しているのかもしれません。家を建て、橋を造り、お金を蓄え、財産を築き、資源を永続的に確保しようとする。まるで時間を止めようとでもするかのように。いいえ、時間に終わりがあるかのように。いいえ、時間に到達点があるかのように。……」

「時間を整理しないとはどういうことだろう？」

「進歩がなければ生きている価値がないように感じるということをしないことかしら」

「どうやって？」

「後戻りを恐れないこと」

「具体的には？」

「単調さに耐えること」

「無理をすること？」

「常に創造すること」

「進歩とどこが違うの？」

「今その場を味わい尽くすこと」

「というか、今その場しかないのでは？」

「特別の、今その場」

「わからない」

「本当の財産というのは、記憶以外にないのよ。それなのに、人は目に見えるものを追い求める。目の前の時間を整理するように財産目録を作る。……」

今はかない太陽の光が包んでいる波止場で、不思議な一人の人物と向き合っていることが、特別の今その場所なのかもしれない、と私は思った。泉が湧き出るように彼女の言葉に澱みはなかった。それにつれて私の頭の中の曖昧な部分はますます広がっていくように思われた。三階建てのアパート。古いコンクリートの壁を伝う緑の蔦。坂道。格子のある小さな窓。歪んだ部屋。そう、足の踏み場のない……。

4

台風がその最初の突風を海から運んできた。強風の中を二人乗りで走行するのは、極めて危険であった。私は、早く街に帰りたいような、それでいてそのままずっと海辺にいたいようなどっちつかずの気分であった。

「どこかに休めるところはないかしら」

「この村に民宿くらいならあるかもしれない。こう風がきつくてはオートバイも煽られて危ないかもしれない」

私たちは、小さな集落の中に入っていった。そこは進歩というものとは程遠い昔ながらの漁村であった。古い石垣に沿って石の階段が坂の上の家まで続いている。その石段を登りながら、私はずっと以前に一度そこに来たことがあるような気がした。私は海の方を見た。波が荒くなって海面が心持ち暗くなったような感じがした。石段の下の家の軒下から見上げている漁師風の男がいた。これもずっと前にどこかで会ったような気がする。

「この村に民宿はありませんか？」

私が尋ねた。男は黙って、向こう向きになった。しばらく返事を待ちながら、石段から海を眺めていたら、さっきの男が今度は下から上ってきた。

「狭いところだが、うちでよかったら、泊まれるよ」

男はぶっきらぼうに言った。近くから見ると、男は相応に年をとっていた。服装は質素で、髭の手入れもいい加減で、少し酔っぱらっているようだった。私とヒマリは幾分警戒はしたものの、他に宿もありそうにはなかったので、狭い石段を下り、低い入り口を通って男の家に入っていった。男は狭い三畳間に私たちを通し、震える手でお茶を出した。男はその民宿の亭主らしかった。

「夕食が欲しかったら、用意しますが、国道沿いに食堂もあるよ」

「結構です」

二人は、その三畳間でお茶を飲んでから横になってしばらく休んでいた。

「石段を一番上まで上がったところに銭湯があるので、お客さんはみんなそこへ行くことになっている」

しばらくして突然また部屋にやってきた亭主が言った。不意をつかれた二人は慌てて起きあがった。

「行きましょうよ。汗をかいたわ」

ヒマリはタオルを借りて銭湯に出かけようとした。私もしぶしぶその後についていった。急な石段を上りながら、彼女は夕方の風に髪をなびかせていた。

「見覚えるある場所じゃないか？」

「いいえ」

「あの男もどこかで見たことがある」

「いいえ。知らないわ」

彼女は本当に知らないようだった。けれども、私は確信していた。夢の中のあの馬車の男だ。彼は妻と子供に逃げられた。そして、そのことを恨みながら今も一人暮らしを続けている。ヒマリのことを見てきっと何かを感じたはずである。

銭湯は小高い場所にあった。暗くて古い湯船には数人の先客がいた。彼らは皆一様に疲れているようだった。私は、できるだけ早く上がりたかった。浴槽は古かったが、湯はきれいで、じわじわと全身温まってくると、もう少しゆっくりしていたい気持ちになった。予想通り例の宿の亭主が入ってきた。痩せてはいるが、筋肉質の赤銅色の身体は海の男である証だった。

「村の人は必ずと言っていいほどこの銭湯に来るんだ」

亭主は赤い顔で言い訳するように言った。

「村の石垣はなぜこんなに高いのですか」

「台風のせいだ。今夜も荒れるだろう。波が高く、海からの風は、家の屋根を吹き飛ばそうとする。けれども最近は二階建ての家が多くて、それにつれて石垣も高くしなけりゃならない。だから、石垣はどんどん高くなるんだ」

亭主は、湯船の中で気持ちよさそうに言った。

「二階建てが多いようには思えないのですが」

「いずれは二階建てが多くなる、それを見越しているんだよ」

「ということは、今石垣の方が家よりも高いということになりますが」

「そういう場合もあるね」

「石垣のために家を改築することになりませんか」

「順序が逆だ、石垣がなければ二階建てにできない」

「逆はあなたたちでは?」

「かつてあんたと同じことを言った人がいたよ。でも、その人はもうここにはいないがね……」

亭主は寂しそうに言った。

「知っています。それは時間の狭間から来た人でしょう。あなたの人生の一時期を共に過ごした人ではありませんか」

「どうしてあんたがそんなことを知っているんだ?」

亭主は急にしらふに戻った人のようだった。

「そうでなければならない気がするだけです」

「確かに、その人は村に来たときから何かに脅えていたよ。村を支配しているしきたりのようなものに対してだろう。次々と石垣が積まれていく度に彼女は俺に言ったものだ。私たちは石垣のために生きているの?、と。もちろん石垣のために生きている人なんていないよ。俺だってそんなこと考えたこともない。けれども、彼女には耐えられなかったようだ、日に日に石垣の高くなっていくことが。そんなある日とうとう彼女は生まれたばかりの俺たちの赤ん坊を連れてこの村を出ていった。もう十年以上昔のことだ。それ以来二度と彼女の姿も子供も見ることはなかった」

私は不思議な符合に驚いていた。今朝の夢で見たことが次々と現実と対応していくのである。しかし、それを亭主に言うことは憚られたので、別のことを言った。

「僕たちにもそんなことは覚えがあります。例えば、より便利なものを求めて次々と新しいものに買い換えていくが、それが本当に必要だったのかどうか。むしろより不便な物なのではなかったか。大げさに言えば、僕たち人類は今大きな文明の転換点に差し掛かっているのかもしれませんよ。台風の規模がだんだん大きくなって石垣を高く積んだら、台風はさらに大きくなってやってくる。洪水を防ぐためにダムを造ったら、さらに大きい洪水がやってきた。似たようなことはいくらでもあります」

私は、同じ湯船に入っているという気易さからか、だんだん自分の手の内を宿の亭主に明かしていきそうになった。白い湯気が銭湯の部屋一面を覆っていた。水分を吸って鈍い光を放っている桧の柱が懐かしい木の香りを運んでくる。ヒマリ白い肌も暗い浴槽の中にほんのりと浮かんでいることだろう。

「こっちへ来なさい」

亭主の手招きする方へ歩いていくと、その浴槽は露天になっていて、そこからは小さな入り江と港の灯りが見えた。その向こうには大きな暗い海がうねって、沖のほうから急いで港に避難してくる船の明かりらしいものも見えた。

「俺はここから見る景色がいちばん好きだ。この湯に浸かって夕日に染まった港のほうを見おろしながら、女湯にいる女房や子供と誰はばかることなく言葉を交わし合ったものだ。思えば、あの頃がいちばん幸せだったよ」

出会ったばかりの私には逆に気兼ねすることがなかったのだろうか、男はしみじみと語った。

「背中でも流しましょうか」

亭主は気を利かせたつもりだった。

「気を遣わないでください。それより、失踪した奥さんはほかにどんなことを言っていたのでしょうか」

「ほかには取り立てて何も言ってはいなかった。むしろ黙々とよく働く人で、そう言えば、漁師というの仕事にも随分興味を持っていて、漁船の水揚げのときには一生懸命手伝ってくれた。海が、われわれ村の漁師にとって豊かな自然の恵みであることをよくわかっていたのだと思う。それなのに、たかが石垣の高さくらいのことで、家を出ていくなんて俺には理解できなかった」

　亭主はまだまだ彼女のことが忘れられないようであった。しかし、ヒマリを見て何も感じないということは、失踪した彼の妻とヒマリとは全く似ていないのかもしれなかった。あるいは、これも彼の作り話なのかもしれない。作り話ならそれでもいいと思った。こちらも夢という作り話なのだから。両者が虚構を前提として語り合っていたのかもしれない。そして、現実とは今隣の女湯にゆったり浸かっているヒマリだけなのかもしれなかった。

「不安があった、それだけでは理由になりませんか。理屈ではわかっていても、身体が受け付けないというのでは理由になりませんか。彼女は、この村の生活になじみ、海の幸に感謝し、海と共に生き、海と共に死ぬことを決意していたと思います。それなのに、一方で彼女の中で別の時間が進行していた。僕にもうまく説明はできませんが、時間が不安を乗せてやって来たのです。閉じられた巡る時間は、開かれた食い尽くす時間に取って代わられそうになったのです」

「何だそれは、食い尽くす時間とは？」

　亭主は尋ねた。私は調子に乗って自分の思いつきを言葉に出した。

「簡単に言うと、お金を稼ぐように時間を稼ごうとすることです。まるで時間という神にでも支配されたかのように、過去から未来へと続く、いや未来から過去へと流れていく直線的な時間に追われながら生活することです。未来が吸い寄せる時間というものが一本の線の上を走り始めたので、乗り遅れないようにと人は走り、車はスピードを上げるのです。後戻りできないという時間の幻想に囚われて、彼らは走り続ける。走り続けるしかない。先へ先へ、前へ前へという思いがいつしか心の大部分を占めて、まるで心が時間に食い尽くされていくようなものです。しかし、よくよく考えれば、時間は今ここに止まっていると考えることもできるのです。僕たちが時間の経過と考えているものは、実は空間上の変化なのかもしれません。僕たちは、時間という空間の上で、町や道路を拡げただけかもしれない。時間という空間に石垣という建造物を積んで、村を上に向かって拡げただけかもしれない。つまり、永遠の今だけがあるにもかかわらず、未来を信じて、あるいは未来を怖れて、唯一の空間を縮めただけかもしれないのです。たぶん失踪された奥さんはその息苦しさを肌で感じ取っていたのでしょう」

亭主は不審な顔をして湯気の間から私を見つめていた。

「その話は奇妙な考え方だが、もう少し聞きたいような気もする」

亭主は満更でもなさそうだった。

「ありがとうございます。よく言われるように、時間は幻想だということかもしれません。現実というものはこの空間だけであって、空間は二つ以上は存在しないということです。過去も未来もなく、ただ今というこの現実だけがどこまでも存在する。無限の今の中で、植物が生長するように、物体が変化する。記憶とは時間の記憶ではなくて、実は空間の記憶なんです。歴史という考え方が取り入れられる前の感覚の方がより現実に近いのかもしれません。この一枚の岩盤のような固い空間に時間の軸を導入することで、人は空間を見かけ上の軸に沿って区切り始めた。区切りようのないものを区切り始めたんです。例えば、土の庭には雑草が生え、落ち葉が積もり、雨水を吸い、雪を溶かす。そこに唾を吐いたとしても、犬が小便をしても、土はゆっくりと自然に分解し吸収していく。そこは限りなく曖昧な地帯だ。しかし、土の上に敷かれたコンクリートの庭ではそうはいかない。小便の跡はくっきりと残り、ガムを吐き捨てた跡はべっとりと黒く染みになる。そこには曖昧さを許さない灰色の空間ができてしまう。時間は観念だから、この唯一の空間にも区分と整理とを要求する。凡庸な指導者たちが鉄の車の上に乗ったまま進歩という刀で土地を区画しながら突き進んでいくようなものです。しかし、そんな区画も曖昧な庭土の中に紛れて分解されてしまうべきなのですよ。失踪したあなたの連れ合いにとって村の石垣とは曖昧さのないコンクリートの庭そのものだったのではないでしょうか」

桧の香りのするその浴槽には、湯気が立ちこめ、そこから相手の顔はもうほとんど見分けがつかなかった。私は、その妻と赤ん坊が入ったであろう銭湯の中での不安を思った。

「なるほど、そういう考えもあるということはなんとなくわかったよ。ただ、妻は俺に愛想を尽かし、今思えば、それを石垣のせいにして俺を傷つけまいとしていたのかもしれない」

村の人々は彼女の存在を消し去ろうとしているのかもしれない、となぜか私は思った。湯気の合間から亭主は反論し始めた。

「あんたの発想はなかなかユニークで、興味をそそりはする。でも、時間が無ければ……、例えば、写真などはどういうことになるのかな。ここにある小学校の卒業写真があるとしよう。それは、ある時点のある状態ではないだろうか。それもあんたは、やはりある空間のある状態というのかね。明らかに、時間と共に人は年老いている。時間がないのに変化というものが可能なものなのか。それとも、年老いるのはただ生きたからというのか。だとしたら、生きた量というのは何で量るのだろうか。やはり時間ではないのか。それとも、あんたはその人の歩いた距離とでも言うつもりかな?」

私は、心地よい浴槽の中でこんな議論になることは想定していなかった。宿の亭主は、失われつつある肌の艶を惜しむかのように日に焼けた肩の辺りをお湯で流していた。赤銅色に光る肌は、まだまだお湯を弾いているように見えた。

「生物的な変化は時間なんかではありませんよ。花が萎れるように、月が欠けるように、人間もまた干からび、地に落ち、大地に返る、それはただの繰り返しに過ぎません。時間とは無関係です。この地上では同じ場所に何度も行くことができますが、時間はどうやら不可逆的なので、同じ時間に行くことはできないことになる。でも、それがはたして現実的なことでしょうか。僕たちは現に何度も同じ町を訪れることができるではありませんか。一度目の訪問と二度目の訪問は違うというかもしれないけれど、実際その違いを見つけるほうがはるかに困難ですし、見つけたとしてもそれは単なる変化に過ぎないのです。『今』が中断することなくずっと続いている、どうやらそれが本当のことなんです」

何だか自分でも話が堂々巡りをしているように感じていた。湯あたりしてきたせいかもしれない。その言葉をきっかけにどちらからともなく私たちは浴槽から上がり、蛇口のついている洗い場まで移動した。

「それはそうと、あんたたち二人はどういう関係ですかね?」

宿の亭主は、唐突に尋ねた。

「これも説明しにくいのですが、実は今日知り合ったばかりなんです。彼女も僕の考えに近いものを持っている、というより、彼女が僕の考えに道筋をつけてくれたのかもしれませんが」

外では強い風が吹いているようだった。時折風の音が聞こえた。さすがに石垣に囲まれているせいか、建物はびくともしなかった。彼らは、それぞれの茹だった肉体を水で洗い流しながら、時間について考えていた。

「あんたが連れてきた人は、出ていった妻にどこか似ているような気もするんだよ。彼女がなにか忘れ物を取りにここまで戻ってきたのかもしれない、とね。でも、どう見ても彼女に大きな子供がいるようには思えないし、それはあり得ないことだ。ただ、あんたが言うように、同じ場所に何度も行くことができるのが現実なら、あり得ないことではないだろう」

「もちろんそうです。僕も最初はあなたの奥さんと彼女との類似性を感じたこともありました。ここまで来る途中、彼女が時間というものを恐れているような気がしたのです。現在を歴史の途上であると考えたり、特定の未来からの呼び声であると感じたりすることです。彼女によれば、時間は相対的で、意識の数だけ存在する、主観的なものなんです。ただ一つしかないこの空間には、いくつものばらばらな時間が存在している、言い換えれば、もともと時間など存在してはいないという考えです。この村にはこの村の時間感覚のようなものがあり、他の地域が時代と共に変化していったとしても、この村はその時間に取り残されたのではなく、ただこの村の時間を生きていただけなんです。そこに遅れているも進んでいるもないことになります」

「いつからそんなことを考えるようになったんだい？」

「石垣の話を聞いたときからです」

「この村に来てからかね？」

「いえ、この村のことをある人から聞いてからです」

「ただの仮説だね。誰も信じない話だ」

亭主は、その話題にそろそろけりをつけたいようだった。

「あなたと話して確かめたいことがあったので、こんな話題をしたまでです。そろそろ上がることにしましょう」

亭主は何か言いたそうだったが、自分から風呂場を出て、脱衣場に向かった。そして、そこでまた話し相手を見つけたらしく大きな声で話し始めた。彼らは最近になって村を出ていった家族の話をしているようだった。それも、村を離れた家族は少なくないようであった。私は、ゆっくりと脱衣場に出て、着替えをすませると、亭主に一礼だけして、外に出た。風が増していた。女湯の前でヒマリが待っていた。

「宿の人と話していて遅くなった」

「で、何て？」

「この村の石垣について話していた」

そう言って私は銭湯のすぐ前にある石垣を見上げた。

「そう、しばらく散歩しましょうよ。風に吹かれていたいわ」

彼女は、湯上がりの髪を風になびかせながら、先に立って歩き始めた。石鹸の香りとしなやかな後ろ姿が私を誘っていた。高い石垣の間に狭いコンクリートの道が続いている。家の屋根はそこからは見えない高さにある。家々は石垣の中にすっぽりと包まれている。幾分風が凪いだように思われた。台風の風も石垣の中では全く感じないことであろう。だから、この村では特別台風に備えるということがない。石垣はこの日のために周到に準備されたのである。私たちが台風を避けるという意味では絶好の村だったのかもしれない。

小さな漁村には夜を灯す明かりが乏しかった。ときどき石段のある坂道を用心深く歩いていた。小さな薄茶色の飼い犬が歩いている。犬はどんな道であろうとお構いなしである。例えば、犬は跳んだり吠えたりして空間は感じているだろうと推察できる。しかし、犬は時間というものを感じてはいないのではないだろうか。やはり時間というものは観念的なものなのだ。狭い道はあちこちに分かれ道があり、迷路のようだった。片方にだけ石垣のある坂道があり、そこはやはり強い風が吹いていた。そして、少しでも横道に入ると、嘘のように風が止む。方向を見失っても取りあえず村を見下ろせる場所を求めて歩いていく。

村の高台から見下ろす村はぽつりぽつりと小さな明かりを浮き上がらせていたが、それも石垣の間からわずかに漏れてくるにすぎなかった。しかも、石垣で区切られた一つ一つの区画が小さいので、家の窓と石垣の間郭が極めて小さかった。二人はそこに腰を下ろした。

「僕は昔こんな話を書いたことがあるんだ。ある初老の男が自分の生涯を振り返って、ある主張をするのさ。彼はこう言った。俺は自分の生涯をずっと面倒見てきた。今も見続けている。しかし、お前たちは過去のことなどすっかり忘れて自分のしてきたことや罪をすでに過ぎ去ったものとしているが、俺にはそれが許せない。俺は今も過去に対して地図を見るようにすべて面倒見ているのだ。俺にとっては時間はずっと止まっている。俺の歴史は俺の地理なのだ、過去のどの場面のことでも俺はお前たちの意見を反証してやる、とね。なぜそんなことを書いたのかという意味が、今はっきりとしてきたよ。やはり、時間は止まっていたのだ。タイムマシンはどの時代にも旅することができない。だって、時間は動いていないのだから」

「時間は止まっているという説に共感するわ。動いているのはきっと空間だけなのよ。歴史を直線のように解釈して予言することが間違いのもとなんだわ」

彼女は、何か別のことを考えているようだった。長い黒髪の間からきめ細かくて白い肌がほんのりと夜空に浮き上がっていた。臙脂のブラウスに包まれた細い肩が私の視線を釘付けにした。みんなが幸せになるような、どこか宗教的な境地にいるのではないかと思えてきたのである。

「昼間話してくれた世界の続きを聞きたいんだが」

「何の話だっけ?」

「円環的な時間軸があって、愛と芸術が財産になる世界だよ」

「本気で考えてくれるの?」

「もちろん」

やっと現実の存在に気がついたかのようであった。

「私は、人々の考え方によっては今すぐにでも世界が変わると思っているの。機は熟したというわけよ。いいえ、この場合条件が整ったと言うべきよね。家も道路も橋も工場も事務所も全部そろったというわけ。後はそれを誰がどう使うかよ。これ以上ものを作り続けていけば、いずれ環境は破壊されるし、資源が枯渇してしまうわ。もう充分よ。大切なのはその限られた物が遍く行き渡ること。そういうことを可能にする哲学なり、知恵が必要なの。現代人は……、いつだって現代人なんだけど、物を買い、この場合耐久消費財のことね、次々と新しいものに更新していくことが常識になっているでしょ。でも、その常識というのは本当に一時的なことで、遅かれ早かれもうすぐ終わることになるわ。そのときどういう価値観がそこにあるかということね。でも、愛や芸術はどの文明においても尊重されていたんじゃないかしら。いい作品は何度も見たくなるように、繰り返し人は愛し、人は創造する。繰り返しの中に新たな創造があり、日常の暮らしの中に誰もが平等に豊かな気持ちになれるものがあるはずよ」

「なんだか宗教的になってきたね」

「いいえ、それは違うわ。信仰なんかではなく、もっと在り来りのものよ。在り来りのもので、ちょっと違うの。だって在り来りでなかったら長続きしないわ。その違いがもうすぐ説明できそうなんだけど、まだ言葉にはならないわ。あっ、雨！」

まばらに星の出ている空から大粒の雨が落ちてきた。そして、その雨粒が横に滑るように顔をかすめた。いよいよ台風がやって来たのである。二人はゆっくり立ち上がり、曲がりくねった迷路のような狭い道を下っていった。石垣の間に入るとやはり風は嘘のように静まるのであった。石の階段は見る見るうちに雨に濡れて、ところどころ光っていた。

「滑るから気をつけて」

先に歩いていた私が言った。

「ありがとう、運動靴だから大丈夫よ」

下を向きながらヒマリが答えた。雨を防ぐために頭にタオルを乗せている。

「この石垣は台風には有効だね」

「もちろんよ。そのための石垣なんでしょう」

「でも、やりすぎじゃないかな」

「どうして？」

「屋根よりも高いんだぜ」

「屋根の下から吹き上げる風を防ぐためじゃないの」

「違和感はないのかい？」

私は探るように話した。もともと夢とは別のものなのかもしれない。

「この村の良さかもしれないわよ」

私は口をつぐんだ。この村にはもともと謎なんてないのかもしれない。宿の男は、思わせぶりな作り話をしているだけことではないのか。だとしたら、それに付き合うのも悪くないかもしれない。石垣は、当分この村から取り除かれることはないのだから、また、時間も当分はこの村に留まっているのだから、これからの展開を楽しみに台風をやり過ごすのもいいかもしれない。石段がまもなく終わり平地に下りる直前に今夜の宿が左側に見えてきた。石段の上から宿の小さな中庭が見下ろせる。潜り込むように宿の格子戸をくぐり、小さな縁側で濡れたところを拭いてから、部屋に戻った。民宿の亭主はすでに戻っていた。

「この部屋は台風が来てもびくともしないから、安心してください」

居間の方から亭主の声がした。

「本当ね。海辺の要塞みたい」

ヒマリが答えた。

「お客さん、うまいこと言うねえ」

宿の亭主は満足そうに言った。彼は一人暮らしだった。ときどき馴染みの釣り客がやってくるので、民宿が成り立っていた。

「こっちで一緒に飲みませんか」

私のこの一言で小さな部屋は宴会場と化した。亭主は毎日飲んだくれているようだった。外は嵐、中は酒乱であった。村に唯一あるコンビニからビールと食料を買ってきて、三人で宴会を始めたのだが、それからが大変だった。亭主は、最初は遠慮していたが、飲み出すと人が変わったように語り始めた。

「今はこんな貧乏民宿をしているけれど、若い頃は、毎日沖に船を出して蟹漁をしていたんだよ。ここら一帯は豊かな蟹の漁場だったからね。多いときには、一日に百万円くらいの水揚げがあって、この漁村は蟹漁で栄えていたんだ。防風のために立派な石垣が造られ、家々も次々に新築された。羽振りがよかった頃は、お城のような家が何軒も軒を連ねていたものだ。けれども、海流のコースが移動したのか、海の温度が変わったのか、それとも他の原因からか、ある年を境にして、目に見えて漁獲量が減っていったんだ。自然の恵みは自然そのものには勝てないよ。逃げた蟹が海に戻ってくるのを待つほかなかったんだが、その間に村はすっかり変わっちまったよ」

亭主は、村の歴史を語り始めた。

「でも、それは歴史ではありません。空間の状態の変化です。蟹が逃げ出したことは、空間的な事実です。それは……、ですからそれは人為的なことです。時の流れを神が支配しているのではなく、人が空間を変えてしまっただけです。ただ、それだけのことです。歴史に法則などありません。海も含めた空間に生物的、科学的な原因があるだけです。人は過去から未来へ伸びる縦糸の存在を認めたいようですが、それは幻想です。ただ横に広がる空間があるだけです」

「あんたの説はもうわかったよ。でも、俺の言いたいのはそんなことじゃない。人には過去があり、未来がある。過去があるから今が生きられる。それは紛れもない事実だ。俺がただ一人好きになった人は、俺を愛してはくれなかった。それでもよかった。一緒にいてくれるだけで幸せだった。漁から帰ってくると、温かいご飯の湯気と焼き魚の匂い、昼はきつねうどん、朝はこんがり焼けたトーストとコーヒー。それだけで万事よかった。それなのに、ある日、彼女は突然いなくなった。今は焼き魚も味噌汁もサラダも何もない。過去と現代、すべてがあまりに違いすぎるんだ。たった一人で何を頼りに生きたらいいのかわからない」

亭主は、だんだん泣き声になる。ヒマリはビールを勧めた。亭主は、グラスに注がれる白い泡をうれしそうに見つめた。私も、亭主との気持ちの差は簡単には埋められそうにはなかったが、同じように連れ合いと別れた身でもあり、アルコールのせいもあったのか、いつしか亭主に親しみを感じ始めていた。


「なあ、こっちの話も聞いてくれよ。いいか、僕だって家に帰れば全く一人ぼっちなんだ。彼女だって独り者だ。でも、僕は寂しくなんかないぜ。かえって自由なんだ。それはあんたのように過去に未練を持ってもいないし、未来に対して不安を抱えてもいないからさ。考えてみれば、独り身ほど自由なこともありはしないぜ。明日なんて来なくていいと思えば、もっと自由になれるんだ。あんたにも教えてやりたいね。現にあんたは誰に気兼ねをするわけでもなく、いつ何をしようと自由だし、仕事も収入もないわけじゃない。楽しく自由に生きているあんたを見たら、また新しい出会いがあるかもしれないし、逃げた女房もいい噂を聞きつけて戻ってくるかもしれないぜ。いつか公式の見解というものができて、時間は存在しないなんて言うやつがいたら刑務所に入れられてしまうようなことになりはしないかと、ときどき思うんだが、それでも僕は僕のこの見解をどこでも披露しておきたいんだ。何だかそんな気がしてならないんだ。今考えられるすべてのことは今考えておきたいんだ」

「あんたにはそんなことがあるかもしれないが、万一時間が存在しないとしても、それが一体どうだというんだ。俺たちには何の関係もない。逃げた女房はやっぱり帰ってこないし、子供も帰ってこない。相変わらず仕事はめったにないし、全くその日暮らしさ。古ぼけた家と不格好な石垣があるだけ。俺には希望も何にもねえ。ああ、孤独だ。ああ、ここは何て殺伐としたみじめな村なんだ」

私は、突然思いついたように言った。

「亭主、あんたは、かつて馬車を持っていなかったかい。病院に行くのに馬車で運んでいったとか。そう自家用の馬車のようなものだ」

「あんたは何を言い出すんだい。今何時代だと思ってるんだ」

「いや、ちょっと聞いてみただけだ」

「お前、頭おかしいんじゃねえか」

「黙れ！」

二人は、だんだん酔いが回ってきていた。ヒマリは二人の噛み合わない会話を聞きながら腹を抱えて笑い転げていた。

「あんたたち、まるで兄弟みたいに似ているわね。お互いに自分の境遇しか頭になくて、相手の言うことは聞こえていても、頭の中はどこまでも全くの別世界なのね」

「それがどうした。俺は、自分が御者かなにかに間違われていることくらい理解できるさ。病院に行くなら救急車だ。救急車はまだ俺を見捨てちゃいない」

「僕が悪かったよ。今朝僕が見た不思議な夢の意味を考えてみたかっただけなんだ。別の時代の出来事が同時にやってくるのは、夢の中じゃ当たり前のことだからね。そこには時代遅れも何もありゃしないし、別の二人の人物が重なったりすることも、場所がいきなりエジプトあたりまで飛ぶことだって平気であるんだからね。漁師が町まで馬車に乗ってきたくらいで驚くべきじゃない。むしろそれはこれから自分の身に降りかかることへの暗示のようなものかもしれない、と思ってね。そこでは当然時間だって瞬時に入れ替わるし、時間とはいっても、直線上をただ前に進んでいるというわけでもないし、後戻りできないわけでもない。むしろ夢そのものが後戻りでもあるわけだし、時間はもう直線でもなければ、円でもない。ただの気まぐれだ。だから、馬車であろうと、御者であろうと、侮辱でも何でもありゃしないよ。少しも腹を立てるようなことではないんだ」

「こいつ、まだ言いやがる」

私は、何とか自分の意図したほうへ話を持っていきたかったが、あとの二人はなかなか手強かった。一人は、泣き上戸だし、もう一人はというと、笑い上戸であった。それも、臙脂のシャツを脱ぎ、濃い緑色のタンクトップ姿になって、少年のように笑い転げる三十女である。そして、亭主は白い肌着と作業ズボン姿の五十男である。部屋の中は、台風の接近のせいか蒸し暑くなっていた。突風がトタン板をはがすような音が二三度した。

「船が心配だから、港を見回ってくる」

そう言うと、亭主は突然立ち上がり、軒先に吊していた雨合羽を身につけ、止めるのも聞かず、酔っぱらったまま覚束ない足取りで外に出ていった。話はしばらく中断した。

5

風の音が強くなり、雨音も激しくなった。私とヒマリの間に気まずい沈黙がしばらく続いていた。彼女はもう笑ってはいなかった。

「あなたは彼に何を望んでいるのかしら。あるいは、彼にどうしてほしいというの？」

「早く孤独な生活から抜け出してほしいと思っているよ。奇妙な夢を見てから、彼のことがどうしても他人とは思えないんだ、君のこともだけれど」

「意外にお節介ね、でも、彼にしたら余計なお世話じゃないの？」

「離婚してからね、なぜかお節介になったんだよ。独り暮らしで寂しいのかもしれないが、少しでも興味のある人には実際すぐに声をかけてしまうんだ」

「離婚していたなんて今初めて聞いたわ。新しいお友達でも探しているというわけね」

「何とでも言ってくれ。これでも僕なりに自由を謳歌しているんだから」

「あなたも相当変わっているわねえ。ねえ、もう少し互いの考えの突き合わせをしてみない、私の思い描く空間とあなたの考える時間感覚との？」

「いいよ。僕の持論は、いや持論になってきたのは、繰り返すまでもないと思うが、時間は存在しないというやつだ。いいかい、一つの空間があり、それがすべてだ。行き過ぎたら戻ればいいから、後悔なんて存在しない。時間に乗り遅れたなんて思わなくていいし、後戻りすることをためらう必要はない。だから、僕が行きずりの人にも声をかけるのは当然の帰結だ。たった一つの空間だから、できるだけ横の広がりを作ろうというわけだ。時間はいつしか支配者の、いや、自分たちの利益や特権を存続させたいと願う人たちの便利な道具になっているんだ。すべての反抗や連帯の芽を時間切れにしてしまう装置と言っていいかな。抗議のデモが届かないうちに彼らはずっと先へ進んでしまうんだ。そのうちにデモの隊列が縦長に間延びしてしまうようにね。見せかけの自由を制御するための巧妙な神話といってもいいだろう。それはちょうどこの村の家々の回りに積み上げられた石垣とよく似ているかもしれない。あなたはこの間にいくら石を積み上げましたか、どれくらい進歩しましたか、小麦を何トン収穫しましたか、電子基盤を何個作りましたか、というふうにね。生産性や効率こそいちばんの価値であるかのように見せかけて、時間は秒刻みに人々を追い込んでいく。しかもそれらが全くの幻想ではないということを、科学技術の進歩と時計の存在とが当然のように裏付けていく」

「そう、いい感じよ。私の思い描く村では時間が同じところをぐるぐる回っていて、昼と夜の区別と春夏秋冬という季節の変化くらいしかないの。そして、お金というものがないから、それを力にして誰かが誰かを支配なんてすることはできないの。土地の所有権なんてのもないから誰かが誰かから地代を得ることもない。お金があると、それがモノの形をしているから、きっと永遠に自らの優位を保障してくれるように見えるのね。だから、そのお金を人に奪われないように金の力で人を抑圧したがるの。でも、もともと永遠に手元に残るものなんてこの世にはあり得ないわ。いい家もいい車もどこでも手に入るし、いつでも人に譲ることができる世の中よ。いずれは古くなって役に立たなくなり、それどころか厄介なお荷物になってしまう運命なら、財産として独占しようなんて思わなくてもいいんじゃないかしら」

「大分近いな。でも、僕の場合そこまで一足飛びにはいかない。まず、一人ひとりの想像力が必要だと思っている。残されている資料を調べて、時計のない時代まで遡り、時間意識を持たないそこの庶民たちは何を考えていたのかと想像してみることだ。それに続いて、この毎日時間に追われているような現代社会において、いかにしてその時間、いや、その無時間意識を取り戻すかという課題だ。いつの間にか人間は時間という目に見えないものに踊らされているというわけだ。時間はもともと止まっていた、絵画の持つ時間性のように。いや、動いていたのは、大気と生物と星。時間が動いていたわけではない。誰かの描いた絵は、消滅しない限り、今も輝き続ける。待てよ、それとも、絵画もまた目の前から消え去るのか、だとしたら時間はやっぱり動いているのか……、そもそも想像力だって一種の時間意識なのかもしれない、ええいっ、もう何が何だかわからなくなってきたぞ」

私は、髪の毛をかきむしるような仕草をした。

「やっぱり心配だわ」

ヒマリは窓に吹きつける風雨を気づかって、こちらの混乱など全く問題にもならない様子だった。

「台風の中に出ていく僕たちの方が心配さ。地元の人は慣れているよ」

「でも、彼は大分お酒に酔っていたわよ。あなたの望みは彼を孤独から救い出すことじゃなかったの。死んでしまったら元も子もないわよ」

その言葉は私の心を動揺させたが、それを見透かされたくなかったのか、彼女の気持ちを酌みながら妥協案を示した。

「あと十分くらい待って帰ってこなかったら一緒に捜しに行こう。それでいいだろう。あと少しだけつき合ってくれ」

ヒマリは、渋々承諾した。

「では、続きを始めよう。AはBである、という命題は、AとBが同時にその場に存在するという前提の下で、成り立っている。しかし、同時ということがないのなら、AはCでもあり、Dでもあるのではないだろうか。彼は自由であって、束縛であり、正義であって、悪である。一時間というものは、もともと地球が一回転する周期を二十四等分しただけのものなのだから、極めて地上的なものと言わなければならない。地球の自転と公転という運動が時間の基礎なのだから、むしろ運動がなければ時間も無いに等しい。広い宇宙に出れば出るほど、時間と運動の境目は曖昧だ。膨張する宇宙。空間のゆがみ。時間の空間への変容。何だか、物質がただの運動になったり、光になったり、時間になったりする。挙げ句の果てには、宇宙全体が、もともと想像力の産物ではないかと思えたりする。むしろ時間というものの存在を否定するほうが理に叶っていると思えるようになった。すべては空間の悪ふざけなのかもしれない」

「私にもそこまではわからないわ。本当に宇宙に果てがあるのかどうか、空間の歪みがどうとか、時間の物質化とか、事実だとしても、それを理解したいとも思わない。ただ、この現実社会の悪い流れを止める方法があることは信じているの。それはあなたの考えるような哲学の方法かもしれないし、社会的な活動かもしれない。あるいは、すでにどこかで実現していて、さらに新たな時代に向けて動き出しているのに、私たちが知らないだけなのかもしれない。でも、知らなければそれでいいというわけでもない。人が人をモノのように扱い、モノに自らの首を絞められ、破滅への道をひた走るかのような現代社会はもうどうしようもないところまで来ていると思う」

ヒマリはまた不安に駆られ始めていた。それが彼女の言葉にも出ていた。私には、彼女が人間の心理というものに人一倍敏感であるように思えた。

「急ぐから、回り道をしている。いいですか。時間が存在しないから、やり直しがきくのです。世界は変わるようにしか変わりません。例えば、一日の天気は時々刻々と変化しているように見えますが、実は上空を移動する雲や気流の動きでしかない。あるいは、地球を取り巻く大気の動きや水蒸気の具合の変化なのです。ただ、一つの地点からのみ見れば、それは時間の経過に伴う天気の変化となるだけのことです。それと似たようなことは、いろんな場面で経験しているのではないだろうか。夜が来てまた朝が来ることも、単なる地球の回転に過ぎないのだし、出会いと別れも、単なる空間上の接近と遠ざかりにしかすぎないのです。もともと月日は時間ではなく、旅人のようなものだ。定住することを覚えた人類が、考え出したものの一つが、時間なのだ。動くことをやめたとき、人は孤独に耐えられなくなって、時間という幻想を思いついたのかもしれない」

「でも、もしそれが本当なら、私には耐えられないかもしれません。時間がなければ、私には絶望しか残りません。歴史の流れの中でどのようにでもなり得た現実というものが、その場合唯一無二の絶対の現実になってしまうではありませんか。それこそ、がちがちの反動的な思想ではありませんか」

彼女は真顔で反論した。嵐の中で格闘している、いや、すでに絶望して途方に暮れているかもしれない亭主のことを知っていて落ち着いていられる私のことが信じられなくなっているようだった。私は敢えてそれも無視しながらもう一度前の話を立て直すように続けた。

「そこなんだ。いいかい。時間がないからこそモノは変わりうる。紀元前中国の兵馬俑は、ほぼ原型のままずっとその場所にあった。ヨーロッパの中世の町並みもやはりそこにあった。それらのモノにとっては現代も古代も中世も何もない。相変わらずそこに存在する。時間の流れによって変化しなければならない必然性はなかったんだ。そこからどこかに移築することももちろん可能だし、運命というものがあるわけではない。そこにはさまざまな偶然と必然があるだけだ。絵画の褪色で制作年代を計算しようとする人もいるが、それもよく考えれば絵の具というモノの性質に過ぎず、変化する速さの違いに過ぎないんだ。変化はするが、そこに時間が介在しないだけだ。永遠の空間の中で何年前だとか何年後だとかいうのもすべて僕たちの心の中の出来事なんだ。つまりは、時間に囚われなくなる分だけ僕たちは自由になれるはずだ」

ヒマリは、半信半疑で私の顔を見つめていた。狭い部屋の中に蒸し暑い空気が充満していた。ヒマリの額からは汗が一筋流れていた。またしばらく沈黙が続いた。しびれを切らしたように、たまらずヒマリが言った。

「台風が南の空気を運んできたのね。気流が動いているわ。息が苦しくなってきた。やっぱり外に出ましょう」

今度は私も否定しなかった。


外は激しい風雨であった。その風に煽られた波が、防波堤を乗り越えて、何度も何度も陸地のほとんどを洗っていた。港につながれた船は鈍い音を立てながら大きく上下に揺れていた。近くに人影は見えなかった。彼女が心配していたとおり、宿の亭主はすでに波にのまれてしまったのであろうか。暗い海が唸り声を上げていた。風は暴力的なまでに容赦なかった。漁船につけられた小さな旗がちぎれるほど風に煽られていた。

「彼はどこかしら？」

彼の姿は暗闇に紛れて見えなかった。所々に見える明るさは月の光と港の照明だけだった。二人は、「おーい」という声で海のほうに何度も呼びかけたが、返事はなかった。私たちは海岸沿いの道を走りながら呼びかけた。強い風雨が二人の身体を地面から引き剝がしそうであった。道路は海水と雨で水浸しだった。不気味な唸り声が海から陸に向かって聞こえてくるようだった。その自然現象は、単なる大気の運動にすぎないとはいえ、容赦のない地球の洗濯であるようにも思えた。ほんの数時間前とはうってかわって、小さな漁港は嵐に呑み込まれていたのである。私は石垣に頼る村の人たちの気持ちが理解できないではなかった。

「あそこにいたわ」

震える声で彼女が言った。揺れの激しい一艘の漁船の上で何やら作業をしている人影が見えた。見れば、宿の亭主はロープを持って必死で漁船を岸につなぎ止めようとしていたのだ。ヒマリは近くまで行って、嵐にかき消されそうになりながら必死に叫んだ。

「もう帰りましょう。ここにいると危ないわ」

彼はその声にかすかに反応したが、船から海水を掻き出すことに没頭していた。荒れ狂う海面は船縁のすぐそばまで打ち寄せていた。

「このままでは船が沈んでしまう。俺の船が沈んでしまう。俺の船が……」

暗がりの中で目を凝らして見ると、確かに彼の船は周りの船に比べて一回り小さく、海面すれすれのところまで下がっていたのだ。しかし、そのままでは彼も一緒に沈んでしまいそうだった。その船まで近づくことは、極めて危険だった。激しい波が、彼の船を呑み込まんばかりに押し寄せていたのである。船が沈むのは時間の問題と思われた。私は声を張り上げた。

「もう無理です。あきらめて戻りましょう」

腰のところまで海水が迫っているのに、男は作業をやめなかった。それはもはや絶望的な戦いだった。私はしばらく救助をためらった。岸壁につながれた一本のロープがあった。私はそれをとっさに腰に結わえつけた。ヒマリにロープの端を頼んで、私は沈みかけた漁船の方に向かった。不思議と恐怖を感じなかった。何度も溺れそうになりながら、暗闇の中を漁船に近づき、何とか亭主を危険な場所から連れ戻さなければならないと思った。私は亭主に対して不思議な共感を感じていた。孤独と死と隣り合わせになっているような存在。死ぬことを望んでいるような行為。無駄だ。

「戻ってください。戻りましょう。船より命が大事です」

海水を飲みながら、何度も叫んだ。私はやっと船の上までたどり着いた。船の中は水浸しで、今にも沈みそうだった。亭主は船端にしがみついたまま離れなかった。

「死にたいのか！」

私は、船と運命を共にしようとする亭主をやっとのことで岸まで連れ帰った。亭主の涙は次から次へと吹きつける雨の中に消えていった。

三人はずぶ濡れになって宿に戻り、タオルで体を拭きながらずっと黙っていた。船はもう彼の元には戻ってこないことが確実だった。亭主はぶるぶる震えながら途方に暮れていた。彼がこの時精神的にも物質的にもぎりぎりのところまできているということが推し量られた。私もヒマリも彼にかける言葉がなかった。

「船はもう駄目だ。明日から何を頼りに生きていけというのだ」

彼はそう言うのがやっとだった。

「何とかなるさ」

私は辛うじて独り言のように言った。

「生きていれば、きっといいことがあるわよ」

ヒマリは気持ちを奮い立たせようとしてか、随分しっかりと言った。

「いいことなんて何もなかった。これからもずっとだ」

「それは違うわ。船ならいずれまた手に入るし、民宿だって丈夫な身体だってあるじゃないの」

亭主は身も世もなく悲嘆にくれていた。そのときはどんな言葉も耳に入らないようだった。

「もうたくさんだ。次から次へと折り重なってくる不幸。もう限界に来ている。頼れるものなんて何もない。貧しい生活、孤独な一人暮らし、退屈な日常、どす黒く汚染された海。半分腐って朽ちかけた船。何もかもが俺をあざ笑うかのようにのしかかってくる。台風がそれに追い打ちをかける。本当に頼りになるものは何もない。畜生……」

そう言って彼は再び酒を飲み始めた。それは誰にも止められなかった。時が解決するのを待つしかなかった。いや、地球の自転を待つしかなかった。あるいは、凶暴な低気圧が通り過ぎるのを待つしかなかった。

私は再び時間のことを考えた。

亭主のような境遇の人を救える哲学のようなものがないのだろうか。今が解決しなければどうにも生きられない人が、世界にはたくさんいるに違いない。空間が唯一のものだとしたら、絶望的な人をどう励まし、助言したらいいのだろうか。時が解決するなどということは、あるいは、時代の流れだなどと言って慰めるたりするのは、欺瞞ではないだろうか。そうだ、苦悩する人は、誰も自分が時の流れの途上にいるなんてとらえてはいない。唯一絶対の身の回りの空間こそが彼を追いつめるのだ。時間というものは主観的なものだから、未来を見ない者には当然未来は存在しないのだ。それでも、いつしか人はむなしく未来を信じ、時間の流れを期待した。そして、いつまでも実現しない未来は絶望をいっそう深めるだけだった。

「未来なんて信じなくてもいいわ」

私の心の中を見透かすように、決然とヒマリが言い放った。

「明日があるなんて気安めは言わないわ。誰にも未来なんて無いのよ。あるのは、ここという現実だけ。でも、だからこそ生きられるの。彼の言うように、どうやら時間は想像力の産物らしいわ。言い換えれば、今ここにしか現実はないの。過去も未来も遠いところにあるのではなく、今ここにあるのよ。人はここで生まれ、ここで死んだの。延長と移動と変化、宇宙にはもともとそれしかないの。この広い宇宙の中で、今ここに生きているという偶然が奇跡なの。素晴らしいことなのよ。ああ、何から説明したらいいのかしら。今実感したのよ、私たちは、お金を稼いで、お金を使って、なんとか収入が支出を下回らないように生活している。そして、それが生活だと思っているし、実際そうなっている。だから、それが破綻すれば、路頭に迷うことになるわ。いわゆるホームレスの生活が待っているのね。そして、それよりは犯罪か自殺の方がよりよい選択に見えるたりもする。それが現代社会の生活というものよ。確かに絶望的だわ。でも、よく考えてちょうだい。不安になるような未来なんてもともと存在しないのよ。今が、ここが、永遠に続くの。そうである限り誰かがここを訪れることになるわ。そんな幸福なことはないわ。動物に時間がないように、人間にも時間はないのよ。だから、時間と共にある人生の浮き沈みも、また運命というものもないはず。今生きているということが、生きて誰かと出会えるということが、すべてなの。だから、今生きていることが可能なら、やっぱりここで生き続けるべきなのよ」

そこまで話して、彼女は一息ついた。彼女はタオルにくるまってはいるが、その下は湿った肌着一枚であり、ぶるぶると小刻みに震えていた。その震えを打ち払うかのように彼女は続けた。

「そこは時間も何もないところ。だから何時代とも、何百年前とも言えないころのこと。山と野原と丘と湖。人々は米や野菜や果物を作り、木を伐り、物々交換で生活必需品を手に入れている。もともとお金というものがないので、大きな資本もなく、そこには大規模な生産も、大きな建物もない。人々は自然の恵みを生活に生かすすべを心得ており、必要に応じたつましい生活をしている。人は昔からそうやって生きてきたわ。現代人なら洗濯機やテレビなど便利なものがなければ、不自由を感じるところだけれども、もともと自由というものの意味が違う。現代生活は極めて例外的なものよ。いずれは揺り戻しがやってきて、馬車の価値が見直され、町には医院と職人の工房と小売店などが軒を連ねる。人々の身なりは貧しいが、清潔で、健康的である。お金や権力や贅沢は醜いものとして退けられ、人と向かい合って売り買いしたり、一緒に話したり遊んだりすることが人々の楽しみであったことに気づき始める。この村とあなたの生活はそんな理想的な生活に近いものがあるわ。お金と時間とに追い立てられ、情報の洪水に溺れて呼吸することすらままならず、機械のように生きている人たちが互いに敵意を抱き合っているだけの現代文明はいずれ崩壊するわ。だからここで待ちましょう、都会から人々が疲れて帰ってくるのを。いずれは私もこういうところで生きたいと思っていたの」

彼女は語りかける言葉に苦心しているように見えた。自分と亭主と亭主につながる人たちに対して今自分ができることは何か考えていた。

「空には星が出ているわ。誰にでも同じ星空よ。星は誰に対しても差別しない。それなのに、都会では夜空を見上げることを忘れている人々がどんなに多いことか。そんなことがいっぱいあるのよ。そこにある幸せに気づかないで、遠くにあるかもしれない幸せをいつまでも信じている人たちが……」

突然、私はその話を遮った。

「もうやめておいた方がいいよ。今の彼には目の前のことがすべてなんだ。君の理想には付き合っていられないだろう。それに、もともと通りすがりの僕たちにこんなことを言う資格なんて無いのかもしれないし……」

彼女は黙った。彼女には今の状況がわかっていた。けれども、それを打開する方法がないということもわかっていた。ただ、彼に心の持ち方を変えてほしかっただけかもしれない。時間のことも、ユートピアのことも、何度も語り尽くされたことのように思えてきた。ただ、それでも説明できない曖昧なものがその場の空気をいつまでも支配していた。

「今のあんたに何を言ってもしかたがないかもしれないが、これだけは言っておきたい。あんたは騙されているのですよ。毎日毎日こんなに働いているのに、あんたの船は新しくならないし、家も改修できない。いつまでたっても収入はいっこうに増えない。村の人たちは慢性的に疲れていて、気力も考える力もない。それなのに、石垣だけはやけに立派で、台風が来てもびくともしない。どこかおかしいとは思いませんか。未来のために、未来の理想的な社会のために、あんたたちは働き、石垣を積み、税金を納める。なのに村人はだんだん少なくなっているではありませんか。石垣を造らせているのは一体誰なのでしょう。彼らは、住民の不満をそらせるためなのか、ありもしない台風の脅威をことさら強調し、金を集め、余裕を持たせなくし、考えることと考える時間を残さない。そして、ありもしないバラ色の未来のために、毎日働かせ、疲れさせる。彼らはもともと村人たちを信じてはいません。おそらく余裕など与えれば自分たちの利益の分け前が減るとでも思っているのでしょう。ひょっとしたら、あなたの妻子を奪ったのも彼らかもしれませんよ。村のシステムに疑問を抱き始めた余所者である彼女が邪魔になったので、巧妙にどこかに隠したのかもしれません。あなたはそこまで村に従順になる必要があるのですか。この村のために十分尽くしてきたあなたが何もかもなくしていま自ら命を絶とうとしている。それなのに村は何もしてくれない。あなたが誇りに思っている石垣も何の役にも立ってはくれないのです。船を無くしたあなたは当然村に補償してもらうべきです。それができない村なら、これはあなたの村ではありません」

亭主はやはり黙っていた。妻のことに言い及んだとき、わずかに反応したように思われたが、その思いをかき消すように、彼はまたがぶがぶと酒を飲み始めた。夜という時間はなかなか前に進まなかった。私は、時間の存在を疑い始めるようになってから、心の中に黴《かび》のようなものがはびこっていくような気がした。その黴はいいものか悪いものかわからなかったが、どうやら聴き慣れない言葉を発し始めた。ヒマリは落ち着いて膝を組んでいた。そして、時折雨に濡れた髪の毛を拭きながら、狭い中庭から見える暗い空を眺めていた。

「星が見えてるわ」

ちょうど台風の目の中に入ったのだろうか、確かに星が一つ出ていた。風雨も心なしか収まったようである。

「これから私の言うことは、どうなるかわからないわ。でも、聞いていて。私の心的な体験よ。真夏の太陽がじりじりと照りつけていた。すると、俄に空は暗くなり、墨のような雨雲が低い空を覆い始め、やがて滝のように雨が上から落ちてきた。土砂降りの雨の中、ずぶ濡れになった私が走っていた。走っても走っても雨は私の後を追ってきた。雨水が服の下の肌の上を伝っているのを同時に感じてもいる。懐かしい感じ。乾いた土が夕立で舞い上がる臭い。どこまでもどこまでも走っていく。土の道には泥水が流れ、川は濁り、樹木や田畑は大粒の雨を受け取る。風は山から吹いてきて、身体の近くで渦を巻いている。木々が大きく撓れ、道端の草が息を吹き返す。私は自然の恵みを身体いっぱいに浴びて、狂ったように叫んでいる。止まっては走り、また止まり、全く意味のない行動をする。自分の身体が自然の中に入り込み、その中で蠢いたり、そんな時言葉が自分にかぶさってくるように感じるときがある。自分が言葉になり、言葉が自分と一体になるようなそんな感じよ。宙ぶらりんの状態といってもいいわ。存在と言葉が一つになって、言うことがそのまま現実になり、存在になる。それはきっと希有な状態なのね。存在することの不安からくる微動と、何もないところへ飛んでいくという緊張感。私は立ち止まり、また頭上を見上げる。身体が状況の中に入っていく。それと同じことがあの嵐の中で起こっていたの。生きていくことは、不安を引き受けることよ。落ちていくという恐ろしい不安に耐えられない時、人は死を選ぶのかもしれないわ。でも、もともと生を選んだときから、不安はつきまとっていたの。今まであまり意識していなかっただけよ。生きていることを実感するとき、死はその人に一番近いはず。あなたの胸の中に生の形が見えるように、お腹の中には死の形が浮かんでいる。暗い宇宙の闇の中にさまざまな星座が上も下もなく浮かんでいるように、想像された宇宙の中にいくつもの比喩や修辞や象徴が浮かんでいる。そこにはきっと時間が無くて、変化だけがある。そこはもう一つの宇宙。今わかったわ。もし時間が存在するとしたら、宇宙もまた時間と共に流転する生きものでなければならないの。生きているものには必ず死がある。でも、宇宙は死なない。なぜって、宇宙は生命ではないからよ。だから、生きものではない宇宙に時間は存在しないはずなの。沈黙と永遠の大宇宙。私たちはそこを旅しているのよ。宇宙には無数の謎があるように、私たちの心の中には説明しようのない塵や穴や染みのようなものが生起している。それが途轍もなく大きくなることもあり、嘘のように消えてしまうこともある。あなたも今胸の中の暗い宇宙を旅しているのでしょう。迷い込んで、絶壁の縁に立ち、足も地に着かず、ふらふらと彷徨っているの。でも、いいですか。そんなときの私たちは、充実した生の真っ只中にいる。それはもう確実なんです。だから、このまま生きてください。このまま言葉と存在の狭間を行き来し続けてください。お願いです。私たちは必ず帰ってきます。もう一度ここに帰ってきます」

ヒマリの言葉は終わらなかった。私にはその意味がわかるような気がした。ただ、必ず帰ってくる「私たち」とは、自分のことを指しているのか、それとも彼の消えた子どものことを指しているのか、その場では判断できなかった。すでに夢と現実の区別が曖昧になっていた。

亭主も話を聞いている間に酔いが回り、畳の上に寝ころんでしまって、鼾をかき始めた。一旦は危機を脱したように思われた。やはり、眠りというものは、生命維持のための生理的な機能なのであろう。

私もまた睡魔に襲われてきて、薄い毛布にくるまりながらうとうとし始めた。今日の一日は一体何だったのだろう。変な夢を見て、見ず知らずの人に議論を吹きかけ、不思議な女に出会い、学習塾の仕事をさぼり、海辺で絶望的な男に出会う。オートバイは独り雨に濡れている。ヒマリだけが一人飲みながら、小さな声で歌を歌っている。

山の麓の木の下で
雄しべと雌しべを数えてる
あなたといつしか暮らしてた

湖の上に舟を出し
小さな魚を食べていた
あなたはどこへいったのか

星の降る夜のことでした
暗い夜道をひた走り
時間の罠に落ちていく

私は微睡みの中でその歌を聴いていた。何も得るものはなかった。もう一度目が覚めるのかもしれないという淡い期待を抱きながら、次に来る朝を待つことにした。彼女はこのまま村に居着くような気がした。

白日夢

6

海からの帰り道、私は一人でオートバイに跨がっていた。台風一過、空は嘘のように晴れ渡り、六月の太陽高度は午前九時ごろでもすっかり高くなっている。暖かい湿った風が頬を撫でる。

「曖昧なものに身を任せてみるのもいいもんだ……」

何となくそんなことを考えながらハンドルを握っていた。けれども、それは呪文にでもしなければすぐに頭から消えていく程度のものだった。ましてやオートバイで国道を突っ走る爽快さと注意力とは半端ではない。センターラインを超えて一台の軽自動車を追い越した。追い越しができるような見通しのいい部分の少ない田舎道である。これまで大きな転倒の経験はないが、一歩間違えれば死の淵をさまようことになる。まだ死にたくはない、けれども、この爽快さも失いたくはない。できることなら、頭を覆っている閉塞的なヘルメットも投げ捨てたいところなのだが、白バイに追いかけられるというスリルまでは味わいたくない。

小さな漁村に残してきたものに後ろ髪を引かれながら、仕事があるという理由で一人勤務先のある町の方に向かっていたのである。往きは後ろに若い女を乗せていたので慎重にならざるを得なかったが、還りは単独だということもあって、ちょっと大胆な、自分本位な気持ちにもなっていた。ふっとこのままこの世から消えたとしても大した迷惑にはならないだろう、とまで。それはちょっとした気の緩みであった。前の車で遮られた視線の先を見定めようとセンターラインを少しはみ出た瞬間、目の前に車線いっぱいに迫ってくるトラックの四角い大きな鉄の壁があった。……

「とうとう来たか。やっと君も仲間入りだな」

そう言って微笑んでいるのは、昔の仲間だ。そこは、乾いた日差しを浴びて、地面の石が光に反射している。

「待っていたんだぜ。君のことだからすぐ来ると思っていたのに、ずいぶん手間取ったんだな」

待たれるほど親しい間柄でもなかったと思うのだが、そう言われてみると、何となく満更でもなくなってきた。建物は実に美しい調和を保っているし、その周りを囲む池は、大きな蓮の葉と純白の花を浮かべている。朱色に輝くその建物は左右対称に長く伸び、美しい曲線を描いた屋根と垂直の柱が絶妙な均衡を保っていたし、中央の高くなった屋根には金色の鳳凰の像が左右向かい合わせに立っている。まるで天上の宮殿が、その池の真ん中に降り立ったかのようであった。

「ここはどこなんだ?」

「知らないのかい。みんなが望んでいる場所じゃないか」

本当に望んでいたのだろうか。相手は建物の中にいる。その建物に行くには池を越えなければならないが、どこにも橋がないのである。その建物は、ちょうど池の中に浮かんでいるように建てられ、軒下の欄間には複雑な細工が施されていた。

「どうしたらそこまで行けるんだ」

「チケットを見せるんだよ」

私は自分のポケットを探ってみた。

「持っていない」

「ここまで来て持っていないはないだろう」

「本当に持っていないんだ。ほら」

私は両手を広げて見せた。

その仲間の表情が急に変わったような気がした。

「それならどうやってここまで来たんだ」

「森に迷い込んで、手探りで道を捜していたら、突然ここに出てきたんだ」

昔の仲間はさらに怪訝そうな顔をした。

「でもそれは、ここに導かれるための試練だったのかもしれない」

私は慌てて下手な言い訳をした。

「橋を渡ってここまで来いよ。俺たちはここで待っているから」

池の周りを回ってその建物に渡る橋を探してみたが、それらしいものはどこにも見当たらなかった。見落としているのかと思い、今度は逆回りに歩いて探してみたが、徒労だった。もう一度建物の方を見上げてみたが、そこには誰もいなくなっていた。その代わりに、しばらくして一階の真ん中の大きな門のようなところから、十数人の集団が出てきたのである。

彼らは、互いに笑顔で語り合い、軽妙な意見の交流をしているように見えた。私はその様子を松の木の陰からこっそりと見ていた。彼らはときどき大きな声で笑い合うこともあり、冗談を言っているように見えた。私は、どうしてこんなところに来たのであろうか。もう帰りたいものだと思ったりもするが、一度だけでいいからあの精緻で神秘的な建物の中に入ってみたい気もした。

かつての仲間はいちばん最後尾から出てきた。彼らの間には緩やかな序列があるようだった。

「まだそんなところにいたのか」

身を潜めていた私に気がついた仲間は大きな声で言った。彼らの目が一斉に私に注がれた。

「早く渡ってこいよ」

仲間は声を落として言った。

「そこはあんまり永くいてはいけない場所だよ。早くここまで来なさい」

今度はいちばん前にいた指導者らしい者が声をかけてきた。

「橋がないのです」

「目の前にあるじゃないか。そのまままっすぐ来たらいいんだ」

「そんなものは見えません」

「ほら、そこにあるじゃないか」

彼らは、半ば嘲るように口々にそう言ったのであった。しかし、私の目にはやや濁った池の水がよどんでいるだけで、橋らしいものはやはりなかったのである。

「私にはチケットがないので、見えないのかもしれません。もういいです。私はここにいます」

「それはだめだ」

指導者がすかさず言った。

「そこにおられてはこちらが困るのだ。そこは誰もいるはずのない場所なんだ。誰でもこちら側に渡ってこなければならない」

「でも、現にここにいるのですから、それは否定しようがありません」

「誰がこんなやつを連れてきたんだ。お前か！」

指導者の声はにわかに怒りに震え、私のかつての仲間を指さした。

「いいえ、私は何も知りません。さっきそいつが勝手に話しかけてきたのです」

彼はひどく怯えている様子だった。

「私は一人でここに迷い込んだのです。失礼しました。今からもと来た道を戻ることにします」

私は、素早く彼らに背を向けると、茂みの方に向かって歩いていった。緑の林の中に道らしい道はなかった。木の枝が衣服に引っかかって、なかなか前に進むことができない。少し横にずれると、その方向にどんどんずれていってなかなか元の道に戻れない。そして、ついには全く逆方向に進み始めてしまうのだった。すると、木の葉の向こう側にはやはりあの左右対称の建物が見えているのであった。深い林のはずが、実は狭くて、奥行きの浅いものなのであろう。もともと、出られるような場所はないのだ。だとすれば、この庭のようなところにいることが、私に課せられた運命なのであろう。私はあきらめてまた建物の見える池の前の庭に出た。

あの行列はすでに建物を出て、右側の回廊の下を通って、陸続きの岸辺に出たようだった。あそこからこちらに来られるのではないか。なんだか誤魔化されたような気持ちだった。それなのに、彼らはまた建物の方に戻り始め、今度は左の端に向かって歩いていった。今日は何かの儀式なのであろうか、彼らは同じコースを辿って、同じ場所で同じ動作と会話をしているようであった。ただ、彼の昔の仲間はもうさっきのようには私に声をかけたりはせず、優雅な儀式を繰り返しているだけであった。彼らこそそこから一歩も外へ出られないのではないのか。しかも、落ち着いてよく見ると、建物の柱はずいぶんと老朽化しており、彼らの着ているものも派手な柄ではあるが、なんだか着古されてよれよれになっていた。緑の木々の間に忽然と出現した理想郷もすっかり色褪せてしまっていた。

すると、建物の右の方が少し傾いているようにも見えてきた。抜群の均衡のように見えたものが、実は少し右に傾いていたのである。更によく見ると、回廊の下の土台の柱が白く腐食しているのである。しかし、彼らの誰一人としてそれに気づいている者はいなかった。いや、気がついていないふりをしているだけだったのかもしれない。鏡のような池の上に出現した理想郷は、やがてぎしぎしという音を立てながら崩れるようにその池の泥の中に没したのである。建築の内部で体勢の崩れそうになった彼らは、それでも談笑することをやめずに、やはり私に向かって手招きをすることも忘れなかった。

目が覚めたのは夜、病院の白いベッドの上だった。腕と頭に包帯をされていたが、幸い命には別状ないということだった。事故の瞬間とっさに受け身の姿勢をとったらしいのだが、ほとんど覚えてはいない。ただ奇妙な夢を続けて見ていたという感覚だけは残っていた。それは死の淵からかろうじて生還できたことを証しているのかもしれなかった。事故を経験したというのに、不思議とあまり感情的な動揺がない。日常の延長がたまたま病院だっただけというような感じである。誰にも連絡していないので、病院まで見舞いに駆けつけてくれる者もいない。また、しばらくは仕事休みを取ることになったが、当面は事務的な手続きがあるおかげで退屈はしないだろう。

「いつ頃退院できますか？」

「もう少し検査して、問題なければ一週間もすれば退院できるでしょう」

「ありがとうございます。ところで、僕を助けてくれた人に御礼を言いたいのですが」

「あなたは幸運でしたよ、普通オートバイ事故ではこの程度の怪我では済みませんからね。打ちどころと、居合わせた人の処置がよかったのですよ」

「相手のトラックの運転手ですか？」

「いいえ、通りかかった乗用車の運転手です。トラックの運転手のほうに落ち度はなかったようですから、事情を聞かれてそのまま解放されたようです」

「そうですか、ではその乗用車の人に御礼をしなくちゃなりませんね」

「ところが、警察に事情を説明した後、名前も告げずに姿を消したそうですよ。ですから、この事故はあなたの過失による事故で、すでに証言もとれていて、関係者はあなただけというわけです。詳しいことが知りたければ、退院してから警察に尋ねてくださいさい。トラックの運転手の身元くらいは教えてくれるでしょう」

医師の目の下のくすみがごく近くに見えていた。彼は表面上ひどく自信ありげで、しかも元気であったが、私には彼の目や表情がどこか不安そうに見えた。それは医者としての能力とか知識とはまた別の不安であるようだった。視線が目まぐるしく動き、手は自分の居場所を探すように身体の表面を這っている。何か心配事でもあるのだろうか、先を急いでいるように見える。次には診察を早く終わらせようとするだろう。

「また診察に来ますから、それまで安静にしていてください」

医師はどこかほっとしたようにそう言った。診られているのは患者の私であったが、この場でじっと観察されているのはむしろその医師ではなかっただろうか。彼の表情や仕草にはどこかに向かう一本の矢のようなものがぼんやりと浮かび上がっていて、その矢の色や形、方向などを観察していると、彼の心の動きがなぜかすぐそこにあるもののようにこちらに伝わってくるのである。その方法を応用すれば、そばにいる看護師のことも、その考えていることが手に取るようにわかるような気がした。心が読めるのだから、次に彼女が言う言葉も大方予測がつくし、実際その予測の範囲を越えることはない。私は読み取った言葉をふと洩らしてみた。

「大丈夫です。あなたの評価は下がったりしませんから」

看護師は不思議そうにこちらを見ていた。どうやらこの看護師の持つ矢印は何本かあるらしく、少し推理が難しい。ともあれ、こんな感覚はこれまでにはなかったものだ。頭の包帯を気にしながら、自分はなんて嫌味な人間なのだろうとも思う。死の一歩手前までいったという経験が、私の中に埋もれていた能力を呼び覚ましたのかもしれない。あるいは、大人になるときに周りに合わせるために無理無矢理に意識の片隅に追いやってしまった力を今ごろやっと回復したのかもしれない、そんな気もした。

その日以来、目の前の風景までなんとなくそれまでと違って見えるようになっていた。気のせいかもしれないが、どこか目の前の人や物の動きがゆっくりとしているような、視覚というよりも感覚全体がゆったりとしているような気がする。例えば、それまで小さな節穴から覗いていた風景が窓を開け放ったように広くゆったりと感じられる、とでも形容できるような、あるいは、色づいた葉っぱが風に揺られながらゆっくりと地面まで落ちていくような、ちょっと慣れない不思議な感じである。ひょっとしたら子供から大人になるときにちょうどこれと逆の変化を経験して、それ以来ずっと節穴から外の世界を覗き込むような見方にすっかり慣らされてしまったのかもしれない。

目が覚めて最初に出会ったのが看護師や医師だったから、彼らに特定される不安の現れだと思っていたが、息子や元妻が見舞いにやってきたときもやはり同じような感覚に襲われた。それは退院してからも同じだった。

人の動作や仕草が自分の前では「能」役者のように同じことを何度も繰り返しているように見えるのだ。つまり、相手の動作が単純に過ぎてしまうことがないので、遅く感じるのかもしれない。言い換えれば、相手はたえず次に進もうとしているのに、こちらはじっと同じところに停止している、そんな感じなのかもしれない。

「こんなときだけ子供に連絡するのは止めてくれないかしら」

元妻の明美は本気とも冗談ともつかないように言う。

「すまん。誰か家族に連絡をとってくれということだったので」

「結局、私のところにつながるのよね」

「そのようだね」

「その言い方、気に入らないわね。パジャマも着替えも買ってきたのよ」

　ぶつぶつ言いながら彼女は着替えをベッドの傍の小さなロッカーに入れた。

「ありがとう」

「引っ越すならもっと遠いところに移ってくれたらいいのに」

「今の部屋は安くて便利なんだ」

「あら、そう」

　彼女の反応はわかりすぎるほど予定どおりだ。こちらに対する関心はないのに、自分には関心を持ってほしいのである。それはお互い様なのかもしれないが、ともあれ、私たちにはそれ以上話すことがなかった。話しかける分だけ話題は拡がりそうなものなのだが、いつのころからか話題は目に見えない壁にはね返されるようになっていた。はね返されたまま二人はそれぞれの思考回路へと戻っていくのである。

　病院の窓からは、北に向かって迫り上がっていく坂道とその上の住宅地、それから向こうの山々の緑色がまぶしい。その上にはどこまでも青く広がる夏空が見える。いま目にしている空の色は繰り返し現れた記憶の中の色と重なり合っているはずである。視覚はその記憶によって対象を認識することができるのだろう。窓を開けるという行為はいつでも窓を閉めるという行為と対になって記憶されている。真っ青な空は青い柿の実の記憶とつながっている。坂道は、雪の積もった日に誰それと興じた橇遊びとつながっている。それだけで独立して終わってしまう行為などというものはない。

「これを機に、オートバイは止めたほうがいいよ」

　息子の航《わたる》が心配そうに言った。

「何度も考えたよ。でも、いま通勤にはこれがいちばん便利なんだ」

「オートバイはなんとか無事だったようだけど……」

「そうか……。しばらくは止めにするか」

　息子もまたそれ以上話すことはなかった。

「頑固なこの人も航の言うことなら聞くかもしれな

いわ」

　実際事故の恐怖はまだ体中に残っていた。半面、人混み、通勤手当の申請、揺れ、排気ガスの匂いなど、バス通勤の煩わしさが目の前にちらついた。それよりも、別れてなお元家族の世話にならなければならないことが惨めであった。

「不便なのもまたいいか」

　私は自分に言い聞かせるようにそう呟いた。左の肩に痛みが残っていたが、事故の代償としてはまだ軽いほうだった。

「不幸中の幸いということで、これから無謀なことはやめておいたほうがいいわ。航のためにもね」

「ああ」

　私は曖昧に返事をした。「私のために」と言わなかったことで、最近の彼女のわずかな変化を認めることができた。お互いに変われないという判断が離婚の理由でもあったので、この変化は歓迎すべきことであった。自分の方は変わったのかというと、そちらのほうは心許ない。ただ、先刻から感じているように、現実の見え方というものが少し変わったのかもしれない。そのことによって目に見えなかった壁の輪郭がぼんやりと見え始めたのだろう。

　現実を見据えることは大切だが、未来を見据えようとすることはどうやら危険、もしくは無駄なことのようである、それは「予言」や「運命」や、単なる「独りよがり」になりがちであるから。想像力というものはむしろ空間に向けられなければならないだろう。なぜなら、その空間には必ず自分と同じような他者がいるのだから。

　私のほうはそんなことを考えるようになった、必ずしもそれが身についているというわけではないが。「考える」というのは動詞ではあるけれども、それは「読む」などと同じように動作ではなく、どこかで繰り返される状態に近いように思われる。そういう意味では、私はまだ考える状態にはなっていなくて、考えるという「動作」に留まっているということだろう。

「一週間もすれば退院できるということだ。仕事もあるだろうから、もう見舞ってくれなくてもいいよ」

「そのつもりよ。今回は特別ね」

「助かったよ。もう心配はかけないから」

「本当かしら」

その言葉はどちらを疑ったのか曖昧なものだった。高校生の航はその傍らでほっとしたように笑みを浮かべていた。

「お父さん、僕、物理学をやることにしたよ」

「そうか、自分で決めたのならそれがいい」

明美は複雑な気持ちでそのやり取りをただ眺めているようだった。何でも感情を吐き出さずにはいられなかった彼女の性格からすれば、やはり稀有なことである。離婚に成果というものがあるとすれば、その変化は数少ない成果の一つだったかもしれない。おそらくどんな成果も得られていないと思われる殊勝な航が続けた。

「これから受験勉強があるから、そんなに会いに来られないかもしれないけれど」

「ああ、俺のことなんか気にせずに頑張れ」

こんな事故でもなければもう三人で穏やかに会うこともないのだ、と思わなければならなかった。その平穏を乱すことなくその場を終えられるようにというのが、三人の一致した、そしてささやかな願いであった。

それから再び病室での孤独な日常が戻ってきた。六人の相部屋ではあったが、カーテンで仕切られているので、外の世界とつながるのは北向きのガラス窓だけである。その大きな窓からは陽当たりのいい丘の上に造成された新興住宅地が望める。外光の中の浅い眠りはいつしかそっと白い夢を運んできた。私に見えるようになったのは、どうやら他人の心の中だけではなかったようだ。真っ昼間であっても、普段は自分の心の奥深くに潜んでいるトラウマや不安の類いがふっと浮かび上がって、その朦朧とした像が現実世界を隅のほうに押しやり、いつの間にか脳裏に繰り広げられるのである。

斜め左に傾いた坂道を私はさっきから不安定に歩いていた。その斜面を滑る者たちがいた。その斜面は右から左に向かってなだらかに伸びており、転がり始めたボールがなかなか止まらないように下に下にとずり落ちていくのであった。止まるはずなのになぜか止まらない。その日はいつもと違って土地がやけに傾いていたのであろうか、あるいは、かろうじてしがみついていた地面がずり落ちたのか、彼らは落ちていくのであった。そんなこともあるはずだといつも不安に思っていたところへ目の前で事件が起きたので、もう私はあきらめてしまっていた。前からそう予感していたのにそれをだれにもわからせることができなかったし、何も抵抗できなかったのは自分の責任であるから仕方がないと思っていた。それにしてもそんな土地を作った人たちは責任を感じていないのだろうか。斜めの土地を作れば誰かが滑り落ちてしまうことはわかっていたのではないだろうか。自転車もボールも乳母車も老人も物干しも次から次へと低い方へとずっていき、絶壁に近づいている。絶壁には木が生えているが、とても急なので引っかかることもないだろう。絶壁から谷間へ彼らは落ちていくにちがいない。絶壁は石が組まれていたが、それも今にも崩れ落ちそうなほど急な積み上げ方であり、その石も不規則な形をしており、積み方もいかにもぞんざいなのであった。だから、斜面はその斜面ごと谷に向かって崩れようとしていたのであった。地震と地崩れとが同時に来たようであった。しかも巨大な地崩れであった。地下水がこの造成地の下で反乱を起こしているかのようでもあった。かろうじて大地とつながっていた土地が、今ついに滑り始めたのである。もう誰もその流れを止めることはできなかった。

緑の木々が傾いて根が起きあがって、回転しながら谷底へ落ちていった。日常生活がそのまま斜面を滑り落ちていったというふうである。ブランコと野外テーブル、幼児用自動車と水撒きホース、それらはその瞬間まで住民の役に立っていたはずだ。それらはそれぞれの所定の場所にそれらしく置かれていたのに違いない。それはもう過去のものとなってしまった。今はもう危険な漂流物として街を滑っていく。自分が滑っているのだが、それよりも街全体が滑っていることの方が気になるのであった。一つの生活がこうして終わりを告げるのであろうというあきらめに似たものもそこにはあったのであろうか。それは破滅への予感とその的中と呼んでいいのだろうか。予想していた不安が実現したことへの怒りのようなものもそこにはあった。遠くの山は動いてはいないが、山の裾の造られた土地が滑っているのである。それにしては音があまりしていない。まるで映画のスローモーションを見るように静かに滑り落ちていくのである。

私は仕事からの帰りなのでこの土地が滑り出したときには直接関与していない。帰り道でこの事件に遭遇しただけなのである。おそらく私の家も同じように今滑っているのであろう。子供がボール遊びをしていたときのボールの転げ方を見たときに、今日のこの破局に気づいておくべきだったと私は思った。そのときボールは止まるところを知らなかった。誰かが止めるまでどこまでもどこまでも転げていくのであった。自然に止まるべき位置あるいは空間がないのであった。子供はいつまでも追いかけ、やっと追いつき、息を弾ませながら帰ってきた。その笑顔には屈託がなく、それから何日か後に起こる災害のことなど微塵も感じさせなかった。路地からは遠く眼下の町並みが望まれた。それはまるで雲の上に浮かんでいる路地でもあるかのようであった。

滑り落ちながら、私はあのときと同じ遠くであるが故に美しいその町並みを眺めている。その町並みは少しも動いてはいなかった。今滑っているのは私の住んでいるその丘の上の街だけである。家ごと地面がずれている。アスファルトがひび割れ、樹木かがねじれ、石垣は崩れていく。規則正しく整序された町並みがもろくも崩れていくのである。その前に私はなす術もなかった。それまでの生活のどこかに無理があったのである。だから誰を責めるわけもなく、甘んじてこの自然の仕打ちを受けているのである。後はどれだけこの地崩れにうまく乗り切って自分とその家族がその地崩れの上に乗り続けるかである。私の家族でもそれくらいの努力はするだろうと思われた。そうすればいずれはこの地面の流れも止まる場所があるだろう。私はただそれだけに望みをかけていた。うまくバランスを取りながら流れゆく土砂の上や家屋の上を転々としながら飛び移っていくこと。それはよほど平衡感覚と敏捷さが要求される作業である。私の家族はそれができるであろうか。

私は心配をしながら次から次へと漂流物の間を渡り歩いていた。遠くの街が眩しく白く輝いている。それは緑の山並みにすっぽりと抱かれて安定した地形をしている。私はそれが羨ましくなる。しかし、もうすべては遅いのである。今はその事態を逃れることだけが重要なのである。私は必死で倒れないようにと戦った。いま倒れたらおしまいである。

こうして私は土砂の上の危険な綱渡りをしているわけである。地面は流れている。それも一定に流れているのではなく、早いところもあればゆったりと流れている部分もある。それを上手に渡らねばならない。いつか家族と出会えるかもしれない。そのようにして流れに必死で乗っているのは、どうも自分だけではないらしい。突然の地崩れに襲われた人は全て多かれ少なかれ、私のように地崩れと闘わなければならなかったのである。それは苦痛を伴っている。彼らは家族の安否と自分の安全と財産の保全とに引き裂かれる。しかし、流れ出したものを止めることはもうできない相談であった。こうなれば、何とかみんなが助かる方法を考え出し、みんなで力を合わせることである。

私はこう考えた。動き出したものはもう止めることはできない。できるのはいかにしてその流れを利用するかということである。それを一人だけでやりきることはおそらくできないだろう。みんなも同じように家族や財産が心配なのであり、それぞれが単独でがんばっているのである。不思議と音が聞こえなかった。聞こえていたのかもしれないが、耳の中は静かだった。だから、私の前には無声映画のように大きな岩が転がっていた。

ふと上の方を見上げると見慣れたものが流れてきた。それは私の家の犬小屋であった。さらによく見ると自分の子供が倒れながら土砂の間に埋もれるようにして流されていた。私は身の凍るような寒気を感じた。気がついたときには、必死で子供に近づこうとしていた。子供の顔は恐怖でひきつっているように見えた。私は、今までの不自由が嘘のように地滑りの上を飛び越え、岩の上に乗り、小さなブランコを支えにして土の上を転がりながら、やっと子供のそばまで来た。子供は喜んだが、地滑りが止まるわけはなかった。ただ、二人一緒に滑ることができた。そこは山裾に突然できた巨大な滑り台のようであった。終点は遙かに下の谷底である。子供はしっかり私の手を握り締める。こうして財産も不動産も命さえも滑り落ちていくのである。土地そのものがこうして流れたのであれば、私の所有する土地はどのように確保されるのであろうか。そんなことを考えながら流れていたら、谷底はもうそばまで近づいていた。

自分の上からはまだまだ家や人や家財道具や土砂が流れてきていた。開発の巨大な失敗の後の山肌がその後から顔を出していた。責任の追及は徐々にされるのであろうが、今落ち続けている住民その他には過去のものとなるであろう。しかし、よく見てみると、自分の落ちている近くには大勢の住民たちが流れているのである。彼らはいつしか声を掛け合っていた。

「手を出せ」

「その木につかまるんだ」

「手をつなぐんだ。もっと長く。もっと長くだ」

「あんただ。あんたが手を出すんだ」

「助けてくれ。子供が流されていく」

「大丈夫。そこには人がいる」

そんな声が下から響いてきた。それから彼らがどうなったのか、私は知らない。かつての住宅地は巨大な牙で抉られたかのように惨めな地肌を晒している。かつて静かな住宅地が存在したことが想像すらできない姿になっていた。その地肌の見えてしまった大地の傷を癒すかのように乾いた秋の風が吹いていた。

急な斜面にへばりついたような住宅地の眺望のせいだろうか、この病室に移ってから同じ夢を何度も繰り返し見ていたような気がする。夢というものが記憶や五感が頭の中で像を結ぶものだとしたら、近い時期に同じような夢を繰り返すのは当然のことかもしれない。

7

退院後の生活にあまり変化はなかった、オートバイに乗ることはなくなり、バスで通勤し始めたことを除いては。相変わらず朝は近くのカフェでシナモン・トーストとコーヒーを注文して顔見知りの人に声をかける。

けれども、この先オートバイを断念するとなれば自由の範囲が狭まるような気がしてくる。自動車とはまた違った手軽さがあるし、せっかく取り戻した自由である、簡単には手放せない。

「しばらく顔をお見かけませんでしたね」

以前に一度話したことのある常連の初老の男が意外にも自分のほうから声をかけてきた。

「ちょっと入院していまして」

「怪我をされたのですか?」

「わかりますか?」

「ええ、なんとなく。ところで、やっぱりコーヒーカップは揺れていますか?」

海に行く前そんなことを話したことがあった。年の功であろうか、にこにこしたその人の言葉に悪意のようなものは感じられなかった。

「あれはやっぱり何か異変の予兆だったのでしょうね。今は落ち着いていますよ。あなたには何も変わったことはありませんでしたか?」

こちらもさらっとそう返事したが、どうやら事故以来の奇妙な違和感が一週間たってもまだ続いているようだった。その人の動きも何となくゆっくりしている。

「そういえば、あの日の強い風で屋根の樋が外れて、二軒隣の家の裏まで飛んでいきましたよ。お宅は大丈夫でしたか?」

「ええ、マンション住まいですから風には強いようです。ただ、その夜は偶然海辺の村に宿泊することになったので、大変でした」

「それはそれは。そこで怪我をされたのかな?」

「いいえ、その帰り道で油断したのでしょう、ちょっとした交通事故を起こしてしまいまして……」

話さなくていいことまで話してしまいそうになったので、早くその話題を切り上げたかったが、会話はなぜか間延びしたようにゆったりとしている。

「そうですか。やっぱりあなたの予感は的中したんですね」

老人は私の予感に対して、以前の皮肉っぽい態度とは打って変わり、まるで別人のように心底感心しているように見えた。事故のせいか、それともそれ以前からなのか、ここでも人に対する見え方が違ってきている。このときの彼はやり過ごすことなくなぜか私に関わってくる。ひょっとしたらこの世で繰り返されるものに対しては予知が可能なのかもしれない。湿度や雲の形や色、風の音、空気の匂い。五感が覚えているものは近づきつつあるものの予感を呼び覚ますのだろう。中でもいちばん多く繰り返されるのは人間関係だから、人との出会いには常に予感がつきまとい、それを予知と呼んでいいのかもしれない。目の前の相手もまた私に対して予感めいたものを感じ始めたのだろうか。

「魔が差したのかもしれません」

私がそう言うと、その人は椅子ごとこちらにすっと近づいてきて、突然耳元で奇妙な話題を持ち出した。

「あなたはカッパドキアに行ったことがありますか？」

私が不審そうな顔をしていたので、彼はもう一度言った。

「カッパドキアですよ。トルコの奇岩地帯の」

「ああ、旅行ガイドでは何度か見たことはありますが、行ったことはありません」

こちらの戸惑いにはお構いなしに彼はその話を続けた。

「若い頃、私は友人と二人でそこを訪れたことがあります。当時はまだそんなに観光地化されていませんでしたが、不気味な形の岩山や複雑な洞窟があちこちに連なっていて、外の世界と隔絶したいかにも神秘的な感じがしましたよ。私はそこで実に不気味な体験をしたんです。よかったら聞いてください」

私が曖昧な態度をしていると、彼は構わずひそひそ声でゆっくりと語り始めた。

カッパドキア、それは神秘的な響きのある土地の名前です。砂漠と荒野の中を十数時間バスにゆられ、その谷間に到着しました。辺りの山は茶色く、団栗や鉛筆、パンや胡瓜など、見ようによってはさまざまな形をしていましたが、全体としてはまるで悪魔の住みかのような形でした。その日、私と友人はその土地を訪れました。文明から隔絶されたかのようなところに、忽然と現れた岩の都市。観光コースとして与えられた土地でしたが、私たちはそれだけでは終わらない奇妙な体験をしたのです。

それはある洞窟に入ったときのことです。一番大きな岩山であると思われる帽子型の岩の中に十数件の家があるところでした。私たちはいつの間にか二人だけでその洞窟の中に入っていたのです。入り組んだ階段を何段も上り、小さい入り口をいくつも通り抜けて、突然大きな部屋に出ました。天井は高く、窓からは昼の光が射し込み、乾いた風が吹き込んでいました。そこはかつて特別の意味のあった部屋に違いないと思われました。

……お前なんか死んでしまえ。

そんな声がどこからともなく聞こえました。私たち二人はびくっとしました。壁の向こうに誰かいるのだろうか。私たちは用心深く周囲を見回しました。

……いなくなったら、どんなにせいせいするか。

再びそんな声が響いたのです。憎しみのこもった声でした。友人と私は互いに顔を見合わせました。しかし、壁の向こうに人がいることは確実でした。しかし、窓から見えるのは水色のきれいな空ばかりです。

……自分ばかりいい目をしている。

生々しい言葉でした。誰か私たちに恨みを抱いている者がここに来ているのか、それとも、どこかで誰かがけんかしているか、私たちは互いに顔を見合わせました。

「おい、気味が悪いな。日本語で話しているぜ。ツアーに日本人は俺たちだけだったはずなのに」

友人が、声を震わせながら言いました。外国で日本語を聞くのは別に不思議なことではないのですが、その場所は全く世間から孤立していました。

「どうせ旅行会社のアトラクションの一つに違いない。何かトリックを使って神秘的な雰囲気を無理矢理醸し出そうとしているんだ」

そう言ってはみたものの、それは自分でも信じがたいことでした。

……いつも俺の面目を潰しているのはこいつだ。こいつさえいなければ、……

　声に含まれた憎しみがますます増幅していくのがわかりました。何となく聞き覚えのある声であるような気もしました。旅行会社のガイドの声だったのでしょうか。

「おい、もう帰ろうぜ」

　友人の声は震えていました。彼は本当に気味悪がっていました。彼は元々おとなしい性格で、あまり自己主張はしませんでした。私もそんな控えめな彼を掛け替えのない友達と思っていました。ここは、長い歴史を刻んできた遺跡です。無念の死を遂げた亡霊がいたとしても不思議ではないかもしれないと思われました。

「エジプトのピラミッドを暴いた人が次々に死んでいくという話を聞いたことがあるだろう。信じたくはないが、ここにも死者の呪いというものが、どこかにあるのかもしれない」

　二人は、ようやくその部屋を出ようとしました。

……逃げても同じだ。俺はお前に消えてほしい。事故で死んだらいいと思っている。本当にこのまま死んでしまえ。

　それは生々しい呪いの言葉であった。石の壁のどこかから響き渡り、くすんだ茶色い床がざらざらと足につくようでした。閉ざされた空間にいることが改めて意識され、私は頭が変になりそうでした。その旅に出て初めて「後悔」という言葉が浮かんできました。この声は自分にしか当てはまらない言葉のように思われたのです。

……自分が気持ちよければ、どうなったって構うものか。

　友人もいつしか真っ青な顔をして、私の身体は小刻みに震えていました。呪いの声が二人を追いつめているような感じでした。

「早くここを出よう。俺たちも呪い殺されてしまいそうだ」

「俺たちも、だって。誰かここで死んだのか?」

「いや、そんな気がしただけさ。とにかく出よう」

「君は何か知っているのか?」

「知るもんか!」

　それは、温和な彼にしては、激しい口調ではあった。先に部屋を飛び出した友人を、すぐに私は追いかけました。小さな入り口と迷路のような階段。慌てれば慌てるほど道はわからなくなりました。他の観光客の姿はどこにもありません。声が反響していました。あの部屋の声がまだ私たちについてきているようだったのです。

……ふふふ、ひひひ、地獄に落ちろ。

その声はもうはっきりとは聞き取れません。呪いの声もまた疲れているようです。崩れかけた土の階段を滑るように降りていきました。

突然、丸い穴をくぐり抜けて光あふれる外に出ました。乾いた白っぽい地面が目の前に広がり、そこは何事もなかったかのように露店と観光客でにぎわっていました。先に広場に出ていた友人はあっという間にその観光客の間に紛れていきました。私はその場に立ち竦みました。

「お楽しみでしたか?」

すぐそばで慣れない日本語が聞こえました。振り返ると、回教徒の服装をした老人の姿がありました。私が何も答えないでいると、また続けました。

「あんたの出てきた岩山は、中でも特に変わったところでな。中に入った人の心の声が聞こえるのだ」

私はしばらく何が起こったのかわからなかったのですが、ただ、一緒に来た友人とは別々に帰ることになるだろうという気がしました。

老人はどうしてこんな不気味な話をしたのだろうか。私の反応を見て楽しんで暇潰しでもしているのだろうか。

「それからその友人とはどうなったのですか?」

「日本に帰ってからも互いにぎくしゃくしたものが残って、ほとんど言葉を交わすこともなく、次の転勤を機に友人との関係は途切れてしまいました」

「その洞窟の声が図星だったのはどちらでしょうか。友人のような気もするのですが」

「そんなことは問題じゃないんですよ。その声をどちらも笑い飛ばせなかったこと自体が問題なんでしょう」

「なるほど、たとえそれが観光地のアトラクションであったとしてもですね」

「今思えば、むしろ裕福な旅行者たちに対する地元民のちょっとした悪戯であったのかもしれませんね」

「これが話題になっていたら、もっと観光客は増えるでしょうに」

「でも、そうなればかえって面白くはないでしょう」

私はうまく担がれたような気もしたが、皺の刻まれたその人の顔にはいかにも深刻な色が浮かんでいた。カッパドキアを旅行したという若い頃の精悍な会社員の顔がそこに想像できないわけではなかった。しかし、それからずいぶん自分を苛み続けたのであろうか、目の前には憔悴しきってすっかりくたびれた顔があった。

「そんなものでしょうか」

「そんなものです。その場の雰囲気というか、情況というか、この場合それが重要なんです、観光客が増えて神秘がただの商品になってしまった事例はこれまで山ほど見てきましたからね」

「なるほどね。現在のカッパドキアはすでにただのアトラクションにすぎないというわけですね。でも、伝説は残るというわけか……」

「残念ながら、私には語り継ぐ相手も場所もないのですよ」

年金生活者らしいその人は力なく答えた。

「つまり、この世界には雰囲気や情況を要求する伝説がごまんとあるというわけですね」

「あなたはちょっと変わった人ですね」

その人の表情が少し明るくなった。

「おはようございます」

そこに新しい客が現れた。海辺への同行以来会っていないヒマリであった。私の姿をガラス越しに見つけたのだろうか、こちらの席を見定めて近づいてきたようだった。私はしばらく何も言えなかった。

彼女はその人のほうにも会釈をして、以前から顔見知りであることを示してから私の横に座ったので、彼女は私と並んで座ることになった。

「久しぶりね。元気でしたか?」

「ああ、おかげで命拾いをしたよ」

私は彼女の様子を探りながら、何事もなかったように元気に振る舞った。

「彼は事故で入院されていたようですよ」

「台風の翌朝、帰りの国道でオートバイが宙を飛んだ」

彼女はその言葉に驚いてすぐに聞き返した。

「居眠り運転？　疲れ？　それとも前の夜大変なことがあったから」

「ちょっと調子に乗りすぎただけだ、心配ない」

彼女は幾分ほっとしたように私の身体を上から下まで見渡した。

「それより君のほうこそあれからどうしていたんだ？」

「明くる日は神社や港を案内してもらって釣りをして帰ってきたわ」

「釣り？　彼は大丈夫だった？」

「ええ、船もなんとか無事だったみたい」

私もまたほっとしたようにヒマリとその人の顔を見較べた。

「何度か話したことが？」

「ここに若い女性が独りで来るのは珍しいからね。実は私から話しかけたんですよ、さっきみたいにね。ありがたいことに、彼女は生真面目に返してくれましたよ」

その人はいかにも嬉しそうに答えた。

「こんな退屈な老いぼれに付き合ってくれるのはありがたいよ」

「そのときはどんな話をされたんですか？　やっぱり旅の話ですか？」

その人はちらっとヒマリのほうに目をやってから愉快そうに言った。

「ええ、ある町に滞在したときに見た奇妙な祭りの話をしたんだよ」

「へえ、面白そうですね。私にも聞かせてもらっていいですか」

その人はますます上機嫌になっていた。

「構わないが、一度聞いた彼女が退屈するだろう」

「大丈夫です。もう一度じっくり聞いてみたいわ」

私とヒマリはその人のほうに少し身体を寄せて耳を傾けた。彼はいつの間にか昔話の語り部のような口調になっていた。

それははっきりとは覚えていないが、中央アジアか東欧付近のどこかの町のことであった。人々は広場に集まっていた。大きな催し物が行われるようである。彼らはさまざまな布で顔を半分覆いながら集まってきていた。彼らのほとんどが老人であった。彼らは何やら過去の栄光を求めて本能的に集まっているようだった。その広場は意外に狭かった。よく戦車が行進している場所とは思えなかった。私はその広場を斜めから見下ろせる部屋の窓から彼らの様子を眺めていた。その広場は端がちょっとした絶壁になっていて、少しでも踏み外せばその広場から落ちてしまうのであった。囲いらしいものは付いてはいたが、それも簡単にはずれてしまいそうであった。案外広場とはそういうものなのかもしれなかった。広いと思っているのは外国人だけで、そこに住んでいる住民にして見れば少し広いだけの空き地のようなものなのかもしれなかった。窓から見下ろしていた外国人である私は、広場の三分の一を見下ろしながら、そこに集まってくる人の様子を眺めていた。自分もいずれそこに参加することになると思われるその催し物に私は興味があった。しかも、それを正面から鑑賞するのではなくて、斜め上から、しかも裏側から眺められるのは、なかなか興味深いものがあった。その広場は、公の行事が行われる場所であると同時に、人々の憩いの場でもあった。石畳にはやはり所どころ罅が入っており、老人たちはその罅を見ながら歩いたりするのであろう。戦車や軍隊が行進するときには、そんな罅は意識されないのかもしれない。斜めに見下ろされる広場は細長い三角形に見えた。広場の端には小さな溝のようなものが付いていて、ちょろちょろと汚れた水も流れているようであった。頬被りをした一人の老女はちらと私のいる窓のほうを見上げた。その横顔にはどこか見覚えがあった。浅黒い肌、尖った顎、落ちくぼんだ目。私の母に似ているようでもあり、どこか生活に疲れたその表情には、私に罪の意識さえ感じさせるものがあった。彼女は他に何人か老女を連れ立っており、彼女らは久しぶりにこの楽しみにしていた催しのために町まで来たらしかった。広場の向こうにも古い石造りの赤茶けた建物があって、そこにもたくさんの旅行客がいるはずであった。そして、彼らは一様にこれから始まる催しを窓から見物しようとしていた。それはどんな催しかというと、客室係に聞いてはみたのだが、どうも理解しにくい性質のものであった。人々がめいめい広場を練り歩き、地面に跪き、祈り、何度も渦のように回るのであった。そこには踊りの音頭をとるものもなく、ただひたすら歩き続けるのである。音もなく、飾りものもなく、リーダーもない。人々は自然に集まり、自然に不規則に練り歩く。その不規則なリズムが独特なので、誰にも真似のできない催しだというのである。それがいよいよ夕暮れとともに始まるのである。異国の夜は人々の無言の熱気で今にも爆発しそうになっていた。太陽の沈んだ空は異様な青い色に輝いていた。それは暴動の前触れを思わせた。老女たちの数もかなりのものになっていた。彼女たちは茶色っぽい服装が多かった。採り入れを終えた農夫や、仕事帰りの労働者も増えていた。彼らは水路から広場に上がるところで少し立ち止まった。そこはかなりの段差になっているので、段の低いところを探さなければならないのである。その段差を上がれば、そこはもう踊りの舞台である。日常と踊りとの唯一の境がその段差である。低いところを見つけた群衆は、一列になってその広場に順序よく登壇した。彼らは練り歩き始めた。戦車ではない人間の輪ができ始めた。彼らは苦しみを表現する方法を知っていたのかもしれない。長い間忍従の生活に慣らされてきた老女とその仲間たちが互いの苦しみを分かち合うかのように輪になって祈りを始めたのである。頬被りの間から見える彼女たちの表情には陶酔と覚醒の二つが微妙に絡み合っているようであった。身振りや手振りは次第に激しさを増し、祈りは最高潮に達していった。それまで青かった空も紫色から次第に群青色に変わり、冷たい星の光がぽつぽつ輝き始めていた。向かいのホテルの窓の明かりがくっきりと縁取られ、踊りを見下ろす人の影も夥しい数を数えていた。いつの間にか街灯の灯りも増え、幻想的な異国の風景の中で、特殊な空間が作られ、人というものがこんなにも純粋に祈れるのかと思えるくらい、彼らは自分たちの祈りに集中していた。それはまるで罪深い自分たちの生を必死で抑えこもうとしているかのようにも見えた。町の向こうに広がる大平原の彼方には彼らの故郷があるのかもしれない。あるいは、彼らはこの街の建物の隙間に這うようにして生きているのかもしれない。打ち続く動乱の中でいつもは家の中でじっと耐えていた彼らがようやく表に出てきたのである。しかし、時代は自分たちのものではなく、新しい世代が昼の世界を闊歩していた。新しい世代は今ホテルの窓の中にいて見下ろしている。異国の見物人や特派員たちである。私を含めて特派員たちは珍しいものを見るような目で見下ろしている。その視線を知ってか、彼らはいつもより激しく祈るのであった。しかし、実のところそれは祈りではなかった。彼らにとって普通の生活の表現なのであった。踊りはついに最高潮に達し、群衆が動き出し、それは個人の意志に逆らってジグザグと行進し始めた。それは広場の上を所狭しと渦巻きのように回り始めた。そして、その渦はだんだんと遠心力で広がっていき、広いはずのその場所がだんだん狭まり、群衆はその広場の上を絶壁に向かって不規則に殺到し始めた。「危ない」と叫んだが、すでに遅かった。群衆はその段差から一段下の溝に転落し始めたのである。頭から落ちる者もおり、飛び降りる者もあり、叫び声を上げながら滑り落ちる者もいた。私は窓の中から必死で警告しようとしたが、彼らには聞こえないようだった。血を流して倒れている者、その上に落ちてくる者、それを飛び越していく者。私の窓の下にある段差は、修羅場と化してしまった。しかし、救急車が来るわけでもなく、やがて彼らは自分の力で立ち上がり、足を引きずりながらその場を離れていき、どこへともなく去っていった。そして、ようやくその騒ぎも収まり、彼らは一人また一人と家路へと向かっていった。怪我をしていても、どこかに満足感のある歩き方であった、まるで私たちに「どんなもんだ」とでも言っているかのように。

「これだけの話ですが、あまりにも奇妙な体験だったので、その光景が今も脳裏に焼き付いています」

その人がそう言って語り終えたとき、彼の顔色は幾分青ざめているようだった。

「確かに奇妙な催しですね。祭りというのでもなくて、むしろ何者かに対する抗議集会のようなものなのかもしれませんね」

「彼らはどこか理解されることを拒否しているようにも見えました」

　私の感想を引き継ぐように彼はそう言った。

「異様だけれどもどこか寂しい話ですね。日本にも激しい動きのせいで大怪我をしたりする祭りもあるけれど、それでも寂しいという感じにはなりません」

　ヒマリの感じ方は一度目より確かなものになったのだろう、はっきりとそう言った。

「あなたは海外によく行かれていたようですね」

　私がそう聞くと、自分のことをそれ以上話すのを嫌ったのか、もとの位置に戻りながら言った。

「商社に勤めていたので、海外出張にはよく行かされましたよ。今日は年寄りのつまらない話を二度も聞いてくれてありがとう。よかったら今度は若い人たちの話も聞かせてください。また今度お会いできるのを楽しみにしています、では」

　その人はゆっくりと席を立ってそのままレジに向かったので、二人は一礼をしてその後ろ姿を見送った。小声で話されたものではあったが、他の客たちにもいくらか洩れ聞こえていたはずである。彼らもまた珍しそうにその人の姿を目で追っていた。

「本当に大丈夫だった？」

「何が？」

「正直、君はあの海辺の村に住みつくんじゃないかと思ったよ」

「少し思ったわ。でも、それにはまだ準備不足よ。そういえば、あの話に出てくる催しの参加者たち、何となくだけれど、海辺で出会った民宿の人と似てはいないかしら？」

「言われてみれば……。高い窓から下界を見下ろしている人には、どちらも理解できない行動かもしれない」

　私は少し間をおいてそう言った。

「きっとそう。あの人はそんなことを伝えたかったのかもしれないわね」

「何かを意図していたというよりも、自分が夢に見たことをそのまま伝えることで、僕たちの反応を試してみたかったみたいだ」
「また会えるかしら」
「次の話があるかぎりはね」
私と向かい合わせに席を移動した彼女の肩越しに見える広場の街路樹は大きな緑色の葉っぱを柔らかな風に靡かせていた。

オートバイ事故に後遺症がなかったのは幸いだった。けれども、現実空間に対する違和感は以前にも増して昂じてきたようだ。相変わらず目にする人々の動きは遅く、その分彼らの心の動きが手に取るようにわかるようになった。その人の個々の経験までは読み取れないが、まず心の色、固さ、味などがその表情の中に浮かび上がってくる。それから、方向、持続、強弱、単純な言葉などがその仕草や姿勢の間から洩れ出てくる。そして結果的にその人間としての幅をだいたい想像することができるようである。幅というのはその人が心の中で行き来できる範囲のようなものかもしれない。範囲外にあるものはなかなか受け入れることができないことから、その人の輪郭というものがくっきりしてくるのであろう。ある意味ではきわめて傲慢な違和感というべきかもしれない。

部屋の窓からは南の空が見渡せたが、コの字形の建物の中庭になるべきところは二階建ての庁舎が居座っており、ベランダから見下ろすコンクリートの屋上は実に味気ない。そこからは辛うじて東側の通りと木立とが見下ろせるだけである。午前、その日の授業の予習をして気分転換にベランダに出てみると、自転車で子供を乗せて買い物に行くらしい人、散歩中の老夫婦、ときどき見かけるホームレス、スーツ姿のサラリーマン、なぜか高校生など、左右に行き交っている。見慣れた風景だが、じっとしているといつもの違和感がやってきて想像力を刺激する。視覚でとらえられる範囲を移動する時間はおそらく三十秒程度。その間に観察対象の人物を自然に目で追うようになり、想像力が味付けをしていく。

あるサラリーマンの落ち着かない仕草が目に止まった。彼はいま早足で歩いているが、ときどき顔に手を当てて何やら鼻の真ん中あたりを気にしているようなのである。彼は神経質なたちなのだろうか、スーツ姿にも一点の隙がないのだが、鼻のあたりの何かを気にして苛立っているようである。やっぱり顔の真ん中が気になるらしく、指で何度も鼻梁をさすっている。その尋常でない神経質な様子がなぜか他人ごととは思えなくなってきた。想像力はその人の立つ位置を変えて仮想空間を作ることもある。

私は今の仕事を始めて早十年になるが、毎日といっていいほど仕事をやめたいと思っている。理由は、自分の自由が侵されていると感じるためである。仕事に忠実に励めば励むほど自分の自由の範囲は狭まっているように思うのであった。毎日バスと電車で通勤しているとき、ふとそのまま見知らぬ町に行ってみたいような気がすることもあるが、大抵は一駅乗り過ごして、喫茶店でしばらく時間つぶしをしてから、やはり自分の家に帰っていくのが落ちである。それに加えて、最近憂鬱なのは、一週間ほど前に壁にしこたま鼻をぶつけて、その痛みが今も残っていることである。忙しさにかまけて医者に行かなかったのが悪かった。鼻のあたりがどうしても気になる。頭部の前の方がぼんやりして物ごとに集中できないのである。今になって医者に行くのも、何かが手遅れになっていそうで嫌である。

それでも仕方なく耳鼻科に行った。そこの女医は言った。

「だめですね。折れています。手の施しようがありません。手遅れでした。お気の毒です」

事務的な調子である。やはり予想どおりであった。

「では、どうしたらいいのでしょう」

「鼻の骨がくっつくのを待つしかないでしょう。でも、もう大分離れているので、その状態で固まっていますから、もうくっつかないでしょう。お気の毒ですが」

「治りませんか？」

「治りません」

「あなたは医者でしょう。それなら、患者を治す義務があるでしょう」

「義務はありません。あなたが診断してくれと言ったから診断したまでです。治らないところまで放っておいたのはあなたの責任です」

「それを治すのがあなたの仕事でしょう。素人の私には医者に診せる適切な時期などわかるはずがないでしょう」

「それはあなたの怠慢です。それは世界中の鼻の痛みをすべて私に知っていろというのと同じことです。知らなかったことを私のせいにしようとしても無理です。手遅れは手遅れです」

「もう永久に治らないのですか？」

「治りません」

「鬼！　悪魔！」

「何を言っても同じことです。私は医師です」

ますます冷静になっていく医者であった。

「じゃあ私はどうすればいいのです。このまま朽ちていくしかないのですか？」

「それはあなたの生き方の問題です。鼻骨が折れ、今までの骨格に穴が開き、今までつながっていた部分が離れ、あなたの情操を形成していた部分は破壊されてしまいました。これからは今までと違ったことが起こると予想されます。もうあなたの頭骸骨はその先端から傷ついてしまったのですから、もう元には戻りません。そのことをどう考えるかは、あなた自身の問題です」

「具体的にどうなるかを教えるのは、医者の仕事でしょう」

彼女は少しも動揺せずに言った。

「それなら申し上げます。あなたの頭部はもう治りません。後はその傷がじわじわと広がるだけです。そして、問題はもうその広がる速度をどれだけ抑えるかことができるかということです」

「それは嘘だ。歯と骨は違う。骨は放っておいても元に戻るはずだ」

「私は具体的に述べたまでです。信じないのなら、それでもいいです」

彼女はくるりと背中を向けて、机の上で何やら書き物を始めた。

「次の方、どうぞ」

私は、突然居場所を亡くしてしまった。耳鼻咽喉科のきらきらした医療器具を後にして、私はためらいがちに診察室を出た。私は、この傷が取り返しのつかないものであることを、あまりにもはっきりと宣告されたのである。ある意味で、それは私の全く予想どおりなのであった。顔の真ん中に穴が開いたような感じがして、これまでの感覚と違うし、これまですんなりと考えられた目の前の課題が、うまく考えられないような気がするのである。顔の前の違和感は半永久的なものかもしれないと思っていたのである。頭蓋骨の形が思考の形を形成していたとしたら、鼻の骨が折れてしまった私の頭蓋骨は、ずいぶん間の抜けた思考になってしまったのではないだろうか。しかも、半永久的に。傷そのものよりもむしろそちらの方がショックであった。文字通り鼻っ柱をへし折られたのである。

耳鼻科からの帰り道、やはり顔の前の部分に違和感を覚えながら、私はゆっくり古い町並みの続く路地を歩いていた。鼻の辺りがしっくりこないと、目や耳や想像力までどこか奇妙な感じがするものである。いつもの町並みなのに、どこか別の場所にいるような錯覚を起こさせたのである。

この街には、どこか西洋風のところがあって、石畳の道には樹木が並んでいて、自然と共生しようとする市民の意図がそれとなく感じられた。

私はめまいを覚えて、とある喫茶店に入ることにした。その店は二階にあって、窓からは下の交差点の様子がよく見えた。人々はそれぞれの思いを胸に信号が青に変わるのを待っていた。

私は鼻を押さえながら苦いコーヒーを飲んでいた。テーブルの上には読みかけの娯楽雑誌が載っていた。私は何気なくその雑誌を手に取った。折からの不況のせいか、増加する浮浪者のことが記事になっていた。この街でも地下通路に段ボールを敷いて生活するホームレスの人たちが増えていた。中には難しい本を道に寝転んで読んでいる教養のありそうなホームレスもいる。彼らは今何を考えているのであろうか。ひょっとしたら社会の中に管理されている「家のある者たち」をうらやましいとは思っていないのかもしれない。

交差点の付近にも段ボールを集めた痕跡がある。ほんの小さな空間さえあれば、人は生きられるのだということを、彼らは証明していた。彼らはどこかで人生の階段を踏み外したのであろうか、それとも、わざと階段を取り外したのであろうか。階段を踏み外すよりも、階段そのものを撤去してしまうことの方がずっと困難なはずである。彼らの目に見えている世界は、ここでコーヒーを飲みながら鼻の違和感を気にしている私の見ている世界とはずいぶん違ったものだろう。しかし、私には想像すらできないのだった。世界が違って見えたらどうなるだろうという不安は、ある種の期待の裏返しでもあった。

もし自分が何も持たなかったら、家も家族も財産も仕事も車も何もなかったら、もっともっと自由になれるのかもしれない。

その喫茶店に新たに入ってきた人物がいた。私の同僚であった。それほど親しい間柄ではなかったが、同僚はゆっくり私に近づいてきた。

「鼻の具合はどうだい?」

にやにやしたその言い方には嫌みはなかったが、一番気にしていることをいきなり話題にしなくてもいいというものである。

「どうもよくないらしい」

「そうか、早く治るといいのにね」

それが本当に気の毒そうな言い方であった。

「何とかなるさ」

私は投げやりに答えた。彼とはあまり話したくなかった。こんな場所に来てまで会社の話などしたくもないのである。それ以上話題を引き延ばしたくなかったのである。

「Yが退職したのを知っているか?」

「え。今初めて聞いた」

「なぜだか知っているか?」

「何か大きな失敗でもしたのか?」

「はっきりはわからないが、どうやら健康上の理由らしい」

Yはなかなかのやり手で、私などよりはずっと出世するように思われていた。そんな彼が健康上の理由で辞めるとは考えられなかった。何か裏があるに違いなかった。

「そう言えば、確か耳が聴こえ難くなったとか聞いたことがあるな。会社が何か理由をつけてはリストラを始めのかもしれない」

私はその話を聞いて寒気がしてきた。俺の鼻は大丈夫だろうか。人のことより自分のことがすぐ気になったし、またそのことに対して少しも疑問も持たなくなった。

「鼻の具合はどうだい？」

同僚はまた訊いた。

「大したことはないさ。気にしなければどうってことない」

さっきと言っていることが違っても別に気にしない。気になるのは鼻のことである。トイレに立って鏡をよおく見てみる。わずかに鼻が歪んでいるようである。気にしなければおそらく気がつかない。ただ、幾分青くくすんでいるようではある。辞めたい仕事にそこまでしてしがみつかなければならない自分が悲しかった。いや、それより治らない傷を負ってしまったことのほうがもっと悲しかった。

「鼻の傷がリストラの理由になることはないだろう」

私は自分に言い聞かすように言った。

「まずないと思うけれども、気をつけたほうがいい、誰にも言わないほうがいい」

そう言われると、その同僚自身に言ったことが悔やまれてくる。それに、あの医者にも口止めが必要だ。私は、一度けちがついてしまうと、何だかすべてがうまくいかないような気になってきた。

「おい、少し鼻の色が変わってきたぜ」

一番気にしていることを言われた私は、顔から血の気が引いていくのを覚えた。やはり鼻の異変に気づいていたのは自分だけではなかった。私は、取り返しのつかない領域に入ってしまったように感じた。鼻のことを言われて自尊心が傷つけられるわけではない。治らない欠陥を持つことになったことに、後悔をしているのである。後悔というものは永く続くので嫌なのである。

「本当に何ともないよ」

私はそう言って自分から立ち上がり、店を出ようとした。仕事を辞めないのなら、できるだけ快適に仕事をしたいものだ。けれども、これで鼻のおかげでいつ馘《くび》になるかわからないのである。どちらにしても、嫌なことばかりである。

「お大事に」

そう言って同僚は別れていった。私はその同僚が憎かったが、その気持ちをどうすることもできなかった。

「鼻がどうかしたかね」

突然足元で声がした。よく見ると、歩道の段ボールの中に人がいて、そこから聞こえてきた。私は、慌てて鼻から手を放した。

「気にするものが違っているのではないかね。鼻は放っておいてもどうということはない。放っておけないのは、あんたの心だ」

そのホームレスの男は段ボールの家から顔を出してそう言った。私は唐突な出来事に驚いて一瞬言葉に詰まった。

「なんだ、お前は……」

「鼻の怪我はあんただ。あんたの運命だ。あんたそのものだ。そうでなかったらなんて考えるな。怪我をもみ消すことではなく、鼻の怪我と共に歩むことを考えろ」

私はその男の不躾な態度に腹が立ってきた。

「お前にそんなことを言われる筋合いはない」

私は段ボールを思いきり蹴り飛ばして、その場を走り去っていった。

「あんたは鼻だ」

男のしつこいその言葉が何度も何度も私の耳に押し寄せた。あんたは鼻だ、あんたは鼻だ、あんたは鼻だ……

8

夢から覚めてふと我に返ったとき、周囲の霧が晴れるように目下の情況が少しずつ明らかになってきた。すると、やがて不快な塊がずしんと身体の中に沈殿した。事故で傷めた左脚がなぜか疼いた。自分の妄想に傷つけられて、不安が昂じたのか、それとも不安が昂じて、妄想に取り憑かれたのか。

それにしても、新しく誰かと出会い始めたら奇妙なことばかりだ。いやそれとは逆に、いつの間にか誰とも出会わないようになっていたことのほうが異常なことだったのかもしれない。そういえば、このマンションに住み始めてからというもの、外出は極端に少なくなっていた。例の喫茶店ももともと朝食を摂るためだけのものだった。塾の同僚や学生とは、その性格上互いの領域は侵さないことが暗黙の了解でもある。その勤務先と住まいとの間をバイクで往復するだけで、寄り道も外食もとんとご無沙汰である。電車もバスも乗らないので、人はただ目の前を通り過ぎるだけであって、実際電柱やポストなどと余り変わりはない。その間に人はいつの間にかこちらの常識を超えてしまったのだろうか。それともこちらが世の中の流れから取り残されてしまったのであろうか。事故をきっかけに電車通勤を始めたら、私はいったいどんな目に遭うのだろうか。いや、どんなことに関わることになるのだろうか。それとも、以前と同じく何もなかったようにただ通り過ぎていくだけなのだろうか。

ベランダから見える向かいのコの字の上の横棒部分は手前の北側が廊下になっており、南側のベランダからはもっと視界が開けているはずだ。西側の青い山並みも南西側の緩やかに傾斜した市街地の夜景まで見渡せるに違いない。右手の縦棒部分のベランダからはおそらく道路と竹藪が見えるだけだろう。竹藪の上から山並みが顔を出している部屋もあるかもしれない。南側の部屋だったらよかったという羨望がわきあがる手前で考え方を変えるすべは心得ている。視界が制限されている分だけ想像力の視界は広がるのかもしれない、ましてや雨の日の路地裏などの想像力は心地いいほど広くなる、等々。

思考というものはいつもピンボールのようにあちこちにぶつかって方向を変えてその勢いが衰えるまで明滅しながら行ったり来たりしている。そしてまた次のボールが打ち上げられ、同じようにあちこちに衝突して音と光を放ちながら落ちていくのだ。そして、ごくまれに落ちることを忘れて盤の間を上に行ったり左右にはみ出したりしながら想像力が翼を広げすぎることもある。想像力のピンボール盤には引力がないのであろうか、打ち上げられたボールが地上に戻ってくるまでずいぶんいろいろなところ、行ったことのないところまで旅してくることも少なくない。そして、いつしか行く先を忘れて眠り込み、不安定な夢の世界に入り込んでしまうこともまた少なくない。

バスに乗るのは久しぶりだ。出勤の午後の便は比較的空いているが、揺れと軽油の匂いはいつまでたっても苦手である。隣に会社員風の比較的若い男が座ってきた。彼は、仕事なのか趣味なのか、例に洩れずすぐに黙ってスマートホンの画面を見つめ始める。自分も何年かスマートホンの世話になったが、世界への入り口が狭くなったような気がして、そう感じ始めると小さな液晶を見つめている自分のことが煩わしくなって、とうとう止めてしまった。最近は便利なものは必ず何かを失うことだと思うようになっていたので、後悔はしていない。彼らもいつかそのことに気づいてこちら側に戻ってくるような気がしている、「こちら側」というのもまた曖昧なものではあるが。そういえば、自分の場合その時期はなぜか離婚話の頃とも重なっている。世の中で前向きと思われるいろいろなものから退却し始めているのかもしれない。

「あなたはいつでもそう、何かを始めようとすればすぐに難癖をつけるのよ」

元妻の言いぐさが耳元によみがえってくる。彼女は便利な新製品には敏感で、進取の気性に富んでいるのだろう、従来のものにこだわる頑固で倹約家の私を責めるようなところがあった。

「だいたい自分のことしか頭にないのよ」

確かにそういう面もあるので反論できない。いや、相手よりはましだと思うのだが、反論することで広がっていく夫婦関係の溝を見たくないので無言でやり過ごすことにしている。法的に別れた現在でもそれは変わらない。夫婦関係というものは、言ったほうがいいことと言わないでいたほうがいいこととを使い分けする連続である。その連続に疲れたほうが先に別れを切り出すのではないかと思ったりする。その意味では彼女は疲れを知らなかったのかもしれない。いや、ひょっとしたら感情のままを口に出すことに慣れていて、もともとそういう使い分けをしていなかったのではないかと思える節《ふし》がある。一緒に生活しているとそれが諍いの種になることもしばしばである。

「あなた、扉が開いたままだったわ」

「それで閉めてくれたの？」

「いいえ、自分で開けたのだから自分で閉めてよ」

「僕は君が忘れたときは黙って閉めている」

「いつのこと？」

「忘れたが、何度もある」

「そうやって忘れているのよ」

「……」

どちらかが着地点を作ってやらない限り、不毛な会話が続くことになる。引き返すことができるほどの度量がどちらにもなかったようで、ささやかな衝突も数を重ねれば心の苦汁《にがり》のように底の方に沈殿していくものなのだろう。

隣に座っている男はどうやらスマートホンの画面で漫画を読み始めたようだ。意外にもかつて読んだことのある古い漫画だ。懐かしいのもあって横からそっと覗き込んでみる。その絵は妙に古くさく見えた。夢中で何度も読み返していたころのあのどきどきするような感動はない。この男は何が嬉しくて、おそらく何の懐かしさもないこんな古い漫画を読んでいるのだろう。笑っているわけでも深刻になっているわけでもないその男はせわしげに画面を動かしているが、どこか視線が虚ろである。突然彼がこちらを向いた。私は慌てて目を逸らしたが、明らかに彼は私の覗き見に気づいていた。私はすぐに気を取り直した。

「失礼しました、つい懐かしくなってね」

「そうですか。これ、最近また流行っていますよ」

「へえ、なぜでしょうね？」

「きっと便利さに飽きてきたんでしょうね。私もそろそろ嫌になってきていますが、なかなか手放せないので、せめて内容だけでも面倒くさいものを求めるんですよ」

「そんなものですか」

それは意外な答えであったが、他人の性向が手に取るように近くなった最近の傾向がまたぞろ幅をきかせてきたようだった。よく考えれば、バスの中ほど他人との距離が近い場所はないのかもしれない。

「かといって昔はよかったなどというつもりはありませんがね」

「そうでしょうとも」

　彼はそのまま便利さに進むべきか、それとも面倒くささに退くべきか迷っているのであろう。できるものなら全部捨てたい、しかしこれを手放せば失うものが計り知れない、かといって誰かの意見を聞くような種類のことでもない。彼は苛々しながら手の中の小さな画面を先へ先へと指で送り出していく。

「心配しなくても、いつだって後戻りはできますよ」

　私はそんな余計なことを言ってみる。会話は周りの乗客に筒抜けだが、雑音以上ではない、構いはしない。これもまた片付けにくい曖昧な部分というものである。人を考えさせるには話の中に一つくらい意味不明なことを挿入しておくとよい、と言った市井の教育者がいたが、当を得ているかもしれない。

「あなたは後戻りしているんですか？」

「ええ、毎日戻ったりまたもとに戻ったりしていますす、そのうちどっちがもとなのかわからなくなるくらいにね」

「おかしな方ですね」

　男は呆れたような笑顔でこちらをまじまじと見た。

「光栄です」

　その言い方が面白かったのか、男はまた笑った。

「よかったら後戻りの仕方を教えてもらえませんか」

「そうですね、例えば、一度見た夢を反芻してみるとか、隣の人に話しかけてみるとか、鳥の声に耳を傾けてみるとかですね」

　男はまた呆れたようにこちらを見ていたが、思い直したように言った。

「鳥に声がありますか？」

「僕らはみんな一括りにしがちですが、よく聞いてみたら一つずつ違っています。夢も人もなかなか一括りにはできないものです。だから、もう一度やり直せるのです」

　すると、男の表情が急に曇ってきた。

「説教臭くなりましたね。そんな話は聞きたくありませんよ」

　男はポケットからスマートホンを取り出し、その画面をじっと見つめながら、それ以上話を聞こうとはしなかった。私は予定どおり自分の始めた会話から退いた。だからバスは自分には向かないのだと言い訳でもするように。東欧の広場で特派員が目にしたという老人たちの祭りの話を思い出した。

「どんなもんだい」

　私は心の中で呟いてみた。


　深夜、仕事からの帰り道であったのか、それとも夜の散歩からの帰りだったのか、停留所でトラムを降りて、借りている部屋に通じる広い遊歩道を歩いていた。どこか奇妙な夜であった。辺りの景色はほとんど寂しい闇の中に沈んでいたのに、それでも何となく気持ちが良かった。そのせいか、もし街路や建物にも意識があるとしたら、私にはそれさえも読み取れるような気がした。

　何かがこちらへ迫ってきているようだ。人々は寝静まっていたが、見えない者の形があちこちに浮遊しているように思えた。影のようなものが自分の周りをふらふらして浮かんでいるような感じである。その形はどこかぺらぺらとして灰色で、統一した内部のテーマか何かがあるようである。街灯に照らされてそれは空中を浮遊していた。誰かの話にあった東欧のどこか、小さな内陸都市の街角のようにも思われた。やはり誰かが高い窓からこちらを見下ろしているようだった。歴史の影のようなものが空中に漂っているのであろうか。そこは私の知人たちの誰一人として訪れたことのない町であったが、私には特別の愛着がある。しかもこれは夢に違いないから、私だけが語れる話である。そこは石畳の広場や時計台のある、どうやら中世の面影を残す旧市街らしい。その影の一つは私のかなり近くまで迫ってきていた。そして、とうとう私の耳元まで顔を近づけてきて、小声で囁いた。耳元で異様な寒気がした。

「私はここに生まれた者だ。ここに来た者は必ず不幸になる」

「どういう意味だ？」

「どういう意味でもない。そのままだ。この国には戦争や災難ばかりがある。外国人が来て面白いところではない。さっさと帰ったらどうだ」

「それはできない」

「どうしてだ？」

「俺はここに来るようになっていたのだ」

「そんな馬鹿なことがあるか」

「誰にもそれは止められなかった」

「戦争や災難ばかりでもいいのか？」

「しかたがない」

「そんなら勝手にするがいい。ただし忠告だけはしておく。どちらかの味方に付け。そうでなければおまえのいる場所はないぞ」

影はそれだけ言い残してその場を去っていった。後には影の気配だけが残った。目には見えないが、影がその辺りに充満していることだけは感じられた。暗闇が影を運んでくるのである。どちらかの味方に付けといっても、味方になる基準が何なのか、どんな戦争なのかもわからない。第一戦争というものが本当にあるのなら、一回きりの人生なのに敵も味方もありはしない。命を奪われるくらいなら、逃げた方がましである。

美しい川が流れ、緑の樹木に包まれた街は、その川の流れに映し出されている。それは、どこかに街の芸術家がいて、何百年後かの街の姿を想像して創ったかのようであった。こんな美しい街が戦争や災難で破壊されようとしているとは想像すらできなかった。影はでたらめを言っているに違いない。

しばらく歩いていると、今度はまた新しい影に出くわした。今度は幾分茶色がかっているようだ。ほっそりした女性のような感じである。彼女は川の畔の石造りの堤防に立っている。私は別の見解を聞きたくて、無防備に話しかけた。

「いったいここはどういう町なんですか？」

「失われた町です」

しかし、彼女もまた極端なことを造作もなく言う。

「失われた、ですって？」

「ここに残っているのは中身のない幻だけなのです。長い戦いで何もかもすり減って、残っているのは幻とその影ばかりです」

「何だってそうなってしまったのですか。この町はこんなに美しいではありませんか。これもすべて幻だというのですか。この花も、この川も、このどっしりとした美しい石橋までもが」

「何と言っても同じですわ。ここではすべてが失われてしまっているのです。魂のない抜け殻のようなところです、この町は。命を賭けて守り続けたものが抑圧されて、それから二度と息を吹き返せなかったのですから」

「そんなことがあるでしょうか。ある人によるとこの町では未だに戦いが続いていると言いますよ。人々の生命は不滅です。たとえ一つの運動が弾圧されたとしても、新しい生命はまたどこかで生まれ、はぐくまれているはずです」

「あなたにはわからないでしょうが、彼らの弾圧がいかに徹底的であったか。彼らはわれわれの精神までも改造し始めていたのです。あったことをなかったかのように、なかったことをあったように言いくるめれば、歴史は作り変えられるのです。そう、二度と反抗できないように、言葉で届かないようにしてしまったのです。新しい言葉で表せないことは、最初からなかったも同然になるのです。いつの間にか言葉をすり替えてしまったのですから」

「わからない。なぜそんなことをするのでしょう。いや、なぜそんなことをする必要があるのでしょう。誰だって永遠に支配し続けることなんてできません。たとえしたところでそれが何か意味を持つなんて僕には考えられません」

「そこが狙いなのです。彼らは自分たちの支配が永遠であるよう企んでいるのです。永遠とは何と魅力的なことなのでしょうか。あらゆるものが流転している中で、自分だけが永遠であるとは。そのためには、叛乱を根こそぎにしなければなりません。武器が必要なのではありません、叛乱という言葉を死滅させてしまうことです。いいえ、言葉ではありません、その言葉を発するような精神を作らないことです」

　彼女はそこでちょっと話すのを躊躇っているようであった。私はすかさず尋ねた。

「そう言うあなたはいったい誰なんですか。叛乱という言葉の失われた街でもその言葉を使っているあなたはいったい誰なのですか?」

「だから、影でしかないのです。影でしか語ることができないのです。影でないものは事実という揺るぎない退屈な世界です」

「でも、支配しているものは事実の一つに違いないのでしょう」

「いいえ、それもいつしか影になってしまいました。事実は退屈に支配を続けて演じています。演じているのですから、舞台監督がいないのですから、戦争や災難ばかりが起きて、誰もそれをどうしたらいいのかわからないのです」

「じゃあ、この街には意味のわかった人はいないのに、戦争をしているのですか。何のための戦争なのか、考えてみたことはないのでしょうか？」

「考えたって無駄なことです。どうせ戦争は終わらないのですから。したがって彼らに降りかかる災難も終わりはしません」

いつの間にか彼女の影は薄くまた薄くなっていった。そして、私がもう一度尋ねようとしたとき、彼女の姿は川の中に消えてしまっていた。後には、川のほとりの石造りの遊歩道を照らす街灯の明かりだけがぼんやりと空中に浮かんでいた。

そのとき、遊歩道の向こう側から、また別の影が歩いてきた。影は私を見ると、うれしそうに微笑んでみせた。

「捜していたのですよ。とうとう会えましたね。ご主人様」

「何を言うんだね。僕は君の主人なんかではない。そんな言い方はやめてくれよ」

「驚かれるのも無理はありません。でも、この街では誰もが自分の主人を捜しています。主人を失った影がこの街を浮遊しているのです。主人のない影はこの街では発言権はありません」

「私には私自身の影がある。君なんかに主人呼ばわりされる覚えはないね」

「今のあなたには影なんてありませんよ」

言われて私は自分の影を見てみた。すると、驚いたことに本当に自分の影が無いのであった。

「これはどうしたことだ。おい、私をだましたな。私にはちゃんとした影があったのだ」

「人聞きの悪いことを言わないでください。あなたには今まで影が無かったのです。だってその影が私なんだもの、私は今までこの街をずっとさ迷っていたんですから」

私は、訳がわからなくなって黙っていた。それでも、いずれ答えが出るだろうという楽観的な気持ちに切り替えた。

「それでは付かせてもらいます」といって、影は私の足元に入っていった。

「やあ、これで落ち着いた。これからは、何でも来い、だ。もう、影たちに付き合うのはごめんだ」

影は私に付いても、おしゃべりをやめなかった。

「おい、これでは不自然ではないか。私についた私の影なら、もう私の一部なのだから、自分からしゃべったりするのはやめてもらおう」

「そんな約束はした覚えはないね。影と本体、この二つで一人前の存在になれるんだ」

影の口の利き方は急にぞんざいなものになっていた。

「今までに会った影たちは、いったい何者なんだ?」

「他人のことなんて知らないさ。ただ、彼らも体を求めてこの町をさ迷っているんだ。いや、もう体を持つのはこりごりだと思っているのかもしれないね。だって、この街には戦争と災害しかないからね」

私にはもう何が何だかわからなかった。川面に反射したガス灯の明かりが揺れている。その向こうには古めいたホテルのような建物が見えている。部屋の明かりが旅行者の存在を証明しているのだが、街は異様に静かである。空には星座。地面には影。

「どうしてこの街には戦争や災害しかないのだろう」と、私は影に話しかけた。

「さあね、でも、戦争なんて起こそうと思っているやつはほとんどいないさ。ただ、それを回避する能力がないだけなんだ。どちらかにつかなければ、やられてしまうのがこの街の法則だ。そのことで、影になってしまった者たちがいるのさ。私だって体を奪われてしまったから、こうやって街のあちこちをうろつき回っていたのさ。でも、影にとってもここはつまらない街さ。誰も影に関わろうとしないのだから。影を見つけるとみんな狂ったように逃げ出してしまうのさ。そして、飽きもせず戦争だ」

「それはどうしてなんだ?」

「影がうっとうしいからだろう。いつもそばに寄り添うようにつきまとって、もの問いたげで、反省的な存在だからだろう。この街では誰も考えることが面倒くさくなっているんだ。敵か味方か、それしか感じないのだ」

「でも、この街の整然とした街並みからは、戦争の気配を感じることすらできないのはどういうわけなんだ？」

「街は壊されていない。でも、人々は戦争状態だ。いつ殺されてもおかしくないし、誰かを殺すことも日常的なことだ」

「考えることのない存在に人を殺すなんてできるのだろうか」

「もちろん、殺すというのも影がないのだから、比喩に過ぎないがね。影のない存在が死ぬことなんてありえない」

「ますますわからなくなってきたよ。おまえは私をからかっているのだろう」

「信じなければ、それでもいいさ。ただ、私はあんたという体を得たことがうれしくてしょうがないのだ」

「お前は私にどこまでついてくるつもりだ」

「死ぬまで」

影はそのまま眠りに入ったのか、しばらくしゃべらなかった。私は街の中をぶらぶら歩いてみることにした。中世の町並みが至る所で保存されていて、街の人々の歴史に対する考えを見て取ることができた。やはり、戦争状態というわりには街は破壊されていないし、戦闘を思わせる音も届いてはこなかった。影は静かについてきていた。また一人の影が現れた。今度の影は、年老いていた。

「珍しいお方だ。いまだに影を背負っているとは」

「ついさっきくっ付いたのです」

「それはお気の毒に。影がついた以上、悩まなければなりませんね。いったいこの街はどうなってしまったのでしょう。影たちは全て体から逃げ出してしまいました。もちろん私も我慢できなかったので、本体が死ぬ直前に離れてきました。後はこうやって浮遊するしかありません」

影は、いかにも気の毒そうに答えた。

「影とくっついた者はどうなるのですか？」

「悩むことは避けられないだろう。戦争という現実の前では存在は多かれ少なかれ引き裂かれるしかない」

「それにしても私はこの街でまだ戦争というものに出会ってはいません。どこで行われているのですか？」

「影である私たちにはそれは見えない。あなたには見えるはずです」

「いいえ、この街は平和で古い街並みがよく保存されています。戦争のかけらも見えません。それに、人にさえ出会わないのです」

「それはおかしい。戦争は激しく続いているはずです。誰もその戦争を止めることができなかった。無知というものが街を支配していました。私たちは必死で抵抗したのですが、その抵抗の最後の瞬間に私の肉体は影から引き離されてしまったのです」

年老いた影はそれだけ言うと、今までの会話を否定するように頭を左右に揺らせながら去っていったのである。残された私は、影以外のものに出会えない苛立ちを隠せなかった。緑の丘の上にうっすらと塔が見えている。それは教会の建物かもしれなかった。そこに行けば誰かに会えるかもしれない。

そこに達するには、狭い石造りの道を何度も曲がりながら登っていかなければならなかった。分かれ道で迷うことも何度かあって、いつの間にか下っていることも度々あったのである。

その道の辺の石に一人の女が座っていた。彼女はこの街で初めて出会う体を持つ存在であった。彼女は坂道から下の街並みを眺めていた。

「今晩は。ここで何をしているのですか？」

「あなたを待っていたわ。ずいぶん待ったわ。だから私はこんなに年をとってしまったの」

「何だって、君は誰なんだ？」

その女は、二十代のように見えた。そんなに年をとっているようには見えなかった。

「誰だっていいわ。あなたを待っていたことに変わりはないんだから。どうしてこんなに遅かったの？」

「何を基準に遅いと言っているのか知らないけど、ここに来ることだって迷っていたんだ。まして待たれているなんて今まで考えたこともなかったよ。君は誰なんだい？」

「誰であったとしても、今のあなたは誰なんて問える立場なの。ここにはあなたと私しかいないのよ。ここでしか会えなかったの」

　彼女の背後にはやはり中世以来の美しい薄茶色の街並みがぼんやり浮かんでたが、ところどころ壁が剝がれ落ちているようだった。街灯がゆったりとした曲線を見せる川の流れを縁取っている。

「結論から先に言わないでくれ。自分がどうしてここにいるのかさえ、私には曖昧なんだから。思い出せないんだ。どこからどこへ行こうとしているのか」

「影なんかに捕まったからよ。影に捕まったらどこまでも問いを重ねていかなければならないのに」

「君には影はないのかい」

「今はないわ。面倒くさいから外してしまったの」

「そんなことができるのかい」

「しようと思えばね。でも、今のあなたはそれでいいのよ。そのおかげでここに来ることができたのだから。では行きましょう」

　そう言って彼女は先に歩きだし、石畳の坂道を登り始めた。

「待ってくれ、まだ私には何が起こっているのか見当もつかないんだ。戦争はどこにあるんだい。それに、災難は？」

「戦争はこれよ。光と影の戦争」

　彼女は坂の途中で体を捻って無造作にそう答えた。

「何だって。光と影が戦争しているだって」

「そう、私は光の側についたのよ。あなたはどっちにつくつもり」

「わからない。何のための戦争なんだ？」

「光はありのままを受け入れる世界。または、意志の世界、もちろんこの世界のことよ」

「影の世界とは？」

「受け入れられない世界。または、拗ねた世界ってとこかしら。ちょうどあなたにぴったりかもしれないわね」

「別々の世界同士がどうやって戦争できるというのだい？」

「世界と世界との間に境界のようなものがあって、

その境界線を引き合う、または押し合う戦争と言ったらいいのかしら。その境界線が至る所で見え隠れしている。その線の両側で両軍が対峙しているのよ。それはたえず動いていて、線であるのに、太くなったり細くなったりしていると思うわ」

「影に勝ち目はあるのかい？」

「もちろんあるわ。でも、間違っても影には勝ってほしくないわ。そんなことになれば、この街は亡霊だらけになってしまうわ。伝統という名だけのついた亡霊よ」

「でも、今夜僕が出会ったのは、影ばかりだったよ。君たち光の仲間はどこにいるのだろうか。あるいは、体のある連中はどこにいるんだ」

「この丘の上に私たちの基地があるのよ。そこには体を持った者たちがたくさんいる、いるはずです」

彼女はヒステリックにしゃべっていたが、なぜか自分の言葉を信じきっているというふうではなかった。不安な目で彼女はときどき振り返ったのだ。その視線は、私を越えてもっと遠くを見つめていた。その坂道からは赤い屋根の街並みが広く広く見下ろされた。その向こうには滔々とうねりながら川が流れていて、下流の国へと続いていた。川の遥か向こうには山々がぼんやりと見えている。

「気をつけろ」小声で囁くものがいた。それは、私の新しい影だった。「肉体のあるものは、目に見えるものしか信じない。下手をすれば、殺されるぞ」

それは小さな声だった。けれども、彼女に聞こえない距離でもなかった。しかし、なぜか彼女には全く聞こえている様子はなかったのである。だから、私も影の言葉に公然とは答えることができなかった。

「うるさい、お前に指示される理由はない。お前は勝手に私についてきたのだ」

私は小声で言い、影の干渉を阻止しようとした。

「あんたはもう影と一つなんだ。無関係とは言わせないぜ」

私は影を無視することにした。頼んでついてきてもらったわけでもないし、彼と私が一つになる必然性もなかった。それなのに、大きな顔をされるのはたまったものではなかった。そう思うと、何だか影の声も小さくなったようだ。うまくいけば、影はこのまま元通りの自分のものになってしまうのかもしれないと思ったりした。月はその蒼い光で彼女の後ろ姿を映しながら、空に懸かっていた。

「影の世界って、いったい何なのですか？」

「裏切り者ですわ。私たち光の世界の者たちを裏切って、裏の世界に走ってしまったの。でも、それは私の生まれる前のことで、裏の世界がどんななのか、私にはわからないけれど」

「いいや、裏切ったのは実は光の世界」

どこからか聞こえてきたのは、私の足元からであるらしい。

「私たちを遠ざけたのは、光の側。俺たちが邪魔になって追放した、と聞いているぞ。俺たちは、光なしではいきられないのに、光を求めて彷徨っているのに、光る体たちは、影たちを隅へ押しやろうとしている」

この声は彼女に聞こえないのだ。

「影は私たちの敵です。行動の妨げです。腐りきった族です」

「それは言い過ぎではないですか」

「でも、本当です。私は今までこの目で見てきました。ある人が自殺しました。それは、影のせいです。彼はまじめな会社員でした。彼は平凡な生活と平凡な家庭を愛していました。それが突然憑かれたようにギャンブルに走り始めたのです。彼の妻はそれをやめさせようとしましたが、逆上した彼は自分の最愛の妻にさえ暴力を振るうようになりました。その頃から彼の周りに影が見えるようになったのです。彼は影に侵されていたのです」

「でも、それが影の仕業だとどうしてわかるのでしょう。単にその人自身の心の病だったのかもしれないではないですか。そんな話ならいくらでも知っています」

「でも、彼はいつも何かに追われているようでした。ときどき幽霊を見るとも言っていました。彼の心の中に目に見えぬ影が巣くっていたのです。それは知らず知らずのうちに彼の心を蝕んでいました。影というものは彼を追い詰めるのだそうです。彼は、息をしているだけでも何か得体の知れないものに圧迫されていると言っていました。それは、私たち光の世界ではありえないことです。光の世界では、どのような考えや感情にも光が当てられ、説明されます。いや、されなければなりません。彼の病は、とうとう光を当てられることなく、彼の死をもって終わりました」

「それは単なる鬱病というものです。未開の民族が単なる風邪を悪霊の仕業と考えたのとよく似ています。説明しにくい不吉なことは影の仕業にしておけば、都合のよい者たちがいるのに違いありません」

彼女は少し動揺したのかもしれなかった。柔らかな唇が微かに震えていた。彼女は、体にぴったりとした衣服を身に付けていたが、大柄な割には華奢に見えた。教会に続く道は固くて険しかった。私はそのとき直感したことを素直に口にした。

「その人は、あなたの夫だったのですね」

彼女はびくっとしてこちらを振り向き、大きく目を見開いた。図星だったようである。彼女もまた夫の死の真相を知りたかったのかもしれなかった。その表情を見て私はまた後を続けた。

「あなたは人から言われるままを信じたように言っているが、あなた自身も彼の死に疑いを抱いているのではありませんか。確かに彼は心の病に冒されていたのかもしれません。でも、それははたして影の仕業なのでしょうか。そこに何らかの因果関係はあるのでしょうか。肉体のある者は、世界にその肉体を振り込むようにして存在しているのだとしたら、その肉体に宿っている心が歪んだとしても不思議ではありません」

「あなたが何を言っているのか私には解りません。肉体は肉体です。ここにちゃんと存在しています。どうして捩らなければならないのでしょうか。肉体は、この街では病気のときを除いて勤勉に働いています。そして、いちばん効率が上がるように私たちが配置されているのです。それなのに、それを邪魔しようとしているのが影です。順番を狂わせたり、あちこち振り回したり、後戻りさせたり、サボらせたりもしているのです。プログラムどおりにやれば、全てはうまくいくのです。敵は怠惰です。怠惰の影です。それから、誤解のないように言っておきますが、私には夫などいませんでした」

彼女はいくぶんヒステリックに答えた。彼女は本当にそう思っているのかもしれないと私はそのとき思った。この街に蠢くいくつもの影はいったい何を求めているのだろうか。肉体をあきらめ、影だけになって行き着くところはいったいどこなのだろう。また影を捨てて肉体だけになった者たちはどこへ行くのだろうか。そして、彼らは自分の分身である存在と敵対している。

分身である分だけ憎しみも激しかったのだろうか。この坂を登ればその真相がわかるのかもしれない。しかし、私が行くことで彼らは動揺するに違いない。それなら何とか私につきまとう影を隠す方法がないものだろうか。

それには月が沈むのを待つほかなかった。しかし、まだ山の稜線は月の遥か下方にあった。それでも黒い雲が近づいていたので、もしかするとそれにうまく隠れるときがやってくるかもしれなかった。私はしばらく青黒い空を見上げていた。

影は、なぜこの街では忌み嫌われているのだろうか。その理由は彼女にも明確ではない。ただそうなっているのだ。彼女の周囲がそうなっていたのだ。始まったことは、簡単にはやめられない。始めたのは個人ではない。おそらく偶然なのだ。光の世界はそれだけで成り立っているように見える。しかし、光がさせばさすほど、影もまた濃いのである。光はそれを感じていないのかもしれない。光は空しく昼を追い続ける。

「光り輝くのがどうしていけないのでしょう。この世に光があるのは当たり前です。当たり前のことをしているだけなのに、影たちは私たちを妨害することしか考えていません」

「あなたは当たり前と思っているかもしれない。でも、影はそれを不自然と思っているのかもしれません。光は、常に影がなければなりません。光だけでは成り立たないのです。それなのに、あなた方は影をこの世界から抹殺しようとした」

彼女は、それ以上何も言わなかった。ただ、彼女が何を考えているのかはわからなかった。ただ、石の階段をゆっくり踏みしめていた。私はその後を少し後からついていった。

さて、頂上の教会に着くと、確かにそこには影を失った人々が大勢集まって礼拝をしていた。彼らはその狭い礼拝堂で押し合いへし合いしていた。だから、私たちの到着には全く気がついていなかった。彼らは、礼拝のために自分の都合のよい場所を確保しようとしていたのである。それは、彼らが神聖な礼拝堂にいるということをまるで忘れているかのようであった。とにかく前のいい席を取るべく競争していた。

彼女はその姿を見て少し恥ずかしそうにしていた。

「いつもこうなのではありません。今夜は特別の講話があるのです。今夜の講演者は『光の使者』と呼ばれています。光の使者はめったに私たちの前に姿を現すことはないのですが、今夜彼はやってくるのです」

そう言いながら、彼女は彼らの一番後ろに席を取り、光の使者の登壇を待ったのである。はたして、「光の使者」はやってきた。彼はいかにも光を身に纏ったような精力的な中年男であった。彼の登壇と同時に、光の民衆たちは拍手し、歓声を上げた。

「昔、まだわれわれが影から解放されていなかったころ、光は影のおかげで曇らされていた。しかし、今日我らはついに影から解放され、地面から解き放たれ、自由に飛び回ることができるようになったのである。その成果は諸君の多大の努力と犠牲的精神のたまものである」

光たちの間に周りを伺いながらまばらな拍手が起こったが、すぐにそれも止んだ。

「影たちの勢力はすでに微小なものとなり、川の周辺にわずかに残っているのみだと聞く。おかげで、我らは悩みや苦しみから逃れ、全く規則正しい法則のもと、建設的な生活が送れているのである」

このとき弁士はしばらく間を置いたが、今度は拍手が起きなかった。弁士は続けた。

「光は体中を隈無く照らし、病気や災いを取り除く。そして、隠れていた邪悪な欲望や屈辱を解放する。つまり、諸君は自らの欲望に添って行動したとしても、決して良俗に反することがない。無意味な競争に怯えることもない。裏切りや詐欺に陥れられることもない」

　そこまで言って、弁士は言いよどんだ。しかし、思い直したようにさらに力を込めて続けた。

「影は敵だ。敵を駆逐するまでもうすぐだ。それまで気を抜いてはいけない。影は有害な細菌のように我々の体内に入り込み、我々の組織や器官を感染させ、いずれはその内部から破壊してしまうのだ」

　そのとき、群衆の間から声が上がった。

「影は細菌だ」

　それに呼応するかのような声が教会の天井にこだました。光の使者は続けた。

「影が無ければ生きられないというような宣伝が流布しているが、それらはすべて影の陰謀だ。光はそれ自身で輝くことができる。浅はかな連中が、光の世界を転覆するために悪質なデマを流しているのだ」

　彼の言葉は何かによって塞き止められた。そして、しばらくしてから、低いしかも決然とした調子で言い放った。

「この場に影が入り込んでおる」

　聴衆の目はしばらくお互いを見合わせていたが、すぐに視線は私の方に集中した。

「影がいる。この男には影がついている」

　口々に叫ぶ声がすぐ近くでした。そのとき、縦長の窓から入ってきた月明かりで私の影が石畳の上にくっきりと現れたのである。

「おい、どこかに行ってくれ。このままでは俺が殺されてしまうかもしれない」

　私は影に向かって小声でしかも半分脅すように言った。

「君はいつから光の仲間になったのだい？」

　それを聞きながら、私は急いで教会を出て、もとの階段を彼女と供に駆け降りていた。彼女が私に抵抗しなかったのが不思議であった。月夜だったので石段ははっきり見えた。私たちは飛ぶように石段を駆け降りていった。すると、不思議なことにいつの間にか今まで一つだった影が二つになっていたのである。その影に道案内されるように二人の人影は街に向かってするすると下っていった。私たちはどこまでもどこまでも息が切れるまで走り続けた。

光りたちの気配が遠ざかった。もとの川の畔である。私たちはやっとそこの石の上に座って息をついた。

「どうして一緒に逃げたんだ」

「わからないわ。ただ、あなたが強引に引っ張るから……」

彼女は、幾分汗をかいていた。荒い呼吸に合わせて胸のあたりが動いている。

「今でも影のことを悪く思っているのかい？」

「こんなに月がきれいなんですもの、月は影があるから月なのね。走りながらそう思ったの」

「影が僕たちをここまで導いてくれたんだ。それは、十分感謝できることなんだ」

私は妙に興奮していた。どこか遠くで歓声がしていたが、そんなことも私は気にならなかった。

川面に月の光が揺れていた。もうすぐ敵の集団が我々を追ってやってくるということはわかっていたが、それに対してさしずめどうしようという考えはなかった。

「僕たちは、戦争をしに来たのではない。違うんだ。影を奪いに来たのでもない。影を付けに来たんだ。すべての人に影の必要性を説きに来たんだ。今やっとそれがわかったよ」

「でも、光の人々はそんなこと何もわかっていないわ。影によって光が滅ぼされると思っているのよ」

「影は曇っているときは見えないから、信じられないだけで、今日のように月の明るい日にはきっと影のあることとの必然性がわかってくると思うんだ」

追っ手はすぐそこに来ているのかもしれなかった。しかし、光たちを説得するのでなければ、真の解決はありえないような気がした。逃げていても埒が明かなかったのである。それなら、逃げる途中にいいのだろうか。ひょっとしたらあの教会の信者たちにも、何かのきっかけで影が戻ってくるかもしれない。彼ら自身もどうやらあの光の使者のことを信じているというわけでもなさそうだ。その間にも追っ手は迫っているはずだった。

「焦る必要はないいぜ」

絶体絶命の私にそう言ってくれる者が下のほうにいた。私の影である。

「あんたのおかげで何だか面白くなってきたよ。何でも困ったときに力になれるのが俺たちのいいところだ」

隣にいた女の影もまた微かに揺らめいたような気がした。

「どうしたらいい？」

「簡単なことだ。お前がこの影の屯している下町の方に逃げ込めばいいのだ。丘の上からお前たちを追ってきた者たちは、入り組んだ町並のどこかで別れていた自分の影に再び出会うことになるというわけだ。もともと一体だった光と影はそこでののしり合うことはあっても互いに殺し合うことはない」

さしずめその下町に逃げ込むほかなかった。

「影はまあ鏡みたいなもんだね。悪いことは皆自分を映す鏡、つまり影のせいにして、その鏡をなるべくなら自分から遠くて辺鄙なところに置いておきたかったということだろう。しばらくはあんたも白い目で見られるだろうが、俺が付いているから大丈夫だ」

影はそう言って先導するように私を促した。月が前に来れば影は身体の後ろに来るので、そのときは後ろから指示してくれた。女の手を引きながら入り組んだ道を相当入り込んだところにいびつな形の小さい広場があった。真ん中には井戸のようなものがあり、よく見るとその周りをたくさんの影が動いていた。長く身体から離れている影は輪郭が薄くはかなげであった。

「もうすぐ光たちがこの辺りに押し寄せてきます。どうか落ち着いて自分の身体を捜して、もう一度光と一つになってみてください」

私は半信半疑でそう言ったが、私の影の存在は彼ら自身の言葉でしっかりそれを補足しているようだった。光に見捨てられた影たちはすぐに井戸の陰に隠れて、路地から広場へと侵入してくるにちがいない光たちを待ち伏せすることになった。私の影が本体と再び結合した経験をもとにして影たちに作戦を授けていたようだ。もともと体積のないたくさんの影たちが井戸の陰に姿を隠すのは容易なことだったのである。私と女は広場に面した小さな建物の二階に身を隠し、窓から広場を注視していた。

広場に緊張が走った。路地からは光たちの足音がだんだん大きくなり、口々にののしるような声も聞こえてきたのだ。狭い路地なので彼らは一人ずつ路地の出口にから広場に出てきて、街灯の明かりを浴びた。その瞬間一つの影がどこからともなく現れてその先頭の光の身体にまとわりついた。二人目には二つ目の影が、三人目には三つ目の影が……、次々とまるで駅伝競走のたすきリレーのように、自分の元の身体を素早く見つけて、ぴったりと寄り添いながら走り始めたのである。光のほうはその並走に抵抗していたのか、しばらく身もだえした後、やがてそれまでの目標を失ってしまったようにふと立ち止まった。そして、彼らはどこへ向かうというわけでもなく広場の中をあちこち歩き回り、石畳の上に伸びる自分の影を懐かしそうに動かしてみたりしていた。

大勢の決した広場では、それぞれの家路へと向かうのであろうか、人々はいくつかある路地のほうにゆっくりと姿を消していった。

部屋の中で、女は私の右手をぎゅっと握った。

9

独り暮らしもどうやら板についてきた。いや、やっと本来の独り暮らしに戻ったというべきかもしれない。そのために敢えて自分で選んだことだからだ。至る所で「前を向いて」とか「未来に向かって」が呪文のように推奨される世の中ではあるが、ひねくれ者の私は身近な場面で「後戻り」を実行するつもりである。いや、正確には前でも後ろでもない「平面向き」に進みたいということである。まずは住まいを南に移動させた。そして仕事を北東に移動させ、北西に遊びに出かけ、南西に友人を訪ねていく。それは上でも下でもない。行動範囲を拡げて、見知らぬ人に、そしてかつてどこかで会った人に出会うことでもある。もう前には進みたいと思わない。鼻先に吊されたニンジンを追いかけて、空しく飛びつきながら、いつまで走り続けるような「前向き」の人生はとっくにやめた。

そんなことを考えるようになってからか、うたた寝に何やら得体の知れない夢を何度も見るようになった。そして、いつしかそんな夢を楽しめるようにもなった。そうこうしているうちに、他人の背後に棲んでいる影のように曖昧なものにも気がつくようになった。どうやらその影は数学のベクトルのような方向と長さとを持っているようだ。ここでも前向きベクトルの人間は理解しやすいが、後ろ向きのベクトルを背負っている人間はどこか得体の知れないところがある。がらくたに埋もれた部屋の天窓から一晩中星座を眺めているヒマリなどもまたそんな後ろ向き人間の一人かもしれない。

それは郷愁というわけでも、また時代錯誤でもない、むしろそれまでと全く異なった生き方のように思える。後ろ向きといっても彼女はむしろ若々しくて元気である。そもそも絶対的な時間がないのだとしたら、時代錯誤というのも相対的なものでしかないのだろう。

午前中いつもの中央広場を当てもなく散歩していた時、突然横からそのヒマリが話しかけてきた。

「もうオートバイには乗らないの？」

「うん、軽自動車を買おうと思っているんだが」

私はふと思いつきで口に出したのだが、言いながらそれもいいかなと思えてきた。

「それはいいわね。安全第一よ」

「車選びにつき合ってくれないか？」

「いいわよ、今から？」

「うん、衝動買いするかもしれない」

低収入、低貯蓄でも平面を移動するための手段は必要だ、と自分に言い聞かせてみる。上手くいけば、たとえわずかでもオートバイの下取りだってしてくれるかもしれない。軽自動車だからヘルメットも必要ないし、駐車スペースも確保しやすいし、維持費もバイクと変わらない。この前のようにヒマリと二人で気軽に遠出することもできるし、もう一度あの石垣の村に訪れることもできる。そんなことを考えているとすっかりその気になってしまい、二人で近くの中古車販売店を訪れた。

「お客さん、うってつけのいい車がありますよ」

販売の常套句とはわかっているものの、その車を見せてもらった。それはオレンジ色の四輪駆動の軽自動車で、見た目は新車と遜色なかった。担当者の説明を聞いた後、突然彼女が言った。

「この車、私たちでシェアしない？　私が半分出すわ、どう？」

それにしても彼女の大胆な提案だった。

「最近そういう買い方をされる方も増えていますよ」

担当者が得意げにそう言った。

「通勤に使おうと思っているんだが、それでもいいの？」

「構わないわ。私が利用したいのは週末だけだから」

海辺で見知らぬ男と二人で一夜を過ごしただけで、身元も職業も知らない人と車を共同使用することは冒険だったが、もはや捨てるもののなくなった私らしいことかもしれなかった。話はトントン拍子に進み、二人の住まいの中間あたりに手頃な駐車場をこれまた折半で借りることになった。小学生の頃、一学年下の少年と隔週で漫画週刊誌を買って共有していたことを思い出した。毎週の発売日が楽しみで、わくわくしながら二人で待っていたものだ。それと同じように派手なオレンジ色の小さな車の来る日が待ち遠しくなった。商売上手なセールスマンの言葉に上手く乗せられたのかもしれないが、誰かと共にわくわくさせられたのは事実だった。

「君は主に何に使うの？」

「探索よ。電車やバスで行けないところも車なら行けるでしょ」

「いったい君は何を探っているの？」

「考古学みたいなものかしら。私の部屋にあるがらくた類のほとんどが一昔前の道具や生活の名残のようなものなの」

どうやら彼女の過去志向は筋金入りのものらしかった。知らず知らずのうちにこちらが取り込まれているのかもしれなかったが、悪い気はしなかった。彼女もまた何かつかまえられそうでなかなかつかみきれない得体の知れないものに取り憑かれているのかもしれない。そして、私もまた中古車もその探索のきっかけの一つになりそうな気がしたのであろう。一般に精神というものは語彙や文法の範囲で活動するものだが、人間というやつはどうやらその外側にも出てみたいという志向があるようだ。ヒマリはその範囲がもっと広かった時代のことを訪ね歩いているのかもしれない。

さて、思いがけず小さな車を彼女とシェアすることになった自分はいったいどこに何を求めていくのだろうか。古新聞にくるまれた埴輪や土器の欠片がトランクルームに無造作に置かれている様子が目に浮かんだ。

「平日でも車が必要になったらいつでも言ってくれ。バスや電車を利用するのもそれはそれでまた面白い体験だからね」

「ありがとう。実は私の出勤日は週に三日だけ。普段は自転車で行くことにしているから構わないの。ただ、思い立って遠くへ探索に行くようなときにはできたら車があったらいいなって前から思っていたところだったのよ」

「了解した、遠出のときはいつでも言ってくれ。運転手が必要なら、一日千円でどうだ?」

そんなことを言って、その日は笑いながら別れたが、それからが大変だった。車が来た当日早速二人で試運転をしたのはいいが、明くる日から彼女はすまなさそうにしながらほぼ二日に一度車で出張を繰り返した。最初は車に慣れるために頻繁に使用しているのだろうくらいに思っていたが、そのペースはなかなか途切れることがなかった。

「折半したのだから、二日に一度は構わないでしょう。あなたも使ってね」

どうやら彼女は自身の通勤にも使っている節があった。騙されたとわかった頃にはもう遅かった。私としては、一日おきに車通勤するより毎日規則的にバス通勤をする方がよかったので、結局平日にはほとんど自分の車を使用することができなかったのである。しかも、休日は彼女の遠出につき合わされ、運転手の役割までさせられるという羽目に陥った。

「これからちょっとした集会に行くの。あなたも来ない?」

ある種の悪魔の囁きのようなものである。

「それは……何の集会?」

「自給自足生活を推し進める宗教団体の集会よ」

「新興宗教？」

「ええ」

屈託がない。

「少しだけなら」

あまりにも彼女があっけらかんとしていたせいか、私はそれほど考えることもなく同行した。一時間ほどでその集会のあるという町に到着した。予想に反してそれは地域住民のための小さな集会場を借りて開催されていた。入り口では何のチェックもされなかったが、特に歓迎もされなかった。地域住民が対象の集会らしかったが、どうやら顔見知りは一人もいないようだった。

前に立った発言者は語っていた。

「人間というものは広い意味で自然の一部ですから、自然から離れる度合いに応じてどこかに無理が生じてきます。現代社会の問題の多くはそこに原因を求めることができます。加工食品、人工建材、合成繊維、合成樹脂など、枚挙にいとまがありません。人間は自分たちの手に余るものを大量に作りだしてしまったのです。今からでも遅くありません、手に余らない範囲に線を引くべきです。曖昧な線でも構いません。まず食品だけでも手に余らないところに取り戻さなければなりません。少なくとも遠くから船や飛行機で運んでこなければ食べていくことができないという不自然な状態を一刻も早く解消しなければなりません。この不自然な状態こそまさに手に余ることなんです。……」

私はしばらく耳を傾けていたが、これは今更無理というものだろう、宗教じみた彼らとはある程度距離をおきたかった。彼女は顔見知りを見つけたのであろうか、席の前のほうに座っていた人と目で合図をしていた。もしかして彼女はこの団体のメンバーなのではないかと思ったが、それはどちらでもいいことだった。発言者は続けた。

「もちろん現代社会においてこの運動を拡げていくことは容易ではありません。しかし、事実の積み重ねこそが人を動かします。現代社会が行き詰まっていると感じている人は決して少なくありません。こんなときこそ、私たちのなし遂げる事実が一つの解決策として意味を持ち始めます。放棄された田畑をもう一度生き返らせましょう。荒れ果てた山の恵みをもう一度取り戻そうではありませんか」

　相変わらず演者は自説を繰り広げる。辺りには微妙な空気が流れ続けている。この後の質問の時間を待ちわびているのだろうか、或いは誰かに伝達するのだろうか、頻りにメモをとっている人もいる。辺りは次第に異様な緊張感が漂い始めた。

「必要なコントロールを失った社会は個人的な利潤の追求のためにさまざまな工夫を凝らし、有望な産業を求めて、ふるさとを捨て、村を原野に変えても新しい時代の必然性だと思って、振り返ることをしなくなった。一面ではしかたのないことであり、また一面では意図的な方向付けでもあるけれども、それを調整する部分がこの社会にはありません。ただただ新しい投資分野を求めていくだけで、打ち捨てられたものに光を当てるものはありません。それが全体として発展していれるのなら誰も見向きすらしません。けれどもいずれは破綻します。何かのきっかけで坂道を下り始めたら、想定外の事柄に手をこまねいているばかりで、誰も押し戻したり、止めたりできなくなってしまいます。そのときを待つにしても、またそのときを先延ばしにするにしても、いずれにしても今できることを始めなければなりません。われわれこそがその調整役を果たすのです。皆さん、リアリズムの目を持ちましょう。目先の利益を追いながらも、同時に周りの現実を見据えようではありませんか。そういう複眼的な視点が必要です……」

　私はいつの間にか激しい既視感に襲われていた。夢に見たことが今目の前で同じように進行しているのである。演者は「光の使者」ではないのか。そして、自分だけが影を持っていて、この後糾弾される運命にあるのだ。そして、誰かと一緒にここから避難することになるのだが、ヒマリは一緒に逃げてくれるのだろうか。いったいどこまで先回りするつもりなのだ。そう言えば、ヒマリと出会ったのも、やはりよく似た夢を見た後だったではないか。離婚して一人暮らしの孤独な生活が続いたせいであろうか、夢で孤独を紛らせたいのか、忘却の彼方からふと記憶や夢がよみがえってくる。心の中で起こることは記憶であろうが夢であろうがその出来事の性格はよく似ているのかもしれない。ひょっとしたら、何世代も前に起こったことが遺伝子か何かによって記憶されているのかもしれない。

何事もなく基調報告は終わり、質疑応答もほぼ終わりかけた頃、止せばいいのに私はなぜか一言言わずにはおられなくなって、つい手を挙げてしまった。終わりかけていたので参加者は半分腰を浮かせていたが、また腰を落ち着け始めたようだった。私は何を言おうとしたのか、一瞬忘れてしまった。マイクが回されてきたので、後には引けずそれを握りしめた。

「お聞きしたところ、……、対抗勢力を作ろうとしておられるように感じられるのですが、いかがですか？　というのも、それは従来のやり方であって、結局体制の補完物となってしまうような気がするのですが、そこのところはいかがなものでしょうか？」

自分でも何を言っているのか、言葉足らずでよくわからなかった。その場で身体が浮き上がってしまいそうだった。

「ありがとうございます。体制の補完物ではないかということですね。代表、見解をお願いします」

あくまでも司会は冷静であった。

「補完物は言いすぎだと思いますが、体制内での改革ですからそう思われても仕方がありません。ただ、いずれはこの運動が体制内部にも浸透していくという見通しを持っています。ですから、『対抗勢力』というご指摘は当たらないと思っています。いずれ体制側も含めて大多数が納得できる事実を積み重ねるしかないと思っています」

私はそれ以上発言しなかったが、ちらっとヒマリのほうを見たら彼女と目が合った。そのとき彼女は心なしかうなずいたようだった。これで要注意人物くらいにはなったかもしれないが、ここはいつかの夢のように逃走する必要はないようだった。解散した集会場に人は疎らになり、あちこちでまだ話を続ける人の姿が見られた。私は早々に退散しようと思ってヒマリの方に向かったが、以前からの知り合いだったのだろうか、彼女は司会者と何やら立ち話をしていた。しかたがないので、私は集会所の玄関口で話が終わるまで待つことにした。玄関前にはちょっとした駐車場があり、その辺りには会員たちがまだ挨拶などしていたので、待っている間少し居心地が悪かった。新しい人間関係など簡単には結べるはずがないのだ、と自分に言い聞かせていたら、突然後ろから声をかけられた。

「今日は貴重なご意見ありがとうございました」

振り返ると先ほどの講演者が目の前にいた。彼は主宰者特有の笑みを浮かべながらそこに立っていた。

「あなたのように自分の考えを持っておられる方にこそぜひ参加してほしかったので、今日は本当にありがとうございます」

「いいえ、僕は知人に誘われるままに来ただけで、自分の考えなんてありませんよ。とんだ場違いでした、すみません」

「いやいや、ちょっとした好奇心だけでもありがたいんですよ。昨今は何か社会的な活動をするだけで胡散臭がられますからね。貼り紙は断られ、ビラは受け取らない、デモや集会は横目で通り過ぎるだけ、そんな状況にすっかり慣れっこになってしまっていますから、なかなか難しいですよ」

代表はいかにも同志を得たかのような優しい口調で、いつの間にか共感の輪をこちらに拡げてきていた。

「もどかしいのは僕も同じです。でも、それは人のせいにすることはできないと思い始めているんですよ。あなたも言われるように事実を提示することしかないような気がしています。それも事実はできるだけ多い方がいい。宣伝はそれからでも遅くないと思います」

「なるほど。で、そういう事実はすでにいくつか準備されていると、あなたは考えるわけですね」

「ええ、僕自身もまだ気づいてはいませんが」

「でしたらそれが事実であるかどうかもわからない」

「そのとおりです。ですからどんな宣伝もできません」

「量の質への転換というわけですか。なんだか弁証法のようですね」

「気づいていないのだから反論すらできません」

私たちはどちらからともなく顔を見合わせて笑った。

「いやあ、実におもしろい方ですね。またお会いしましょう」

代表は丁寧にお辞儀をして私のもとを離れ、ほかの支持者たちのほうに向かった。少し離れたところで、彼は作業服姿の農業関係者たちと言葉を交わし始めた。私のほうはやっと解放されたヒマリと再合流して、オレンジ色の小さな車に乗り込んだ。

「代表と何を話していたの?」

「世間話というところか」

「そうよね、いきなりだもの」

「以前からの知り合い?」

「あの司会者の人は私の史学科の先輩よ。今日は彼の紹介で参加したの。だから、代表の話を聞くのは今日が初めて」

彼女は珍しく言い訳をするようにそう言った。私は何気なく遠くに目をやった。駐車場の背後には緑の山並みが続き、中腹には寺院の瓦屋根のようなものが見え、その手前には見渡す限り青い水田地帯が広がっていた。確かに水田のあちこちには転作や放棄されたような褐色の部分も見え、そこには農家の人たちの葛藤が垣間見えるような気がした。

時間が存在しないとしたら、今目の前にあると思っている時間とは一体何だろう。ひょっとして速さの別名なのではないだろうか。例えば、目の前の水田地帯を誰よりも早く白い建物と舗装道路とがある近代的な工場地帯にしたいという衝動のようなものではないのだろうか。今日の集会の主宰者たちもまた、そんな衝動が具体化されるより前に自分たちの思い描く「自給自足社会」を実現させたいと思っている。それはヒマリの考える「後戻り」と似ているようで、またかなり違うような気もするが、そのあたりを彼女はどう考えているのだろうか。自転車は速く漕がなければ倒れてしまうし、もともと後ろ向けに走るようにはできていない。自分の目には、社会全体が自転車操業をしているようにも見えるのだが。ふとこんな光景が目に浮かんだ。

必ず着くという保証はない。だけどもこの進路を取ることが義務であるかのように、私は車を運転していた。坂道がある。その坂道は天に通じているかのように真っ直ぐ伸びている。ここまで来るのはすぐであった。そして、坂道を真っ直ぐ走って、滑走し、車は天へと昇っていく。途中に見えたどこかの宗教団体の塔よりも高く昇っていく。目的地はどこであるのか、私はもう忘れている。ただ、あまりにもおあつらえ向きに滑走路があったのである。私は、下に向かって手を振った。

「さようなら。さようなら」

私の気持ちを前から知っていたかのように、車はどんどん高く飛び続ける。そして、ようやく機首を下げ始める。このドライブは特別である。私は空から下に向かって手を振った。下に誰がいるというわけでもないが、誰かに向かって手を振った。気持ちがいいのだ。

「さようなら。友達」

そんなことを何度も言った。まるで下にいる人の全てが前から友達であったかのようである。空は青く澄んでいる。鳥は私の下を渡っている。車に翼はないのに、滑走したときのままの速度で宙に浮いているのである。それは当然のように私には思えた。これまでの苦労がやっとむくわれたような気持ちである。誰でもそれは祝福できるはずであると、私は思った。とても気持ちが良い。これから、私は空の上からどこへでも行けるし、また簡単にもとの空に帰ってくることができる。空から見る街の風景は格別だ。

あの路地で考えていたことなど、もうどうでもいい。あの木の下を通るたびに気が重くなっていたことも、道の見えない未来のことも、もう考える必要がない。地上に降り立つことなど考えなくてもいいのである。

空はどこまでも青く澄んでいるし、どこにも障害物がない。

「さようなら。これまでの重苦しい生活」

車は左右に揺れながら風を切って雲の間を飛んでいく。運転席には缶コーヒーがある。煙草もあるし、音楽も聴ける。そこには快適な全てがそろっている。近所に気兼ねすることなく好きな音楽が聴けるのである。遠くの山々が見え、町は地図になる。車のスピードは高速道路を走っているときのままだ。このまま別の国に降り立って、何もなかったかのように走り続けよう。

地上を離れて、余った時間を、今までしようと思ってできなかったことにたっぷりと使うことができる。

もう既に一時間は飛んだことであろうか。なぜかガソリンはなくならない。エンジンを動かす必要がないのだ。それはグライダーのように空を滑っていた。願ったり叶ったりたりというものだ。地平線から水平線へと地球は青く広がっている。風は快い音楽だ。

ずっとハンドルを持っていたので腕が少し疲れてきた。交互に片手を放したり、腕を回したりしながら、リラックスさせていたが、どうにも辛抱ができなくなってきた。試しに両手を放してみると、自動車は急速に降下を始めたので、慌てて両手でハンドルを握り、必死で車体を支えた。

そう、私に時間などなかったのだ。自動車が地面に激突して死なないように、私はいつまでもこのハンドルを支えていなければならないということが今判明したのである。

そのために、私は車のバランスを崩さないように常に気を配る必要があった。そのことしか考えてはいけなかった。あるいは、そのことを無視しては他のどんなこともできないのであった。

そのことに関わらなければ墜落するという恐怖を常に持ち続けながら腕や神経の疲労にも耐えなければならないのであった。時間はあってないようなものであった。自分の時間はこの夢の自動車に奪われてしまったのであった。

やっと見つけたドライブの時間も、今や取り戻せない苦痛の時間として私の前にあるのである。

「何を考えているの？」

隣の座席に座ったヒマリが不思議そうにこちらを見ていた。

「いやあ、このままこの車が道路から離陸したらどうなるかって考えていた」

「軽い車だからね」

彼女はこちらの不安を見透かしたように言った。実際速度を上げると風に煽られて浮き上がりそうな車体ではある。オートバイ事故のときは本当に数秒空を飛んだのだから、その後遺症かもしれないとここは自分を納得させてみる。

「宗教団体にせよ、社会団体にせよ、何かの組織に属そうとすると必ず心の中でストレスが倍増して、急に撤退したくなってしまうんだ。関係ないかもしれないが、就学前も学校での集団生活を想像しただけで不安が募ってきて、日々迫ってくる入学の日が嫌で嫌でたまらなかった。それは何かのトラウマというよりも何でも頭の中で想像しすぎる性格が一歩前に踏み出すことを億劫にしていたのかもしれない」

「そういうところ、今もあるわね」

彼女はこちらの不安を明るく一言で片付けてしまうようなところがあって、私は近頃それを期待しているようなところもある。車を共同利用することになったのも無意識にそんな期待があったからかもしれない。

「でも、そういうあなたの空間志向って、私は気に入っているわ。授業中にぼんやり窓の外を見上げている中学生みたいで」

「空間志向ねえ？　想像力とどう違うの？」

「私の考えでは、想像力から時間志向を引いたものが空間志向、ということになるの」

「なんだ、それは？」

「つまりね、時間を考えると想像力は明日の自分や一年後の自分などどうしても自分中心になってしまうけれど、空間志向の想像力は自分を離れることができるの。自分を離れるとね、客観的な想像ができるはずでしょ。そのことを私は空間志向って呼んでいるの」

「なるほど。じゃあ自分のいるはずのない過去の世界をあれこれ想像することは、どちらかというと空間志向？」

「そうね。小説なんかは書いているうちに自己の痕跡が消えていくのじゃないかしら」

「私小説も?」

「もちろん。その場合『私』はすでに自分ではない」

「『私』はドッペルゲンガーのように自らの足で歩き始めるってわけか」

「ある現代哲学者がおもしろいことを言っていたわ。私はいまカメラに向かって語りかけているが、これを見る人はいまこの話を聞いているわけではなく、何日か後にこの放送を見ることになる。つまり、私が語りかけている『今』とそれをテレビ画面で見ている人の『今』との間には時間のずれがある、と。哲学者が視聴者に向かってある内容を語るという一つの行為が両者にとっては別々の時刻、つまりそれぞれにとっての『今』に行われているというわけなの」

「よくわからないが、この場合の『今』は二つ以上あるっていうこと?」

「おそらく人の数だけ『今』があるっていうこと。あなたに『今』があるように、まだ見ぬ未来人にも、戦国時代の農民にもやっぱりそれぞれの『今』があるってことよ」

彼女の突飛な言葉には慣れっこになっていたが、運転中の自分の頭ではすぐには咀嚼できそうになかった。私の想像力に餌でも与えているつもりなのだろうか、隙あらばと自分の思いつくままに謎をかけてくる。できればハンドルを握っている間は止めにしてほしいものだが、涼しい顔をしてそれもお構いなしだ。

「僕はときどきそこに自分のいない世界を思い浮かべることがあるけれども、それはたいてい何かしらの不安からだ。不安というものは頭の中で整理できないので、あやふやな形を持ったまま奇妙な像を結びやすいのかもしれない。けれども像そのものは全く未知のものというわけではなく、自分の記憶や経験から類推できるような気もする……」

私はそこまで言ってから、独り言のように発した言葉を振り払うように前方の風景に視線を集中させた。助手席の彼女もそれを察したのであろう、その話を引き継いでいこうとはしなかった。ただ、自分のいない世界を思い浮かべる、と私は言ってみたものの、想像している自分自身をそこから消したりすることがはたして可能なのだろうかという微妙なことはどこまでも気にかかっていた。

ヒマリをアパートの前で下ろし、駐車場に車を置いてから暗闇の中を自宅まで歩いて帰った。新興住宅地であるせいか、街灯の明かりくらいしか頼るものがない。闇の訪れと共に人工的なニュータウンはいつしか魑魅魍魎の跋扈する密林へと変貌していく。闇の向こう側にはいったい何が潜んでいるのだろうか。太古の昔この場所には未開の原生林が広がっていたはずで、いまやコンクリートで区切られてはいるが、小さな川や池はその名残である。蛙、イモリ、アメンボ、沢蟹など、水のあるところにはさまざまな生命がうごめいている。あたりに霧が立ちこんできて見慣れない建物の輪郭が空中に浮かび上がってくる。私はどこかいつもと違う道路を横切り、それから吸い込まれるようにいつもと様子の違う建物の中に入っていく。廊下の電灯の照度もなぜか今夜は暗めに設定されているのだろうか、窓も扉も何もかもぼんやりとしている。

10

はたして私はどこにいるのだろうか。いつしか暗い部屋の中に閉じこめられてしまったようだ。周りに何があるのかわからない。かなり広い部屋であることは、どこまで歩いても壁にたどり着かないことからもわかる。床は確かにあるのだから間違いなく光を遮断したところではあるのだが、それがどのくらいの広さであるのか見当がつかなかった。闇はどこまでも続いているように思われた。外側の街は静かに動いていた。いや、動いているような気がする。私にはただそんな感じがする。どこに行けばここから出られるのであろうか。出るきっかけらしいものがないのである。床を注意深くたどれば、出口への鍵が得られるのであろうか。それとも、すぐ上に天井があってそこには出口が穴をあけているのであろうか。前後左右どこに何があるのかわからない。昨日はいつものように眠りについたはずだとぼんやり思っている。外ではいつもの街が活動しているのであろう。私だけが突然その流れから外されたのである。誰か私を良く思わない連中が、私を罠にでもはめたのであろうか。外のことが非常に気になるのに、外に出ることができない。外では屋台の声なんかがしているのであろうか。人はそこに集まって話をすることができるのであろう。いつもは話さない人同士がそこでは能弁になって、今まで私の知らなかった新しい関係ができていくのだろう。私は嫉妬している、私のいないところでなされる新しい会話や関係に。それなのに私はここから出ることができない。ここからその間に割って入って口を挟むことはもうできないのである。まるで私の死後の世界のように彼らは語り始める。私のいるときは一言だって会話にならなかったやつらである。しかも、どちらも私と個人的に親しかった者同士だから、私がいないと話にならないにちがいないと思っていたやつらなのである。恥知らずにも、そんなやつらが私のいなくなったところで親しく話し始めたのである。どうしたらいいのだろうか。私はここから出ることができない。どこまで言っても私が触れる物がない。これはもう広い部屋などではないのかもしれない。これはとても大きな空間なのだ。誰も入れないような異次元の穴のような所に私は迷い込んだのかもしれない。彼らにはそれが見えないだけである。それなのに、私には彼らの様子が手に取るように想像できるのである。これはどうしたことなのだ。これが「死」ということなのであろうか。私は信じることができない。なぜなら、私は私の肉体がここにあることが実感できるからだ。見える物は何もないが、私は確かに暗闇を見ているのだ。腕に触ることだってできるぞ。何か適当な物があればそれを投げることだってできるのである。それなのに、身体があっても今は少しも役に立たないではないか。むしろないほうがいいのではないかと思ってしまうのである。肉体がなければこんな暗い空間から簡単に抜け出せるのかもしれない。しかし、それは恐ろしい選択だったにちがいない。出ることを考える代わりに、場所を否定してしまったら、私はいったい何になってしまうのだろうか。しかも、肉体がなくなったのにそれでも出られなかったとしたら、それはいったいどういうことになるのであろうか。それは想像すらできない恐ろしいことであった。それは夢の中にいるようなものなのであろうか。一生を夢の中で暮らすとしたら、それはどんなものなのだろうか。いやいや今はそんなことを考えていてもしかたがない。とにかくこの巨大な箱のようなものの中から出なければならない。差し当たって触れることのできるのは今私がその上に立っている床のようなものだけである。床を丹念に調べることだ。片手が静かに触ってみる。それはざらざらした感覚である。コンクリートか何かであるらしい。簡単には壊れそうにない。どこまで行こうとも硬いコンクリートの平面が続いているのだろう。それは絶望的なことではあったが、人工的であるということでは逆に希望が持てたのである。人が造ったものである以上、人によって開けられる可能性があったのである。どこかに鍵はあるのだろう。密閉してあるとは考えにくかった。というのも、誰かが私一人のためにこんな巨大な箱を造ってしまうはずはないからである。とすれば、何か目的があり、それならば、その目的に見合う出口のようなものも必ずどこかにあるに違いないと思われたのである。触れることのできるものが床だけである以上、まず床の上に何か出口のきっかけになるようなものを見つけなければならないと私は思った。そして私は床を這うような格好になって、丹念に床を探索し始めたのである。それは恐ろしく根気の要る作業であった。腹と腕にかかる重みに耐えながら、当てのない匍匐前進を続けていた。ときどき立ち上がっては天井を調べて、ひょっとして上にも壁がありはしないかと確かめてみるのであった。それらはほとんど気の遠くなるほどむなしい試みだった。所々コンクリートにむらがあってでこぼこしている部分もあった。その辺りが怪しいと注目して見るのだが、やはり硬い床に突き当たるだけであった。それにしても思うのは外の世界のことばかりである。自分がいないことによって起こる全てのことが気になるのであった。そのことを振り払うかのように私は腹這いながら床を撫で続けたのである。生理現象も暗闇の中ではしたのかしていないのか感覚が曖昧である。肉体がますます意識されなくなろうとしていた。おそらくこの実験はそれがねらいなのだ。視覚を失われた人間のする肉体の喪失感というものを調べる実験に使われているのではないだろうか。ただ、よりによってどうして私がそんな実験なんかに選ばれたのだ。暗闇の中に入る前といえば私はいったい何をしていたのであろう。それがどうしても思い出せないのである。これからどうなるのであろうか。このまま私がここにいるとして、私の家族や友達はどうするのだろう。私の持ち物はいったい誰のものになるのか。配偶者が処分してしまうのだろうか。いやいや、私の消息がわからないうちはそのままにしておくにちがいない。しかし、いつまでそうしていても、時間とスペースの無駄になるから、案外早く処分してしまうかもしれない。それなら、言っておきたいことがあるのに。これだけは燃やしておいてほしいものがあるのだ。それがあるうちは落ち着けない。おいおい、私はもう死んでいるようなものなのか。ああ、誰かこの状態を何とかしてくれ。

そろそろ私は精神に異常を来してきたようである。人格というものがあるのなら、それがもう破壊され始めているのかもしれない。いわゆる狂気の世界へと渡る橋にさしかかっているのかもしれない。かつて暗闇は狂気への入り口のような気がしたものである。それがどうしたことか暗闇以外に何もない世界に来てしまったのである。とうとう子供の頃怯えていた暗闇の住人になってしまったのだ。勇気を持つのだ。想像力を持つのだ。私は何度も何度も自分に言い聞かせてみた。暗闇の中では想像力が唯一の武器なのである。暗闇に心が潰されたらもうお終いである。暗闇以外の現実しか頭の中になくなってしまったら、まもなく人格は崩壊してしまうだろう。箱の中は冷たかった。冷たく暗い現実が続いている。いつまでも続くという絶望感が襲ってくる。

この絶望から逃れる方法はここから出ること以外にないのであろうか。ひょっとしてここにいたままで絶望から救われる方法はないのであろうか。暗闇の中では自分は自分であるということでしか存在を確かめることができない。自分以外の対象は存在しないも同然である。では、自分は自分であるという退屈な公式からここで逃れられるのだとしたらどうだろうか。自分は自分ではないのだという非情な決意、それこそ今必要なのかもしれない。自分の身体と位置を離れること。今ならすべてを捨ててそんな存在になれるかもしれない。

　家族も言葉も、友達も地位も名誉も、この世界ではすべて失われてしまっている。この暗闇から抜け出たとしてしてももとの世界に戻れる保証はない。それならばこの場で存在の様相というものを変えてしまったほうがいいのかもしれない。それは絶望的な状況にあって微かな希望を持たせるものであった。この暗闇の中にいたまま救われる方法を考え出すとしたら、他にはないように思われる。ここを出ることは何か外からの力によるのでなければ不可能であるらしい。つまり、この事態は私の人生そのものなのであり、私の人生は逃れることのできない暗闇の牢獄なのである。それはいずれ引き受けなければならなかったものなのである。それならどちらにしても同じことなので、この暗闇を積極的に引き受けることにしたらどうだろうか。まだ歩いたり腕を回したりする自由は残されているのだから。

　暗ければ暗いほど私は明るい光景を思い浮かべてしまう。たとえそれが非現実の世界であっても、今の私にはその光景がふさわしいのである。太陽がまぶしく照っていて、野や山は緑に色付き、川の緑がいちだんと濃く、鳥たちがごく自然に囀っている。澄んだ空には翔んでいく雲が流れ、故郷には濃い空気が充満し、無尽蔵に湧いてくる大地のエネルギーをそこでは誰もが呼吸しているのである。そう、ごく自然に。川の魚たちは今も変わらず岩陰を出たり入ったりしているのであろう。それは信じられないことではない。それが私の慰めとでもいうんだろうか。いや、それは私の想像力そのものなのだ。

　想像力の中で私はもう私ではなくなる。私であることを意識的に停止するのだ。私であることは、すでに破綻している。どこにも私はいないのと同じである。夢の中の私が本当の私であるように、暗闇の中から意識ごと出てしまいたいのである。それは人間であることを一時的にやめることになるかもしれない。それでも、それがこの状況を逃れる方法なら仕方がないであろう。

　暗い世界は明るい空色に変わり、小鳥の囀りは家の中まで聞こえてきて、水の流れる音がどこかでしている。それらは濃い酸素の中で紫色に輝いているようでもあり、どこからともなく霞が出てきて、春の暖かい空気が辺りに広がり始めるのである。私はその中を一人歩いている。手に細い草を持ちながら、川の側の細い草の生えた小道を歩いていく。どこかに待つ人があるわけでもなく、目的のない春の一日を、誰という相手もなしに過ごすのである。それは何度も繰り返される散歩の中の一つであり、疎外された少年の孤独な道のりを暗示してはいた。けれども、その道には黄色や青やピンクの花が咲き、彼の行く手を祝福しているかのようである。そこには必ず水があり、草があり、慈愛に満ちた母の表情がある。

想像力は戦いであるということを私はそのとき初めて気づいたのである。閉塞された現状は想像力さえ圧殺する。それで死んでしまうものもあり、死なないものもある。けれども、そこに死ぬものがあるとするなら、その情況は悪であると言えるのかもしれない。暗い箱の中は、私の命を縮めている。肉体的な命よりも精神的な命を、だ。けれどもそれは見えないから、私の感じることがすべてだ。感じよう、生き生きと感じよう、新たな感覚が広がるように。一瞬一瞬が新しい発見であるように。老いさらばえた家畜たちに用はない。必ず蘇る力のあるものが美しいのだ。

小鳥たちは囀っているか。お前の頭に囀っているのか。丘の上に雷は鳴り続ける。冬の風は家々をなめ尽くしたか。暗い夜が訪れようと、私の脳髄は休んではいない。計算と予言と洞察に満ちて、夜の住宅街をさまよい歩いている。友よ、人生は悪くないぜ。どうやら君が歩いた公園と私が今歩く夜の道とあまり変わりはないようだ。誰でもないものに呼びかけてみる。人々は苦しみながら歩いている。それだけが生きることででもあるかのように、見えない力に怯えて働き続ける。友よ、あのときの話は嘘ではないのだろう。君だけが語ることのできた時代に私の頭脳はいま入り始めている。なぜなら、君はあのときすべてに絶望していたから、そんなに冗舌になれたのかもしれない。

街路樹のプラタナスも市街電車もあのときのまま、私はその懐かしい通りにいま入っていくよ。それが当然ででもあるかのように、私は空に向かって語り始める。それを誰かが聞きつけて友情が始まるように、夏の夜は偶然に満ちているのである。もう誰もそのことを訝しがったりはしない。君が好きだったあの映画も、あの音楽も、夜の街にこだまして、私と共に歩いている。それが狂気なら、それもいいだろう。どうせ私はもう檻の中にいるのだ。誰もこれ以上私を縛ることなんかできやしない。空には星が静かに瞬いている。そうだ、それこそ君の独断場だ。空には星が散歩している。星が動き回っている。君にはそれが見えるのだ。友よ、今ならわかる、私が君にした仕打ちと君のささやかな復讐が。君はいつまでも消えない傷を私の胸にそっと残していった。いつまでも疼く心の傷を。

自由が空に舞っている。彼らの自由と思っているものが実は束縛だったりするのは毎度のことである。だから、この街の人々はみんな小さな動きしかできない。想像力を使い果たした者たちが通りを歩いているのは、見るのもつらい。友よ、精神というものは果てしないものだ。私は、決して檻の中で死に絶えたりはしない。再びあの街路を歩くのだ。誰かにノスタルジーと言われようとも、感傷と言われようとも、それは私の生きている証拠だ。自由が遠ざかろうとも、そこにある希望を追いかけるだけだ。地平線が見える街には育たなかった。それなのに、どうしてその街が広く果てしなく思えたのだろうか。友よ、君の踏み締める大地は、世界と宇宙につながっていたのである。この街には育たなかったのに、私が今なおこの街を離れられないのは、君がこの街に刻印した印象を拭い去ることができないからである。街路にはいつもながらの煙草の吸い殻、プラタナスの落ち葉、罅割れたコンクリートのかけら、街路樹、バス停、定食屋の看板、小さなジャズ喫茶。

再び精神は揺り戻される。暗闇の中で私の精神はたえず死と隣り合わせだ。それは、戦うことを忘れ、体裁と人目ばかり気にして、いつまでも自分のちっぽけな名誉に汲々としている私自身の姿である。人を見ては疑い、その心の奥を覗こうとしたり、物言わぬ人の腹を探りながら疲れている私自身のありようである。暗闇はその自分自身の暗黒を照らしている。この箱は私自身である果てしない箱。どこまで行っても壁につかえることのない平坦な暗闇の中で、私は右往左往しているのに違いない。

他人より優れているということにもともとどんな価値があるのだろうか。人からの評価と評判と、世間の目と、私はやはりどこかで期待しているが、それこそこの世の暗黒だ。暗黒なら人目というものもありはしない。あるのは自分という紛れもないここにいる存在だけだ。それには、誰も何も期待しないし、だれに気兼ねする必要もない。それなら自由になれるのかというと、それは一番身体的に自由でない状態で経験しなければならないというこの皮肉な現象である。

つまり、自由は一番自由でないのだ。しかし、それも一度は経験しておくものかもしれない。二度と普通の世界に戻れないことがあるとしてもそれは仕方のないことだ。運命というものは一つしかないのが定めなのであれば、それも仕方のないことだ。一つしかないという現実世界は、そうでなければ経験し得ないのである。その唯一性が現実というものなのである。その宿命を背負って私はこの暗闇を受け入れるのだ。

暗闇に慣れるのは簡単ではない。限りなく自分の肉体が小さくしかも崩れていくことを受け入れなければならない。肉体が縮み、手足の存在が希薄になり、胴体の機能が感覚だけになり、痛みは脳裏の形となり、空腹はまた別の頭脳の図形であったりする。それは夢の始めに似ている。胎児が母親のお腹の中で生まれていく自分を夢に見るように、私は今外の世界の夢を描いている。痛みは山脈であり、快感は清流であったり、空腹は洞窟であったりしても何の不思議もないのである。

私はまだ六月の、いや九月だったか、街路樹の下を歩いているのである。暑い夏も終わり、強烈な太陽の砂丘の思い出とともに過ぎ去り、海の思い出に浸る間もなく、九月が訪れたのだった。傷つけ合うことが友情の証でもあるかのように私たちはその街路樹の下を歩いていた。ただそのときの私は苦しかっただけであるが。しかし、時の流れの中ではそれがいつまでも鮮明に心に焼き付いているのである。

この暗闇から突然目覚めて、現実に戻るということがどこかにあるような気がして、完全な絶望感には浸れないところがあった。あるいは、急にこの暗闇の扉が開いて、その扉を出てみると、今まで私の付き合った人々が大勢そろって出迎えてくれる、そんな気もどこかにしていることは確かであった。それはあまりにも甘すぎる考えであったが、そんなかすかな期待がそのときの私にあったことは確かなのである。

そんな期待を打ち消して、私はまた自家用車や重たい電車の行き交う車道の脇の歩道を歩いている。君の下宿へ向かう道である。この世の流れから見放されていたと思っていたのは、私の方だけかもしれない。君は相変わらず大股で私の前を急いで歩いていく。私が君の話を聞いていようがいまいがそれは関係ないかのように、以前から計算されていたように、君は独り言のようにしゃべっていた。それはほとんど政治的な話なのだが、君は政治が君の毎日の生活と切っても切れないように話すことができた。だから、歴史が私たちの近くにあるという、そんな気が自然としてきたのである。学校で学んだことが実は本当だったのだ、あるいは、学んだことがこれなのだという発見の中で生きていたと言っていいのだろうか。しかし、君はあっけなく私の住んでいる町から姿を消していった。

そして、とうとう暗闇が消えていく日がやってきた。それは三週間ほどたったある日のことである。いつものように空想に耽っていたとき、一点の光が遠いところに見えたのである。それは本当に遠いところであるが、かすかに光が見えたのである。その光は空気によってか、揺れており、ちらちらと揺らめいていた。私は急いで駆け出した。一縷の望みをその光にかけたのである。

しかし、その光は簡単には近づかなかった。とにかく走っていたのだが、走るにつれて光が大きくなるとか、辺りが薄明るくなってくるとかいうことはなかったのである。ただ、時間が経つにつれてその光は確実に大きくなっていた。それはまるで光がどこからともなくやってくるというふうであった。闇が晴れるように辺りが明るくなり、今まで閉じられているると思っていた空間が実は開かれた場所であったということに気づくまで永い時間がかかったのである。暗闇は外部からではなく、内部から視覚的に作られていたのではないかと考えられるふしがあった。眩暈が襲ってきた。歩いても歩いてもどこにも着かなかったのは、辺りが荒涼とした砂漠のようであったからであろう。人も通らず、動物も風もないこの地方はどこかの異国の荒れ地であるらしい。そして、光が完全に回復したとき、私は自分の位置がどこにあるか、理解した。

解放感に酔い痴れてばかりいるわけにはいかなかった。自分の命を救う方法がわかったわけではなかったからである。しかし、自分の今までの生活経験が今の状況を把握させ、もとの生活に戻る方法を模索させ、実行させることによって、不可能が可能になるであろう。それは時間の問題だった。私は、街を求め、車を求め、自国へ飛ぶ飛行機を求め、電話を使い、今までの人間関係を使い、精神的な支えを頼り、無事元の世界に帰還するであろう。それは確実に実行される私の行動のプログラムである。そして、私を陥れたやつらに相応の復讐をすることもできるのである。

このまま「巌窟王」として家族や友人の前に現れてやろうか。しかし、あのM伯爵とは違って私はあの暗闇の中に何か大事なものを置き忘れているような気がする。そのことに気づいてはいるが、それが何かは思い出せない。夢の記憶がいつしか曖昧な残像だけになっていずれは消えていくように、私はその何かをしだいに忘れ去っていくのである。忘れなければ、この生活に復讐することなどできそうにはない。それはいまより数百倍も束縛を感じていた場所でのこと、闇の中の出来事に付随していたもの、どこか苦い悔恨のようなものである。そのことによって毎時間悩まされ、身を引き裂かれるような痛みを感じていたもので、しかし、忘れたくないものだ。それをどこかに置き忘れ、やはり私は誰でもないこの自身の生活そのものに復讐し始める。それは自明の理だ。

そこに自分のいない夢なんてあり得ないことは確かなようだ。それが錯覚だとはほぼ気づかれることのない一続きの錯覚のようなものである。夢の中では感覚や感情が大きな部分を占めていて、理性や情報が組み立てる想像力の仕業とは言いにくい面がある。ただ、その想像力のこちら側にはやはり自分がいる。また自分の夢の入り口がどこにでもあるように、想像力への入り口もふとどこかに口を開けているものらしい。さて、その理性や情報によって組み立てられた想像力の曖昧さと感覚や感情によって作られた夢の曖昧さとではどちらに軍配が上がるのか、それとも思ったほどの違いはないのか。

私は午後いつものようにバスを乗り継いで学習塾に通勤する。塾の建物は小さく、もと繊維工場の古い建物を転用したもので、階段も狭く急である。教室は元の大部屋をいくつかの小さな部屋に仕切って作られているので、各教室の人口密度も非常に高い。職員はたびたび改善を申し入れているが、非常勤の者が多く、要求はなかなか一つにまとまらなかった。したがって、相変わらず寿司詰め状態である。階段を大勢が上り下りし、教室はいつも寿司詰め状態である。地震でも起これば、たちまちパニックになりそうだ。この教室もまたあの何日も閉じ込められる羽目に陥った暗い空間という象徴の一つなのかもしれない。復讐しないまでも、そろそろこの職場も潮時かもしれない。

「先生、どうしていつもつまらなさそうなの？」

勇気を出して質問したのであろうか、一人の女子生徒がすぐ近くまで来て心配そうにそう言った。自分の気持ちを見透かされたような気がして私は一瞬たじろいだが、そこは経験でなんとでもなった。

「そう見えたのかい？　それはね、忘れ物を探しているからなんだよ。君だって忘れ物をしたときには困ったような顔をしていないかい？」

「取りに帰ったらいいのに」

「取りに帰ったら、また別のものを忘れてくるような気がしてね」

「わかったわ。元気、出してね」

　彼女は笑いながらさほど多くはない私の荷物を職員室まで運んでくれた。こんな生徒がいるのなら、まだしばらくはここで働くのも悪くはないかもしれないと思った。私は相変わらずの、悪い夢に必ず出てきそうな急な階段をゆっくりと降りていった。

　階段を降りると、そこにはさっきの生徒が職員室の前で待っていた。狭い廊下の前でたくさんの生徒たちが帰りを待ちながら何やら用事があるらしく、窓から室内を覗き込んだり、友達同士で楽しそうにおしゃべりしたりしていた。私はその人混みをかき分けて出席簿や筆箱を受け取ると、彼女に礼を言って職員室の中に入った。異常に狭い職員室は椅子の間を擦り抜けるように自分の机に辿り着かなければならない。机といっても天板の面積は普通の半分ほどしかなく、椅子は十分引き出すこともできないので間に身体を擦り入れるのにも骨が折れた。こんなはずではなかったのにと思いながら、机の上にその日の課題を見ながら採点をする。その間何人もの教師たちが入れ替わり背後を行き来するのでその度に身体を机の天板に圧しつけなければならなかった。椅子に座っているようで、実は半分立たされているような感じがする。机の上には到底整理できそうにない書類の山があり、それを片付けるまで次の日の準備など全く見通しが立たない。見通しが立っても必要な教材を集めて手元に整理しておくための時間がまだまだ必要だった。この落ち着かない場所で、何度も人の通行を避けながらいつ果てるともない整理と準備を続けなければならない。やっと整理できたとしてもそれを日誌に記し、次の担当者にもわかるようにしておかなければならない。そう、次の日は別の教室で教えることになる。手元も心も整理されることがないまま次の日を迎えることになるのは確実だった。どうしてそんな煩雑な仕組みになっているのかわからない。個人の裁量で教える場面が極端に少なく、自分で自分を縛るように仕向けられているのである。これも何度か上に掛け合ってみたが、はぐらかされたり宥められたりして、いつまでたっても埒が明かないのである。自由裁量を認めればたちまちにして教室の崩壊につながっていくのでは、と上層部は怖れている節がある。

しかし、その日暮らしを決意している非常勤の身には恐れるものがほとんどない。教室の中に入ればそこはもう自由な空間である。どうでもいいことはやっているふりだけしておいて、自分の教室と収入の道を守ればいいだけの話だ。いずれ結果はついてくる。私はとっくに達観しているはずだ。それにしても、この席はなんと落ち着きの悪いところなんだ。集中力は途切れるし、頭の整理もできない。仕事が残っているので、この場を離れることも帰ることもできやしない。ひょっとして暗闇に閉じ込められた原因とはこれだったのか。


ある夜の帰り道、いつもは乗らない二両連結の郊外電車に乗っていた。採点疲れのせいか座席でうとうとしていた。

「ずいぶん眠っていたね。何度も起こそうかと思ったよ」

傍から唐突に声をかけてくる者がいる。ぎくっとした感じでそちらを振り向くと、記憶の隅から得体の知れない不快なものがこみ上げてきた。しばらくは記憶と目の前の男の顔とは一致しなかった。少なくとも親しい友人ではなさそうだ。こんなときはぞんざいな態度のほうが機先を制するためにはいいのかもしれない。

「誰だったっけ?」

「よく言うよ。俺だよ、堀場だ」

その名前にかすかな記憶はあったが、やはり嫌な感じが頭をよぎるだけである。表面上確かに善良そうで、謙虚な感じはするが、どこかでその人物を訝しがる気持ちがある。何度か距離をおこうと思った記憶があるのだが、その理由までは忘れてしまった。

「あの頃はよく一緒に飲み歩いたものだなあ」

確かに悪いやつではないような気はする。何度か互いの下宿を行き来したことがあるようだ。夢を語り合ったこともあり、恋愛話をしたこともある。ただそれがいつ頃のことであったのか思い出せない。自分の年齢も定かでないのだから、それは当然かもしれないが、ぽんやりとした自戒のようなものだけは頭の片隅に残っている。私が黙っていると、彼が続けて言った。

「まだ薄給だったけれど、夢だけはあったよなあ、あの頃は」

　そうだ、何度か彼が将来の夢を話すのを聞いたし、また共感したこともあった。記憶が徐々に蘇ってきた。しかし、そのとき彼は同僚ではあったが、私の夢なんかに耳を傾けていただろうか。結局は彼のペースでいつも話が進んでいただけではなかったか。私は彼が彼自身のこと以外にはほとんど関心のないことに薄々感づいていた。ひょっとしたら彼が求めているのは互いの信頼や連帯感などではなく、私と一緒に行動することで彼が得るものがあると思っていたのではないだろうか。そのつき合いが将来何かの役に立つに違いないという計算が彼の言葉の裏にあるような気がしてならなかった。けれども、他に近しい友人もいなかったので、惰性で付き合っていたのだった。また、半面大人同士の友人とはそういうものだとも思っていた。そして、はっきり突き放すこともまた拒否することもできないまま、私たちはずるずると友達づき合いを継続していた。彼が何度か私の部屋を訪れたとき、二人の間にある小さなテーブル、それは私の食卓でもあるのだが、彼はその上に両足を置きながら話をした。いかにも無神経なその格好が私はどうしても我慢できなくなってきた。私は無言でその足を注視した。どうやら彼もその不機嫌な視線にやっと気づいたようだった。それ以来、彼に感じていたぼんやりとした違和感は、いつしかちょっとした仕草や言葉に対する明らかな不快感へと変わっていった。こちらの気持ちの変化は彼自身も気づいていたはずなのだが、長くつき合っていればいるほど、あるいは気を許せば許すほど、彼の言動の一つ一つが適度な距離を跳び越えて、だんだん厚かましくなってきたのである。そのため、私は適当な理由をつけてなんとなく会うのを避けるようになり、ついには職場で出会っても全く無愛想な態度をとるようになった。そんな記憶がよみがえる。そして、理由はうやむやにしたまま、転勤と共にどちらからともなく疎遠になってしまったのである。そんな経緯があったこともあり、その日までほとんど彼の存在すら忘れていた、いや、忘れようと心がけていたのかもしれない。

いまならはっきりとわかる、彼は悪いやつではない。むしろ善良そのものと言えるだろう。けれども、彼の体の中にはどうやら独自の前向きの時間のようなものが流れていて、他人もまた自分と同じそのただ一つの時間の中に生きていると信じ込んでいるようなのだ。時間意識は人それぞれ長さも形も違うのだが、そのことに気づいているようには見えなかった。したがって、彼と一緒にいる時間が多くなればなるほど、たいてい相手は彼に合わせることが苦痛になってくるのだろう。人間関係というものは、互いの違いの発見でなければならないが、彼はその違いを自分の中を流れる時間の目盛りのどこかに位置づけようとするだけで、他者が全く別の時間意識を持っており、その時間軸の形もさまざまであることがどうやら理解できていないようなのだ。だから相手は彼と話していると、狭い庭の片隅に誘い込まれてだんだん窮屈に感じるようになるのである。

彼の時間を水の流れに例えるとすれば、他人とはその流れに時々紛れ込んでくる水路や支流のようなものに過ぎないのではないか。支流は当然のように水や養分を本流に流し込んでくれ、本流はそれを自分のものとしていき、ますます大きな流れとなる。時にはその流れを一時的に貯水するとしても、再び大きな流れとなってその先の海へ流れ込むと思っている。しかし、流れは必ずしも海に向かっているとは限らない。それでも彼は海に向かっていると信じている。流れはあくまでも彼の人生という川なのだ。つまり、それ以外に別の本流があることなど彼の目には見えてはいないから、川が逆流したり、干上がったりすることが信じられない。川の流れはそれが自分の行く方向を示している場合にだけ意味があり、それ以外の水は行き場のない水たまりかせいぜい出口のない溜め池のようなものなので、意味などはない。役に立つなら支流はどんどん利用すべきだが、役に立たなくなればいつでも見切りをつけることができる。その支流がその人にとってかけがえのない本流であることはほとんど理解できない。いや、むしろ流れるのをやめた溜め池一つ一つにこそ価値があるということが理解できないのである。

その彼が自分から話しかけてくるのだから、ただ懐かしいというだけではなさそうだ。意識されているかいないかに関わらず、そこには何か功利的な意味があるはずである。安い餌ならどこにでも撒いておくべきというわけだろう。いずれ食いついてくる魚もいるはずだ、と。私はもうかつてのように無防備に誘われるままについていくわけにはいかない、十分懲りたはずだったから。

「これは、これは、出世頭の堀場君ではないか」

私はやっと思い出したというようにそう反応した。

「よせやい。人聞きの悪い」

堀場はまんざらでもなさそうに私のすぐ横の席に腰を下ろした。露骨に拒否するわけにはいかないが、こういう相手には出鼻をくじくことは大切だ。

「俺が東京に転勤してからだから、何年ぶりになるのかなあ。とにかく懐かしいよ。今日は出張で京都まで来ている。ついでにこれから実家に立ち寄るところだ。ところで、お前さんは転職したと聞いたが、現在どんな仕事をしているんだ?」

早速おいでなすったか、彼の頑固な時間軸。どんな物差しを当てて、何を比較したいのだろう。残念だが、こちらはあんたの役には立ちそうにない、安月給のしがない塾講師だ。

「その日暮らしの塾講師だよ」

その答えでおそらく彼の自己満足は満たされたはずだ。

「そうか。塾も進学率というノルマに追われてなかなか大変だろう」

「四方八方にたえず気をくばらなければならない学校ほどはしんどくないよ」

だから、早く目の前から立ち去ってくれ、そう言いたかった。

「俺に言わせれば、学校などという生産性のない、と、これは言い過ぎか、効率の悪い場所は早く解体してしまうべきだね。学習塾とスポーツクラブこそがいずれ教育の本道となるべきだよ、そうは思わないか」

こちらをおだてておいて、何か儲け話でも持ちかけるつもりだろうが、そうはいかない。

「お前に学校がどんなところかわかっているように は思えないがね。そんな偏った考えをどこで仕入れているのかだいたい想像できるが、もう少し現実を見すえてから言ったほうがいいぜ」

「これは失礼した。専門外が言うことではなかったな。それにしても、お前さんはまだまだ古い思考法に囚われているのではないかな。企業家というものは常に半歩先を歩まねばならないんだ。一歩先ではもうただの空想となってしまうんだ。空想には誰も投資しないからね。楽しいこと、わくわくすることは常に半歩先にある。それを止めたらすべてが失速するくらいにね。右足を踏み出したら、もうすでに左足はハードルを跨いでいなければならない。でなければ次の半歩が出せないで失速してしまうしかないのだよ、この比喩、お前ならわかるだろう」

私はなんだか腹が立ってきて、それまでの関わりたくないという気持ちとは裏腹に、言いたいことだけ言ってさっさと立ち去ろうとする彼を引き止めるように言った。

「お前はどうやらハードルというものを知らないようだ。失速するのは跳んでいる間だ。跳んでいる間が短ければ短いほど失速しない。つまり、両足が空中に浮いている間をできるだけ短くすることが大事なんだ。地面から離れれば離れるほどランナーは遅くなる。この比喩お前ならわかるだろう。地面がなければ速くは走れない」

彼は半分腰を浮かせたまま、少したじろいだようだった。

「ちっとも違わないじゃないか。俺は地面を踏むなとは言っていない。常に先を見ろと言っているだけだ。スキーだって先を見なければ上手くは滑れないだろ。次のターンを準備していなければ、旗門は回りきれんだろう」

「そもそもスキーは雪の斜面を滑り降りる競技だよ。先を見るのは真っ直ぐ滑り落ちてしまわないための制動を考えているからだ。お前はやはり山の上から何とかかっこよく滑り落ちたかったのにちがいない」

彼は怪訝そうな顔をして何とかその不愉快な会話を有利なうちに収めたいと焦っているように見え

た。

「屁理屈だけは鍛えたらしいな。話をするだけならおもしろいが、皮肉屋と一緒に仕事をする気にはなれないね。失礼するよ」

そう言って彼はすぐ席を立って別の場所に移っていった。私はほっと胸をなでおろした。世の中の流れに乗った気でひたすら前を向いて頑張っているやつの相手はどうも苦手である。池のほとりで水に飛び込む蛙でもぼんやり眺めているほうが私の性に合う。二度と会わないで済むことを願って、私はさっきまでのうたた寝を継続し、彼が降りたことも意に介せず、終点までずっと眠ったふりをしていた。

不完了体

11

霙。追憶の地面。逃げ出した侍。どこまでも追い続ける悪童達。後戻りしない時間を必死で遡ろうとしている。たくさんの視線に曝されている日常。空から白い塊が真っ直ぐ地上に降りてくる。消えていく早さと積もっていく早さの対比。あるいは競争。雪に変わっていく静かな推移。スクリーンセイバーの起動。頭の中は腐っている。腐っている頭が命令を出す愚かさ。命令に逆らってずたずたになる。飛行機がスクリーンを縦横斜めに交差する。雪に積もられた鉄屑。雪の下は柔らかい草の土地。その中に入って、黒い犬はどろだらけになる。次から次へと落下する大きな雪の粒。ロープを直線に引っ張る飼い主。犬は空想の大地を走り抜けている。突然の雷鳴。走り去る車と女。目を合わせないように決めてしまった出会い。左腕にさっきまで乗っていた小さい頭。桃色の傘の電気スタンド。崩れゆく光の中で、一日の始まり。秩序への欲求。時間的推移の無意識の構成。内面的自由のための外面的不自由。青白い排気ガスのにおい。消毒ガーゼ。時計の音。この部屋に居座り続ける子供。体温計。書類の山。オキシドールのにおい。ギターの奏でる音。奪われた時間。受容と放任。ストーブの赤い熱線。説明を拒む肉体。管理を徹底させようとする自己。頭に浮かぶ無数のオブジェと無意識の選択。無意識の捨象。神の支配という無意識の前提。行動にはそれを裏付ける心理的要因が必ずあるはずである。他者と比較して一段ずつ昇ろうとする階段がある。お前はいつでも他人より上に昇ったと安心してはいないか。降りしきる雪。犬は、走ることによって首につながれたロープを知る。何時間も机に向かう孤独な時間。世間から見離されて走り続ける犬の遠吠え。お前は神のように語る正義の言葉に逆らってみる。

開かれた世界。いつでも正義の戦争だ。自由のための逃走。首輪には逆らい難い力がある。海からの風。閉ざされた海。紺色に沈み込む海。傘のない散歩者。どこまでも落ちていく。砂浜に打ち上げられた顔のない死体たち。垣間見える血の苦痛。昨夜決行されたかもしれない犯罪。証拠もなく葬られた。

犯罪捜査。これから起こるかもしれない犯罪の捜査。人は物ではない。物のように考えて、夜間警察は動く。

砂浜に巨大な船が打ち上げられて動けないでいる。お前はその砂浜の曲線に向かって何度も欲情する。海の光。無数の死者たちへの挨拶。海へ下る坂道。波止場。自転車の破片。二人乗りの疾走。黒犬の遠吠え。汽笛。お前は風景を作りたいのだ。こうあるであろう景色を一枚の絵に仕上げようとして見ている。ブレーキをかけながら坂道を滑り降りてくる赤い自転車。中学生らしき形。数々の部屋に血を流しながら居座り続ける子供たちの一人ひとり。坂道は真っ直ぐ山手を後にして海へ流れ込んでいく。並木の葉っぱはまるで白粉をまぶしたように恥ずかしげに立っていた。細かい雪になり、少女たちの自転車は一層早くなる。永遠に追いつかない未来に向かってこぎ続ける者たち。坂はいつしか海の中に滑り込んでいく。お前もまたその坂に沿って海の方へ下っていく。人間性という形のないものを背負いながら、海に向かう後ろ姿をじっと見守っている者がいたとしても不思議はない。どこまでも落ちていく重力の法則と、空をかける風や雲の自由な気まぐれと。犬と共に歩いていくお前と。神経症的な関係の中に一直線に巻き込まれていくことと、答えのない問いに縛られて悶々と暮らしていくことと、日々の営みを法則から外れた無意味なものとしてしまう思想にかぶれてしまうこととの間にお前は揺れ動いて、この坂道を下っていく。お前はその無意味な日々の営みの中に自らを縛りつけて、その無意味さに気づきながら無意味さの監獄に閉じ込めているのは、具体的なお前の行動ではなく、お前の思想そのものなのだということには気づかないで、暗い気持ちで自嘲気味に笑みを浮かべているだけなのである。海は雲の間からわずかに見える青空の光を反射している。

お前はうまくいかなかった仕事のことを思って神経がちくちく痛んで落ち着かないのを自分でごまかしごまかし犬の歩みに委せて、とうとうこの坂道の一番下近くまで下ってきたのである。それを十分すぎるほど知っているのに、お前は惰性の中で生きているので、それを正面から解決しようという気は起こらず、悶々とした時間を今日一日過ごすことになるのだろう。冬の海は冷たい塩水となってゆっくり岸壁を洗っている。

お前は今どのあたりを歩いているのだろう。大きな落とし穴のそばを通っているのかもしれない。でも、そんなことは誰にも見えないのだから、存在しないのと同じことである。けれども、心の奥の方ではそんな落とし穴がどこかにあるのではないかと常に恐れているようである。海の風がお前の頬を冷たくなでていく。海峡の巨大なつり橋。外国船。暗い島の影。カモメ。大ウミガメ。いつも海から始まる物語。憧れ。またしても秩序への欲求が顔を出し、蓄積し、整理し、理論づけ、ますます駆逐されていく。お前の頭。ゆっくり緩やかに流れていけ。石狩川。コンクリートで固められた川岸。山を跨いでいくハイウエイ。頭の中で考えられるかぎりの薔薇色の未来生活。

港に一羽の小鳥がさまよい込んでくる。風は冷たい弓のようにしなっている。素敵な笑顔が近づいている。黒い髪の白い肌。まだまっさらの陶器。歩いていく後ろ姿。夢の中の日常。重い心に鎖をつけて。そのすらりとした後ろ姿。わが狂気。お前の恥部。つまりは決定論という怪物の頭。または、どうしようもない詭弁。反逆の小さな狼煙。雪の際限のない白さと海の沈黙。いくつも重ねられた記憶の中の風景。畳まれた固まって崩れていく名付けられない風景。逃亡者の生活。青白い肌。生まれたばかりの蛹の表面のように。逃げ続ける感覚。彼女の後ろ姿。自転車のサドル。黄色い衣服。年老いたストーカー。お前は理解できない論理の中で沈黙に陥る。わからないならしゃべるなというもう一つの声。何ものも決定できないお前の意識。機械への愛。少年の日々。自転車の疾走。冷たい霙交じりの雪。赤いセーター。薄青いお前の顔。一人物思いに沈む少年よ。歩いていく影。自転車の少女とのすれ違い。海に向かって、海の存在を知らない。少年は空中で噛みあう歯車と、回転する人工頭脳と、存在への問いと、死への憧れを抱いて、海辺の道を未来へ抜ける。お前の日々を回想する。何度も繰り返される思考の通学路。土の道。切り通し。存在への抜け道。失われない日々。白髪が交じってきたお前の頭。春は未だ遠い。

海はその姿を刻々と変えている。遡るための時間はたっぷりとある。毎日の時間の中でお前は言葉を次々と塗り替えている。イメージから言葉へ。ぼんやりとした観念から形へと。海の風を浴びながら少年が通る海岸の舗装道路。犬はおとなしくその道をついていく。風は心地よい海風。白い海鳥が風に流れる。不安は背中からやって来る。お前は静かに追いかける。いつか見た少年の姿に引きずられて。いつか自分であった存在の残滓を追い求めて。ここは別の世界だ。この世とは隔絶された世界。歴史からも人生からも見離されて。導きの犬は寂しげに綱を引っ張る。海へ滑り落ちる坂道を無人の自転車がそのまま走り過ぎる。何度もプレイバックされる動き。空の灰色。海の暗黒。空の自転車。ゆっくり回るペダル。赤いサドル。導きの糸。白い肌。すらりと伸びた脚。遠くを見つめる目。街並み。蔦の絡まる古い倉庫。運河。その運河にそって伸びる舗道。ゆっくり流れる水の音。歴史の見える流れ。何度もそこに人は通った。事実だけがその橋に積まれていく。とぼとぼ歩く犬。それは存在に届いたのか。どんよりと流れる水。世界が病気を背負っている。犬の吠える声が空しい響きを。お前はいつも流される。世界が流されるのを黙って見ている。病気の為すがままである。眠り続けて、ささやかな夢を見る意識。誰も知らない。この街に静かな雪が落ちる。海にも落ちる。お前は前のめりに歩いているのではないか。道には静かな足跡がある。お前の見捨てられた存在の形が落ちているではないか。ドッペルゲンガー。静かな足音。もう一人のお前。追いつくことのできない対話。お前は小さな生き物に毒づいてはいないか。存在の対話を続けようか。話しているようで実は何も話していないのだ。

ぼたん雪。北の港。凍り付いた海。丘から山地に続く坂道。自転車。眺望。俯く少年。忘れてきたあの頃。かつてお前の目はどこを見ていたのか。繰り返し同じところを巡る記憶の坂道。港に佇み、お前は一人海を見る。もう戦わない愛と裏切り。どこかで止まっている形と意味。そこには、使い慣れた方法が居座っている。その使い慣れた方法の深淵に今日のお前の飛翔がある。海へ向かって飛ぶか。お前はそこに未だとどまっている。そして、そのことの重みを信じている。痛いほどに歩き慣れた道。進歩の影におびえていないか。たかが三十年にどれほどの進歩があるだろう。石器時代に哲学していた者がいても不思議ではない。縄文人もすぐに自転車に慣れるだろう。その時点での最上のもの。

雪解けの道。その現在を生きたらいい。いつまでも現在が持続している。アルバイトの小屋で、夢を編んでいた可能性の塊。哲学的な歩行。未来図。いつまでも続く昼休み。一人の時間。蔦の絡まる古いビルのある角を曲がる。飢えた日々。哲学的エッセイ。ともだち。幻の招集令状。自由への逃走。緑の森で重ねた日々。贋大学生。時の重みが降り積もる。その時代の精一杯最良のもの。自由と不安と孤独と恍惚。中年男が話しかける。「もう手遅れだ」何のことを話しているのか、お前にはわからない。「何が手遅れなんだ」言葉が通じない。彼はこの国では見慣れない服装をしている。「後ろに擦り抜けてしまった」何のことだかわからないが、彼とはどこかで会ったような気がする。「この前まではお前の背中に棲んでいたのに。もうだめだ」「お前は誰だ」大きな声で訊いてみる。「確定されない過去」彼は静かにしかもはっきりと呟いた。

幽霊。この雪の中に無数の幽霊がいて、それぞれの言葉を持っている。その中を当てもなく歩いている。静かな散歩。雪の散歩。霙交じりの雪。忘れられた季節。追憶の道。ちらつく雪の舗道。赤い自転車。二本の細い轍。澄み切った顔。深い澱みの底から君の声がする。君は今追憶の自転車に乗って、長い坂道を登っていった。スペイン風建築。プラタナス。路面電車の軌道。石垣。疎水。下宿。君あるいは彼の入っていく路地。君は世界と交信する。宇宙の一点に二人は立ち、まばゆい光の中で、お前は「存在」と接触する。初めて出会った場所。空に突き出た丘の上の小さな駅。星空の下で呼吸する魂。君と出会う刻限まで何時間もそこで待つ。星がいくつか流れる。地平線。夕暮れ。遠くの音。

いろんな規制がお前を蝕んでいる。お前がお前を蝕んでいる。砂糖菓子。夢の橋。欲望。心が自由になる場所まで、お前はお前から逃走する。しきりに引っ張る犬。何を求めて急ぐのだ。彼はどこにいるのだ。お前の求める彼はどこだ。犬は世界を丸ごと欲しいのだ。だから、何にでも不満なのだ。変形した肉体。世界の不満。世界の最短距離を、お前の頭脳は狙っている。雪にまみれた樹が小さな呼吸をしている。

信頼。犬の信頼。時折諦めたような車。お前はいつだって宇宙と交信している。だからお前の言葉はどこか楽しく響く。それは世界に届くだろう。小さなため息が宇宙の呼吸のように聞こえることもあるだろう。西の風を切って自転車が坂を下る。どこかの街に昨日吹いていた風。頬にかかる髪の毛。抜けるように白い顔色。海峡の町。公務員らしい父。彼らの狭く閉鎖的な会話。金属的な声。本当は普遍的なのに、気づかずに彼女たちは坂道を疾駆していく。お前は意識の通り道をたどりながら、この海岸に着いた。曖昧にされた魂。胡乱な魂。かき消された楼閣。やり直しの冒険。精神の取り戻しの物語。在ったかもしれぬ雰囲気。一時期がすべてであるかのような顔をした。今ここに存在するもの。今ここにすべてはある。可能性のすべてが在るように。屈辱の底から銀河に飛んでいくように。この会話に、この困窮の中に、この堪えきれない喧騒の合間に。永遠の夏休み。汚れた雪の道。街のざわめき。都会の白い早朝。透明な青い水田。緑のトンネル。真っ白な入道雲。すべての真昼のもの。

鏡。お前の姿を映しだす。夜の電車の窓。落ちくぼんだ目。うつろな横顔。物欲が悲しい歌を奏でる。今この場で昇天せよ。遠くの汽笛。冬の海。厳しい寒さに耐え抜いた赤黒い壁。小さな夢。狭い了見のために彼らは思想というものを彼方の洞窟に封じ込めたのだ。大つり橋。海を渡る脚。海峡はそのとき消滅した。彼は息子を売り渡した。頭の中の巨大つり橋。救いようのない存在というものがある。

すべての関心はそこにある。深夜から明け方まで別の時間が在る。人は疲れた意識をさまよわせる。家の外へ。それでも人は五分と思考できない。だから何度も後戻りする苦痛を引き受けなければならない。そのために思想というものから逃げていったのではないか。その人には限界があって、それ以上には考えられもしない。でも、それ以外の者にはそのことが理解できない。

そして冬。港に船は行き来し、暗い海面に雪は静かに消えていく。電信柱に雪が積もる。たまっていく濁り雪。世界は近くで悲鳴をあげていく。悲鳴の方に向かってお前は歩いていく。耐えきれない自由に耐えてきたお前だから行けるのだ。無念の運命たちはどうやらお前を追いかけているようだ。

羊の皮をかぶってお前は出ていけ。特別に優しい気持ちで歩いていけ。それでも怒りは消えないが、極力優しく歩いていけ。今日の雪のようにそっと降り積もれ。囁くように語りかけるように。宇宙の声を伝えに行け。羊の嘆きのようで、それでいて狼のしぶとさで。街の人は急ぎ足で朝の海辺の街を通り過ぎるけど。お前の言葉は荒々しい連続に耐えられなく見えることもある。羊のような優しさで牧場から追いだされることもあろう。

意識に固着した像がなかなか消えないこともある。また、ある種の言葉が存在を制限することもある。原初の言葉に帰るように、お前自身の言葉を語り始めよ。そんな義務感に駆られてしゃべることを、止めよ。冷たい地平から冬の呼吸が聞こえてくる。灰色の空から絶え間なく白いものが降り掛かる。滑りやすくなった坂道を子供たちが駆け下りてくる。足を滑らせながら登っていく中年男。こんな寒い朝に時間は止まらない。誰も理由を問いかけない。

お前がその営みを忘れたら、誰が引き継いでくれるのか。お前の体験と境遇と形成を誰が語ってくれるのか。それはなかったものとして処理される。つまらないものとして簡単に片付けられる。痕跡。日常にぱくりと開いた傷口。一笑に付される遊戯。夏の日に見た青い空。信じられない白さの積乱雲。透明な静けさ。刻々と形を変えていく水蒸気の塊。かって見たことのある悔恨。訴えかける犬の視線。震える肩。小さな笑顔。外国籍らしい黒い貨物船。雪の中を横切る白い鳥。毒の針。輸入された試薬。

固着した像が霧散するところまで意識を掘り下げよ。波頭。ちっぽけな予定表。海を渡る風。子供らは海へ向かう坂道を疾走する。一人が転び、一人が振り返る。そしてまた始まる時間のない疾走。滑っていく子供たち。滑るわけにはいかない大人たち。

屍。いずれはそうなるものでも。お前の前に屍が横たわる時。消費という生活の形。何を買うかということがその生活。それ以外の区別が見えない住宅地。生きるとは買うことであるかのように。買うことができなくなった者たち。高速道路の下には段ボールの家。欲望の街の傍らの覚めた視線。寒さに震える野良猫。あるいは、買うことに飽きた者たち。自らを売ることにも退屈した者たち。彼らの視線の先にあるのは、お前ではないかもしれない。そこにも時間が降り積もる。屍は時の彼方に取り残される永遠の未来の姿。

港をゆっくりと横切って、高速道路の下をくぐり、お前はもと来た坂道を登る。振り返ると、灰色の海が、降りしきる雪の中で何やら曖昧な姿である。語られなければ、何でもない、語られても何でもないかもしれない、ある寒い朝の一つの彷徨。

12

春、散り敷いた桜の花びらが地面に貼りついている。確実に死の影は近づき、黒い雲は陽射しを遮る。時間を選んだ者たちは四方から押し寄せてくる波に地団駄を踏み、乾いた風は人々を震え上がらせる。名残の雪。舞い上がる桜吹雪。自転車。砂場。つぼみ。雪柳。自然界の帳尻合わせが海の向こうから風と共にやってきたかのようだ。不協和音。乱舞。崩壊と再生の季節。目に窓いっぱい飛び込んでくる満開の花びらに言葉を失う。

三月一人で山に登る。小鳥のさえずりが枝から枝へと飛び移りながら新しい生命の音楽を奏でている。青い稜線が空を縁取って、私を迎えてくれる。いや、それでも私は気の進まない山道を歩いている。曲がりくねった坂道を登っていくと、やがて視界が開け、はるか遠くに山あいの平地と直線を引いたような道路と区画された田畑が見下される。営々と営まれてきた生活の名残、または記憶。いまなお人の数だけ世界があり、私と同じようにそれぞれの物語がそこここに刻まれ続けていることに改めて気づく。山道もまたかつて山越えをした人たちの息づかいに包まれ、動物たちの棲息の痕跡に囲まれていることに、ふと立ち止まってみたりする。道は尾根伝いに長く登っていき、とうとう風に吹きさらされた低木と白く枯れた木々の平坦な部分に到達する。頂上はもうすぐだ。倒木の上にしばし腰を下ろして、遠くから運ばれてくる空気とざわめきを感じ取る。自然。風。汗。水筒の水をごくりと飲む。レンギョウ、山ツツジ、馬酔木、山桜。何気ない道端の植物が心を癒やしてくれる、懐かしい友との再会でも果たしたかのように。麓から数人のハイカーたちが山道を上がってくる。下界に残してきた不安を忘れたかのように笑顔で語らい、見たことのない景色に目を見はり、会ったことのない相手にもつい言葉を交わしてみる。最後の登りは急だが、前方には青空が見えている。それより上には木も山もないところ。山頂の石碑。向こうの山並みと向こう側の町、またさらに向こうの山々。そして、海？　空と雲の混じり合うところ。

そういえば、この場所にも覚えがある。辺りの風景も山の形も高さも違うけれども、確かにかつてこんな場所に一人で登っている。暗い松林の間を一人何かに追われるように登っている。道のない斜面に足場を探りながら一身に頂と思われるほうを目指して登っていたものだ。家の辺りからいつも眺めていた山である。登れないはずはないのだが、なぜか近所の誰かが登ったという話は聞いたことがない。やっと一人で登れる機会が訪れたのである。道に迷うという不安はあったが、人知れずそれはやり遂げなければならないような気がしている。この日と同じ春の節目のぽかんとした穏やかな休日。別れと出会いが交錯する一日。その人の名をそっと口に出してみる。次は山にこだまのするくらい大きい声で。けれどもそれは返事のない叫びだ。

時間が残酷に僕たちを引き離す、そんな歌詞の一節が改めて思い出される。それは時間のせいではなく、私が時間の向こう側をしか見ていなかったためである。私はやっとこちら側に戻ってきたのかもしれないが、呼び声は空しく山々にこだまするだけで、お前が戻ってくることはない。むしろその呼びかけが届かないことを確認するだけの、あるいは口に出すことでただ記憶に書き込んでおきたいだけのものだったのかもしれない。人は心の中で何度も同じことを繰り返している、ある空間から退くことを時間のせいにするという愚、あるいはそんなまやかしを。

　記憶を少し書き足して、あるいは書き直して、私は山を下り始める。もと来た道ではない、麓の村の違う道である。潅木の幹に飛びつくようにして急な坂道を下りていく。道はあるようでないようなものだが、足場は悪くない。少し広くなったところに「牛つなぎ広場」という遠慮がちな木の看板がある。そこはかつて峠を越えて物資を運ぶ人たちの休憩場所だったのかもしれない。一瞬、そこに何頭かの牛をつないで、一服ついでに山上からの眺望を楽しむ人たちのことを思い浮かべてみる。こちらは一服する間もなく、茂みの間に下りの道を見つけて谷筋へと入っていく。道は一転して暗い杉林の中へと私を導いている。ひんやりとした空気がこれからの行程を暗示しているようだ。辺りの茂みに比べて道に白い石が多くなってきたことは水が近いことを意味している。登りの尾根道とは違って、下りは渓流や滝が見られるかもしれない。しかし、その期待はなかなか叶うことなく、ごろごろした岩と岩との間を渡っていかなければならなくなる。相変わらず道の歩きにくさは果てしなかったが、谷底のほうにやっと清冽な水の流れが見えてくる。音を立てて流れる透き通った水はいかにも冷たそうである。それにしてもこの道の歩きにくさは半端ではない。抉れたような道は水の干上がった小川と区別がつかない。集中豪雨か何かの災害があったのかもしれない。濡れた大きな石の面は体重のかけ方によっては転倒の危険がある。気持ちの焦りが慎重さをも圧迫する。

　何度か足を滑らせ、尻餅をつきながら、どうにかこうにか怪我もせずに滝のあるところまで下ってくる。いつの間にこんなに水量が増えたのかと思うくらい二本の滝は勢いよく岩の上を走っている。すぐそばの石の上に腰を下ろしてしばらく休むことにする。誰もいない。滝壷周辺の水音はかえって静寂を際立たせる。水筒はついに水滴だけになる。足下注意。ここにも遠慮がちな木の看板がかかっている。それは人里との緩やかなつながりを表している。そういえば、道を見失いそうなところには道しるべとして木の枝に赤い小さな布が結わえつけられていたことに気づく。その結び目の間隔は登山者の気持ちにしっかり寄り添っていたのである。さりげない無償の気遣いのありがたみを感じながら谷川の速い流れに手を浸してみると、冷たい水の圧力が指に心地よい。普段意識することのない山の恵みだ。人間はもともとこんな水と共に生きてきたのである。山は芽吹き、鳥の声が梢を渡っていく。花の季節はすぐそこに迫ってきている。

　私は自分の人生を考えてみる。迷いと判断間違いの連続だったといってもいいだろう。けれども、それは人生の分岐点で道を踏み誤ってそのまま歩き続けたというわけではない。行ったり来たり、償ったり後悔したり、取り返しのつかない思いに苛まれることも多々ある。その思いはずっと引きずっていくしかない。振り返ることも前を向くことも結局は同じことだと思う。忘れてはいけないことがお前の生き方を形づくっている、と。

　荒れた登山道は前年の集中豪雨による鉄砲水のせいだ。山道の一部が陥没して大きく抉れ、コンクリート製の路肩の部分だけが無傷で残っているので、幅三十センチくらいのその上を怖々歩くしかない。どちら側に落下しても大けがをするに違いない。身体の平衡を保ち続けなければ、一歩たりとも先に進むことができない、まるで自分の人生そのもののようだ。逆に考えれば、そのコンクリート製の堤防を作らなかったとしたら、こんな危険な細く高い通路はそこに出現しなかったことだろう。人生と同じように、よかれと思ってしたことが思わぬ危険を招くこともある。何が災いになるかは予測できないものである。かつて幼い頃郷里の川が毎年台風で氾濫して、その度に木の橋が橋脚ごと流されるので、村の人が総出でその橋を架け直していたことを思い出す。流された橋の部材を下流まで回収しに行って元の場所で組み直すことになっていたのである。コンクリートの頑丈な橋に付け替えればよかったのだが、そんなことはしない。当時は農作業に使う一輪車が通れる幅さえあればよかったのであろう。自然と共に生きるとはそういうことだったのかもしれない。形あるものいつかは壊れる。壊れればまた作り直せばいいだけのこと。壊れないものを作れば、かえって災いを取り返しのつかないものしてしまう。それは長く自然災害ともつき合いながら生きてきた人々の知恵だったのかもしれない。

抉られた山道にもようやく別れを告げ、麓の村に辿り着く。扇状地というのだろうか、のどかな田園風景が目の前に広がる。田舎の生活道路の自然な曲線にはどこかほっとさせられるものがある。しばらく行くと、例の滝から流れてきた小川と田舎道とが交わる。その土手には土筆や蕗のとうが芽吹いて、春の訪れを告げている。

自家用車を駐めている隣村まで三キロほど歩かなければならない。いや、その二つの村を結ぶ旧道を歩きたいがためにわざわざ遠回りの行程を選んだのである。さすがに周りの田園風景には自給自足時代の名残がある。時代の移り変わりではなく、季節の巡りと共に繰り返される人々の営みの名残、いや、郷愁であり、現実でもある。そして、現実とはこの植物や堆肥の匂いであり、生温かい風であり、微妙な曲線を描く道と川、そして複雑な稜線である。それにしても、理性というものはその背後に大きな自然というものを背負っていることを、この風景は教えてくれているような気がする。むしろ理性は大いなる自然の表面をわずかにかすっているだけのようにも見える。

乗り合いバスがその旧道の幅いっぱいに走って、後ろから私を追い越していく。客はいない。私は何時歩いているのか、どこを歩いているのか、私は子供なのか青年なのか、あるいは老人なのか、ふとそんな錯覚に襲われる。疲れと汗がそうさせるのか、既視感と孤独によってか、私から自分が遠ざかっていく。奇妙な感覚である。錯覚はそれほど長く続いたわけではない。やがて点在する農家の軒先に目をやりながら先の見えない道を一人てくてくと歩いている自分が戻っている。両側に竹薮のある緩やかな坂が左から右へとうねりながらようやく隣村へと導いてくれる。野菜の無人販売所があり、とれたての大根や白菜の色は道行く人の心をほっこりとさせている。

13

また六月、私は自由と妄想の独身生活を満喫している。一日が仕事も含めてどうにでもできる。生活費に赤字が出ない限り、家を出ないこともまた散歩に出ることも自由である。将来のことはほとんど考える必要がない。そんな生活を自ら選んでいるからである。明日が来れば同じような一日が始まるだけだ。「その日暮らし」の二つ目の意味が当てはまる。将来のあてがない代わりに何かに追われるということもない。これまでも実際にそんな生活をしていたのかもしれないが、なかなか一人になれなかったこともあり、ゆっくり物思いに耽るような状況ではなかったのである。したがって妄想や追想にふける余裕もなかったのであろう。そんな余計なことは生きにくさをもたらすだけである。しかしながら、その生きにくさはやはり社会としても不幸なことにちがいない。有用性と効率が重視されるこの社会の流れにブレーキを踏める者が一定程度いなければ、文化らしい文化が生まれることはたぶんないのだから。

無用の用。そんな古い言葉が頭に浮かんだ。例えば、一見何の役にも立たない雑談を楽しみにしている子供たちからそんな余裕を奪ってしまったとしたら、そんな学校はもはや当然学校の体をなしていないといえるだろう。それは社会全体にも当てはまる。地道に基礎研究を繰り返して試行錯誤を楽しむような余裕のない企業に、いいものが作れるはずがない。成果主義が蔓延って、目の前に予算の配分をちらつかせることで発表論文の数を競わせたとしても、それはすぐにポキッと折れてしまいそうなプラスチック製の柱ばかり何本も作るようなものである。無用の用。東洋の知恵もなかなか捨てたものではない。大して稼ぎもせず、怠け者で追想と妄想に親しむ者。私みたいなろくでなしでもどこかに意味があると思えるからである。

　そんなふうに見ていくと、こんな地方都市の平凡な団地にも案外身近におもしろい人物がいるものである。昼間から町をぶらぶらしているのは、どこかで脱落したか、いわく「脱落してやった」人だからかもしれない。

「私は月へ行ったことがあるんですよ。ずいぶん前のことですがね」

　突然風采の上がらない中年男が話しかけてくる。着古した普段着とあごの無精髭など、どうやら失業者のようである。区役所に併設されている図書館で新聞を読んでいたときのことである。ここでは見ず知らずであっても顔見知りになるとたまに話しかけられることがある。

「あなた、行ったことありますか?」

　静かな図書館内のことでもあり、私は返事をためらっていたが、無精髭の男は構わず話し続ける。辺りを憚るような小声ではある。

「これは秘密なんです、ここだけの話にしておいてください。ちょっとこちらに来てくださいませんか、ちょっと」

　男は図書館から区役所のホールに抜ける通路を示す。まともな人物のようにも見えたので、私はとりあえずついていくことにする。ホールの長椅子に腰掛けると彼はゆっくり話し始める。

「月というのはね、ある筋に話を通せば、実に簡単に行けるのですよ。なにしろ夜空にぽっかり浮かんで表面の模様までくっきりと見える天体は他にありませんからね。ただ、私は人にお薦めしませんがね。実際あんなに恐ろしいところはありませんよ。まあ、ここは騙されたと思って一つ聞いてください」

　男の青白い顔つきはだんだん険しくなってくる。

「私はとうとう月に到着した。念願が叶ったのです。空には大きな青い地球が浮かんでいて、何もない。岩と砂ばかりの空間です。山の連なりに見えるのはクレーターだったのでしょうか。ここまで来るためにはいろいろな苦労がありました。そのための資金を工面したり、さまざまな苛酷な訓練に耐えたり、上に対する働き掛けも並大抵ではなかったのです。いろいろな難関を乗り越えて、ついに月面まで辿り着いたのです。ですから、この体験を簡単に手放すわけにはいかないと思いました。さすがに月はいかしていた。地球からの想像に毒され過ぎて、これまで月は本来の姿を見せていなかったのでしょう。静かな薄い大気、澄み切った空間、青く輝く大きな地球、切り立った山、灰色の世界。すべて予想以上でした。普通に歩いても身体は大きく浮き上がり、浮き上がるに連れて山は下に移動し、その山の向こうの山が垣間見える。何もない世界。空虚さと美しさが同居する世界。地面には無数の石がごろごろしていました。何もないことの素晴らしさは、月に降り立ってみてはっきりとわかります。どこまでも続く岩と砂の灰色の世界。モノクロームの白夜。生き物の気配は全くなく、死後の世界ではないのかと思えました。来てはいけないところに来てしまったような変な気分でもありました。突然冥界に降り立った生身の人間、というところでしょうか」

男はしばらく中断して虚空を見上げ、夢でも見るようにうっとりとしながらその月の世界に浸っている。私は口を挟むまでもなく、先の見えないその話の続きを待っている。男は続ける。

「何もないことの素晴らしさは何ものにも換えがたいものです。大股で月の表面を歩いていく。一歩の幅が大きいので、地図の上を滑っていくように移動が容易でした。歩いていくうちに、一人でとある山のふもとまで来ました。そこには巨大な岩の塊がありました。一緒に月に来た仲間は、めいめい自分勝手に好きなことをしていたので、いつの間にか、遠く米粒のようにその姿が見えました。この星では登山も全く容易なのです。転落の危険がないので、どんどんどん上に登っていくことができました。間に樹木も靄もないので、下の景色をくっきりと俯瞰することができました。そのくっきりとした月の地平線が確かに水平ではないことが実感できました」

どうやら作り話に違いないと私は内心で確信している。しかし、ここで作り話をすることにも、いや、聞くことにも意味があるような気がして、私は自分の興味を伝える。

「そこまでは順調だったのですね」

「まあ、そうですね。ただ、月面にいられる時間は限られていました。六時間のうちに、それまでの望みのすべてを果たさなくてはなりません。地上ではできなかったいろいろなことがこの天体の上では可能なはずです。この山登りだってそうです。地上ではしたくても体力と時間とのせいで、まずできなかった。その日のために我慢してきたこともたくさんありました。人生のそのときそのときに置き忘れてきたものもたくさんありました。もう少し味わいたかったのに、何かの都合でそれっきりになっていたものとか、それらが今一気に花咲こうとしているのだと思いました。山の上でゆっくり寝転ぶのもいいだろうし、そこで忘れていた懐かしいメロディーを口ずさむのもいいだろう、いろいろな制約のためにできなかった、やり残したこともここでは可能かもしれない、宙返り、空中散歩、ダイビング、絵を描くこと、スキップすること。この経験は一生の財産になるだろう。子や孫にも話して聞かせることができる体験である、と……」

彼は息苦しくなったのか、それともわざとなのか、大きくため息をついてまた話を中断する。しかし、今度は天井も虚空も見上げてはいなかったし、うっとりともしていない。私が黙って次の展開を期待しているのを察したのか、彼はまたおもむろに話を続ける。

「ゆっくりと岩山を下りながら、宙返りをしたり、スキップをしたり、遊泳をしたりしました。下りる途中に大きな石が道を塞いでいたので、つい遊び心を起こして、その石を蹴ってみたのです。すると、石はまるで意志を持ったかのようにふわふわと虚空を浮遊し始めました。そして大きく宙に跳ねたのです。それは山にぶつかり、その弾みで他の石が跳ね上がり、その振動で周りの石も落ち着かなくなり、次々と宙に浮き始めたのです。目の前に瞬く間に大小の石の乱舞が始まりました。それは予想だにしないことでした。静かな世界が急に賑やかになった。賑やかといっても、音はしない。動きが思いきり賑やかなのでした。石を蹴るという一つの行為が何倍にも増幅され、月の大地は震えだし、吐き出し、煙を上げたのです。何がどうなっているのか、どこをどう動いていいのか、私はすっかり慌ててしまい、意識は混乱の極みに達しました。そのときです、突然体が動かなくなったのは。よく見れば、何やら大きな物が私の腹の上に乗っていたのです。私はいつの間にか大きな岩の下敷きになっていたのでした。こんな重力の少ない場所で体が動かないほどだから、その岩は余程比重の高い鉱物からできているに違いなかった。じわじわとそれは体にのしかかってきました。擦り抜けようとしても、余計に体に食い込んできます。身の危険を感じて恐ろしくなりました。逃げれば逃げるほど、石は追いかけてくるようにずり落ちてきました。何気なく蹴った石がここでは恐ろしい凶器になってしまう。宇宙がありのままに存在している死の世界に一つの力が付与された、そのとき、この衛星のバランスが崩れ、石は反乱した。そのことに気づいたのは、石が十分その重みを発揮し尽くした後のことでした」

　男は話しているうちに当時の記憶がよみがえってきたのだろうか、次第に恐怖に襲われたように肩で息をしながらしばらく口を噤む。私はその経験を信じてはいないが、その話自体には興味がある。私は、彼が落ち着くのを見計らって、やっと口を開く。

「それからどうなったのですか？」

「それからもなにも、後は誰かが自分の窮状に気づいてくれることを待つばかり。自分の生命力と石の重さと引力とのバランスを保ちながらひたすら待つしかなかった。宇宙服の耐久性も気になった。酸素はそう長くは続かないだろう。そんな不安が極限に達した頃、酸素が薄くなってきたのか、いつしか意識がもうろうとしてきて辺りは灰色の闇に包まれ、何もわからなくなってしまった。気がついたときには地球のベッドの上だった、というわけです。どうやって助かったのか、どうやって地球に戻ってきたのか、全く記憶にないけれども、私はそれ以来二度と月には足を踏み入れなかったというわけです」

「それは何かの比喩なんですね」

　私は思いきって言ってみる。

「信じられないのも無理はないが、これは紛れもない事実ですよ。実際、私はそれからというもの世界との関わりを一切断ち切って生活している。自分の踏み出す一歩が怖いんですよ。一つの気まぐれがとんでもない結果をもたらすことが恐ろしくて、できるだけ波風を立てないようにしています」

「それならどうして今日僕に話しかけたりしたんですか?」

私は少し腹が立ってそう切り返してみる。

「それは自分でもわかりません。人間というものは、ずっと一人で生きていくというわけにはいかないものですからね。いつかは誰かと関わらなくてはならない。だから、気まぐれで声をかけたのではありません。あなたは気がついていないでしょうが、私はあなたのことを知っていますよ。私と同い年くらいで昼間からこの界隈をうろついている、そのあなたこそ最初に関わり合う人だという気がしていました。ある種の匂いとでもいうものを感じ取っていたのですよ。何度か郵便局やカフェで近くに座っていたことがあります。私と同じ匂いのするあなたがいろいろな人と接触されていることが実は羨ましかったのですよ」

彼の手は小刻みに震えている。こうして話していることに彼はかなりの緊張と重圧を感じているのかもしれない。たとえ月の話が比喩だったとしても、彼の話にはそれなりの真実味があるように思われる。

「人間が怖いですか?」

「怖いですね」

「今も?」

「今は少し落ち着きましたが、いつだって最初は怖いですよ。そのとき自分が試されているような気がするものですから」

彼の表情から張りつめたものが徐々に消えていく。

「僕にとって最初の出会いはいつもわくわくさせてくれます。たとえそれが期待外れなものであったとしても。まして前から注目していた人ならなおさらです」

私は最近の人との出会いを思い出す。偶然だったとしても、それらの出会いはその両者によって作られるものである。私は続ける。

「あなたの月面散歩も最初はわくわくさせるものだ

ったのでしょう。ただ出会いの過程で行き違いが生じたりすることはありがちです。大切なのは、それがすべてだと思わないことでしょう。あなたを押しつぶしてしまう出会いもあれば、例えば、トラウマから解き放ってくれるようないい出会いもきっとあるでしょうから」

「あの月面散歩が出会いなんかと呼べるのでしょうか。むしろ出会いの拒否としか思えないのですよ。人間は生命のない無機質の世界に赴くべきではない。そんな世界だからこそ私は気まぐれを起こしたんです。確かに初めのうちこそそれまでにない新鮮なものでしたが、近くに誰もいない空間というものはやはりむなしく、実際石を蹴ってみることくらいしかすることがないのですよ。どうですか、違いますか。これは私の心の問題ですかね。今になってやっとそれがわかりました。空気も水も生命もない灰色のだだっ広い空間で一人あてもなく歩いている。その孤独があなたにわかりますか。それでも、やっかいなことにその孤独が今でも忘れられないんですよ。紺碧の空に青く輝きながら大きな地球がぽっかり浮かんで、月の白い山脈がどこまでも続いている。身体はふわふわ空中を漂って、遠くて近い地平線が音のない曲にでも合わせているかのようにゆっくりと優雅に舞っている。真空というものはどこまでも透明で、……」

「あなたは何を求めているんですか?」

ありもしない月面散歩の続きを聞かされるのではと思い、私は痺れを切らしていたのである。しかし、それもすぐに後悔する。

「それを私に問うんですか。やっとの思いで話しかけた人に投げる言葉ではありませんよ。あなたはひどい人ですね」

そう言いながら彼の手はまた震えだす。私は慌ててその場を繕わなければならなくなる。貴重な出会いを自分で壊してしまいそうだったからである。

「いや、そんなつもりじゃありませんよ。ここでは何ですからどこかお店で食事でもしませんか、もうすぐお昼時ですから」

苛立った気持ちを静めるには何かを食べることである。予想どおり、彼は少し年長らしい私に渋々従う。彼は昼の光を眩しそうにしながら後ろから歩いている。ひょっとしたら彼にとって外出は久しぶりのことなのかもしれない。ましてや他人との外食などずいぶんまれなことなのだろうと、私は勝手に思っている。

「普通に考えればですよ、月旅行できる人は引きこもったりしないと思ったのです。引きこもっているというのも比喩ですがね」

「テレポーテーションって知ってますか。実はね、私は念ずればどこにでも行ける能力が備わっているんですよ。もちろん月の裏側だって行くことができます。万里の長城だって行けます」

近くのレストランでランチ定食を食べ始めた頃、いつの間にか彼は機嫌を直している。周辺の企業で働く人がちらほら昼食をとりに来ているが、店内は落ち着いている。窓からは家族連れが楽しんでいるプールが見える。倹約した生活をしている私も昼食をレストランでとることはめったにない。

「テレポートができるなら、僕は高校時代のふるさとに行ってみたいですよ」

「残念ですが、それはできません。テレポートができるのは場所の移動だけです。それこそ単なる空想なんですよ。時間というものはですね、一人に一つしかないのですよ。ですから、時間を移動したら別人にならなければならない。でも、それは移動ではないですよね。ところが、場所を移動したとしてもそれは別人になることではありません。一人が移動できる場所は無数にあるのですから」

「おもしろい説ですね。だから、あなたは月に行ったというわけですね」

ほとんど意味のない話だが、これはこれでおもしろいかもしれない。

「それが可能なんです。工夫と努力があれば、諦めなければ、どこへでも行けます。私の場合はそれが月面歩行だったのです」

「普通の旅行とどう違うんですか？」

「それを念じたと言ったでしょう、そこが違うんです。魂ごと引っ越すんですから」

「身体ごと、じゃないんですね」

「そのとおりです」

これでは白状したも同然だったが、彼は少しも動じる気配がない。

「いいですか。五感をねじり込むようにしなければ、絶対に月世界には行けません。無重力の状態を続けるとはそういうことです。すべての雑念を捨てて自分が単なる一つの筒のようなものにならなければなりません。それは空洞のような、夢のような、意識そのもののような、純粋な状態です。喩えるなら、顕微鏡で細菌の培養を観察するような、天体望遠鏡で宇宙の塵をとらえたときのようなわくわくする体験とでもいいましょうか、自らは視覚そのものになってしまい、そのとき身体はどこかに取り残されています」

「なんだか宗教的な悟りのようになってきましたね。一時的にせよそんな宗教的な体験することができたとしても、現実に人と関わりながら働いて生きている、つまり引きこもったりしていない僕たちにはそんなことを続ける暇も余裕もありませんよ」

「だからこそ、この世では一握りの大金持ちにしかできないことを誰でも体験できる方法を考えついたのです」

「つまり、言葉尻を捉えると、あの世ということになりますが」

また怒らせてしまうかもしれないというおそれはあったが、ここは忖度し続ける場面ではないと思ったのである。

「この世にあるあの世です」

彼は今度は上手く言い返した。

「この世にいながら、もう一つの世界の住人になることですね。残念ですが、そんな人はすでに山ほどいます、あなただけが特別じゃない。むしろこちらに、つまり、地上に戻ってこられたあなたは幸せなのかもしれない」

実際彼の気分がどう動くのか、やはり心配ではある。

「私の月面歩行は現実逃避なんかではありません。現実の象徴と見るべきでしょう。つまり、ようやく自分の逃避の原因を突き止めたというわけです。無関係な人にでもこの月旅行の話ができるようになったから、こうやって地上に降りてきたんです。逃避というのは、それを誰かに伝えることができないからこそ逃避になってしまうんですよ。単純ではありません。一方、ささやかな経済活動さえ途切れなければ、誰とも一言も話すことなく生活できてしまうのがこの町のいいところです」

「それには同感です。一通りの生活手段の整ったこんな人工的な新興住宅地がなければ、山奥で仙人のように生きることもできそうにない僕たちはもはや生きる場所がないのかもしれません。言い換えれば、この町の住人たちは多かれ少なかれ重力のない月面と同じ真空地帯を歩いているようなものなのでしょう。けれども宇宙服が必要なので何物も素手で触れることはできないし、直接誰かと言葉を交わすこともできない。ふとしたきっかけで窒息しそうになる。息が詰まるほど寂しくなる……」

自分はいったい何を語り始めたのだろう。眩しそうに窓の外のプールの情景に目をやりながら、そっと横目で相手の反応を見る。彼は無表情にゆっくり定食を食べている。ひょっとしたら自分のことでいっぱいで、こちらの話など聞いていないのかもしれない。それなら都合のいいことだ。

「だから言ったでしょう、あなたと私は同類だって」

突然彼が優位にでも立ったかのように微笑みながら言い放つ。本当にそんなことを言ったのか思い出せないが、いつの間にか相手のペースにはめられたような気がする。しかし、すぐにまたそれでもいいという気がする。このまま一緒に月面歩行でもすればいいだけの話である、と。

「月面を自由に動き回っていたはずのあなたも、結局はごつごつした岩の乱舞にその自由を奪われ、他の人たちの助けを借りなければ生き続けることすらできなかった。やっぱりそのことは認めなければならない。当たり前のことですが、あなたの自由はあなたを支えている人たちの存在がなければ成立しない。それはこの人工的なニュータウンがなければ生きていけないのと同じことです。ただ、それを自覚しているかしていないかの違いです」

「あなたは私が気づいていないとでも言いたいのですね。よろしいでしょう。私が気づいていなかったとしても、生命のない灰色の月面であのまま白骨化していた可能性のほうがはるかに高かったのかもしれないんですよ。つまり、ここに戻ってきたのは全くの偶然だった。ひとつ間違えれば命を落とす可能性があったのです。それでも気づいていないと言いきれますか？」

「もちろんそうだったでしょう。でも、あなたは死にはしませんでした。山から滑り落ちても、大きな岩の下敷きになっても、あなたは死ななかったのです。なぜなら、あなた自身もわかっていたのでしょう、それが本当は自分でないことを。あなたは全く安全なところにいながら、醒めない夢を見続けていた。生きるために足掻くことも、逃げることさえしなかった、いや、できなかった。ただ、いいですか、あなたが今でも大きな岩の下敷きになっているのだとしたら、僕はあなたの月旅行という事実を認めることができます。つまり、隠喩だったとしたら、それはおそらく事実の鏡ということになるでしょう。そのことによってのみ、あなたの体験談は意味を持つのでしょう。つまり、事実はどこでも終わっていないし、現実は何も完了していないということです。人はいつでも終わりのある夢を見ますが、またやっぱり似たような夢が何度でも繰り返されます。その背後にはどこまでいっても完了しない現実があるからです。どこまでも終わらない事実の記憶や記録がこの空間に漂っているからです。それらはさまざまな人や媒体を通して何度でも浮かび上がってきます。文字どおり一筋縄ではいかないということです」

男は唖然としてこちらを見つめている。その表情には、こいつはいったいどんなつもりなんだろう、どうやら俺を煙に巻くつもりでこんなことを言っているのかもしれないなどと、そんな疑念の色も浮かんでいる。私はしばらく相手の様子を見ていたのだが、自分でもどうしてこんなことを語り始めたのかわからない。それでも、彼の話に抱いていた違和感が一挙に噴き出したに違いないと、自分を落ち着かせてみる。

「なんとしても比喩にしたいというわけですね。嘘つきにしたいと言うんですね。何度も言うけれど、これは事実ですから。証人だって連れてくることができるし、証拠の品だって残っている。全くもって不愉快な人だ」

　とうとう彼は席を立ち始める。久しぶりの二人以上の昼食会も中断されることになるが、しかたがない。現実にはこんなこともままあるのだ。

「まあ、落ち着いてください。今度は僕の体験談を聞いてくれませんか。でないと不公平でしょう」

　私は辛うじてそう言ってみるが、彼は唇に皮肉な微笑を浮かべて何も答えることなく、突っ立ったままである。私は構わずに説得を続ける。

「あなたはさっきテレポートの話をされましたね。それと関係があるかもしれないので、騙されたと思って聞いてください、まだ食事は終わっていませんよ」

　男は食事が気になったのか、それともテレポートという言葉に惹かれたのか、いつでも立ち去る準備はできているぞ、とでも言いたげにゆっくりと腰を下ろす。彼は残りの料理を急いで平らげて、さあ聞いてやる、とばかりに私の顔を見すえる。私はコップの水をごくりと飲んで一気に話し始める。

「学生時代のことですが、それは僕にとってやはり恐ろしい一日でした。いまから思うと、何もかもが中途半端で、それでいて存在を脅かすような出来事でした。その日は昼から雨が降っていました。人々は傘をさして黙々と歩いていたので、顔もはっきりとは見えない、そんな無言の中でその事件は起こりました。僕は始まったばかりの夕方のビヤ・ガーデンのアルバイトに向かう途上でした。友達らしい者はいましたけれども、自惚れのせいか友達と呼ぶことを僕はためらっていました。その自惚れを満たしてくれるような友達には当然のことながら出会わなかったし、作れもしなかったのですが。仕事の仲間もどこか馴染めなくて、話す言葉もなかなか出てはこなかったのです。それに、バイト係りの社員はいつも忙しそうで、僕たちと話すのも面倒くさそうでした。ですから、仕事は大勢でするけれども、僕はいつも孤独でした。それなのに、自惚れだけは強かったので、自分にふさわしい場所がどこか別の所にあるように思っていて、仕事にも身が入らなかったし、積極的に働きかけることは何もなかった。僕には『ここではない』という意識がいつもあって、事実のほうが僕を引きずっていました。雨が降っているのに、辺りは蒸し暑く、僕は帰り道の疲れのことを思っていました。雨は垂直に落ちてきて、そのために重苦しくて、傘は他者への通路を遮断しているようでした。職場のある繁華街のほうに近づくと、人々はやはりおしまいのような雰囲気を漂わせて、快い疲れと解放感に浸っているようでした。街には広告が溢れていて、その広告の洪水の中を人々は上手に泳いでいるように見えました。僕はそんな街を離れてどこか遠いところへ行きたいと思ったのに相変わらずそこを歩いていて、広告は無駄な悪意のかたまりのように思われました」

男は、少し焦れたようにこちらを見ている。

「そのときです。後ろからの足音がひたひたと近づいて、僕の背後にぴったりと寄り添ったのは。気味が悪かったので、歩調を早めて振り切ろうとしました。けれども、それは影のようについてきて、振り向くと、黒い傘の下に四十がらみの中肉中背のこれといって特徴のない男がびくっとして立ち止まったのです。彼はなにか言いたそうにしていたが、妙におどおどしているようでもあり、僕はとにかく関わりたくないと思いました。しかし、彼の視線は紛れもなく僕を見ており、僕だけを目的としているようでした。妙な感じでした。それは、他の者にはない弱みを僕が持っているのであろうかと思わせる視線でした。それでも、冷静に見ると彼のほうが僕になにかを求めているようでもあり、問いかけているようでもありました。着ている物はどこか今風ではなかく、小ざっぱりとしていました。『誰だい、あんたは？』僕が相手を追い払うようにきくと、『見覚えがないのかい。君にとって最も身近な人間だよ』とこちらを見下したように答えました。『誰なんだ。僕にはわからない』『教えてやろう、君は私だよ。私の過去と言ったほうがいいのだろうけれど』『何だって、悪い冗談はやめてくれ。……いや、あんたなんかに関わった僕が間違っていた』僕はもうすたすたと歩いていました。脳味噌の中身が広がったような感じでぼんやりとしていました。未来の自分のことなど考えたことがなかった僕は、それが存在することさえ否定していたくらいです。未来に自分が存在すると考えただけで、許せないように思っていたので、彼の言ったことは不愉快でした。『一つ聞かせてくださいよ』後ろからまた彼が言った。僕は返事をしなかった。構わずに彼が言った。『いまどんなことを考えているんだい？』『何も考えていないさ』『私がいつのまにか失ってしまったものの見方がここにあるのかなと思って、はるかな旅をしてここまで来たんです』『それなら、僕にもひとつ聞かせてくれ。僕の思考は将来どうなってしまうのだろう？』『ふふふ、私たちはじっくりとわかりあう必要があるようだ』そう言って彼は不気味な笑顔を見せ、『短い時間でわかり合おうとするのは不可能に近い。だから、これから、私は君の後をこっそりとついていくが、気にしないでくれたまえ』と言って、彼はいつのまにか傘の大波の中へ消えてしまった、というわけです」

「孤独が作ったドッペルゲンガーですね」

男はぽつりとそれだけ言う。私は構わずに続ける。

「それ以来僕は誰かに監視されているという感じを頭の中から消し去ることができないでいました。実際ときどきあの未来の自分と称する男の姿を何度か目にすることもありました。彼は僕のものの見方を知りたいと言っていたけれど、不安定に揺れ動いて留まることを知らない僕のものの見方など知ったとして、はたしてどうするのか。僕が思っていたのは、何もかもがつまらなくて、自分を賭けるに値するものがどこにもないということくらいです。そこから取り出す価値があるとすれば、まあ、自意識という特異な形をしたものくらいでしょう。いわば、自分を取り巻く環境の空白に耐えきれなくなった意識が逃げる場所を失っていびつな形をしていただけのこと。そんなものは誰にも見せたくはないし、それよりも、この真っ白になった不気味な目の前の世界をどうすればいいのか。誰かの言葉に、なにかの事件に、一つの組織に、自分を引っかけるようなきっかけがどこにもなくて、成長というものから完全に見放されているような気がしていた。僕はバイトの時間がくるのをぼんやりと階段に腰をおろして待っていました。他の者はおしゃべりをしたり、笑ったり、客を眺めたりしている。料理の始まるにおいと、食器のがちゃがちゃいう音と、うだるような暑さと、周囲の錯綜したライトのおかげですっかり色をなくした空がある。客は遠慮がちに楽しみ始めている。完全にわき役に堕ちた大人たちは楽しみ方さえも忘れていた。若者たちの熱い視線は遥かに先のほうを見ていた。けれども、僕はなぜか気後れがして、独り本を読んだり、空想したり、友達の存在や言葉のことを考えていました。それは、友達とは認めたくない者の一人なのですが、互いに背伸びのし合いをしている仲で、なぜか無性に彼に対して腹が立ったのです。彼の仕草の一つひとつ、彼の口調の一つひとつ、そのときの表情などがありありと目に浮かんでくるほど忌々しかったのです。その頃僕たちの間では、人をある一つのタイプに決めつけることと、自嘲的になることと、純粋さを誇ることとが流行りでした。成績や恋愛に負けても、純粋さの競争にだけは負けるわけにいかなかったのです。その気になれば、誰もが同じ条件でできる競争だったからかもしれません。若かったのでしょう、その競争が唯一の絶対的な競争であるかのように思われました。その競争に勝つためにどうするのか。不純なものや自分以外のところからやってきた考えを否定することでした。つまり、他人の受け売りや先入観でものを言わないこと、相手の言葉や行動の背後にあるものをその人自身に明らかにしてやること、固有のものと見える考えが、実は自身の生活環境に影響されているということを明らかにして、それを軽蔑することでした。今から考えても実に嫌味なやつでした。そんな感じで友達に敵意を持つだけの仕事嫌いでひねくれた僕の考え方にわざわざ興味を持つ黒い傘の男は、やはり未来の僕だったのでしょうか。だとしたら、何のために彼はここに来たのでしょうか、未来の僕はそれほど展望がないのかもしれません。現在の自分のからどれだけが未来までも残って、どれだけの部分が消滅してしまうのか、もし消滅してしまうものがあるのだとすれば、どうして彼を未来の自分だなどと言えるのか……。もし彼の言ったことが大嘘で、彼が未来の僕なんかとは全然無関係だったとしたら、いずれにしろ、何の利害関係もない僕の未来や現在に関心を持つ人間の存在とは、やっぱり気味の悪いものではないでしょうか」

　男はにんまりとしながらそこまでの話を聞いていたが、私が相手の反応を見ているのを感じたらしく、口を開く。

「あなたがそんな人物を創造したのにはきっと理由があるのですよ。孤独な若者はどこかで理解者を求めている。ただ、なかなか理解者がいないので未来の自分なら理解できるかもしれないと、時間を空間に入れ替えるんです。つまり、未来がすぐそばで自分を見守っているような気がするんです。そんな人物は気安めに過ぎないことはわかっているのに、信じたい気持ちがそれを創り出す。言い換えれば、未来なんてものはどこにもないということを薄々感じ始めていたあなたは、そんな自分を外側から見始めたんですよ」

「つまり、大人になり始めたというわけですね」

「ええ、でも、そこにすり替えがある限り中途半端ですが」

「いや、現実はいつも中途半端だ。だからこそ終わったことにしたいのですよ。そうすれば、はっきりしているように見えるから」

「つまり、月旅行は終わっていないと？」

「そうです。あなたはいまも灰色の月の表面を歩いている」

「そして、ドッペルゲンガーはいまも雨の中あなたの前に現れるというわけですね」

「そのとおりです」

　私は笑顔で返した。不思議なことに、一度破綻しかけた関係はいつの間にか通じ合うものを見つけたようだ。私はいつの頃からか衝突を恐れないほうがかえって衝突を避けられるという気がしていたのである。

「一度暴れ出した岩もいつかは静寂の中へと戻っていき、ある種の免疫として経験の中に蓄積されていく、僕はそんなことを考えています」

「なんとなくそんな気がしていました。思いきって話を聞いてもらってよかったと思っていますよ」

　男はようやくほっとしたような笑みを浮かべ、それまでの警戒感を解いたようである。

「ところで、ひょっとしたら僕はあなたのドッペルゲンガーの一人かもしれませんよ。出会ったときにあなたが怯えていたのが何よりの証拠です」

　昼食後のコーヒーを注文した後で、私は少々彼をからかってみたくなってそう言う。

「残念ですが、私は信じていませんよ。先ほども言ったように、一人に一つの時間しかありませんからね」

「そうでしたね。じゃあ、ただの空間的なドッペルゲンガーということにしておきましょう。もともと現在も過去も未来も区別がないのですから」

「まあ、同じことですがね」

　男は苦笑いしながらそう呟く。

「少し散歩しませんか。仕事に行くまでまだ時間があるので。あなた、時間は大丈夫ですか?」

　私は初めから彼が時間を持てあましているのだろうと思っている。彼はその誘いを快諾する。

　団地の西側の少し高くなった街区までは大きな歩道橋がかかっていて、階段を昇ると、あとは車道を横切ることなく散策しながらそこまで歩いていくことができる。歩道はそのまま芝地を横切って大きな池のある公園まで通じている。彼は六月の高い太陽に向かって眩しそうに手をかざしながら言う。

「いつの間にか夏ですね」

「たまには外に出なきゃだめですよ」

「そうですね。でも、こういう人工的な場所にくると、突然地面が崩れていくような不安に襲われたりしませんか。もともと地殻変動や風雨の浸蝕を経ることで長い時間かけて安定してきた地形を人間の都合のいいように突然削ったり埋め立てたりしたところですから、どこかにひずみができているにちがいないとついつい考えてしまうんです」

　男は本当に心配しているのか、高層マンションを見上げたり、舗装された地面を確かめたりしながらゆっくり歩いている。

「あなたも知ってのとおり、この先に見えてくる大きな池は、この地が広大な竹藪だった頃から存在していたものですよ。それに、改変された地形もいずれは安定した状態に落ち着くものです。土木工事とは大昔からそういうものです」

　私は彼の不安を和らげるためにそう言ったが、彼はそれについてはなにも言及しないままだ。おそらくこちらの反応を見ること自体が彼の関心事であり、同時に不安の解消策でもあるのだろう。

「失礼ですが、あなたはひょっとしてこの団地の管理人ですか？」

「そんな立場であればいいと密かに思っている一人ではありますが、残念ながらそうではありません。どうしてそう思うのですか？」

「なんとなく団地の主のような感じがしたものですから」

「皮肉ですか？」

「いや、本当に住み慣れていらっしゃるから、羨ましいだけです」

「慣れているのかどうかはわかりませんが、いつしか人に会うのが楽しくなってきましたよ。年を取ったせいかもしれません」

男はしばらく考え事をして、ぽつんと言う。

「私はずっと人間嫌いです。これらかもずっとそうでしょう」

「これからなんて考えなくてもいいですよ。考えると不安になるでしょう。僕なんかこの歳で離婚して独り暮らしですからね。先のことは考えないようにしています。近所で話し相手を探しているほうがよっぽど楽しい」

「犬を連れるでもなく一人であてもなく出歩いていて、気味悪がられませんか？」

「気にしなければいいんですよ」

「やっぱり羨ましい」

「世の中にはいろんな人がいますから、いちいち気にしてはいられない。それはこの団地住まいのいいところです」

「やっぱり団地の主ですね」

彼は少し気が楽になったのか、笑いながらそう言う。

「歩いていたら、石を蹴ってみたくなるのは当たり前のことですよ。石ころのない道に慣れきっている僕たちには、たまたまそんな機会がなかっただけのことです。石ころのある道に慣れることも必要ですよ。歩いていると怪我をしない程度に平衡を失うのは普通のことですから、そこで一度躓いたくらいで道そのものを取り替えたりしません。いや、かえって躓きが道を拡げるのかもしれません」

池が見えてくる。周囲を散策できる道はあったが、しばらくベンチに座って池を見ながら話を続けることにする。男はそこで何かを確信したかのように口を開く。

「終わっているように見えて、その実まだ同じことを繰り返しているというわけですね。たぶん躓きはそれで終わりではないと、あなたは言いたいのでしょう」

「ええ、躓きはきっと足腰を強くします。身体がぐらっと傾いた分だけ世界が広がって見える、そうは思いませんか。そう考えてもいいでしょう」

私は調子に乗って付け加える。自分の経験が誰かの苦境を少しでも楽にできるのであれば、それはうれしいことに違いない。彼はじっと自分の足下を見ていたが、しばらく間をおいてから顔を上げて言う。

「あなたは楽天的ですね。私は躓いてぐらっと傾いてからというもの、ずっと傾いたまま窮屈な格好で歩いています。あなたは息をするのさえ不安になることがありますか？　どうやら私の足腰はすっかり崩れてしまったようです」

彼の笑顔は消えている。話し相手が見つかったという笑顔は、その話される内容によって青く色褪せていく。長い間閉じ込められていた暗闇の中で、孤独は狭く歪んだ世界を彼の目に見せていたようである。

「でも、あなたは今自分の脚でしっかり立って歩いていたではありませんか」

すると、彼は皮肉を込めたように続ける。

「そう見えましたか。実際、私は雲の上でも歩いているようなふわふわした感じでしたが……。私はもう成長とか発達とかいうものを信じることができません。都合のいい言葉のまやかしに思えます。石に蹴躓いたら、足を引きずって傾いたままどこまでも歩き続けるだけです。目の前の世界が広がることも展望が開けることもありません」

私はそこでかける言葉をしばらく失う。言葉のまやかしというのは本当かもしれない。もはや他愛のないおしゃべりをするほかないのである。

「わかりました。成長や発達というのは完了体ですから、僕もあまり好きな言葉ではありません。別の話をしましょう。あなたはこんな話を信じますか?」

私は新聞で読んだある薬の話を思い出す。

「大流行した伝染病から身を守るためにある薬が開発されたのですが、人々はその薬に対していつからか不信感を抱くようになりました。それは、こんな話がまことしやかに広まっていたからです」

男は目立った反応もせず、ぼんやりと聞いている。私は構わずに話し続ける。

「科学者というものは何でも発明する。特にすばらしいのは高性能超小型爆弾である。これがあるおかげで彼は数々の利益を得ることができた。それはカメラ用のボタン電池ほどの大きさで人の体に埋め込めば、全くその人を支配することができたのである。それを爆発させると脅すことで彼を自分の思い通りにするわけではない。危険物だということに気づかせないで、しかも、それがまるで彼にとって絶対に必要なものであると信じ込ませることによって、彼がそれを大切にむしろ誇りを持って身につけるように仕向けるのである。たとえば、優れたデザインと機能性を備えたファッションとして、あるいは優秀なスポーツシューズとして、あるいはまた、宇宙時代のスポーツ飲料として、彼に身につけさせればいいのである。科学者はその発明によって莫大な富を得ることができた。それをこれからお話ししよう」


……


彼の発明した爆弾はある優秀なスポーツマンによって愛用されることになった。科学者が実験するのに都合の良い、適当な人物を探して街を歩いていたときである。そのスポーツマンはいかにも健康そうな肉体と真っ白い歯を持っていた。

「もしもし、あなたは何かスポーツをしていますね」

「はい、陸上競技をやっています」

「私があなたのスポンサーになってあげます。どうですか」

お金に苦労していたスポーツマンは、渡りに船とばかりに彼の提案を受け入れた。それからというもの科学者はスポーツマンにいろいろと運動用具や生活用品を買い与えた。最初はそれほどでもなかったが、徐々に記録も上昇し、数々の競技会で優秀な成績を残したり、たまには優勝したり、新記録を作ったりした。スポーツマンはこれも皆科学者のおかげと感謝し、その賞金のほとんどを科学者に渡そうとした。しかし、科学者はほとんど何も要求しなかった。ただ、科学者が買い与えるスポーツシューズやウエアを必ず身につけるように求めた。

彼らの関係は良好なものであった。彼らはお互いを尊重し合っているように見えた。科学者はスポーツ科学についての彼の理論の理想の実践者を得たのであり、スポーツマンは絶好の後見人を得たのであった。世間では彼らのことを理想の協力関係だと考えていた。

そのうちに科学者は本当の実験を始めていた。それは世間の目もスポーツマンの目も届かないところで始まっていたのである。科学者はいつしかスポーツマンの体に時限爆弾を埋め込んでいた。それは、科学者にしかわからない方法でなされていたので、スポーツマンはもちろん気づくわけはなかった。たとえ疑わしいことがあったとしても、何もしていないと言われれば、スポーツマンはそれを信じるほかなかった。それに、何よりスポーツマンは科学者を信じていたので、疑いなど生じるわけがなかったのである。そのための準備はそれまでしてきたはずであると、科学者も信じていたのである。

薬や栄養ドリンクは、形を変えた爆弾であった。それらの成分は体の中で反応して爆発物質を作るのであった。さらにその中には外部からの合図で爆発するという情報を持った物質が形成されていた。何のためにそんなことをするのかと、不審に思われるかもしれないが、それこそが彼の実験なのであった。

そのためには、スポーツマンが科学者を信じることが前提条件であった。その条件を作るために彼はスポーツマンに多大の援助をしたのであった。科学者は、巧妙にスポーツマンの信頼を勝ち得ると、人生観や音楽や映画の趣味まで彼に影響を与え始めた。というより、科学者の価値観に則ったものしかスポーツマンの周りには置いておかなかったのである。さらに、科学者が自分の研究の結果生じた試作品をスポーツマンに与え、たとえそれが失敗作であっても、彼に利用させたのであった。

それは、科学者に都合のよい関係であった。彼は他人なしでは生きられない。他人が彼の失敗を補ってくれるから彼は生きることができるのである。半永続的な従属関係があれば、それは可能であり、その関係は目に見えなければ見えないだけ長続きするのであった。その際、スポーツマンの失敗はスポーツマン自身の責任とすることができる。その責任を追及することによって、科学者はまた新たな要求をスポーツマンにすることができたのである。それに逆らえば、何かしらの報復があるのではないかと思わせることによって、スポーツマンは支配されていたのである。その何かしらの報復というのが、体の中に埋め込まれた超小型時限爆弾なのであった。それははっきりとは言われないが、何度か科学者がほのめかすことでスポーツマンもそれ以上逆らうことができない種類の何かがあると思わせるに十分だったのである。

つまり、科学者は自己が生きるために、スポーツマンというもう一人の自分を作っておくことが必要だったのである。そして、スポーツマンによって科学者は自己の罪を贖罪する。スポーツマンは科学者に支配されていながら、自分では自分の意志で行動していると思わせておく方が好都合なわけであった。自らの悪の部分を自己から独立させて、もう一人の自己に責任を負わせること、科学者は意識的にかまた無意識的にかそうし向けていたのであった。

スポーツマンは、驚くべき早さで科学者のさまざまな研究成果を吸収し、自分の記録上昇に役立てていた。そして、スポーツマンの名声は徐々に確立し、今や完全に陸上界のスーパースターとなっていった。いや、スポーツ界全体のスターと言ってよかったのである。彼の人気を目掛けてさまざまなスポンサーが彼に誘いをかけた。しかし、科学者はスポーツマンが勝手にスポンサー契約をすることには猛烈に反対し、それどころか、科学者とのさらに親密なパートナーシップを要求したのであった。それはまるで彼らが対等の関係であるかのように世間の目には映った。

スポーツマンは若かったので、そのからくりには気づかなかったが、スポーツマンの年輩の親戚の一人はその危険性を感づいていた。しかし、その忠告もスポーツマンに一笑に付されてしまった。それは科学者もその程度のことは多かれ少なかれ予想していたことなので、ちゃんと手は打っていたのである。

試作品を売りつけ、成功例を利用するというこの方法は、科学者にますます富をもたらした。何よりも好都合だったのは、利用しているのは科学者の方であるのに、世間の目はスポーツマンが科学者の恩恵に浴していると理解していたことである。そのうちにスポーツマンの身体がいつしか薬害に冒されていたことは、科学者以外のだれも気づいてはいなかった。しかし、それは科学者にとっては予定の事態であった。このスポーツマンが潰れれば、またそれに代わる新しいパートナーを探せばすむことなのである。後はその時期と新しいパートナーの発掘である。新しいパートナーを見つけることは簡単だった。彼らの名声はまだ少しも傷ついていなかったからである。

科学者はスポーツマンにさまざまの薬品や器具を売りつけることによって潤っていた。スポーツマンがそのことで文句を言おうとしても、彼は自分の中にある爆弾のようなものの不気味な力によって完全に科学者から離反してしまうことができなかったから、中途半端な抗議に終わっていた。その間にも彼の体はだんだん薬にむしばまれ、その抗議もできないくらい弱ってきていた。

そして、世間ではその原因を彼の力の衰えとライバルの出現によると考えたのである。ある日、ここが潮時と考えた科学者はスポーツマンに絶縁状を持ってきたのである。それも、スポーツマンが自分から絶縁したかのように見せることは、科学者には造作もないことであった。

「君にもう教えることはなくなった」

そう言って科学者は力なく笑ってみせた。

「君はもう私なしでも十分やっていけるだろう。そのための投資はしてきたつもりだ。後は自分の力でやっていきなさい」

まるで年老いた師匠が立派に成長した弟子を世間に送りだすときのような言葉であった。その言葉を冷静に聞いたスポーツマンはそのとき初めて何かを悟ったが、すでに遅すぎた。スポーツマンに残ったのは、薬でぼろぼろになった肉体だけであった。彼にはもう新たな練習に耐えるだけの力は残っていなかったのである。スポーツマンは科学者なしでは何をしていいかわからない肉体になっていたのであった。こうして科学者とスポーツマンの「美しい」関係は終わったのである。

……

「自分自身は手を汚さず、自分の正当性を維持しながら愚かな者を利用して、利用し尽くしたら彼を捨てる。似たような話がいくつもありそうな気がしませんか。これがネット上で流布している噂話の概要です」

私がこう語り終えたとき、男は即座に反応する。

「悪意に満ちた話ですね。でも、成長というまやかしを鋭く突いているかもしれません。と同時に、人々が『成長や発達』という効能書きに疑いを感じ始めているということかもしれませんね」

「僕もそう思います。誰かにとっての成長であって、本人はもともと成長などしていないんですね。だとしたら、僕たちは学校や職場でいったい成長以外の何を求めていたのかということにもなります」

男は自信を取り戻したような話しぶりで言った。

「もともと何も求めてなんかいなかったんですよ。求めていたものが得られないことが不幸になってしまいますから。月並みですが、あえて言えば、単に漠然と幸せを求めていたかもしれません。逆に言えば、それ以上のものを他人に求めるのは傲慢というものでしょう。私もそんな効能書きに踊らされていた一人なのかもしれませんが……」

その「踊らされている」という言葉の中には彼の苦渋が滲み出ているように思われた。

鮮やかな緑の木々の色を映し出す池の周りには湿気を含んだ夏の風が渡っていた。相変わらず毎年やってくる風である。その風には進歩も成長もありはしない。ただ季節の巡りと共に当たり前のように繰り返されるだけである。私たちは繰り返されることのありがた味を忘れているのかもしれない。どうやら日々変わっていくことのほうが大切だと思っているふしがある。鳥のさえずりや吹く風の音に丁寧に耳を傾けることができれば、自然は数々の恵みで、いや、それ自体の在り方として私たちに答えてくれているにちがいないのに。しかし、そんな退屈なことは縁側に座って時の移りゆきを眺めながらときどき俳句などひねってみる老人たちにしか耐えられないのかもしれない。

高層マンションという空中の一室に閉じこもり、家族の誰かの世話になりながら、ときどき外出しては、たいていは誰かと接触することもなく気落ちして帰ってくる。そんな男の生活には季節の風や木々の緑は乾いた痛みのように感じられるのかもしれない。決して他人事ではないのだが、自分自身はいつしか地上に復帰してきたような気がしている。特別な事件があったわけでもないが、目の前から灰色のベールが剝がれて風景が本来の色を取り戻したような感じになるのである。原因も方法もわからないが、ただ元の感じに戻ってきたことは確かなようだ。だから、目の前の男と話すのも苦痛ではないし、むしろ心地よいほうである。

「でも、その効能書きは読んだかもしれませんが、危険な薬は飲んでいないわけですから、身体は元の健康な状態に戻れるように思えます。むしろ、医者に処方箋を求める必要さえなくなるのではないでしょうか」

その言葉に反応して男は苦笑いしながら言う。

「いや、実際飲んでいたのかもしれませんよ。錠剤なのか、液体なのか、ひょっとして気体なのか、どんな薬かはわかりませんが。まるで自分で自分を操るように、動かない壁をむやみに叩いて傷ついていたこともあります。悔やんでもしかたのないことですが、いいや、悔やむ必要のないことだと今では思っていますが、体の中に重たいタールのようなものが溜まっていることはどうやら確かなようです。正直なところ、変な喩えですが、毎日そのタールをすっきり流す下剤を求めながら町をさまよっているようなものです」

「下剤になるものですか……、僕が見えない下剤くらいにはなれたらいいのですが」

「もちろんその下剤は目に見えませんよ」

男はそう言って、今度は普通に笑う。

「そうですね。もともと人生に処方箋など必要ないのですから」

「それにしても、こんなに誰かと話をしたのは久しぶりです。この町に流れ着いた人の間には共通の何かがあるのでしょうか」

今度はこちらが苦笑いする番である。

「お互い漂流者のようなものかもしれませんね、潮の流れに逆らいながらも逆らいきれずにやっとここまで辿り着いたというような」

「ここは一戸建てから公営住宅まであって、最後には辛うじて拾い上げてくれる場所だからね。半径一キロの範囲内でたいていの用は足せるし、一人散歩していてもほぼ怪しまれることもない。確かに漂流者にとっては生きやすい環境かもしれない。けれども、私はここが好きじゃない」

「どうしてですか?」

「ここは何でも直線的に古くなる。つまり、人工的に作られたものは、時がたてば一方的に古くなることしかできない。コンクリートの壁は煤けて、やがてひびが入ることになる。残念ながら、ひびは元に戻らないので、建物は土台から壊さなければ新しくはならないし、橋は一旦破壊しなければならない。いずれ町が寂れることは目に見えている」

池の周囲には、煤けたコンクリート製の岸壁やところどころ塗装の剝がれたベンチが見渡せた。水面は季節の木々を映して深い緑色である。

「僕は、逆に町は古くなるから好きです。それに、直線的に古くなるものなんてどこにもないと思っています。むしろ木の葉が揺れるように古くなる、とでも言いたい。あっちへ行ったりこっちへ来たりしながら、人は町に記憶を刻んでいる。僕たちが目にしているのは残像としての煤であって、また刻まれる記憶としてのひびでもあると思っています」

「やっぱりあなたは楽天家だ。誰でもそういうふうに思えるわけじゃない」

男はどこか安心したように笑顔でそう言いながら、自分の腰かけているベンチの表面を触っている。私はやっと互いの気持ちが通じ合ったような気がする。人生の黄昏のような日向ぼっこでもあるまいということになり、私たちは池の周りを散策することになる。暖かい陽射しの下、紫と白の花菖蒲が岸辺に大きく花弁を開いている。私はそのまま帰宅して出勤の支度をしなければならないのだが、そのことをすっかり忘れて、雑草の生えた土の道を踏みしめながら歩いている。平日の午後に人は少なく、幼児を連れた母親や暇を持てあました老人がちらほら散策しているだけである。

「私にできる仕事はないでしょうか?」

並んで歩きながら、男がさりげなく言う。

「何ができそうですか?」

私もさりげなくそう返してみるが、彼がためらっているようなので、私は続ける。

「自動車免許があれば、就職先は結構あると思いますが」

「なければだめですか?」

「そういうわけではありませんが、送迎や配達の仕事なら、あまり人間関係を気にしなくてもいいのではないかな、と思って」

「なるほど。それはいい考えですね。普通免許なら持っています」

「もしよければ、伝《つて》を頼って探しておきましょうか」

「お願いします。……なんだかまた外に出てみたくなったようなので」

「わかりました」

「そろそろ仕事に行かれるのでは?」

「ええ、そうでした」

池は陽射しを反射してちらちら輝いている。周回道はちょうど木陰になっていて、涼しい風が吹いてくる。私たちは連絡先を交換して、その日はそれぞれの住処へと帰っていく。私は気が重い出勤の支度に、彼はいつもの待ち続ける部屋に。もう一度会えるかもしれないし、もう二度と会うことはないのかもしれない。会えなくなることの気まずさは互いに気にしなくてもいいのだ。ひょっとしたら、彼は久々に私の前に現れたドッペルゲンガーなのかもしれないのだから。

14

私が仕事を紹介するといっても、実際には有力な伝があるというわけでも大して顔が広いわけでもない。それでも仕事探しを安易に請け負うのは、やはり彼の言うところの自分の楽天主義のせいかもしれない。それにしても、人に頼られるのに悪い気はしない。誰かに話しかける機会をまた増やしてくれるからである。思い浮かぶのは、学習塾の送迎バス運転手か、宅配サービスか、運転代行業くらいか。いずれにしても深入りする必要のないところがいいだろう。塾の事務長に掛け合ってみる。

「以前に送迎バスの運転手を募集していましたね」

「ああ、職員三人のうち一人が高齢者で近々辞める予定なんだ。いい人がいたら紹介してくれとも言いましたよ」

「送迎以外の仕事もあるのですか?」

「いや、送迎だけのパート勤務のほうがいいのですが、まず人物を見てからです。心当たりがあるのですか?」

　話は案外簡単かもしれない。私は楽天的に紹介者になる。そして、調子に乗って余計なことまで聞いてしまう。

「ええ、一度当たってみます。ところで、以前からお聞きしたかったのですが、この仕事に将来性はあると思いますか?」

　事務長はしばらく考えているが、気を悪くすることもなく答える。

「ここは公教育ではできないことをやっている、つまり、受験教育です。学校は残念ながら、いや、当然と言うべきでしょうが、受験教育をするところではない。だから、受験がなくならない限りわれわれの仕事もなくなりませんよ」

「でも、最近は学校でも受験に特化した学習を導入しているようです。そうなれば、さらに授業料を納めなれなければならないわれわれ学習塾にとっては不利になるのでは……」

「学校にそんな特化はできないですよ。いずれ破綻します、やるべきことが多すぎてね。学校教育と受験教育は永遠に交わらない平行線のようなものです。むしろ交わるべきではない、目的が違うのだから」

「よくわかりました」

「だからこそ、魅力ある授業をお願いしますよ、先生。期待しています、その新しい運転手にもね」

仕事は新しい仕事を創り出す。事務長の言葉は端的にそれを表している。一つの仕事が合理化され曖昧な部分が削ぎ落とされることで空隙が生まれ、その空隙を慌てて埋めるかのように新しい仕事が創り出される。それは分業と呼ばれようとも、半面では泡のような空虚を際限なく増幅させていくことになる。そこで呼吸できなくなった者は、どこかに引きこもるしか方法がない。つまり、その過程で削ぎ落とされた曖昧なものには、例えば「意味」や「倫理」といった目に見えないものも含まれていたのであろう。もしそのままぼんやりとした曖昧な部分が残っていたなら、彼はそこでちゃんと呼吸ができたのかもしれない。引きこもることで辛うじて呼吸している人を再びそんな空虚の中に放り出すことは無謀なことではないのか。ただ、それは単なる私の想像に過ぎないし、回復し始めた彼の意志を尊重しない理由もない。それに、せめて私と同じ職場であれば、なんとか力になれるかもしれない。私はそうやって自分を納得させる。

各生徒の家の前まで車を回す必要はない、幹線道路のバス停で待っている子供を乗せればいい、せいぜい二十人、帰りもほぼ同様だ、その間は事務仕事があれば手伝ってほしいということだ、たぶん荷物整理など施設の維持管理の仕事だろう、当面は一緒に通勤しよう、経験不問、将来性はある、私は電話で要点だけを彼に伝える。彼は受話器の向こうで少し思案する。焦る必要はない、面接をしてからでも遅くはない、夏休みは少し時間が変則になるが、仕事はある。

週末、彼が運転の練習をしたいというので、自分の軽自動車を貸す。心配なので共同所有者のヒマリと共に三人でドライブに出かける。戸惑っていたのは最初だけで、彼は間もなく運転に慣れたようだ。三人で運転を交替しながら、知り合いのいる海辺の町まで車を走らせる。湿気を含んだ風を切りながら開けた緑の間を擦り抜けるように北に向かう。迫ってくるいくつかの小さな峠はまた違った風景を目の前に展開する。私がハンドルを握っている間、後部座席のヒマリは頻りに彼に話しかける。彼はぽつぽつと返答しているうちにだんだん能弁になっていく。

「重力ってやつは、やっぱり上手くできている。永らく宇宙空間にいた人が久しぶりに地上に降り立ったとき、当分の間立つことも歩くこともできないことはよく知られているでしょう。人体というものが地球の重力と一体化しているからです。人体が人体であるのは一つには重力という意味があるからで、その意味がなくなれば人体そのものまで変化してしまう、そこまではわかるでしょう。でも、僕は僕で意味もなく舞い上がって、いや、舞い上がることで意味を失っていたんでしょうが。突然体中の力が抜けてしまいました。ちょうど久しぶりに地上に降り立った宇宙飛行士のようにね。残念ながら、僕は訓練を受けた宇宙飛行士ではなかったので、同じ失敗を何度も繰り返して、あるときからずっと地上に降りられなくなったというわけです」

「それは自然から離れすぎたというわけなの？　それとも、現実から？」

「その辺りが曖昧でよくわからないのです。実際意味がなくなっても、舞い上がっても、そのまま適応できる人がいるようですからね。ただ単純に僕が環境の変化に適応できなかっただけのことかもしれませんが、いろいろ理由を考えるのがそれはそれでおもしろいのです」

「まあ、楽しんでいるんですね」

「そんなところですが、同じ所を何度も行ったり来たりするのは、しかもそれを続けるのはなかなか苦しいものですよ」

彼は私と話すときよりはずっと楽しそうである。

「一昔前の職人や農業従事者もやはり同じことを繰り返していました。繰り返されることで少しずつ改善していくというか、伝承されていくというか、本当のにいいものは繰り返されます。いまの私の関心と共通しています」

「悪いことだって繰り返されますよ」

「私はいいものと言ったのよ」

「失礼、そういう意味では私は何も作れなかった。頭の中でぐるぐる回っていただけで、何も行動してこなかったから」

「でも、いよいよ動き始めたというわけですね」

「ええ、上手くいくといいのですが」

やはり不安そうに彼は言う。気分の浮き沈みを調整するのが彼にはまだ難しいのかもしれない。ヒマリもそれをわかっているのか、いつもの唐突な感じをできるだけ抑えながら話しているようである。

「きっと上手くいきますよ」

「ああでもないこうでもないと思い続けることがほとんどだったので、最初から決められた行動でないと不安になります。藪の中から何が飛び出してくるかわからないような状態にならないことを祈るばかりです」

運転していれば不思議と心が落ち着くことを思い出して、私は口を挟む。

「安全運転さえ心がければ、あとは何とでもなりますよ」

「ありがとう。とても心強いです。今度は不用意に石を蹴るような真似はしないつもりです」

二人は軽く苦笑いを浮かべるが、怪訝そうなヒマリにはあえて説明しない。

彼女は後部席の窓を開けて、しばらくの間車内に風を呼び込む。微かに潮の香りが漂ってくる。山の緑が海の色と出会うあたりから真っ白い積乱雲が立ち昇る。開放的な予感である。左岸道路を走ってきた川の終点、つまり広い河口が迫ってきて、鉄橋の向こう側からきらきら光る水平線が見えてくると、車はそのまま左に進路を変えて、しばらくリアス式海岸の崖の上を走ることになる。トンネルとカーブと坂道、そして崖からの眺望。碧い海はその白い波線をゆっくりと砂浜に寄せている。オレンジ色の小さな車はやがて坂道を下って、見覚えのある漁村へと侵入していく。

「帰りは私が運転しますので、任せてください」

案内された駐車場で助手席から降りた男が幾分緊張しながらそう言う。彼は急激な環境の変化に戸惑いを隠せないのであろう。それまで越えられなかった壁が少しずつ目の前で崩れようとしているのかもしれない。狭い道を辿って高い石垣に守られた民宿に辿り着く。妻子と別れてから孤独な暮らしを続けている亭主は陽に焼けた笑顔で私たちを迎える。一通り私たち三人を見較べるようにしてから言う。

「やあ、久しぶりです。オートバイは卒業ですか?」

意外にも亭主は陽気である。

「事故で大破してしまったんです」

私は満更嘘でもないことを笑顔で言ってみる。亭主もまた驚きもせず言う。

「沈没した船ほどではないでしょうが、怪我は大丈夫でしたか?」

「ええ。しばらく松葉杖の世話になりましたが。こちらは最近知り合った、えっと……」

「松川です。お世話になります」

「初めまして。大したものはありませんが、ゆっくりしていってください」

亭主は釣り客を相手に民宿を続けていること、また知り合いの船に乗って漁に出ていることなどを話しながら昼食の用意をする。民宿の小さな食堂は固定客を相手に細々と営まれているようである。

「いいことでもあったの?」

何か感じたのか、ヒマリが亭主に向かってぽつんと言う。私は内心ひやっとする。

「そう見えるかい?」

亭主は満更でもなさそうである。

「ええ」

私がそう言うと、亭主はもったいぶってうれしそうにそのわけを言う。

「実は女房から連絡があってね、台風のニュースを見て心配になったらしい。近々子供と一緒に会うことになったよ」

私はヒマリと顔を見合わせて、「それはよかった」とほぼ同時に言う。松川もまた笑顔である。

「台風もたまにはいいことを運んでくるもんだ」

亭主はうれしそうに言う。何が作用したのかわからないが、自然現象は人間関係とも密接につながっているにちがいない。ご飯と焼き魚と味噌汁と季節の野菜、定番のような献立だが、その素朴さと新鮮さが心地よい。

「また一緒に暮らせるといいですね」

ヒマリは遠慮しないで続ける。

「まずは家を出ていった理由が聞きたいでしょう」

「理由なんていいです。戻ってくれればそれで……」

亭主はすでに心を決めているようだが、やはり期待と不安とが入り混じったような口ぶりである。

「いいほうに考えましょう。まずは前祝いです」

私は初めての松川にも気を遣いながらアルコールのない乾杯の音頭を取る。

「それにしても不思議な集まりですね。この四人の共通点っていったい何なのでしょうか」

松川は何だか少し照れたように発言する。

「何でしょうね。少なくとも悪人じゃないし、個人主義者でもない。独身者ですが、それを楽しんでいるわけでもない」

おのおのと何らかのつながりのある私がそう言うと、

「あえて言うとしたら、曖昧な関係ですよね」

ヒマリが笑いながら言う。

「曖昧な関係ですか、いいですね。「仲間」も「絆」もちょっときついですからね」と松川が言う。

「それくらいがちょうどいい」と亭主も同意する。

私は偶然にもいつも気になっている言葉が彼らの口から出たことに驚く。オートバイ事故以来人の表情や仕草が気のせいかゆっくりと見え、ぼんやりとではあるが、その心の中まで読み取れるような気がしていることが、このような符合を呼び寄せたのかもしれない。彼らがこのごろ求めているのは、従来からのはっきりした人間関係ではないのであろう。私も含めて、彼らは多かれ少なかれ人間世界のあれかこれかを迫るはっきりした関係から後退りしてきたのかもしれない。後退りしてきたらたまたまそこに誰かがいた、という程度の曖昧さなのであろう。私にとってもこの関係はいま口にしている民宿の定食と同じように心地よいのである。

「船で沖合まで出て一時間ほど釣りでもしましょう、他に案内するようなところもないので」

亭主の言うがままに港まで出て、彼が借りている小さな釣り船に乗って沖へ出る。入江の波は静かで、風が潮の香りを運んでくる。防波堤を越えて外海に出てから、見よう見まねで釣り糸を垂らしてみる。海面下には餌に群がってくる小さな魚の素早い動きが黒く見える。目が慣れてくるとその一つ一つの動きがだんだん把握できるようになる。簡単には食いつかない。けれども、釣り竿からは引っかかったような微妙な震えが伝わってくる。ヒマリがそばで釣り糸を垂らしている。自給自足に憧れる彼女は当然釣りが好きなのかと思いきや、意外にもすぐにつまらなさそうに竿を上げてしまった。そして、甲板から一段高くなったところに背中を載せて眩しそうに白い空を眺めている。

「広い海原に出てまでこんな細かい作業をしたくはないわ」

仰向けになった彼女の上体が呼吸に合わせて上下している。

「これが自然との共生というもんだよ」

「ちょっと黙ってて、一眠りしたいから」

私は似たような不機嫌にどこかで遭遇しているような気がしてくる。やはりこんな海の上で。白いヨット上のある情景が浮かび上がる。それは大きな湖の上だったのかもしれない。

……

光が眩しく反射している。男はある種の余裕を持って笑っている。女は心地よさそうに甲板の上に寝そべっている。私は最初から気が進まなかったのである。白い帆が真っ青な海にくっきりと浮かんでいる。爽やかな九月の風が吹き渡っていた。私は男のことをひどく軽蔑している。だから、当然のことながらその男の愛人である女のことも軽蔑している。クルーザーには三人しか乗っていない。

「どうだい。気分がいいだろう」

男は自慢げに言う。彼は誰かにクルーザーと女を見せたかっただけなのである。海にはまだ夏の太陽の熱が残っている。私は暑さのせいを装ってなんの返事もしない。男は学生時代の先輩である。学生の頃からすぐに人に自慢をしたがる癖がある。私はそんな男を軽蔑しながらもなぜかたいてい行動を伴にしている。おそらく彼の方も別の理由で私を軽蔑していたにちがいない。空と海はすがすがしいのに、人間関係は淀んでいる。

私はできるだけ彼らと離れて座るようにしている。そして、この時間が少しでも早く過ぎ去ることばかりを願っていたのである。しかし、太陽はまだ高く、海は穏やかである。関わらないでおこうとしても、狭い船の中でのことである。彼らにとって私という絶好の観客をほおっておくことなどできない相談である。女は何かと用事を作っては話しかけてくる。

「ビールを飲まない」

私は面倒くさそうにグラスを受け取って一気に飲み干す。

「つまらなさそうね。海は嫌い?」

「別に嫌いじゃないけど」

女は怪訝そうな顔をして私の顔を見る。そして、思い直したように、

「私は海が好きだわ。いつでも大人のようで」

そう言いながら、彼女は遠くの海を眺めている。片手にビールの缶を持ちながら眩しそうにしている。

「大人がいつも大人であるとは言えないと思うね」

私は独り言のようにそう言う。彼女はそのときかすかに笑ったようである。しかし、それを表面には出さないでいる。

太陽の光が眩しすぎて、何だかやり切れない気分である。来なければよかったのだ。来なければもっと充実した時間を持つことができたであろう。私は眩しい夏の名残の太陽の光にのぼせている。内心では何か刺激的なことを求めている。確かにここに来たのは失敗である。それならこの航海を自分の失敗にしないようなことをしてやろうと思ったのである。

女は日光浴のために水着に着替えている。太陽は十分熱いのである。私は何を求めていたのであろう。この海の光の中で水着の女とヨットに乗っている。それも自分と無関係な女と。無関係に眩しいこの情景と。自分が光の中で夢の中に入りそうである。白い水着と若々しい肉体が目に眩しい。彼女と男の関係を想像するだけでまた私は不愉快な気持ちになる。

海の光がここは強すぎるのである。何もかもがどうでもよくなってくるような感じである。海には白い鷗がどんどん飛んでいく。波の音がどこからとも

なくしてきて、どこか落ち着けない雰囲気である。何かが間違っている。こんなところに来たのは、私の不覚である。私の心には殺意に似たものが芽生えている。青い空、眩しい太陽、何かが狂っている。

「学生時代、よく夜中に散歩したな。こんな太陽は、あの頃の俺たちには相応しくなかった。その上、こんな船に乗ることなんて想像すらできなかったな」

男はそう言って笑いながら、ちらっと女の方を見る。そして、私に顔を近づけて小さな声でささやく。

「おい、なかなかいい女だろう。あれでなかなかのインテリなんだぜ」

「俺には関係ない」

私は不機嫌にそう言う。

「まあそう言うな。そろそろ俺も彼女に飽きてきたころだ。どうだ、付き合ってみないか」

私がその言葉を無視すると、男は醜く笑っている。醜い男というものを初めて見たような気がする。それまで私は彼が嫌いではなかったようだ。軽薄さはわかっていても、それはそれで彼の個性であり、明るさにもつながるものだったので、それを非難したこともないし、拒絶したこともない。でも、今は違っている。クルーザーを操縦している今の彼には醜いところばかりが出ているようである。きらきら輝く海に比べてあまりにも不純に見えたのかもしれない。

女は髪の毛を風になびかせながら大きい海と空を見ている。しかし、見れば見るほど、男と女は私の中でどうしてもつながらないのである。男がまた卑猥なことを言ったが、私は無視している。自分がばかにされているような気がしたのである。

私の後悔は頂点に達している。やり場のない怒りが込み上げてくる。しかし、ここで怒りをぶつけようにも、この船は男のものであり、女もまた男の刻印がはっきりと打たれているようなものである。ただ海と光だけは平等であったのだが。

「エンジンの様子を見てくる」と言って、男はまた船室の中へ一人入っていく。私は再び女と話さなければならないはめに陥って、いらいらしている。

「俺は男を殴ってしまうかもしれない」

私はそっと女に呟く。

「いっそのこと彼を殺して」

　女は私の方に体を傾けて小さくささやく。屈託のない笑顔である。本気なのか、冗談なのか見分けがつかない。けれども、自分から誘いかけた共犯なので、真意を確かめることはそのとき自分からはしない。

「彼は何でも持っているが、俺には何もない」

　弱気な言葉である。

「健康な体と精神があればそれでいいじゃない。あなたが欲しいものはどこにでも転がっているわ」

　彼女は、わざと体をこちらに近づけてきているような気がする。微妙な肌の色が誘惑していた。一瞬彼女の瞳の奥を覗いたような気がして、私はゆっくり顔を背ける。

「あの人は物を自分の周りにに置くことで安心しているの。新しいものを手に入れることが、彼の最大の関心事なの、本当はその物で何をするかということが大切なのに。物しか信じられないの。私はもううんざりよ」

　私にはその言葉を安易に信じるわけにはいかない。彼女こそ彼の所有物そのもののようだからである。

「それなら、ここまでついてこなければいいじゃないか」

「そうね。でも、退屈なのよ。何か面白いことがないか、いつも待っているの。ねえ、お願い、あいつを船から突き落として」

　彼女の顔は、いかにも新しい遊びでも見つけたかのように生き生きとしている。

「やつに罪はない。あるのは裏切りだけだ」

「でも、彼はあなたのことを信じてなんかいないわ。いいからかい相手にしか思っていないのよ」

　私は、疑心暗鬼で女と話している。波から飛沫が上がってきて顔に冷たい。彼女の肌にもわずかに玉のような水滴がつく。

「それはお互いさまだ。僕だって彼を信じてはいないし、彼もそのことを知っている。裏切るきっかけがないから、ついてきただけだ」

　女は冷たく笑ってみせる。

「私たち似ているのかもしれないわね。二人ともあの男のあぶくを食べて生きているようなものなのね」

退屈が私たちを蝕んでいる。私は女の白い体を引き寄せる。冷たいキスというものがあるとしたらそれである。

「あんたはここにいるべきじゃない」

「あなたもね」

「僕には何もできない。自分が可愛い。それはわかっている」

クルーザーが大きく傾いた。大きな波が襲ってきて、太陽に反射した白い海水ががちらっと目の前を横切る。突然海の中に飛び込みたくなる。陸地の影がぎりぎりのところで見えている。

もう一度船が傾いた瞬間、私は決意する。

「さようなら」

水はその瞬間体を包んでいる。上下左右が入れ替わる。潮が鼻をつんざく。波に身を任せるようにして私は船から離れていく。彼女のことが少し気になる。しかし、その行動は自身を殺すことでもあったので、断ち切らなければならない思いである。力尽きて海の藻くずとなるかもしれない。それでも白い船体は海面を遥か向こうに滑っていく。後はなるようになるだろう、何も持たずに。


……


記憶なのかそれとも夢なのか、いつものように定かでない遠い出来事である。けれども、その曖昧な出来事はまぎれもなくここ、この場面につながっている。あるいは、事実というものは教訓でも予言でもなく、ただ油絵のように何層にも塗り重ねられて起きているのかもしれない。船端の変色や傷、剝げた塗料の跡がそれを物語っている。

「僕はときどき君が魔法使いではないかと思うことがあるよ」

私は相変わらず釣り糸を垂らしながら、独り言のように言う。

「どうして?」

彼女もやはり相変わらず目を閉じながら気のない返事をする。

「君と知り合ってから、ふとしたことから別の世界に入りこんでしまうことがよくある気がするんだ」

「出会いってもともとそんなものじゃないの？」

「だとしたら、僕はそれまで出会いを経験していなかったことになる」

彼女は何か言いかけたが、思い直したのかそれには答えない。

「人にはそれぞれ、説明はできないのに感じるものがあるのね」

しばらくして、そんなつぶやきが聞こえる。私はもともと答えを求めていない感想をそれ以上説明することはない。脳裏に浮かんでは消えていく途切れ途切れの夢想と、重力を弄ぶような波の動きにつき合っているだけである。遠くには湾に突き出た半島の影が見え、水平線はその外側に果てしなく続いて、水平線の少し上からは白い積乱雲が立体的に湧き上がっている。この地を離れたことのない亭主の頭の中はいつもこの風景に縁取られているのであろうか。それとも、陸地暮らしへの思いもたえずよみがえってくるのだろうか。忽然と視界から消えた妻子がもうすぐ戻ってくるかもしれない。そのときにはもう一度彼の海と陸地はつながって見えるのだろうか。

「さあ、釣りを再開するわよ」

突然ヒマリが上体を起こして、釣り竿を手にする。今度は松川の横に腰を据えて船体の上下動に手こずりながら糸を垂らす。

「松川さん、船の上では大丈夫なんですか？　一瞬、重力がなくなるときがあるでしょう」

「確かにふっと浮き上がったときは重力はほぼなくなりますが、大丈夫なようです。心配してくれていたのですか？」

「ええ、気圧は気持ちにも影響しますから」

「なるほど。確かに雨の日とかに沈んだ気持ちになりますね」

「これはグレですか？」

「ええ、そのようです、小さいですが」

松川は少し得意げにそう答える。会話は潮風の中を渡ってくる。私はヒマリを一緒に連れてきたことに満足している。私自身がそうであるように、松川もまた彼女によって心を開かれることがあるに違いない。彼には釣りの心得があるのだろうか、さりげなくヒマリに伝授しているようである。

　波しぶきが心地よく顔や腕を潤す。釣り上げられる魚の胴が銀色にきらめく。こんなこともあった、とわけもなくそう思えてくる。水平線の向こうには白い雲と緑の島々。浜には難破した船の錆色の残骸。この海は何千という船を?み込んだことだろう。叶わなかった望みの一つ一つが波の下で静かに眠っている。そして、それ以上に多くの民が海を渡り、言葉や文物に驚きながら、異郷の人々と交流したことであろう。それでも何もなかったかのように海はいま沈黙している。

「井口さん」

　私は突然名前で呼ばれたことに当惑する。振り返ると、亭主が真面目な顔をして立っている。彼は最初に釣りの要領を説明しただけで、その後は船の操縦と刺し網漁をしている。

「生きてりゃ何とかなるもんだね。悪いときもあれば、いいほうに向くことだってあるってことさ。この海は相変わらず気まぐれだが、それでも気長につき合ってくれるよ。あのとき俺を止めてくれたあんたには本当に感謝している」

　あのときの彼は妻子に逃げられ、嵐で自分の船を失いそうになって、自暴自棄になっていたのである。

「救ったのはヒマリさんだよ。彼女があの時立ち上がらなければ、僕はやっぱり宿の部屋でぐだぐだに酔っ払っていた」

「それでもあんたは俺を助けに来てくれたじゃないか。一歩間違えれば二人とも溺れ死んでいた。ほんとにありがとう」

　私はどう受け止めていいのかわからないので、ただ曖昧な照れ笑いを返す。暗い荒海の中、無我夢中で何かにしがみついていたことがぼんやりとよみがえってくる。いま海は嘘のように明るく穏やかだ。

「今日はありがとう。突然押しかけて迷惑だったでしょう」

「こちらこそ、また会えてうれしいよ。なあ、時間は何度でも巻き戻せるんだろ」

　今度は亭主が照れ笑いで返す。そうだ、疎まれながらもそんなことを話していたっけ。さまざまな出来事が一本の縄の上でばらばらにつながっていくようだ。その縄もまた巻き戻されて隙間だらけに緩んでいくこともある。そういえば、彼の刺し網もまた緊張と弛緩の繰り返しである。私は巧みに網を操る彼の一連の動作をぼんやりと眺めている、その繊細で力強い生業を。

「海が好きなんだね」

「いや、嫌いだ」

「そんなものかね」

「そこにあるから仕方なくつき合ってるだけでね」

言葉とは裏腹に、彼が手際よく網を引き揚げると、そこにはほぼ同じ種類の魚たちがきらきらとした腹を見せながら網に絡んで勢いよく跳ねている。彼は一見つまらなさそうに淡々とそれらを箱の中に入れていく。いつの間にか他の二人もその様子を珍しそうに眺めている。雲の色が暗くなり始めて、船はいよいよ港に引き返す。心持ち波が高くなったような気がする。長らく時化とつき合っている人の読みに狂いはないのだろう。

束の間の夏休みを、危なっかしい運転のおかげで疲れを感じる暇もなく終えることになる。充実した運転練習を終えた車は無事に団地に辿り着く。

「曖昧クラブ、またね」

そう言って自分の住みかに帰っていくヒマリを見送った後、松川とは同じ団地なので灯り始めた街灯の下をしばらく並んで歩く。高層住宅の窓の明かりが巨人の目のようにこちらを見下ろしてくる。

「『鉄人』の話を知っていますか？」

「たぶん知らないです」

「巨大なロボットの操縦器を間違って持ち帰ってしまった男の話です。車を運転しながらその話を思い出していました」

また松川が奇妙な話を持ち出す。

「それで？」

「彼は清掃会社に就職したばかりの若い男で、ある日、とある政府系企業の研究所に同僚と共に清掃作業に赴いていたのだが、……」

彼は夜道を歩きながら、暗記した本でも読むように話し始める。

「鉄人はみんなの夢だった。科学者と技術者の熱意のたまものだった。完璧なロボット。精密な機械をこれ以上ない頑丈な鋼で包むこと。操縦器との完全な一体化。操縦器から発せられる信号は、どんなに遠くても鉄人の耳に届くのである。鉄人は、彼を制御している者の命令を忠実に聞く。それは鉄人にとっては疑いのないことであった。操縦器を握っている者が彼の神なのである。その者にとって、鉄人こそが神のような存在なのかもしれないが。鉄人はその存在だけで、無類の安心感を与える。だから、実際に使われたことはめったにない。試験的に何度か始動したことがあるだけである。それでも、その力強さ、有効性、機敏さにおいて並ぶもののない力を発揮したのである。一部の科学者たちは、その完成に夢中になっていた。しかし、そのことは政府の機密事項であり、一般大衆には知らせられていなかった。情報は一部の者が握っている方が、もちろん都合がいいのである。しかし、その鉄人が表舞台に登場する機会は、なかなか訪れなかった。ただ、その噂のようなものは世間にも流れていた。この国には、強力な科学兵器があるらしいということ。そして、それがあるために、他の国はうかつに手を出せないということである。その鉄人がついにベールを脱ぐ日がやってきた。それは、実にあっけないことだった。極秘に行われた試運転の日だった。突然鉄人が暴れ出したのである。操縦器がどこかに消えてしまい、全く制御できなくなってしまったのだ。逃げまどう政府高官たち。慌てる科学者たち。特別招待の会社役員たちは、とにかく自分の命を守るために大きな声を張り上げた。鉄人は暴走を始めた。誰も止められなかった。そのように作られていたのである。そんなときのために、操縦器も作られたのだが、実はそのときすでに操縦器があるべき場所に見当たらなくなっていたのである」

どこかで聞いたような話であったが、私は話に聞き入る。

「しかし、彼らはそれさえ秘密にしていた。だから、大部分の人がいったい何が起こったかということもわからないまま、慌てふためいて逃げ回っていた。一部有力者は知っていた、数時間前に操縦器が何者かによって盗まれたことを。けれども、操縦器を盗まれた以上どうすることもできなかった。そんな大切なものが盗まれるなんてことがあり得るだろうか。いや、それは全くの偶然であった。操縦器を管理する担当者が、ほんの数分間会議室のテーブルの上に置いたままにしていたのである。そんなこととはつゆ知らない清掃会社の人間が、たまたまそれを自分の会社の清掃のための新型の装置だと思いこんで持ち帰り、帰りの営業車の中で何となくいじっていたのである。その操作のおかげで鉄人は大暴走していたのであり、誰もその発信源を見つけることができなかった。鉄人の暴走は、人口の密集した街まで続いた。何も知らされていなかった市民は、突然の出来事に大混乱に陥ったのである。ビルが破壊され、何人もの人がその下敷きになり、一瞬にして数万人の人が危険にさらされた。人々の怒りは、頂点に達し、警察と政府の無策に苛立っていた。その間にも鉄人の破壊と暴走が続いていた。やっと警察が動き出したものの、警官の持っている武器が、最新鋭の科学技術を持った鉄人に歯が立つわけがなかった。自分たちが開発した兵器によって襲撃されていることを知っている政府は、断固たる対抗手段をとることができないのであった。鉄人がときどき思い込んだように立ち止まるのは、車に乗って操縦器を点検しているいる清掃会社の社員が、ときどきその手を休めているときにちがいなかった。しかし、本人は街で何が起こっているのか、全く知らなかった。ただ、その車の運転手がいつもと違う道路の雰囲気に気づいていたが、それ以上のことは考えなかった。次の仕事場へ急がなければならなかったのである。鉄人はますますその破壊力を発揮し、バズーカ砲もミサイルも敵ではないということを証明していた。鉄人の手と足はばらばらに動いているわけではない。システムに組み込まれた最高のバランスで動かせるようになっていたので、効率よく破壊していくことができたのである。製作者たちは、モニターの画面を見ながら誇らしげに、腕組みをしていた。国民の莫大な税金をつぎ込んで開発した武器を簡単に破壊することができないことは、為政者たちも知っているだろうから、鉄人の将来性を考えれば、操縦器を盗んだ者が捕まることの方が得策であるだろう。そして、何もなかったかのように鉄人が姿を隠すことができれば、いちばん都合がいいのだ。そのためには、しばらく我慢しなければならない。その間にも、鉄人の犠牲者は、我慢できる数字ではなくなっていた。彼の暴走は誰も止めることはできなかった。できるのは、清掃会社の車に乗ったあの一社員だけなのである」

　私は結末が知りたくなる。

「さて、偶然の悪戯か、鉄人の鋼の足は地響きを立て、道路を踏みしめ、清掃会社の車に迫っていた。運転手は背後から迫ってくる悪魔の足音にまだ気づいていなかった。もちろんあの『清掃器具』の故障個所も容易には見つからなかった。そして、鉄人の左の足がその車を踏みつぶしたとき、操縦器も共につぶれ、鉄人の機能は停止するはずだった。開発者たちも密かにそれを期待するしかなかった。しかし、操縦器は不十分な形で破壊されたのか、その形のまま作動し続けたのであろう。鉄人は完全に操縦不能となり、大震災よりもはるかに凶暴な爪痕を大都会の真ん中に残していったのであり、今なお残し続けているのである。にもかかわらず、為政者の何人かは、鉄人が彼らの格納庫に無傷で帰ってくることを願っていたということだ。……」

　私はしばらく考え込んでから、松川の顔を見る。

「これは例の月の話と共通点があるよね。ちょっとした手違いが大惨事を引き起こすかもしれないという、先走った現代文明への警告にもなっているようだ。ひょっとしたら、個人の生活もまたこういう不安から逃れられなくなっているということ？」

「すでに不安だけでは終わらなくなっている」

「そして、あなたはそれらに鈍感にはなれなかった」

「考えなければ、生きられたのに……」

「考えなくてもいいように閉じこもった、ではありませんか」

「……、そうかもしれない」

　彼は力なくつぶやく。

「不安は気分的なものですから、気圧か何かのきっかけでいずれ晴れるものですよ」

　私はヒマリの言葉を真似る。

「そうでしたね」

　松川は自分に言い聞かせるようにそう言う。両側に並木のある広い遊歩道が街灯に照らされ、都会の緑が鮮やかに浮かび上がっているのをちらっと見上げてから、二人はそれぞれの住みかへと帰っていく。

雨が数日降り続く、梅雨である。洗濯物は乾きにくく、湿った空気がじっとりとまとわりついてくる。松川の仕事はいきなりの雨で、最初から試練にさらされる。けれども、慌ただしければそれだけ余計なことを考えなくてもいいかもしれない。私はいつものように楽天的に考える。そして、彼はいつになく疲れたような、そして満ち足りたような顔つきで私の前に現れる。

いつものように遅い朝食を摂るために、いつものカフェを訪れる。顔見知りの数は店員も含めてずいぶん増えている。よく奇抜な話をしてくれる老人がいたので同じテーブルに座らせてもらう。じっくり観察すると、彼は洗いざらしのポロシャツを身につけ、髪の毛を手入れしている様子もなく、どうも外国出張を繰り返していた会社員あがりのようには見えない。どちらかというと失業者風に見えないこともないが、確かに眼光だけは鋭いものがある。ひょっとしたら、彼は物書きなのではないか。私たちに体験談として語ったことも実は彼の創作ではないのか。あるいは、毎日日記かなにかを記していて、思いついた話をそこに書きつけているのかもしれない、ときどき読み返しては、適当に見繕ってそれを他人に話して聞かせ、反応を楽しんでいるという……。少し探りを入れてみることにする。

「何かおもしろい話はありますか」

「そうですね……」

しばらく間をおいてから、老人は前のめりになって耳元で囁く。

「この間ここで微笑ましい出来事に出くわしましたよ」

「微笑ましい、ですか」

「夕方、この店の閉店近くに、一人の若者がそわそわした様子で辺りをきょろきょろ見回していたのです。彼は、ここで本を読んでいるところを何度か見たことのある常連の学生でした。意を決したのでしょう、彼はかばんを持って立ち上がり、レジのところで店員の女性に何やら声をかけていました。彼女の表情は一瞬固まり、そして頰のあたりが赤らみ、下を向いてうなずいているようにも見えます。少なくない客たちはただならぬ気配を感じ取ったのでしょう、一斉にレジの辺りを注視し、気を利かせたのかすぐに目を逸らしたが、学生はどこかぎこちなく清算を済ませて、外に飛び出していった。やがて閉店になって私も店を出ましたが、気になって辺りを見回していると、その学生が少し離れた木陰で彼女の退勤を待っているようでした。私は何か微笑ましいものを感じて、気づかれないようにそっとその場を離れたというわけです」

「それからどうなったのでしょう」

「それは私もわかりませんが、彼女は今日もここで働いています」

すぐにいつもと違った眼で彼女の姿を追っている自分がいる。美人というわけではないが、その明るくきびきびとした応対には確かに好感が持てる。ふと、自分は担がれているのではないか、と思い直して老人を見る。彼は微妙な笑みを浮かべていこちらを見ている。

「今度その学生が来たらわかるでしょう」

老人はそう言って、コーヒーを口にする。学生は来ないし、店はいつもと変わりないようだ。人が集まれば小さな事件はいつだって起こるものだ、私はそう考えて心を落ち着かせる。ありがちな微笑ましい出来事ではある。

「その学生、私にも身に覚えがありますが、相当思いきったのでしょうね。しかし、今の学生は、何というか、もっと自然に付き合い始めるような気もしますが」

「仲間内ではそうであっても、ほとんど接点のない個人間の壁は思っている以上に分厚いのかもしれないね」

「共同体的な生活単位が崩れてきているのかもしれませんね。例えば、学校でさえ放課後になればそれぞれ別の塾で学習することになります。そこは共同体ではなく、切磋琢磨といえば聞こえはいいが、互いに単なる競争相手です。もちろんそのおかげで私は生活できるわけですが」

「塾の先生でしたね」

「ええ。男女の間はもっと難しいかもしれません。互いに猛スピードで走っている者同士が手をつなぐことは極めて危険ですからね。それも同じ方向に向かっているとは限らない。引っかかって転倒してしまうかもしれない」

「ふむ、晩婚化はそのせいですかね」

「だから、彼らを応援したい気分です」

私は忙しく立ち働く女店員のほうにまたちらっと視線を投げる。

「あなたはこの社会が共同体的なものを取り戻すべきだとお考えで？」

「ええ、何となくですが。私は、ストレスのない緩くて曖昧な人間関係を求めて民間会社から転職したのですから」

「で、どうですか？　確かにストレスはないように見えますが」

「結果的には、転職する勇気を出してよかったと思っています」

「人生には、一見後退とも見えることが実は幸福だったということがよくありますよね。『前を向く』とか『自由を求めて』とか『未来』とかいう言葉がそこら中に溢れていますが、よく観察してご覧なさい、たいていどれもこれも余計な消費を促すための空疎な美辞麗句ですよ。経済の発展はあちこちでとっくに限界に来ているというのに、それ以上私たちをどこに連れていこうとしているのでしょうか」

老人は意外にも日頃の憤懣をぶちまけるように言う。

「耳が痛いです。どうしても必要というわけでもないのに、むしろ余計なものを買わせて、それで給料をもらっているというのは私も同じですから」

「それはそれでストレスになるでしょう。でも、個人の力ではどうしようもないことですから、そんな場合、周りの人とストレスを共有すればいいかと。孤立しないこと、これこそがいまいちばん大切です。私がこの店に通っているのも、少しでも他の人と言葉を交わしたいからです」

日頃の穏やかな老人の態度には、確かにそんな意図を感じないでもない。

「自由や未来という言葉が声高に叫ばれるのを耳にすると、何やら他人に煩わされることなく闇雲に突っ走っているような感じがしてしまいます」

「何となく現実を見ることを避けている、最近はそんな言葉の使い方だね」

「先の見えない人には、かえって辛い言葉ですよ」

「だから、この老人は敢えてそんな言葉は使いませんよ」

　私たちは顔を見合わせて笑う。

「こんな話がありますよ……」

　老人はまた懐中から話を取り出す。

「これもまた未来のなくなった老人の話と気楽に聞いてくれ。山で天狗に出会った話だ。風がびゅーっと吹いてきて、鎮守の森の木々が波打ってざわざわと騒ぎ出した。空は墨色に変わって、昼間だというのにあたりはすっかり暗くなった。話に聞いた天狗というものが高下駄を履いて木の上で器用に立っていた。確かに赤い顔をして鼻が異様に突き出ている。仮面をかぶっているのかもしれないが、森の中での身のこなしは人間離れしている。森のあたりを住みかにしていることは何度か聞いたことがあった。天狗は子供が一人でいるときによく現れるということである。妖怪というものは元来そうであるらしい。独りぼっちでいることの多かった私はいつか天狗に出会うのではないかと、一方で恐れながらも、他方では内心期待していたようなところがある。その日も一人で苔の生えた神社の石段を歩いて上がっていた。夏の午後、いつもはうるさいほどの蝉の鳴き声もいつしか止んで、あたりを静寂が包んでいる。大きな岩の上に本殿が建ち、本殿の前にはクヌギか何かの大きな広葉樹がその岩を抱くように根を張っている。私はその大木の根元で空想の世界を作って楽しむのが好きだった。ごつごつした木肌は想像の山々であり、岩の窪みは湖、間に溜まった砂地にはそれぞれ小さな村がある。人間に見立てた蟻はそんな砂漠や山地をどこへ行くのか休むことなくせっせと歩いている。私はそんな空想の地形を目の前に拡げながら独りで何時間も過ごすことがあった。その大岩を挟んで石段の反対側には三段になった石垣があり、年上の子供たちは『クジック』という遊びなどでそこから神楽殿のある下の広場との間を行き来することもある。私はその大木の露出した根の部分に腰を下ろして斜めに大木を見上げる。すると一本の太い枝の上に天狗が立っていたのである。私と目が合うと天狗は急に動くのを止めて、じっとこちらを見下ろしていた。目の前の空間が揺れて、夢でも見ていると感じたのだろうか、私はなぜか逃げようとはしなかった。天狗は空気の流れにでも乗っているように、枝の上からゆっくりふわふわと本殿の前まで降りてきた。そして、地面に降り立った瞬間その姿はふっと消え失せ、そこに人間の格好をした若い男が立っていた。赤い顔をしているわけでも、鼻が突き出ているわけでもない。一見特徴に乏しい平凡な青年である。『坊ちゃん、こんな所にいましたか。ずいぶん探しましたよ』と、礼儀正しく、低姿勢である。『坊ちゃん』と呼ばれるような心当たりはないが、悪い気はしない。そこで私の発した言葉には自分でも驚いた。『望みを叶えてくれないか』『どうぞ、お安いご用です』『人より強くなりたいんだ』『わかりました。すぐに叶えて差し上げましょう。強くなりたいのは体力ですか、それとも学力ですか?』『えっ? それを決めるんですか?』『はい』『自分で?』『もちろん、強さの目盛りというものが要りますからね。目盛りを打つ分野が必要です』『ただ強くなりたいんだけれど』『困りましたね。「ただ」なんて分野はありませんから……』私は困ってしまった。どの分野なんて考えたことがなかったからだ。天狗はわざとそんなことを言って私をからかっているに違いない。けれども、せっかくだから、別の望みを聞いてもらおうというわけでまた催促した。『友達が欲しいんだけれど』『お安いご用です』『それで、また何か目盛りが必要なの?』『そうですね、性別、身長、性格くらいですかね』『そんなのおかしいよ。僕の欲しいのは友達であって、身長なんかではない』『残念ですが、測れないものは作れません。あっ、そろそろ時間ですから。失礼します』青年はそのまままり悪そうにして、しばらくためらっていたが、ふと思い直したように『せっかくですから、次の中から望みを一つ選ぶというのはどうですか。一つ目は、百メートルを十四秒で走る能力。二つ目は、漢字を四千字書く能力。三つ目は、そうですね、魚釣りの得意な友達というのはどうでしょうか。最後の四つ目に、何も望まないこと。さあ、どうしますか？』と言った。それから、改まって『さて、君だったらどれを選ぶかね？』と。『望みを選ぶって？』私は頭が混乱してきた。青年は少し怒ったように、『この世に選ぶ以外の望みがあるとでもいうのですか？』と言った。私はしばらく思案していたが、とうとう心を決めた。『四つ目にします』『ふむ、本当に何も望まなくていいのですか。後悔しませんか？』『はい』私はいつになくきっぱりと言った。青年は気を悪くしたのか、見ている間にその顔色が赤く染まっていき、全身もとの仰々しい天狗の姿にもどっていった。私はびくっとしたけれども、天狗は何も言わずに宙に漂いながら、クヌギの大木に沿って枝の上へと帰っていった。そして、その姿は一陣の風と共にふっとどこかへ消えてしまった。しばらくは鎮守の森に天狗の笑い声が遠くこだましているようだった。私は当時うまくいかないことでいっぱいで、叶えてほしいこともいっぱいあったはずなのに、私はなぜか天狗の提案を断ってしまった」

老人はしかし、満足げに語り終える。

「ひょっとしたら、その子供は岩の上でもっと遊んでいたかっただけなのかもしれませんね」

私は自分の少年時代のことを思い返しながらそう言う。

「私もそう思うよ。ただ、漠然とした将来への不安がそのような妖怪を呼び寄せたのだろうよ。何かを選べば何かを失うように思えたのかもしれない。子供ながらそれを本能的に感じ取っていたのだろう。そんな子供の不安な気持ちを理解しないまま、大人が子供に選択を迫っているようなことはないだろうか」

「その子供はきっと神社の境内や田んぼや町の中で、友達と呼べない他の子供たちやもろもろの妖怪たちと心の中で対話しながら独り遊び続けたのでしょう。そんな気がします」

「いまから思えばそういうことかもしれないな。だとしたら天狗は妖怪ではなくて、身近にいた大人や年長者そのものということになるのかもしれん、まあ、それは今となってはどちらでもいいことだが……」

老人は自嘲的に言い淀む。子供心に身近な共同体のようなものを求めていた少年は、大人たちの実際的な要求のために、成長というレールに乗せられ分別されていく。漠としたつかみどころのない望みの芽を一つずつ摘み取られることで大人になっていくのかもしれない。

老人の述懐には善かれ悪しかれ何らかの知恵や教訓がこめられているはずだが、いまやそれは記憶の曖昧な経験談、もしくは夢や想像上の出来事によってしか表現できない種類のものなのだろう。だからこそ、朝の喫茶店でたまたま相席になった行きずりの私のような比較的暇な聞き手の存在は、とりとめのない彼の述懐を少しずつ紐解いていくためには必要なことなのかもしれない。私が彼の話を聞いて、日頃感じていることを言葉にして、それに対して老人がどんな反応をしてくれるのか気になった。

「言葉が数学のように抽象化、単純化されて語られてしまうと、それは自然科学の法則や公式などと同じように扱われがちになり、現実はその法則を当てはめる実験室のようになってきているような気がします。そこでは言葉にできないものは最初から存在しないものと見なされがちではないでしょうか。ですから、判断を間違うと、現実の側からひどいしっぺ返しを食らうことがあります。例えば、一口に『自由』といっても、そこには無数の意味と状況があるので、中には言葉から思い描くイメージとは似ても似つかぬ場合もあります。言葉の役割というのは、逆に、それまで言葉にできていなかったものを言葉にするということではないでしょうか。文学に奇抜な話や幻想的な部分が多いのはそういう理由からでしょう。言葉に関する抽象化や単純化はかえって危険ということになります、例えば、単に『頑張れ』という言葉が相手を励ますだけでなく、追い詰めてしまうことがあるように」

老人はしばらく考えてから次のように反応した。

「私もスマホというものを持ち歩くようになりましてね。確かに最近のインターネットの書き込みなどを読んでいると、どこか狭い場所に追い込まれ、そこに閉じ込められていくような気がして、何度も息が詰まりそうになりました。こちらの言葉まで荒んでいくようだったので、本当に必要なとき以外は極力ネットは見ないようにしています」

「そうでしたか」

私は仕事柄インターネットに接続しない日はほとんどないが、同様の閉塞感は感じている。小さな窓を介して世界はつながったのかもしれない。けれども、残念ながら窓が開け放たれることはなかったのだろう。だとしたら、別世界に開かれたように見える老人の語る言葉はいったいどこからやってくるのだろうか。経験なのか、それとも想像力、つまり作り話なのか。いや、そんな単純な分類などにもともと意味はないのだろう。

15

いつものように秋が山から平地へと巡ってくる。膨張したものが静かに息を整える秋である。気がつくと、いつの間にか街路樹の緑が黄色く色づいていている。夜の空気が熱を失って虫の鳴き声がちらほら聞こえ始める頃、高原から平地に下ってきたコスモスの花畑が野原で風に揺られている。夏に膨らみすぎた胸の袋が季節の変わり目にじわじわと縮んできて、寂しさと空しさがそのあたりで交錯する。潮が引いていくように心が凋んでいく。自分よりも感じやすいと思われる人のことが気になる。胸のあたりにあるらしい心を見つめる人のことが気になる。お前は朝時間どおりに家を出ただろうか。今頃机につぶしていはしないだろうか。すっかり重くなった身体をどこかに置いていきたいなどと思っていないだろうか。それは共感というわけでも連帯感というのでもない。もう一人の自分を見ているようで、気が気でないだけなのかもしれない。そうだ、この時期すべてが自分の胸のあたりのぼんやりした感覚につながっている。

色づいた木の葉が太陽の光に焦げたような匂いをあたりに漂わせている。夏の間いっぱいに吸い込んだ光が大地から取り込んだ水分を蒸散させ、こんがりと焼かれて乾いた葉っぱがゆらゆらと秋の風に揺れている。季節は驚くほど正確に、一本の木も忘れることなく、しかもさりげなく訪れる。それと同じように季節は人の心にもさりげなく忍び寄るのかもしれない。淋しい夏の残り香であったり、奇妙な減圧であったり、あるいは微妙に色褪せた風景であったりしながら。

お前は鉄製の重い扉を開けて外に出ていく。久しぶりに目的のある外出だ。夏の名残だろうか、空気はまだ熱を持っている。エレベーターまでの十五メートルが最初の関門だ。その通路でお前はたいていわけもなく途中で引き返すことになる。目的が身体を引っ張っていく。けれども、ちょっとした気がかりが後ろを振り向かせる。冷房のスイッチは切ったのか、さっきからの下腹部の違和感が気になる、もう一つ気になることがあれば取って返ってやり直してもいい。エレベーターの入り口までが限りなく遠い。右側の手すりを越えて廊下に強い風が吹いてくる。秋の風は苦手だ。無防備な心を震わせるから。そうだ、眼鏡を忘れている。車を運転するにはそれは絶対に必要だ。後戻りする理由ができたから、もう一度改めて出発できる。次の出発は後ろ髪を引かれる度合いがきっと少ない。廊下に吹きつける風も難関ではないだろう。眼鏡を持ったし、ついでに用も足した。歩みに迷いはないはずだ。お前はもう一度言い聞かせながら、小走りにエレベーターの入り口までたどり着く。あとは機械的に移動するだけだ。リフトが下がり、重力が半減して、不安が倍増する。それでも機械的に引きずられるように歩き続ける。

お前は思い出す、人生には分岐点があってそれを左に踏み出せばあとは自動的に左側に行けると思っていた時期があったことを。そして、何度か左に進もうと決めたのに、いっこうに左の道は見えてこなかったことも。それが誤解の始まりなのだろう。お前は結局右にも左にも進めなかったことに負い目を感じている。分岐点などなかったことに気づくまでの意気消沈した無気力な生活。重い扉の内側にしか存在しないお前のわずかな自由。あろうことか、その鉄の扉をも通り抜けて吹き渡ってくる風。

お前は誰にも理解されにくい荷物を背負っている。たいていの診断も助言も効果は見込めない。ころころ変わる見せかけの処世訓だけが頼りだが、もう期待はしない。歩いても歩いても心の風景は変わらない。車に乗る。目の前の風景は地図に沿って変化する。やはり何も変わらない。地下トンネルをくぐり、郊外電車の鉄橋下を行く。交差点を曲がる。少し坂を登って橋にさしかかると、突然視界が広がる。盆地を取り囲む上流の山々。広がる河川敷。水際の長い草。大小の道路が合流してくる橋の前後は当たり前のように渋滞するので、運転者には山の顔色のわずかな変化を楽しむ間ができる。けれどもそれは余裕というものではない。焦燥によって限られた視線。

黄色い葉っぱを踏みしだく。陥没しそうな心を波立てないようにそっと運んで歩く。前方に一本の高い木が見える。下から順に黄色く色づいている。上の方はまだ五月の緑を保っている。その優美な姿に少し心が上向きになる。狭い入り口に吸い込まれ、機械のように判断を停止させながら、時計のように決められた手順で作業を刻んでいく。満杯になった見えない甕の水が波立たないことを願いながら。タイムカードを印字する。事務所はすでに業務を始めていて、ときどき笑い声も聞こえる。挨拶を交わして、机のないお前は作業室で荷物の整理と教材の印刷を始める。

矛盾するAとBの間を埋めることで成り立つビジネスの、小さな歯車の一つとなることで自分を納得させる。エンジンの吹き上がる音。クラッチ板の油の焦げたような臭い。擦り減って軋むブレーキパッド。唐突な自動ドア。やがて仕事量が目に見える形になる。アスファルト面の熱が車の中にまで上がってくると、子供たちが挨拶をしながら乗車してくる。不自然でも笑顔は立派な営業だ。帰りは夜道になる子供たちをできるだけ家近くまで送っていくために、降車場所は往きとは違う。顔と降車場所を早く覚えること。それ以上ではない。狭い路地は曲がりくねって塀に接触しそうになる。熟練への欲求は胸の中のこぼれそうな容器の存在を束の間忘れさせる。どんな未来も見ていない、ただの熟練。それで十分だ。赤く色づき始めた街路樹の二列が徐々に大きくなって後ろに飛んでいく。下りの坂道は高い運転席から白く広がる都市を俯瞰する。一日にこの瞬間があるだけで単調な仕事に耐えられる。

　闇。すぐ近くで虫の声がする。家路に着く子供たちは終始無言で、座席でぐったりとしている。午後八時、ヘッドライトが行き交い、街灯の下、歩道に人の姿はない。家人の信頼がなければ、家までは行けない。彼らの未来は苦い視線を彼らに注いでいる。今夜星座はくっきりと空にかかっているが、その形を描いてみる者はごくまれである。一人また一人と、短い声をかけることで、その夜の子供は降車する。少しも疑うことなく、彼らは元気を取り戻しながら礼を言って降りていく。やつらがこちらの暗闇を見ているとでもいうのか。このあたりでいい、社交的な笑顔はやっと閉じられる。適度なスピードと闇の中を流れゆく風景。街灯の遠近法。光をぶちまけた市街地に吸い込まれるように坂道を滑り落ちていく。

　相変わらずのタイムカード。事務室は人影まばらで、何やら計算に余念がない。カリキュラムは精選され、進捗状況が点検され、諸連絡が行き渡る。用の済んだ現業者は早々に退散すべきだ。こうやって自由の一時停止は終わる。待っていたのか、それとも恐れていたのか。想像力は活動するのか、しないのか。ともあれ、この一時停止は期待したとおりだ。単純作業は想像力を刺激する。お前は誰だ、と。つまり、やり甲斐など求めないほうがいい。それ以上でもそれ以下でもないのだから。あるいは、問うことを忘れてしまうから。

　街は眠り始めている、遅い帰宅。店の明かりは消え、昼間の賑わいは一つ一つの扉の向こう側に閉じ込められてしまった。閉め出されたような重い足取りがぽつぽつと家路に向かう。待ち焦がれていたわけでも、待たれているわけでもない帰還。それでも変わりつつある帰還。窓の明かりが懐かしくなる。季節は衰滅に向かい、神経はますます身体と乖離する。配列された窓の明かりと有機的な地面の匂い。不均衡、あるいは違和感。お前の居場所はここである。一人でエレベーターに乗る。重力の変化を感じないのは、疲れのせいか。身体が充実感を感じている、いや、機能しているのか。機能は感覚を整えるのか。そして、整えるとはどういうことか。廊下の電灯は白く、細かい虫が飛んでいる。にょきっと聳える北西側の高層住宅。その背景を流れる黒い雲。ぼんやりと浮かんでいる細い月。配列と曖昧さ。お前は目の前にいくつもの窓枠を見ている。そして、その一つ一つに隔離された家族の幸福と不幸を想像する。それぞれが選んだようで、実は選ばされた配列。お前は選ばされて、この廊下、この時刻、配列の一つである鉄の扉に向かっている。

心地よい直方体。音楽は壁を突き抜けることはない。匂いも声も裸もほぼ外に漏れることはない。誰であろうと構うことはない隣人。週日決まった時刻に出かけて、一定時間を経てから帰ってくるのであれば、それで十分だ。いや、それも別に気にならないかもしれない。廊下に面した扉の配列は順調に機能しているのだ。少なくとも、扉を開けて室内を横切ってから、その向こう側にまた別の扉のあるような配列ではないのだから。

室内には日常的に洗濯物が干されていて、その洗濯物をかき分けるようにしてお前は次の扉を探さなければならない。それがどうも一つではないらしく、会社の事務所に行くための通路の役割も果たしているらしい。途中で疲れたら、隅にあるベッドの上で休むことさえできる。部屋の住人は通過する人を気にしている様子もない。いつの間にか配列の崩れた住居に入り込んでいる。扉を挟んで内と外とがひっくり返ったかのようだ。そこでは部屋そのものが扉で仕切られた共通部分になっていて、同時に廊下でもあったのである。一度に私的な部分が露わになってしまったようで、隠すことも逃げることもできはしない。言い訳をしている暇もなく隣人（?）が話している。こちらに言っているのか、別の隣人に話しているのか、それとも独り言なのか、判別しづらい。そんな配列ではないのだから。

「あんたね、もう別れたほうがいいよ。我慢なんてする必要があるもんかね」

「ここに置いてあった扇風機、誰が持っていったんだい？」

「別れるってどういうことさ。最初からくっついているのか離れているのか、いまでもわかりゃしないよ」

「俺は掃除機を使っただけさ。扇風機は必要ないから、誰かが片付けたのさ」

「あいつはこの建物から出て、しばらく帰ってこないってことさ」

「隠れるところなんてどこにもないのに、どうやって姿を隠したんだ」

「薬をくれ。頭が割れそうだ。薬をくれ」

空気は蒸し暑く、気分が悪くなる。外に出ていきたいが、どこが出口かわからない。いずれのドアも別の部屋への入り口なのだ。誰かが薬を持って駆けつける。何の薬かわからないが、水の入ったコップの中で白い粒が細かい泡を上げている。ごくんと飲んでみるとサイダーのような味がする。駆けつけた人は満足そうにこちらを見ている。まるで、こんな事態をずっと待っていたかのようだ。顔に見覚えはあるが、思い出せない。

「ありがとう。少し楽になった。ところで、これは何の薬ですか?」

「薬じゃない。ただの炭酸水だ」

彼はそう言って、ただ満足したように微笑んでいる。

「そんなはずはない」

お前は小さな声でつぶやいてみる。彼は聞こえているのかどうかわからないが、その表情が少し固くなったような気がする。そして、彼はすぐにその場から離れて自分の部屋(?)へと帰っていく。

相変わらずあたりは蒸し暑く、天井の低い通路は雑多な家具や老若の住民たちでごった返している。その間にお前は自分の部屋を見失う。皆が他人で、他人が家族のように近すぎるという困惑。しかし、自分の部屋はここでしかあり得ないという諦めもそこにはある。何とか自分のねぐらを探さねばならない。午後に出かけるまで休憩していた狭いベランダのある部屋があるにちがいない。そこでならひと息つけるはずだ。それとも一度でも外に出かけたら、帰りは早い者勝ちになって、部屋の所有者は一変してしまうのだろうか。それなら深夜帰宅する自分はどうしても不利である。

「そんなはずはない」

お前はまた小さくつぶやいてみる。ねぐらを見つけることがどうしてこんなに苦しいのか。こんなことがこれから何日も続くのだ。探している間にまた呼吸が苦しくなってくる。湿気と暑さが尋常ではない。ねぐらよりも窓だ。お前は勢いよく次の扉を開けて走っていく。やはり室内は同じような状況だ。しかし、今度は両側に扉がある。迷わずわずかに開いている左側の扉に突進する。

風が下方から吹いてきて、やっと新鮮な空気を感じる。大きなバルコニーなのだろうか、それとも屋上なのか、だだっ広いコンクリートの地面が続いている。けれども、ところどころに土の見えているところもあって、そこには黄色く色づいた落葉樹がにょきっと立っている。あたりに人はいない。不思議と何時頃なのか気にならない。振り返ると、通ってきたはずの扉は消えて、やはり同じコンクリートの地面を見つける。落ち葉を舞い散らす風がいつものように胸のあたりをしんみりとさせる。力が抜けていくようで心許ない。どこか見覚えのある情景である。樹木は通りの街路樹のようには規則的に並んでいるわけではない。大きさも種類もまちまちなので、空間を把握する遠近法は通用しない。さびしい。その情景はお前をどこにも導いてはいないのだ。だんだん身体が重くなってくる。振り上げた一歩が踏み出せない。

「そんなはずはない」

自分に言い聞かせるようにつぶやく。振り上げた脚をそっと地上に置いてみる。地面が乾いた道になったのか、わずかだが細かい砂粒のざらざらした感触がある。その砂を頼って歩くしかない。砂があれば土があり、土があれば水がある。水があれば……、しばらく息をつくことができる。ひどく喉が渇いて、喉も胸も何かに飢えているようだ。落ち葉が散り敷いて靴の下でずるっと滑る。あてもなく歩いた末に、やっと地面と樹木のある遊歩道のようなところに出る。これまたどこか見覚えのある場所だ。高層マンションの屋上が大した高低差もなしにその遊歩道に通じていたことにお前は驚くこともない。いつの間にか喉の渇きが満たされている。潅木の茂みがときどき身体を掠めていく。豪雨のときは山から水が走るのだろうか、道の真ん中には白っぽい石がごろごろしていて、両側には赤土の崩れた跡がある。今度は上がるにしろ下がるにしろ方向が定まっている。ただなんども往復するような気がする。いずれは下る道を、ごろごろした石を踏みしめながら上っていく。足首が何度も器用に捻れる。坂道の向こうに青い空が見える。いよいよ頂上に着くらしい。最後の上りは狭くて逆三角形に抉れて、赤土の間から白い石が顔を出している。その石を足場にしながら半ば這うようにして一気に登ると、そこには赤土を固めた広い平面が広がっている。芝生の上に身体を投げ出し、しばらく山上の爽やかな風に吹かれる。瞼の裏が陽光に赤く染まっている。瞼の上に左腕を載せながらうとうとしている。

「そろそろ始めようか」

隣で横になっていた友人が声をかける。何を始めるのだったろうとぼんやり考えながら目を開ける。友人であることは確かだが、誰であったのか思い出せない。あえて思い出そうともしない。

「ああ」

お前は曖昧な返事をして、上体を起こす。すると、広場のあちこちで白っぽい作業服を着た人たちが次々に身体を起こして立ち上がる。手にはスコップや鶴嘴を持っている。

「開墾でもするのか？」

「何でも機密事項だそうだ。今更聞くなよ」

「飛行場？　それとも、何かの研究所？」

「ああ、そんなところだろう。それ以上聞くなよ」

田畑以外を人力で切り開くなんて考えられないことだが、すでに何日かお前はそこに通っているらしい。何かの刑罰なのか、勤労奉仕なのか、みんな同じ作業着を着せられている。作業は登ってきた道の反対側、山を切り崩しているところだ。赤い山肌が大きく口を開けている。人々は黙々と汗をかいて土を掘り、それを掻き出しては一輪車に積んでいる。その土を低い方に運んで埋め立て、そこにできるだけ広い場所を作っているようである。気の遠くなるような作業だが、人々は文句も言わずに働いている。将来そこにできるであろう飛行場を夢に描いているようには見えない。こんもりとした緑の山腹に赤茶けた地面を広げていくことにただ粛々としている。

「聞いてもいいかな？」

お前は先ほどの友人にまた声をかけてみる。

「俺に答えられることならな」

「俺たちは収容所にでも収監されているのだろうか？」

「そんなことあるもんか」

彼は意外にもむきになって否定した。

「やあ、答えてくれてありがとう。気を悪くしないでくれ」

「ただ、明日もここに来ることだけは確実だ」

「そのようだね」

お前は平静を装ってはいるが、そんな日が続くことに耐えられそうにはない。山を削って土を運んで目的のない赤い地面を造成する。しかも効率の悪い人海戦術。目に見える進捗のない単純労働。自分がそれを求めていたことにお前はもう気づいている。すでに何百日とそんな労働を続けていたことにも。どうやら心はいろんなところに足場を持っているらしい。けれどもその足場は湿った赤土のように軟らかくて滑りやすく、身体ごとずるずると山肌をずり落ちていく。地面を引っ掻く爪の裏にも赤土が挟まってやっぱり滑る。

「そんなはずはない」

お前は再びつぶやく。思い切ってもとの山道を急いで駆け下りていく。何度か石ころに足を取られそうになる。足首はよく耐えている、そんなことを思いながら急な斜面を踊るように駆けていく。不連続な足音のリズムが徐々に整ってくる。誰かに追いかけられている気配はない。目立たぬようにうまく抜け出られたのかもしれない。山上に残っている友人のことは気にかかるが、それもしかたのないことである。

やっと平地を歩き始める。川岸の土手で一休みしながら背後を振り返って、開削された平地のある山を見上げる。色づいた木々に囲まれて平地は見えないが、削られて薄赤くなった山肌がわずかに見えるだけである。川向こうには鉄道線路が敷かれている。汽車に乗ってどこかに行こうという気になる。後ろ髪は引かれない。「汽車」と呼んでいいものか、心許ない。電車、列車、客車、ディーゼル車、私鉄、国鉄、ＪＲなど、やはりしっくりこない。省線というのもあったはずだ。そのうちにたった一両だけのオレンジ色の客車が目の前を左から右へと滑るように移動していく。パンタグラフがない。きっとディーゼル車だ。速度が緩む。近くに駅でもあるのだろうか。お前はふらふらと立ち上がって右手のほうに歩き始める。山を駆け下りた筋肉の疲労が心地いい。橋の上から清流に逆らって泳ぐいくつかの魚影が見える。川面はきらきらと陽の光を映している。橋を渡り終えると、そこからしばらく古い商店街がひっそりと軒を連ね、かつての賑わいを偲ばせる看板や硝子戸がこちらを向いている。見ているのか、見られているのか、寂寥感が襲ってくる。自転車に乗った見知らぬ人がちらっとこちらを一瞥して通り過ぎる。教えられなくても道は駅への通路を指し示している。人のいない駅前広場。郷愁を誘うこともない建て替えられたばかりの駅舎。ローマ字。知らない駅名。オレンジ色のディーゼル車が一両まだ停まっている。半自動の扉を開けて、空いているボックス席を探して窓際に腰を下ろす。列車はどちらに進むかわからないが、どちらに進んでも構わない。窓から茶褐色に寂れた駅の構内を見る。ガタンと音がして列車は後ろ向きに動き出す。しばらくすると里山の風景が背後から目の前に広がり、記憶が遡ってゆく。

背中のほうから次々と繰り出してくる田園と人家。懐かしさと胸の痛みとが交互にこみ上げてくる。お前はどこまでその揺さぶりに耐えられるのか。耐えられる距離はずいぶん長くなったのかもしれない。

「相席いいですか」

廊下側に一組の若い男女が座ってくる。お前はうなずいて、また窓の外に視線を移す。工事現場から直接乗ってきたので、自分の作業着姿が一瞬気になったが、いつの間にか普段着に替わっている。継続しているものもあれば、場面に応じて変わっていくものもあるのだろう、などと納得している。それほど親密ではないのか、隣の男女の会話はあまり進展しない。

「あまり知られてないけれど、きれいなところなんだ」

「そうなの」

「広い河原があって、細長い木の橋がいくつも架かっていてさ。洪水の度に流されるらしい」

「観光地？」

「そういうわけではないけど」

「ふうん」

お前は車掌かなにかを探すふりをして斜め前の女のほうをちらっと見る。彼女のほうはあまり乗り気ではないらしい。今どき鈍行列車はないだろうなどと思っているのかもしれない。なぜかしら若者を援護したくなる。

「失礼ですが、ハイキングにでも行かれるのですか？」

「ええ、まあ、そんなところです」

男が少し緊張して答える。

「鉄道の旅はいいですよね。ふらっと乗ってふらっと降りる。自動車だとどうしても元の駐車場まで同じ道を戻らなきゃならない」

「はあ」

男は厄介なものにでも出くわしたように気のない返事をする。

「鉄道だと帰りは、例えば次の駅まで違う風景を楽しみながら歩くことができる。つまり、線ではなく空間を拡げてくれるというわけだ。物は持ちすぎると結構面倒なもんだ」

女は二人を見較べながらくすくす笑っている。

「おじさんも、ふらっと降りるんですか？」

「当たり前だよ。何か持ちすぎてるように見えるかい？」

「見えないですね」

男のほうも笑って答える。

「そういえば、若い頃寝袋だけ持って貧乏旅行をしていてね。いまみたいにたまたま相席になった家族連れがいろいろ話しかけてきて、こちらも退屈しのぎに、あてのない旅であることや駅の待合室で寝泊まりしたことなどを話していると、そのうちに自分たちの家に来ないかという話になって、強引に家まで連れていかれた。そのまま一宿一飯お世話になったということがあったよ。昔はよかったという話ではないよ。鉄道の旅のよさを伝えたいだけさ」

「いまならあり得ないですね」

「いまはいまでもちろんいいことがあるさ。変なおじさんにも出会うしね」

互いの顔を見合わせて、三人で笑う。

「車ならたぶん出会うこともないですね」と、女のほう。

「目的地しか見ていないからね。いわゆる、点と線だ」

「だったら鉄道は、喩えると何ですか?」

「うーん。未知との出会いかな?」

「それって喩えですか」

また笑って、それからしばらく他愛のない会話が続くことになる。列車は分水嶺を越えたのだろうか、緩やかな田園地帯は少しずつ川に浸食された地形へと変わっていく。彼らが目的地とする河原が近づいたようである。互いに礼を言って別れる。華やいだ空気がすっと引いていく。

残されて再び孤独な旅が始まる。しかし、これははたして旅だったのか。「それって喩えですか」、白いジーンズ姿のあの少女の笑顔にもどこか見覚えがある。鉄道は喩えれば「螺旋形」かもしれない。何週目かで再び巡り会う人がいる。何週目かにまた同じ風景に出会うこともある。関係のない人々、関係のない風景を運ぶ不思議な箱。

「そんなはずはない」

つぶやきながら少し笑みがこぼれる。赤い鉄橋の上から澄んだ川の緑と白い河原が見下ろせる。洪水の度に流されるという木橋は秋色に染まる山々に抱かれてこの上流に位置するのだろう。ディーゼル車はレールの上を滑るように山あいをゆっくりと下っていく。

途中の小さな駅で乗客が何人か入れ替わる。特急列車がホームの反対側を追い越していく。その衝撃に眩暈さえ感じる。お前は堪らず列車を降りる。改札のない山側の改札口を出て、狭い舗装道路を歩く。もともとふらっと降りてふらっと乗る旅である。いや、いつから旅になったのか。ただ逃げてきただけだ。もうどちらでもいい。どのみち逃げられないことはわかっているから、後ろめたさも後悔もない。坂道を下るとそれでも駅前の小さな店舗が数件軒を並べている。道の脇には鮮やかに紅葉した柿の木が実を付けている。うどん屋、駄菓子屋、薬局、喫茶店。いまではそんな分類も意味がないほど寂れていて、実際に営業しているかどうかもわからない。それでも喉の渇きと小用のために喫茶店の扉を開けた。暗い室内には予想どおり人はいない。ただカウンターや机、椅子など、一通りのものは揃っているようだ。蜘蛛の巣が張っていないだけましかもしれない。

「ごめんください」

しばらく返事がない。カウンターの奥から、やはりふらっと中年女が出てくる。

「いらっしゃい。お一人ですか」

意外と元気も愛想もいい。少し救われた気分だ。

「ええ、珈琲を一つお願いします」

テーブルには灰皿とその中に店のマッチが置かれている。珈琲色の箱に白い文字で店の名前が書かれている。手にとってマッチを眺めていると、長らく煙草は吸っていないが、ふと一服吸ってみたくなる。カウンターの棚にはいくらか煙草も置いてある。夜にはお酒も出すのかもしれない。煙草の匂いがしないのは客が少ないからか。珈琲を運んできた店員に煙草を注文すると、聴き慣れない銘柄が示され、適当に「それ、ください」と言う。

煙を一息吸い込むと、煙は肺から血管を通って脳の間を巡り、そこに覚醒した空間が広がったように感じる。青い煙が目の前をたゆたっている。忘れていた馴染みの感覚だ。身体に溜まっていた重い塊がどこかに飛んでいったような気がする。だが、その後何が来るかわかっている、いや、思い出す。そして、煙草をやめた理由も改めて思い出す。本来無意識であるべき身体の生理や機能まで意識の上に昇ってくるのである。やがて長い脱力感がやってくる。

「大丈夫ですか」

冷水を注ぎに来た店員が心配そうに声をかける。

「ちょっとお手洗いを」

お前は身体ごと他人の視線から逃れたいと思う。トイレの窓から見える草むらは線路の土手であるらしい。そのまま消え去りたいが、珈琲と勘定とが残っている、封を切ったばかりの白い煙草も。それに、心配してくれる店員を置いていくわけにもいかない。胸のあたりが少し落ち着くのを待ってからトイレを出る。席に戻ってしばらくじっとしているしかないようだった。店員は別段何とも思っていないらしく、カウンターの向こうで雑誌か何かを読んでいる。ふと、自分は何から逃げていたのかと考える。労働なのか、人間関係なのか、それとも、どうしようもない自分自身からなのか……。行き詰まってもう一本の煙草に火をつける。まだ二本目だ、と自分を弁護する。煙が全身の血管を巡り、神経が研ぎ澄まされ、同時に身体の力が抜けていく。けれども、一度目よりはやや鈍い過程だ。既視感に襲われ、どこかで似たような場面を幾度も経験していたように思われてくる。この店もこの店員も、窓際の観葉植物も薄暗い照明も、それから青い煙も。しかし、これはどうやら過去ではない。これは脳の中でそれまで触れられることのなかった記憶と似たもので、たえず現実と並列的に存在するいまなお生き生きとしている世界ではないか。目の前の一面的な視覚に遮られて見えなくなっていた世界。

「そんなはずはない」

また打ち消してみるが、既視感は終わらない。ドアの鈴が鳴る。ネクタイをしたサラリーマン風の若い男が入ってくる。店員はびくっとして立ち上がる。

「こんにちは。用意できましたか？」

そう言いながら男は黒い鞄をカウンターの端に置いた。けれども、男は何か演技をしているようにぎこちない話し方だ。店員は慌てて彼の所に駆け寄り、なんとか追い返そうとする。

「いまお客さんがいるので、後にしてください」

小さな声で女が懇願する。

「そんなこと関係あるか！」

「主人はいません」

「それならあんたに払ってもらう」

「持っているわけがないでしょう」

「こっちも手ぶらで帰るわけにはいかないんだよ！」

男はそう凄んでみせるが、無理をしているのが見え見えで、やはりぎこちない。借金取り立ての仕事を始めたばかりのようにも見える。お前は席から迷惑そうに男を睨みつける。そうだ、関係なければ、話に乗ってはいけない。持たない者ほど強いものはないのだから。相手は道徳的に責めてくるが、法的に対応して諦めさせるのがいちばんだ。入り口付近での押し問答がなかなか終わらない。すると、男がもう一人入ってきて、

「裏から逃げやがった。行くぞ」

二人は慌てて出ていく。女はすぐ後を追う。お前は心配になって、やはりその後を追って外に出ている。線路の上を一人の男が逃げていく。それを二人の男が追いかけ、草に足を取られながら土手をよじ登っている。女は心配そうに道路の向かい側から背伸びしながら彼らの行く手を見やっている。なぜか亭主はそのまま逃げおおせるような気がする。取り立て屋もしばらくは店に来ることはないだろう。ひょっとして亭主は妻を守るためにわざと債権者の前に姿を見せたのかもしれない。残された女とお前はゆっくりと店の中に戻る。

「なんとかなりますよ。心配しないで」

行きずり男の無責任な言い方である。それでも何も言わないよりはいいだろうという気がする。借金の理由まで聞き出したらとんでもないことになりそうで、それ以上は話しかけない。女も申し訳なさそうに礼を言うだけで、何も言わない。女の不安そうな顔を見ていると、なぜかふとこのまま住み着いて喫茶店の主人をやるのも悪くないと思ったりする、ちょうどホームに停まっている列車にふらっと飛び乗るように。

「そんなはずはない」

あらぬ妄想にけりをつけて、喫茶店を後にする。道下り坂は左に曲がって線路の下をくぐっている。道はそのまま川のほうに続いていて、その先の橋を渡ると道の両側にはたわわに実った稲穂の海が広がる。点在する民家と神社の森、まるで黄金色の海に浮かんだ小さな島々のようだ。神社の内部はすっぽりと緑に覆われて、こんもりした森の入り口に石の鳥居が見えるだけである。例によって神社に通じる道をふらっと歩いてみたくなる。道端には根の毒で土竜を駆除するために役立つという真っ赤な彼岸花が群生している。食べ物を求めて暗い土の中を掘り

進み、たまたま口にした根に含まれた毒に苦しみながらじわじわと弱っていく土竜の姿を想像する。この花には他にも不吉な話がつきまとうが、この時期だけ田んぼの畦を鮮やかに彩るいちめんの彼岸花はやはり壮観である。

白っぽい苔に覆われた鳥居をくぐると、ひんやりとした空気が全身を包んでくる。森はこの空間に降り注ぐ光と熱とを和らげている。かつては豊作を祈る秋祭りの舞台となった聖なる場所である。あるいは元気に遊び回る子供たちの声がこだましたであろう空間でもある。一つの村に一つの神社。その場所は季節の巡りと自然の恵みによって営まれる農村の暮らしを精神的に支えていたのだろう。あの亭主も子供の頃ここで遊んだことがあったのかもしれない。しかし、農業だけで生きていくことのできなくなった人たちは、現金収入を求めて農村の共同体を離れ、個人の力で慣れない事業を始める。しかし、上手くいくことはほとんどなく、亭主のようにたいてい失敗して借金だけが残る。その結果、農村に耕作放棄地が増え、大規模な機械化農業へと移行することで、この神社もいよいよその役割を終えようとしているのかもしれない。神社はもはや彼らの心の拠り所ではないのだろう。石垣、石柱、狛犬などは人の手に触れられることもなくなり、青白く疎らに苔生したままひっそりと佇んでいる。子供の声はもうそこに響かない。それでも、その古く小さな神社の佇まいはこれまで何千何万という人の心の中に生きているに違いない。樹木の間を縫って地面まで届いたいくつかの光の筋が微風に揺れながらちらちらしている。場所や建物の持つ力はいつまでも人の想像力に働きかけることができる。役割は終えても意味は残る。いや、その意味が変転することもある。そんなことを思いながらお前は神社を後にしてまたゆっくりと田んぼの中を歩いていく。

しばらくすると誰か一人後ろから歩いてくる者がいる。ゆっくりやり過ごそうとするが、なかなか追い越そうとはしない。それどころかこちらの様子を探るように、同じようにゆっくりとついている。歩みを止めて振り返ると、やはりぴたっと歩みを止めて少し目を逸らす。年格好は自分と同じくらい、どうやら知り合いではない。話しかけたい様子だが、男のほうからは声をかけない。気味が悪くなって歩みを早めると、やっぱり彼も早足になる。

「何かご用ですか?」

少し怒ったように言う。

「別に」

「それなら、どうぞ先に行ってください」

「目立たないようにこのまま一緒に歩いてくださ い、お願いです」

男の態度がその場で急に変わって、何やら差し迫っているようである。お前は直観的に彼が喫茶店の亭主ではないかと思う。それまで神社かそこらに身を隠していて、家に戻ることもできず、誰か他の人に紛れて逃げようとしているのではないか。だとしたら、線路を逃げていたときと感じが違うのは器用に服装も変えているからかもしれない。

「しばらくなら構いませんが、どこまで行ったらいいんですか?」

「この道をまっすぐ行ったところにバスの停留所があります。そこまでお願いします」

男はさっそく歩きながらそう言う。しばらく彼と並んで田んぼの中の一本道を歩いている。

「あなた喫茶店の方ですね。神社にでも隠れていたんですか?」

「ええ、線路から神社まで稲の間を半分這いながら猪みたいに走ってきました。上着はリバーシブルですから大丈夫です」

彼はそう言って得意そうに土で汚れたジャンパーの内側を見せた。

「これからどうするんですか?」

「しばらくこの町を離れて、遠いところで再起していずれ妻子を迎えに来ます」

彼に懲りた様子は全くない。

「でも、債権者は奥さんや子供の所に取り立てに来るのではないですか?」

「いや、家の名義はもともと妻になっていて、彼女は連帯保証人でも何でもないので、やつらを相手にしないようにと言ってあります」

「けれども、……」

「それに、妻には署名した離婚届を渡してあるので、何時でも縁を切ることができます。いまは自分さえ姿を消せばいいんです」

彼は自分に言い聞かせるようにそう言った。

「自己破産という手もありますよ」

「それでは再起できない」

「再起が必要ですか？」

「でなきゃ、意味がない」

「どんな意味ですか？」と訊きたかったが、口にはできない。自分に意味など問える資格があるのかとも思う。次々と自分で進む道を見つけては世の中に働きかけ、一か八か試してそして失敗する。七転び八起き。とてもお前にはできそうにない。かといってそんな生き方を羨ましいとも思わない。ただ、あの心配そうな奥さんや子供のことが気にかかる。

「利息は十分払ってやった。やつらも俺みたいなのがいなければ商売にはならないんですよ。へへん、いわば経済を回してやってるんだから、感謝されてもいいくらいだ」

男は相変わらず強気なことを言うが、その言葉にはやはり悔しさがにじんでいる。つまり、またどこかで性懲りもなく起業もしくは相場に手を出すということだろう。赤の他人が止めても無駄である、おそらく親戚家族もさんざん諫めたに違いない。止めることは彼のそれまでの生き方を否定して、生きる意味を無にすることになるからである。むしろこうして逃げることさえ楽しんでいるのではないかと思えるふしがある。他人を巻き込み、変装して人混みをすり抜けることも。

「もう帰ってこられないかもしれませんよ」

「大丈夫。ほとぼりがさめた頃には戻ってくるよ。いや、案外もっと早いかもしれない。今度やる事業は必ずうまくいく」

あくまでも主役は彼なのだ。またしばらくの沈黙。青い空に薄いうろこ雲がかかって、行く手に民家の並んでいるところが見える。国道沿いだろうか、交通量も多いようだ。周囲には相変わらずの金の稲穂、青い畦道と曼珠沙華。彼には行く手に広がる希望にしか見えないのかもしれない。

「ちょっと待ってくれ」

彼は突然ジャンパーで顔を隠そうとする。どうやら車でバス停まで先回りした取り立て屋が一人見張っているようである。亭主は小さく手を振って、素早く道路から離れていく。お前は何食わぬ顔で歩き続ける。彼はまた稲の間に紛れて姿を消してしまったようである。何となく彼がここで捕まっても捕まらなくても大した違いはないように思えてくる。真剣な遊び。ふとそんな言葉が頭に浮かんでくる。子供の頃彼が神社の物陰に忍んでいたであろう隠れんぼや鬼ごっこなどの遊戯といったいどこが違うのだろうか。羨ましいような気の毒なような、奇妙な感情である。

見覚えのある見張り役の男を怪訝そうに一瞥すると、相手のほうは覚えていないようで、きまり悪げに目を逸らす。バス停でしばらく待ってから一時間に一本というバスに乗りこみ、なんとなく海の方に向かう。終点には古い港町があるという。ボックス席のないバスの中では皆が前を向いているので沈黙が優勢だ。車窓からは相変わらず田園地帯が広がり、低い山並みが少し近くなる。やがて国道は鉄道線路に別れを告げ、峠道へと入っていく。亭主はこのバスに乗ってどこに向かう予定だったのだろう。ひょっとしてその港から海外へ密航でもするつもりなのだろうか。新しい事業というのも到底まともな商売とは思えないが、彼なら船底に隠れて何日か海の上で過ごすことも厭わないのではないかと考えてしまうのが不思議である。だとしたらすでにこのバスにもちゃっかり乗りこんでいるのかもしれない。後部座席をさりげなく見渡してみるが、それらしい人物は見当たらない。それでもいずれ次の便で追いついてくるような気がする。

峠の頂はたいていトンネルになっていて、それを抜けると風景が一変する。下り坂の窓からすかっとした明るい視野が開け、遠くに海も見渡せる。山裾には棚田が連なり、それらは海岸近くまでなだらかに続いている。わずかな平地に集落ができ、付近には潮風に押しつぶされたような樹木が立つ。バスは左右に大きく振られながらだらだらした坂を下って、道の両側に商店がぽつぽつ並び始めると、港を控える密集した町並みが目に飛び込んでくる。予想に違わず、商店街にかつてそうだったであろう賑わいはない。富の流れはどこか別の場所に移ってしまったようだ。港に停泊する大きな船は、町中のどの建物よりも大きくて高い。

港近くの停留所でバスを降りる。やはり何のあてもない。とりあえず船着き場付近を海に沿って歩く。人通りも疎らである。しばらくすると赤煉瓦造りの横に長い倉庫が何棟か並んでいる。いつか訪れたような気がまたしてくる。ポケットに手を入れる。喫茶店で買った煙草に手が触れる。何となくまた吸ってみたくなる。どんな感じになるかもわかっているが、また吸った後の空しさもわかっているが、それでも一服してみたい。最初の心地よい一服を吸って、肺から全身の毛細血管まで煙を送って、大きく息を吐き出す。意識が輪郭を取り戻す。潮風は煙草の煙をどこかに吹き飛ばしていく。煙草を指に挟んだまま、またゆっくりと歩き出す。意識を見つめているという感覚がだんだん身体を重くする。何かで気を紛らわせたくて一つの倉庫の入り口に立つ。倉庫の中は改装されて、瀟洒な博物館とカフェになっているようだ。

空気がひんやりとして、窓の少ない薄暗い内部には黄色い照明が施されている。軍港として賑わった頃の港湾の写真や海図、船の模型や舵、計器類や文書などが硝子越しに展示されている。きちんと保存しておくことに異存はないが、なぜだか心に空しさが訪れる。心が躍るわけでも癒やされるわけでもない。想像力は刺激されても、個人の中で完結する。この港から密航を企てている借金まみれの男のことを想像するほうがなぜか刺激的だ。やはり、人は人によってしか癒やされないということかもしれない。

桟橋には強い風が吹きつけている。残りの煙草は博物館のゴミ箱に捨ててきた。お前は自分の暮らす町へ戻るための鉄道駅を探し始める。曖昧だが、生きていればそれなりのものは必ずある。生きているという事実は博物館には展示できないが、たぶん暗示はそこら中にある。

16 可逆的生活

交通事故後私の精神に起こった微妙な変化にどんな名前をつけたらいいだろうか。後遺症、偏頭痛、妄想癖、夢遊病、時間病、幽体離脱、分裂症、いろいろ考えてみたが、なかなかしっくりとこない。そんなある時、たまたま見ていたテレビ番組で「不可逆的に解決された」という言葉を聞いたときに、「待てよ」と思った。私はその「不可逆的」という言葉に強い違和感を覚えたのである。どうやら私の精神の働きはひょっとしたら「可逆的」そのものではないのか。何も終わらないし、何も解決しない、そういうことではないのか。どこかへ行ってはまた戻ってくる、記憶を遡ってはまた戻ってくる。存在というものが、実はあちこち行ってはまた戻ってくるという性質を持っているのではないか。言い換えれば、私の精神状況は何らかの病的な状態ではなく、むしろ認識能力を司っている枠があるとして、それが少し変形したという具合なのではないか、ということである。

最近の頭の痛みはその枠の軋みのようなものなのか。日常生活にはそれほど支障はないが、ときどき何も手に着かないほど痛くなることがある。どこかに無理があるのだろうとは思っているが、医者にかかるほどではない。これくらいなら慣れることが肝要だろう。今朝方も変な夢を見た。夢というものはどうしてこうも奇妙な世界を見せるのだろうか。あるいは、なぜ奇妙なことと感じるのだろうか。いやいや、夢の中の私はそれらを奇妙なことだとは感じていない。むしろ奇妙な世界を当然のように受け容れて、恐れ、焦り、不安になって、たまにはいい気分にさせてくれることもある。

ある日例によって家の近くを散歩していた。頭痛に襲われて、気分転換を図るために戸外に出てみたのである。新鮮な外の空気を吸うと幾分痛みが和らいだので、立ち止まって何度か深呼吸をしてみる。人工的に造られた町ではあっても、付近に樹木があり、川があれば、空気はそのうち浄化されるだろう。季節は植物をさまざまな色や形に変化させる。こんな穏やかな日が何日続いているのだろうか。迫ってくるような圧力も、狭いところに閉じ込められているような不安感もいまはない。ただ軽い頭痛はまだ続いている。

私には外を歩いている人の多くがなぜか不幸を背負っているように思える。特に若者についてそう思うことが多い。彼らはまっすぐ前ばかりを見ていて、まるでわき見することを必死で避けているように見えることとすらある。同じ黒いスーツに身を包んで無表情に黙って前だけを見つめている、そんなある入社式の場面。それはまるで迷いを振り払うために直立不動に整列している兵隊のようにさえ見える。人懐っこい笑顔はいつか彼らのもとに戻ってくるのだろうか。いやいや、案外彼らも家に帰ればぺろっと舌を出しているのかもしれない。むしろそう信じたい。

人が不幸に見えるのは自分自身が不幸だからかもしれないが、ただ、その不幸の中で何かに縋るように「絆」という言葉が遣われ始めると、今度はそこにも違和感を感じてしまう。強い「絆」は、何か対峙すべき相手を前提としているように思われる。それは、その相手に立ち向かうためのこちら側の一方的な「絆」であることを肝に銘じるべきではないか。「絆」は表現が強すぎるせいか、ぴったりと同調できない者をどこか排除してしまっているような感じがする。その言葉の背後にあるのは同調圧力と目に見えぬ島国根性のようなものにも映るのである。つまり、海の向こう側の人にはとうてい届くようには思えないのである。いや、むしろ逆にその海に見えない仕切り線を引いているような感じがするのである。

街を歩いていると、人と出会うためには何だかぐんと遠回りしてくる必要がある、という気がしてならない。それは幾重にも積み重なった互いの経験のせいかもしれない。けれども、私は一人というわけではない。一人で歩いていたとしても、一人ではない。それは目に見えぬ連帯感のようなものである。人はものを考えたり感じたりする上で他人を想定しないわけにはいかないからである。それは確かに「絆」ほどではないかもしれない。それでも言語という共通の地盤があるし、移動や表情や仕草があって相互理解が可能になる存在である。また、想像力のおかげで時空を超えて人に出会うこともできる、その場合はもちろん「可逆的」だ。それは目先の利益とは無縁の広くて分厚い世界に違いない。

この薹が立った新興住宅地Rに、歴史を感じさせる遺物のようなものはほとんどないが、それぞれに歴史を持った人がまだまだ数多く生活している。例えば、朝いつもの喫茶店で朝食をとっている名前も知らない老人などだ。彼はときどき話しかけてきては、夢のような本当のような不思議な話を聞かせてくれる。彼はあの「遠野物語」の語り部のような人かもしれない。その日も彼は店の中にいた。彼がやや不機嫌そうに私を迎えたのは意外だった。

「今日はちょっとおもしろくないことがありましてね。昨夜寝ているときに窓の外で頻りに雨の音がするので、目が覚めました。雨音が気になってなかなか寝つかれないので、起き上がって窓を開けてみました。するとどうでしょう。雨は少しも降っていないのです。それとともにそれまで聞こえていた雨音はどこかに消えていました。気のせいだったのかと思い、もう一度布団の中に入って眠ろうとしましたが、またザァーザァーという音がするではありませんか。私はもう一度窓を開けて外の様子をうかがいましたが、やはり雨は一滴も降っていないし、あたりが濡れている様子もありません。私は気味が悪くなってきて、もう眠れるような気はしませんでした。窓を閉めるとまたザァーザァーという雑音のような雨音がするのです。いや、よく聞いて見ると雨音ではないのかもしれません。それほど単調な音ではないような気がしてきました。それは居間の方から聞こえてくる複数人のしゃべり声のようにも聞こえて、いや、そう思えてきたのかもしれません。恐る恐る居間の方までつま先立ちで移動していきました。もちろん私は独り暮らしですから家の中に他の誰かがいるなんて考えられません。けれども、声はひっきりなしに聞こえてきます。何をしゃべっているのかまではわかりませんが、確かに何種類かの声が互い違いに言葉を交わしています。全身に冷たいものが走りました。恐る恐る居間の扉をそっと開けると、ザワザワしたしゃべり声はさっと止み、テーブルやソファーから一瞬何かが姿を消したかのようにも見え、また少し椅子の位置が少し移動しているようにも思えました。それでもあたりに人影は見えなかったので、ほっとしてソファーに腰を下ろしました。しかし、しばらくするとさっきと同じ雑音がするのです。私はとうとう幻聴まで聞くようになったのかもしれないと思いました。最近はいろいろなことを思い出すので、ひょっとしたら幽霊のようなものまで呼び寄せてしまったのかもしれません。孤独な生活が永いと、あるはずのないものがあるように思えてくるのでしょうか、特に独り暮らしの暗闇の中にはどうやら目に見えない存在が往来しているようです」

老人の顔からは憔悴しきったような様子が見て取れた。

「それからどうなったのですか、眠れなかったのですか？」

「しばらくはその幻聴が止んだりまた聞こえたりしました。家の中にいる幽霊か何かの仕業かもしれないと思い、私は少しの間家を出て近所を歩き回りました。ご存じのように夜のRニュータウンの中は、樹木や看板がときどき人影に見えたりすることはあっても、人通りはほとんどありません。不気味な静けさの中で背後に何かがついてくるような気配はいつものことですが、疾走する車と道路の摩擦音が遠くこだまするだけで、幻聴のようなものはやっと聞こえなくなりました。一時間ほどうろうろしてから家に帰るともう幻聴はなくなっていましたが、やはりなかなか寝つけませんでした」

年齢と孤独とが彼を追い詰めているような気がした。私は彼をどう元気づけたものかと思案していたが、この場合は自分自身に言い聞かせるように話すのがいいと思った。

「僕はこの頃人間というものは亡くなった身近な人

たちから絶対に逃れることができないと思っています。書かれたもの、撮影されたもの、録音されたもの、記憶に残っているものなど、媒体が多くなった分、拡散してもまたもどってくることができます。中には空中に浮遊してもおかしくないものさえあります。声なんかは伝達速度が遅いですから、消え遅れた声が忘れた頃に届くことさえありそうです。その意味では幻聴も自然現象の一つ、そうですね、聴覚の蜃気楼みたいなものかもしれませんよ」

老人はその言葉がおもしろかったのか、少し笑みを浮かべた。

「あなたは相変わらずお元気ですね。いうならば、前向きの元気というよりは後ろ向きの元気というか、あるいは内向きの元気とでもいうべきか。私なんかは内向きになるとどうしても気が滅入ってしまいますからね、それを紛らすためにこうして毎日外に出てるんですが」

「そうでしたら、是非僕を利用して外向きになってください、幽霊の話も幻聴も大歓迎ですから。迷惑でなかったら、友人も何人か連れてきて、一緒にお聞きしたいものです」

「友人がいるというだけで羨ましい。そんなに愉快な話ではありませんが、よろしかったらいつでも声をかけてください。普段午前中はたいていここにいますから。実は幻聴の話にはまだ続きがあるのです」

私はごくんと唾を飲み込んだようだった。

「半睡状態で暗闇の中で横になっていますと、枕元に誰かが立っているような気がしました。言葉をかけようとするけれど、例によって金縛りに遭ったようにしゃべることも身体を動かすこともできません。それでもなぜかこちらの意識はしっかりしています。その『誰か』は自由に寝室の中を行ったり来たりしながら、部屋の中で何かを探しているようです。人影はどうやら黒い服を身に纏った背の高い女らしく、あたりに艶めかしい空気が漂ってきます。十年以上前に亡くなった妻のようでもあり、全く別の人であるような気もします。彼女はぶつぶつと呟いていています。おかしいな、この辺りにあったはずなのだけれど。何を探しているんですか？　あなたには関係ありません。だって私の部屋でしょう。さあ、どうでしょう。彼女は寝台の足下のあたりをごそごそしながら、無関心そうにそんなことを言う。それでも私が心の中で言ったことが通じているようだ。彼女は箪笥を開けて、書類の入っている抽斗まで探り始めたようだ。それではまるで泥棒ではないのか？　私は一番上の抽斗に入っているはずの貯金通帳のことが気になる。それでも印鑑は別の場所にあるので、心を読み取られないようにその場所はいま思い浮かべないようにしなければならない。けれども、本当に泥棒ならもっとこそこそするはずなのだが、彼女には後ろめたさなど微塵もないようだ。こちらが抵抗できないことを知っているのだろうか。あるいは本当にこの部屋を物色する権利でも持っているのだろうか。裁判所の方ですか？　それとも、検察？　どちらでもありません。あなたは忘れたのですか、私に借りがあるでしょう。思い出したら、おとなしく寝ていなさい。私は何とか彼女の顔を覗き込んで心当たりを探りたいと思ったが、暗すぎて顔までは判別できない。動きの特徴や体つきに覚えがないか、首だけでも持ち上げて斜めに見ようとする。心当たりがないわけではないが、誰と特定するまでには至らない。歯痒い限りである。抵抗しませんから、本当に何を探しに来たのかだけ言ってください。場合によっては協力しますよ。いいえ、そんな必要はありません。黙って寝ていなさい。見つかりますかね？　黙れ！　彼女は目的のものがなかなか見つけられなくて苛立っているようだった。どうやら私には知られたくないものらしい。できたら何もなかったかのように盗み出したい、いや、探し出したいように見える。だとすれば、こちらの身の安全は保障されているのだろう。寝室を探し尽くしたのだろうか、彼女はすっと部屋を出て居間の方に移っていった。居間には大したものは置かれていないはずだ。彼女の呟き声はやはり聞こえてくる。希望は未来にも過去にもない。きっとこの地上にあるはずだ、しかもこの家のどこかにある。必ず見つけ出してやる。廊下を渡る足音がする。彼女はどんな希望を探しているのだろうか。この家で探せる希望とはいったい何だろう。私は一緒に探してやりたい気分だった。困っているのなら当座の生活費くらい渡すことだってできる。私に危害を加えないだけでも礼を言いたいくらいなのだから。それでも彼女は一切の申し出を断ってひたすら自力で何かを探していた。むしろ私を金縛りにすること自体が目的だったのかもしれない。そして、犯罪にならない程度に私に復讐しているのかもしれない。彼女はやっと居間から戻ってきた。これは第一歩に過ぎないから、今夜はこれだけで我慢しておくが、これから覚悟しておいたほうがいい。そう言って、彼女は一枚の書類を目の前にちらつかせた。しかし、それが何であるか見せようとはしない。じわじわと私の首を絞めたいのかもしれない。ひょっとして私のかつての犯罪の証拠固めにでも来ているのだろうか。誰だって露見していない罪の一つや二つは背負っている。だとしたらわざわざそんな宣言をして容疑者に証拠隠滅の機会を与えるようなことはしないだろう。思わせぶりな態度をとって、私を苦しめること自体が彼女の目論見なのかもしれない。そしてただでさえ体力の衰えた私をさらに追い詰めているのだ。そうだ、そうに違いない。私は暑くもないのに額にじっとり脂汗をかいているというわけだ。それが今日未明の出来事あるいは夢うつつです。思えば、古い家の中には幾らかの亡霊たちが棲みついていて、一人住まいの私をときどき驚かせたり、慰めたりしにくることもあるのでしょう。なかなか厄介な住人たちです」

話しているうちに老人の顔色は徐々に明るくなってきた。

「何やら艶っぽい話ですね。失礼ながら、そんな幽霊なら僕も会ってみたいなあ。僕の見る夢といったら、出てくるのは男ばかりで、たまに何というか、無機的な女が登場するくらいですよ。まあ、それもすぐ忘れてしまいますがね」

私はなぜかその老人の話が好きであった。彼は若い頃から仕事で世界中を飛び回っていたらしく、外側から日本という国を見つめることができているせいかもしれない。私にとっては貴重な経験であることは間違いない。

「あなたに話すことで私も気が楽になります。一人暮らしが身についた今ごろになって自分のやってきたことの報いを受けているのでしょう。思い出さなくていいことまでいつしか枕許に佇んでこちらを見下ろしています。頭の中に書き込まれていた古い記憶が何かの拍子に浮かび上がってくるのでしょうか。口に出して誰かに話してみるとさらにその記憶が鮮明になってくる気がしますよ。よくよく考えてみれば、私たちの生活空間というものは記憶まで含めるとかなり膨大な幅と奥行きとを持っているということでしょう。後悔など思い残すことが多ければ多いほどそれは頻繁に浮かび上がってくることになる、いや、実は自分から呼び込んでいるのかもしれませんが。読んだ本もどこかで鑑賞した絵画や映画も当然そこに含まれてくる。出会った人も自ずと多くなり、年を取った分だけ生活空間が広くなるというわけです。だから、老いを迎えることに悲観的になる必要は全くない、あなた、そうじゃないですか」

老人は自分に言い聞かせるように強い調子で言った。

「ええ、もちろんそうです。年を取ったからといって悲観することもないし、むしろ老いには自由さえ感じています。あなたと話していると、これから出会うこともまた一つその生活空間を広げてくれるんだ、という気持ちにしてくれますから」

私は気休めなんかではなく心からそう思った。

「ただ、思い出して懐かしいことばかりならいいのですが」

老人は感慨深そうに呟いた。そして、私がじっと耳を傾けているのを確かめてから彼は続けた。

「雪の降る夕暮れ時のことです。寒さが身体の芯までしみこんでくるようでした。ときどき風が細かい雪を伴って顔に吹きつけてくる中、私は一人異郷の街中を足早に歩いていました。いつ頃のことであったか、どこの街であったのかは定かではありませんが、冷たい雪の感触だけは鮮明に残っています。白い犬が病院のあたりを何かを求めてうろうろしています。雪はまだ積もってはいませんが、そのまま降り続けば明朝には辺り一面雪景色に変わると思われます。道行く人はコートの襟を立ててうつむき加減に先を急いでいます。しばらくいくと、駅の近くで外国人らしいみすぼらしい服装をした一人の女の子が寒さで震えながら、何やら薄っぺらな雑誌を数冊持って小さな声で道行く人に売っています。通行人はちらっと一瞥するだけで、誰も受け取って買うようには見えません。実は彼女のことは同じ場所で何度か見かけたことがあったのですが、今の通行人たちと同じようにたいていい一瞥しただけで目の前を通り過ぎていたのです。しかし、その夜は自分の孤独と同じ外国人としての彼女の孤独とが共鳴したように思えたのでしょうか、私は少しためらいがちに彼女に近づいていき、思いきって『いくらですか?』と尋ねてみました。すると、彼女はいきなりきっとした顔つきになり、蔑んだような表情でこちらを睨みつけました。そのとき彼女は何か言ったようなのですが、短い叫び声のようでもあり、その意味がわかりませんでした。私はうろたえて後退りしました。彼女は何か誤解していたのでしょうか、あるいは以前から私のことを見知っていて、なんとなく不審に思っていたのかもしれません。ゆっくり説明して誤解を解こうかとも思いましたが、取り尽く島もないようだったので、諦めて不自然にその場を離れました。しばらく私の後ろ姿にさえ鋭い視線が投げつけられているような気がしました。中学生くらいの年齢でしょうか、独り街角で商売をする以上相当な決意で立っていたのだと推察されます。私はその矜持と覚悟を見せられたような気がしました。何だか自分の取った行動が、その前後の浅はかな気持ちも含めて、ひどく恥ずかしいことに思えてきて、小雪交じりの風がいっそう惨めに私を打ちのめしました。その日の自分の言動をなかったことにして、なんとか打ち消したい気持ちでいっぱいでした。けれども、彼女の心には思い上がった醜い私の顔がしっかりと刻まれているに違いありません。それからしばらくそのあたりで彼女の姿を目にすることはありませんでした。というよりは、私も無意識に彼女のいそうな場所を避けていたような気がします……」

老人は悔恨と懐かしさとの入り混じったような表情でしばらく黙って珈琲を口にした。

「それから二三度その少女の姿を見かけたのですが、特に睨まれているような風ではなかったので、誤解は解けたのかもしれません。けれども、私は自分の存在について考えさせられました。私は他人にとっては私ではなく、当たり前のことですが、他人にとっての私はやはり他人なのですね。誤解ではなく、それが紛れもない事実です。もう一度やり直せば誤解は完全に解けるのかもしれませんが、彼女を余計に傷つけるような気がして、やり直す勇気はありませんでした。話はそれだけですが、最近何かの拍子にふと思い出され、その場の情景が繰り返し再現されるのですよ」

「確かに記憶の中には何度も再現される情景がありますね。ひょっとしたら、情景自体がその人の人格のようなものを形成するのではないかと思うことさえあります。時にはそれを宿命ともトラウマとも呼んだりするのかもしれませんが……」

「トラウマというよりは、あなたの言うように人格と呼ぶのが正しいかもしれませんね、ある意味その人が獲得したものである以上。性格というものが生まれつきの要素を含んでいるのに対して、人格というのは経験から獲得されたものでしょうから。私は決して立派な人格ではありませんが、人格の形成にとって切っても切れない経験というものがそれぞれにあるのでしょう。おそらく原風景とか原体験というのもそれと似ているような気がします。そういえば、原風景というか、もう一つ忘れることのできない、まだ誰にも話したことのない出来事です。個人的なことばかりですみませんねえ……」

「いいえ、大歓迎ですよ」

老人はまた冷めた珈琲を少し啜ってから、ゆっくりと語り始めた。

「これもまた海外にいたときの体験です。その街には世界中から就職や大学進学をめざしてたくさんの外国人たちが集まってきていました。そんな彼らがまず訪れるのが現地の語学学校です。私も海外赴任の最初の頃はそんな学校の一つで語学研修を受けていました。赴任前に一通りの研修は受けて文法など理解できたのですが、実際の場面では漢字の国の私にはとにかく彼らの話す言葉がほとんど聞き取れません。ですから教室では全くのお客さん状態が長く続きました。そんなとき、同じクラスの中国人女性が時々私に助け船を出してくれました。彼女は若いので上達が早かったのでしょう、ノートにいくつかの漢字を書いて、話題になっている言葉の意味をそっと私に教えてくれたのです。そんなことがあってから、時々私たちは休み時間に話したり、帰りにカフェに立ち寄って話をしたりするようになりました。それは三人であったり五人であったり、偶には二人きりのときもありました。短い会話でしたが、それは互いの会話の練習にもなったので、彼女は貴重な話し相手でした。そのうちに私は教室で話されている内容のほとんどが自然に聞き取れるようになってきました。そして、不思議なことに、聞き取れるようになるといつの間にか自分の伝えたいこともその言語で表現できるようになっていたのです。おかげで、午前中は会社、午後は語学という充実した日々が続きました。彼女とはメールで連絡を取り合いながら、二人で美術館に行ったり、観劇をしたり、食事をしたりと、私としては楽しい異国でのデートを重ねていました。彼女は時々自分の友達の話もしてくれました。そして、いよいよ二ヶ月の研修期間が終わって、私は他の町の支店に配属されることになりましたが、彼女は引き続き同じ街にある大学に進学する予定でした。私はその前に最後のデートで自分の気持ちを告白するつもりでした。そして、何度か小旅行に誘ったのですが、彼女は何かと理由をつけて断り続けました。どうやら旅行というのに抵抗があったのだろうと思い、街を去る前日やっとお昼に会う約束を取り付けました。もちろん、最後の機会とは思っていませんでした。いよいよ当日、連絡した場所と時間に行っても彼女はなかなか姿を現しません。待ちくたびれて何度もメールで問い合わせましたが、なぜか彼女からの返信はありません。私は心配になってきました。そんなことはこれまで一度もなかったことなのです。来る途中に事故に遭ったのかもしれないし、事件に巻き込まれたのかもしれません。心配でもメール以外に彼女と連絡をとる方法がありません。住んでいる街区は知っているけれども、詳しい住所も知らないし、行ったこともありません。彼女の友人のことも知りません。学校に個人情報を問い合わせることもできません。私は不安になるばかりで全く打つ手がありませんでした。途方に暮れて待ち合わせ場所近くをあちこち探し回ったのですが、そのうちふと思い当たったことがありました。彼女が私のアパートに来るのを断ったこと、旅行を避けたこと、よく『私の友人』の話をしたこと。つまり、『私の友人』は男性形で恋人を表す意味があるのことを。そして、きっとその決まった相手に私と会うことを引き止められたのにちがいない、ということでした。私はまたしても自分のうかつさに呆れてしまいました。私は彼女にとって『一人の友人』にすぎないことを彼女は何度も伝えていたのです。事故や事件よりも、そう解釈するほうが気持ちの整理は楽でした。しかし、実際その消息不明の真相がどうであったのか、何度か新聞記事でそれらしい事故がないか探したこともありましたが、今に至るまで全く手がかりはありません。ひょっとして枕許に現れた女性はこの事件と関係があるのでしょうか。あるいは、あの気の強さからして、雑誌売りの少女だったのかもしれません。それにしても、今となっては遥か昔の出来事です」

老人の話にはかなり信憑性があるように思えたが、時間的な整合性にはやはり怪しいものがあった。

私はそのときふと海辺で誰かが言い出した「曖昧クラブ」のことに思い至った。

「これは一つ提案なのですが、実はヒマリという僕の友人をご存じでしょう。僕たちもこの界隈で偶然知り合った間柄なんですが、最近彼女を含めた四人で何となく緩いクラブを作ろうではないかということになりまして、その名も『曖昧クラブ』といいます。もしよかったらですが、あなたもそのメンバーに加わっていただけませんか。加わるといっても、最近よく言われる『絆』とか『仲間』とかではない、本当に偶然の寄せ集めのようなクラブですから、構える必要はないです。何も縛りがないこと、気が向いたときに話を持ち寄ること、年齢も資格も問わない、その程度ならクラブなどと名づける必要もないと思いませんか。同じ職場でもなく、元同級生というわけでもなく、親戚でも近所でもないのに、その気になればいつでも話し相手になれるというのは」

予想どおり老人はにこやかに聞いていた。

「こんな老人が参加してもいいのでしょうか?」

「もちろんですよ。こちらこそよろしくお願いします。ある意味では、ちょうどいま話してくれた留学生との出会いのような、全く背景の違う者同士の偶然の出会いかもしれません」

「ええ、彼女にはもう一度会ってみたいですよ」

彼は夢見るように目を細めながら、続けた。

「優しくて、素朴で、純粋で……。今頃どうしているだろう。幸せに暮らしていたらいいが……。自分がそれを阻んでしまったのではないか、と今でも時々心が疼きます」

「その喪失感は私にもわかるような気がします。喪失感故に余計忘れられないのでしょうね」

「今ならもっと上手くやれるでしょうが、年を取り過ぎました」

「先のことを考える必要がないことは、あなたに教えてもらった気がしています。その意味でも、あなたはクラブにはなくてはならない人ですよ。いや、むしろ先駆者かもしれない」

老人は苦笑いした。

「とにかく何も変わりませんから、よろしくお願いします。私はそろそろ仕事に行かねばなりません。では、また」

「では」

私はいつもの喫茶店を後にした。それまでの頭痛が消えたことにしばらく気づいていなかった。老人は何を託したのだろうか。少なくとも私の目の前に漂っていたぼんやりとした霧が晴れたような気がする。彼は自分が越えることのできなかった壁を私に語ることで、無意識のうちにバトンを渡していたのかもしれない。夢の中で何度も亡霊のように出現する他者の存在。届かなかった愛。それは誰の心の中にも少なからず沈殿している。そして、他者に対する無意識の敵意。吐き出せる場があればそれは吐き出される。私はそんな敵意の間を縫うように仕事に向かう。家に帰って鞄を持ってから扉を閉め、エレベーターに乗って地上に降り立つ。何度も繰り返される儀式。できるだけ変化を要しない出勤。バスの排気ガス。老人に託されたことなど忘れたように空いた席にそそくさと腰を下ろす。

「これはきっと病気のせいだ。頭の痛いのも、乗客に敵意を感じるのも、身体が疲れやすいのも」

誰かがそんなことをしゃべっている。それは特定の人に話しているふうではない。いや、それは自分が思ったことをふと口に出しただけではないのか。私は周囲を見渡した。乗客はみんな同じように前を向いてじっと黙っている。その言葉は彼らに聞こえたのだろうか。彼らの顔から読み取れる信号はない。つまり、私だけに聞こえた幻聴なのか。それとも、その無表情な仮面の中に紛れてしまうほど無表情に発せられた言葉なのか。確かにいつの間にか頭痛は戻ってきたし、身体の中にずっしりと重いものが残った。それは、苦い経験か、それとも目の前の現実か。記憶はどこからでも戻ってくるし、経験はすぐそこに蓄えてある。それに気づいていないものだけが、不可逆的という言葉を使うのだ。いや、気づいているからこそ、何かの理由でそれをなかったことにしたくて、不可逆的という言葉を使うのかもしれない。きれいな記憶だけで生きられる人などいないのに。消せば消すほど経験は見えないところに蓄積する。教科書から消された歴史がいずれあちこちで噴き出してくるように。

「バスに乗っているのか、それともわけのわからない敵意の中にいるのか」

また幻聴のように誰かが耳のそばでしゃべっている。今度は振り返りもしない。続いて小鳥の鳴き声のようなピイピイという音が頭の上あたりを飛んでいる。瞼の左上に何本かの鋭い閃光が走る。何かの異常が神経のあたりで起こっているかもしれないが、おそらくその症状に病名などないだろう。寝違いや肩こりのようなもの。この世で生活するための軋みのような、これまでの疲労の蓄積のような、四方八方から浴びせられる非難のような、永すぎた自由の代償のような、肩に背負った見えない荷物。幻聴は更に続く。

「何百年の秘密も一瞬で明るみに出る。隠された時間の長さに意味などはない。事実はずっと変わらないが、ただそこに何かを加えることはできる」

その声は誰に言いたいのだろうか。背後から私を非難しているのか。それとも、この乗客たちの無表情を揺さぶりたいのか。バスの中で人は誰もみんな無口で前を向いている。路面電車なら向かい合って座っているところだ。そういえば、普通電車はまだ対面シートやボックス席も多いが、新幹線も特急もたいてい乗客は前向きに座っている。飛行機もほとんどみんな前を向いている。よく考えてみれば、資本主義が求める速さに対応するために設置されたであろう前向きシートのバスは、やはり同じ資本主義の発達とともに混雑する道路上をのろのろ走るはめに陥った。軌道の消えた慢性的な渋滞道路の上を内燃機関の振動に揺られながら相当時間黙って前を向くしかない奇妙な箱。それはこの社会の縮図の一つではある。

「お前は窮屈な箱に乗って窮屈な場所で窮屈に生きていくのか」

そのとおりだ。自分はそうやって生きてきた。相変わらず狭い路地を曲がるのは億劫だ。路地を曲がると、刺すような言葉がこちらに向かって飛んでくる。箱の中の沈黙のほうがどんなに快適か。沈黙が胸を刺してくることなどないのだから。彼らもそれはわかっている。わかっていてそれに甘んじているのだ。だから、無言なのは窮屈な箱のせいではない。わかっている。わかっているが、思い切って路地の角を曲がることができない。

「お前のことを気にしている人間などいない。もしそれがいるとしたら、偶然と偶然の巡り合わせ、つまり、不運、あるいは幸運ということになる。もともと一方的なものなどありはしない」

それならば、形のない声はなぜ私などを気にしているのか。それとも、どこかで自分の声がこだまして返ってきただけだろうか、自分の影に怯える臆病な鹿のように。しかし、怯えは生きる力でもある。鹿が山で生きているのはその耳のよさと軽快な脚力のおかげだろう。灌木の茂みをぴょんぴょん跳び越えていく姿はいかにも優美で力強い。しかし、私は狭い横丁から飛び出してくるかもしれない者に身構えながら、その場で飛び跳ねることも引き返すこともできそうにない。

「誰に言い訳をしている。お前はもともとその者の正体を知っているのではないか。横丁から飛び出してくる者など、横丁のないところで育ったお前にとってなんでもないことではなかったか」

バスはようやく勤務先近くの停留所で停車した。ディーゼルの匂いと絶え間のない車体の振動からやっと解放されて外に出ると、今度は金属製の四角い箱のおびただしい往来に、身体が壁際に追い詰められたような反応をする。どこまでいっても窮屈な箱から解放されることはないのか。白っぽい歩道、灰色の建物、黒い電線、ざらざらした広告。そこに共通した言いようのない雰囲気。私は思わず吐き気を催す。考えることなくひたすら前を見つめる信号待ち。突然踵を返して何もかも放り出し、どこか見知らぬ場所へ旅に出て、もう一度あの人と話してみたいという衝動。あの人とは誰のことだ。がらんとした青空のような恐ろしい孤独。あの人としかいまは呼べない人。確かに逢ったのにもう逢いたいとは言えない人。突然目の前から消えたその人。そこに何かがあるわけでもないのに、とにかくこの場から逃走するならそこしかないというはかない気持ち。

17

「私たち、どうして別れたのかしら？」

「僕に自信がなかったせいだと思う」

「どんな自信？　私だって自信なんかなかったわ」

「でなければ、出会ったタイミングが悪かったのかもしれない。僕は自分のことで精一杯だったから。今から考えてみると、あの頃僕は一種の鬱状態に陥っていたのだと思う。そして、君がそれを癒してくれていたことも、今なら十分理解できるつもりだ」

「なんとなくそれは感じていたわ。あなた、そんなに笑わなかったものね」

「申し訳なかった」

「そんな言い方しないで、それは私の意思だったのだから」

「僕にとってはかけがえのない経験だった」

「お互いにね」

「今でも何度も思い出すよ」

「私はそれほどじゃないかも」

屈託のない笑顔。再会まではかなりの間が空いている。その間はもちろん人によって差があるに違いないが。

「でも、タイミングというけれど、先に声をかけてきたのはあなたのほうよ、夜の自動車教習所だったわね。あなたは私の講習が終わるのを休憩室で待っていた。あのときはよく煙草を吸う人だと思ったわ」

そうだ、私は始めたばかりの慣れない仕事の憂さを少しでも紛らわせればと、北の山沿いにある自動車学校に原付バイクで通うことにしたのだった。夕暮れ、深泥池を迂回するようにバイクを飛ばして、峠のすぐ向こう側にある教習所までの急坂を上っていった。仕事のストレスが溜まっていて、毎日吹かす煙草の本数ばかり増えた。バルコニーから見下ろす教習コース。オレンジ色の照明が模型のような道路や芝生に人や標識の影を落とした。私としては、大した成果を得ることもなく敗北して故郷に帰る前にせめて運転免許だけでも手に入れたかったのだろう、神経の疲れと孤独とが身にしみた。そんな私の眼の前に一輪の白い花が咲いた。それがお前だった。お前は飾り気のない白っぽい服装をして、教習車から降り、こちらの建物に向かって歩いてきた。実は何度かそんな機会を伺っていた。それはほとんど自然というべきか、ある夜私はお前に話しかけた。

「こんばんは、ちょっと話しませんか」

「え?」

お前は驚いてこちらを見た。何度か練習場ですれ違ったことはあったが、そんなに近くで話したこともまた見つめ合ったこともない。けれども、お互いに驚き続けるほどの年齢ではなかったし、相手を観察することにも慣れた頃である。また、地方から出てきた時期が近かったのだろうか、訛りの抜けきらないしゃべり方もお互いさまで、それが好ましかった。小さなテーブルの向かい側でお前は少し緊張して静かで優しい笑みを浮かべていた。

「卒業前に免許を取っておきたかったの。働き始めると、なかなか教習に通えないだろうと思って」

「僕は仕事帰りだから、教習中も眠くてなかなか仮免に受からない。言い訳だけれど」

「私の教習のほうは今のところ順調よ。でも、就職のほうはまだ決まっていなくて、どこか社会科の講師の口を探しているの。最近は教師の仕事も大変そうね」

「うん、向いていなければ大変だろうね。でも、これだけはやってみなければわからないよ」

お前は四国の出身で、私より二歳若く、その春京都の大学を卒業したばかりだった。京都市に残りながら、就職口を探していた。もちろん新卒の方が就職には有利だったが、必ずしも社会はそればかりを要求しているわけではなかった。私はその頃一年余り勤めただけですでに転職を考えていた。その意味で身分が曖昧なのも二人の共通点だった。結果はどうであれ、お前と私は出会うべくして出会ったのかもしれない。それは結果でも過程でもない一つの出会いだった。人はもともと結果を求めて出会うのではない。偶然は必然とも解釈される、出会いとは畢竟解釈の問題なのだろう。そして、解釈というものは後から変わることもある。ひょっとしたら、そうした解釈を繰り返し続けることが生活というものかもしれない。緊張した面持ちでこちらの意図を探るように彼女は話し始める。教習所の建物を取り巻く木々の緑が明るい照明に鮮やかに映えている。そんな木陰の一つにお前の白い顔がほんのりと浮かび上がっている。それからどんなことをしゃべったのかほとんど覚えていない。ただ、突然声をかけてきた私を少し警戒しているお前の真面目そうな固い表情を思い出す。確か、免許を取得したのはお前の方が先だった。

「あなたの話はまるで取り留めないのね」

お互いに社会への入り口で焦りながらも漠然と逡巡していた。つき合い始めたばかりで、具体的な共通の人生設計もまだ持ってはいなかった。そして、前に進むことも後戻りすることも選べなかった。私はそんな中間地帯をうろうろしていたのかもしれない。否応無しに搦め捕っていく将来という時間の触手から逃れたかったのだろうと思う。搦め捕られることなしに食べていけるならそのほうがよかったが、それは単に自分だけの問題ではなく、家族やその他の人間関係の問題でもあったから、なかなか簡単には結論が出ない。

「自分のこだわりがあるから、職業生活には馴染めないのだと思う」

「でも、生活するためには何かの職業に就かなくちゃね」

「そう単純ではないよ。職業は生活の手段でしかないのに、目的であるかのように振舞わなくてはならないんだよ。そして、いつしか振る舞いでさえなくなってしまうけれども、逆に振る舞いでなければうまくいかなくなる。つまり、職業生活とはそういう矛盾の塊なんだ」

二年先輩であることでどこか悟ったようなことを言って、少し謎も残しておく。相手をうんざりさせない程度にだ。

「それだけひねくれていると、なかなか立派なものね」

「平気で僕とつき合っている君も相当なものだ」

「それで、褒めているつもりなの？」

「僕には人を褒めるだけの余裕がない」

「知っているわ。私も似たようなものだから」

「君にはすごく感謝している。それは本当だよ。でも、僕は自分のことも他人のことも褒めることはできない」

お前はそれ以上追求することもなく、自分のアルバイト先の人のことを面白おかしく話してみせる。そこまで人を観察していることにも、私は感心する。お前は無意識に揺さぶりをかけてこちらの反応を見ているのかもしれないが、私は半歩も前に踏み出せない。どこかに出かけようということもない。ただこんなふうにときどき会って話していたいだけだった。二人は北山通り沿いの白い壁のある喫茶店でよく話をした。

「あなたはたぶん自分一人の党派みたいなものを作りたいのね。既成の党派には満足できなくて」

どこからそんな話になったのかわからないが、お前は私の話にしばらく耳を傾けてから、呆れたようにそう言った。お前はすでに自分の属すべき党派の一つくらいは見つけているのかもしれない。たいていは観葉植物に囲まれたテラス席だった。教習所以外でも会うようになり、その頃には互いの経歴や考え方まで交流するようになっていた。私は、何をやってもうまくいかない現実とその原因、またそれを克服する方法をいつも考えていた。お前は嫌な顔一つせず結論のないそんな私の話を聞いてくれた。

「そういうことになるかもしれない。でも、容易には広がらない党派だけれどね」

「それもいいんじゃないの。どこまで広がるのか興味がないわけじゃない。長いものに巻かれるよりはずっといいと思う」

「そのために後退しっ放しだけどね」

「あなたは簡単には諦めない人ね、きっと」

「君のほうも簡単には人に流されない感じだ」

「期待はずれだった？」

「そんなことない。期待どおりだよ。むしろ僕よりずっと強いのかもしれない」

「それ、どう考えても褒め言葉じゃないね」

お前は化粧っ気のないきめ細かい肌と、知の勝った少年のような体つきをしていた。その感じはまだ当分続きそうな感じがした。私たちは勤め先に共通の知人がいることに驚いたり、勤め始めた職場での悩みを共有したりすることもあった。この先私たちが交際していくことに取り立てて障害があるようには思えなかった。間近に顔を見合わせて話していても、好感度が下がることも苦痛になることもなかった。それは相手もそうにちがいないと確信できるものもあった。けれども、私たちはそれ以上の関係にはなかなか進展しなかった。どちらかというと、二人きりで会うことがほとんどである友人同士のような関係だった。ある日購入したばかりの中古車でドライブすることになった。私はその頃もう転職のことは考えないようになっていた。

「僕にはまだまだ片付けなければならないことがあって、それは未来にも過去にもなくて、いつも胸に突きつけられていて、心は宙ぶらりん状態にあるんだ。構わないなら、もう少し待ってほしい」

「前からわかっているわ。納得するまで続けて、その宙ぶらりん」

「ありがとう。僕はずいぶん身勝手だ」

「どういたしまして。私も十分あなたに感化されているから」

お前もまたそれ以上踏み込もうとはしない。地方育ちのせいか、私と同じように幾分保守的で慎重なところがあったのだろう。都会での学生時代、周りの友人たちが簡単に態度を変えていくことに私は戸惑っていた。むしろ気後れがして、変わりたくても変われなかったというのが本当だったのかもしれない。現在ならそれが自分の庶民感覚というものだったと肯定的に見ることができる。いずれにせよ、私は都会の生活に柔軟に対応できたわけではなかった。そんな戸惑いの中、お前の慎重で落ち着いた態度は私の心を癒してくれた。

「僕はどうも要領良く振る舞うことができないようだ、ちょっとしたことでも考え込んだり黙り込んでしまったりで。それで何を考えているのかわからないって、よく言われていた」

「あなたがそうするように努力していたんじゃないの。きっといい意味で頑固だったのよ。それだから、たとえ孤立しても自分を変えることをしなかったのじゃないかしら。私の場合はそんなに環境が変わったわけではなかったけれど、それでも戸惑いの四年間だったもの」

「でも、すっかりこの街に馴染んでいるよ」

「そうかしら」

思慮深そうなお前の横顔をちらっと目に刻んで、やがて私たちは琵琶湖を望む白い別荘風のレストランに着いた。開放的な窓からは白い砂浜とまばらな緑の松林、その向こうに静かな青い湖面が見える。絵に描いたような恋人同士だったのか、それともぎこちない不協和音だったのか、自分たちにはそれはわからなかった。距離は縮まらず、会話は堂々巡りしていたのかもしれない。それでもお前は気長に付き合ってくれた。それ以上の関係はもう望めないほど自分にはありがたかったのだが、私はたえず後ずさりできる余地を背後に残していたように思う。それはどうしてなのか。

「君は二つ年下なのにいつも僕を見下ろしているような感じがする。でも、それは嫌な感じではない」

「私に弟がいるからじゃないかしら。困っている弟を見守っている姉の気分ってところ、気を悪くしないでね」

お前は少し開放的な気分になったのか、珍しくそんな冗談を言う。地方都市の高校生活。冷たい朝の空気を切って自転車で登校するお前は、近所の人たちと元気に挨拶を交わす。サークル活動か何かで遅くなった帰り道、友達と立ち寄った店でジュースを飲んだり、神社の石段に腰を下ろして道草したりすることもあるのだろうか。憧れの人があったり、お前に憧れる人もあったりするのだろう、考えてみればそれはついこの間のことなのだ。けれども、私が口にしたのは全く別のことだった。

「もしも僕らが結婚して、突然仕事を辞めると言ったら、君は耐えられる?」

「相変わらず唐突ね。それは先ず結婚してみなければわからないわね」

「でも、結婚前にそれは考えなければならないことだよ。何かを決意することは何かを想定することでもあるんだ。だから、想定できなければ、どんな決意もできない」

「それは体のいい言い訳ということね。いいわよ、想定できるようになるまでしばらくつき合いましょう。そして、想定できないことがわかったら、その時点で私たち別れましょう」

「ありがとう。ずるいやつだよね、僕は」

「相手のことが考えられるってことでしょう」

「ときどき何も考えずに突っ走れたらと思うことがあるよ。昔から優柔不断で臆病なんだ、僕は。でも、浮気者というわけではない」

「もう知っているわ。けれども、そこまで待てないかもしれない。突然誰か別の人と結婚するかもしれない」

「それはそれでしかたがないよ」

お前は違う答えを待っていたのかもしれない。しかし、それ以上のことは言えない自分がいた。はっきりしているのは、お前と私の求めているものがずれているということ、そして、そのずれがぴったり重なり合うことなどあり得ないことに気づいていなかったということである。それでも、自分は運命に導かれる一本の道のようなものを探し出そうとしていた、運命などただの結果に過ぎないことも知らないまま。自分の立てた問いに当てはまる答えを見つけようとしていたのである。そういう未熟な態度は勘のいい相手にはすぐ感づかれるものである。

「あなたの誠実さを疑ったことはないわ。でも、どこか自分自身に対して嘘をついているようなところがない？」

どきっとしたが、そんな自覚はなかった。

「そうかもしれないが、とにかく今は余裕がない。残念ながら」

「それは一時的なことだと思う。だから、なんとかなるものよ」

「なかなかそう思えないのが、余裕のない証拠なんだろうね」

「出口のない穴に入り込んでしまわないように、何か別の趣味とか見つける方がいいわよ。その意味では、新しい党ができるのを楽しみにしているわ」

「ありがとう。よかったら君も入党してください」

「一人党派じゃなかったの。ふふ、もう少し様子を見てからね」

お前は満更でもないように笑顔で返す。私は間違いなく何かに包まれ、そして満たされていた。青い湖も白い砂も確かにいつもとは違う色をしている。

そして、その色はそれ以後も変わらないような気がしていた。

二人で奈良までドライブに行ったことがある。中古の愛車はエンジンに不安があった。ときどきしゃくるような振動がある。小型の新車にした方がよかったのかもしれないが、見栄がスポーツタイプの車体の低い車を選ばせた。車体がしゃくるたびに後悔がつまらない見栄を責め立てる。お前は知らんぷりをしている。小市民、そんな言葉が浮かんでくる。自分はそのなりたくはない小市民にすらなれそうにない。

「奈良でデートしたカップルは別れるらしいわよ」

「そんなジンクスがあるの？」

「さようナラ、だからよ」

そんなことは考えずに選んだ場所ではあったが、お前はそのときまでそんなジンクスのことは言わなかった。

「ただのダジャレだろう」

「ええ、そうね」

お前は別れへの伏線を予感していたのだろうか、それとも、優柔不断な私を揺さぶっていたのか。どちらにしても、意図的というよりは一つの思いつきにちがいない。青空にじっと浮かんでいる夏の雲。坂道を下ると奈良公園の中心部へと入っていく。大伽藍と青い芝生。のんびりした鹿たち。私たちは緩やかな坂道を並んで歩く。ときどき出会った人が振り返っていく。人生に幸せというものがあるとしたら、それは間違いなく幸せに違いなかった。それが続くことを願っても、そこからもう一歩踏み出すことを阻んでいるものがある。私には、これまであと一歩のところで理由をつけて「幸せ」から退却しているようなところがある。

興福寺の阿修羅像を見ることがその日の目的の一つだった。暗い展示館の中に八部衆と呼ばれる木造彫刻が並んで展示されており、阿修羅はその一つである。拝観者はやはり多かった。阿修羅像の細い木の腕にはなんとたくさんの人の思いや願いが詰まっていることだろう。その形、色、角度、質感、どれをとってもそうでしかありえないものとして目の前の空間に立っていた。そして、正面を向いた顔の何ともいえない表情。あらゆる感情を通り抜けてたどり着いた一つの境地のようにも見える。

「何だか悲しそうね」

そこに自分の姿を見ているのか、お前が言った。

「見る人によって見え方がさまざまなんだね」

「あなたにはどう見えるの？」

「何時間でもじっと見つめていたい顔だね。残念ながら、ここは順番だから五分と見ていられないが、今日は、そうだなあ、落ち着いているように見える」

「それはきっとあなたの気持ちの反映なのね」

「うん、確かにあんな境地に立ってみたいものだけれど……」

「人間のものじゃない、って言いたいのかしら？」

お前は社会学の専攻で、どこか空想的な私などよりはずっと現実的だった。

「たまに見に来る、それでいいんじゃないかな。それがこの世に存在しているというだけで、作品の価値は十分ある。この世に存在したことがあり、それを観賞した人がいた、ということが価値なんだから。

目にするものだけが現実というわけではなくて、歴史や記憶、想像力、それらもまた現実なんだろう」

「それはそうね」

「仏像に出会うことは、そんなことを感じる機会でもある」

「現実は奥が深いのね」

偏屈な自分が受け容れられているような気がした。青空に白い雲は動かず、池の表面には名も知らぬ小さな生き物によって波紋が描かれていた。お前はその日珍しく短かめのスカートとスニーカーという出で立ちで、私より先に立って池の畔を散策している。古い池の周りには自然石と動物をかたどった石像とが規則正しく並んでいた。お前はその石像に語りかけでもするように立ち止まっては顔を近づけ、何かを確認したのかまた歩き出す。私はぼんやりとした既視感に襲われる。そのままゆっくりとその奇妙な感覚の中に溺れていた。

「この道確かみんなで歩いたの。あれは中学校の修学旅行だったわ」

確かに私もかつてみんなと歩いたことがある。お前もそこにいたのかもしれない。いや、お前に似た誰か。あの山の向こうから、記憶は幾重にも積み重なって再びここに巡ってくる。

「その頃と少しも変わっていないのだろう。奈良が都市化しなかったのはよかった」

景観が変わらなければ記憶もまた継続して拡がっていくに違いない。失われたものの記憶はいずれ薄れていく。けれども、場所が変わらなければ記憶の中のお前はやはりこのときのままのお前である。だから、景観まで記憶の中でしか見られなくなるのはいかにも寂しい。想像力で補うにはやはり限界があるのだから。事実が痕跡を持っている限り、その日その場所で確かに私たちがいたということは紛れもないことであり、そこで感じたこともまた間違いなく感じられたのであり、その感じたことはどちらに転ぶ可能性もあったのであり、そのまま接近して抱き合うこともありそうなことであり、また何事もなく別れることもあり得たのである。無数の可能性に背を向けて、選択された一つの可能性に縋るのが人生なのか。それとも、その可能性の一部を誰かと共有し続けることが人生なのか。私には人生というものは後者に近いように思える。人は、楽しいことも苦しいことも何度も蒸し返しながら、あるいはそれらに蒸し返されながら生きている。

「私にもっと経済力があったらね……」

お前はふとそんなことを言った。どんな会話の流れがあったのかもう思い出せないが、ぽつりとこぼれ出た本音だったのだろう。同情なのか好意なのか、ただそこで私は少なくともお前を抱き締めるという選択肢を遠ざけた。その場の情景を惜しむように、私は何度もお前の透き通った横顔と軽やかな動きを目に焼きつけようとする。

「また会えるかなあ」

「ええ、……」

お前の返事が曖昧なのは、もっと確信のある言葉を待っていたせいだろう。けれども、それ以上は押すことのできない自分がいる。自立した一個の人間であるという確信が持てなかった。

「君を安心させるだけの力があったらと思うよ」

「そんな力のある人っているのかしら」

「今は無理でもいつかは安心させられると思う」

「なかなか難しいのね、安心できない者同士が一緒になるから安心できるのじゃなくて？」

「おそらく僕らは依存関係が逆になる」

「逆でもいいんじゃなくて」

「それは言葉ほど簡単じゃない」

「言い訳に聞こえるわ。いいわ、これ以上聞かないわ。待ってくれと言っているんだからね」

それは待てないと言っているようなものだったが、このときの私はその気持ちを推し量れてはいなかった。

「実はね、この間ある人に交際を申し込まれたのよ。天秤に掛けるというわけじゃないけれど、私にも選択の余地があるということよ」

「そうなんだ。いい人？」

「普通の人だけど、いい人よ」

「普通の人か……、僕には褒め言葉に聞こえる」

普通のことのできない自分がこれほど惨めに思えたことはなかった。その「普通」に代わるものがはたして自分にあるのだろうか。

「普通が嫌なんでしょう、普通なら悩むこともないでしょうから」

「けれども、いまの僕にはまず普通であることが必要なんだ。足下に『普通』がない僕は何者でもないような気がする」

「やっぱり言い訳に聞こえるけれど、私も突然他の人と結婚するかもしれないわよ。それはいまのうちに言っておくわね」

「しかたがないよ。僕にはそれを止める権利なんてないから」

「もうやめましょう、こんな話は。せっかくのデートなんだから、もっと楽しいこと話さない？」

お前はそう言って青くて広い空を眺めた。そのとき一本の飛行機雲が西に向かって真っ直ぐ白い線を描いていた。


それからも微妙な関係はしばらく続いていたが、一つの転機が訪れた。互いの仕事が忙しくなり、時々電話をしたり手紙も交わすことはあっても、直接会うことはほとんどなくなっていた頃のことである。


仕事がうまくいかなくて落ち込んでいた夜、何日かぶりでお前に電話をかけた。しかしそのときの気持ちをうまく伝えることはできなかった。

「まだ切らないでくれ。もう少し話していたい」

「どうしたの？」

「今夜の僕はどうかしている、なぜかわからないが」

「何かあったのね。いいわ、電話代はそちら持ちだから」

「ごめん、少しだけこうしていたい」

「いいわよ」

「頭がもやもやして、どうしたらいいかわからない。こうしていると少しは落ち着ける気がするけれど……」

「今からこっちに来たら」

「いいの？」

「ええ」

私は信号の点滅する夜道を中古車で走り抜け、都会という大海に浮かぶ小さな孤島のようなお前の部屋にたどり着く。それから、深夜までいろんな話をして、互いの距離は急速に縮んでいくように見えた。

「これまで近づくのが怖かったのかもしれない」

「噛みついて放さないとでも思った？」

「いや、優しすぎて何だか怖かった」

「いつも冷めていていて色気がないってよく言われるよ」

「僕は卑怯だよ。いつでも君の出方を待っている」

「それもそうね、焦れったかった。でも、今夜ここまで来たのはあなたの意志よ」

いつにもましてお前は親しげで、もたれたベッドの縁でときどき二人の肩が触れ合う。それが指になり唇になる。しばしの沈黙。

「君の待っているものは何？」

「さあ、どうかしら。待つことはないのかもしれない」

「つまり、自分から行動するということ？」

「待っていても何もやってこないでしょ。そう思わない？」

「待つだけ待って、そこに残ったものだけで生きていきたいと思う」

「残るのはどんなものかしら」

「たいていのものは通り過ぎて、確実なものはそこに留まる。そんな気がしている」

「私は確実なものかしら」

「もちろん」

私はお前の手を強く握る。

「でも、あなたの考えでは通り過ぎていくものでもあるのね」

「そんなことはない」

「そんなことなくても、私にも意志はあるし、その意志の自由もある」

「そんなことは当然わかっている」

「どうやら間違っていたわ」

「間違い？」

「あなたを見誤っていたのよ」

お前は私の手をゆっくりと振り解いた。

行き違いだったのか、それとも決別だったのか、曖昧なまま私たちはいつしか疎遠になっていった。私は朝早くお前の部屋からこっそりと目立たぬように出ていった、それが永遠の別れだったとはどちらも知ることのないまま……。いや、お前はずっとわかっていたのかもしれない、私が自身の前にある一条の道しか見ていないことを。それでも、待っていてくれたこと。待って待って、とうとう自分の結論を伝えたこと。私はその言葉の重みに最後まで気づいてはいなかった。

戻ってくることはわかっているのに、私はなぜ日常から離れようとするのか。記憶の中に埋もれている出来事は形を変えて何度も夢に現れる。人生が旅なら、その旅がまさに終わろうとしているのか。それとも、以後の新たな旅はもう記憶や夢の中にしかないというわけなのか。いや、日常には終わりのない旅が継続している。そして、その旅に誘われるように何もかも放り出してしまいたいことがあるものだ。何度でも出かけて、やがて何度でも戻ってくる。旅とはそういうものだ、人生そのものもまた。もし戻ってこれない旅があるとすれば、また、もし旅のない生活があるとすれば、そこにはなにか無理なこと、窮屈なものがあるにちがいない。

それにしても、ある程度の年齢に達した人の夢というものにはいくつかの旅の記憶が混じり合っているのだろうか。年齢から解き放たれた夢の主は子供であったり、ある時期の成人であったりする。あるいは、すでに亡くなった人が生きていたり、別の人物が入れ替わったり重なり合ったりもする。また夢は主に学校生活で培われたであろう時間秩序（?）を容易に覆すこともできる。五十歳であるはずの私は永遠に受かりそうにない入学試験の前で相変わらず右往左往している私でもある。

人の身体は成長してやがて老いと共に衰えていく。しかし、心は経験を積んでますますその幅が拡がっていき、死と共にその経験の範囲を地上に残して、しばらく維持し続けることができる。そうは考えられないだろうか。出会った者たちの範囲、残した作品の一つ一つ、思い出の数々、むしろそれらは死を越えて広がり続けているのかもしれない。人の意識はそうした範囲を広げながらも常にあちこち往き来しているので、決して過ぎ去ってしまうことはない。ひょっとしたら私たちそれらを文化とも呼び慣らわしているのかもしれない。たとえ墓の下で眠っていようとも彼の中では物語が終わることはない、ますますそんな気がしてくる。墓の下で眠っている彼の意識といまパソコンに向かっている私自身の意識との間には別であるということ以外の区別などないように思えるのだ。

私たちは誰でも平等に「今」という自由意志の土台を与えられている。その意味で区別がないとも言えるのだ。それは未来でも過去でもない、痺れるような苦痛の、前でも後ろでも横でもない踏み出しの一歩。敢えて言えば、他者への一歩、それも双方向の一歩。自分だけの一歩にはおそらく自由も意味もないのだろう。私はこれまで長い間そんな自分だけの一歩を踏み出そうとしていたのかもしれない。私と関わりながら、関わりきれなかった人たち。人生に応用できるような方程式はもともとなかったのだ。関数もまた人格のない抽象的な自分だけの一歩にちがいない。誰だって方程式の変数の一つになんかなりたくないのだから。

人間関係のやり直しができるとすれば、相手も自分も誰かに替わる、あるいは変わることが必要だろう。彼女は古風な名前だったし、地方訛りも独特だったから、容易に誰かが入れ替われるというものではないが、だからといってあり得ないことではない。私たちは何もなかったかのように再会し、何もなかったかのようにやり直すかもしれない。また、どちらかが替わっていたり、どちらも替わっているということもありそうである。自分であることと他の誰かであることとの間に区別がないなら、どこかで似たような二人が似たように出会って、全く違った局面が開かれることもまたあるかもしれない。ともあれ、私たちの関係はどこも何も終わっていないし、まだ自由の中にある。

18

山は新緑に輝き、鳥は華やかにさえずり、小川のせせらぎは今日も透き通って川底の石は色や輪郭まで くっきりと鮮やかだ。一人の少年が田舎道を歩いている。私は遠くからそれを見ているようなのだが、自分の立っている場所ははっきりとしない。その私は一人でいることが多かったが、孤独が好きというのでもなかった。ただ、他の人と通じ合う言葉をあまり知らなかった。通じないのなら、また通じないことで傷つくのなら、一人でいたほうがよかったのである。それになぜ通じないのか考えてみるくらいなら、一人のほうがずっとよかった。ただ、みんなと一緒に並んで前を見て座るのがどう考えても嫌だった。いつもそんな光景が目に浮かんで、無性に逃げ出したくなるのである。よそ見をしたり、遠くを見たり、後ろを振り返ったりすることができないなんてあり得なかった。そんな隊列には金輪際入りたくなかった。学校も、また世の中全体がそんなふうになっているように私には思えた。その小川沿いの田舎道をどんどん登っていくと、向こうから同じように歩いてその道を下ってくる一人の少年がいた。それは山の上にある寺の息子で、普段は山の反対側の道から学校に通っている同級生だった。私の住んでいる村から学校に通う道は平地にある広い道だったので、その子とはあまりしゃべったことも遊んだこともなかったが、互いに顔だけは知っていた。

「どこへ行くの？」

そのあたりはどちらかといえば私の活動範囲だった。寺の息子はたいてい1日に一度だけ山を降りてくるということだったので、学校帰りにその近くの村で少し遊ぶことはあっても、こちら側の村で遊ぶことはまずない。小学生にしてはかなり長く険しい坂道であるはずだ。その質問に寺の息子は屈託なく答えた。

「探検しに来た。この道はあまり通らないから」

「案内してやろうか。秘密基地を見せてやってもいい」

思いもしなかった言葉がいつもは重い私の口からつい出てきた。秘密基地は谷あいの竹やぶの中にあった。自分がひとりで過ごすために木や草でこしらえた小屋のようなものであった。そこには私がせっせと運び込んだブリキ製のおもちゃや自分で作った木製の道具、家から持ち出した小刀などがあった。その場所は自分の想像力が思い切り発揮できる場所であった。他人に合わせなければならない生活の中で押し込まれていた想像力が、その小さな要塞の中で解放された。当然誰にもその場所を知られなくなかったが、寺の息子はこちらが合わせなければならないような他人ではなかった。むしろ自分の想像力の中に引き込むことができそうな存在であると予測できた。相手は単独でその村にやってきて、当然遊び相手を探しているに違いない。その場所では私が案内役なのだから他の子供たちに会う前にここで出会ったのは、幸運であった。予想どおり寺の息子は興味深そうにあれこれ質問し、その基地の子供らしい秘密に歓声を上げた。近くの小川には小さな魚も泳いでいて、山菜や山芋も収穫でき、うまくいけばそこで数日間生活することだってできた。

「家出したくなったらいつでもここに来いよ」

「ああ、そのときはよろしく。今度お菓子を持ってくるよ」

私には二人の関係が対等なものに思われた。思い通りにしようとも、機嫌をとろうとも思わないでよかった。それは意外であり、同時に自然でもあった。私たちは改めて名乗り合った。彼は一久といった。一久はその夕方また険しい山道を帰っていくのだ。私は彼に何かお土産をもたせたいと思った。けれども、寺ではどんなものが喜ばれるのか私には見当がつかなかった。自分には宝物でも、相手にとってはつまらないものかもしれない。竹で作った鉄砲で草の実を飛ばすところを見せたら、相手は大変驚いた様子だったので、私はその鉄砲を彼に差し出しながら言った。

「いつでも作れるから、それは君にあげるよ」

一久は嬉しそうに自分でもやってみた。スポンと青い実は勢いよく筒から飛び出していった。

「この実ならここに来る途中で何度も見かけたよ」

「うん、今度お寺に遊びに行ってもいいかい」

一久は少し微笑んですぐに承諾した。寺は遊ぶところではないと思ったのかもしれない。その寺の檀家は山の向こう側の村が中心で、私の住んでいる村には別の住職が兼務する寺があるので、私はまだその山寺まで行ったことがない。なんでも立派な寺であることは噂で聞いていた。きらきらした仏様や広いお堂があるのかもしれない。書庫には難しい本もいっぱいあるのかもしれない。それからは学校に行くのが楽しくなった。休み時間に二人でしゃべったり、帰りにその寺に立ち寄って裏山を越えて秘密基地のほうに下りてくることだってできる。「道草をしないこと」という通学上の決まりを思い出したが、こんな大きな道草はどんなやんちゃな子供でもできないはずだと、私は想像の中で得意になった。

次の日、学校に行くとなぜか周囲の景色が変わっていた。いつものようなうすら寒い冬の孤独感がなく、桜舞う暖かい春の空気に包まれたような感じである。隣の教室には自分のことを覚えていて、秘密を共有する友人がいる。その友人は廊下の隅から私のほうをちらっと見てにっこり微笑んだ。入学以来初めて自分の味方ができたような気がした。私は次の休み時間が待ち遠しくてならなかった。いつもは長すぎる休み時間がその日はあっという間に過ぎていく気がした。話したいことはいっぱいあったのに、その十分の一も話すことができなかった。けれども、チャイムに中断されるまで誰かと廊下で話すなんてことはおそらく初めてだった。そして放課後。あいにくにわか雨が降っていた。それでも二人は傘をさしながら山寺に向かって歩き始めた。いつもの広い道からすぐに左へ曲がって、田んぼの中の軽トラックが辛うじて通れるくらいの道を並んで歩いた。道の両側には田植えが終わって伸び始めた稲の緑が一面に広がっていた。檀家のある集落をぬけると、雨で水かさの増した川に沿いながら山寺に続く道を登っていく。別に車の通れる広い舗装道路もできていたが、遠回りになるので彼が毎日利用している昔からの急な参道のほうをたどっていく。下のほうは石段、しばらく登ると細い丸木を杭で横に据えつけた緩やかな階段になる。参道の両側には背の高い杉の木が並んで立っていて、あたりは鬱蒼としている。そのせいか私たちの肩にはほとんど雨が落ちてこない。いつの間にか雨はどこかに消え去り、細い光が森の隙間から射し込んできた。下草に落ちた雫があちこちで光った。

「毎日この道を歩いてくるの?」

「うん」

「怖くない?」

「誰もいないから怖くない」

「誰もいないから?」

「うん、恐い人はいないから。でも、暗くなったら広い道を歩くほうがいい」

「暗くて見えなくなるから?」

「まあね」

　二人はそれからいろんなことを話しながら並んで歩いていく。寺のこと、家族のこと、宝物のこと、漫画のこと等々。一久はもともと都会で生まれ育った。山寺の住職が亡くなって廃寺の危機に陥り、急遽彼の父親がその後を継ぐことになって、家族ぐるみでその寺に引っ越してきたのであった。彼には高校生の兄がいて、朝は一緒に山を降りてくるが、帰りは一人で帰ることが多かった。私が山道を通って帰るのなら、二人は毎日一緒に下校することができた。その日は私にとって初めてのことが続いた。大胆な道草、寺のお菓子、巨大な瓦屋根、光って滑りそうな板間、対等な会話、草の生い茂った細い山道。理科と社会と国語と体育を肌で学習できそうな道草だった。山寺から家までの帰り道、中腹で見送りの一久と別れると、私は独り飛ぶように一気に坂を駆け下りた。熊だって僕に追いつけない。背中のランドセルが何度も浮き上がってはまた落ちてきた。二、三歩手前から足を着く場所を瞬時に見通すのが気持ちよかった。そして、人里が近づいた頃にようやく何食わぬ顔で歩き始める。そんな一日が繰り返されることがこれで約束されたような気がした。

　私は自宅の庭から田んぼの向こうにある山並みを見つめた。その山の裏側には自分と友人だけが通ることのできる道がある。近所の小学生たちが塾や習い事に行っている間、私はいつものように家を出てその山の麓あたりで一人遊びをしている。それがいずれ二人になることを知っている者のいないことが、彼は得意だった。しかし、母親にはそれとなく暗示しておいたから、感づいているかもしれない。それはそれで一つの安心材料だった。

　そんなある日、二人は秘密基地を出て谷の奥のほうへ探検にでかけた。道らしいものはあったが、そこには足下の悪い湿地帯が続いた。表面は杉の落ち葉に覆われ、誤ってぬかるみに入るとズック靴の上から水がしみこんできた。私たちは互いに後戻りしようとは言いにくくて、わざと冗談を言い合いながら道のない柔らかい地面をなんとか迂回しながら先へ先へと進んだ。あたりは大きな樹々に囲まれて昼なのに夕方のように薄暗くなっている。もう後戻りするしかないと思われたちょうどその頃、一軒の壊れかけた小屋が見えてきた。それこそ自分たちの目指してきたものであると思えて、私たちは急いで小屋の前まで来た。そこだけが周囲から少し高くなっていて、入り口のあたりの地面は乾いていた。なんとなく人が住んでいる気配がした。二人は顔を見合わせてゆっくりと入り口のドアを開けてみた。中はほんのりと明るかった。山で仕事をする人の休憩小屋なのだろうか、つい最近まで人が暮らしていたような痕跡がある。土間の真ん中には囲炉裏のようなものがあり、黒く焦げた鍋がまだ置かれていたし、その下には白い灰と薪の一部が残っていたのだ。一段高くなった板張りの床の上には二人くらいなら横になれる空間があった。暖をとるためだろうか、床や壁の一部には筵のようなものが張られていた。

「もう帰ったほうがいいんじゃないか」

「いや、もう少し調べてみよう」

「勝手に入ったら怒られるよ」

「うん、わかってる。もう少しだけ」

私はそう言って狭い部屋の奥のほうに足を踏み入れた。すると、どこかから冷たい風が吹いてきた。壁にかかっていた筵が少し揺れて空気が漏れていたのである。私はゆっくりその筵をあげてみた。驚いたことに、そこには人ひとり通れるくらいの暗い穴が山肌にぽっかりと口を開けていて、そこから冷たく緩い風が顔に吹きつけてきた。二人は顔を見合わせた。

「洞窟の入り口だ」

「だいぶ深そうだ」

「入ってみようか？」

「……」

沈黙を同意と感じたのか、私は先に洞窟の中に用心深く入り込んだ。洞窟は小学生にとっては十分な高さがあった。

「どこかに出口があるんだ、きっと」

「鍾乳洞かなあ、誰かがその入口を発見したとか」

「ひょっとしたら鉱山の跡かもしれない。この辺りではマンガンが掘られていたらしいよ。近くの選鉱場には大きな機械が回っていて、余分な石の集積場からは水晶や珍しい石がいっぱい出てきた」

「奥の方で働いている人がいるのかもしれないね」

二人は暗い穴の中を一歩ずつ進んでいった。かすかな空気の流れが頼りだった。二、三十メートル進んだろうか、前方にぼんやりとだが光が見えてきて、岩を叩くような金属音も響いてきた。私たちはしっかり手をつなぎ合ってさらに先へと進んだ。すると、突然がらんとした広い場所に躍り出た。そこには明かりが灯されていて、平らな地面も丸い天井も水分で光る壁もだんだんくっきりと見えてきた。

「おいおい、またお前たちか。子供が来るところじゃないと言ったろう」

よく通る大きな声が反響した。けれども、その声がどこからするのかわからない。

「僕たちは初めて来ました。たまたまここの入口を発見したんです」

「発見だって？　ちょっと待っていろ」

岩陰から一人の無精髭を生やした大人が面倒くさそうに出てきた。彼はハンマーを手にして何やら岩を削る作業をしていたようだ。どうやらさっきの音はこの男が立てていたものらしい。

「坊主たち、ここにきたからには簡単には出られないぞ。ここは時間を動かしているところだからな。地下にはな、時間の軸というやつがあってそれがうまく回転できるように岩を削らなくちゃならん。長い時間をかけて岩が軸にまとわりついて身動きできなくなるんだな。今日お前たちがここにやってきたのも、軸が錆びついて回りにくくなったからだ。お前たちに作業を中断されたおかげで、また最初からやり直さなくちゃならん。この代償は高くつくぜ、坊ちゃんたち」

突然のことで少年たちには何が何だかわからなかったが、盗掘か何かの悪事を子供に見られて、適当な理由をつけてごまかしているのかもしれないし、ひょっとしたら本当に秘密の任務でも遂行しているのかもしれない。いずれにせよ、こんなところで一人頑張っているのには相当な理由があるに違いないと二人は顔を見合わせた。

「坊っちゃんたち、俺を疑ってるのか。まあいい、ちょっと待ってろ、今からいいものを見せてやる」

そう言って男は元いた場所に戻って何やらゴソゴソしていた。少し経ってから男は大きな歯車のようなものを手にして戻ってきた。

「どうだ、これを見てみろ。石で造られた歯車だ。これが何重にも重なって時間が造られる。地下には無数の歯車があってそれが時計の元になっているんだ。でも、ときどき不具合が生じて止まったり反対に回ったりすることもある。それを修正できるのはほんの一部の技術者だけだ。つまり、ちゃんと前に進むように調整できる人はほんの数人しかいないんだ。何しろ自然の摂理というものは普通の人では把握できないからな」

男は自慢げに話して、その歯車を慎重に私に手渡した。直径三十センチくらいの石の塊は両手にずっしりとした重みをかけた。私は半信半疑でその重みに耐えた。そして、それを一久にも渡そうとした。相手はゆっくりと腰を落としてそれを受け取ったが、すぐに期待はずれだったようにその石の彫刻品を男に返した。一久は男の話を端から信じていない様子だった。

「仏様はきっと信じないと思うよ。それって、ただの言い訳でしょ」

正直すぎる、と私は思ったが、男の反応には興味があった。

「坊主、仏様っていうのはもともと無理なことばかり言うもんだ。言い訳のほうがずっとわかりやすいってもんだ」

「やっぱり言い訳なんですか？」

つい口が滑ったのか、一久はそう聞き返した。男は一瞬困ったような顔をしたが、また自慢げに言う。

「それはつまり、自然科学のほうがわかりやすいってことだ。日時計、砂時計、水時計、振り子時計、電波時計。時計が回るのはみんな自然科学の法則を利用しているんだからな。自然は正直に答えてくれるってことが言いたいんだよ。わかるか、坊っちゃんたち」

「わからないよ。だって普通の人には把握できないんでしょ」

　寺の次男坊は食い下がった。男は少し困ったような顔をして、言葉を探していた。

「水が高いほうから低いほうに流れるように、時間は過去から未来へと流れているんだ。川と同じように後戻りすることはできないだろう。引力の法則ってやつだ。滝の水はやっぱり上から下へと滑り落ちていく。ただ、その流れが急になったり緩やかになったりするのは仕方のないことだ。けれども、結局は低いほうに流れて海に注ぐ。そこに一定の秩序を与えるのが我々の役目だ。前を向くエネルギー、僅かだがそこには人間の力が必要なんだ。人間というやつはどうもよそ見をしたがるからな、ちょうどお前たちのように」

　これで説得できなければ力づくで追い払うしかない、と男は思っているようだった。私はいつの間にか早く切り上げて自分の住処、つまり秘密基地に戻りたかった。その男の人もやはりひたすら前を向いてひたすら歩いていく人たちの仲間に思えたのであろう。私は冷や冷やしていた、次男坊がその大人の男を言い負かそうとしているのではないかと。

「僕らはちょっと道に迷っただけですから、元の道を帰ります」

　私は、自分の蒔いた種ではあったが、なんとかその場から解放されたかった。

「時計が自然の法則だとしたら、人間の力など要るもんですか」

　しかし、次男坊は引き下がるつもりはないようだった。どこにそんな強さがあったのだろうと私は今更ながら驚いていた。最初はむしろ彼のほうがこの洞穴探検をすることに消極的だったのに。

「なかなか賢い子供だなあ。どうやらこのまま帰すわけにはいかなくなったらしい。おい、みんな出てこい」

　男の顔つきは急に冷酷なものになったように見えた。どこからともなく二人の鉱夫らしいがっしりした男が出てきた。最初の男の合図で彼らは少年たちに襲いかかってきた。それを予想していた私たちは、すぐにもと来たトンネルのほうに向かって一目散に逃げ出した。しかし、トンネルの入り口にはすでにもう一人の男が待機していた。私たちは慌ててそこを通り過ぎ、他の出口がないか走りながら広場の中を必死で探し回った。すると、入ってきたトンネルのちょうど反対側に大きな坑道らしいものがあった。そこには誰も配置されていなかったようだ。私たちは勢いよくその中に潜り込んだ。あたりは急激に暗くなった。けれども、入ってきたトンネルよりはずっと広かったので僅かな光を頼りに二人は走り続けた。トンネルはどこまでも続くようだった。しかし、ここも鉱夫たちの領域であるこちにちがいない。いずれは追いつかれると考えなければならなかったが、考えても仕方がなかった。しかし、だんだん狭くなる洞窟は私たち子供には有利に作用した。そして、トンネルの中にいつしか光が差してきて、やっと洞穴を抜け出た。そこには潅木が生い茂り、トンネルの入り口はやはり木陰に隠れていた。私はその風景に見覚えがあるような気がした。

「どうやら山の反対側の谷に出たらしい」

そこからしばらく下ると小さな田んぼが谷に沿って連なり、転校生の一久には初めての風景だった。私はなんとか元の世界に戻れたことにほっとしていた。出口の穴はコンクリートで固められていて、かつての防空壕の跡らしかった。それ以前はやはり坑道だったのかもしれない。だとしたら、そこで今なお採掘する、あるいは何かを制御している特別な理由があるに違いない。それにしても男はどうしてあんなでまかせを言ったのだろうか。現代なお秘密にしなければならないのは、犯罪や軍事機密に関係しているからなのだろう。だとしたら、私たちが警察に通報すればかえって危険な目に遭うかもしれない。ともあれ、山を迂回してやっと秘密基地にたどり着いた私たちは互いの絆をさらに深めることになった。

それからしばらくは見知らぬ大人にはびくびくして過ごしていたが、もともと田舎のことなので、見知らぬ者など滅多にこないし、現れたとしても目立つのでむしろ警戒されるだけである。私たちは徐々に安心を取り戻していった。相変わらず道草も秘密基地への出入りも続いていた。ただ、当面は山奥への探検は避けていた。その代わり川遊びには夢中になった。水泳、ザリガニ獲り、釣り、筏下りなど、川は遊びの宝庫であった。私たちの遊びはもう近所の人たちには知られるようになっていた。そんな私たちにときどき声をかけていく仕事帰りの大人たちもいた。そして、いよいよ再び探検のお膳立ては整った。私たちが戻らなければ心配して捜索したり通報したりしてくれるであろう後ろ盾ができたような気がしたのである。

ある休日の午前、私たちは懐中電灯と非常用の笛を持って山小屋から坑道へと入っていった。好奇心が恐怖に打ち勝ったのである。岩の間から雫がポタポタと首筋あたりに落ちてくる。地下水で濡れた壁面が鈍い光を発している。奥のほうから作業音は聞こえてこない。予想どおりこの日は彼らの休業日なのかもしれない。だとしたら、そこは怪しくない通常の仕事場ということになりはしないか。それなら彼らの作業現場をゆっくり探ることはできるが、わくわくするような好奇心は満足させられないかもしれない。それでも後戻りをするつもりはなかった。ややや複雑な気持ちで先を急いで、地下の広い部屋に着いた。人影はなかった。ひんやりとした湿った空気があたりを包んでいた。岩をくり抜いたような部屋の中を小さな水路が流れてチョロチョロとかすかな音を立てていた。

「誰もいないね」

「なんだか前と違う場所に見える」

「もっとごちゃごちゃしていたね。全部片付けたのだろうか」

「ひょっとして僕たちに見つかったので、引っ越したのかもしれない」

「もう少し探ってみよう」

私たちは男が歯車を持ち出してきた辺りを入念に調べてみた。そこにはいくつかの大小の石の歯車がかみ合ったまま露出していた。やはり、まだここでの作業は続いているのかもしれない。よく見ると何かの力で少しずつ回転しているようだった。私は不思議な感じに襲われた。「水時計」という言葉が思い出された。万物の源は水だともいうではないか。本当にそんなものがあって、地中を流れる水の力で時間の軸を動かしているというのだろうか。その緩やかな動きは子供心に不思議な感動を与えた。一久はどう感じているのか気になったが、やはり彼もその軋むような歯車の動きを不思議そうに見ていた。しばらくして一久が言った。

「何かの動力で鉱物を採掘してるんじゃないかなあ」

「やっぱり水力だろうか?」

「地熱かもしれないね。どこかで読んだことがある」

彼は自分よりはずっと冷静だった。

「だとしたら秘密にする必要はないよね」

「うん。子供が遊びで近づいたりしたら危険だから、怖がらせて遠ざけようとしたのかもしれない。どちらにしても、あまり危険はないようだ」

「もう少し探検してみよう」

私は心の中で何か珍しい鉱物なんかを手にしたいと思っていた。一人だったらとっくに逃げ出していただろう。大きな地下室にはやはり第三の通路があった。予想どおりそちらの通路はずっと広く、しかも新しく整備されたもののようだった。山の内部は大きくくり抜かれていることになる。壁面の所々に光を発する石があった。青や赤、黄や紫にきらきら光っていた。望みのものはだんだん近づいているような気がした。それは漠然としていたが、洞窟の中を歩むに連れて変化しているようにも見えた。突然道は閉ざされ、一つの扉が現れた。扉は誰にでも開かれているわけではないようだった。

「開けてみるよ」

一久が扉に手をかけた。重たい扉が軋る音がして、中からまぶしい光が漏れてきた。その明るさは、そこまでの通路が裏側であり、その広い空間こそが表側であることを語っていた。私たちは扉の向こうに広がる宇宙開発のための管制室のように整然と並んだ計器類と画面とに目を瞠った。その機械類に奉仕するように数十人の人があるいは座り、あるいは立ち上がって忙しく働いていた。しばらく二人は扉のそばで佇んでいたが、一番若そうな技師がふと彼らに気づいて近づいてきた。

「トンネルを通って来たのかい? ご苦労さん。邪魔になるからあちらの待合室に行ってくれ給え」

私たちは何が何だかわからないまま、計器類を取り巻くように技師に案内されて小さな待合室に通された。いつかの男たちと比べて技師の対応は随分丁寧だった。待合室には二人の管理人らしい人が入ってきた。彼らは私たちを見るなり、事務的な感じで、名前と小学校名を聞いてきた。私たちは正直に答えたが、それはまるで万引きの取り調べでもされているような感じだった。そこに至るまでの行動を詳しく調書に記録されたのである。

「どうしてそんなことまで言わなければならないのですか？」

私は勇気を出して反問した。一久も同意見だった。

「君たちはここをどこだと思っているんだね？」

「思うも何も、それをここで教えてくれるんじゃないんですか」

「簡単に教えるわけにはいかない。そのためには、まず君たちの身元を確認しなければならないからね。それではっきりしたとしても、話すか話さないかはこちらの勝手だ。ここでの侵入者は君たちだからね」

「ちょっと待ってください、侵入者はあなたたちのほうではないですか。この山はもともとうちの寺の持ち物です。その山に勝手に穴を掘ってこんな施設を造ったのはいったい誰なんですか」

一久はどうしてそんな山の所有権のことなど知っているのだろうか。このあたりの山はむしろ私の村の誰かの持ち物ではなかったか。そう思ったが、一久に加勢する意味で私はいかにもという感じでだまってうなずいていた。それがはったりであったとしても、近所の他の子供たちの誰も一久のように堂々とはできないだろうという気がした。

「地下は誰のものでもない」

「だとしたら、あなたがたのものでもない」

すかさずそんな言葉が自分の口から出てきたことに私は驚いていた。いつもなら思い浮かんでも声帯を震わせるようなことにはならないだろう。管理人たちは厄介な子供たちを引き入れてしまったというような顔つきをしていた。

「いいかい、世の中には子供が知らなくていいこともいっぱいあるんだ。いずれ知ることになるんだから、ゆっくり成長したらいい。簡単なことだ。知り過ぎたらちょっとの間黙っていたらいい、それだけだ」

管理人たちは急に口調を変えて懐柔しようとした。しかし、もう遅かった。子供たちは切り札を握ってしまったことを知った。

「ここで何がなされているのか教えてくれたら、大人しくしています。わからないから余計知りたくなります」

管理人たちも当然簡単には引き下がらなかった。いくつかの対処パターンを持っていたらしい。少し耳元で打ち合わせてから、太ったほうの管理人が言った。

「それなら教えてやるが、すべてを教えるというわけにはいかない。それは小学生でもわかるだろう。簡単に言うと、ここでは時間を作っている。何もないところから時間を作るのは相当な技術と労力が要る。人に悟られてはまずいし、秒針の速さは一定でなければならない。また、日時計と砂時計を同じ速さで動かしたり、あちらの出来事とこちらの出来事の対応関係を間違ってはならない。どの地域においても、朝なら朝の統一した雰囲気を、難しい言葉で言えば、雰囲気を醸成しなけりゃならん、というわけだ。つまり、時間が前から自分のところにやってきて一瞬で後ろに通り過ぎていくというふうにしないと、人間というものはどうも怠けてしまうんだ」

私は彼が一体何を言っているのか、全く理解できなかった。けれども、一久は真剣にその話に耳を傾けていた。

「つまりは、一人一人をスタートラインに並べて合図をしてみる。だとしても、人は誰でもなんとなく前に向かって一生懸命に走り出すというわけではない。保育園児を見てみろ、よそ見をしたり、後ろに下がったり、わざと遠回りしたりするやつもいる。やつらを前に向かせるために色々な仕掛けや気分を醸成しなくてはならない。人生は短い、だから後ろは見ないで勢いよく走り抜け、というわけだ。わかるかな。自然と前を向くようにしなければ、つまり、お菓子や夢を目の前に吊るしてやらなければならない。そのお菓子やおもちゃをここでは作っているというわけだ。うん、そう言ったほうがわかりやすい」

管理人は二人いて、痩せたほうはただ鋭い目つきで黙って二人の侵入者を威嚇しているだけだった。

「もしそれがいいことなら、どうしてこんな地下に隠れてお菓子を作っているんですか？」

私にはその話が全く理解できなかったが、一久は興味を持ってきたのか、物怖じすることなく質問した。

「隠れているわけじゃなくて、この工場はもともとここにあったのだ。そのあとから人々が移り住んできただけだ」

「いつごろから稼働しているんですか？」

「なんでも十九世紀の中頃らしいが、詳しいことはわからない。もちろん昔はこんな精密機械はなかったがね」

「寺も村もそのもっと昔からありますよ」

「昔は普通の鉱山と変わりなかったからな。誰も気にしていなかったのだろうさ」

「そうですか」

一久は一応納得しているようだったが、私は相変わらず理解はできなかった。

「そちらの坊ちゃんは納得していないようだが、何か腑に落ちないことでもあるのかい。ここであまり詳しくは言えないが、人間の成長と時間の経過とを結びつけるという当たり前のことをしているだけのことだ。そのためにはちょっとした機械的な工夫がいるというわけだ」

「僕には全部わかりません」

そのあと私の言うことを一久も含めて三人が注目した。けれども、私はしばらく口ごもるだけだった。そして、それはいつものことであった。

「僕はこのまま成長なんてしたくありませんし、時間も経ってほしくありません」

「なんだって。君は成長も未来も信じないというのかね？」

「今を変えることができないのに未来なんて来ても意味がないんです。僕には友達がいません。やっとできた友達を僕から奪わないでください」

太った管理人は脇に立っている痩せたほうの管理人を困ったように見上げた。

「どうして私たちが君の友達を奪うことになるんだ

ろう？」

痩せた管理人のほうが意外にも優しく語りかけた。

「嫌なんです。僕が入れない会話をこれ以上続けないでほしい。僕にわからないことを僕の友達と話すなんて……」

「君たちが知りたいというから話しているんだよ。知りたくなければ、このまま引き取ってもらってもいいんだ。ただし約束は守れないというのなら、これまでの記憶を消してもらうしかないんだが……」

痩せた管理人の優しさの背後から突然不気味な言葉が飛び出した。

「そんなことできるもんか」

一久が言った。

「それができるんだよな」

痩せたほうが太ったほうに何やら目で合図をしながら続けた。

「まず、三つの入り口の場所をすべて塞いで、二度と入れないようにする。そして、先回りして、村にあちこちで君たちが信用できないという噂を広めておく。そうしておけば、君たちの記憶はもはや記憶ではなくて、自分たちの非行を正当化しようとする作り話ということになる。誰でもやっている、実に単純なことだよ」

「非行？」

聴き慣れないその言葉が私の関心を引いた。どうやら彼らは自分たちよりよっぽど世間離れをしているように思えた。そんな噂を広めることで、かえって彼ら自身が不審に思われるはずなのに。いや、それはあまりに稚拙な子供だましの脅しに過ぎないと思えたのである。ここは適当に話を合わせておく方がいいように思われた。

「わかりました。僕たちも非行を広められて信用を失うのはいやなので、この工場のことは誰にもしゃべりません。だから、もう少し詳しく教えてもらえませんか」

相手にはこちらが脅しに屈したように見えたかもしれない。

「知りたければ、何を知りたいか説明しなければならない。説明できなければ、当然理解もできない。

そういうものだ」

「では、知りたいことを説明します。さっきの『時間が前から自分のところにやってきて一瞬で後ろに通り過ぎていく』というのは当たり前のことじゃないのですか。わざわざお菓子を目の前にぶら下げなくても人は前に向かっていきますよ」

「方法が知りたいのかね、それとも当たり前でない理由を知りたいのかね？」

「理由です」

私はきっぱりと言った。

「例えば目を閉じてじっと心の中を見つめてみる。そうすると何が見えるかね。そう、暗闇だ。その暗闇ははたして前に進んでいるかね。確かに目を閉じ始めたときはしばらく宇宙の中を飛んでいるような感覚に襲われるが、やがてその上昇の速度はブレーキでも掛けられたようにゆっくり静止状態へと移っていく。闇は方角も速度もない空間だ。そして、耳に遠く聞こえてくる雑音も方向を持たない。そして、再び目を開けたとき目の前には方向のないただのがらんとした空間だけが残る。そのときに再び方向づけのできる装置が必要なことがわかったのだ。でなければ、彼は退廃と瞑想とに支配されてしまう恐れがあった」

一久はしばらく考えていたが、私にもわかるように質問した。

「ということは、浩くんが言ったような『時間が前から来る……』というのは当たり前でもなく、事実でもないということですね。だから、ここでそれを人工的に創り出しているというわけですか？」

「察しがいいね。人工的に創り出すといっても、本当に時間を創り出すなんてことはできないから、その方法を、いやカラクリを説明しよう。つまり、宣伝をすることだ。宣伝の中心は言葉、いや見せかけの言葉というべきだ。現実にないものでも言葉にすればあるような気がしてくる。例えば、未来とか進歩、人生の道とかあの世とか、出世とか落伍、それから上司と部下など……。それらはまるで始めからあったもののように使われなければならない。そのためには教育がもっとも手っ取り早い。教育というものはいつだって将来への道筋を提示しているように見えるからな」

おかしなことだが、私はその言葉によって自分の学校嫌いをやっと正当化することができたような気がした。自分に嫌なことを強いる者たちが実はこんな所にこっそり隠れて仕事をしていたのである。待てよ、だとしたらあの歯車にはいったいどんな意味があるのか。わざわざ大げさな機械を秘密裏に動かす必要があるのだろうか。私は自然に言葉が出た。

「ここにある機械はその宣伝のためですか？」

「そのとおりだ。規模が大きければ大きいほど宣伝は効果的になる。何しろこれまでのちまちました狭い人間関係を圧倒して、地球全体をくまなく覆うほどじゃなければならないからな。坊ちゃんたち、悪く思わないでくれよ。君たちの遊び場はもう少し狭めてもらわなければならんのだ」

「本当に宣伝を効果的なものにするつもりなら、こんな片田舎でこそこそ活動して子供の遊び場を奪ったりしないで、堂々と大都会でやったらどうなんですか」

今度は一久が気後れすることなく言った。

「そこなんだが、人工的すぎるとかえって怪しまれるんだよ。宣伝は、『火のない所から煙が立つ』という具合にする必要があるんだ。噂の元が特定されるようでは失敗してしまうんだ。山火事はたいてい自然発火が原因だろう。それと同じように、ごく自然に防ぎようがないという感じで宣伝するんだよ」

「つまり、あなた方はもともとこそこそする必要があったというわけですね。でなければ、人工的なでっち上げだと思われてしまうから。それなのに、僕たちにそれを知られてしまった、いや、知らせてしまった。ひょっとして僕たちを試してからかっているのですか？」

「さあ、どうかな。とにかくこれまでどおり何もなかったようにしたいだけだ。少なくとも俺たちはなんら悪いことをしているわけではない。むしろ人々に希望や夢を持たせる手伝いをしているだけだ。だから、君たちがこの場所のことを黙っていても、決して損をすることはないはずだ」

「そんな希望は窮屈です」

私はそのとき思ったままを言った。一久が自分の味方をしてくれることで、こちらの肝が据わってくるような気がした。将来の希望よりも毎日一久と遊んでいられることのほうが何よりうれしかった。私は、希望というものが不幸の裏返しであることを子供心に感じていたのかもしれない。

「君の個人的な希望はともかく、俺たちが苦労して流布してきた進歩や希望という言葉は着実にこの世の中に根を張っている。進化論も産業革命も新技術も学校で教えてもらっただろう。だから、俺たちの役目もそろそろ終わりに近づいている。つまり、明日ここを閉鎖したって大した違いはないってことだ。入り口を塞ぐといったのは脅しだけでなく、もう潮時ということなのかもしれない。何もなかったようにここを引き払ったとしても、おそらくどんな支障もないだろうから」

私にはその言葉が見つかったことへの言い訳のように聞こえてきた。つい子供に余計なことまでしゃべりすぎたことを、暗に打ち消そうとしているのかもしれない。大人たちはいつでも言い訳を考えているものだ。

「それなら僕たちをこのまま帰しても支障がないはずですね」

一久はいつもの大人びた口調でそう言った。彼もまた私と同じことを感じているような気がした。

「まあそういうところだ。自分たちの果てしない発展のためにくれぐれも賢い選択をしてくれたまえよ」

痩せたほうがまた太ったほうの管理人に目で合図をしながら言った。

「わかったね、もうすぐここも閉鎖されるということだ。君たちの冒険ごっこはこれで終わりにして、親御さんにこれ以上心配をかけないようにしたまえ。さあ、気を取り直して家に帰りなさい。くれぐれも余計な心配をかけちゃだめだよ」

その太ったほうの言葉で、彼らは立ち上がって私たちを誘導し始めた。最後に子供扱いされたことが癪に障ったが、無事に家まで帰れるならそれもしかたがなかった。私はその前にひと言だけ言いたくなった。

「ここが廃墟になったら、いつか世界文化遺産にでも登録されるかもしれませんね」

精いっぱいの皮肉だったが、相手に通じたかどうかは定かではない。錆びついた機械の残骸が洞穴の中からいつか発見される日のことが脳裏に浮かんでくる。そのとき世界から何が失われていて、何が残っているのか。

一久。小学校を終えるといつの間にか彼は引っ越していて、中学校の入学式以後彼の顔を見なくなった。どこかの寺を継ぐために養子にいったというまことしやかな噂まで流れていた。彼はふっと消えるように山の寺からも去っていった、別れらしい別れもしないまま。何度か山寺を訪れたが、そこにはもう見知らぬ人たちが住んでいた。彼がいなくなると、洞窟内の工場のこともいつの間にかあやふやになってきた。学校嫌いの私がよく頭の中で描いていたただの空想の一つだったようにも思えてきた。中学も三年生頃になると、体力もつき友達も増えてきた私はすっかり学校好きになっていたのである。それと同時に空想好きな部分は影を潜めて、周りの男の子たちに交じってスポーツや数学や科学に興味を持ち始めたのである。漠然としていたが、その頃は人生という階段を一歩ずつ駆け上って、いずれはエンジニアになりたいと思うようになっていた。それはまさにあの洞窟の管理人たちが望んでいたことだったのかもしれない。

人生の階段なんて初めからなかったということに気がつくまでもう少しの年月が必要だった。それから紆余曲折があったものの、私は階段の崩れた去った平板な広い地上でいつものように右往左往している。そのことを後悔はしていないし、するつもりもない。地面を踏みしめる心地よさをようやく取り戻しでもしたように夕立の後の水溜まりのある道を歩いていく。道端の百日紅の木に白い花が咲き、いつものように夏はゆっくり過ぎようとしている。

19

見えない階段があちこちに造られている。空へ、雲へ、屋上へ、展望台へ。まるでそこから降りてくることを全く想定していないかのようにどこまでも

どこまでもその階段は昇り続けている。階段の途中で息絶えても本望なのだろうか、彼らは満足した笑みをたたえて地上を見下ろしている。地上の人々はまるで蟻のように地表を行ったり来たりしている。昇る人たちにとっては、地表をうごめく人々には心など宿っていないように見えるのかもしれない。

灰色の空の向こうに一際高い建物群があちこちで空から吊り下げられでもしているように頭を上に突き出している。進歩してきた建築技術に不安を持っているわけではないが、その風景にはどうしても得体の知れない不安がよぎる。高速道路は民家の上を跨いで、その下を複線の電車線路が横切り、高速で走るトラックの頭上にはモノレールがカーブを描いてぶら下がっている。時々上空から飛行機がゆっくりと滑るように飛来して、並んだ屋根瓦の向こう側に音もなく着陸する。当たり前のようでもある都会の風景。これ以上地上を離れることは避けたいものだが、それ以上の便利さはそのまた上の方にしかないように思える。何もないはずの空中には、ドローンが五月蝿いハエのように飛び交っているし、見えない電波が縦横に張り巡らされているらしい。

夢見られた未来都市は、個人主義の自由さを謳歌でもしているのか、にょきにょきと背伸びを続けている。古い跨線橋の下をふらっと歩いてみる。幹線道路は天井のように上から覆い被さり、昔ながらの商店街はその下の狭い路地を抱くように軒を連ねている。路地には意外にもたくさんの人が店先を覗きながら時々立ち止まっては往ったり来たりしている。一人ひとりに住居があり家族があるのだろう。その日の買い物は夕食の具材だろうか、あるいは子供の靴下でも買っているのだろうか。ここでは売り買いする人にもまたそうでない人にも心が宿っているると実感できる。天空の階段を降りようとしないで、やはり空に浮かぶ別の階段を昇っている人とときどき目配せし合うだけの人たちには見えない心というものがあるのだろう。見たくないものは見ないでいても、それは自由なのだから。自由には概ね個人の利害が作用している。利害の占める範囲の小さい人たちがつつましくこの路地を歩いているように見えるのは地上生活者のひがみだろうか。和菓子、洋菓子、普段着、パチンコ、スーパー、ラーメン、居酒屋、電器、たいていの日常が手に入る街。商店街のほぼ真ん中あたりのへこみに突然電車駅が現れて、奥の改札口から人々が吐き出されてくる。そのありふれた情景に目を奪われてふと立ち止まる。生活者たちは無言で、若者は群れて、老人は満たされず、同じ人混みの中に紛れて込んでいく。鞄も持たず、サンダルを履いて佇んでいる男はそれでも目立つことはない。遠い町から逃げ出してきたのは彼だけではないのかもしれない。入れ替わり立ち替わり人が往来する路地の日常はその程度のことではびくともしないのだろう。

間口が狭く客足の少ない一軒の古本屋に入ると、足下から積み上げられた古い書物の匂いがぷんと漂ってくる。わずかばかり残った床の上に足の置き場を見つけて、本の背表紙を眺めている。大学が近いせいか人文系の専門書も多い。もとより繁盛するような類いの商いではないが、固定客はいるのであろう。女子学生が一人、分厚い本を手に拾い読みをしている。ふと彼女と目が合い、こちらの風体に気後れして目を逸らせる。歯抜けのある『西田幾多郎全集』が何冊か並んでいるのが目に入り、棚に手を伸ばして、その一巻を手に取ってみる。ひょっとしたらこちらの風体に似合うかもしれない。ぎっしり詰まった旧字体の固い文章がとりとめなく続いている。無、自覚、限定、そんな言葉が少しずつ伴うものを変えながら繰り返し羅列されるばかりで、こちらの頭には少しも入ってこない。もとより店先で読めるようなものではないのだろう。持って帰ってパズルを解くように読んでみるのもおもしろいかもしれない。本の状態も値段も手頃なので、半分衝動的にそのずっとりとした一冊を手に奥の帳場まで歩いていく。途中女子学生に通路を空けてもらうために声をかけても不自然ではない。人間の行動には偶然を重ねた複数の理由があるものだ。

「ちょっとすいません、通してください」

「あっ、どうぞ」

通路が狭すぎて衣服の一部が触れ合う。

「井口くんでしょ」

自分の名前が呼ばれるのは久しぶりだ。しかも、すぐ耳元で、鈴の音ような軽快な声で。それが誰なのかしばらくはわからない。学生に見えたのは錯覚だったのか、よく見ると彼女は自分と同い年くらいの女性である。声だけは不自然なくらいに若い。彼女はこちらの頭から足先まで一通り見つめて言った。

「やっぱり井口くんね。私、平野よ。高校の同級生の……」

　こんな姿を見られたくはなかった。こちらの笑顔は引きつったように歪んでいるにちがいない。確かにそんな同級生がいたような気がする、切れ長の目にかすかな記憶がある。すると、自分のここまでの一連の行動を見とがめられるのではないかと内心びくびくし始める。そして、向こうから声をかけてくるくらいだから、変な感じではなかったのかもしれないと少しずつ自分を安心させる。けれども、何が飛び出してくるかわからない。

「ああ平野さん、すっかり大人になっていてわからなかった」

　その言い方がおかしかったのか、彼女はくすくす笑った。

「ちょっとこれ買ってくるから」

　いつものように自分がどれ位の年齢なのかわからなくなっている。とにかく手にした古本を買わなければならない。いや、これはもうすでに自分の書棚に収まっている本ではなかったのか。それでもここで彼女に宣言したからには既定の行為を成し遂げるしかない。たとえまた一つ解消しなければならない懸念事項が増えたとしても。二重になったもの、買いすぎたもの、無駄に場所を取るだけのものが、自分の部屋にはいくつもある。けれども、それぞれに理由があって容易に捨て去ることができないでいる。中にはお金を払ったとたんにその価値がたちまち色褪せていくものもある。このまま逃げ出しても構わない。二度と彼女に会うこともないだろうから。またこのことを話題にするような場面も人も気にしないでもいい。広くて狭い世界。ああ、それにしてもこのまま何もなかったことにするには、自分はしゃべりすぎた。いや、孤独が言わなくていいことまでしゃべらせたのだ。つまり、最初から漠然とこんな出会いを求めていたということだ。

「で、いま何をしているの？」

また聞かなくてかなくていいことまで聞いてしまう。いずれ自分のことも話すはめになるのに。

「近くの大学に勤めているの。電車を待つついでにふらっと立ち寄ってみたのよ。そしたら見覚えのある人がいた」

「そうか、僕もふらっと立ち寄ったんだ、奇遇だね」

「よかったら少し話さない？」

「もちろん、喜んで」

私たちは路地をしばらく歩いて、小さな喫茶店の扉を開ける。かつてよく聴いたチャリンという鈴の音がする。内部の何もかもが古く、暗い。テーブルも椅子も往年の傷跡の上から何回もニスを塗りたくったように鈍く光っている。入れ替わり訪れる人の気配と軽快な音楽が店内に流れている。ここにもまたそれほど多くはない常連客がいるようだ。コーヒー一杯で一時間でも二時間でも粘っていられそうな、かなり時代遅れの店である。さっきの扉の鈴の音で三十年くらい時代をくぐり抜けたような気がする。やはり時代はわからなくなる。いつの間にか彼女の顔はきめの細かい二十代くらいの色艶になっている。

「高校の頃、あまり話さなかったね」

「友達が君と話している場面によく居合わせた」

「私はあなたと話したかったのよ。でも、なんとなく声をかけにくかった」

「みんなは君の明るい反応が見たかったんだと思う。僕はその様子を外側から見ていた。いまはそれがよく理解できる」

私たちは何の告白をしているのだろう、まるで傷や染みだらけの古い壁をもう一度塗り直しするかのように。あるいは、目の前のテーブルみたいに何層にもニスの膜で覆って再び輝きを取り戻させようとでもするかのように。しばらくそんな話をしているうちに、彼女がふと言った。

「さっき哲学の本買ってたわよね。相変わらず勉強家ね」

「就職浪人中の暇潰しをしているだけで、君のような専門家ではない」

「一応専門家だけれど、哲学者でも芸術家でもない、ただの大学職員よ」

「結局僕は専門家にはなれなかったし、かといって他のものにもなれなかった。いまは挫折感しかない」

「どうやって食べているの？」

何という直接的な問いだろうか。彼女には遠慮というものがないのか。それにしても、どう言えばいいのだろう、答えが見つからない。学生の延長のアルバイト生活、それとも逃亡者、世に言う引きこもり？、説明が見つからない、あるいは自分でもわからない。そういえば不祥事で一度逮捕されてからというもの、再就職にあぶれて職安通いをしていたのではなかったか。彼女はそのことを風の便りに聞いているのだろうか。いやいや、それは二十年以上も前のごく個人的なことだ。事態が曖昧なまま進行することにもはや抵抗はない。記憶はまたいつでも掘り出すことができるし、新しく説明することだってできる。これがいつの自分なのかわからなくなって、むしろ自分ですらないのかもしれない。

「これから行きたいところがある。一緒に来てくれないか」

全く答えになっていない誘いの言葉が自分の口から飛び出した。そこに一つの当てがあった。

「いいよ。今日は特に用事もないし、いろいろ話したいこともあるから」

無謀な答えだと思うが、それは彼女の自信のようなものなのか。こちらはそれほど意外な感じもしない。

連れ立って商店街の路地を抜けてからしばらく線路沿いに歩き、踏切を渡る。そこから、細い道が南に向かって続いており、どこから流れてくるのかきれいな水路がその脇で緩やかな曲線を描いている。かつての農業用水なのだろうか、それとも野菜などを洗う湧水の流れだったのか。今やすっかりアスファルトで塞がれてしまった都会の地表ではあるが、その地面の下にはかつての田畑や集落の遺跡が何重にも埋もれていることだろう。それは同時に昔の人たち一人ひとりの生活の集積でもある。今目の前にしている今と、昔の人が目の前にしていた今に違いがないとするなら、自分が昔の誰かのことを想像するように、昔の人の想像の中に自分がいるということもある。それはおそらく同じことだ。それによって私はこの想像力という日常の中にいる。

「このあたりに昔の庄屋さんの屋敷があって、今でもその子孫が住んでいる」

「たぶんこの辺り一帯の土地の所有者だった人ね」

「うん。もう少し行くと公園があってね、そこには樹齢千年以上という大きなけやきの木がある」

「こんな所に？」

「僕も最近知った」

「へえ、楽しみ」

ところどころに草の茂っている大きな公園に出た。ほぼその中央にポカンと頭を出したように大きな木が立っている。巨大な幹の根元のすぐそばから太い枝が四方に分かれて、それらはさらに八方に広がり、葉っぱの海が近づいた人の頭の上から覆いかぶさってくる。虚には巣でもあるのだろうか、あちこちで鳥が羽を休めている。

「圧倒されそう、でもなんだかすごく親しみを感じるわね」

「ここは昔の街道筋だったから、旅の人たちが木陰で一休みしたんだろうね、きっと」

「まさに休むって漢字のとおりね」

そのとき上空から大きな飛行機がその機体の腹を見せながら音もなく近づいて、近くの空港の方へとだんだん高度を下げていった。銀色のジュラルミン製の翼がちらちらと輝いている。

「平野さんは、このケヤキのすぐ上を飛行機が飛んでいる状態をどう思う？」

「どう思うって、不思議な光景ね。自然と科学技術との調和とでも言えるかしら」

「僕はこの光景を美しいと思う。不安なほど美しいと思う。僕はこの不安な美しさの正体をいつも考えているけれど、なかなかうまく説明できない。君の言うその不思議な調和ってやつの正体を、なんとか言葉でうまく説明してくれないものだろうか？」

「そうね、あなたがいつも考えていて言葉にできないのなら、たぶん私には無理ね。でも、一つだけいま感じたことがあるの。それはね、この木は昔も今も旅する人たちの目印だっていうこと、パイロットたちも空からこの大きな木を確認しながら高度を下げてくるのよ。人工物は次々に建て直されるけれど、こういう木はこれからもずっと変わらないし、移植されることもないでしょう」

「でも、それは不安ではない」

「それはそうね。不安なことがあるとしたら、やっぱり地上から離れているすべてのものに対してじゃないの。飛行機、高層ビル、エレベーター、人工衛星、酸素不足、高山病、それにダイビングなんかも」

「なるほど。同じ空気を吸っていないという感じかもしれない」

「だったら閉所恐怖症のようなものかしら?」

「同じ空気を吸っているはずの他人や社会から全く切り離されているという不安?」

「それも半分身体的な不安」

「いくら足掻いても他人は窓の外から何も気づかずににやにや笑っているという、そんな不安かもしれない」

「その間にはいくつもの見えない壁があって、飛行機が上空から見ているのはただの目印としてのけやき。いいえ、名前のないただの目印以上でもそれ以下でもないある大きなもの」

「旅人たちの歩みはだんだん速くなっていき、木の下で休息する必要はなくなり、いつしか互いに言葉を交わす機会も減っていく。彼らはまるで速さを競っているかのように黙って液晶画面を見つめ、ひたすら前に進んでいく。ただ目的地と用事だけを見据えるだけで、道草も道連れもなく、旅はもはや旅でなくなっている」

「無言で前を向く乗客たちの間にはわけもなく微妙な敵意のようなものが漂い、もはや周囲に想像力を働かせる余裕すらない、そんな厚い壁ができてしまっている感じ?」

「人間同士には適度な距離というものがあるんだが、いつの間にか座席は同じ方向を向きながら窮屈に座って、互いに何を考えているのかわからなくなっている、そういうことなんだね。でも、一言でも言葉を交わすなら、急に距離が縮まることもある」

　彼女はしばらく黙ったが、急に笑顔になって言った。

「そうよ、さっき古本屋さんで私が声をかけなかったら、ただの変なおじさんで終わっていたかもしれないわよ」

その笑顔は高校生のときのままだった。それぞれの時間は時間ですらない。いくつかの場面は重なり合い、そして行き違う。たまたま古本屋で停止した。いや、むしろ動き出したと言うべきなのか。

「あの時君が見知らぬ大学生に見えた」

「私にはすぐわかったわ、まるで少年のように見えたもの」

「さっきは変なおじさんと言ったのに」

「変なおじさんと少年には共通点があるのよ」

彼女は意味ありげにそう言って微笑んだ。

「共通点って、挙動不審？」

「そこまでは言ってないわ」

今度は彼女が少し慌てた。当たらずといえども遠からずなのか、そう思っておくことにする。

「でも、私は感謝されていいと思うわ」

「さっきの質問だけど、……どうやって食べているかという」

「ああ、別に大した意味はないから、無視していいのよ」

「それが、明確な答えはないんだ」

「それでいいわよ」

「本当にわからないんだよ」

「そうなんだ」

彼女は半ば同情するように続けた。

「わからないということは実感がないからよね。現代は実感がなくても稼いでいる人はいっぱいいるわ。逆に毎日身を削るようにして働いても大した稼ぎにならない人もたくさんいるけれど。これって、昔の、封建社会っていうの、それと似ていない？　だとしたら、人間社会も大して進歩していないっていうことかしら……」

話が飛躍していると思ったが、それはそれでおもしろい指摘だ。そろそろ「人類の進歩」について定義し直さなければならないということだろう。現代の進歩はむしろ退化に近いのかもしれない。それは、袋小路に入り込んでいるのに前に進んでいると思っている人に似ている。ひょっとしたら自分が稼いでいないような気がするのは、いつの頃からかみんなと違って後ろ向きに歩いているせいかもしれない。苦労して登ってきた山を一気に下っているような感覚の中で暮らしているせいなのか、いや、それもまだはっきりとはしない。

「そろそろ帰らなきゃ」

「どこへ？」

「家に帰りましょ」

「ついていってもいいかい？」

「ええ、いいけど。しょうがない人ね」

彼女と一緒に立ったまま電車に揺られる。都心の高層ビルが次第に遠ざかっていく。辺りが暗くなるにつれて建物の明かりが点り出す。反対側の窓からは連なった山の稜線が見えてくる。その下にも低い家の明かりが点り始める。サンダルを履いている自分の風体が心許ない。まもなく電車の窓ガラスに自分の姿が映り始める。寝間着兼用のようなスエットスーツ姿で分厚い古本を一冊だけ小脇に抱えて、髪の毛もぼさぼさだったにちがいない。そういえば、失業保険をもらって生活していたのかもしれない。元同級生でなかったらたぶん話しかけられることも並んで歩くこともなかっただろう。人家の明かりが少なくなり、窓ガラスに映る自分をじっくり見るという不運もなく、彼女の住みかに近い駅で電車を降りる。電車はさらに山のほうへとゆっくり発車していった。

駅から山手のほうに坂道を上っていくと小さな丘の上に公園がある。石のベンチに座ってしばらく街の夜景を見下ろしている。図々しいが、そんな自分を肯定する自分がそこにいる。どこか外国にでも来ているような気分である。

「留学していたフライブルクの町によく似ている」

行きたかったたが、行ったことのない町の名を言ってみる。後で訂正するつもりだったが、ばれなければそのままでもいいかな、と。

「私も留学したかったなあ」

「気分だけでも外国にいると想像してみたら」

「そうねえ。ここはフライブルクの町を見下ろす公園で、私は懐かしい人と偶然再会する。なんてね」

横に座っているだけの一個の存在が、いつの間にか一つの肉体として確かにそこで呼吸している。変化はどこから始まっていたのか。坂道で彼女の息が切れたのか。それとも、ただ二人の間の距離が縮まっただけなのか。

「前にも一度ここに来たような気がする」

「きっと来たのよ」

「学校の裏山に公園があったろ」

「よく授業をサボったときにみんなが遊びに行ったところね」

「そう、あの景色にいちばん似ているかもしれない。たぶんいちばんものを考えていた。ぽっかり空いた空洞の中では人は考えるしかないんだよ。あれは、学校がくれたいちばんのプレゼントだったかもしれない。以来そんな空間がいつでも目の前に現れるようになった。だから、あんなに嫌だったみんなが前を向いて座っている教室から僕がやっと解放されたのは、卒業式のおかげなんかではなく、そんな緩い教室があったからこそであって、しかもときどきそんな教室を丘の上から見下ろしたりできるような環境だったからなんだって、いまは思えるようになったよ」

「へえ、あの頃そんなこと考えていたんだね」

「いや、考えているのはたぶん後からで、あのときは草の上に寝転びながら、ただむやみに空が広くて、自分の想像力がそこから四方八方に拡がっていく感じがしていた」

「あなたがさっき飛行機を見ていたときも、その背後にあるもっと広い別の世界を見ていたのかもしれないわね」

「うん、それが特別なことじゃないからおもしろいんだよ。四角い教室の内と外、きっかけさえあれば誰だってそれらを見ることができたんだ」

「どうやら井口くんはそれをいつまでも、何ていうのかしら、捨てきれない、むしろ捨てるつもりがなくて、内と外の両側で生きてきたという感じね」

「けれども、それはそれで結構生きにくいこともあったよ。ただ、それもようやく慣れたけどね」

しばらく沈黙があった。風が少し強くなって寒さが気になってきた。どちらからともなく自然に歩き始める。肉体というものは思っているほど衰えたりはしないものだ。また、時計やカレンダーで測れるようなものでもない。彼女の後ろ姿に懐かしさというおしさが募ってくる。自分でもやっとここまでたどり着いたような気がする。ここは何の変哲もない、そしてエレベーターもない集合住宅の一室。彼女の後から階段をしばらく昇って、それから踊り場を二つ通り過ぎて、重たい鉄の扉がややきしりながら開く。

「驚いたでしょ、地味なところで」

部屋はきれいに整頓されていて、最低限の家具だけが理に適った位置に置かれていた。持ち物は多くなかった。学生の下宿の延長のようにも見えた。

「そんなことないよ。僕の部屋はここに比べれば……比べる対象にもなりはしないけど」

この住みかに落ち着くまで、彼女の人生にもいくつかの紆余曲折があったにちがいないが、そこには寂しさというよりもある種の堅実さが感じられた。自分が全く別の世界に入り込んだように思われた。しかし、その感覚は、もう一人の自分がそこにいたような気のする、どこか懐かしいものであった。誰かがもう一度ここからやり直せとでも言っているようだった。その声が彼女にも聞こえていると思うのは都合のいい自分の思い過ごしなのか。ひょっとしたら、行き違いと気まずさと後ろめたさが、こんな味気ない生真面目な部屋を作らせたのではないだろうか。だからこそここは慎重でなければならない。遠くで何かを叩くような鈍い音がしている。

「なんか音がする、花火かなあ？」

「ちょっと待って」

彼女は素早くガラス戸を開けて、すぐそこのベランダに出ていった。彼女が呼ぶので自分も外に出て、手すりにつかまりながら遠くを眺めた。南の夜空にいくつかの花が咲いた。音はしばらく後からやってくるので、まるで無声映画のように次々と華やかな光の輪が街の上に開いては散っていく。行く夏を惜しむかのように。

そういえば、花火は、めっきり触れる機会はなくなったが、夏の季語の一つではある。いま考えてみれば、季語というものは循環型社会の象徴であったのかもしれない。同じ時期に同じ花が咲き、いずれ初雪は降り、作物は一年のほぼ同じ時期に収獲されて、季節はどこまでも巡り続ける。

「すっかり忘れていたけれど、毎年ここから眺めていたのね」

彼女がしみじみと言う。

「毎年続いていたことが今年もある、当たり前だけれどもありがたいね」

「今年はたまたま一人じゃないってこともね」

「そう、たまたま僕も一人じゃない」

「そして、明日も一人じゃないかもしれない」

「明日会うためには、今夜は帰らなくちゃね」

「花火がなくても一人じゃないために?」

「きっとそうだ、後悔しないために」

「結構臆病なのね」

「後悔ばかりしてきたからね、これからそれを取り戻すつもりだ」

「後悔が取り戻せるの?」

「取り戻してみせる」

「誰に?」

「君に?」

「嫌だよ」

「いや、そうじゃない。終わらせないために何度も掘り返すようなもんだ」

「終わらせないために?」

「うん、夏は終わってもまた次の年にやってくるだろ。それに似ている」

「終わらせちゃいけないのね。なんとなくわかる」

「後悔も都合の悪いこともふたをしてしまうわけにはいかない。ふたは必ず開くんだよ。ふたを開けるために裁判をする人だっているんだから」

「この花火が一つのふたを開けたってわけね。そうじゃなくって?」

「うん、そうかもしれない。ふたを意識しない人、いや意識できない人は後悔すらしないだろうから」

自分に言い聞かせているのか、彼女を口説いているのか、判然とはしなかったが、丘の上のベランダから夜景を見下ろしながら、それまで漠然と感じていたことを誰かに語ってみたかったのだろう。

「井口くん、またどこかに就職する気はないの? それだって取り戻しの一つかもしれないわよ」

「うん、心まで売らなくていい仕事なら何でもやるつもりだ。頭は別のことを考えていてもできるような、肉体労働の方が自分には合っていると思っている。だから、いまでもそんな仕事があれば無理しない程度に勤めに出ている。運転手とか配達とか店員とか、機械的な決まり文句だけでなんとかやれる仕事のほうが自分に向いていると思うんだ」

「自分で割り切っているなら、それでいいかもしれないね。組織に属してしまうと、やりたくないことまで自ら進んでやっているようにしなくちゃならない場合もあるからね。それが嫌で引きこもってしまう人だっているんだから」

それまで注意深く触れないでいたことをつい口に出してしまったかのように、彼女の顔色は見る見る青ざめたようだった。その顔には見覚えがあった。そうだった、突然記憶が戻ってきた。自分は就職一年目で会社が嫌になって行くのを止めた。今ならよくあることかもしれないが、その頃自分ではどうしてもそれが許せなくなって、無理やり出勤しようとして更にその傷口を深めてしまい、部屋に引きこもったままとうとう一歩も外に出られなくなって、間もなく仕事を辞めてしまったのだった。そんな重大なことさえ私は忘れてしまっていた。彼女だって噂でそのことを知っているかもしれないのに。

「君には一度相談に乗ってもらったのではなかったかなあ?」

恐る恐るそのことを聞いてみた。彼女は静かにうなずいた。頭の中で意味がぐるぐる回ってなかなか止まらない。同じことを繰り返している。

「それで何度か泣き言を聞いてもらったんだね」

彼女はまた小さくうなずいた。そんなことがあったことさえ言うまいとしていたのであろう。そして、久しぶりに私の顔を見て、すっかり元気そうだったのが嬉しく、ここまで気を遣いながら同行してきたのだろうか。二人寄り添って花火や夜景を見たことで、彼女はつい心を許したのかもしれなかった。やり直しはすでに彼女のほうが始めていたのである。

「僕はいつも気づくのが遅い。それも犯罪的なくらいに」

「そんなに卑下することはないわ。私のほうから離れていったのだから」

「そう仕向けたのは僕だ、わかっているよ」

「それは認めるわけにいかないわ。切り出したのは私よ」

その口調はきっぱりとしていた。自身の判断であったことを心の支えにしているのだろうか、それとも、こちらの気持ちを軽くしようと思いやっているのか、それだけではまだ判別しにくかった。

「けれども、君はまた僕をここまで連れてきてくれた」

「そう、確かに私たちは同じことを繰り返しているのかもしれないわ。でも、以前と少しは違っていて、それも悪いことじゃない」

自分が再び受け容れられていることを感じた。木の葉が紅葉して地面に散ってまた若葉が芽吹くように、変わりゆくものがあって変わらないものがある。その両方が人生というものなのかもしれない。

人生というものは現実だから、確かにコンピューター上のファイルように上書きできるようなものではない。記憶は頭の中で石ころのようにごろごろ転がってぶつかり合ったりして形が変わってしまうこともある。また、関わり合った人の記憶という地平にもそれと似たような石ころがあちこち転がっている。そこで二人が再会することになれば、そんな石ころたちのいくつかがざわめき合い、共鳴し合って、少しずつ現実の中で出会うことになる。だからこそやり直しができるのではないか。

「僕がこうして何とか生きているのは、いくつかの苦い経験をしたこと、そしてその中で自分を支えてくれた人がいたこと、そのおかげだと思っている。苦い経験は強さを、人の心は優しさをそれぞれ育んでくれる。君はあの頃黙ってそばにいてくれた。それから、少し離れたところにいて静かに微笑んでくれた。今ごろこんなことを思い出すなんて本当に何て言ったらいいか、申し訳ないし、やっぱり僕はどこか自分の目の前、言い換えれば、自分の未来しか見ていなかった。その頃に比べて、今は少しくらい後ろや横まで見られるようになったのではないかと自分では思っている」

彼女は俯いてしばらく考え込んでいるようだっ

た。夜のベランダに涼しい風が吹いてきた。私は思いきって声をかけた。

「もし君さえよければ、僕たちもう一度やり直さないか。もちろん返事はよく考えてからでいいし、形にはこだわらない」

　彼女は何も言わなかったが、やはり俯き加減で静かにこくりとうなづいた。明日はどうなるかわからない。けれども、長らく途切れていた線がそのとき少しだけつながったような気がした。

　早朝にこっそり部屋を抜け出すようなことはなかった。夜の最終電車で元の駅まで舞い戻ったのである。幅の狭い商店街は一部の飲み屋を除いてほとんどの店がシャッターを下ろしている。アーケードの下を乾いた風が通り過ぎ、時折強い風が吹き込んでくる。しかし、私の身体の中には温かいものが流れていた。流れ着いた者同士が無人島で肩を寄せ合って暮らすような、布団にくるまってお互いの体温を感じ合っているような、長い航海の末にようやく懐かしい港に戻ってきたような、そんな気分であった。明日はどうなるかわからない。けれども、何駅か電車に揺られれば確実に彼女に会うことはできる。昼間彼女と歩いた道をもう一度歩いていることさえ何か特別のことのように思えた。

　古いアパートの二階に上がる鉄製の階段でさえなぜかいとおしく、ほとんど家具らしいもののない狭い部屋は前とはまた違った顔をしていた。いつからこの部屋に住み始めたのだろうか。南側の窓はやはり同じようなアパートの低い屋根が見える。その向こうには工場地帯の煙突がやはりにょきにょきと立っている。ずいぶん長い間住んでいるような気もするし、ほんの数カ月のことのような気もする。安住の地とは言えないが、染み着いた匂いは悪い感じではないし、その日の疲れを癒やすには十分だった。この部屋よりも彼女の部屋のほうが広く、倍くらいはあったろう。それにしても、不安定な仕事と身分はいずれなんとかしなければならない。一人暮らしに慣れすぎて、這い上がろうとも引っ越そうとも思わなくなっていた。

「やっぱり食卓はあったほうがいい」

　ふとそんなことを呟いてみる。いつもはどうやって食事をしていたのだろうか、そんな身近な日常まで思い出せない。具体的な日常を恢復することは容易でなさそうだが、一つの目標はできた。いつか予感したことが的中しそうな気がしていたのである。過ぎ去った頃の追憶に浸るというのではなく、もう一度やり直してみること。それは空しい追体験なんかでなく、現実体験としてすぐそこまで来ているような気がする。血流は身体中を巡り、胸の鼓動はどきどきと高鳴り始めている。歩く方角が後ろ向きなら、その意志はたぶん持続させなければならないのだろう。

「もう一度彼女の部屋を訪ねてみよう。そうしなくても、ひょっとしてあの古本屋でまた出会えるかもしれない。いずれにしても今度はちゃんとした靴を履いていくことにしよう」

それまでつまらないと思っていたことがごく大事なことに思えてくる。ただ靴以上のことが思いつかないのも不思議だ。埃をかぶっていた革靴を磨いて、少しは当てのある散歩に出かける。足の向くままに私鉄電車の踏切を渡って、アーケードのある細長い商店街に入っていく。いつものように人間同士の距離が近い賑わいのある空間が広がってくる。ここにくると、なぜか人と話すことが苦ではなくなる。この空間ではどんな仮面もつける必要がないのであろう。和菓子屋の前でしばらく足を止めると、いつものように申し訳なさそうな笑顔で声をかけてくる老女、ずっと前から知っているような気のする人だ。

「お一つどうですか、今は桜餅の季節ですから」

どんな季節であろうとも、桜餅は美味しいと思う。帰りに一つ買って帰ろうかと思いながらまた歩き出す。今日は革靴を履いているから、などとどうでもいいことを言い訳にしている。学校も企業も新入りの季節なのだろうか、あちらでもこちらでも服装がパリッとして新しい。やはり桜餅の季節なのか、あるいは十月から年度が改まるようになったのか、少し嫌な予感がしてきた。昨日は本当に昨日なのか。昨日会った人は本当に今日を迎えているのだろうか。改札口の前を通り過ぎて北のほうに歩いていく。あの古本屋は本当に存在しているのだろうか。それらしい店先を覗いていくが、どこにも古い書物など積み上げられてはいない。とうとう赤い橋のあるところまで出て、商店街は終わる。恐れていたことが起こったのかもしれない。気を取り直して、今度は反対側から南に向かって歩いていく。パチンコ店やスーパーマーケットなどカタカナの店が並んで、とても古本屋があるような雰囲気ではない。あの日の空間が途切れることのないように彼女と朝までいるべきだったのかもしれない。

20

私は山道を独り歩いていた。どこの山だったのかは忘れたが、そんなに高い山でもなく、かといってハイキングというわけでもない。修験道かなにかで有名な山だったのであろう、ときどき道中笠をかぶって長い杖を持った山伏風の人にも出会った。私はそれまでの自分の人生を見つめ直す機会にしたくて山に登ったのかもしれない。山の中で人は孤独でも、自然の生き物たちの間に帰ってきたという感覚は持てる。理性というものが積み上げた巨大な構造物とそこで営まれる人間関係の中で見失ってきたものがひょっとして取り戻せるのではないか、そんな思いで山に来たのだろう。二晩ほど山で過ごす予定だった。山小屋近くのテント場で宿泊して、もちろん食事も自分で作る予定だ。もともと田舎育ちだから山道は苦にならない。急変する天気にも備えはできているつもりだった。ところが、やはり山の天気には油断がならない。突然黒っぽい雲があたりを覆い始め、太陽の光をすっかり遮ってしまい、見る間に大きな雨粒が天から落ちてきた。さっきまで行き交っていた登山客たちはどこに身を隠したのだろうか、自分の近くには彼らの姿はどこにも見えない。影も形もない。私は慌ててにわか雨から身を守る場所を探す。大きな木の陰でも付近にないだろうか。自分の足と目で探すしかない。けれども、すぐ近くでときどき稲光がして、間を空けずに落雷の音がしている。かなり近い。低い樹木が強い風に押されていまにも引き千切られそうである。急がねば。私は木陰を縫うようにして細い道をたどっていく。山の天気が変わりやすいということはこの嵐も長くは続かないということだが、それが気休めに思われるほど風雨はさらに勢いを増していく。足下に大量の雨水が流れ始め、道は小さな土石流になる。私は身の危険を感じて、山道を避けて茂みの中に入っていった。けれども道を見失うのはもっと危険なことかもしれない。それでも茂みの中は遮るもののない吹きさらしより少しは雨風がましである。なおも茂みを踏み分けて深く入っていくと、どうしたことだろう、突然雨も風もどこかに去っていったように静かになった。私の身体はいつの間にか大きな黒い森にすっぽりと包まれていて、それまでの暴風雨が嘘のように止んでいた。私はやっと一息ついて、その場にぼんやりと佇み、しばらくしてから自然の倒木の上に腰を下ろしました。外部はまだ嵐かもしれないのに、その空間では軽やかな小鳥のさえずりまでが聞こえる。やがてあちこちから光が射し込み、まるで別世界に迷い込んだようである。その光の中から小さなお堂のような建物が見えてきた。

　私は魅入られたように腰を上げて、そのお堂に向かって歩いていった。仙人の住まいなのか、それとも登山者のための避難小屋なのか。すると、小屋のあたりから薪を割るような乾いた音が聞こえてきた。そこには、いつの時代のどこの国とも判別しがたい服装をした一人のがっしりした男が斧を使って薪割りをしていた。私は茂みをかき分けお堂の前のその空き地まで出てきたが、男は何も見てないように薪割りを続けた。髭を生やしたその顔からは正確な年齢や経歴を推察するのはやはり容易ではなかった。

「吹き降りに遭ってしまってずぶ濡れなんです、しばらくここで休ませてもらえませんでしょうか」

　そう言っても、返事はない。言葉がわからないのだろうか。

「それはストーブ用の薪ですか、ほんの少しの間身体を温めるだけでいいのですが」

　男はやっとこちらを見て、少しかすれた声でゆっくり話し始めた。

「本当にいいのか。俺はここにもう二十年くらいずっと一人で暮らしている。世の中のことも、ほとんど誰ともしゃべらないから、言葉さえも忘れかけている。本当にそれでもいいのか？」

その顔つきにはどこか見覚えがあった。けれども、それが誰に該当するのか思い出すのも面倒だった。取り敢えず休息場所が欲しかった。

「ええ、もちろんです。感謝しています。さっきはずいぶんとひどい嵐でしたね。道は濁流になって、突風に飛ばされてしまいそうでしたよ。それにしても、ここは嘘みたいに静かで落ち着いた場所ですね」

「獣たちの家だからな」

男は不思議なことを言う。

「それはどういうことですか？」

「普通のことだから、慌てる必要はない。人間は未来への備えをして身構えるだけで、当たり前のこととして受け容れる度量がない。もともと今日と明日に区別はない。嵐は何度でも繰り返す。それはごく普通のことだ。ここに暮らし始めてからそれを実感している」

「そういうものかもしれませんね、嵐に襲われたときは大騒ぎになりますが。考えてみれば、何十年何百年と元に戻らない人災に比べたらずっとつき合いやすい。失礼ですが、ひょっとして都会生活から逃れてこられたのですか？」

「こちらから捨ててやった。都会は自由なようで自由でない。金がなければ自由もない。選べるのはせいぜい安物の靴の色やデザインくらいのものだ。都会の生活はもうたくさんだ」

男はもうこちらの話題には興味を失ったらしく、黙って薪割りを再開した。

「では、少し家の中で休ませてもらってもいいですか？」

見事に薪を真っ二つに割った後、彼は小さくうなずいたようだった。小さなドアから家の中に入ってみると、室内には薪ストーブが燃えているらしく、仕切りのないがらんとした空間は暖かだった。山小屋風の室内はきちんと整頓されて快適な空間である。奥の間には仏像らしいものが置かれていて、やはり、古い寺のお堂を住居に改造したのかもしれない。私はしばらく雨に濡れた衣服をストーブの熱で乾かしながら薪の燃える様子を眺めていた。疲れと暖かさのせいでしょう、そのまま眠ってしまうとしてしまった。目が覚めると、男は部屋の真ん中あたりに腰を下ろして何やら細かい仕事をしていた。

「何をしているんですか？」

例によって一度で返事することはない。

「何か手作り製品でも作っているのですか？」

彼はその言葉を聞くや、さっと顔を上げて鋭い目つきでこちらを睨んだ。何が気に障ったのかはわからないが、彼は少しも表情を和らげない。独り暮らしが長いせいか、何となく意固地になっているような気がした。独り暮らしならこちらも負けてはいない、そう思って身構えた。

「何でも製品にしちまうんだな」

彼はそう言って諦めたように皮肉っぽく笑った。少しくらい私に期待するものがあったのかもしれない、そんな気がした。言い直しても無駄だと思ったので、別のことを聞いてみた。

「ここはかつて寺か何かがあったところですか？ いい雰囲気の場所ですね」

「今でも寺はある」

「このお堂だけではないのですか？」

「ここはまだ寺の入り口だ。たまたま薪割りをしにここまで降りてきただけだ」

「寺があれば訪ねてくる人もたくさんいるでしょう。あなたは住職ですか？」

男は冷ややかな笑顔を見せて、また言った。少しは心を許し始めたようである。

「いわゆる廃寺というやつで、もともと檀家なんかもなかった主のいない寺に私が入り込んだんだ。晴耕雨読、いい生活だ。偶には、あんたのような登山者が迷い込んだり、信心深い人が参拝に来たりするが、何のもてなしもしない。それでも住職と呼びたいのなら呼んでくれたらいい」

彼はそのときかすかに微笑んだように見えたが、すぐに無愛想な表情に戻っていた。私はそんな風に暮らしていけるというのがなんとも不思議だった。

「住職さん、あなた寂しくはないですか？」

「煩わしいことから解放されてせいせいしている。それに話し相手はいる」

「それはよかったです。その方は近くに住んでおられるんですか？」

「もちろん、お堂の中の仏様もその一人だし、書物の中の人たちとと対話することだってできる」

　私は呆れてしまった。

「ここには生身の人間は他にいないようですね」

「生身の人間は一人で十分だ。思い出の中に一人でも気の合うやつがいたならそれでいい。そいつは何度でも夜の夢や昼の空想の中に現れてくるからな」

　私はひょとしたら彼に出会うために山に登ってきたのかもしれないと思い始めた。よく見ると彼は鑿で木を削っていた。

「ひょっとしてそれは仏像ですか？」

　彼はやっと素直に、少し照れくさそうに笑った。どうやらそんな質問を待っていたのかもしれない。

「あんたは木喰を知っているか？」

　そういえばどこかで聞いたことがある。片田舎の古い寺のお堂でさまざまな表情を持つ二十体ほどの仏像を見たことがあった。確かそれを木喰といったような気がする。

「まあそれと似たようなものだな」

　男は私の表情から知っているものと判断したのだろうか、木喰の話を続けた。

「彼は死ぬまで仏像を、いや、仏と人を区別していなかったのかもしれないが、一人で何百という個性的な木像を彫り続けたんだ。そんな生き方にあやかりたいと思ってね。だから、これが製品なんかであるはずないんだよ」

「わかりました。さっきは失礼な質問でしたね。こういう生き方を始めるきっかけというのは何だったのですか？」

「それを話したら長くなるが、聞く時間はあるのかい。嵐はもう収まったようだが」

「大丈夫です。もともと目的地のある旅ではないのですから」

「そうか。かいつまんで言うと、製品を作るか、木像を彫るかの違いなんだ。つまり、プロかアマチュアかということだ。それで生活費を稼ぐのがプロで、それで稼ぐ必要のないのがアマチュアだ。何もかもが売れることを要求されることに俺は耐えられなくなってきたんだ。プロは消費者の喜ぶものを作らなければならない。しかも、それ以前に売らなければならない。売れなければ作れないという悪循環に陥る。テレビ局なら視聴率、スポーツ選手ならコマーシャル収入、作家なら読者の購買欲のために作るということだ。そう考えだしたら、毎日の自分の仕事が恐ろしく空しいものになってきた。プロが作るものは偽物で、本物はアマチュアにしか作れない。なぜなら、金のために一秒でも速く走ろうとして、そのことばかり考えて、自分を追い込んでしまう。つまり、余裕がなくなってしまうから早晩失敗する。生活がかかっているからどこか力が入りすぎて無理が生じてしまうんだ。あるいは、動機が不純なものになってしまうのかもしれない。『それしかない』は強いけれども、どこか危うい。芸術家はそれが美しいと思うから作るのであり、マラソン選手はそれが楽しいから走るのだ、それがアマチュア精神の勝利というものだ。オリンピックの堕落はいったいどこから始まったのか。映画『ベルリンの空』は英語に翻訳されると『欲望の翼』になる。どう解釈すればそんな訳ができるのか。もちろんタイトルよりは内容が重要なのだが、少なくとも『欲望の翼』のほうが英語圏ではよく売れると判断されたようだ。少し話題が逸れてしまったが、それまで頭の中でもやもやしていたものを一度に吐き出そうとするから、意味がつながらなくなってどうやら混乱してしまう。話を戻そう。内容の問題だが、目標があってそこに向かって努力するというお決まりの方法というのがあって、その目標が数値で表されるならよりわかりやすい。けれども、わかりやすいということは必ずしも目標ではない。むしろ簡単にわからないからこそ値打ちがある。そうではないか、もし俺が間違っているなら教えてくれ。紫式部は宮廷の女官という仕事を引退してから『源氏物語』を書いたのではなかったか。少なくとも生活の糧を得るためではない。清少納言しかりだ。鷗外もまた晩年まで軍医だった。彼らの作品は決してわかりやすいものではないが、今なお読み継がれている。まあ、もともと職業作家などいなかった時代ではあるが……」

彼は自分の考えを整理するためか、しばらく沈黙した。私は少しでも彼の助けになればと思って口を挟んだ。

「あなたはなにか目標があって仏像を彫っているわ

けではないというわけですね。誰かに売るというわけでも、また見てもらうというわけでもない。それは何でしょうか、使命感のようなものですか」

「出来上がった仏に自分が会いたいということかもしれない。会えなかったときは何か空しく寂しいからな」

「自分の分身っていうことですか？」

「そうかもしれないし、そうでないかもしれない。それに、自分のことだけじゃないような気がする。ここにもう一人の自分を作る必要はないからな。それでも、誰かに見てほしいという気持ちは否定できないから」

男は何やら神妙に彫りかけた白木をじっと見つめている。それはなにか大切なことを思い出そうとしているようなふうでもある。

「子供の頃、なんとなくもう一人の自分がいたような気がする。そいつとはいつも山の中を探検して遊んでいた。山に登ったり、沢を下ったり、洞穴に入ったり。そいつはある日突然どこかへ行ってしまった。転校したのかもしれないし、あるいはもともと幻だったのかもしれない。ひょっとしたら複数の人物が一つに融合したものだったのかもしれない。寺の息子だったのか、駐在所のお巡りさんの家族だったのか。学校にはときどき転校生というものはやってきて、強い印象を残して去っていく。それは異文化との遭遇といってもよかった。俺もその転校生も学校が嫌いだった。みんな同じように前を向いて机を並べて座っていることが耐えられなかった。できることなら何時間でも窓の外を眺めていたかった。もともと前を見ることが嫌いだったのは、周りのことが気になって仕方がなかったからだ。その転校生だけはそんなこちらの性格を理解してくれているようだった。いつの間にかふっと自分のそばに立っていたこともあった。いつもこちらを見ていたので、俺たちは同じように前を向いていたということがない。だって、みんながみんな前を見ていたら、横や後ろで誰かが鼻血を出したり倒れていたりしたとしても、誰も気づかないじゃないか。あるいは、『用意どん』で一斉に走り始めたとして、もし誰も横についてこなかったらと不安になったりしないか……」

男は自分自身に話しかけているようである。長い孤独が独り言を習慣づけたのだろうか。私はしばらく聞くことに専念しようとする。

「その転校生が言うには、人里離れた山の中にはまだまだ知らないことがいっぱいあって、昔の鉱山の跡らしいトンネルが縦横に走っている、というのだ。他にも知らないことはいっぱいあって、どうやらその知らないことが自分たちを学校に行かせ、前を向かせるように促しているらしい。ラジオもテレビも気をつけなければならない。甘い夢をちらつかせては、ただ決められた方向に引きずられていくだけだ。そんなことを彼はよく言っていたような気がする。けれども、俺はいつしか受験だ就職だと追われるようになってそんな話はとっくに忘れてしまっていた。彼もまたその頃には俺の目の前からいなくなっていた。それから、自分を社会に適応させようと必死になっているうちに、俺はやっぱりただ前を向くだけの人間になっていた。周りの人たちを気づかう余裕などなかった。けれども、俺の待っていた未来は倒産とリストラ。それまで積み上げてきたと思ったものはただの幻にすぎなかった。ますます身動きがとれなくなって、思い出したのがかつての転校生の言葉だった。山の中にはまだまだ知らないことがいっぱいあって、トンネルが縦横に走っている。都会では金がなければ生きてはいけないが、山の中でなら何とか食べていけるかもしれない。木の実や野草を食べ、湧き水を飲んで、洞窟の中で寝ながら何日か過ごしたあと、俺はこの廃寺を見つけたんだ。ただただ後ろ向きに歩いてやっとここにたどり着いたというわけだ。もう前を向くつもりも山を下りるつもりもない。生存競争に負けたんじゃない、負けたら生きていけないやつのためにわざと負けてやったんだ」

男の表情はまるで夢でも見ているかのように陶然としてきた。私は話に耳を傾けながら、何だかおかしいぞと思った。彼はたったいま自分で思いついたことをそのまま話しているのではないか。つまり、作り話をしているのではないか、ということである。彼の話の全部が作り話だとは思わないが、ひょっとしたら彼自身の体験と虚構との間に区別がないのかもしれない。記憶はあるけれどもそれがいつのことであったのか、時系列がどうしても思い出せないという認知症の人の話を何かで読んだことがあった。それなら、事実とフィクションの区別ができなくなるという認知症もひょっとしたらあるのではないか。いや、あって当然かもしれない。もともとあるともないともいえない時系列から解き放たれた体験というものがあるように、想像上の架空の体験がその人の体験ではないとどうして言いきれるだろうか。それは最近の私自身の症状にも当てはまることだった。彼もまた私と同じようにどこかで不慮の事故にでも遭ったのだろうか。男は少し間をおいてからまた話を続けた。

「ここに白い木がある。何の変哲もない滝木の切れ端だ。けれどもこの木をいろんな角度から見つめたり感触を確かめたりしていると、いつの間にかその中からある人物の映像が浮かび上がってくる。それらは見たことがないようであり、見たようでもある姿形をしている。それでも彼らに共通しているものはある。表情や動作に打算を感じさせないのだ。賢く見せようとか、いい人に見せようとかいう作為的なものが感じられない。ありのままなんだ。多くを望まず、人に優しく、いつも唇に笑みを浮かべている。それでいて、どこかに深い悲しみを秘めている。彫り進めていくうちに見失いかけることもあるが、なぜかこの手がそれを覚えている。手を動かせば逆に像が浮かんでくる、そんなこともあるんだ。まだまだ作品は少ないけれど、この手が動く限り俺は彫り続けていくことだろう」

「これまでにあなたが関わってきた人がモデルになっているんですね」

「そう単純じゃないけどね」

「というと？」

「むしろ関わらなかった人かもしれない。関わってほしくても関わりきれなかった人かもしれない。もしくは、これから出会う人たちかもしれない」

「つまり、理想像ということですか？」

「何と呼んでくれてもいいが、作品を見てなにか感じてくれたらいい。もともと多くは望んでいない」

「ありがとうございます。おかげで体力も回復してきました。空も晴れてきたようなので、そろそろ出発したいと思います」

「そうか。最後に一つ言っておきたいことがある。俺が山にこもるようになったきっかけを一言で言い表すなら、世の中の『本末転倒』、これに耐えられなくなったからだ。これは現代の世の中を表すのにいちばん適切な言葉だと思わないか？　つまり、正義というものはたいていまやかしであり、進歩はほとんど退歩であり、自由はすべて『前向き』という束縛であり、民主主義は専制主義である。改革は問題のすり替えでしかない。人はどうしてそんな転倒を繰り返してしまうのか。世の中の倒錯した思考回路はいよいよ顕著になっている。けれども、この近代化というスポーツカーはどうにも身動きがとれなくなってしまっているようだ。考えてみたまえ。株式会社の代表が社員全員の選挙で選ばれるなんてことはまずなく、絶対王政のように世襲で選ばれることさえあり、しかも、内部では当たり前のように『上司』『部下』と呼び習わされている。勇気を出して意見をすれば、やんわりと左遷されるか干されるか。これを専制主義と呼ばずに何であろうか。少なくともとうてい民主主義とは懸け離れた代物だった。末端の会社員はその性格上軍隊のように同じ方を向いて前進するしか道がないから、やはり自由であるとは言いがたい。そうは思わないか。もはや民主主義も自由もひっくり返って地に落ちている」

男は吐き捨てるようにそう言った。私は反論することなく聞いていた。それがこの男の生き方であるなら、それもいいと思った。共感できないわけではない。ただ、自分はその「本末転倒」の世界にいつの間にか慣れてしまっているのかもしれないと思った。

勤務先の塾に遅刻連絡をして、二時間目から出勤した。授業を一コマ空けたくらいどうということはない。一度くらい空いたほうが生徒も教師もよく考えられることだってある。ここではパリッとした服装など見たこともない。むしろ今日の革靴には違和感がある。それでも小さな変化は好奇心を喚起したり、問題を提起したりすることはできる。いや、待てよ。この革靴はいつから履いていたことになるのか。それもまたどうでもいいことであるのか。

「井口先生、遅刻は困るんだがね」

教務主任が言うことなのかと鼻で笑いながら、神妙に頭を下げる。相手にもまた言わされている感がありありと見て取れる。この世界の秩序はどうやら時間で成り立っているらしい。したがって、遅刻は何らかの罰を受けなければならないということだろう。「遅れてきた青年」という小説があったことを思い出した。それは遅刻常習者の話だったのか、それともっと別の世代的な意味だったのか。けれども、いまの私は遅刻常習者のほうに共感する。世代的な遅れなどというものはどうやら存在しそうにないからである。私はむしろ世の中の足を引っ張る存在でありたいと思う。大事なことほど回り道しなければならないということを知っているから。

「ということで、よろしく頼むよ」

「はい」

確信的な返事は別の文脈をたどっている。私は次の時間なんの準備もせずに授業をすることになる。それでも、それのほうがいいことを知っている。教室での主人公は私ではない。私は主人たちの言葉に対して知識と経験でいろいろに反応する道化になるだけでいいのだ。準備は心だけでいいし、計画は緩いままのほうがいい。緻密な計画はかえって一方的な注入にしかならないことを何度も経験済みだから。人との出会いはいつだって多かれ少なかれ想定外だし、それだからこそおもしろいし、思わぬところで拡がったり深まったりもする。想定外の質問があったときこそ授業の醍醐味である。そんなときこそ教師の個性が発揮され、その人間性がものを言う。仕事をサボったことに対するそんな言い訳を心の中でしながら、いつもの教壇に立つ。

夜、授業を終えて心地よい疲れと共に帰路につく。それでもバスを待つのは面倒であり、乗ってもエンジンの振動と排気ガスの匂いが気分を重くする。その夜は乗客が多く、乗り換えまで立ったままでいなければならなかった。一本の吊革が支点となって体が揺れ、ブレーキの度に前後に振られる全身は無理な曲芸さえ要求される。これが改革の行き着いた先かと思うと、ほとほと忌々しくなってくる。どうやら改革というものはただ改まったというだけで目的も哲学も欠落していたようである。そして、修飾語のついた「身を切る」改革とは、実は「身を切られる」改革だったようである。バスの中の揺れと密集とで吐き気を催しそうになりながら、どこかでみたスローガンに毒づいてみる。とにかく「改革」と名のつくものは胡散臭いものと思うべきだ。耳障りの言い言葉ほど気をつけなければならない。「夢」も「未来」も「希望」もだんだん薄っぺらく思えてきた。ああ、俺はどこまでこの窮屈なバスに乗るはめになったのか。毒づく相手を間違えているのかもしれない。いつの間にか私たちは資本主義的な文脈にどっぷりと漬かってしまっているようだ。この文脈から抜けられない限り、答えはいつだって風に吹かれている。「不可逆的に解決された」問題など存在するのか。不思議な言葉だ。同語反復のように思えるが、誰かの耳には心地良いのかもしれない。

バスを乗り継ぐためにようやく一旦バス停で降車する。西へ向かうバスは少し空いているが、やはり座れない。やりきれない怒りがこみ上げてくる。怒りをぶつける時間と気力を奪うためにバスは混み合っているのかもしれない、とまで思ってしまう。バスの中に漂う無言の敵意の正体はひょっとしたらこれかもしれない。しかし、その敵意はあまりに漠然としていて、その標的を近くに座っている他の乗客に向けたりしている。どのあたりからやり直せばいいのか、考えている余裕さえない。けれども、どこかでこんな窮屈な道をわれわれは、いや、私は選んできたに違いない。学生時代、バスに乗ることは年に一度くらいであった。ましてや、満員のバスに乗ることはほぼなかったと言っていい。いまは当然とされることが自分には窮屈でしょうがない。だんだんと呼吸が苦しくなってくる。答えは吊革のように目の前にぶら下がっていて、それ以上問いかける気にもならない。にもかかわらず、捕まえる吊革を間違えたらどこまでもずるずると引き摺られていくしかない。引き摺るものたちはいつでも簡単に手を放すことができるのに、だ。

「合格への道」

「ゆとりある老後へ」

「安心を今から」

「理想の住まいへ」

「未来は君を待っている」

　広告は疲れ切った乗客を見下ろすかのようにように天井から垂れ下がっている。たいていは複数の若者が斜め上を向いて微笑む写真が使われている。青空に向かって指を指していたりもする。けれども、ほとんどの乗客はなけなしの金をそこに注ぎ込むわけにはいかない。それでも、コンマ数パーセントの乗客の瞼にはそのチラシの残像がちらついていて、電話で問い合わせることもあるかもしれない。広告費は需要と供給を満たしている。未来はずいぶんお金が要るに違いない。だから、未来などなければもっと楽になるはずである。「その日暮らし」、なんと良い響きではないか。私はばかばかしくなってバスを降りる。このまま歩いて帰ろう。未来はなくても、歩いたほうが身体にも精神にも良いはずだ。しんどい疲れよりも快い疲れ。目にしたくないものまで見せられる必要はない。これ以上あれやこれやと未来への不安と希望を煽るのは止めてほしいものだ。

　夜の道は季節のにおいがする。近くを流れる川の水の匂い、乾いた落ち葉の匂い、どこかで秋刀魚を焼いている匂い、ご飯の炊きあがった匂い。夜の冷たい空気を吸い込むと、少しだけ時代が元に戻ってきたような気がする。視界からけばけばしい色が消えて、街全体がぼんやりした闇のベールに包まれる。付近の工場は稼働を終えたのであろう、街角からは機械音が消えている。家までは遠い道のりである。けれども、歩いて帰るのが不可能な距離ではない。途中で屋台のラーメンでも食べようか。小さな明かりが点っている。赤い提灯が見える。スープで身体を温めて、冷たい風を顔に受けながらまた歩こう。いつもは跳び越えて見過ごしてしまっている懐かしい人に出会うかもしれない。そんな気がしないでもない。おそらくこの道でその確率は高くなっている。二人の子供の手を引いて歩いているのは、かつての下宿近くの定食屋の娘ではなかったか。道はだんだん細くなって、いつしか裏道に入ってきている。生活の音と匂いがどこからともなく洩れてくる。前方を歩いていた三つの人影が横町で幻のようにふっと消える。初めて都会に出てきたときの地方学生のように物珍しそうに歩いている。どんな狭いところでも屋根さえあれば上手に住んでいけるものだなあと感心した集合住宅。鉄の階段の塗装はところどころ剝げ落ちていて、間仕切りの薄い壁越しに話したこともない隣の住人の咳の種類まで聞き分けることができた。

「石油ストーブはだめだと言ったろう。今すぐ消してくれ」

小言を言ったことのない大家さんは火事だけはものすごく心配していた。今ならその心配はよくわかるが、当時はその内陸都市の冬の底冷えにはどうにも我慢できなかった。こっそりと何度もその警告に背いていた。注意することも気が重いということを、大家さん家族がいい人たちだけに、なんとなく感じていたにもかかわらず。

初冬の風は頰に冷たく、小さな綿のような白い虫が空気中に浮かんでいる。そんな生活がまるで就職までの執行猶予期間であるかのようにいつまでも続いていくような気がしていた。なぜだか未来のことを考える必要にも迫られなかったのである。ある夜アパートに帰ると、大家さんの部屋から嗚咽する声が聞こえてきた。親しい人でも亡くなったのであろうか。戸の隙間から畳の上でのたうつ姿がちらっと見える。悲しい声はひかえめに夕闇に細い糸を引いた。遠い異郷の肉親を思う切々とした感情なのか、あるいは長らく都会で苦労して働いてきた彼女がふと郷愁の思いに耐えられなくなったのか、ただ冷たい夜気を伝ってむせび泣く声がいつまでも心に響いてきた。普段は見えることのない生の人生というものを見せられたような気がした。明くる朝、大家さんは何もなかったかのように陽気に私を送り出してくれた。

枯れ葉の舞い落ちた歩道を当てもなく歩いていた。身体の中にずっしりとした重いものが沈殿していくようだった。その暗い闇の延長線上にどこか別の世界への入り口があるのではないか。馴染みすぎた孤独の創り出した夢のような、地球の反対側の人とでも共有できるような、そんな未知の物語への入り口でもあるのではないか、と。ほどなくそんなはかない夢は薄いコートの上から冷たく吹きつける木枯らしに打ち消されていく。それでも、ある程度疲れるところまではとぼとぼ歩いていく。行きつけのジャズ喫茶に落ち着ける場所を見つける。二時間は粘れそうなコーヒー代くらいはポケットに入っている。本屋でのアルバイトがなければ、そのまま継続できそうにはない生活ではあった。それでもなんとなくそんな日々がいつまでも続くと思っていた。

突然母のことが思い浮かんだ。片時も忘れているはずのない母という存在がまるでそのとき初めて思い出されたかのように、鉄道線路とそれにつながる街道のはるか向こうで黙々と畑を耕している姿が目に浮かんできた。私は働いていない母の姿というものを知らなかった。その母の気持ちを想像することがなぜか怖かった。そんな生活を暗に遠ざけている自分が後ろめたかったのかもしれない。また、前夜の大家さんのうめき声が毎日畑に鍬を入れる母の姿とどこかで重なったのかもしれない。望郷の念には場所も年齢も関係がないのだ。後ろめたさの隠し場所のようなジャズ喫茶。途切れないリズムと引いては寄せる金管楽器の音色が心の中を探りながらあちこち巡っていく。また一つ悲しみの粒を拾ってはまたそっと置いていった。海の向こうで働く人々の見えない心の一粒一粒まで想像できるかのように。ダイヤモンドの針と黄色い照明の光を反射して黒光りしながら回転するレコード盤。あまりにかけ離れた場所で私はその日も怠惰な一日を送っている。

もう一度そのときの気持ちに浸れることはやり直しの一つなのかもしれないと自分に言い聞かせてみる。その怠惰な日々が、今日あることのために通らなければならなかった必修過程であったと思わせられるのなら、少しは母の苦労に報いられるかもしれない。それにしても、それは何という回りくどいこじつけだろうか。なかったことにはできない以上、あとは素直に事実を認めることでしかやり直すことはできないのに。何度も思い出すことによってしか事実は継承されることがない。もう一度そこに戻れば、また新しい事実が発見されることもあり、記憶の曖昧さそこで修正される。新しい解釈とは、そういうことであって、恣意的に作り変えることではない。たとえ腐蝕して土に還ったものがいくらかあったとしても、全く消えてしまった事実などありはしないのだから。すべての事実は今も確実に存在している。

粉雪混じりの風が左の頬に吹きつける。冷たい季節は何度目かの一人暮らしの夜道にもやってくる。まるで「お前を見逃すわけにはいかないぞ」とでもいうような律儀な感じでやってくる。コートの襟を立てながらその律儀さに感謝する。「寒いね」と誰かに声をかけるきっかけを、あるいは何年か前の記憶を呼び起こすきっかけをそれは与えてくれる。怠惰な日常であっても油断できないものがあることを教えてくれる、それだけでもありがたい。下宿に近づいてくると、どこからともなく焼肉の匂いが漂ってくる。すると、わずかな荷物で引っ越してきた日の夜、大家さん夫婦が焼肉で歓迎してくれたことを思い出す。それは本当に生まれて初めての経験だった。ごくんと唾を飲み込む。都会の片隅で偶然同じ屋根の下で暮らすことになったことの意味をそのときはあまり深く考えていなかった。けれども、冷たい風と焼肉の匂いといろんな思いとが交錯し合って、ちょっと我慢できなくなった。あれから何を失くして、何をこの暗い路地裏まで引きずってきたのか。答えはもうわかっている。何も失くしていないし、何もかも引き連れながら侘しい路地を歩いている。だから少しは足取りも重くなったし、声は少しかすれて濁ってしまった。

大きな橋の歩道を歩く。故郷から流れてくる大きな川の左岸から右岸へと。ほんのり明るい寒空と冷たく瞬く孤独な星。稜線はまだくっきりと影絵のように縁取られ、その麓には今夜のねぐらがあり、その向こう側にはまだ見えない鳥たちのねぐらがある。冬はその向こう側から峠を越えてやってくる。山と山の間から白い霧が山肌を這うように降りてくるのを私は何度も見た。それはその地方特有の冬の前触れだった。木枯らしはいよいよ山から平地へと降りてくる。西から乾いた雪が吹きつけ、やがて水分を含んで静かにしんしんと降り積もる。一晩中かかって真っ白い衣が瓦と樹木と道路をすっぽりと覆い、きらきらと輝く氷の粒を播き散らしながら東から朝日が昇ってくる。

永遠に循環する自然には進歩も退歩もない。少しくらい山を削ったり、川の流れを堰き止めたりしても、自ら修正することでやっぱり変わらないからこそ、自然は尊いのだ。自然の一部である人間世界はどうだろうか。同じことを繰り返し、変わらないことは、なにか怠慢もしくは堕落と思われていはしないか。選挙のたびに「進歩」や「改革」が叫ばれる。しかし、社会の発展の法則というものにはいつしか疑問符がつき始めているように思われる。ひょっとしたら、人間社会の発展というのは、自然に例えれば、山を削ったり川の流れを堰き止めたりしているだけのことではないだろうか。自然がそうであるように、自ら修正する局面がいつものように訪れているのかもしれない。それは一見後退しているように見えるかもしれないが、「進歩」も「後退」ももともと意味のない自然のことだと考えられはしないか。いつの間にか、私たちは意味のないものに囚われていたのかもしれない、と。

満員のバスも電車も自動車も、すでに限界を迎えているのだろう。だから、私は寒くても遠くてもあえて歩くことを選んだ、過ぎ去ったことを取り戻すために。一人また一人とバスを降りて路地を歩く人が多くなって、ラーメンやおでんの屋台が並び、道端には魚屋や八百屋が軒を連ね始める。駐車場からは金食い虫の車の姿が消え、大型のスーパーから人が遠のいていく。まるで時間が逆戻りするように、道路から車が消えていく。人々は歩く楽しさに目覚めたのだろうか、仕事帰りの人たちが日用品を求めて、御目当ての店を探し当てる。ふとしたことから会話が始まり、長かった各自の孤独は徐々に薄められ慰められていく。錆びついていた商店街のシャッターは軋みながらも少しずつ上げられていく。子供たちは廂の上の窓から顔を出して近所の友達と短い言葉を交わしてから、慣れ親しんだ通りへと駆け出していく。

夕刻、雪がしんしんと積もってきた。タイヤの摩擦でかき消されていた道路の雪がいつの間にか積もり始めている。回転する車輪の音が綿にでもくるまれたように柔らかくなる。その情景からまだまだよみがえってくるものがたくさんあるような気がしてくる。記憶はあちこちから雪でおぼつかない足元にまで馳せ参じることができ、いまのところ無尽蔵である。オートバイはスリップして前に進めなくなり、備えのない自動車は立ち往生している。ただの鉄の塊になった車を通りすがりの通行人の力を借りてなんとか道路脇に移動させた人は、やっぱりそこから自分の足で歩いていく。彼らもまたままならぬ雪道の感触を思い出す。あくる日車を取りに来るまで、彼の前には別の空間が広がり、思わぬ人に出会わせてくれる。

「こんばんは。実はこの先のところで車が雪で立ち往生してしまって、なんとかならないでしょうか」

　町のガソリン・スタンドの明かりを見つけて、運転手が助けを求めた。応対に出た男の顔に彼はどことなく見覚えがあったりする。

「ひょっとして……」

月夜の路面電車

21

私は長い間歩き続けている。いつのころからか終わらない散歩を続けている。仕事場にいても、心の中では砂漠のような所を一人で歩いている。その場で一生懸命働いているように人からは見えるかもしれないが、心はいつも醒めていて、どこか遠くのスキか何かの揺れている広い野原か、あるいは何もない色もない匂いもない場所を歩いている。空には満月がぽっかりと浮かんで、ほんのり明るくて、丸い月の表面の模様がいつになくくっきりと見えている。記憶なのか、想像なのかわからないが、心の中ではずいぶんと親しんだ場所でもある。未来でも過去でもなく同時進行しているもう一つの世界のようなものである。もう一つの世界が未来にあると思っていた頃はとっくに終わった。ただ相手の考え方や心の動きがつい想像されてしまうという傾向は幼い頃に形成されたのかもしれない。誰もがそうであると思っていたが、どうもそうでないらしいとも気づき始めたのも幼い頃である。自分ならそうはしないと思うことをするような他人の心はなかなか予測ができなくて、ずいぶん悩んだものである。そのずいぶん悩んだこの経験が、どうやらこの色のないがらんとした世界に入り込むことを促したのかもしれない。

その空間には一人歩いているが、誰かに出会わないというわけではない。現実の出会いの中から重なり合って熟成したのか、いろんな人がまるで運命のように、いや、まるでもとからそこにいた人のように現れてくる。そして、その空間を目にしている自分でさえ定まらず、反発したり和解したりしながら移ろったり遡ったり、やはり誰かと重なり合ったりしている。それまで訪れた場所を地図帳の中に赤鉛筆で印を付けるように、私はその空間の中を少し離れたところから見渡してみることもある。

もう一つ言っておきたいことがある。順風満帆な人生であれば見えなかったこと、見ないでもよかったことが自分には見えるようになった、いや、好むと好まざるにかかわらずそれを見ざるをえなくなったのである。いや、むしろそこに逃げ込んだと言うべきかもしれない。だから、ここで人生の苦労を推奨しているわけでは決してないし、そんな世界に強引に引きずり込もうとしているわけでもない。ただ、その世界の入り口あたりには誘導してみたいと思うだけである。その入り口でもなお逡巡しているのは実は私かもしれないのだから。

その夜はたまたまの満月で、ほんのり明るい町が静かに息を潜めている。道の両側に並んだ家々の窓からは冷たい明かりが漏れている。南の空に惑星らしきものが二つほど光を放っているが、月明かりのせいかその他の星はほとんど見えない。見えなくてもあるのは、昼間の星と同じだ。私はその空の下を一人で歩いている。人通りはほとんどない。時々酔っ払いが道路脇の塀を伝いながら千鳥足で歩いたり立ち止まったりしている。それを無視して通り過ぎ、もっと静かな道を選ぼうとしている。やがて、少し高くなったところに公園らしきものが見え、足下に用心しながら坂を登っていく。満月が少し大きくなったように見え、その球面に青白い濃淡の模様がくっきりとしてくる。公園のベンチに腰を下ろしてゆっくりと月の巡りを眺めながら、何かを待っていた。しばらく冷たい風に当たりながら、やがてくるであろう変化を待っていた。すると、遠くの方から地響きを立てて重い鉄の車体が公園のある丘の上に近づいてきた。緑の車体はどこかで見たことのある路面電車である。廃止されたはずの電車がこんな時間に、しかも公園のそばまでやってきた。道路の上には架線もあるようだ。坂をものともしないことは知っているが、全く意外である。私は初めから待っていたように、また誘われるようにその電車のステップに足を踏み入れた。バスのような細かい振動はない。電車はするすると移動しながらやがてゴトゴト丘を下っていく。街はいつしかずっと昔の情景にもどっている。軌道の下には石畳が敷かれ、車道の幅は狭く、電停には横断歩道がかかっている。窓の外には平屋や二階建ての木造の家や商店が軒を連ねている。まだ営業している店もあって、その前には人が出入りしている。深夜に近いせいか、車の数もすっかり少なくなっているようだが、電車の乗り降りはまだ活発である。

「この電車は時間を遡っているのかしら？」

私は独り言のようにつぶやいた。すると、

「いや、時間には遡れるような坂道なんてない」

切符を切りに来た車掌が答える。

「では、どうして過去の世界が見られるのだい？」

「これは過去なんかじゃないよ。どこかにある現実そのものだ」

「わからない」

「そのうちわかるさ。現実ってのはなかなか層が厚いんだよ」

車掌はそう言って、他の乗客の切符を点検する。

車掌の言葉とは裏腹に私はついに過去に戻ってきたような気がしていた。これまで頭の中にがらんとした空間を培ってきた成果であると。また私は常々思っている、人が旅に憧れるのは歴史に触れられるからであると。言い換えれば、地理と歴史は一体となっていて、例えば旅の途中で一人の中国人に出会うとすると、それは同時に中国の歴史に出会うことでもあると。ともあれ、私は現実の一つの層の中を旅している。その層はすぐ手が届きそうでありながら、油断しているとすぐに見失われる。私は入り口への鍵となる言葉を砂漠の中で探し始めている。

次の停留所に止まると、三人連れの家族が乗り込んできた。母親と姉弟のようである。私の向かいの席に並んで座った。

「月がきれいね」

「本当ね」

「僕、願い事をしたよ」

「願い事をするのは、流れ星よ。ばかね」

「きれいだったから……」

「何を願ったの？」

母親はすべてを受け入れるように優しく言う。

「牛さんのいるところへ行きたい」

「そう、叶うよ、きっと」

小さな弟は満足そうに瞳を輝かせ、姉はあきれたように笑っている。電車の急ブレーキで三人とも右のほうに傾く。こちらは左に傾く。しゃくり上げるように電車は逆方向に乗客を傾けながら速度を上げる。姉弟は楽しそうにこちらを向いて笑っている。

季節は晩秋だったろうか、街灯に照らされた歩道には色づいたプラタナスの並木が続いている。人々はコートの襟を立てて俯きながら歩いている。どこに向かって急いでいるのか、あるいはただ歩くことを目的としているのかわからないが、一人、二人、せいぜい三人で落ち葉を踏みながら行き交っている。その誰もが行き先のない、ただ足下の空虚を見つめている。一足前に出すごとに時間は逆戻りして、無限の後ろへと向かっているようだ。州都、耳慣れない言葉が口元に浮かんでくる。古い都はそれだけで国の機能を果たしていたのかもしれない。それほどこの都市の雰囲気はどの街とも異なっていた。交差点を右折する電車と左折する電車が相次いで到着する。直進する電車はその後ろからやってくる。夜の都会の動脈が鼓動し続ける。湖から引いた水力を受けてタービンが回り続ける。

川の中流に開けた内陸の、かつて宮廷文化があった町。ぽっかりと穴の空いたような隔絶した時間のない町、その外周を循環する路線。私は目的地もなく電車に飛び乗った。重いレールの響きが足の下から迫り上がってくる。固い石畳の上をゴトゴトと軋みながら乗り越えていく。窓からは冷たい夜風が入ってくる。そのまま西に進むと、さらに西へと伸びる郊外電車が接続しているはずだ。途中ふるさとへ行く鉄道駅にも連絡している。かつては山の中腹まで登るケーブルカーにもつながっていたという。そこに行きつくまでには交互通行の単線のトンネルまである。乗り換えを間違えなければレールはどこまでも続いている。いや、間違えてもやり直せるほどレールも架線も碁盤の目に張り巡らされていたのである。だから、目的地はいつどのように変わろうと構わない。しかも、終電後も市内にあるいくつかの車庫はなんとか朝までには歩いて帰れる範囲にあったし、夜が白む前の始発の電車を待っても構わない。そのまま町も記憶も循環している。そして、そういう状態はどこまでも続くと思われていた。記憶は油絵の具のように何重にも上塗りされている、掘り出せばもう二、三枚の別の絵がそこからぼんやりと浮かび上がるように。

誰かが「軌道の上に十円玉を置いておいたら、ぺったんこになる」と言って、実際その潰れた十円玉を見せてくれたことがある。そんな電車の無骨さ重さを想像した。「軌道の石畳は剝がして投石に使う」と言うやつもいたが、そんな場面を実際に見たことはない。自動車に乗っていて電車と接触したと大人がやや自慢げに言っていたのは、私がまだ路面電車というものを見たことのない頃だった。

満月の下、電車はゴトゴト西へと進み、信号をいくつか通り越して、やがて大きな交差点にやってきた。その電車は左折して南へ進むことになっているが、ここで降車する人が多いのは、そのまま南西に向かう電車の始発駅があったからである。その電車は郊外に向かうので路面を走ることは少ないが、それでもときどき道路上に現れて、軌道に入ってきた自動車を蹴散らすように進んでいく。藪の中を通り、庇につかえそうなほど家の近くを通り過ぎる。そんなときは物干し台や剝き出しの壁など、家の裏側がすぐ窓のそばに見えるかもしれない。私は何かに引かれるようにその停留所で乗り換えた。郊外の田園風景や手の届きそうな沿線の木々などが気になったのかもしれない。あるいは、ただ月がきれいだったからかもしれない。帰りの電車のことは不思議と気にならなかった。

町の西北のターミナルであるH駅に入ってきた二両編成のその電車は乗客を吐き出し、反対側のドアから新しい客を迎える準備を整える。多くもなく少なくもない乗客が乗り込んでくるのをしばらく待ってから、別の運転手がどこからともなく復路の運転席に現れ、出発のアナウンスが流れる。ドアが閉じられ、ホームを出ながらガタガタと車線変更を済ませて、私を乗せた電車はまっすぐ西に向かって進み、大きく南西へと落ちていく。家並みと公園と少し高い建物が闇の中を移動していく。

窓硝子に自分の陰った顔が見える。横並びに座った乗客の表情をそれとなく眺めながら、もう一度自分の暗い顔と見較べる。そこに大した違いはない。特別の存在でも、何かに秀でているわけでもない。けれども不機嫌だけは一人前だ。ただ世の中が窮屈でしかたがない。どこへ行っても跳ね返される。石のように強くなりたいとは思うが、こんなに一喜一憂していては、石も長続きするわけがない。やっぱりこんな普通の自分を肯定するしかない。暗闇の世界にもいつか出口があるように、ひょっとしたらたまには懐かしい誰かと出会うこともあるのかもしれない。いつもと違う経路を取ったのも誰かに、いや何かに出くわしたいためである。春にはライトアップされた満開の桜吹雪の中を走る区間では、いまは色づいた葉が触れんばかりに降りかかってくる。電車の接続駅で乗り換える。地下道を通って反対側のホームに渡る。接続駅はY字の要の位置にあって、そこでもう一本の南側の路線と合流して西に向かうのである。そこからは一駅ごとに乗客が減っていき、反対側に座っている人の顔もゆっくり見ることができるし、逆に見られることにもなる。

電車は商店街の裏や神社の鳥居の前を通り過ぎ、田んぼや竹薮の間を通りぬけ、やっと上り坂になる。ああ、これは山に登るんだとぼんやり思っていると、茅葺きの茶店の前を通り、乗客の数はめっきり少なくなる。窓のガラス戸の向こうはいつの間にか月光も翳り、天井の黄色い照明が寂しい。緩い坂道の停車場で電車は停止する。前方にぽっかり空いた真っ暗な狭い単線のトンネル、その上に赤信号。その先に人の住んでいる場所があるなどとはどうしても想像できない。一度入れば二度と出られないということを赤信号は警告しているのかもしれない。それでも電車は信号の色が変わるのをいつものように待っている。近くで心臓の音が聞こえる。闇の穴から猫の目のように光るものが近づき、対向する電車が轟音を立てながらトンネルを飛び出し、右側をすり抜けて停車する。軌道の接続が変わり、信号は青色になり、電車のモーターがゆっくりと動き始める。真っ暗な坑道の中を進んでいるようだ。トンネルの中は少しカーブしているのだろうか、前方に出口の丸い形はなかなか見えることはない。突然照明が消えて、モーターの音もしなくなった。

「停電です。しばらくお待ちください」

まもなく車掌の声が聞こえる。恐れていたことが起こった。私たちは狭くて暗い場所に閉じ込められたのである。私はすでに覚悟を決めていた。

「僕を降ろしてください、歩きます」

「それは危険です、すぐに復旧しますから、そのまま席でお待ちください」

「そんなもの当てになりません、皆さん一緒にトンネルを歩いて脱出しましょう」

そう言って、私は客席のほうを振り返った。すると、そこには誰も座ってはいない、乗客はいつの間にか自分一人になっていた。足がすくんだ。不安になって今度は車掌のほうを振り返ると、車掌の姿はそこになく、黒い猫が一匹床の上を這い回っている。私は恐る恐る運転手のほうに近づいて、その制服の背中を認めた。ああ、彼は人間ですらなかった。藁人形のようなものが制服を着てハンドルを握っていたのだ。どこか懐かしい藁の匂いがした。

「ドアは手で開くはずだ」

私は辛うじてそう自分に言い聞かせて、出口の扉のほうに駆けだした。扉は異様に重く、身体をねじ込むようにしてやっと外に出ることができた。トンネルの黒光りした煉瓦の壁と電車との間の狭い場所をすり抜けて、前方と思われる方向に向かって暗い線路の上を足早に歩き始めた、つもりだった。五十メートルほど歩いたところでやっと出口の明かりが見えた。待ちきれなくてトンネルを走りぬけると、満月の下、見慣れない小さな集落が目に飛び込んできた。広場のロータリーで旋回するはずの線路はいつしか普通の土の道に姿を変えていた。坂を下りていくと、平地が広がり、あちこちに耕作放棄地と乾いた畑とが続いていた。その間には錆びた金属の塊が放置されているところがある。あたり一帯が白い月の光に照らされ、全く別の世界に迷い込んだような感じだった。

それは夜なのか昼なのかわからない、遠くの景色は水墨画のようで、ただのぼんやりした空間だったのだが、近くの物の形だけははっきりしていた。もともと目的があってきた場所でもないし、誰かを訪ねてきたわけでもない。なぜか恐怖よりも好奇心が先に立った。この空間ももともとあるならしかたがないし、それならなんとかしてその真実を突き止めたい。いや、真実なんていうのもあやふやだから、ただ誰か人と会って話がしたい。猫も藁人形も電車も話はできない。家があるなら人もいるはずである。道の脇にある家は一段高くなった土手の上にある。土手には道はないが人の足跡でできた登り道がある。私は恐る恐るその足跡を踏みしめる。家人が日に何度も行き来するのだろう、意外にテンポよく、バランスよく登れるものである。登ったところに土の庭があって、短い雑草が生えている。その土の庭には見覚えがある。小石や雑草を踏んで、軒下に石を並べて一段高くしたところに上がり、玄関らしきところの前に立つ。チャイムのようなものはないので、硝子戸を叩いてみる。返事がないので「こんにちは」と声をかける。

「はい」

少し古風だが、普通の中年女性が出てくる。私が言葉に戸惑っていると、彼女が言った。

「ああ、道に迷ったんですね。ときどき市内から迷い込んでくる人があるんですよ。まあ、入ってください。案内しますから」

私は半信半疑で、言われるがままに玄関を少し中に入ったところの上がりかまちに座らせてもらう。女が突然藁人形になってしまうのではないかという不安もあるので、内心身構える。女が普通にお茶を出してくれたとき、私は思いきって聞いた。

「近くに電車の旋回場所があったはずなのですが？」

「ああ、少し前に役所の人たちがレールごと持っていったよ」

「そうでしたか、それは不便ですね」

「それほどでもないよ。観光客が減ってやっと落ち着いたからね。それに、出稼ぎに街へ出る人も減ったので、働き手が戻ってきて柚子の里は大助かりだ。やっと普通に戻ったよ」

彼女は本当に安心したように言った。その安心感が見ず知らずの私をもてなすことを可能にしたようだ。

「ここは柚子の里ですか？」

「そうだよ。知らなかったのかい。ああ、道に迷ったんだったたね」

彼女の太い指は染料か何かで茶色く汚れていた。そういえばお茶は柚子の香りがする。家の背後の斜面には柚子畑があるから、後で見せてやると彼女は言った。今は夜だったのではなかったかとぼんやり思ったが、すぐにどうでもよくなってしまった。

「ところで、さっき田んぼの真ん中に鉄くずのようなものが放置されていたようですが、あれは何ですか?」

「ケーブルカーの残骸さ。誰も片付けないから、錆びついて手が付けられなくなった。あんた何とかしてくれないか」

「僕でいいんですか?」

「もちろん。あんたくらいじゃないとできないさ」

奇妙なことを言うと思ったが、なんだか自信のようなものができて、礼を言って民家を後にし、またぶらぶらと歩き始めた。月はまだ同じ所に出ていた。野原のススキも月光の下でまるで乾いた白髪のように揺らめいている。何だかふわふわとするところを歩いているが、足下はあんまりよく見えなくなっていた。けれども土の上であることは間違いなく、コンクリートやアスファルトに慣れているせいだと自分を納得させて、どんどん歩いていく。例によって目的地の屑鉄置き場は次第に離れていくような気がする。定規で線を引くようにはいかないことも知っている。人生そのものが脇道に逸れてばかりだから、全く苦にならない。むしろすいすいと上手くいくやつのほうが信じられない。浅い川の畔に出たので、川岸に沿って上流へと辿っていく。

見えてきた。ケーブルカーの残骸というよりも、元の形を想像できないように無理矢理強い力でねじ曲げられた巨大な鋼鉄の芸術作品のようにも見える。周囲を回ってよく観察すると、塗装の色や歪んだ窓枠の跡からケーブルカーの車体を二つ以上つなげて置かれているようだった。足跡が多くなったところに解体業者が使用する入り口のようなものまである。気のせいか、そこには何か生命の存在が感じられた。入り口を覗いてみると、内部から人の息づかいや短い会話さえ聞こえてくるようだった。誰かが住み着いているのかもしれない。農家の女性が「手が付けられなくなった」という言葉の意味するところがなんとなく理解できてきたような気がした。「あんたくらいじゃないと」という意味の重みもずしんと心にのしかかってきた。

「誰かいるんですか？」

話し声が止んだ。私は恐る恐るもう一度声をかけた。

「こんにちは。ちょっといいですか」

「どちらさんですか？」

しばらくして中から若い男の声がした。

「地元の方に頼まれてきたのですが」

突然原始人のように髭を生やした男がでてきた。

「狭いところですが、中にどうぞ」

言われて私は中に入った。中は意外に広くて、車両の内部を改造してつなげたのか、扉やソファーや窓までついていた。奥の方には彼の妻らしい若い女と二人の小学校低学年くらいの男女の子供がソファーに座って何かをしていた。私は厄介なことになったと思いながら、彼らの生活ぶりに興味が湧いてきた。

「ここで生活されているんですか？」

「ええ、別荘ですから」

子供たちがくすくす笑っている。父の言葉がよほどおかしかったのだろう。

「快適そうですね」

私も調子に乗ってそう言った。

「それほどでもないです」

男は今度は少し不機嫌に答えた。

「どうせ地元の人に追い出せとでも言われてきたんでしょう」

彼は家族の意思を確認するようにちらとそちらのほうを見てから続けた。

「立ち退きませんよ、私たちは」

否定できない私は話をはぐらかせようとした。

「ケーブルカーに乗りたくて街からやってきたのですが、どこまで行ってもそれらしいものがなくて、ひょっとしてもうなくなったのではないかと思っていたら、ここにその痕跡を見つけた気がして……」

どこまでも辻褄合わせをしている自分がいる。

「ここは放置してあった廃墟を自分たちで何とか住

めるように工夫した別荘です。快適じゃなくても私たちには住む権利があります。ケーブルカーなのかどうかは知りませんが、それは観光で山に登るためのものでしょう。いずれにせよそんな山なんて近くにはありませんよ」

「では、ここにはもう山もケーブルカーもないんですね」

「もともとね」

次にどういう辻褄合わせをしたものかと思案しながらも、なぜかその家族には親近感のようなものを感じていた。電気やガスはどうしているのだろうか、電球もコンロもあるようだが、そんなことを訊いてもどうなるものでもない。現にここに住んで生活していることが重要なんだ。いや、重要さなど自分に判断できるものでもない。部外者は出ていくほかなかった。私は何やらつぶやきながら目礼して立ち去った。

川の上流へと辿っていくと、数軒の農家が点在している。あのトンネルは過去とも未来とも判然としないもう一つの世界への入り口だったのかもしれない。いやいや、このごろ自分は「もう一つの世界」なんて便利な言葉を信用していないので、やはりこれも現世の一部で、厳然と存在しているに違いないということだ。人には、見たくないものは未来や過去のどこか「もう一つの世界」に預けておきたいという傾向があるのかしらん。

背後で可愛い笑い声がする。振り返ると先ほどの小さな姉弟がお互いつつき合うようにしてこちらを見てはやはりくすくす笑っている。

「お父さんたちは？」

「仕事に行った」

「柚子畑に行ったのよ」

「農家の仕事をしてるんだね。君たちもどこかに行くの？」

「学校」

そういえば鞄らしいものも持っている。

「ここは通学路なんだね」

「ここは近道」

そういえば、自分が学童だった頃も「近道」と呼んでいた川沿いの細い道があったことを思い出した。それはどうやら子供たちの間で普通名詞が固有名詞化したもののようだった。子供の心の中ではそんな混同がたびたび行われていたのだろう。そんなどうでもいいことが思い浮かんだのは、この風景と子供たちのせいかもしれない。子供たちにとって、あの屑鉄の山は「別荘」ということで間違いないのだろう、などと思った。それにしても、私の中では、この村が夜なのか朝なのかということまで混濁している。月の光でほんのり白い草の上を自分の黒い影が先に歩いていく。いっそ「月夜村」とでもしておこうか。学校に行けば、いろんなことがもっとはっきりするかもしれない。私は子供たちの後について学校まで案内してもらうことにした。

　私はついはっきりすると言ったが、実ははっきりさせたくないのかもしれない。むしろいろんな物事の境目を曖昧にしたい。昼と夜、村と街、明日と昨日、歴史と未来、普通名詞と固有名詞、それらの区別を一旦取っ払ってみたいのかもしれない。いや、正確に言えば、これまで当たり前とされている対象を分類したり区別したりする言葉が一度解体されることをどこかで願っているのだろう。朝でもなく夜でもない月夜の村、川岸の短い草を踏みながら、鉄の別荘に住む姉弟の学校道を歩いていく。その行為にはいわゆる因果関係とは別のものがあるのではないか。物語はいつも後からつながってくるものだから。

　校舎は木造、狭いグランド、白い百葉箱。どこにも塀など境目はない。児童数は少ないのであろう、人影はまばらだ。けれども子供たちは無秩序に走り回って遊んでいる。姉弟もすぐにその仲間に入る。私は静かに校舎の中まで入って、職員室を探す。一人の先生が応対してくれる。

「お忙しいところすみません。登山用のケーブルカーがあると聞いてここまで来たのですが、道に迷ってしまい、困っています」

「昔そんなものがあったとは聞いていますが、今は知らないですね」

「そうですか、取り壊されたのかもしれませんね」

「あなたも授業を受けてみませんか。村のことがよくわかりますよ」

「いいんですか？」

「ええ」

低い机と低い椅子。いちばん後ろの席に窮屈に座らされて、黒板を見る。十人ほどいる子供たちは珍しそうにこちらをちらちら覗き見するが、ありがたいことに、あの姉弟がそんな子供たちをたしなめてくれている。

「国語の時間です。今日は『～している』と『～した』との違いについて勉強しましょう。『歩いている』と言えば何も終わっていないということになりますが、『歩いた』と言えばそれはすでに終わってしまったということになりますね。だから、『～している』が正解ですね。『～した』と言ってしまえばそれは物語になってしまって、自分から離れていくことになります。自分であるということはたえず変化し続けていることですね。『止まっている』もやはりそれは心も体も変化し続けていますから、物語として離れていったりすることにはなりません」

「先生、僕は朝ご飯を食べましたが、『ご飯を食べた』というのは間違いですか？」

一番前に座っている活発な男の子が手を挙げて質問した。

「間違いです。朝ご飯を食べている人がここにいるわけですから。朝ご飯を食べたと言ってしまうと、それはすでに物語の中にいる別人のことになるわけです。『食べた』といえるのは、物語の登場人物かすでに亡くなった人でしかありません」

児童たちは口々に周囲の人とその区別を確かめ合っているようだ。彼らはいったい何の話をしているのだろうか。これがはたして小学校の授業なのか。「完了」と「存続」の話なら聞いたことあるが、それは中学校あたりの国語文法の話で、こんなに難しいことではない。しかも、児童たちにはその難しい話がよく理解できているようである。

「先生、亡くなった人はどこかで生きているのではないですか？」

今度はあの姉弟の姉のほうが質問した。

「いい質問ですね。亡くなった人は皆の知らない『どこか』ではなく、『いつか』生きているのです。その証拠に、私たちが生きているのも、亡くなった人から見れば『いつか』なのですから。つまり、生きている人も亡くなった人も同じように『いつか』生きていることになります。その間に区別はありません」

「はい、よくわかります」

彼女が着席すると、また児童たちは口々に確認をし始めた。

「はい、先生。『どこかで』生きているのは思い出ですか？」

今度は弟のほうが得意そうに言った。

「思い出と作品かな。頭の中のどこか、地球上のどこかで。でも、それは人ではありません」

「はい、よくわかります」

姉と同じように弟が言うと、皆がどっと笑った。いつしか私も釣られて笑っていた。

「先生、亡くなったケーブルカーはどこかにあるのでしょうか」

私はついその授業に参加してしまった。

「やっぱり思い出か、地球のどこかですね。けれども、ケーブルカー、つまり、普通名詞は『誰か』によって何度も生き返ることができるので、亡くなってはいませんよ」

「はい、よくわかります」

今度は皆がもっと笑うのかと思ったが、遠慮したのか、あちこちでくすくすと笑っているだけだ。

奇妙な感覚に襲われる。私はこの日普通名詞しかないいびつな世界に迷い込んだのかもしれない。具体的なもののない、普通名詞だけでできた抽象的な世界。教室の中にいても恐ろしく孤独である。ここに来る路面電車の中にいたのは、結局私一人だけだったではないか。突き放されたのか、受け入れられたのかわからない。私は曖昧な関わりを持ったまま具体的な学校を後にした。何を追いかけてきたのか、何に追いかけられてきたのか、あるいは、そのどちらでもないのか。いつしか踏みしだく草は色を失って、月の光を浴びて白く浮き上がっている。そばを流れる谷あいの川の名前は知らないが、水はたぶん冷たく澄んでいる。

やがて小高い山が見えてきて、そちら側へ渡る名もない木の橋が見えてくる。もしかしたら、ケーブルカーはこの山に登るためのものだったのかもしれない。橋は木造だが足下には土が敷かれてそれまでの道との区別がない。霧に包まれて山の頂までは見えない。登り口に小さな鳥居があるので、山頂には名のある神社があるのだろう。しばらくは傾斜が急なせいか、道が表面に縞のあるコンクリートで固めてある。一人急な坂道を登っていく。すぐに脚に疲労が溜まって、またゆっくり慣れていく。夜が明ける保障はない。鳥らしいものが枝の間を渡っていく。潅木の茂みの中に獣の動く気配がする。崖の下に大きな空洞が現れる。一面に蔓が生い茂り、木々が視界を遮っているが、確かに大きな陥没したような通路がある。おそらくそれがケーブルカーの遺構であろう、底のほうに戦時中に剝ぎ取られたというレールの跡のようなものがはっきり見える。遺構は真っ直ぐずっと上のほうまで長く続いているようだが、登り道からはだんだん遠ざかっているので、その先は見えない。おそらく中腹に終点駅があったのだろうが、いまは想像の中でしか存在していない。

「昔は参拝と観光で大勢これを利用していたものだよ」

突然背後でしゃがれた声がした。振り返ると、白髪の老人が立っている。顔面には染みと皺とが散見されたが、その出で立ちからは健康そのものに見えた。これから山に登るところらしい。

「現在はまるでジャングルみたいですね」

「変われば変わるものだね。子供の頃親に連れられて何度か乗ったことがあるが、強力なウインチで巻き上げられて車両は静かに運行していたものだよ。実際ここだけは時代が逆戻りしたようだ」

「でも近頃『廃墟ツアー』というのが流行っているので、案外注目されるかもしれませんよ。桜の頃はインクラインも結構人気ですからね」

「そんなものかねえ」

老人は少し寂しそうに言ったが、すぐ気を取り直して、一緒に頂まで登らないかと誘ってくれた。何の装備もない私は不安だったので少し躊躇したが、すぐにその誘いを受け入れた。

「よく来られるんですか？」

「週一回お参りすることにしている」

「お元気ですね。僕はずっと昔、子供の頃両親に連れられて登ったことがあるらしいのですが、何も覚えていません。それにしても、さっき麓にいるときはこんなに高い山は見えなかったのですが、霧に覆われていたのでしょうか」

老人はしばらく黙っていたが、ふと思い出したように言った。

「あなたが登ったのは、この道ではなかったのでしょう。道はいくつもあります。ここは『柚子の里分かれ』という道です」

「そうでしたか。麓の村に電車の残骸のようなものがあって、そこに住み着いている家族がいるのをご存じですか?」

「知っています。珍しいことではありません。私はその近くに捨てられているボンネット・バスの中に孫たちと一緒に住んでいます」

私は彼が冗談を言っているのかと思ったが、その表情は至って真面目である。

「そんなバスはありませんでしたが……」

「木陰に隠れているので、よほど注意して見ないと気づかれない」

「他にもそんな移住者はあるんですか?」

「すべて知ってるわけじゃないが、他にも何家族か定住している。村には仕事も食べ物も学校もあるからね。この先の山の上にも、古い潜水艦の中に住んでいる人がいる」

私は考えたくなかった。いちいち驚きたくもなかった。そして、説明してほしくもなかった。私はどこかでボタンを掛け違えたらしい。

「僕をからかっているんですか?」

「常識という枠を外さなけりゃ大切なことは何も見えやしないよ」

しばらくは互いにムッとした感じで無言のまま山道の落ち葉を踏みしめた。急な坂はやはり脚と呼吸を苦しくしたが、少しずつ慣れてきたのか、汗が出て足取りも軽くなってきた。紅葉した楓や紅葉の葉が山道を覆っている。その間から時々月の光が雫のように漏れてくる。草の下に転がった石が靴の下でおもしろいように踊っている。考えてみれば、同行の男に対して何の恨みも屈託もない。次の曲がり角を過ぎたらこちらから話しかけてみようと思う。坂の勾配も緩やかになった。

「さっきの常識というのはどんなものですか？」

　私は突然話の続きを持ち出した。

「常識というのはね、いわば日本語の使い方みたいなものですよ」

　相手もずっと前から手ぐすね引いて待っていたかのようにすぐ反応した。

「言葉で表されないものは存在しないように思ってしまうし、言葉で表されるものはなくてもあるように思ってしまう傾向ということになるかな。山の上で潜水艦の中で住むなんて聞いても、常識ではあり得ないでしょう。けれども、あなたはすでに麓の村でケーブルカーの残骸の中で暮らしている家族に出会った。それはファンタジーではない。けれども常識が覆ると、人は一時的に眩暈に襲われる。そういうことです」

　私はいつから眩暈に襲われていることになるのだろうか。そもそもの初めから眩暈に襲われたままなのか。初めはいったいいつだったのか、いや、どこから始まったのか。しかし、口に出たのは別のことだった。

「ケーブルカーの終点だったのはこの辺りですか？」

「道がなくなったので、よくわからないのですが、この近くであることは間違いないでしょう。この山は六合目あたりまでが急なので、たぶんそこらまで鋼索が張られていたと考えられます。いまから探しに行きますか」

「先に潜水艦が見たいのですが」

「そうですか。では、先にそこまで行きましょう。案内します」

　私は常識に囚われない心づもりで彼の後に従った。しばらくして屋根のある休憩所とそのそばにトイレがあった。そこから、脇道に逸れてしばらく細い道を下っていくと、はたしてそこにずんぐりとした大きな黒い鉄の塊が山腹から突き出ていた。どうやって運んだのか、どうやって山の斜面に埋め込んだのか、やはり知りたくなかった。ただ目の前の途方もない事実をすんなり受け容れるだけである。

「知り合いですか？」

「ええ、時々話をしますよ。それに、頼まれたものを下から運んでくることもあります。家族はあまり街に出かけたがらないので、私が運動序でに買い物を代行しているというわけです。見返りに、山の木の実やキノコをもらうこともあります。代行をしているのは、私だけではないようですけどね。実際彼らは家の中、つまり潜水艦の中で何やら仕事もしているようです。近ごろはどこでも電波が届くので、書類のやり取りも可能らしいですね。ああ、彼らならケーブルカーの終点の在処を知っていると思いますよ」

私たちは潜水艦のそばまで来た。老人はドアをノックするように船体を二三度叩いた。しばらくすると潜望鏡がこちらを向き、確認してハッチが開くのにも少し時間がかかった。女の人が顔を出した。

「入りますか?」

「いや、ここで結構です。ケーブルカーの終点だった場所をご存じなら教えてもらいたくて来ました」

「そうですか。ちょっと待ってください」

そう言って女は再び艦内に入り、しばらくすると今度は小学生くらいの男の子がハッチからひょっこり顔を出して、そのまま鉄の梯子をするすると伝ってきて最後に地面に飛び降りた。

「その子に案内させます」

上のほうから、男の子の母親らしいさっきの女の声がした。男の子は得意そうに私たちの先頭に立って歩き始めた。何だかひと昔前の田舎の男の子の格好ではある。

「ありがとうございます。では、しばらくお借りします」

男の子は勝手知った場所らしく、藪の間の細い道を飛ぶように歩いていく。途中、斜面を切り拓いたと思われるところにちょっとした畑があり、男の子がそこは家族が芋や野菜を収穫するところだという。さらに山道を進んでようやく広い所に出るが、すでに道らしいものはなく倒木や熊笹に覆われている。男の子はやはりその間をかいくぐるようにぴょんぴょんと跳びはねていく。慣れない老人と私は足を藪に取られながらも何とか後について歩いていく。どうやらそこは駅と登山道との連絡通路になっていたようである。

　藪を抜けると急に広い場所が開けた。少年はもうその空き地でボールを蹴っている。かつてそこにあったはずの鉄骨など金属の部分はすべて取り払われ、コンクリートと朽ちた木造の建物だけがかろうじて残っていた。そして、下に続くレールの部分への落下を防ぐための柵だけは頑丈だった。そこからは盆地の街と遠くの山並みが望まれた。コンクリートの壁に向かってボールを蹴っている男の子に向かって私は話しかけた。

「よくここに遊びに来るの？」

「うん」

「一人で？」

「近所の子たちと」

「麓の子たちも？」

「うん、時々来るよ」

　するといつの間にか別の男子が彼と向かい合っていた。無言でボールを蹴っている。私は少し眩暈に襲われた。どこから現れたのか、パスの輪はついに三人になっていた。私は老人のほうを見たが、彼は至って平気な顔でそのボール遊びの様子を眺めている。今度は少し背の高い男の子が朽ちた建物の中から出てきてそれに加わった。

「いつも同じこと繰り返してるよなあ」

「時々誰かが迷い込んでくるのも、繰り返しだよなあ」

「でも飽きないよなあ」

「いつも新しいからなあ」

「このボールの感じもいつもと同じ」

「何も少しも変わらない」

「でも飽きないよなあ」

　子供たちはそんなことをしゃべりながら、空気の減ったボールを正確に蹴りながら回している。山の中で子供たちができることは少ないに違いない。私たちもその子供たちの情景と眼下の風景を眺めている。いつしか空は明るんで、やはり時間はわからない。ふと隣に目を移すと、老人の姿が見えない。自分の役目は終わったとでも思ったのか、どこかに消えてしまった。

「おい、君たちさっきの老人を知らないか？」

子供たちは振り向かない。無心にボールを回している。自分がそこからどんどん離れていくように感じている。身体を柵のほうに向けて遠くの白い雲や山の稜線、蛇行する川をぼんやり眺めていると、下のほうから風が吹いてきて近くでカタカタと滑車の回るような音がする。やがて唸るような機械音と枯れ木を踏むような響きを伴いながら何ものかが迫ってくる。しばらく目をこらしていると、あるはずのない線路の上を重たいケーブルカーが滑るように登ってくる。オレンジ色の車体が見る見る大きくなってこちらに向かってくるではないか。車両の中から満員の乗客の笑顔がこぼれてくる。

「危ない！」

子供たちに向かって叫んだつもりだったが、声は掻き消されていた。一陣の風がそこら中に落ち葉を舞い上げた。やがて静かになった白い広場に子供はいなかった。ケーブルカーもどこかへ通り過ぎた。あたりはそれまで以上に荒れ果てた場所になっているように見えた。「しばらくお借りします」と潜水艦のそばで母親に言った言葉が思い出された。その言葉は消えていないはずだった。私はひんやりとした重いものを胸に抱えながら、必死で子供たちの痕跡を追い求めた。空き地の廃屋の中は暗く、足の踏み場もなかった。彼らの隠れ家がきっとどこかにあるはずだという一縷の望みに縋るように灌木の中を闇雲に突き進んだ。獣道と人の道の区別はなかった。目的がなければ道は自ずと迷路になるのか、私は何度も同じ所を通っているようだ。探しあぐねて、倒木の上にしばし腰を下ろした。本来別々に起こるべきことがたまたま自分の目の前で交錯しているだけだとしたら、それらは決して衝突することはないはずだ。その推論が正しければ、あの男の子はすでに潜水艦の母の元に返っているはずである。私はそう思おうとした。けれども、道に迷った私にはそれを確認するすべがない。そもそもの私自身というものが寸断された別々の存在なのではないだろうか、あちこち風に飛ばされた落ち葉のように。

「どうかされたのですか？」

俯いていた私の目の前に見覚えのある登山用の靴があった。例の老人である。

「男の子を見ませんでしたか?」

「彼ならとっくに家に帰りましたよ」

「やはりそうでしたか……」

ケーブルカーのことも問えば彼は答えてくれるだろうが、また自分が消えた経緯も話してくれそうだが、新たな疑問が増えるだけに思えて、それ以上問い詰めたくはなかった。それに、目の前から消えたのは私のほうだったのかもしれないのだ。彼は私が頼んだことをすでに二つも叶えてくれたのだし、道に迷った私を見つけてくれもした。彼なりにずいぶん無理をしたのかもしれない。私はここにある自分であるほかない。

「では、行きましょうか」

老人が言った。

「どこへ行くのですか?」

「柚子の里に戻りましょう。もうずいぶん歩きましたから」

「上まで登らなくていいのですか?」

「大丈夫です」

私たちはそのまま山を下ることにした。何だか往きとは別の道を下っているような気がした。しばらく行くと、右側が急な崖になっているところがあり、私はそこで身体の平衡を崩して落ちてしまいそうになった。必死で足を踏ん張った。

22

がたんと思いっきり床を踏んで目が覚めた。気がつくと、私はもとの路面電車の中でうとうとしていた。ふるさとへ帰る駅の前を通り過ぎて、電車は南のほうに進んでいた。母親と姉弟の三人連れはまだ目の前にいた。姉弟は頻りに下を向いてくすくす笑っている。座ったまま居眠りをしていて、突然床を踏んだ私が可笑しかったのかもしれない。母親も知らん顔をしてはいるが、笑いをこらえているようにも見える。何だか自分でも可笑しくなって照れ笑いすると、姉弟も顔を上げて微笑んだ。母親は安心したように姉弟をたしなめた。彼らは次の駅で降りた。少し寂しくなった。

月はまだその光を失ってはいなかった。窓の外には通りに面した家並みの屋号や格子戸がゆっくりと横切っていく。夜の点滅信号が電車の速度を緩めているせいか、街ゆく人の顔色や木の葉の色が目に鮮やかだ。次の停車場で若い女が乗ってきて目の前の席に座った。彼女は比較的小柄で、ふっくらしたその顔つきにはどこか見覚えがあった。気まずくなる相手かもしれないので、目立たないように視線をそらせながらちらちらと横目で観察していた。視線が合った。彼女の笑顔が弾けた。

「浩くん、でしょ。久しぶり。私、カナよ」

　彼女は覚えていた。こちらはまだ思い出せない。郷里の同級生かもしれないが、その名前に覚えはない。ずいぶん昔のことだから、それに年が離れすぎている。例によって自分に年齢の自覚がない。

「懐かしいわね。そっちへ行っていい？」

　曖昧に頷いた私のそばにカナはもう腰を下ろしていた。横顔をちらっと見た。その顔と「カナ」がやっと結びついたが、その「香菜」はこれほど軽い感じではなかった。いつもにこにこしてはいたが、自分から男子に話しかけるなんてことはなかった。

「私、以前と変わったかしら？」

「いまやっと思い出したよ。突然だったし……」

「そう。時間があれば、ちょっと話さない？」

「ああ……」

　曖昧な返事をしてしばらく横に並んで会話した。

「今何してるの？」

「塾の講師をやっている。君は？」

「銀行員。驚いた？」

「へえ、窓口？」

「ええ、でも外勤もやるわ」

　銀行員なら客相手だから積極的になるほかないのだろうと納得した。

「浩くんはこれからどこへ行くの？」

「わからない。なんとなく市電に乗ったら、降りられなくなった」

　冗談のつもりだった。けれども、香菜は笑わなかった。

「私も降りたくないわ。部屋に戻っても一人きりだから」

　彼女も人の温もりが欲しいのだろうか。けれども、これは違うと思えてくる。向かいの窓硝子に二人の虚像がぼんやりと浮かんでいる。

「今度銀行の窓口に顔を出すよ。孤独すぎるのは誰にとってもいいことじゃない」

「それじゃ、これから一緒に食事しない？」

声が少し上ずって、細い指も心なしか震えていた。私は彼女のどこか切迫した状況を肌で感じていた。いつの間にか暗い車窓はこの世の果てでも映しているようだった。

「うん」

今度は曖昧な返事をしなかった。すると、彼女はほっとしたように肩の力を抜いた。

「私、変じゃないかしら？」

「いや、そんなことないよ。何か気になることでも？」

「何だか自分だけ取り残されているような気がしてるの。それも誰もいない砂漠の真ん中かどこかに。ごめんなさいね、あなたにこんなこと言っても仕方ないのに。気にしないで」

「家まで送っていくよ」

そう言うのがやっとだった。これはいつ頃のことだったろう、などと私はぼんやり思っている。いくつもの私がいて、いくつもの時代があって、辛うじて「ここ」だけは譲っていないのか。彼女の下宿の近くで電車を降りた。表通りから少し路地を入っていく。小さな食堂に吸い込まれる。貧乏学生が先に就職した同級生に食事を奢ってもらってでもいるような感じで、彼女は馴染みの店員に笑顔で注文を告げる。確かにその笑顔は覚えていた。何度も近くで見ることのあった眩しい笑顔である。いま手の届きそうな所にその笑顔がある。そして、またふっと消える。笑顔の灯をもう一度点したくて話しかける。

「あの頃、君は絵を描くのが上手だったね。ときどき僕たちにも恥ずかしそうに見せてくれた」

「Nくんが勝手にみんなに見せるものだから……。あの頃デザイナーになるのが夢だった。しばらくはそのための勉強もしていたのよ」

彼女はかつてを懐かしむようにそう言った。しばらくは級友や先生たちの話で話が盛り上がり、私たちはそれぞれの思い出がジグソーパズルのようにつながっていくおもしろさに浸っていた。一通り話し終えたとき、彼女が寂しそうにぽつんと言った。

「私、どうしてあの頃の夢を諦めたのかしら」

「僕だって夢とはほど遠い生活に毎日追われている」

「どんな夢だったの?」

それはどんな夢だったのだろうか、なぜか出てこない。

「漠然とした夢だった。けれども、朝から晩までつまらないことに煩わされて、すっかり忘れてしまった。夢を見なくなったというのが正しいと思う」

「それは正しいこと?」

「そうかもしれない。夢は現実になったんだよ、実現という意味ではなくて」

「じゃあ、妥協ってこと?」

「そうとも言えるけど、そういうのでもない。初めて現実の人間に触れたってことかもしれない。そこでは抵抗したって無理なんだ。もともと夢の出発点が偏っていたんだから」

「私を慰めてくれてるの? それとも、自分を批判してるの?」

「余計なものを削ぎ落とすんじゃなくて、その余計なものを集めることだったんだよ、大切なのは」

これでは慰めにも励ましにもなっていないことはわかっている。でも、やめられなかった。

「余計なものを削ぎ落としたつもりなのに、最後に一つ手元に残ったものが結局いちばん余計なもので、それが別名『夢』だったというわけなんだ。もちろん君は同意できないだろうけれど、少なくとも僕にはそう思える。だから、いまもう一度拾い集めている」

「それで?」

「それで?」

「それで、何か拾えたの?」

「それで、周りがずいぶん賑やかになった、そんな気がする」

彼女の目に涙がにじんでいた。

「拾っているだけじゃない、自分が拾われていることでもある」

「それで、今夜私があなたを拾ったというわけね」

彼女の顔に上気したような笑みが戻った。なぜか夢の中で潜水艦の中から顔を出していた若い母親のことが目に浮かんだ。屑鉄を集めたような住居にいながら、少しずつ村にとけこんでいく人たちのことも目に浮かんだ。彼らもまた確かに私を迎え入れてくれていたのである。

「社会全体が個人の夢を育んでいるように見えるけれども、結局は金の卵を釣り上げるために夢という餌をそこら中にばら撒いているに過ぎない。文字どおり金の卵をね。年を取ると、そんなふうに見えてしまうんだ」

「そんなに年を取っているようには見えないけど」

「ときどき自分の歳がわからなくなる」

「老人みたいな言葉だけど、老人には見えないわ」

「驚かないでほしいのだけれど、僕はどうやら子供と老人の間をたえず往き来しているようだ」

「へえ、自由に往き来できるの?」

信じているようには見えないが、興味はあるらしい。

「どうやら偶然にあっちへ行ったりこっちに来たりしている」

「楽しそうね」

「そうでもない」

「方法がわかったら私にも教えてね」

彼女は楽しそうに担がれてくれる。

「そろそろ出ましょうか。ここは私に奢らせて」

断り切れずに、彼女に余計な出費をさせてしまった。月夜の路地を下宿まで送っていく。ビールを飲んだせいか、彼女の足取りは少しおぼつかない。支えるつもりで肩に手を置くと、彼女はその手をしっかりと握ってくる。私はその細い指の感触を確かめるように何度も握り返した。自然に唇が重なった。重なった二つの影が地面にぼんやりと落ちていた。

私は再び路面電車の薄暗い電灯の下にいた。香菜と別れた後、彼女の下宿の前から走って戻ってきた。若者のように普通に走れることが意外であった。電車は横揺れしながらゴトゴト走り始めた。たまたま来た電車に跳び乗ったので先の路線とは違っていたが、構いはしない。纏わりつく自動車の数が少なくなったせいか、電車は快調に飛ばしながら、さらに南へと下っていく。鉄道線路を跨いでいちばん南の大きな通りに突き当たり、そこから東へ進路を変える。人通りはさらにまばらになり、広い道路の真ん中をゴトゴトゴトゴト進んでいく。老舗映画館の派手なネオンが目の前を左から右へ通り過ぎていく。全く知らないどこか別の町に来たような感じがした。直進して川を越えれば、ゆっくり左に曲がって北進するといずれ馴染みのある界隈につながるはずである。しかし、その馴染みのない番号の電車は突然交差点を右折して狭い通りをさらに南進しようとする。それでは自宅からますます遠ざかっていくことになる。暗い家並みは窓から近く、居酒屋だろうか、軒下の赤い提灯がぼんやりと点っている。相変わらずの月光の下、暗い路地を縫うように電車は突き進んでいく。やがて大きくカーブしながら緩やかに上っていくと、コンクリートの橋にさしかかり、そこからがらがらっと視界が開けた。両側に窓の明かりが見える暗い川は南東に向かって流れているようだ。左に山並み、中腹にはぽつりぽつりと明かりが見える。その橋には見覚えがあったのである。何度か車で通ったことはあったが、そこに電車が走っていたという記憶はない。はたと思い出した、その辺りには酒造りの町を往き来するかなり以前に廃止された市電の路線があったということを。

無言の乗客の姿がおぼろげで心許ない。運転手はいつかのように藁人形に見えないこともない。恐る恐る車掌に話しかける。彼女の顔は蠟人形のように透き通ったきめ細かい肌をしている。射し込んでくる月の光がそう見せるのかもしれない。

「終点はまだですか？」

「終点はありません」

車掌は笑いながら言う。

「そんなはずはない。からかっているんですか」

「循環系統ですから、終点といってはないんです。すみません」

「車庫はないんですか、最終の車庫は」

「車庫と終点は違いますが、いいですか？」

「ええ」

私は憮然と答えた。

「今日は、そうですね……」

蠟人形は分厚い手帳のようなものを繰っている。

「梅津車庫です」

名前からするとずいぶんと西の端である。路線図を頭に描いてみるが、混乱するばかりである。それを確かめてどうなるというのだろう。最初から目的もなく乗ったのだから、行き先を心配する必要もない。細くて黒い車掌の後ろ姿が揺れて二重に見える。

電車は酒蔵の建て込んだ場所に停車した。

「しばらく停車します」

車掌のアナウンスが聞こえた。乗客がぞろぞろ降り始めた。

「あなた、降りないんですか？」

一人の乗客が降りがけに私に言った。私が迷っていると思ったのか、彼はまた言った。

「酒蔵見学が済むまで電車は出発しませんよ」

いつの間にか車内には自分しか残っていない。車掌も運転手も降りて、ホームで皆を待っている。私は慌てて電車から飛び降りた。外は昼のように明るく、見上げれば月はまだ高いところにある。町は深閑として、古い商家が軒を連ね、車はほとんど通らない。狭い道路に電柱がはみ出ているので、それを避けてか、十人ほどの見学者は道路の真ん中を歩いていく。私は気後れしながらいちばん後からついていく。

「この町は三百年ほどの歴史があるそうですよ。それなのに家並みはほとんど変わっていない。大したもんだ」

さっきの乗客が親しげに話しかけてくる。

「あなた、なぜ変わらないかご存じですか？」

「変わる必要がなかったからでしょう」

「確かにそれもありますが、町の人たちがどうしても譲れなかったことがあります。それは、町並みを残しておけば先祖の霊が帰ってこれると信じていたかららしいですよ。彼らは変わっていいものと変わってはいけないものをはっきり区別していたようです。だから、家電製品を次々に買い換えることはあっても、町並みを壊すことだけはどうしてもできなかったんです」

「なるほど。そういうものですかねえ」

「この酒造りの家の蔵には、まだ公開されていないさまざまな道具や文書が残っているそうですよ」

乗客の男は大きな商家の前で得意そうに説明した。

「ところで、あなたは何度も見学に来るのですか?」

「そうです。毎日この電車に乗ってこの町を歩きます」

「飽きませんか?」

「飽きません。だって、運転手も車掌も毎日見学者を連れて歩きますから」

「亡霊なんてどこにもいませんよ」

「町並みを歩いていれば、自然とその人の心の中にやってきます」

「それはせいぜい亡くなった家族か何かの思い出というものでしょう。残念ながら、亡霊ではない」

「現在は一つではないんですよ。この場所には未来や過去、無数の現在があると考えるべきでしょう。それを裏付けてくれるのがこの家並みやさまざまな道具です。そう考えると、飽きるはずがありません」

「独特の考えですね。でも、どこかで誰かから聞いたような気もします」

「誰でも考えつくことですから」

「では、この現在の月夜の散策も、見る人によっては過去であったり、未来であったりしますか?」

「そういうことになります」

しばらく無言で歩き続けた。何やら前のほうでざわついている。

「陥没!」

そんな言葉が聞こえてきた。

「気をつけて、下がってください!」

必死で叫ぶ車掌の黄色い声がする。私は怯えて後退りする人たちの間を縫って前に出る。道路の真ん中に直径二メートルくらいの大きな暗い穴がぽっかりと開いていた。あたりには土埃のようなものが舞い上がり、明らかに目の前で地面が陥没したらしい。そこに落ちた者はいないようだったが、陥没の状況が落ち着くまでは誰もそこには近づけそうにない。運転手が素早く電話で緊急連絡している。まるで、その事態を予想していたかのようだった。

「いちばん恐れていたことが起こったようですね」

そう呟いたのは、さっきの男であった。

「どういう意味ですか?」

「トンネル工事ですよ。この下でずっと地下鉄道の工事が行われています。地表に旧市街、地下に新規鉄道。誰かにとって理想的な町ですが、妥協的な産物であってその実壊滅的な事業です。いまにそこら中の地面に穴が開きます。それに何よりも酒造りの命である水源が涸れます。水道水で造った酒なんてあり得ないでしょう」

「そんな話は聞いたことがありません。あなたはいったいいつの、いや、どこの話をしているんですか」

「穴を覗いてみたら、底のほうには枕木とレールの形が見えるはずです。地下道はもうあらかた完成しているはずですから」

私はゆっくりと穴のほうに近づいていった。車掌が心配そうに見ているが、制止はしない。むしろしっかり見てくれとでも言わんばかりである。アスファルトと地面の間には土や小石が穴にこぼれそうになっている。穴は底に近づくほど直径が大きくなっているようだ。辛うじてアスファルトの粘着層が窪みの入り口を支えているが、私の立っているところは極めて危険である。もう一歩だけ近づいてそれから安全な地点まで避難しようと考えた。そこには赤い土と黒いアスファルトが三メートルほど下に陥没していて、それより下がどうなっているのかはわからない。建設中のトンネルがあるのか、それとも地下水が流れているのか。暗闇にいま少し目を凝らそうとした瞬間である、体重のかかった右足の下から地面がぐらっと傾いた。危ない、と思った瞬間、誰かが私の左手をつかむのがわかった。けれども、その手は私の落下にそのままついてくることになった。ひやっとして私は何とかその手を振り払おうとした。すると、どうしたことかそれまで土砂に埋もれているように見えた穴の中にはきれいな水が溜まっており、落下の途中その鏡面のような水に映る白い月の影まで見えたのである。三メートル落ちたとしても水の中なら何とか耐えられるかもしれない。

身構えた瞬間、がたんと、私の右足はまた思いきり床を踏みつけていた。気まずさの中でこっそりと辺りを見回してみたが、今度は誰にも笑われることもなく、ただ一人何事もなかったかのようにそのまま座席についていた。それはさっきまで乗っていた南行き電車のようだった。掘り割りのそばを通り、並んだ酒蔵を横に見ながら、電車は左右にガタゴト揺れて一路南へと進んでいるようだった。やがて電車が折り返し点に着いたのか、乗客はみんなそこで降りていった。私は一番最後にゆっくりと腰を上げた。そこはなんというか最果ての地のように思われた。小さな低いホームがぽつんとあって、その両側の線路が連結器で切り替わることで電車は方向転換するのだろう。屋根もなく、駅舎もなく、売店も改札口もない。終点と呼ぶにはあまりにも寂しい駅である。堤防らしい土手の草が風に揺れていて、その向こうには大きな川でも横たわっているのだろうか。堤防の上にはぽつりぽつりと人影が見え、やはり月の光に照らされて向こう側を見ている。運転手と車掌はどこに消えたのだろうか。あたりには休憩所になりそうな建物も家もない。はるか遠くに家の明かりが見えるだけである。自分を運んできた電車はまだホームに佇んでいる。もう一度その電車に飛び乗って家に帰ろうと思い直し、私は慌てて駆けだした。すると、電車は急にがたんと鉄の車輪を回し始めた。誰も乗っていないはずの電車が元来た方向に動き始めたのである。「おうい」、呼び止める自分の声が風の中で空しく響いた。

私は諦めて風の中を堤防の方に向かって歩き始めた。そこに佇んでいる人の誰かと話がしたかったのである。彼らはそれ以上電車の進めなかった場所で、川の向こうへ渡る方法を模索しているのかもしれない。あるいは、ただ見晴らしのいい場所で月を見ていただけなのかもしれない。いったいいま何時ごろなのだろうか、今夜のうちに帰れそうにはない。それでも踏み固めてできた土手の坂道を探りながら歩いて上る。水量豊かな素晴らしい川の流れが見下ろせた。山から町を通って地中を流れてきた水もここで合流するのかもしれない。この下に電車を通すことなど問題外である。上流には大きな鉄の橋が見える。そちらに傾いた月は川面に滲んだような影を映している。先ほどまで佇んでいた人の姿が見えない。もう帰ってしまったのだろうか。しばらくはぶらぶらと上流側に歩いていた。すると、草むらに腰を下ろしている黒い人影があった。近づくと蠟人形のような横顔が見えた。電車の車掌である。彼女というべきだろうか、どこか中性的な感じである。

「こんなところで何をしているんですか？」

「次の電車まで休憩です」

「回送電車ですか？」

「電車はもう行ってしまいましたよ」

「あれは自分で勝手に梅津車庫まで戻ります」

「そんなところです。あなたこそ何をしているんですか？」

「目的地がないんです。ところで、運転手はどうしたんですか？」

「煙草を吸いにどこかへいきました。しばらく帰ってはきません。私は一人です」

あまり感情の出ないしゃべり方である。私も少し離れて土手に腰を下ろした。

「次の電車までここで待たせてください」

「いいですが、かなり待たなくてはなりませんよ」

「どれくらい？」

「運転手はヘビースモーカーなのでなかなか帰ってはきません」

「発車時間は決まっているのでは？」

「さあ、時刻表なんてありませんからね」

「お客さんは困りませんか？」

「どうでしょう、もともと舟で往来していた土地柄ですから、いつまでも待てるんでしょう。考えてみれば、待ち時間ほど楽しいものはないですしね」

私はその気の長さに呆れていたが、そんなものかもしれないと納得してしまうものがある。下流側の背後には水門があった。それは町の中を流れる水路の水面を目の前の大河に合わせて調整する装置らしい。大河は西の大都市との水上交通を担っているのである。いずれもずいぶん気の遠くなるような話ではあるが、ここが電車の終点である理由もわかるような気がした。そういえば､町の水路のほとりには､西国から上ってきた幕末の志士たちの定宿だったというところもある。

「あなたは、待ちながら何をしているんですか？」

「月を見ています」

「楽しいですか？」

「立待ち月とか臥待ち月とか、月はじっと待つものでしょう。それに、何とかを待ちながら、という映画や芝居もあるでしょう。何もせずにぼおっと待つこと、それ自体が十分楽しい」

「待つことには、そこにとどまっているという意味がありますね。とどまっていれば何かがやってくる、ですね。現代人はどうも待てなくなっているようだから」

「待ちきれずに手や足を前に出して台無しにしてしまう、困ったものです」

車掌は楽しそうにそう言って、目の前で初めて笑った。私はなかなか沈みそうにない月を見上げ、川面にちらちらと揺らめいている青白い月の影を眺めた。

「そういえば、あそこに見えるのは観月橋という橋ではなかったですか？」

私はさっきの上流の二層式の大きな橋を指差した。その名前が偶然とは思われなかったのである。

「ええ、昔伏見の殿様がこの辺りで月見の宴を催したという話ですよ。地名にはそれぞれの理由や来歴があるのでしょう。それは想像力をかきたててくれます。沿線の駅名が面白いのも、この仕事の大きな魅力です。けれども、私の仕事は日に日に存在理由がなくなっていきます。ちょうど町や村が合併して元の地名が一つ二つと消えていくように。さびしいです」

それであなたは蠟人形のようにはかなく透き通っているのですか、と口に出かかったが、やめた。あてもなく電車を乗り継いでいる自分もいずれ同じ運命をたどるのかもしれない。けれども、心はますます後ろ向きに、落としてきたかもしれないものを探し求めている。心の中で切り捨てられてきたものが呼応して一揆でも始めたのか、あちらでもこちらでも火の手が上がっている。けれども、それらは見たことのない静かなさびしい一揆だ。背後で次の電車の到着する音がした。車掌はその車両と土手と私とを見比べた。

「あなた、これから終点まで運転しませんか。運転の仕方は私が教えますから。そうすれば梅津車庫だ。

って行けます」

「でも、運転手が戻ってきたらどうしますか。電車も車掌もいなかったら」

「彼は一人で大丈夫です。後から文句を言っても遅いですから。むしろ彼なら仕事が減ったと喜ぶことでしょう。ねえ、行きましょう」

　待つのではなかったのかと、ぶつぶつ独り言を言いながら私は車掌の後から土手を降りて、すでに到着していた電車に乗り込んだ。操縦桿を指示通りに回すと、電車はゴトリと動き始めた。始動を乗り越えれば、運転は確かに簡単であった。ポイントの切り替えもうまくいったようだ。後は軌道に入り込んでくる車やオートバイさえ気をつければよかった。他は車の運転とそう変わらない。沿線の風景を楽しむ余裕はないが、道路の真ん中を堂々と通行できるのは気持ちのいいものである。しかも、運転以外のことは車掌が取り仕切っているので、こちらは運転に集中できる。停留所での乗り降りも大過なくやり過ごすことができた。問題は交差点である。目的地がないのでどちらにハンドルを切ればいいのかわからない。

「好きなほうに行って」

　車掌はそう言うが、本当に曲がれるのか自信がない。機械的に曲がれるほうと曲がれないほうがあるのではないのか。

「どちらに曲がっても大した違いはないから」

　そんな電車など乗客にとっては堪ったものではないはずだが、何よりも素人の運転している電車ほど恐ろしいものはない。蠟人形の車掌はもう自棄を起こしているのかもしれない、自ら存在理由がないとも言っていたことだし。それでも、とにかく交差点を一つ左に曲がった。しばらくたっても車内に抗議や暴動は起こらない。というよりも、彼らはおしゃべりに夢中になっていて、電車がどう針路を取ろうともお構いなしのようである。いずれは元の路線に戻ってくるならそれもいい、という意味なのか。少し安堵して、せっかくの運転機会をゆっくり楽しもうと思った。

「なかなかいい感じよ」

　車掌が耳元で短く囁いた。路面電車特有の横揺れと鐘の音が心地よい。月の光で建物の影もくっきりとして、視界も良好である。何だかずっと以前から運転手をしていたような気がしてくる。同じ所を何回も回って、同じ操作を繰り返し、お馴染みの人に出会い、見慣れた風景に癒やされる。それは毎日自分がやってきたことだ。間違いがなく、だいたい予想のつく日常である。小さな変化があり、去る人がいて来る人がいる。複雑な路線図も縦横に張り巡らされた架線もたまに飛び散る火花も、すべてが馴染んでいた日常そのものである。夜の明けることのない月の夜に、時刻表のない電車が街の中を縫うように走っていく。

「これでいいのよ、これで」

車掌は満足そうに自分に言い聞かせているようだ。電車はおそらく西へ西へと進んでいる。私の寝起きしている下宿とは全く正反対の方向である。そういえば自分はまだ下宿生活をしていたのだ。トイレと洗濯機は共同で、賄いはなかった。いつまでもそんな生活を続けていることを誰かに咎められていたはずだが、思い出せない。けれども、それは心配するようなことではなく、そうでない暮らしと大差はない。何度も路面電車に乗ってアルバイト先と下宿との間を往き来していた。金がないので帰りはよく歩いて帰った。ちょうど月の出ているこんな時間帯だった。街灯もあったので不思議と暗かったという印象はない。夜が暗くないということをいつしか身体が覚えていた。二階の部屋の窓からも月や街灯の明かりがぼんやりと差し込んでいた。ときどき窓の下から小石が飛んできて友人の誘いの声がしたものだ。窓のそばにあった電柱をよじ登って部屋に入ったこともある、階下で寝入っている大家さんを煩わせないように。そんな生活はもう半永久的に続いている。齢を重ねて年を取るということはどうやら誰かにすり込まれた幻想らしい。試験も卒業もなくこのまま市電の運転手になるのも悪くない。そのままの延長線上に生活できるのだから。この都市は何とか自分で掌握できる広さでもある。そうだ、このまま西の交差点で右折して、飛び乗ったときと反対回りに下宿まで運転すればいいのである。そうすれば夜が明けるまでに部屋に帰れるし、近くの車庫に車両を格納すれば何とか帳尻合わせができるに違いない。その際の面倒なことは車掌に任せておいて、私は事務所で市電への就職について真面目に相談すればいい。なんと簡単なことではないか。

「僕の運転はどうですか。なかなかのものでしょう」

今度は自分を運転手として推薦し始めた。まるでこうなったのは君のせいだとでも言わんばかりの軽い気持ちである。

「まあね。でも、これからは上り坂が続くので坂道発進には気をつけてください」

車掌もいつしか運転手として認めてくれているようだ。ハンドルが自動車のものとは全く違うが、前から憧れていた右手でガチャガチャとやる真鍮製で、これがまた新鮮で心地いい。毎日、しかも一日中操作するとしてもおそらく飽きることはないだろう。日々の労働にとっては多くの人の生活に具体的に役立っているという自覚が何より重要なのだから。

「もうすぐ鉄道線路の高架下を通りますから、道は急な下りと上りが続きます」

「了解」

いよいよ車掌との呼吸も合ってきた。往きはこちらが線路を跨いだほうだが、今度はくぐるというわけだ。路線の見取り図もだんだん頭の中に描かれてきた。長年この町に住んでいるのもきっと強みになるだろう。

「次の交差点で左折してください」

「真っ直ぐ北に向かうのではないのですか？」

「ここは左しか行けません」

「そんな馬鹿な！」

私は必死でまっすぐ行こうとしてハンドルしっかり固定した。しかし、どこかでポイントが操作されたのか、電車は左側へと勢いよくカーブしていった。

「さっきは好きなほうに行けと言ったでしょう」

私は大いに不満で、目算が外れ、温めていた就職計画も頓挫してしまいそうな気がして、何度か車掌のほうを振り向いて睨みつけた。しかし、運転中は針路から目を離すこともできず、ただ西へ西へと下宿から遠ざかっていくしかなかった。西の山の上に月がかかっている。乗客は停留所ごとに一人また一人と降車して、そのまま夜の町に消えていった。工場の長い塀が続き、家並みは急に寂しく疎らになった。市内に向かう反対車線の電車とすれ違った。運転者は手を挙げて合図してきたので、私も後から手を挙げた。その車両には客はほとんどいなかった。おそらく終電であろう。もう東の下宿まで今日中に帰ることはほとんど不可能になった。ただ、帰れなくても大したことではないが。

「もうすぐ梅津車庫です」

車掌の言葉は想定内である。西の桂川を渡る手前に車庫があるはずだ。電車は南の川岸から西の川岸まで走ったことになる。その二つの川は盆地の南西の隅でもう一つ南から流れてくる川と合流して淀川となり、大阪湾に注ぐ。何百年と変わらない流れだ。歴史はそのあちこちに蓄積していて、ときどき思い出したように顔を出す。

引き込み線を右に回り込み、電車は係員によって所定の場所に誘導される。いつの間にか私は運転手らしい服に身を包んでいて、車庫の係員は何の違和感もなく私を受け容れてくれる。それが車掌の仕業なのか、単なる成り行きなのか、疑問を持つ間もなく小さな事務所まで歩いていく。

「新入りかね」

「見習いです」

そう言いながら、私は車掌のほうを見た。車掌はうなずいていたのでそれでいいのだろう。

「じゃあここに名前を書いて、明日もよろしく頼む。お疲れさん」

私は適当に名前を書いて、いつの間にか自分の職場になったのかもしれない事務所を出た。外には着替えもせずに車掌が待っていた。

「これからどうする？　何か食べるか、それとも職員寮まで来るか？」

これまでの経緯を問い質したかったのと、少しでも仮眠を取りたかったのとで、寮まで行くことにした。また、蠟人形でもやはり人並みに生活しているのかという興味もなくはなかった。

「明日もここで仕事ができるのかなあ？」

「たぶん大丈夫」

「それにしても不思議だよな、面接も試験もないのに採用なんて」

「いまは人手不足だから、今夜の運転が試験を兼ねているし、あとは健康診断など簡単な手続きだけでいけるんだよ」

制服めいた服装はどうやら気のせいだったようだ。私はすっかりもとの私服姿に戻っていた。西の山の方に向かってしばらく歩くと、大きな橋の袂に出た。車掌は橋の道路部分から一段高くなった歩道を歩き始めたので、職員寮は川向こうにあるのだと思われた。山々の狭間を勢いよく突き抜けてきた桂川の流れはようやくそのあたりで落ち着きを取り戻し、しかも清冽である。その川波に月の影はせわしくちらついている。対岸には朱色の大きな鳥居が立っていた。橋を渡りきって踏切と道路を横断すると、その鳥居の下をくぐることになる。職員寮は境内にでもあるのだろうか、車掌はとんとんと小気味よく石段を登っていく。しばらくすると左側に大きな二階建ての建物が見えてくる。それが職員寮を兼ねたシェアハウスだというので、古めかしい玄関からその中に誘われるように入っていった。

一階は食堂や炊事場などの共同空間らしかったが、私たちはすぐそばの階段を昇って居住スペースに上がった。私の住んでいる下宿屋よりは広く部屋数も多いようだ。けれども、私はそれまで慣れない運転で気が張っていたせいか、かなりの睡魔に襲われていた。車掌がとりあえず自分の部屋で休めというのでおとなしくついていった。部屋はそんなに広くはないが、二人が寝るくらいには十分だった。車掌は手際よく布団を敷いて寝るところをこしらえてくれた。私は「ありがとう」と言って、そのままばったりと横になった。

どれくらいたったのか、微睡みながら私は薄暗い空間の中にいた。月はまだ沈んではいないようだった。目の前を下着姿の見知らぬ女がうろうろしていた。私は身体を起こそうとしたが、金縛りにでも遭ったようにぴくりとも動かない。女の後ろ姿がふっとどこかに消えて、そのうちにまたうとうとしてしまった。心地よい眠りの中で、すぐそばに懐かしいものの存在を感じながら、何やら途切れ途切れの艶めかしい夢を見ていた。

やがて白んでくる光に目を覚ますと、今度ははっきりと若い女が白い衣と赤い袴に身を包んでいる。長い黒髪が後ろに結わえられ、それは明らかに神社の巫女の姿であった。

「ゆっくり休んでいてください。ちょっとアルバイトに行ってきます」

何が何やらわからないまま、私は車掌の声を聞いた。そこに振り返ったのは巫女姿の蠟人形であった。

「朝食は下の食堂でとってくださいね、連絡はしてありますから。では」

蠟人形はそう言って早々と部屋を出ていった。うかつにも自分は女の部屋で一夜を明かしたことになる。狼狽するでもなく、落ち着いているわけでもなく、ただぼんやりと起き上がった。昨夜の出来事がばらばらに頭の中を駆け巡った。窓から外を見ると、まだ空は薄暗く、あろうことか月まで出ている。彼女はさっき朝だと言ったのではなかったか。まだ夢を見ているのではないか。夢を見ているときはそれが夢かどうか確かめられないが、夢を見ていないときならそれは確実に夢ではない。しかし、これが夢であるのかないのかは、どこで誰が判断しているのだろうか。

23

昨夜の服を身につけ、廊下に出て顔を洗う。階下で何人かの人の声がする。性別まではわからない。私は歓迎されない訪問者に違いない。けれどもいつまでも女の部屋に留まるわけにもいかない。恐る恐る階段を降りていく。木の階段はどうしてこんなに軋むのだろうか。話し声が途切れる。一瞬立ち止まる。けれども、思い直してまた歩き始める。腹をくくって、やあ面目ない、といった感じで出ていけばいいのだ。変におどおどしていれば、余計不審に思われるだけである。

「おはようございます。昨夜は……」

「おはようございます。『ほのか』から聞いています。どうぞ適当に座ってください」

そう言ったのはすでに運転手の制服に着替えた中年の男である。昨夜南の終点で煙草を吸いに行ったままなかなか帰ってこなかった運転手であるような気がする。彼はいつどうやってここに帰ってきたのか、そしてまた出勤するのか、それとも帰ってきたばかりなのか、朝食なのか、夕食なのか、早朝なのか、それとも……、そもそもここはどういうところなのか。私は混乱していた。一人の女が椅子を差し出してくれた。彼女に見覚えはないが、車掌の服装をしている。

「ほのかもずいぶん歳をとった人を連れてきたもんだなあ」

若い車掌らしい男が笑いながら言った。それほど歳をとっていないはずだと思ったが、こちらは苦笑いするしかない。「ほのか」という名はあの蠟人形のように半透明で繊細な肌の感じをうまく表しているように思われた。

「運転というものは経験が大切なんだ。速さより何より安全第一だからな。私は『木村』と言います。これからよろしくお願いします」

「私は『井口』と言います。突然のことでまだ戸惑っていますが、よろしくお願いします」

何をお願いするのかはっきりしないが、こちらも姓だけは名乗った。

「私は『キリコ』と言います。一応この人の連れ合いですが、『キムラキリコ』って何だか変でしょう。だから元の姓を名乗ってるの」

椅子を差し出してくれた女はそう言って、木村のほうに視線を向けながら一人笑った。

「俺は『安本遙人』、『遙人』と呼んでください」

いきなり私を年寄り扱いした若者が名乗った。他に男女数人いたが、すぐには覚えられそうになかった。

「電車は時刻表どおりには運行しないんですか？」

「もともと路面電車に時刻表はないよ。朝昼は十分おき、夜は三十分おきとおおよそ決まっているが、交通事情でどうなるかはわからない。夜勤もあり、フレックスタイムだから、こういう仮眠所が必要なんだ。ほのかは神主の娘だから巫女も兼ねている」

木村の一言で、それまでの疑問があらかた解けたような気がした。私がこの家にいることもそんなに不自然でないのかもしれない。少し調子に乗って残る疑問を投げかけた。

「いまは朝ですか、それとも夜ですか?」

一瞬その場にただならぬ空気が漂ったようだった。しばらくは誰も口を開かなかったが、木村がみんなを宥めるようにゆっくりと答えた。

「あんたが夜と感じたら夜で、朝と感じたら朝だ。そんなことも知らんのか」

私は最初からそんな答えを期待していたのかもしれなかった。

「そうでしたね、なんだかそんな気がしていました」

自分の卑屈さに少し腹が立ったが、それなら疑問はしっかり自分で解決するまでだと思い直した。

「ところで、昨日の地面の陥没には驚きましたね。突然道路に大きな穴が開いて、下を覗いてみたら地下水が勢いよく流れ込んできて、危うく巻き込まれそうになりましたよ。そのときちょうどほのかさんが助けてくれましてね。それがきっかけで運転手にスカウトされたというわけです」

今度は不穏な空気は流れていないようだ。

「その陥没には俺も驚いたよ。どうやら地下鉄工事が原因らしいが、それで工事は一時中断して、詳しい調査が始まったらしい」

やはり木村はあのときの運転手だった。

「電車の下に電車を走らせて、どうするつもりなのかねえ」

「いや、なんでも高速鉄道らしいよ。異次元の速度らしい」

「どっかで聞いた言葉だなあ、異次元?」

「先端技術らしいぞ。つまり、鉛筆の先みたいなすごい技術ってことだ」

「鉛筆削りで十分じゃないのか」

「馬鹿野郎。異次元というのは地下のことだ?」

「違うだろう。次元が違うんだから五次元くらいのことだ」

「なら、四次元はどこへ行った?」

「面倒だから通り過ぎたんだよ」

「5Gのことだろう、俺だって知ってるさ、遠隔操作で手術だってできるんだ」

あながち見当違いでもないような会話が飛び交って、私の不首尾はどこかに消えていったようだ。

「異次元というのはどうもなあ。俺はとりあえず地面の上を安心して歩いていたいよ」

「大地震で地面が陥没するのはどうしようもないがねえ」

「役所が考えることは、どうも俺たちの言葉じゃないね。外国語か宇宙語みたいなもんだ」

「役所のお偉いさんの方だろう、全く言葉が異次元なんだよ。素っ飛んでるのさ」

「はっきり言って、投資のことしか考えていないんだ。見返りのないことなどするわけないさ」

「それは企業の話だろ」

「大して違わないさ。いや、企業よりたちが悪い、やつらの元手は俺たちの税金だからね。いまに化けの皮が剝がれるさ」

「税金が倍になって還ってくればいい話じゃないか」

「どうせ俺たちのほうには還ってこないさ」

職員寮はどうやら不満の溜まり場になっているようだ。早く退散したいものだが、仕事を続けるならここを利用しなくてはならない。それに巫女姿のほうのかをもう一度拝んでおきたい気持ちもある。

「俺はそろそろ出かけるよ」

遙人はそう言って食器を片付け始めた。

「じゃあ俺は一眠りしてくるよ。洗い物はそのままでいいぞ」

やはり木村は非番らしかった。炊事は当番制らしい。

「じゃあお願いね。井口さん、そろそろ行くわよ」

キリコが言った。どうも労働時間が不平等じゃないかと思ったが、新入りはしぶしぶ先輩に従うほかなかった。

いったい月はいつまでこの世界を照らし続けるのだろうか。桂川を跨ぐ橋は白い光にぼんやりと浮かんでいる。まるで異世界への入り口であるかのように。川の上流方向にはラクダのこぶのように空に突き出た暗い山が見える。てっぺんには火の神が宿るという。その神には季節も時間も巡らないことだろう、いや、ただ単に巡り続けているだけかもしれないが。そういえば、私の宿泊したのも由緒のありそうな大きな神社の境内だった。この町にはあちこち神が多すぎて、こちらの想像力が休む暇もない。これまで何度も目が覚めたように、夜明けは気まぐれのように突然やってくるのかもしれない。そうなれば、この世界から容易に足を洗うことができるかもしれないし、やはりできないかもしれない。実際どちら側に目が覚めているのかもわからないので、他人として目覚めない限り、どうせ同じことだろうと思ったりする。

「仕事中はあんまり物思いに耽っちゃだめよ」

そばにいたキリコがこちらを見てそう言った。私がそれでもぼんやりしているので、さらに付け加えた。

「楽しいことだけ考えるのよ」

「僕は何が楽しいんでしょうね」

「遊ばないの？」

「ええ、でも、昨夜の電車の運転は楽しかったですよ」

「なら、大丈夫ね」

キリコがさっき知り合ったばかりの私のことをごく自然に思いやってくれ、こちらも素直にそれに応じているのが不思議だった。その一方で、なぜかもう二度とこの寮に戻れないのではという少し寂しい気持ちに襲われた。後ろ髪を引かれる気分である。ほのかとはまた運転手と車掌というペアを組むことがあるのだろうか。

車庫に着くとすぐに仕事が待っていた。その日の行程表を渡される。私はキリコとペアになって町の外周を時計回りに運行する系統が任されている。午前中に一周半して北東側の自分の下宿に近い車庫に入庫することになっていた。いざ行程表を渡されると、それまでの気ままな生活とあまりに懸け離れていることに愕然とする。このまま単調な職業生活に入るのかと思うと、早くもうんざりとしてきた。電車のハンドルの重みがずしんと肩にのしかかった。人生とはたいていこうやって始まるものだと自分に言い聞かせる。

早朝なのか、乗客は疎らで、道路は空いている。おそらくこの電車の転がる音で目を覚ます人にいるに違いない。日常が戻ってくることの喜びと悲しみが町に交錯する。出勤する乗客は終始無言で、足りない眠りをなんとかその場で充足しようとしている。偶然紛れ込んだような酔っ払いが、一人ぶつぶつと何かこぼしている。

「畜生、何様なんだ……、偉そうにしていやがる……。何とか言ってみろってんだ……」

ほとんど寝言と区別がつかない。アルコールは檻の中に閉じ込めていた不平を寝言にしてくれる、ありがたい飲み物だ。

「無能なやつほど偉そうなんだよなあ、そうは思わないか。なあ、庶民の皆さん、朝早くからご苦労さん」

立ち上がって一礼して、また座席に着いて目を閉じ始める。キリコが見かねて声をかける。

「どこまで行かれるんですか?」

「……札の辻」

「この電車は北回りですから反対方向です。次の停留所で南行きに乗り換えてください」

「あっ、そう。ご親切にどうも……」

そう言って、酔っ払いは急に立ち上がろうとしてバランスを崩し、まただらしなく座席に横たわってしまった。

「乗り換えるとき起こしますからね」

車掌がいなければ、こんなときどうすればいいのか。私はバックミラーをちらっと仰いですぐまた前方に視線を集中する。車のライトが光ってこちらに眩しく迫ってくる。どこかで日の出が見られるのだろうか、空が白んでいく。私鉄駅の近くの停留所にはたくさんの通勤客が立っていて、自分の職場に向かう電車の番号を身を乗り出して探しているのが見える。信号前のホームで停車する。キリコが酔っ払いに合図して、何度も念を押して心配そうに送り出そうとする。私はちょっと考えてから、状況を判断して言った。

「街を一周したら、その間に酔いも醒めるでしょう。このまま寝かせておいたほうがいいのでは」

「そうですね。おとなしくしているようですし」

キリコは他の乗客に了解をとってから、新しい客を迎えにいった。電車が家や待合室の役割をすることもある。恋愛や就職のきっかけになることもあるかもしれない。決して悪くはない職業だ。長い間この仕事をしていたような気になる。何度も体験した月夜の路面電車、繰り返す朝の喧騒、車両内での出会いと別れ。風に舞う街路樹の落葉。一回と三十年に何ら区別はない。電車は大きく左折して真っ直ぐ北に向かう。遠くに山の影がくっきりと見える。線路は二筋に光り輝く。神経は四方に張り巡らされて、飛び交いながら立体的な地図を描く。心は先を急がない。鉄道橋の下、坂道を下り、坂道を上る。そして交差点。乗客は入れ替わり、チンと鐘を鳴らして、よく知った道を確実に上っていく。自然な人の動きに資するだけ。それ以上を望めば無理が生じる。無理は人を一方向しか見ないようにしてしまう。

「目が覚めましたか」

私はいつからそこに寝ていたのだろうか。ふと目を覚まして、「いまどのあたりですか?」と見知らぬ車掌に尋ねる。

「五条坂を過ぎたところです」

「もう東大路か。南行き?」

「いいえ、北行きです」

何度も夢から戻ってくる。やはり空にはまだ月が懸かっている。それほど時間は経っていない。景色に目が慣れて方向感覚が戻ってくる。電車は広い東大路を優雅にしかも堅実に北へ進んでいる。両側の家並みは、だんだん繁華街に近づいていくことさえ予感させない、自然な佇まいである。この街には東大路、西大路、北大路があって、なぜか南大路がない。どうでもいいことが気にかかる。やや左斜めに曲がりながら坂を下っていく。右側に赤い鳥居、左には祇園の街の明かりが華やかな遠近法を描いている。どこか遠いところへ来たような不思議な気分である。あの酔っ払いは無事に「札の辻」まで帰ることができたのだろうか。記憶の片隅には完結しなかった出来事が口を開けたままいくつも残っている。ひょっとしたら夢はそんな記憶を探し回る旅のようなものなのかもしれない

「いつから諦めたんだ?」

「何の話だ」

「お前は自分を馬鹿にしたやつに復讐しようとしていた」

「そんなことは考えたこともないし、気にしたこと

もない」

「嘘をつけ！　お前は悔しくていつも悶々としていた」

「いつの話をしているんだ。俺はもう子供ではないんだぞ」

「隠したってわかるさ。お前はいつも陰でやつらを恨んでいた」

近くの席でそんなことを話している二人連れがいた。内容の割には辺りをはばかるような様子もない。

「確かに腹は立ったさ。けれども、それはずっと昔のことだ。懐かしくはあっても、恨みなんかはない」

「いや、俺はお前の執念深さを知っている。お前は昔のちょっとした出来事にまでアンテナを張っていて、今でも時々それがビビッときているはずだ。どうだ、俺も協力するぜ、ちょっとした仕返しをしてみないか」

「執念深いのはお前だろう。言ってみろ、話くらい聞いてやるぜ」

「おい、話を逸らすなよ。俺はお前のことを心配しているんだぜ。何だか元気がないんだからな。ぎらぎらした気迫ってものが感じられない」

「余計なお世話だよ」

「いいか、相手を見返してやりたい、それが人生の原動力なんだ。俺だってそう思って頑張ってきたんだぜ。なあ、元気を出せよ」

「実際、しつこいのはお前のほうだろう」

とうとう周りの乗客もくすくす笑い始めた。それでも面皰だらけの精力的な男は止めなかった。

「過ぎたからといって、なかったことにできるわけがなかろう。相手に認めさせないことには気にするなっていう方が無理さ。屈辱ってやつは人間にとって一番堪えるものなのさ」

「お前は争いを持ち込みたいのか。返り討ちにあって、もっと傷つくことだってあるんだぞ」

こちらは青白い端正な顔つきをの男であるが、彼もだんだん興奮してきていっそう青ざめてきた。

「上等じゃないか。相手が過ちを認めるまで何度でも突いてやればいいのさ。諦めた方が負けさ。それにこちらには失うものなんて何もないんだからな」

くすくすと笑っていた乗客たちはだんだん真面目

な顔つきになって、今度はもう知らないふりをしながらこっそり耳を傾け始めた。私は彼らのすぐそばだったので、何だか自分のことを言われているような気がして、気が気ではなかった。

「俺は争いごとは好まない。恨みがあるなら自分で晴らせばいいじゃないか」

「恨みを晴らすのは本人でなきゃ意味がないんだよ。相手はそれでこそ自分のした行為の重さを知るんだ。つまり、やつが二度と同じ過ちを繰り返さないためにも、お前の力が必要なんだ」

「ということは、俺のためじゃなくて、やつのためじゃないか」

「お前のためでもある。それでこそお前の永年の不名誉が濯げるんだ」

「お前は偽善者なのか、それとも、とんでもないお人好しなのか」

「どうとでも言えよ。俺はお前の笑顔が見たいだけだ。お前の笑顔を見れば、それだけで嬉しくなる」

「変わったやつだ」

彼らはやっと口をつぐんだ。こっそり会話を聴いていた人たちもようやく一息つけたようだった。しかし、実際彼らがこれからどう行動するのか、私には気懸りだった。気になりだすとどうしても聞いてみたくなった。幸い隣に座っているのは面皰の男である。彼なら気軽に話してくれそうな気がしたので、思い切って声をかけてみた。

「あのう、これからどこへ行かれるんですか?」

男は少し驚いたようだったが、行く先を隠す気は毛頭なかったようである。

「ある宴会に参加するのですが、今夜こそ彼に永年の屈辱を晴らしてほしいと思っているんです。いや、少なくともいまや彼が全く優位な立場にあることをかつての上司に示してほしいのですよ」

「そういうことですか。あなたは友達思いなんですね」

「そういうことではなくてね。これは僕のためでもあるんですよ。こいつは本当にいいやつ、いや、人間的にも立派なやつなんですよ。実際あんな上司など足下にも及ばない。そのことを今日はっきりと自覚させてやりたいんです。こいつにも上司にもね。

僕は今夜その証人になりたいんです、証明したいんです。ずっとこの日を待っていたんですから」

男は感動しているようだった。相棒のほうはさっきから困ったような顔をしていたが、私のほうも見ながら、とうとう決意したように言った。

「わかったよ。少し話すだけでいいんだな。それで証明になるんだとしたらね」

「当然だ。お前がやつの目の前に颯爽と立つ、それだけで十分だ。それで勝負は決する、というもんだ」

「その代わり、惨めに跳ね返されても文句は言うなよ」

「そんなことはさせない、あり得ない」

彼らはやっと意を決して、落ち着いたようだった。

「その場にもう一人証人がいても構いませんか?」

自分がとんでもないことを言っているのはわかっていた。彼ら二人は互いに顔を見合わせて苦笑した。

面皰の男はしばらく相棒と小声で押し問答をしていたが、何とか説得できたのか、代表するように私に言った。

「これは面白い。証人は多いほうがいいに決まっている。あなたが会場に入れるようなんとかしますから、ぜひ一緒に来てください」

青白いほうは照れたように苦笑いしながら、小さくこちらにうなずいた。

「面白い結果にならなくても、最後まで見届けてくださいよ」

彼はそう付け加えた。

「ありがとうございます。引き立て役くらいにはなれると思います。もちろん会費は払いますから」

それから三人で二、三の打ち合わせをした。面皰の男は平井、青白いほうは伊藤といった。私たちは次の東山三条の停留所で電車を降りた。車内には激励の眼差しで私たち見送る乗客もいるにはいた。それから、私たちは三条河原町方面に向かって、狭い歩道上を身を寄せ合うように歩いていった。

「大山先生を囲む会」

ホテルの入り口にそんな看板が出ていた。ホールは二階で、立食パーティーのようだった。特に招待状を見せる必要はなく、会費だけ払って中に入った。

会場の中はすでに開会の挨拶も終わったのである

う、あちこちで談笑が始まっていた。その間をその日の主役である大山先生が回っていく。私たち三人は最初から顔を出していたかのように大きめの声で談笑する。それは参加者の注意を引きつける作戦でもあった。案の定その夜の仇敵である大山は、そこにかつての部下の伊藤たちを見つけて近づいてきた。

「伊藤くん、元気でやっているかね」

三人で夢中で話しているふりをして、最初の一言には誰も反応しないことになっていた。大山の表情が少し曇るのを見届けてから、伊藤が反応した。

「ああ、先輩、お久しぶりです。お元気そうで何よりです」

「相変わらずあたふたしているんじゃないかね、ははは」

「先輩こそ大丈夫ですか?」

「なんだって?」

「部下に嫌がられていませんか」

「ははは、何を言うんだね、君は嫌だったとでもいうのかね」

「わからなかったですか」

大山の表情は急変した。

「これは失礼しました。想像力なんて必要なかったですよね」

大山は一瞬彼に殴りかからんばかりだったが、とっさに平井が二人の間にするりと割って入った。

「先輩、落ち着いてください。伊藤は、先輩が常々おっしゃっていたことを言ったまでなんですよ。想像力より結果でしたっけ」

「何を！　思い知らせてやる！」

大山は平井の手を振り切って、彼にも飛びかかろうとする。

「結果で勝負しましょうか」

伊藤が身を乗り出してそれを煽る。そこで私が伊藤を止めに入る。

「お前もやめておけ。結果は見えているんだから」

辺りは騒然とする。怒り狂った大山は辺り構わず怒鳴り散らしている。取り巻きがそれをなんとかなだめようとする。

「先生、場所をわきまえてください」

「ここはまずいです。人目がありますから」

その隙を見て、私たちは台無しになった「囲む会」を尻目に颯爽と会場を後にする。大山がその後どんな顔をして登壇するのか見てみたかったが、想像だけで十分だった。鴨川の土手を三人並んで北に向かって歩いた。

「侮辱罪か何かで訴えられないでしょうか」

私が少し心配になって、半分笑いながら言う。

「構うもんか。そうなったら法廷でこれまでのことを洗いざらいぶちまけてやるだけだ」

伊藤がまだ興奮冷めやらず、力強く言った。

「叩けばいっぱい埃の出てくるやつだ、裁判なんか起こせるはずがない」

平井が彼の言葉をきっぱりとそう補強してから
「あんたもなかなか芝居が上手かったよ」と付け足すように私に言った。

「誰だよ、俺に少し話すだけでいいと言ったのは」

伊藤が少し落ち着いて、笑いながら言った。対岸の家並みの上、西の空に月がかかっていた。

痛快ではあったが、私はこの場では部外者に過ぎなかった。なぜそんな行動に加わったのか。確かに彼らに共感を感じていた。おそらく自分の中にも取り返したい名誉、あるいは意地のようなものが少なからずあったのだろう。しかし、たまたま電車に乗り合わせただけの同志とこうして並んで月夜の河川敷を歩くことで心は妙に満たされていた。

「このまま出町あたりまで行って、飲み直すか」

伊藤が言った。電車道からは随分離れていたので、そのまま歩いたほうが得策だった。それでも、川沿いを結構な距離歩かなければならない。夜風が体にしみてくる。付近の草が風になびいている。

「ささやかな勝利を祝って、乾杯しようぜ。俺は今夜自分のことのように嬉しいよ、上出来だ。やつには当分会うこともないだろうし、相手も会いたくないだろう」

平井はすっかり浮かれていた。

「ところで、あんた学生だろう。よかったら、うちに就職しないか」

「実は就職浪人中なんです。交通局に入れればと思っているのですが」

長い間宙ぶらりんの生活が続いている。望んでいるからか、何かであることを望まなかったせいなのか、それとも必要な単位が取れないせいか、私はいつまでも就職せずにいる。もう単位を取得するのは年齢的にも、能力的にも、また体力的にも無理かもしれない。何年たっても何度も何度も見る夢だ。

「交通局もいいな。あちこち移動できる仕事だからね」

「でも、新卒じゃなければ難しいでしょう」

「最近は、臨時でも結構募集しているよ」

そういえば、私はすでに中途採用されたのではなかったか。頭の中で前後関係が曖昧になる。すると、今度は伊藤が妙なことを言った。

「そういえば、大山氏はいま交通局の局長じゃなかったか」

「ああ、そうだった。代わりにいじめられるかもな」

「新人とは関わりないさ。知らんぷりをしていたらいい」

私はなんだか複雑の人間関係の中に急に放り込まれたような気がした。しかも、自分が蒔いた種でもある。あの時局長に顔を覚えられているかもしれない。けれども、それもこれも就職すれば当たり前のことで、生きている限りついて回ることと悟りきった自分もどこかにいる。

「大丈夫ですよ。これでも結構味方はいるんです」

例のほのかや木村夫妻のことがすぐ頭に浮かんだ。交通局に就職することが、いつの間にか自分の中では規定路線になっていたようだ。やっと馴染んだこの町を離れることができないのだろう。

「俺たちも味方になるぜ。必要ならいつでも呼んでくれ」

「ありがとう、心強いです」

「漠然とした言い方だが、横のつながりというものがなかったら、いくら体力があったって、俺たちは弱いもんだからね。少しでも権力のある臆病者たちは、横のつながりを怖がるんだよ。だから、俺たちの仲間内からこっそり一本釣りで引き抜いて自分の取り巻きに加えることで、横のつながりをぶつぶつに切り崩そうとするやつがいる。そのくせ取り巻きなんか信じちゃいない。それは、会社も役所も似たようなところがある。典型的なのがあの大山だ。伊藤も最初は取り巻き候補だったが、正直な彼が全く忖度できなかったので、逆により疎ましく思われたってわけだ」

平井の言葉には思い当たることがあった。私はこれまで幾度か「干された」経験があったのだ。追従や忖度が嫌いだった、いや、もともとできなかったせいかもしれない。あるいは、いい子になるよりは一人でいたかったのかもしれない。どこかひねくれていた。今から思えば、それは自分なりのささやかな矜持だったのかもしれない。

左に鴨川の流れ、右に土手の桜並木と川端通、前方には石の荒神橋、後ろには丸太町通。足下には乾いた土と短い草の道、ときどき水たまりの跡、空にはかすれたような濃淡のある雲。幾度となく歩いた、体に染み付いた情景である。たいてい独りで歩いていた。誰かと複数で歩くのは久しぶりだった。何かい変化が起こる予感がした。変化であって進化ではない。何事もそう簡単には進まない、あるいは、進むものなど何もないし、変化でさえままならない。日常はほとんど同じことの繰り返しである。それでもちょっとした出会いならあるかもしれない。

「荒神橋を渡ろうぜ。近くに行きつけの店がある」

最初から目星をつけていたのだろう、伊藤が言った。

「もちろん、ついていくよ」

私は忖度でなくそう言った。荒神橋は電車も通っていないし、車道も狭い橋である。緩やかな坂を上って川端通まで上がり、左折してその石造りの橋を渡る。河原町通と交わる荒神口には老舗のジャズ喫茶もある。なぜかどんどん時が遡っていくようだ。風景がゆらゆら漂っている。

いかにも大衆酒場らしいけばけばした店が道の南側にある。すぐに焼き魚の匂いがぷうんと漂ってくる。が、嫌いではない。案内された二階の席は少し喧騒から離れている。周りには二、三の若者の集団が談笑しているが、馬鹿騒ぎとは言い難い。しばらく醒めた空気が漂ったが、酒が進むと私たちは徐々に緊張から解き放たれていった。

「公務員は全体の奉仕者だ、違ったか？」

「そのとおり。上司個人の奉仕者ではない。今日それを実行したお前は偉い！」

「乾杯しましょう、乾杯！」

「乾杯！」

「ところで、どうしておぬしはこの場にいるのだ？」

「よくわかりません。月がとても綺麗だったから、ということにでもしてください。これも何かの縁でしょう。今夜は私の就職の前祝いも兼ねていると思ってください」

「よくわからんが協力した。そういうことだな。それもまた全体の奉仕者だ。よろしい」

「全体というこの漠然とした曖昧さがいいんだよ。わかるか？　国でもないし、個人でもない。ひょっとしたら国民でもないかもしれん。『みんな』でもかと言って『世界』では広すぎてだめだからな。曖昧すぎるし、『主義』なんてつけると正反対の意味になってしまう。言葉っていうのは実に難しいよなあ。いや、だからこそあえて『全体』の曖昧さに共感するのさ」

伊藤が珍しく饒舌になった。それから会話は果てしなく続いた。

「俺たちのことを行政の末端だとか言っていたやつがいたけれど、あれもおかしい。全体の奉仕者であることは市長も一公務員も同じだ。ましてや命令される筋合いはない。お前のために仕事してるんじゃないぞ、くそったれ」

「そうだ、俺たちが選んでやっただけじゃないか。何を偉そうに言ってやがる。権力の横暴反対！」

「勘違い野郎がいっぱいいる。ひがんでるんじゃないぞ。公務員の気概はないのか！　いつからそんなに偉くなった。勘違い野郎め！」

「いちいち指示を待っていたら、仕事にならない。その場面場面で自らの判断で対処する、それが公務員の仕事だ。つまり、それが信頼感というものだ。いちいちお伺いを立てなければ判断できないやつが信頼されると思うのか」

「そういえば、大山のやつの口癖は『勝手な判断をするな』だった。その言葉をそのままあいつに返してやるよ」

「そのとおり。俺たちはロボットでも兵隊でもない」

「血も涙もあるぞ！」

「それから、くだらない仕事を増やすな。自らを縛る勤務評定、反対。俺たちは評価されたくて仕事をしてるんじゃない。身分が保証されているからこそじっくり腰を据えて、思いっきり仕事ができるんだ。成績をつければ競争して成果が上がるなんて思うなよ。あまりの幼稚さに我慢できなくなって、志望者も激減し、そのあげくどんどん質を下げるのがオチだ。評価は住民が勝手にしてくれる。くだらん評価を管理職の仕事にするな。職員を萎縮させるだけで、全く時間と紙と人の無駄、それから勘違い上司を増やすだけ。とっくに破綻している制度にしがみつくな、くそったれ」

それは、さながら労働組合のアジテーションであった。二人は話しながら拳まであげている。そうだ、どこかで何度か聞いたことがある。いや、いつの間にか私もすでに会議に参加していた。ずっと以前の記憶の断片のようでもあるが、それを掘り返そうとする気力がない。あのときも自分の足場がふらふらしていたせいか、気力が湧いてこなかった。不安な拳を振り上げながら、目の前で繰り返される映像だけをぼんやりと見ていた。

そういえば、私はかつて上司に逆らって飛ばされたことがある。逆らうというより、作りたくない報告書の作成を断ったのだ。すると、いつの間にか配置換えさせられ、あげくに出張所に飛ばされた。全く人望のない上司だったが、後に部下たちから総好かんを食らって、彼本人が飛ばされたという話を聞いた。だいたい上司と部下という前近代的な言葉はとっくに廃れたと思っていたし、使ったこともなかった。先輩と後輩でよかったかもしれないが、いつの間にか復活していたのも、なんだか解せない。いやいや、復活したのではなくもともと存在しているものが顕在化しただけのこと。言葉や性向というものはどうやら根元から絶つなんてことはできないらしい。何度も現れては増殖し、屈折して姿を変え、淘汰されてまた目の前から姿を消す。

こうしている私は過去の私なのか、未来の私なのか。おそらくどちらでもない。きっといつにでもいる私なのだ。そう、いつにでもいる。どこにでもいることはできないが、いつにでもいることのできる私なのだ。MP3を聴く私は、同時にレコードを聴く私でもある。庭木に飛んでくる小鳥を窓際で眺めている私は、同時に街頭でシュプレヒコールを上げる私でもある。そう、同時にしか存在しようがないのが人生だ。伊藤がふと真面目な顔をして自問するように問いかけた。

「俺はこの頃感じるよ、自分はいったい何をやってるんだって」

「お前は真面目だからな。真面目に考えると、思い悩んでしまうのがこの世の中だ」

平井がすぐにそれを受け止めた。

「じゃあ、死ぬまでにやっておきたいことってあるか?」

「特にない。食べて飲んではしゃいで、こうして生きているだけで十分だ」

「そんなはずはないだろ。隠さずに言ってみろ」

「疑い深いな。どんな答えを期待しているんだ」

「そうだな。生きていることが実感できるような何か。子供の頃そうであったような、わくわくするような何か」

「お前にはそんなものがあったのか?」

「あったようなんだけれども、いま言葉で説明できないのがもどかしい。それが悩みだ」

いつしか二人はしんみりとし始めた。

「そんなものは最初からなかったんだよ。形のないものは簡単には壊れないが、いずれ形にならないまま消えていくんだ。それが大人になるということかもしれん」

「お前は夢のことを言っているのか?」

「それが睡眠中の夢なのか、それとも空想のことだったのかはわからんが、いずれにせよ漠然としたものじゃないのか」

「俺の場合は眠りでも空想でもないようだ。むしろ現実的な感覚なんだよ」

「ふむ、それならきっと人間関係のことだよ。わくわくするような人間関係から随分遠ざかっているのさ。そういう意味なら俺もわからんではない」

伊藤はしばらく考えていたが、やがて口を開いた。

「なるほど、わくわくする出会いか。そうかもしれんな」

私には彼らが自分よりずっと若い世代のように思えた。だからといってそこで気の利いた提案ができるわけでもなかった。むしろ手で触れることのできない映像がただ目の前で繰り広げられているだけだった。

「あんたはどうなんだ。何かにわくわくしているか?」

突然平井が私に問いを向け、その僚友もまたこちらに注目した。やはり夢の続きではないようだった。いや、それともまだ夢は続いていたのか。

「それはもう、今夜の出会いですよ。何だか胸がすっとした」

「おべっかなんか使わなくていい。気に入らないことがあったらはっきり言ってくれていいんだ、若いんだから、遠慮するな」

やっぱり俺はまだ学生だったんだ、と妙なところに感心する。

「お世辞なんかじゃないですよ。ただ気がかりなのは、これから出会いの可能性がだんだん失われていくような気がします。それぞれが分厚い仮面をかぶって、前だけを向いて先を急いでいく。電車の中で話しかけられて友達になれるなんて全く遠い話です。さっきのわくわくするものがないというのも、その前兆かもしれません」

「なんだ、あんたは予言者だったのか。俺たちに先のことはわからんが、人やものとの出会いは大切だということはわかる。あんたと出会わなければ、今夜のクーデター計画も逆の結果になっていたかもしれんしなあ」

「そう言ってもらえるだけで嬉しいです。さっき言ったことは忘れてください、予言者なんかじゃないですから」

「嫌な予感、もしくは警鐘を鳴らしてくれたことにしておこうぜ」

伊藤がとりなすように言い、さらに続けた。

「その嫌な予感の一つなんだが、ゆくゆくは市電が民営化されるらしい」

「なんだって? さっき大山が交通局の局長になる話をしていたじゃないか」

「つまり、彼がその旗振り役に抜擢されたってわけさ。採算の取れない事業を整理して身軽になろうという魂胆らしい。何も考えていなくて押しだけは強い彼が適任だったというわけだ」

「きっと反発が起こるぞ」

「廃止よりはましだと言うだろう」

「そうなると、採用はどうなるでしょうか?」

「当面採用はするだろうが、そのうちリストラや合理化といった大鉈が振るわれるだろうな」

「なんとかしたいですね」

「ふむ、これは今夜のクーデターみたいに単純にはいかんぞ」

平井が真面目な顔をして言った。すると、伊藤が何か思い当たったことでもあったのか、身を乗り出して言った。

「でも、ひょっとしたら今夜のことがいいほうに作用するかもしれないぜ。今夜皆の面前でやつの人間性に大きな疑問符がついたわけだから、庁内でも彼の強引なやり方に対して反発が強まる可能性がある。つまり、たまたま俺たちが市の計画に味噌をつけたってわけだ」

「なるほど。市全体にとってもいいことだったわけだ。公務員として、全体の奉仕者としても正しい行動だったことになるんだな」

「そうだ」

私たちはもう一度乾杯をして、またしばらくとりとめのない話をしてから、ようやくそれぞれの住みかに帰ることになった。

24

河原町通に人通りは疎らで、月の明かりはぼんやりと空に残っていた。最終に近いのであろう、間隔の空いた電車がまだ南北に往来していた。その夜の同志二人は南の京都駅方面に、私は北東の車庫に向かう電車に、それぞれほろ酔い加減で飛び乗った。

車内はめっきり空いていた。大きな荷物を持った学生、仕事帰りに一杯飲んできたサラリーマン、説明の難しい主婦らしい人、そして私。そして蠟人形のような車掌の横顔には見覚えがあった。ほのか……。

「乗車賃をいただきます」

彼女が近づいてきた。私に気づいていないのかもしれない。私は少し微笑んで、目で合図しながら運賃を渡そうとした。確か二十五円だったと思いながら、ポケットの小銭を探った。けれども、分厚い手袋でもしているように硬貨が手に馴染まない。焦れば焦るほどなかなか取り出すことができない。そのうちにポケットの底に穴があいていることに気づいた。彼女は訝しげな顔をしている。慌てて反対側のポケットの財布を探した。しかし、そこにも財布は入っていない。自分は最初から財布など持っていたのだろうか、という疑問が湧いてきた。ここでは現金を持ち歩かないでいい生活がとっくに定着していたはずではなかったか。だとしたら、彼女が持っているあの黒い大きながま口のようなかばんはいったい何のためにあるのだろうか。

「持っていないのですか?」

「財布を忘れたようです」

「無賃乗車は千円の罰金です。後日召喚状が送られてきますので、交通局まで出頭してください」

彼女の事務的で別人のような対応に戸惑いを隠せなかった。

「では、ここに住所と名前を」

彼女はそう言ってボールペンと紙とを差し出し、私がそこに記入する様子を注意深く覗き込んだ。急に惨めさと恥ずかしさが胸にこみ上げてきた。もし本当に召喚状が送られてくるようなことがあれば、交通局の内定通知も取り消されるのではないだろうか。いや、そもそも内定通知など存在したのか。家にたどり着くまでにいくつの関門があるのかと思うと、暗澹としてきた。


「書けた?」

頭上で親しげな女の声がした。見上げるとそこには紅白の巫女装束に身を包んだほのかが立っていた。また神社のシェアハウスに戻っていた。食堂のテーブルで私は交通局への志望届を書いていた。彼女は朝の神事から帰ってきたばかりなのだろう。空間はまた後戻りしたのである。やっぱり月はそこに出ているのだろうか。食堂のカーテンを上げる前に私は確認したいことがあった。

「交通局の局長は、ひょっとして大山さん？」

「いいえ、そんな名前じゃなかったと思うわ。知り合い？」

「いいや、違ったらいいんだ。皆はもう出勤したの？」

「午後からの人はまだ寝ているわ」

「で、君は？」

「昼過ぎに二人で出動よ、忘れたの？」

「ああ、そうだった」

ほのかと会話しながらも、どこかで下手をして罰金を科せられるような気がした。密かに期待していた場面に遭遇しているのに、気の利いた言葉一つも言えそうにない。このまま無言で放置していたら、すぐにこの場面は消えていくのかもしれない。しかし、焦りは何ももたらさなかった。

「あなた、見たでしょう」

「何を？」

私は一瞬びくっとした。やはり咎められている。昨夜のことか。しかし、それは自分の罪ではない。先に言い訳をしようとしたが、墓穴を掘りそうですぐに思いとどまった。

「図星みたいね。まあいいわ、許してあげる」

彼女はそう言って意味ありげに微笑んだが、巫女姿ということもあってか、何か罰が当たったような気さえする。それ以上問い返せない。

「中途採用は難しいから頑張ってね」

「面接はないのだろうか？」

「欠員ができたので、すぐ電車を動かせる人を求めているらしいの。だから、走りながら面接しているようなものになるけど、気を抜かないでね」

「忠告ありがとう。でも、僕に適性はあるのだろうか？」

彼女はしばらく考えていた。

「適性はたぶん結果でしかないのよ。定年を過ぎてしばらくしてからやっとわかるくらいじゃないかしら。途中で断定できるのは、転職する本人だけよ」

「それはどういう意味？」

「適性がないという適性もあるのよ」

「適性がないという適性？」

「つまり、もともと人間に職業の適性なんてないということよ」

「適性がないことが、その人の生き方でもあるということか」

「例えば、友人になるのに適性が要る？　夫婦に適性なんてあるの？」

「適性がなくても続けられるのが、本当の適性ってことかもしれないね」

「ちょっと違うんだけど、その職業そのものの幅を広げて適性の範囲を変えてしまうというか、そういうことなんじゃないかしら」

「だから、車掌も巫女も続けるっということ？」

　彼女は笑ってうなずいた。

「人生はもともと一本の道じゃない。何本もあって、そこら中に伸びているの。そう考えれば少しは楽にならない？」

「まず一つくらい選んでもいいんじゃないか、という感じでやってみるよ」

「そうなの。逆方向から見ると、きっと違った景色が広がってくるわ」

「確かに。そんな気がしてきた」

「私、着替えてくるね」

　赤い袴の裾をからげてほのかが二階に上がってしまうと、こちらはもうすることがない。志望届を封筒に仕舞ってから、ぶらぶらと散歩に出かける。石段を降りて鳥居の下から車道を渡り、桂川の草深い河川敷に下りてみる。薄明の空に低い月が出ている。川の流れはこのあたりで東から南に湾曲するので、こちらの岸は白っぽい石の河原になっていて、両手で水をすくえるくらいまで流れに近づくことができる。私はどちらかというと川を遡るほうが好きだ。水がどんな経歴を持ってここまで流れてくるのか、とりわけこうした河原ができるまでの大きな岩の間を走る急流の様子が見られたらとも思うが、中流域の浅瀬を走るせせらぎの音も好きである。河原には多様な色や形の小石が急流に丸く削られて漂着している。濃い色の石も少なからず混ざっている。石の色は含まれる鉱物の量や性質で決まるのだろうか。

　子供の頃、お握り大の黒くて重くて円い石を探して歩き回ったことがあった。他の石にぶつけても壊れない強い石を求めていた。一人で。それは傷つきやすい自分への無意識の反動だったのだろうか。ある時、ちょっと青みがかった黒い色で、まるで隕石のように硬くて比重の高い、大きすぎず小さすぎず、申し分のない石を見つけた。私は大事そうにそれをポケットに入れて家まで持って帰り、毎日眺めてはその感触を確かめ、他の石にぶつけてもそれが決して割れないないことを何度か実験した。守り神のように思えた。ある日近所の友達に自慢したくて思いきって一度見せたことがあった。そのときたまたまやってきた図体の大きい上級生が私の守護神に目をつけた。強引にそれを手に取って何度もその強さを確かめ、いとも簡単に「これいいな、俺にくれよ」と言った。嫌な予感が的中した。私はそのとき抵抗できなかった。曖昧に承諾することしかできなかったのだ。たかが石ころである。私はその石ころの意味するところをその場で告白するわけにはいかなかった。

地味な普段着のほのかが土手を下って私を探しにきた。彼女が神社で育ったのなら、この河原は勝手知った遊び場のようなところだったに違いない。毎日こんなところで遊んでいたのだからきっと足首が鍛えられているだろう、などとどうでもいいことまで考える。

「ここで川に向かってに石を投げる習慣がなかった?」

「ときどき投げていたよ。平たい石が水面を跳ねていくのがおもしろかった」

彼女はしばらく河原の石を物色して、見事なアンダースローで川のほうに放り投げた。石は二三度水面を跳ねてから水に入った。その石の軌道が、男の子たちに混じって駆け回ったであろうやんちゃな子供時代を想像させる。

「上手いもんだ。普通女の子はなかなかできないんだけど」

「これでも、中学生の頃ソフトボールをやっていたのよ」

そういえば確かに野球帽が似合いそうである。

「でも、なぜか楽しくなくなったから、それからボールは握っていない」

それもまた想像に難くない。私はかつての河原で拾った隕石のように黒くて重い石に再会したような気がした。

「こんなこともできるよ」

彼女は器用に河原の石を積み上げていき、石の塔は見る見るうちに高くなる。形と大きさを上手く組み合わなければとうてい石は積み上げられないが、彼女は初めから完成した塔を見越していたかのように次から次へと手際よく石を選んで吟味し、適材適所にしっかりと置いていく。そして、石塔はあれよあれよという間に五十センチほどの高さに積み上げられた。

「すごいね」

私の称賛に彼女は満足そうにうなずいた。

「簡単には崩れないから、次の増水までは大丈夫」

「なんだか石垣職人みたいだね」

「少し考えれば、誰でもできるよ」

彼女は苦笑しながらそう言った。

河原には小さく盛り上がった部分がいくつかあるのはそんな石塔の名残なのか。なるほど、増水は災害ではなく、川の自浄作用と考えるべきなのだろう。そして、その範囲内で川とつき合っていくことが治水対策というものなのかもしれない。川は増水の度に岸を削り、その形を変え、新たな水溜まりを残しながら、肥沃な土や洗われた石を運んでいる。人は川と共に生きている、という当たり前のことを目の当たりにしている気がした。私もまたこの川を下るようにこの町にやってきた。記憶は何気ないきっかけで水とは逆方向に遡り、筏で下るようにまたこの町に返ってくる。だから、流域にまつわる記憶なら、それが甘くても苦くてもいつでも取り出せる。

これはどのあたりの記憶なのだろうか。広い河原から滑らかに光る石を選び出すように記憶を呼び覚ます。あるいは、全く異なる二つの石が重なり合って均衡が崩れそうな、そんな情況なのかもしれない。

「変なことを聞くようですが、以前どこかで君に会ったのではないかなあ」

「私もそんな気がしているよ。でも、そのときはまだ出会ってはいなかったの」

「会ってはいるが、出会ってはいない？」

「だって、出会っていたら覚えているでしょう」

「それは会っていないことと同じではないか」

「もちろんそうよ。出会いは簡単でもあり、またごくまれでもある」

「今回の出会いはまれな出会いというわけか」

「そう。私たちは人を見ているけれども、たいていの場合しっかりと見ているわけではないし、受け容れてもいないのよ。何年かして同じ人がやっと見えるようになったということだってある」

「だから、僕に電車を運転させた？」

「運転したから、出会えた。そういうことでしょう」

「運転中は前ばかり見ているから、その出会いは不公平だった」

「そうだったわね。でも、あなたは前ばかり見ていたわけじゃない。後ろも見ていたわ、ちょうどこの河原みたいに」

「上流も下流も見ている？」

「増水も渇水も、土砂も生き物も受け容れる、ある種の余裕のようなもの、かしら」

「曖昧だね。でも、何となくわかるよ。世界はいくつもの層でできていて、全然単純じゃないから」

「私たち結婚しましょうか」

「えっ？」

彼女は真面目な顔で言っていた。私は一瞬うろたえた。就職と結婚、人生の節目が突然嵐のようにやってきたのである。私はすでに結婚していたのではなかったか、あるいはこの場面はずっと前に経験していたことではないのか。やはり繰り返されている。時間の層はここにいくつもある。落ち着かなければならない。

「ずいぶん唐突だね」

「私は前から決めていたわ」

「僕にはまだ十分な収入もないし、それに……」

言いかけてやめた。

「それに？」

「それに、いろいろ片付けなければならないことがあって、混乱している」

「嫌なの？　それならしかたないけど。返事は焦らなくていいよ」

私はどこを走っているかわからない電車までいず

れ帰らなければならない。いくつもの電車が複雑に入り組んだ地上の線路を走っているが、それらは一つとして無視できない重みを持っている。出会いは別れの対義語ではない。出会いは終わりのない始まりであり、この地上から消え去ることはない。記憶や記録や痕跡としても至る所にあって、私を見ている、時には私の生まれる前から。にもかかわらず私は自由で、あちこちで決断を待たれている。いや、あちこちで決断の結果を引き受け、そして引きずっている。

「少し待ってくれないか。また戻ってくるから」

「どこかに行くの？　もうすぐ出勤よ」

「もちろん仕事は大事だ。わかっている。それでも、少し待ってくれ」

「わかった。でも、待つということは待ち続けるということよ」

彼女にそんなつもりはなかったのだろうけれど、言葉の重さがずしんと全身にのしかかってきた。大急ぎでそれまでの経験というページを繰り始めるが、どこにもそれは載っていない。

私は逃げるように河原を後にする、川に向かって石を投げているほのかの後ろ姿をちらっと横目で振り返りながら。

25

運賃を踏み倒して、私は電車を降りた。河原町今出川の交差点、通称「出町」と呼ばれるところだ。出後は歩いてでも下宿まで帰れる。できるだけ電車道を避けようと北へ上がり、出町橋の方に向かう。出町橋で賀茂川を渡ると高野川との合流点の小さな三角形の公園に出る。もう真夜中といってもよかったが、やはり数人が散策に来ている。その北側には夜になると同性愛者が散策しに来るとまことしやかに言われていた神社の森があった。私は柳の木のそばのベンチに腰を下ろした。

「火を貸してください」

今どき煙草を吸う人もいるんだと思いながらポケットを探ると、細長いマッチ箱が手に触れた。「五二番街」という店の表示。私は出町にあるそのジャズ喫茶によく通っていたことに気がついた。アルバイトの帰り、一時間ほど一人でぼんやりとジャズのレコードに耳を傾け、ときどき催されるライブ演奏も聴いていた。彼は「どうも」と一礼して、煙草を吸いながら川のそばまで下りていった。宵闇にまぎれて輪郭の崩れていく男の後ろ姿をぼんやりと眺めていた。彼には川べりに腰を下ろして語らう仲間がいるらしい。いつの頃からか孤独と自由とがすっかり身についていた、いや、見せかけの孤独と見せかけの自由に私は身を浸していた。賀茂川と高野川の水面は街灯と月明かりにちらちらと照らされながら私の目の前で一つになり、賀茂大橋の橋脚の間をくぐって広く勢いよく遠ざかっていく。こちらがどんどん後退しているようにも見える。その賀茂大橋の上には欄干越しに疎らな人通りと車が往来する。やがて一両の路面電車が鈍い地響きを立てながらコンクリートの橋の上を横切っていく。パンタグラフが鋭い火花を散らす。オレンジ色に浮かび上がった車窓に人影はまばらである。その上には藍色の空に滲んだように白い月がかかっている。

「火を貸してくれませんか」

今度は別の男が近寄ってきた。髪を肩まで伸ばして、無精髭を生やし、よれよれの服装をして、とても社会人には見えない。男はどこかに見覚えがあった。私は自然に「五二番街」を差し出す。しかし、それはすでに夢の中の出来事だったかもしれない。美味そうに一服吸ってから「どうも」と言って立ち去ろうとする男を引き留め、私は思わず言った。

「僕にも煙草を一本もらえませんか。あいにく切らしていたもので」

「ああ、いいですよ。どうぞ」

そう言って、彼はセブンスターの箱から二本抜き取って私に差し出した。

「ああ、ありがとうございます」

私はやはり「どうも」と言ってその一本だけ受け取り、「座りませんか」と声をかけて、ベンチを空ける動作をした。彼は少し警戒したように、やはり「どうも」と言いながら、少し離れて私の横に腰を下ろした。私は煙草に火をつけて、一服吸って煙を吐き出した。頭がすっとして瞬間感覚が研ぎ澄まされるような気がした。

「学生ですか？」

「ええ、七回生です」

彼は悪びれずにそう言った。

「就職はしないんですか？」

「ええ、大学院が入れてくれるのを待っています。言い換えれば、院浪ですね」

そういう学生がたくさんいることはもちろん知っていた。おそらくキャンパスで何度かすれ違ったのだろう。彼らが手にした自由を手放したくない気持ちはよくわかし、手放せば簡単には戻ってこないことも知っている。けれども、私はすでにそこから出ていくことに決めていた。

「待つのは大変でしょう、学費とか試験勉強とか」

「適当にバイトをしています」

「僕はいろんな理由で一年も待てませんでした。春には就職します」

「よかったですね。頑張ってください。でも、君はなぜ就職するんですか？」

「学んだことを社会に還元するためです」

私は少し照れたような感じで言った。

「それは無謀ですよ。撃沈するだけです」

「どうしてそう思うのですか？」

「世の中はそう単純じゃない。知識がそのまま通じる社会じゃないからです。君は素朴に過ぎますね」

「あなたにそれがわかるんですか？」

「君よりはわかります。少なくとも知識は所詮知識でしかないです」

「役に立たないと？」

「立ちません。役立てたいなら院に行くべきです。知識を役立てたいという気持ちを捨てるなら、就職もいいかもしれない」

私は反発するものを感じたが、彼の言葉に一理あるような気もした。どうせならもっと早く聞きたかった。私の選択肢は少なく、動き出した歯車をもう止めることはできなかったのである。私はすでに象牙の塔から下り始めていた。

「忠告ありがとう。あなたも頑張ってください」

「ありがとう。私もこの春が最後のチャンスです。すみませんが、もう一度マッチを貸してください」

彼は二本目の煙草に火をつけ、美味そうに一服吸ってからゆっくり煙を吐いた。

「もう一本どうですか？」

　彼は器用に白い煙草を一本だけ箱から飛び出させて私の前に差し出した。私は「じゃあ、あと一本だけ」と言ってそれを受け取り、マッチで火をつけた。その後「これどうぞ」と言って、私は「五二番街」を彼の手に託した。彼は礼を言って立ち上がり、煙草を吸いながら北の糺の森のほうへ歩いていった。私はしばらくベンチで煙草を吹かしながらしばらく物思いに耽っていたが、やがて持っていた煙草を地面に踏みつけて、硬い木のベンチから思いきって立ち上がった。

　東の高野川にかかる橋を渡って、出町柳駅前の広場のほうへと歩いていく。堤防沿いには確かに柳の木が連なって枝垂れている。北の八瀬や鞍馬につながる通称「叡電」が発着する木造の駅舎に明かりは乏しく、車も人通りもすっかり途絶えている。急に人恋しくなって駅舎を覗いてみると、最終の鞍馬行きがひっそりと最終の乗客を待っていた。これに乗れば、今度こそ明日の始発まで家に戻ってくることはできない。構内ではベンチに寝そべっている酔っ払いを車掌が起こして何とか電車に乗せようとしている。酔っ払いはおぼつかない足取りでようやく乗車し、まもなく電車は寂しく出発していった。気持ちは動いたが結局私は乗らなかった。下宿に返ってから考えたいこともあった。誰もいないがらんとしたホームでしばらくぼんやりとしていた。

「僕は結婚を申し込まれた」

　私は小さく呟いた。軽はずみに言える言葉ではない、たとえ昨日初めて会った人だったにしても。私は何から逃げてきたのだろうか。ほのかはずっと待ち続けると言った。何をためらうことがあるのか。片付けなければならないこととは何だったのか。心の問題か、それとも答えから逃げるための言い訳なのか。こちらが言うべきことを相手の口から先に聞いてしまったことか。それならば永遠に片づくことではない。やはり逃げているだけなのか。何から？

堂々巡り。

　ここは何通りだったのか。鞠小路？　それは南北の通りではなかったか。この場合通りの名前よりもどこに向かっているのかということが重要だ。どうすれば元の月夜の河原まで戻れるのか。戻る手続きのほうがずっと難しいような気がする。明日もう一度最初からやり直すか。それしか手立てはないように思われる。

「市電なら午前一時ごろにもう一度走りますよ」

それは少し離れたところで終電に乗ってきた人に向かって駅員が伝えている言葉だった。私はその夜初めて腕時計を見た。午前〇時五十分。まだ大丈夫だ。私はその人を尻目に急ぎ川端通りを下り、賀茂大橋の電停まで闇雲に駆けていった。電車が一両止まっていた。道路脇の時刻表を見る。確かに一時ごろ、梅津車庫行きが出ている。最終便だけは時刻が書かれていた。天の助け、さっきはどうしても見つからなかった小銭の存在をポケットに確かめ、西行きの最終便に辛うじて跳び乗った。後のことはどうでもいいが、彼女との約束だけはどうしても守らなければならぬ。ああ、しかし、何ということだ、どこで読み違えたのか、電車はがくんと大橋を後にして、背中の方向、見慣れた比叡山のあるほうにどんどん向かっていくではないか。緩やかな坂を下りながら電車は今出川通りを東に向かっている。いつもうろついている下宿近くの馴染みの風景が恨めしい。喫茶店、旧財閥の邸宅跡、画廊、女子寮の板塀、中華料理屋。車内の表示によると、どうやらそれは町の北東の端、錦林車庫行きらしい。薄暗くて時刻表を見間違ったのか、それとも、大陸のように電車は右側通行だと勘違いしていたのか。いくら急いでいても、馴染んでいるはずのない大陸の路面電車と勘違いすることはまず考えられない。次の電停で降りよう。上手くいけば西行きの最終便に乗り換えられるかもしれない。

「切符を拝見いたします」

しかし、そこにはあの事務的な蠟人形が立っていた。彼女はどちらのほのかなのか。彼女は真っ先にこちらに向かってきた。

「あなた、罰金を持ってきたのですか?」

私は仕方なく財布を出して最後の千円札一枚を渡そうとした。

「あなたは正直な人のようですから、正規の運賃で結構です」

彼女は少し人間味を見せたが、いったい何がどうなっているのかわからない。とりあえず二十五円払ってそのまま乗っていくことになった。目的地はなくなり、曖昧な目標に伴われている。それでも電車は百万遍の大きな交差点を横切り、ゆったりとした坂を上っていく、皓々と輝く背後の月光に背中を押されるように。低く長い石垣、寺の門、古本屋、定食屋、パン屋を兼ねた喫茶店、製本屋、何かの遺構に続く短い並木道。それら薄暗く曖昧なものの輪郭が人気《ひとけ》のない通りの背後にじっと佇んでいる。銀色の平行線を支える無数の石盤がときどきガタガタと浮き上がってはまた鎮まる。緩やかな坂を上った頃に北白川の電停があり、乗客が二人降りた。電車は銀閣寺道で大きく右折して、次の浄土寺では最後の一人が降車し、私はなぜか入庫までの直線を運転席で迎えていた。

「決心はつきましたか?」

「何でしたか……?」

背後の声で私はどぎまぎしていた。その調子は巫女のほのかではないか。だとしたら、即刻返事を訂正しなければならない。

「ああ、結婚の話なら就職が決まってからでいいですか?」

ハンドルを握る手が心なしか震えているようだ。

「ええ、いいですよ」

決断の時は逃すべきではないと思ってはいるが、彼女はその場しのぎの曖昧な答えを認めない、そんな気がする。やがて電車は右折して引き込み線に入り、吉田山の東、錦林車庫へと吸い込まれていく。数本に別れた線路のいちばん端にゆっくりと整列させる。ほっと一息ついたところで、若い車掌が私を呼びに来る。顔には見覚えがある。確か神社そばの職員寮で紹介された「遙人」である。

「お疲れ様です。井口さん、課長代理があんたを呼んでいるよ」

「課長代理?」

「ああ、人事課の課長代理だ。何でも聞きたいことがあるらしい」

ひょっとして新局長あたりから私についての何か

不利な情報でも入ったのではないだろうか。

「ああ、心配することはない、大丈夫だ。形式的なものだろう」

遙人が言うことに同意を得たくてほのかの姿を求めてきょろきょろあたりを見回したが、どこにも見当たらない。


「あなたがまだ大学を卒業していない、もしくは、卒業単位が不足していることが問題になりましてね」

小さな会議室で眼鏡をかけた中年の課長代理が言った。

「はい？」

「このままでは、運転手として採用できなくなりまして」

「そんなはずはないと思いますが」

「どうしても就職したいというのであれば、是が非でもその単位を取らなくてはなりません。でないと、学歴詐称ということになります」

そういえば、自分にはどうしても取れない単位があったことを思い出した。長らく勉強していないので、自分の能力も努力ももはや到底及ばないような気がしていた。ほのかは先にこの話を聞いて、私の就職も私との結婚も無理なものと思い込んで姿を消したのかもしれない。いやいや、そんな個人的なことが先に洩れるはずがない。彼女を何度見失ったらいいのだろう。

「明日にでも大学に行って単位を何とかします。しばらく待ってください。それまでは無給でもいいですから、見習いということで雇ってもらえませんか」

私は必死だった。七回生まで学生を続けるなんてもうとてもできない。課長代理の顔色をじっと窺う。彼はきっと局長の息のかかった人物に違いない。けれども、それを確かめて弁明するのもやぶ蛇になりそうだ。借りを作りたくないので、懇願するにしても課長代理までに留めておかなければならない。

「困りましたねえ。こちらとしてはきちんと資格書類を揃えてほしいのですが」

彼は右手の人差し指で机の表面をトントン打ちながら、何か思案を巡らせているように見えた。

「それではこうしましょう。担当の先生に単位取得見込みの確約を明日までにもらってきてください。間に合わなければ、お気の毒ですが、採用は白紙になります。よろしいですか？」

　条件は至難に見えたが、それしか方法がないようだった。私は何度も礼を言って、早速学生課まで連絡することにした。こうなれば、月が沈む前に何とか大学のある場所まで行かなければならない。回り道するよりちょっとした山越えをするほうが早いと思われた。足下のおぼつかない薄暗い石段を一気に駆け上がって頂上の公園のベンチで一息つく。額に汗が滲んで、空はすっかり白んできている。そもそも大学という所は早朝でも開いているものなのか。それともこういう中途半端な状態が普通だったのか。急いで駆け上がったことが徒労にも思えてくる。公園に白いプードルを連れた奥さんが散歩に来ていた。プードルが周りをちょこまかと動き回っても、彼女は動じる気配もなく物思いに耽りながら目の前を歩いていく。私は思わず声をかけてみたくなった。

「すみません。いま何時ごろでしょうか？」

　彼女は不思議そうにぼんやりとこちらを見ていたが、ゆっくりと左手の腕時計に目を落とした。

「九時前です。あまり意味はありませんけれども」

「そうですが、空の色がずいぶん曖昧なもので。ありがとうございます」

「どういたしまして。時間はあちこち行ったり来たりしていますから、今日はその振幅が大きいんでしょうね」

「進んだり戻ったりではないんですね」

「ええ、もちろん行ったり来たりです。だから自由なんですよ」

　浮き世離れした彼女の言葉に後押しされるように私はまた立ち上がり、その丘の西側の中ほどに鎮座する神社の参道を下っていく。祭礼のときにはたくさんの露店が立ち並ぶところだ。正門をくぐってすぐ右へ曲がり、学部のある地区まで足早に歩いていく。休み時間なのか、キャンパス内では学生が慌ただしく移動していた。その人の流れに逆らうように私は煉瓦造りの古い校舎の中に入っていく。私もまだ学生であるはずなのに、ずいぶん長い間校舎を訪れていないような気がした。掲示板に貼りつけられたいくつかの意味不明のメモがずいぶんと心に重くのしかかってきた。自分の籍などもうとっくにないような気がする。事務室の窓口から中に向かって声をかけてみる。

「ちょっと待ってください。先生と連絡を取りますから」

銀行の窓口とはずいぶん違う制服のない公務員的な対応が私には心地よい。電話する声が聞こえる。

「ええ、単位の認定のことで、……名前は井口というそうですが、……えっ、知らない？　先生の認定がないと卒業できないそうですが……。はい、とっくに終わっている？　そう伝えていいですか？……わかりました」

万事休す。返事を聞くまでもなかった。学生課は気の毒そうな顔をしながらこちらへ近づいてきた。

「だめでしたか？」

「はい。留年されますか？　それとも……、直接先生と話されたらどうですか。いまなら研究室におられます。私に勧められたなどとは言わないで……」

「ありがとうございます。何とか考えてみます」

考えてもどうなるものではなかったが、わずかに残された選択肢を何度か頭の中で反芻してみるだけである。古い階段を昇って二階の研究室に続く廊下に人影はない。これまで足繁く通った記憶のない廊下である。ひたひたと歩いていくと、名前だけは見たことのある教授の名札が掲げられている。顔も知らない教授に自分が覚えられているはずもない。だとしたら、たとえ入室を許されたとしても私には何の弁明もできないし、もっと惨めな状態に陥るだけだ。やはり引き返すのが至当なところだろう。しかし、私は何かに促されるように気がついたらすでに扉を叩いていた。

「どうぞ」

しかし、それは聞き覚えのある声だった。薄暗い室内に歩を進めると、広いテーブルの上にはさまざまな書類が山積みされ、書架には古めかしい本がぎっしりと並んでいた。自分はとてもこういう部屋の住人にはなれそうにないとつくづく思う。

「適当に座ってください」

やはり馴染みのある声だけを聞いて、テーブルの周囲に置かれたのパイプ椅子の一つに腰を下ろす。予想外の丁寧な対応にほっと胸をなで下ろす。

「お待たせしました。やあ、やっぱりあなたでしたか」

教授は私の顔に見覚えがあった。その顔をよく見ると、かつて親しかった真面目な同級生の面影がある。彼なら大学教授になっていたとしてもおかしくはない。けれども、彼の顔にはすでに初老の特徴がいくつか刻まれている。自分だけがいまだに単位を取れないまま学生を続けているというのか。

「あなたなら立派に卒業されていますよ」

「そうでしたか」

それならば、私は何のためにここまで来たのだろうか。それを彼に尋ねるわけにもいかず、これから就職活動をしようとしている自分をどうすればいいのだろうか。自分は気が狂っているのか、それとも長く認知症でも患っていて、彼も学生課もそれを承知で口裏合わせをしているとでもいうのか。陽に焼けて変色した書類の山が目の前で陽炎のようにゆらゆらしている。

「志望先の人事課がうるさくてここまで来てしまい、先生のお手を煩わせることになってたいへん申し訳ありません。つきましては、卒業単位認定書のようなものを書いていただくことはできないものでしょうか。どうしても今日中に必要なものでして」

学生が教授としゃべるときの堅苦しい調子で私は言った。

「もちろん大丈夫です。すぐに学生課に書類の手配をしておきます」

私は先ほどの電話でのやり取りとの落差に違和感を覚えた。

「ちょっと待っていてください。私の決済が必要なものですから」

教授は内線でその旨を伝えたようだった。

「待っている間に少し話しませんか。久しぶりですからいろいろ聞きたいこともあります」

もちろん自分も懐かしいが、彼の教え子としてなのか、それとも旧友としてなのか、どういう立場でものを言ったらいいのかわからない。いずれにしてもこちらの立場が曖昧であることは確かである。

「いまも下宿は変わっていませんか？」

「ええ、百万遍近くの焼き肉屋の二階です」

「よく夜中まで議論しましたね。空きっ腹に応えるいい匂いが下から漂ってきました」

「真面目な君と怠惰な僕との間でまともな議論になっていたのかどうかわかりませんが……」

「私はよく覚えていますよ。あの時君は『時間は止まっている』と言ったのです。私はそれ以来ずっとそのことが気にかかっていましたが、学生にギリシア哲学を教える立場になった現在でも、それについて満足な答えは見つかっていません。でも、君はそれ以来時を止めてしまった」


はたしてそんなことがあったのだろうか。確かに自分はずっと一つの所に留まっているような気もするし、鏡で一度も自分の姿を見たことのない人のように、自分が人生の手前で逡巡する学生なのかそれとも老境をさ迷う者なのかいっこうに判然としない。自分と関わり合った人もそれをよくわかっていないようなところがあり、私の年齢などはほとんど問題にされていないような気もする。それにしても、ほのかは何の前触れもなく目立たぬように私のそばから姿を消したのではなかったか。もしもそこに決定的な理由があるとしたら……。どうしてそんなことを考えたのか、胸の中を冷たいものが走った。

「私は本当にそんなことを言ったのですか？」

「ええ。確かに私は大学人という階段らしいものを昇っていったのかもしれないが、君はそのままここに留まって、しかも留まり続けたのでしょう。むしろ私のほうがやっとここまで戻ってきたのかもしれません。言うならば、私は老いて戻ってきたが、君は老いが無意味だということを証明した」

「つまり、私は玉手箱を開ける前の、時の流れを知らなかった浦島太郎の状態にあるというわけですね。そして、これはそんな私に対するあなたの気休めもしくは同情というわけでしょうか」

「それは誤解ですよ。断じてそんなことはない。むしろ初志貫徹するあなたへの敬意以外の何ものでもありません。私が役に立てるのなら、協力したいとは思っていますが」

「これはひがみでも恨み言なんかでもありません。もちろん自分を卑下しているわけでもありませんから、心配はご無用です。とにかく今は単位認定書が要る、それが重要なんです。このままなんとか浦島太郎状態を継続しなければなりませんから」

「もちろんです。それは誰にでもできることではありませんし、玉手箱なんて見つからないほうがいいのです。いや、もともとそんなものは存在しません。ちょっと失礼」

内線の呼び出しが鳴ったのである。

「ええ、できましたか、ありがとう。申し訳ないですが、部屋まで持ってきてくれませんか。それでは」

教授は受話器を置いた。

「書類ができたようですから、ここで私が署名して今すぐお渡しできます」

「お心遣い感謝いたします。先生！」

「ところで、志望先というのはどんなところですか？　差し支えなかったら教えていただけませんか」

「市の交通局です」

「ああそうですか、それはよかったです。幸運を祈っています」

彼は本当の担当教授のように私の就職を祝福してくれていた。

「ありがとうございます。ところで、最初の電話の様子では否定的な返答だったようなのですが、何か……」

そのとき扉がノックされ、さっきの事務員が書類を持って入ってきた。彼女はこちらを見て目で合図したようだった。その合図の意味が十分わかったわけではないが、望みのものはどうやら手に入りそうである。教授は素早く書類にサインをして、事務員が持ってきた新しい封筒にそれを入れると、丁寧に私に差し出した。

「これくらいのことしかお役に立てませんが、遠慮なくいつでもまた訪ねてください」

「はい、いろいろありがとうございました」

私は恐縮しながら封筒を受け取ったが、そうして用件が満たされることで、最後の質問は宙に浮いたままになってしまった。教授と事務員の二人に見送られるような形で、私は部屋を出ていくことになった。その後部屋で話されることがなぜか気になる。後ろ髪を引かれる思いで私は暗く冷たい廊下をひたひたと歩き、満月のような黄色い電球に照らされた大理石の階段を音もなく滑るように降りた。気のせいか、教授は懐かしいという感じよりも、どこかできるだけ早く私を退散させたいというような感じに見えた。そう考えると、彼と旧知の間柄だったという話も何だか眉唾物に思えてきた。

うす茶色い封筒を大事そうに小脇に抱え、私は再び月影の樹木の間、神社の山道を登っていく。封筒の中身もなぜか信用できない気がしたが、あえて中身を確認しようとはしなかった。山を越えて書類を取りに行ったことに意味があったにちがいない。樹木に囲まれた土の公園にはブランコなどの遊具が地面に月の影を落としている。私は二つ並んだブランコの一つに腰をかけてしばらく休憩した。両足は地面のへこみに馴染み、足を着いたままブランコを揺らせる。隣りに一人の巫女が腰かけて退屈そうにやはり足を浮かせることなくブランコを揺らせている。ほのかである。そういえば、この山の下にはやはり市電の車庫があり、麓に大きな神社がある。ひょっとしたら近くに職員寮もあるのかもしれない。

「遙人がね、あなたは年を取っているから、つき合うのは止めておけっていうのよ。失礼よね。彼はあなたのことが全くわかっていないと思う」

ほのかはずいぶん怒っているようであるが、こちらはまた会えたことだけで十分だった。彼女のいない交通局にどれほどの意味があるのだろうか。西の端から東の端まで路面電車の車掌をしながら、東西の神社で巫女のアルバイトをしている彼女。その朱色の袴が公園の土で汚れはしないかと気にかける私。山道を歩くためなのだろう、彼女は白い運動靴を履いていた。

「遙人くんはきっと君のことが好きなんだよ。だから、僕が接近することを警戒して君にそんなことを言ったんだ」

「そんなことあり得ない。彼はただの同僚よ」

「少なくとも気になっている。近くにいるだけで幸せな気持ちになる、そんな人はいるものだよ。僕だって君の姿が見えないと何かぽっかり穴の空いたような寂しさに襲われる」

「それは近くにいるだけでいいという意味なの？　それとも好きってこと？」

「近くにいるから好きになるんだよ、きっと」

「好きだから近くにいたいんじゃなかったの。それで、どうなったの。就職できそう？」

私はそのとき初めてうす茶色い封筒を彼女に見せた。

「これさえあれば、大丈夫だと思うよ」

「そうなの。よかった。これで私たち結婚できるね」

彼女はうれしそうにその書類を見せてほしいといったが、私はまだその中身が信じられなかった。ここで下手な返答をすれば、彼女はまたどこかに消えてしまいそうな気がする。あるいは、突然時間という玉手箱が開いて、もやっと出てきた白い煙が晴れたとき、顔の染みや老いてたるんだ肉体を彼女の前に晒してしまうのではないかという懸念もある。封筒の中、自分の生年月日も記されているであろう書類はその玉手箱になり得るかもしれない。いや、とっくに老醜を晒しているのにもかかわらず、彼女はそれを承知の上でしっかりと私に向き合っているのかもしれない。教授もそんな玉手箱はないと言っていたではないか。

「いや、いまは見せるわけにはいかない。個人情報だからね」

「わかったわ。それなら早く提出してきなさいよ」

ここでもほのかは屈託がなかった。私たちはブランコから立ち上がり、巫女は神社のほうへ、運転手見習いは車庫のほうへと山を下っていった。石段を下りながら、かつて神社の階段を走って下りて履いていた片方の下駄が縦に真っ二つに割れたときのことを思い出した。その後どのようにして家まで帰ったのだったか、そのときの頼りなく情けない足裏の感覚がよみがえってきた。割れた下駄を手に持って、びっこを引きながら街路を歩いたのかもしれない。

下り坂は足に負担がかかる。けれども、走れるなら心地いい。下駄を履いていないので、私は溝のような赤土の斜面をテンポよく左右に踏み分けながら駆け下りることができる。経験の浅い遙人なんかにはまだまだ負けはしないし、研究室に閉じこもってばかりの運動不足の教授にも当然負けはしない。そして、調子に乗りすぎて、見覚えのない場所に下りてきたことを知る。樹木が密に茂っていて、登ってきた石段も途中の人家もなかなか見えてこないのである。そのうちに茂みの中から突然広い墓地が広がってきた。浄土寺。このあたりのそんな地名が思い浮かんできた。どうやら大きな寺の境内に出てきたようである。向こうに大きな伽藍やら山門が見えてくる。就職のために苦労して手に入れた書類を提出すべき錦林車庫の方角を私は見失ってしまったようだ。そういえば、書類。書類はどこにあるのか。小脇に抱えて軽快に走り下りてきたはずだった。しかし、何も携えていない両手が空しく目の前にある。ポケットに入るような封筒ではないし、もともとリュックなど背負っていない。あたりを見回してみる。また胸に冷たいものが走る。途中の山道で落としたに違いない。もう一度山道を登って書類を探しに行くべきか、それとも、そのまま寺院の山門をくぐり、町に出て大学にもどって再発行してもらうべきか。いっそこと錦林車庫に戻ってことの経緯ありのままを話すべきか。しかし、どの選択肢も自分としてはしっくりこなかった。もともと今回のことは無理な企てだったのかもしれない。私は結局山門を出て、あてもなく岡崎界隈を歩き続けた。岡崎道まで出ればまた市電に乗ることができるかもしれない。そして、また誰かに出会うことになるのだろう。なぜなら、私はずっとこの町に留まっているのだから。留まることに決めたのだから。新しい町も、新しい未来も私には縁がないのだから。ほのかももちろんこの町のどこかにいて、またひょっこり出くわすに違いないのだから。ひょっとしたらあの書類も偶然手元に戻ってくることもありそうなことではある。焦る必要はない、山を駆け下りるくらいの体力ならまだまだありそうだ。

あちこち歩き回って、ようやく見覚えのある場所に出てきた。郵便局の前を通り過ぎて広い通りに出る。どうやら市電の走る丸太町通りのようだ。ここからもう一度下宿に帰る試みを続ければいいのだ。しかし、電車で下宿に戻るには東行きに乗ってまた錦林車庫の前を通らなければならない。遠回りになるし、錦林車庫終点の場合もある。私は西に歩いてもう一度東大路通りに出ることにした。そこまで行けばもう歩いて帰っても電車に乗るのと大差はない。電車賃もないし、錦林車庫にはなぜか戻りたくない。理由である卒業認定書が消えた。何となく晴れ晴れとした気持ちで、歩道を歩いていく。歩きながら奇妙な感じがした。何かあたり全体がすっきりしているのだ。違和感はあるがそれが何かしばらくわからなかった。丸太町通りを行き交う車の速度も心なしか速く、どこか近寄りがたいものがあった。町全体が急激に自分から遠ざかっていく。視線の先に道路に架け渡された電線がない。視線を落とせば、石造りの軌道がない、銀色に反射するレールもない。つまり、路面に電車の走れる道がない。皓々と輝き続けていた月はいつの間にか姿を消し、がらんとした青空が広がっていた。自分が風景から突き放されているような疎外感。自分はもはや通りの主役ではないのだという寂しさ。横断歩道が意味もなく白い。都会はもはや都会以上のものになっていた。

早く下宿に戻りたかった。嫌な感じを振り払うように急ぎ足で東大路通りまで歩いてきた。やはりあの時亡くした書類を探しに戻るべきだったのかもしれない。留まり続けるという選択を続けることはなかなか容易ではないのだろう。北に折れてしばらく歩いていく東大路にはまだ雑然としたところが残っていると思った。だが、突き放すような、片側二車線のすっきりした舗装道路は両側の町の顔まで変えようとしていた。小さな個人商店が消えて、跡地に駐車場の看板が出ている。そのとき、古い電車が道路の真ん中を凄まじい地響きを立てながら勢いよく背後に迫ってきていた。よく見ると、見慣れた緑色とクリーム色のツートンの車体は、なんと架線も軌道もないところを走っているではないか。鋼鉄の車輪がアスファルト舗装の路面を引っ掻くように擦るように火花を上げて走ってくる。摩擦熱が黒い地面を焦がす異様な匂いがあたりに充満し、灰色の煙が上がって、電車はようやく停止した。白い煙の間から運転手の黒い影が浮かび上がり、周囲には乗客の姿も見えるようだ。しばらくして電車は急に怒ったように煙を立てながら後退し始めた。そして、その灰色の煙と共に電車が消え去った後、まるで何ごともなかったかのようにまた次から次へとさまざまな自動車が往来を再開したのである。

何とか下宿に辿り着いて、窓からの眺めに変わりがないこととどこからともなく漂ってくる焼き肉の匂いとにほっとする。大家でもある女将さんの声が幻聴のように下から聞こえてくる。変わるものは変わり、変わらないものは変わらない。その両方がこの部屋の中にはある。正確にはこの地球上にある。終わったものは永久に終わらない。死んだ者は永久に死なない。彼女はどこかで彼女の今を生きているのだから。たぶん、それが世界というもの。

うっすらと霜の降りた雪原の中を電車は一路鞍馬方面へと向かっていた。一乗寺、宝ヶ池、岩倉、木野、そんな駅看板と共に、変化に富んだ沿線の風景、紅葉した遠くの山々の風景が目に飛び込んでくる。晩秋の朝、私は鞍馬から山歩きをするために一人叡山電鉄に乗り込んだのだった。考えてみれば、私はこの町で何一つとして確かなものを得ていなかった。すべてが中途半端で、何の資格も、何の成果も、どんな仲間も作れなかった。望んだはずの孤独だけが身にしみた。そして、この町の最後の見納めに、一度訪ねてみたかったところへ行くのだ、そこでさらなる孤独を噛みしめるために。ふんじゃらーむ。さっきからこの奇妙な言葉が頭の中で呪文のように繰り返されている。そんな名前の店もどこかにあったような気がするが、はっきりとは思い出せない。ふんじゃらーむ。踏みつぶされてもまた立ち上がってくるしたたかさのような、あるいは軟らかいものを踏んづけてそのまますべっていくような、「また会おう」とでもいう肯定的な意味をもつどこかの方言のような、いずれにしてもそこには曖昧で愉快な響きがある。

出町柳から鞍馬までのこの通称「叡電」が路面を走ることはまずないが、市電網の北東方面を補完する沿線住民の便利な足であることに変わりはない。しかし、乗り合わせた乗客がそこで気軽に言葉を交わすことはほとんどないのかもしれない、私のように遠足や観光に訪れる人がほとんどであるせいもあるだろうし……。すると、突然耳元で優しい声がした。

「すみません、鞍馬と貴船口との間の山道を歩きたいのですが。どちらで降りるほうがいいでしょうか？」

私が見上げたところに若い女性の三人連れが立っていた。膝上にリュックを置いて座っている私なら詳しいと思ったのであろう。

「私も初めてですが、鞍馬で下りるつもりです。たぶんそちらの方が道はわかりやすいと思いますよ」

「ありがとうございます」

彼女たちはそう言って頭を下げ、少し離れたところで観光地図を見ながらあれこれ話を続けている。貴船口駅を過ぎるころには電車はすっかり山の中を走ることになる。

「ふんじゃらーむ」

今度は小さく声に出して言ってみる。

26

私は記憶と夢と現実の交錯するところで生きているのかもしれない。何の変哲も無い、霜の降りた白い田園風景の間をぶらぶらと歩いている。刈り取られた稲の株がほぼ規則正しい平行線を描いている。たいていのことには驚かなくなっていたので、なんとなく物足りない感じもする。遠くの山々が雪を頂いて鈍く輝いている。

「いらっしゃいませ」

その店はずいぶん寂れた町外れの喫茶店である。きっとここが「ふんじゃらーむ」に違いないと思われてくる。

「ここは『ふんじゃらーむ』ですよね」

いかにもアルバイトらしい店員が思わせぶりな笑顔で応える。

「ええ、もちろん。ここで時々はライブもやります」

「あなたも出演するのですか？」

「どうしてわかるんですか？」

「なんとなく。珈琲をホットで」

この季節にアイスコーヒーはないだろうと思ったが、そう言うのがつい癖になっている。それは学生時代からの習慣だ。このあたりもやはり来たことがある。けれども、こんなに寂れてはいなかった。大きなホテルが建ち、国際的な会議場もあった。だとしたら、これはもっとそれ以前の世界なのだろうか。私が生まれる前の、例えば、両親が青春時代を過ごした場所だったのかもしれない。そういえば、「ふんじゃらーむ」は両親が話題にしていた言葉が耳に残っていたとも考えられる。で、その両親とは誰で、その両親を思い出している自分はいったい誰なのか。記憶はつながっているようでもあり、全く別のつながり方をしているような気もする。私はどの駅で降りて、どの駅で再び乗ろうとしていたのか。場所と場所とをつないでいるものは電車以外にない。電車がなければ方位も時代も勝手気ままにあちこち飛んでいくしかない。ここでも唯一の拠り所は路面電車とその延長線なのである。

「電車の最寄り駅はどこでしたか?」

「木野駅ですよ」

「一乗寺の近くでしたっけ?」

「近くですが、歩いていくのはちょっとね」

「歩くなんて言いましたか?」

「お宅、言ってませんでしたか? いや、そんな気がしたので。だって、ハイキングでしょう」

彼の視線は私のリュックに向けられている。私は何にこだわっているのか。彼もまた暇潰しなのであろうか、どうでもいいことに関わろうとする。誰が置いたのであろうか、窓辺には名も知らぬ一輪の黄色い花が咲いている。月の光でも光合成が可能なのかなどと思ったりしている。そういえば、ドビュッシーの曲のタイトルに「月の光」というのがあって、好んで聴いていた時期があった。いつの頃だったのか思い出せないが、そのメロディーが頭の中でくるくると繰り返される。ドイツ語の歌詞がついていたような気もする。しかし、ドビュッシーならフランス語だろうと思われ、それはまた別の時期の別の歌曲の記憶かもしれない。ともあれ白い地面は月の光と霜柱で浮き上がっているように見える。いつの間にか自分が煙草を吸っている。禁煙してからかなり経つはずだが、青い煙が自分の身体を巻くように漂っている。喫茶店に客は少なく、迷惑そうにする人もいない。もの思いに耽るには煙草もいいと思っている。替わりをできるものがそんなにないからだ。意識が健康的にすぎると、かえって何も浮かんでこないことは経験済みである。朦朧としたもの、その中からやがて覚醒が訪れる。私はずっと以前からニコチン中毒だったのかもしれない。

「お待たせ。ずいぶん待ったでしょう」

目の前に見覚えのある女が席に着いた。彼女は私と同じように煙草に火をつけた。テーブルには灰皿が置いてあるから特に問題ないのかもしれないが、違和感がある。ひょっとしたら、誰かがアラジンのランプをこすったせいで、煙の中から現れたのであろうか。

「電車で来たの？」

私は全く不用意にそんなことを尋ねてみる。

「そうよ。ここから鞍馬まで歩くって言ったじゃない」

言われてみればそんな気がしてきたのが不思議である。

「ハイキングコースがあるって言ったのはあなたよ」

全く見当のつかないコースであるが、自分が言ったのならしかたがない。月明かりしかなくても、最近は地図アプリさえあれば何とかなる。

「そうだったね。まずは珈琲でも飲みたまえ」

「おじさんみたいね」

私の言葉遣いが変だったのか、彼女は呆れたように言った。こんなに遠慮が無いのは、私たちがごく親しい間柄だったからかもしれない。あるいは人間関係自体が時代とともに変化したのかもしれない。それなら悪くはない気がする。何もない静寂よりも機械時計のチクタクという音でもあるほうが引っかかりを見つけやすいものかもしれないし、真っ新なノートよりも染みの一つでもあるほうがいい。そういえば、題名は忘れたが「染み」という言葉が何度も出てくる小説があった。その意味でも違和感というのは何かを創作するときには無くてはならないものなのかもしれない。

「染みみたいね」

彼女がこちらの連想を見透かしたようにそんなことを言う。それはどうやら私の左目の下にできた染みのことを差しているらしい。いつの頃からかその染みが目立つようになっていたが、あまり気にしてはいない。人生というものは顔にも彩りを添えるのだろう。私は染み一つ無い彼女の肌をぼんやりと見つめる。

「それじゃ、ハイキング、出かけようか」

「まだ珈琲飲んでいないよ」

やはりそうだったかとは思いながら、また時計のカチカチという音を聴く、すぐに気にならなくなるのは、それが心臓の鼓動とほぼ同じリズムを刻んでいるからか。白くて円い文字盤の上を赤い秒針は確かに秒単位で、三六〇度分の六〇、つまり六度ずつ刻んでいく。その引っかかるような回転が心地いい。硬い金属板の内部で、巻き上げられたゼンマイとそのゼンマイに絡み合った歯車との協働が目に見えるような気がする、それがまたいいのだ。

「時計の音は好きかね？」

「時計に音なんかしたっけ。うるさいだけじゃないの」

「そうだったね。でも、音がなかったら……、それはそれでもの足りないよ」

「必要なら鳴るでしょ。目覚まし時計とか」

珈琲が運ばれてきた。店員はこちらの二人の顔を見較べている。

「お父さんですか？」

彼は親しげにそう女に話しかける。彼女はその言葉が不愉快だったのか突っ慳貪に否定する。店員は苦笑いしながら私たちのテーブルから離れていく。

「失礼よね、あんなこと言うなんて」

私は彼女の言葉がなんとなく嬉しかった。そう、私は人生をやり直しているんだから、失礼には違いない。彼は自分の価値観を圧しつけたくて、そう言ったのだろう。彼も最初からやり直せばいいんだ。

「彼はきっと君に好意を抱いてるんだよ」

「でも、失礼よ……」

彼女は聞こえないようにまだ何かぶつぶつ文句を言いながら、指で髪を梳るような仕草をする。店員はこちらの様子をどこかで窺っているに違いない。こういう状況からは早めに立ち去るに越したことはない。

「さあ、出発するよ」

「ええ、そうしましょう」

彼女はさっさと立ち上がって先に店を出ていく。月光の下、狭い歩道を並んで歩く。ぼんやりとした月の影が白い地面に遊んでいる。これから山道を歩くなんてできるのだろうかという不安が足を止めることはない。舗装道路から右に折れて細い土の道に足を踏み入れる。両側に潅木の枝が張り出して、ときどき腕に絡まってくる。すでに街灯はないので、月の光だけが頼りだ。

「本当にこの道で合ってる?」

「大丈夫だ、僕はすでに実証済みだから」

「そうなの」

彼女はそう言ったものの、何ら疑いはしていないようだった。上り坂になって道は狭くなったが、月光はやはり木の葉の間からこぼれてきた。

「鞍馬の僧たちは夜中でもこの道を通って京まで足を運んだらしい」

「松明くらい持っていたでしょう」

「まあそうだが、目立たなくする必要があったこともある」

「ああ、歴史はごまかせないものね」

額に汗が滲んできた。もうすぐ峠の頂に出る。そこから低い山の向こうに京都市内が一望できる。白い月が盆地の底に光る町並みをぼんやり浮かび上がらせる。ずいぶん遠くまで来たような気がするが、まだその日のうちに帰れる範囲である。ただその日がいつ終わるのかは想像もつかない。弓を引き絞るように山道を下り始める。さしずめ矢は鞍馬から一気に市内まで運んでくれる電車ということになろうか。彼女は本当にそこまでついてくるのだろうか。なかなか彼女のことが思い出せない。思い出せないのなら、記憶の中ではなく想像の中の人物なのかもしれない。にもかかわらず、自分の意志を持って自分の意志で私についてきているようなのである。ひょっとしたら往きの電車の中で自分から声をかけたのかもしれないし、甘い言葉でもかけたのかもしれない。だんだん大胆になっていく自分がここにいる。

「君に何か約束したんだろうか?」

思いきって訊いてみた。

「したわよ、忘れたの？」

彼女はすかさず切り返し、今更何よ、という感じで続けた。

「鞍馬まで一緒に行けば、路面電車に乗せてくれるって言ったじゃない。自分は運転手じゃなかったの？」

ああ、そんなことをどこかで言ったような気がする。約束なら果たさなければならない。けれども、本当に鞍馬に電車駅があるのかなんだか心許ない。車の普及によってとっくに廃線になっていたのではなかったか。田舎と山あいを走る電車は観光地でなければ赤字路線となって、たいてい廃線の憂き目に遭う。それまでに乗っておきたいという彼女の希望だったのかもしれない。それにしても、私はこの女性といつどこで知り合ったのか、その顔にも容姿にも見覚えがない。あまり見たことのないタイプであることは確かである。どちらかといえば無表情だが、感情の起伏は激しいように見える。分離していたものが重なり合うように私たちはこの場所で出会ったのか。同じ場所を二人で占めることは人間関係の始まりそのものだった。場所をつないだのは電車なのか、喫茶店なのか、それとも約束をした場所が別のどこかにあるのかもしれない。ともあれ、出会った以上はその出会いを出会いにしなければならないので、その山道を下っていく。視界が開けて、大きな山門と石段が見えてくる。叡電の終点であり、修行僧のいる大きな寺である。門の前には土産物屋や古い民家が並んでいる。おそらくこの寺との関わりの中で続いてきた人たちの住まいであるらしい。

「この坂を下ったら終点の駅に着く。お疲れ様」

「間違いではないの？」

「疑り深いね」

「あなたには何度も騙されたから」

「人聞きが悪い」

「だってそうでしょう」

そうだったかもしれない。彼女は私に何度もだまされてもう全く信用してはいなかったのだ。それでも、今度こそという思いでここまでついてきたのだろう。そこには何か意地のようなものさえ感じられた。だからこそ裏切るわけにはいかないし、今度こそ信頼を回復しなければならない。私は慎重に山道を踏みしめる。危険な箇所ではこちらから手を差し伸べる。彼女は少しためらってそっと自分の手を任せる。思いの外指は細く長い。こんな指をしている人もいるのだと感心しながら私は軽く握りしめる。

「いま放してはいやよ。足を滑らせそうだから」

彼女は言い訳するように指に力を入れた。そうだ、彼女は、私がこれまで不義理を重ねてきた人たちの化身なのかもしれない。迷惑をかけてきたその度合いがまちまちなのだろうか、その怨恨はなぜか抑え気味である。細い指を包み込むようにさするように何度も握り直している自分がいる。彼女はそんな指の絡まりを嫌がるようでもなく、ともすれば自ら弄ばれているようにも思われる。山道の難所を過ぎても、二人はつないだ手を放すことはなかった。いよいよ山を下りて小さな木橋を渡ると、集落に行き当たる。月の光が建物の影を地面に落とし始めた。彼女の顔が透き通ったように白い光の中に浮かび上がった。

自分たちの言葉が嚙み合っていないことはうすうす感づいてはいるが、空間的な距離は確実に縮まっている。

「電車が止まっている」

タクシーなどが停まっている駅前の開けた場所に出た。終着駅にはやはり広場が必要だ。そこのベンチで休憩を取る。街灯と月の光が重なって、そのあたりは薄暗い周囲から浮かび上がるようにひときわ白くなっている。終電が到着して、そのまま始発までそこに待機しているのであろうか、他には誰もいない。電車の運転手や車掌の姿もないし、タクシーの運転手もいない。この近くに電鉄会社の職員住宅でもあるのだろうか。しかし、こんな辺鄙なところに宿舎を建てるのも不自然だから、きっと駅舎の中に仮眠を取る部屋があるにちがいない。あるいは、乗務員たちはどこかの草原に腰を下ろして煙草でも吸いながら休憩しているのだろうか。

「動きそうにないわね、この電車」

「始発を待つしかないようだ」

そう言いながら電車の停まっている場所まで歩いていって、一両だけのその電車をしばらく眺めていた。私は愕然とした。よく見れば電車の向こう側にはレールも架線もなかったのだ。どうすればいいのだろうか。公園の片隅に追いやられた蒸気機関車のように、その車両はすっかり路線から外れてしまっていたのである。

「また騙したのね」

そんな声を聴いたような気がした。背後にぽかんとした彼女の視線があった。

「そんなはずはない。ここはまだ廃線にはなっていない」

「じゃあ、これは何なの?」

「これは……、まだ来ない世界だ。いや、ちがうな……、何かの間違いだ。ひょっとしたら……、とにかく乗ってみよう」

確信があったわけではないが、見ているだけで判断するのではなく、こんなときこそ実際に乗ってみなくてはならないという気がしたのである。重い扉を開けると、床に染み込んだ油の匂いが漂ってきた。座席もつり革も普段から手入れがされているようだ。彼女も後から用心深くついてくる。

「動くかもしれない。やってみるよ、約束だからね」

「レールがないのよ、動くわけないわ」

「まあ見ていろよ。運転席に着いてみる」

操縦桿には見覚えがあった。絶対に動かせる、私には変な自信があった。操縦席に座ると、前方には両側から張り出してくる常緑樹の緑が黄色い照明に映えて、その底には線路の痕跡が緩やかな坂を下って闇の中に消えていく。

私はスイッチを入れた。予想通り室内のオレンジ色の照明が点り、計器の針は目盛りの上を揺れ始めた。電車のヘッドライトが前方を明るく照らし出し、やがて枕木の上に銀色に輝く二本のレールが出現した。突然記憶がよみがえったかのように、私はレバーをカチャカチャさせて警笛を鳴らした。電車はゆっくりと滑り出した。どんなもんだと自慢したいような気がして、後ろを振り返りたかったが、安全上それはできなかった。そうだ、私は晴れて市の交通局に就職し、すでに中堅運転手として働いていたのだった。ここに至るまでが夢だったのか、それともこれからが夢の続きなのか判別できなくても私は平気だった。もともとその両方を生きている。彼女もまた別の誰かと入れ替わっているにちがいないのだから。

「うまくいったのね。信じられない」

彼女は満足そうに微笑んでいた。それまでの責めるような感じはもう影を潜めていた。

「車掌をやってくれ、それくらいできるだろう」

「ええ、でもお客さんがいないわ」

「始発電車というものは乗ってくる人がいるから、始発なんだ。それまではそこに座っていろ」

そんな命令的な言葉が出るのも、自分で電車を運転しているという高揚感のせいだ。緩やかな下り坂が谷に沿って左右にカーブしていく。レールは前方の霧の中から次々と現れては車体の下に吸い込まれていく。

「ねえ、ちょっと飛ばしすぎじゃないの？」

不安そうな声。言われてみれば、いつもより速度が出ているような気がする。徐々にアクセルを戻した。音もなく電車は減速する。充電の要らない電気自動車、ある意味最も環境にいい交通手段かもしれない。そんな「進歩」的な乗り物をどうして博物館に入れるのだろうか。あるいは、どうして「後進」的な町に譲ったりするのか。やっぱり車掌はいた方がいい。いつの間にか横に立っていたのはやはり制服姿の「ほのか」であった。自分の負い目の正体がだんだん明らかになってくる。彼女は去ろうとしていた私をここまで追いかけてきたのだ。一度心を許した相手をどうしてもあきらめきれないかのように、彼女はこんな北の外れまで追いかけてきた。そして、うすうす感づいていた私は、逃走の途中で電車から降りて田舎道をとぼとぼ歩いていたのである。その私を先回りして待ち伏せていて、かつての終点駅まで連れてきて電車に乗せたのであろう。

「君はほのかだろう。どうして名乗らなかったの？」

「あんたはどうしてここまで気づかなかったの？　逃げられるとでも思った？」

時間も場所も自由に超えられ、姿さえ定まらない神出鬼没の相手から逃げられるわけがなかった。ここは成り行きに任せるしか仕方がないのだろう。もっともこの私自身も他人に対して神出鬼没なのかもしれないが。どこまでも覚めない夢の中を旅している私である。ともすればそんなことも忘れてしまうほど生々しいのが厄介ではある。

「逃げられるとは思っていないが、いつの間にか逃げていることになり、けれどもやっぱりここに戻ってくるということなんだ。場所はままならない」

「でも、私だって大変なのよ。いろいろ掛け持ちしているんだから」

「掛け持ちだって？　いくつもの君がいるってことかい？」

「もともと人間は一つじゃないってことよ」

「でも、君という存在は過去も現在もつながっていはしないか？」

「それも怪しいものね、別の人が見ている私とあなたの見ている私がはたしてつながっているかしら。別の人とあなたに接点なんてないのだから」

「いつかつながるかもしれない」

「だったら永遠につながらないこともあるのよ」

「でも君の中ではつながっている」

「そうね、でも私の中っていったいどこなのかしら、頭の中ってこと？」

確かにどこなのだろうか。この空間もまた誰かの頭の中で作られたものかもしれないし、あるいはいつまでも覚めない自分の夢の中を歩き続けているのかもしれない。そんなことを考えていたら何だかこんがらがってきて、どうやら彼女の術中にまんまと陥ったのに違いないと思えてくる。こんなことを考えながら運転などできたものではないと思ったら、やがて貴船口の駅に着いた。まだ暗いホームから数人の男女が寒そうに白い息を吐きながら乗ってくる。ほのかは大きながま口を首からぶら下げて運賃を集めに行く。乗客は素直に硬貨を差し出した。いまだに携帯もカードもない時代のようだったが、そのことを不便と感じるような素振りさえない。

電車はとっくに通り過ぎたところを何度も往き来して、同じ人を同じ場所で乗せながら粘り強く運行している。あきらめの悪い頑固な中年男のようだと思ったりする。

「かつてあったし、これからもいまもあるもの。そんな空間で生活できたとしたら楽しくないかしら」

「君はずいぶんと欲張りなんだね。でも、かえって面倒なことが何倍にもなるんじゃないか」

「そんなに負担じゃないわ。むしろ自由が増えた感じかしら」

「自由って増えるものかねえ」

「ええ、空間が広がれば当然自由も広がるものよ、身体的にも精神的にも」

「僕は空間が増えれば、その分不安が増えるような気がするけれどね」

「不安も自由の一種じゃないの？」

　ああ、確かにそうだったとうなずく自分がいる。けれどもそれは口に出せなかった。電車は貴船口を出て、少し開けた場所にさしかかる。市原駅が近づいてくると住宅地も増えてきて、人の出入りが繁くなるはずである。線路の曲がりが緩くなった。早朝出勤の労働者たちが乗り込んできた。一様に押し黙って、車掌と運転手の会話が耳に触るかもしれない。すぐに手の空いたほのかはまたこちらに話しかけてくる。法令遵守はどうなっているのか。

「何か話しているほうが眠くならなくていいでしょう」

「考えさせるような話は勘弁してくれ」

「必要最低限のことだけ話すわ。車掌との意思疎通は大切よ」

「ワンマンよりはいいけどね」

「ワンマンって何？」

「いずれみんなそうなって、一人で前を向くしかなくなるから」

「変なの」

「人生もそうなるから」

「考えさせているのはあなたのほうじゃないの？」

「壁に向かって話しても仕方ないだろう」

　ほのかは不思議そうにしてしばらく黙っていた。

「未来なんて怖くないわ。だって来るんじゃなくてこちらから行くんだから」

「そう言い切れる君はやっぱりすごいよ。君に会うために僕はここまで舞い戻ってきたのかもしれない」

「へえ、戻ってきたんだ」

　電車はようやく岩倉あたりまで戻ってきた。駅のそばに学校があって、樹木の間からその白い校舎が見える。どこから乗ってきたのだろう、何人かの中学生が岩倉駅で降りていく。たぶん電車は戻ってきたわけでも進んできたわけでもない。ただ、一定区間を往き来しているだけなのだが、主観的には進んでいたり戻っていたりしている。それでは、運転者にとって電車は主観なのか客観なのか。ひょっとしたら車掌と協働することで客観になっているのかもしれない。ワンマンカーはどこまでいっても運転者の中で主観的に完結してしまい、慢性的な疲労が蓄積するにちがいない。

電車は東へ進路を取って正面に比叡山を見据える。無骨な山は何事もなかったかのように日本史の舞台であるその街を見下ろしている。西の愛宕山にはもう登った。八瀬まで行けば比叡山に登るケーブルカーの起点があるはずだ。街は縦横無尽、実に計画的に電車網を張り巡らした、しかも琵琶湖の水を利用した自然のエネルギーで。おかげで街ゆく人は排気ガスの匂いや交通渋滞に煩わされることなく、たいていのところへ乗り継いでいくことができた。

いや、できている。それはどちらでもいい。

「君は何を教えに来たんだろうか……」

「それって独り言？」

「気になったら答えてくれ」

「あなたを追いかけてきたのは、つなぎ止めておきたかったからよ」

「個人的に？」

「それは自分でもわからないわ。ただ、あなたがなんとなく気になったの。あなたはこのあたりをまだ往ったり来たりしているのよ、そうね、あの世とこの世の境をさ迷う幽霊みたいに」

「君はあの世の住人？」

「あなたにすれば、確かにこの世のものではないかもしれないわね。でも、れっきとした人間よ。しかもあなたに近い……」

触れてはいけないことでもあるのだろうか、彼女は急に口ごもった。私のことが何となく気になって、しかも私に近しい存在であると、彼女は言う。ともあれ、私は街を循環する電車に、しかも操縦者として乗り合わせてしまった。そこには当然たくさんの亡霊がさ迷っているはずである。

「私が誰かということより、あなたとどういう関係かということのほうが大切でしょう」

「確かにそうだ。ひょっとしてこれから出会う人の一人？　それとも、出会うはずだった自分の娘か、そんなはずはないよな」

「もう一人のあなたかもしれないわよ」

彼女は意味ありげにそう言いながら、私のそばを離れて乗客の間を巡回し始めた。けれども、そんな脅しに惑わされるものか、と私は思っているし、私がそう思うことは彼女もまた予想していて、なんとかその場を煙に巻こうとしただけなのだろう。こちらの思うとおりになりそうでいて、またどこかへするりと消えてしまう。それが何かを意図した駆け引きのようにも思われないのが不思議である。私はあきらめて運転に没頭する。単調なようでいて、また新たな乗客が加わって車内の雰囲気が微妙に変化するのを背中で感じるのも悪くはない。それは、自分はやっと就職したのだと実感する瞬間でもある。一本の歯車であっても社会全体の一部として機能しているなら、それも悪くはない。

「次は一乗寺、一乗寺、お降りの方はございませんか」

そういえば、車掌は独特の口調で車内アナウンスをするのだった。それまで聞こえていたのに自動音声に慣れていたせいか気づいていなかったのかもしれない。もう京都市街に入ってきたのだ。家並みが両側から接近して、生活の裏側の物干し台や窓越しの空間が私を迎えてくれる。どうやら電車の振動も騒音も受け入れてくれているようだ。私はできるだけ静かにしかも滑らかに通り抜ける。いつの間にか車体が自分の体の一部のようになっている。けれども、言いようのない寂しさが胸にこみ上げてくる。もうすぐ終点の出町柳である。それから先はもうない。終端がすぐそこに見えている。その直前に一度東大路をガタゴト横断する。それっきり路面を走ることもないだろう。架線のスパーク。おぼろげな記憶が路上で交錯する。

「心配しないで。気持ちがあればまた戻ってこれるわよ」

そう、どうしてお前は私の気持ちを先回りできるのだ。けれども、そんなお前自身がこのまま戻ってこないのだとしたら……。幸せな瞬間というものがあるとしたら、おそらくこの日この場所が頭の中に記録されるはずだ。けれども、記録の中に私は二度と入れない、そんな気がする。だとしたら、私はこのまま記録し続けるしかないのかもしれない。幸せな時間を、いや幸せな空間を。時間は取り戻せなくても、空間は取り戻せる。もしかしたら、ほのかの言葉はそういう意味かもしれない。

「出町柳で飯でも食わないか」

「いいわよ。ふんじゃらーむ？」

「うん、一度行ってみたかった」

「えっ、何度も一緒に行ったじゃない」

「そうだったっけ……」

何のつながりもない言葉が一人歩きする。それでも、この先があるということが一つの救いになる。こうなれば、ただ成り行きに任せるだけだ。終着駅にはたいていちょっとした広場があって、それから歩いていく方角を定めたり、タクシーを探したりする。丸い月がぼんやりとまだ空に浮かんでいる。

27

ほのかは駅に自転車を置いていた。その自転車をゆっくり両手で押しながら彼女は私の隣を歩いた。いったいどこをどう自転車に乗ってきたのかわからない。乗り慣れた自転車なのであろう、時々跨いで漕いでみせる。自転車とほのかの長い影が前方の地面に落ちる。私はそんなとき彼女の後ろ姿をちょっと見送ってから駆け足ですぐに追いつく。

「その自転車には見覚えがある」

「ええ、私は電車に乗る時以外は自転車がいちばんだから」

噛み合っていないのが彼女らしい。少し緊張しているのかもしれないと思ったりする。

「ちょっと乗せてくれないか」

「いいよ」

二人乗りの自転車はしばらくぐらぐら揺れてから、次第に勢いを増してそのまま月まで昇ってしまいそうに思える。慣性の静かさ。誰もいない路地。

白い道を上っていき、また下っていく。そして、いつか見た河原に出る。地図にない道を通ったのだろうか。

「着いたよ」

確かにここなら何度か一緒にいたことがある。けれども地図も時間もつながらない。まあいいかと思いながらまた尋ねてみる。

「ここが『ふんじゃらーむ』?」

「そうだよ」

乗せてもらわなければよかったと思うが、もう遅い。何を食べさせられるのか想像もつかない。彼女は近くにあった大きめの石を丸く並べ始めた、飯盒炊さんでも始めるかのように。私は見真似で適当な石を探し始めた。

「ここは古くからの炊事場所だった。火事になる心配がなかったからよ」

火があったとしても米も肉も野菜もない。彼女はいったい何を期待しているのだろうか。私自身が買い物に行かなければならないのか。そういえば、一日の食事ができるくらいのお金は財布に持っていたはずだ。けれども飯盒を買えるようなお金があるかどうか。それらを売っている場所の見当もつかない。呆然としている私を見て、彼女は言った。

「もうすぐ『ふんじゃらーむ』の人が来るから、待っていましょう」

確かに土手の上から鍋を持った人たちがやって来た。後からヴァイオリンを持った人までやって来る。そういえば、「ふんじゃらーむ」は生演奏をやっているとは聞いていた。これがいわゆる差別化というやつで、今までにない趣向を凝らしているのに違いない。そのうちに土手の向こうから三々五々連れ立って人々が集まってきた。まるで大きな集会でも始まるかのようである。確かに中には旗やプラカードを持っている人もいる。

「大丈夫、喧嘩なんか始まらないよ。ただ集まるのが好きな人たちだから」

不安そうな私の表情を見て彼女が言った。なぜか河原者という人たちのことが思い浮かんできた。昔からこの街には皮革業を生業とする被差別民が河原やその周辺に住み着き、後に芸能や造園などにも従事したことがよく知られている。また、政府に批判的な落書きがされたり、労働者の集会場としても使われたりした場所である。河原には人々を惹きつける何かがあるのだろうか。そういえば、主な交通手段が自動車になってから、河原は集まりにくい場所になったかもしれない。もっとも自家用車を所有している人が抗議集会に集まることもありそうにはないが。そう考えると、自家用車というものがこの人間世界で持つ意味は普通に考えてられている以上に大きいのかもしれない。中流域の川の流れ、いや水の流れは比較的速く、涼しげな瀬音が止むことはない。

ほのかはそこで顔馴染みなのであろうか、何人かが彼女に声をかけていく。そこには同窓会のような、近所付き合いのような、あるいはサークル活動のような親しみと気安さがある。炭火が熾され、大きな網が乗せられ、その上で肉や野菜がジュージューと音を立て始め、少し離れたところでヴァイオリンの演奏が始まった。その調べは月明かりによく合っている。誰かが演奏に合わせて歌い出し、何人かがその後に続く。ほのかもアナウンスとはまた違う澄んだ声で続く。自分にも歌えそうな気はするが、なぜか声にはならない。曲が終わってまばらな拍手が起こる。

そこでは社会の分断がまだ充分に行き渡っていないのだろうか、それぞれが屈託なく笑っているように見える。自分がかつて入れなかった場がそこにある。引き算を続けていけば、私もその中に加われるのだろうか。そう思うのは、自分にいろんな意味で贅肉が付きすぎたと感じているからなのか。そんな贅肉のついた私を後ろに乗せてここまで自転車を漕いできた彼女は予想以上に無理をしたのかもしれない。


「ありがとう、ここまで連れてきてくれて」

「誘ってくれたのはあなたよ」

「それはそうだけど。まるでこんなところだとは思っていなかった」

「知っていたわ。でもね、私だけじゃここに来れなかった」

「でも、ずいぶん親しそうだった」

「あなたがいたからよ。そんなことは結構あるものよ」

　私が連れてきた人たちでもあるというのだろうか。けれども、彼女には感謝こそすれ、それ以上問い質すつもりはなかった。彼女の言うようにそれまでにも結構あったことなのかもしれない。引き連れられ、引き連れているような状態であって。それはつまり路面電車そのものなのかもしれない。

「いつのどこの河原なのかわからないけれど、ここは懐かしい感じがするよ」

　懐かしい感じというのは、繰り返された場面のことかもしれない。それがいつしか心象風景となって、ふとした弾みに甘酸っぱい感覚として心に働きかける。だとしたらそれは自分だけの風景ではなく、複数の誰かを通して受け継がれている共感みたいなものなのだろう。だから、路面電車は懐かしいし、路面電車がなければ成立しなかった文化も懐かしい。日常的に「ふんじゃらーむ」に人が集うのもその文化の一つだったのだろう。駐車場のない小売店が廃れていくように、駐車場代と文化とを天秤にかけたら割に合わないアマチュア文化はこのまま廃れていくのではないか。その結果、街には金をかけた娯楽文化しか育たなくなる。それは結果なのか、あるいは予言なのか、こうなったら私は意地でも街に路面電車を走らせる。でなければ、この街に留まっている意味がないような気がする。予言は結果であり、結果は予言でもある。

「懐かしいのはあなたがすでに通り過ぎた人だからよ。私は懐かしいものにしてはいけないと思うのね。私は懐かしくもないし、それが当たり前の世界に生きているから、そのありがた味もわからない。ただこの環境が心地よいだけだから」

「それはそうだけれど、懐かしいものが普通になるためには、まず懐かしいものを見つけなくてはならない。今更だけど」

「そうね。もう手遅れかもしれないけれど、頑張って」

　私はちょっとではあるが勇気をもらった。自分では何を言っているのかと心許ないが、入り組んだ迷路を今更抜け出したいとは思わない。人々は集まっているし、心の許せる人はいるし、自分の手はまだ退化していない。進化と思う方向へ逃げ続けている人たちを呼び戻さなければならない。ヴァイオリンの演奏は円熟した調べを奏でて、炭火を囲んだ人たちは焼き肉の匂いに包まれて語らい続ける。会話は一歩も前には進まず、同じところを果てしなく回り続ける。それはまるで海峡の渦潮のようにあちこちで発生してはその周囲を巻き込み、接近する渦とつながってはまた分離していく。境目はどこなのか判別する必要もない。

「市電が好きなんだって？」

近づいてきた男が話しかけてきた。

「俺は鉄道オタクでねえ。京都の市電の写真もビデオもたくさん撮ったよ。ヨーロッパの旧市街と鉄道駅との間にはたいてい市電が走っているからね。もともと黒煙を上げる鉄道は市街地と離れたところ走っていたから、その間を人が移動しやすいように市電が走るようになったのさ」

「そういえば、市電のない町を移動するのには苦労した」

「そうともさ。架線を取り払って車道ばかり広げて、結局人がいなくなった町をいくつも知っている。その点京都はいいね」

「ええ、……」

私は何を代表しているのか、ほのかの姿を目で追い求める。見当たらない。次の乗務にでも出かけたのだろうか。私は微妙な立場のままその場に取り残されてしまった気がした。ふらふらと立ち上がり、私は「ふんじゃらーむ」を離れて白い河原を彷徨う。誰もついてこない。月だけが自分を見ている。耳を澄ましてみると、遠くで橋の上を渡っていく路面電車の重たい響きが聞こえてくる。まだ終わっていないという確信が生まれる。憑かれたように川に足を踏み入れ、バシャバシャと水音を立てながら渡っていく。川は予想以上に深く、膝の上あたりまで浸水してくる。下半身が重くなる。けれどもそれは懐かしい感覚だ。少年時代、あるいはもっと以前の感覚だった。感覚は肉体が記憶している。それと同じく土地に記憶が残っていたとしても何ら不思議ではない。川の向こうに誰かが待っているわけでもないが、自力で川を渡りきることに意味がある。見えなくなったものが再び見えるようになるかもしれない。突然「ふんじゃらーむ」がそこに、その河原に出現したように。おそらくそれを確認するという意味もあったのだろう。消えたほのかもまた実在であると確信するために。

「どこへ行っていたの？　ずいぶん待ったんだから」

川岸からこちらを見下ろしている人がいる。以前から知っている人らしいのだが、こちらには見覚えがない。別の人が突然ほのかに入れ替わっていたりするから油断はできないが、別の記憶をたどってみる。ある時期親しかった人であることは確かなようだ。ようやく反対側の岸にたどり着いて、濡れたズボンを引き摺るようにその人のそばまで来た。歩くたびに靴の中で奇妙な音がする。

「探し物は見つかった？」

「ああ、多分」

「それはよかった。気が向いたら話してね」

私は素直に頷いた。待っていたはずにしては、根ほり葉ほり聞かないのがありがたい。しばらく横に並んで、河川敷を南と思われるほうに歩いていく。

「今は休憩時間で、また仕事に戻らなくてはならない」

「知ってるよ。今時は私と乗務するんだから、捜していたのよ。発車時間に遅れるから、急いで」

車掌という割には制服らしいものも身に付けていないし、自分もいつもの普段着である。

「着替えはあるのかな？」

「そのままでいいのよ。ずいぶん前からそうでしょう。動きやすければ何でもいいの」

「そんなら乗客と区別がつかないんでは？」

「運転席にいたら十分運転手よ」

「そんなものでいいのか。それでもこんな靴じゃだめだろう」

「そのうち乾くわ」

そういえば足下から変な音はしなくなっていた。

「乗客の中には何人か運転できる人がいるから、何かあっても大丈夫。一人欠けているだけで動かない電車なんておかしいじゃない」

「じゃあなぜ僕を捜しに来たんだ？」

「それはあなたが仕事を忘れないためによ」

「君の親切、というわけか……」

私は納得したように呟く。自分はどうやら結局路面電車に戻るようになっているらしい。月は西の空に皓々と輝いて、まるで自分をあざ笑っているかのようだ。それでも構わない。やっぱり歩いて電車まで戻ることにする。孤独と恋愛と自由、その繰り返しがこの街にいる意味で、その意味さえ与えてくれれば十分だった。そして、その街の背景にはいつも路面電車が行き交っていた。私はそこに間に合ったのである。

「君は本当に車掌？」

「ええ、そうだけど」

「いつから？」

「そんなこと聞いてどうするの？」

「いや、幸運だったたね。それが言いたくてさ」

「そんなに幸運かしら。変な人ね」

私は上機嫌だった。何が幸運なのかは自分の感覚でしかないが、見えなかった世界が見えてくるのは興味深い体験だ。意味は後からでも付与することができるのだろう。幸運という意味もまた後からついてくる。個人に前後関係はあっても、世界に前後関係はないはずだから……。そんなことが脳裏を掠めるので、変な人と思われても構わないと、妙な自信で胸を張る。

「今度は反時計回りだったたね」

「ええ、四条河原町からどんどん西向きに進んで、それから西大路を南に向かうコースよ」

「途中で交代してもよかったのかい？」

「もちろんよ。今運転している人は四条河原町で降りて買い物をすると言ってたよ」

ひょっとしたら自分は継ぎ接ぎ専用の便利な非常勤なのかもしれない。あるいは、みんなが非常勤で、それぞれの都合に合わせて仕事をしているのかもしれない。どこかにそれを調整する人がいて彼女を派遣したということなのか。運転代行という言葉を思い出した。それもいいだろう。柔軟に対応するのは硬直化するよりはいいことだ。だから、月夜も続いているのにちがいない。

東山方面からぴかぴかした新型の路面電車がやってきた。私は雑踏に紛れてホームに立ち、前の入り口から乗車した。運転者と簡単に打ち合わせて操縦桿を受け取る。極めて自然だ。後ろにはさっきの車掌が切符を売っている。四条通りは最近歩道が広げられて車道はなくなり、乗物は路面電車だけになっていて、とても快適である。広い歩道には街路樹も植えられて、道行く人に季節の色を見せてくれる。ゆっくりとほとんど音もなく電車は往来する。カスタニエン通り、どこかで聞いたそんな名前が懐かしくなる。街路樹の名前を通りに冠するなら、ころころ変わる企業名など冠するよりはずっと落ち着くとだろう。道の名前というものは、おそらく歩く人たちが他の道と区別するためにその特徴を呼び習わしていつの間にか定着したのが始まりだろう。「がっこ道」そんな呼び方をされていた細い山道のことを思い出した。四条通りも悪くはないが、番号がついているのはどこか上から見下ろして線を引いた感じがしてあまりよろしくない。前方では線路の上をたくさんの人が横断しているので、私は警笛を一回鳴らす。こちらが近づくに連れて軌道付近の歩行者は自然に四散していき、電車の速度も遅いので危険は文字どおり回避される。そこでは人と電車が対等に共存しているようにさえ見える。そのせいなのか、男も女もズボン姿で、スカートもハイヒールもほとんど見かけない。スーツ姿や制服らしいものを目にすることもない。烏丸通りでやっと信号にたどり着き、大量の乗客が出入りする。けれども、通りを横断すればまた同じような歩行者通りが続いている。堀川通りも通り過ぎた。どうやら大宮通りまで続くようである。大宮通りからはなぜか軌道の両側に民家が並び始める。どこかで見た光景だ。予算がないのか、また別の理由によるのか、それでもこの電車は確実に存在して、線路は確実に後ろに残されている、はずだ。

「手慣れたものね。あなた、ずいぶんと上達したわ」

横からさっきの車掌が先輩面をしてそう言う。いつの間に逆転したのだろう、全体にここでは車掌が運転手を指導している。私だからいいが、ベテラン運転手なら気を悪くするに違いない。

「次の交替はどこだった？」

「どこって聞くのが成長したわね」

「ふざけないで、素直に教えてくれよ」

「いいわ、西の蚕ノ社よ」

「それって、嵐電の駅名じゃなかった？」

「そうよ。嵐電と相互乗り入れが可能になったのは知らなかった？」

「それくらい知っているよ。石の鳥居のあるところだ」

私は大見得を切って対抗する。けれども、そんな途中の小駅で乗務交替できるものなのか、それとも交替要員は既にこの車内で待機しているのか、交替した後自分はどうすればいいのか、わからないことだらけでも何とかなるに違いない、とまた思い直す。この先何が待っているのかは記憶を頼りにおおよそわかりそうだし、この時代の地図はもともと不安定で、この時代などというものさえ存在しないのかもしれない。例えば、同じものが見方によって別のものと重なっていたり入れ替わったりするのだから。考えてみれば、私自身も誰かと相当重なっているとも言える。路面電車は前に進んでいるけれど街を循環していることを意識しているし、必要とあらばそのまま後進することも厭わない。

電車は西院駅に到着して、右半身になって信号待ちしてから四条通を斜めに横断する。染織工房の反物干し場を右に見上げてしばらく北に進む。よく知った路線だ。三条口駅で今度は左半身になって信号を待ち、西大路を横断して開けた三条通を西へと向かう。このまま故郷へ帰るところだった。

「やっと気づいてくれたのね」

車掌はやはりよく知った人だった。根気強く私とつき合ってくれた人である。

「このまま進んでもいいのかなあ」

「好きなようにしたらいいんじゃないの」

いつかもそう言ってくれた、自分の気持ちを極力押し殺して。彼女のそんな表情を何度も見たような気がする。何度も会っていたから。そして、今頃になって自ら呼びに来てくれたのか、けれども、そんなことはありそうにない。すれ違った記憶がただ頭の中を循環しているだけだろう。私は幻影を振り払うように意味もなく警笛を鳴らした。

するとどうだろう、私はいつものように満員の電車の中で疲れた身体を座席に沈めていた。そして、同じように疲れた大人たちがそれぞれあらぬ方を見やりながら無言で立っていた。窓の外はぼんやりと明るく、街灯と月の光が並んだ建物に陰影を付けていた。ずいぶん時間が経ったような気がする。目が覚めたとき、人はそれまでの睡眠時間をおおよそ推測することができる。意識の空白と夢空間との合計とでも言うべきかもしれないが。そして、そこには「いつものように」という感覚だけが残っている。乗り越えなければならないものがあるのにいつもそこから逃げているという感覚。ひりひりするのになぜかしっくりくる感覚。

「すみません、ちょっと席を譲ってくれませんか」

一人の中年男が苦しそうに声をかけてくる。自分に席を譲らない理由はない。私は立ち上がる。男は大儀そうにゆっくりと身体を座席に沈める。

「ありがとうございます。腰を傷めたようで、長く立っているのがしんどくて」

「僕なら構いませんよ。早く治るといいですね」

「鞄、持ちましょうか」

「大丈夫です」

そう言いながら、私はリュック型の鞄を網棚の上に置いた。車両の揺れが両足に伝わってきて、腰のあたりで平衡を保とうとする。腰痛だったら確かに辛いものがあるだろうと納得をする。まだ働く者同士の連帯感だけはある、そう自分に言い聞かせる。仕事帰りの循環型電車は停車場ごとに乗客が降りてはまた乗り込んでくる。そして列車への乗り換え場所でやっと客の波が大きく引き、またその分を補うように新手の客が乗ってくる。たいていは見たような顔である。言葉を交わすこともあれば、無言のまま擦れ違うこともある。けれどもそこに連帯感があるうちは救われる気がする。これが自動車通勤ということになれば、せいぜい車線の割り込みなどで罵り合うだけの排他的関係になっていくのかもしれない。彼らには所有する動産の価値がどうしても心配の種になるのだろう。呉越同舟、そんな言葉が思い浮かんだ。乗り合わせるのはなんとなくいいもんだ。自家用車が贅沢品になって庶民には手が出せなくなったら、乗り合い電車は自ずと復活してくるかもしれない。そうなれば出会いの場はずいぶんと広がることになり、緩やかな連帯感も戻ってくることだろう。

「なんかいいことでもありましたか？」

腰痛の男は私のにやけた顔を見逃さなかった。

「わかりましたか。何だか懐かしいような気がしてね。網棚も吊革も、新聞紙や文庫本まで」

「へえ、そんなものですか。あなたにはまるで別の世界が見えているようですね」

「そうでもないですが、誰だってそれぞれ別の世界を見てるんじゃないですか。時々重なり合うことがあったとしても」

「そうですね。ただそれが同じだと思い込んでしまうことがそもそもの悲劇ですよ。なんでわかってくれないんだ、とね」

腰痛の男は何か屈託があるようだった。

「同じ吊革といっても、それぞれ思い浮かべるものは違いますからね。それが個性というものかもしれません。でも、悲劇は大げさじゃないですか」

「いや、世の中の事件のほとんどはそこに原因がありますよ。暴力やいじめ、パワハラ、犯罪、戦争だって。とにかく辛抱強く話し合って違いを受け容れる、そういうことができないんだから。まあ、人のことは言えんですがね」

「一つだと思っているものが実はいくつもある、そう言いたいんですね、あなたは」

「まあね。他人にはこう見えているだろうと想像する力が欠如しているように思えるんだが、あんたはどうかね？」

「どうでしょうか、ただ人の心をのぞき込むのはなんとなく億劫になりましたね」

「受け止める余裕がなくなったのでしょう。ひどいもんです」

男は吐き捨てるように言ったが、決して自暴自棄というわけでもなかった。焦らずにじっくり待っている、そんな雰囲気も感じられたのである。彼の腰痛も、いろんな苦難をずっと怺え続けてきたために発症したものかもしれなかった。

「というか、やっとここまで戻ってこられた、そんな気がしているんですよ。これまで幾重にも装着してきた仮面をやっと脱ぐことができたようなそんな気持ちです」

　たまたま電車で近くに乗り合わせた人に話すようなことではなかったし、周囲の人にも漏れ聞こえることになるが、何だかその人なら受け止めてくれそうな気がした。あるいは、必死で何かを伝えようとしている毎晩見ている夢の続きであるような気もしていた。

「その仮面は見栄のようなものかね?」

「さあ、いろんな角度から見ないとよくわかりませんが、タコ足配線のようにいろんなところにコードをつないで、なんとか社会という海で溺れないようにしていたのかもしれませんし、また、それを外せば繊細で軟らかな内蔵組織が冷たい外気に晒されてしまう甲羅みたいなものを身につけていたのかもしれません」

「誰だってそれなりに身を守る工夫はしているものですよ、正直なだけでは身が持たないですからね」

「それが正直さのせいだと思えればいいのですが、たいていの場合そうは思えない。否定的な解釈ばかりが頭に浮かんでくるし、実際そういう目で見る人も沢山いる」

　私は何を言っているのだろうか。教育者か評論家にでもなったつもりなのか。電車は満員だし、中には私たちの会話に耳を澄ましている人もいるに違いない。いや、ここはあの夜警国家なんかとは関係ないのだ、構うものか。遠距離列車ならまだしも、これは誰でもいつでもどこでも乗り降りできる路面電車である。そこで出会って誰かと言葉を交わすのは日常そのものではないか。

「例えばここに全くかけ離れた境遇の男女がいたとします。けれども、たまたま隣り合わせになればちょっとしたきっかけで言葉を交わすこともでき、意気投合して連絡先を交換することもできるかもしれない。そういう日常的な出会いのほうがはるかに直接的で信頼できます。けれども、そんな日常的な出会いが失われて久しいとは思いませんか。それは今日若者たちがなかなか結婚しない理由の一つかもしれません。彼らはさっき言ったタコ足配線や甲羅のようなものにすっかり守られてしまっています。なぜなら、突然声をかけてくるのはセールスか詐欺くらいしか彼らの頭には思いつかないからです。だから、僕らの役割はかつて営まれていたような日常の回復だと思いませんか」

白髪の交じり始めたその男はしばらく考えていたが、ゆっくりと口を開いた。

「確かに、タコ足配線かどうかは知らんが、現代人は間接的にしなくちゃならないことが恐ろしくたくさんあって、目の前の人と直接関わり合う余裕がないのかもしれんね。現実にたどり着くまでの手続きが煩雑すぎるんだ。まるで迷路だ、素直じゃない」

「今から戻れませんかね、直接的な関係に」

「そりゃ簡単だ。こうやって面と向かって話できればいいんだからな。少々の軋轢は覚悟の上でね」

「では、こういうのはどうですか。貨物自動車と緊急車両以外の車は全部廃止して、その代わりに各地の鉄道網を復活させるというのは」

「いいねえ。人間的で、しかも画期的だ。ひょっとしたら後進国こそ先進国ということになるかもしれん」

「本気でそう思ってますか?」

「もちろん、私はごく素直だからね。むしろどこかでもう始まっているかもしれんよ」

「やっぱりそうだったんですね」

私はなぜか人間同士の関係をずたずたにした者の正体が見えた気がした、「者」なのか「もの」なのかは判然としないが。目の前にほのかが立っていた。

「次の駅で交代よ。準備お願いします」

私はその言葉を素直に受け容れた。気がつくと、座席にはさっきの腰痛持ちの姿が消えていた。それもまた素直に受け容れることにした。私は運転席の方に歩いていく。次の駅が近づいた。何もかもが日常に近づいたような気がした。旧式の路面電車が何よりもいとしいものに見えた。「後進国」、それもなかなかいい響きだ。逆に「進歩」も「進化」もどこか胡散臭いものに思えた。いつものように操縦桿を受け取って古典的な出発の合図をする。碁盤の目のような電車網が脳内に映し出される。月夜に終わりはなくても、まもなくその日の仕事は終わるのだろう。いや、その日の仕事などは元々なかったのかもしれない。例えば、ただ月が出ていたとでもいうように仕事があったのかもしれない。つまり、運転するのも火を囲んで語らうのもひたすら日常生活そのものなのだ。自動車が横に並んで、そして追い越していく。対抗電車が合図をしてすれ違う。時々スパークが架線を走る。電停の一段高くなったホームに人が待っている。横断歩道を渡って人がホームに集まってくる。鞄を持っている人もいれば、何も持たずにふらっと乗り込んでくる人もいる。庇の短い店舗が道路の両側に軒を並べて、そのさまざまな形の屋号が月の光を浴びてかすかに浮かび上がっている。ところどころにまだ営業している店は、陳列された品物が蛍光灯の光でひときわ目立っている。狭い歩道に人影は少なくなり、何となくおしまいの雰囲気があることも確かだった。やがてやってくるであろう早朝の都会の景色も嫌いではない。

「終点は九条車庫だったね」

私はほのかの返事を期待した。

「そうね、月の動きに合わせていればいいわ」

「月はなかなか沈みそうにない」

「もともと終電なんてなくて、月はその間もずっと出ているのよ」

「朝は永久に来ないのかい？」

「そうよ、月の裏側が地球からは見えないって知ってる？」

「ああ、静かの海とかだろ」

「それは表側よ。裏側はいつも影になって見えないの。それと同じことがここでも起こっていて、月はずっと出ていることになる」

「そんな馬鹿な。いずれ太陽が昇ってくるだろう」

「さあ、どうかしら。昼なんて長いこと経験していないから」

ほのかが電車に慣れない私をからかっているのだと思って、それ以上口をきかなかった。ただ、疲れが全身にどっとのしかかってきた。やはりどこかでずいぶん無理をしているのに違いない。ぼんやりした気持ちで月夜の街を眺めている。速度がだんだん落ちていく。居眠り運転は許されないのに、何度か瞬きしても街はぼんやりとしている。突然脇腹に痛みが走る。誰かが服の上から思い切りつねったらしい。

「もうすぐ終点よ。ほら、しっかりして」

終点がわかれば少し元気になる。車掌の仕事はなかなか大変だと思いながらも、やっぱりほのかに陰で操られているような、いや、揺さぶられているような気がする。

間もなく眠気は治まった。月がずっと出ていたってどうということはない。これまでもこれからもそうだとしたら何も気にする必要はないのである。変わらない日がいつまでも続いていくこと、つまり日常、それが貴重でいとおしい。カスタニエンの並木通りでは、今年も葉が色づいて一枚また一枚と舗道に舞い落ちていることだろう。そんな日常の情景が目に浮かんでくる。並立しているのなら、どこにあろうとそれはいとおしい。

広い九条通からは東寺の五重塔が左手に見えてくる。少し前にも通ったところだ。長い塀の向こう側には広い庭園があって、その池の面には赤や黄の落ち葉が浮かんでいるに違いない。そして落ち葉は小さな滝から滑り落ちてからゆっくりと小川を流れていく。私はそこに訪れる人たちを毎日運んでいる。

東寺には路面電車がよく似合う、そういう古い写真をどこかで見たような気がした。右手にいつものように古い映画館の看板が見えてくる。その二番館を愛する人たちがいて、上映作品にこだわりのあるスタッフがいるから、そこはいつまでも廃れることがない。

ある日その映画館を二人で訪れたことがある。相手は誰だったか思い出せないが、付き合い始めたばかりの人だった。薄暗い階段を昇ってしばらく廊下を歩いていくと扉が二カ所あり、遠い方の扉から暗幕を中に入る。木製の床は緩やかな下り坂になって、通路の両側には古ぼけた赤いビロード張りの座席が並んでいる。ちらほら先客がいた。一人で来ている人もいる。私たちは通路を挟んで両側の席に座った。お互い移動しやすくて、小声で話すことも表情を読み取ることもできる。自然にそうなった。

「聞いたことのない監督名だね」

「うん、でも知る人ぞ知る、という監督よ」

その日はパラジャーノフの特集だった。映画の題名は『ざくろの色』。伝統的な生活習慣、赤い染め物、少年の視線、独白……。私はふと彼女のほうを見る。吸い込まれるように銀幕を見つめるその横顔。少年はじっと遠くを見つめているように見える。けれどもそれは未来でも広い世界というわけでもない、単調に繰り返される日常の生の営み。遊びと生業。家畜と舞踊。土と血のにおい。山岳地帯から降りてくる風。その頃から私は日常の持つ奇跡を感じ始めていたのかもしれない。変わらないこと、そしてゆっくりゆっくり変化していくこと。一人二十五円で街中隈無く運んでくれる、緑とベージュの縞模様の電車のように。

「今日は誘ってくれてありがとう。言葉も場所も全く違うのに、なぜか懐かしい気のする映画だった」

「あなたならそう感じてくれると思ったの。ちょっと能楽みたいじゃなかった?」

「言われてみれば、そうかもしれない。くどいほど繰り返されるゆっくりした動きがどこか共通しているような」

「私、できたらそんな仕事がしてみたいの」

「珍しいね、仕事というものは多かれ少なかれ速さが要求されるのに」

「でも、辛抱強さが要求される仕事ってなかった?」

「農業とか林業のことかな。でも、都会じゃ無理だね」

「本当に?」

「古本屋とかあるけど、ほとんど売れないよ」

「職人的な仕事はどうかしら」

「ああ、伝統的なものならね」

「きっと探してみるわ」

私は横に並んで歩いている彼女の横顔を美しいと思った。

「僕も何だかそんな仕事がしたくなった」

それだけの思い出だった。けれども、いま私の遭遇している事態は、そのときの映画と彼女の言葉に関係してはいないだろうか。

電車はどこまで存続するかわからないその古びた映画館の看板の前をゆっくりと通り過ぎる。ガァーという電車の音が急に小さくなったような気がした。

28

私は再び色のないがらんとした空間を歩いていた。地面に散り敷いた枯れ葉が靴に絡まって音を立てている。どこかで冷たい風の音がしている。まだ月が出ているのだろう、街灯のはるか上の夜空が心持ち明るい。いくつもの影が私に絡まりつく。人生はこれからなのか、それともとっくに終わったことなのか、相変わらず釈然としない。けれどもそんなことは問題ではないということを彼ら、つまり、ほのかやその他出会った人たちが教えてくれているのだろう。始まりもなければ終わりもない、回り続ける独楽のようなもの。そういえば、天体模型も分子模型もどこか独楽に似ている。それでも独楽の心棒は気まぐれのように少しずつあちこち移動していて、どちらが前なのか後ろなのかわからない。時々別の独楽が近づいてきて少しでも接触すればどちらも弾かれることになる。

私はたまたまここに弾かれてきた、そう考えることにしよう。独り楽しむと書いて「こま」ならば、それもいいだろう。少し気が楽になる。そういえば路面電車もたえず街を周回している。都会の夜にふさわしい情景ではある。だんだん目が慣れてきたのか、建物や樹木の輪郭がくっきりとしてくる。路面はまだ曖昧で、当てもなくさ迷っている商用車がふわふわしながらゆっくり通り過ぎるだけ。そろそろ路面電車がやってくるのだろうか。地響きを立てて近づいてくるものがある。けれども、目の前には何も現れない。路面電車はすでに目に見えないところを走っているのかもしれない。地響きはこちらを誘っているようにも思われる。思わず走ってみたくなる。体は十分軽く、飛び跳ねたいような気分だ。一歩踏み出す前にもう一方の足が蹴り出されるように、私は宙に浮いている。このくたびれた身体のどこにそんな力が残っていたのだろうか。映画の一シーンのように私は走り始めた電車の手すりにつかまると同時にステップに片足をかける。誰かの手に支えられてその電車に体ごと飛び乗る。手を差し伸べてくれたのは誰か知らないが、なぜか懐かしいものを感じる。飛び乗った勢いでそのまま前につんのめるように電車の中央あたりまでばたばたと来てしまった。両側に座っている乗客たちが声を出さずに笑っている。けれども、その笑顔は不快なものではない。かろうじてそこに踏みとどまった私は、少し照れ笑いをしながら空いている席に腰を下ろす。自分に向けられた視線がしばらく落ち着くのを待ってから、乗客たちの風采と顔とを自分の記憶と照らし合わせる。電車の天井には古い客車で見たような黄色い円筒形の照明が前と後ろに二つ付いている。大きな振動が起こると照明は一瞬消え入りそうになるが、しばらくしてまた元通りに安定して灯り始める。

何かを思い出しそうになって、そのままぼんやりと空中を眺めていると、先刻私を電車に引き上げてくれた男が目の前に立ち止まった。

「よう、久しぶり。やっぱりおぬしだったか」

男はそんな古風な声のかけ方をした。相手のことをおぬしなどというやつは数えるほどしかいない。その一人、学生時代スキー部に所属していて一度雪山の上まで私を案内してくれたことのある友人に似ている。

三月、陽光で表面がいったん溶けて翌る朝また凍りついたきらきらとまぶしい雪面を歩いていく。雪上をウサギの足跡が点々と続き、雪上での彼は一枚も二枚も上手でどんどん先へ歩いていく。固い雪面も体重のかけ具合によっては膝あたりまで陥没するので、私はときどき雪の中に足を取られて抜け出せないでいる。それでも何とか彼についていく。どうやら彼は私に見せたいものがあるらしい。確かに私にとって周囲の景色は初めて目にするものばかりだった。やっとのことで尾根に出ると、そこから銀色に輝く北信濃の峰々が青い空に映えて手に取るように見えている。その向こうにはうっすらと広がる日本海。彼は少し照れながら、どうだとばかりに白い歯を見せている。雪焼けした笑顔がまぶしい。

「この間はとんだ無理をさせちまったね。懲りずにまた山に行こうぜ」

あれはそんなに最近のことだったのか。だとすれば、これから何度となく彼と雪原を歩くことになるらしい。まだ私にはそんな体力が残っているのだ。二メートル以上の豪雪地帯だ。誤って一度雪に埋まってしまうとなかなか抜け出せないということだし、雪崩だって心配である。けれども、彼の優しく芯の強そうな顔を見ているとそんな不安は感じない。先刻片手で私を電車に引き上げたように雪の中から救い出してくれそうではある。それにこっちだって足腰の強さなら負けはしない。

「僕もスキー部に入れてくれないか。そろそろ何か運動をやりたいと思っていたんだ」

いったい何を口走ったのだと、後悔してももう遅かった。話はとんとん拍子に進み、私はすでにスキー部の顧問ということになっていた。というのも、彼は研究のほうが忙しくなっていて、スキーは休部状態になるので、自分の名代として名前だけでも連ねてほしいということだった。名前を貸す程度なら大した責任を負うこともないだろうし、自分の運動不足解消にもなると高をくくっていたのだ。彼はまるで若い頃を懐かしむかのように言った。

「白銀の冬山のすばらしさにはおぬしも共感するだろう。それでこそ一緒に行った甲斐があったよ」

「ああ、確かに」

そう答えながら、私の脳裏には別の光景がよみがえってきた。帰路、小諸から単線の地方鉄道に一人乗り込んで、春近い車窓の風景を楽しんでいた。列車は八が岳の山麓にさしかかり、窓の向こうには白樺林が続いている。保養地のある小さな駅に停車すると、そこで一人の女子学生らしい人が乗り込んできて私の斜め前あたりに座った。もともと乗客は少ないので自然と私の視線は彼女に向けられた。私は自分が小説の主人公になったような気分で、その偶然を歓迎した。といっても小説のように声をかけるわけでも、ちょっとしたエピソードがあるわけでもない。高原列車の中で、背景の白樺林とその若い女性の白っぽいワンピースが目の前にちらついていたという、ただそれだけの話である。しばらくして彼女は列車を降りていった。

線路はすでに分水嶺を過ぎたのだろう、今度は勢いよく坂を下り始めた。それとほぼ同時に、車外はにわかに大粒の雪に覆われ始め、やがて風とともに窓の外は白一色となり、白樺林も青空もすっかり見えなくなってしまった。列車は坂道を下りながら八ヶ岳の火山活動によって造られたであろう大きな谷へとさしかかる。すると今度は風が緩んだのであろう、目の前を雪が一粒ずつ落ちていく。それにつれて真っ白に化粧した樹林がその背後に現れる。列車はそんな景色も最初から計算済みであるかのようにゆっくりと走ってくれる。季節は春から冬へと逆戻りして、一筋縄ではいかない自然の姿を教えてくれる。

「おぬし、何を考えているんだ」

「あの時小海線に乗り継いで京都に戻ったことを思い出していた」

「そうだったんだ」

「なあ、教えてくれないか、過去というやつは頭の中に残っているのか、それともこの地上に残っているのか。学生のころクラスでそんなことを言っていたやつがいたのを覚えているか。そのときは変なことを言うやつだと思っていたけれど、いまごろになってなぜか気になり始めたんだ」

「頭の中だったらいずれ消えるが、地上に残っていたのなら永久に消えないことになる」

「その頭も地上の一部だとしたら、過去は消えないということになりはしないか」

「それは亡霊のようなものか？」

「そうかもしれない。とにかく無数の意識が地上に漂っていることは否定できないのでは……」

「それがどんな形であれ、本であるかもしれず、あるいは映像であったりちょっとした張り紙であったり建物のデザインだったりするかもしれん。うん、確かにおもしろいテーマではあるな」

私は彼が後に哲学教授になることを知っている。彼なら私の話を信じてくれるかもしれない。

「自分の身体の中に何本もの路面電車が走っていて、月夜の下で散歩していたら突然その一本が近づいてきて自分をさらっていくとして、それはひょっとしたら地上に残っている記憶の仕業かもしれないが、それ以上にもう一つの現実ではないのかということだ。集団の記憶がつながって一つの現実となるなんてことはないのだろうか。いやそれは現実以上に強い力を持っているかもしれない」

「それなら、インターネット空間も現実の一つと数えることができる。だが、その前に現実とは何か、それを定義しなければならない」

「そうなんだよ。例えば、ある人が八十歳で死んだとして、その人がある電車の中で見たことや体験したことが記憶や痕跡として残っていたとしたらそれもやはり現実に違いない。あるいは、君が僕を雪山に誘ってくれたとき、一緒に見た風景やそのとき撮った写真はやっぱり現実だ。現実とはそんなことの総体じゃないのか。だとしたら……」

私はそこではたと立ち止まった。

「だとしたら……?」

「取り戻すべき現実というものもあるんじゃないだろうか」

「うん、おぬしはすでに取り戻したんじゃないのか。そんな気がするよ」

私は再び沈黙した。不吉な仮説が脳裏をよぎったのである。自分は永久に覚めない夢の中に入り込んでしまったのではないか。つまり、……。私は急いで首を横に振った。

「あんまり考え込みすぎる必要はないさ。誰だってふっと別の世界に迷い込むことはあるもんだ」

彼はいつものようにちょっとはにかんだような笑顔を見せた。それは写真の笑顔ではなく、確かに現実空間の笑顔だった。彼はこれまでの私の行動や考えをおおよそ推測できたのかもしれない。なぜかそんな気がした。私は車内をもう一度見回して他にも知った人がいるのではないかと探ってみた。一巡りしてもう一度目の前の彼を見上げると、そこにはもう別の人が立っていた。その人は哲学者の友人というよりも、電車から手を差し伸べてくれた屈強な男その人だった。私は訳がわからないままその人の顔を何度も見定めようとした。そして、最初から自分の勘違いだったのだろうと結論づけた。人はいくつもの顔を持っていて、違う角度から見ればまた別の記憶を呼び寄せるのかもしれない。だから、彼らが入れ替わったのはただ自分の記憶が入れ替わっただけなのだろう。そして、街に隈なく張り巡らされた月夜の路面電車がそれを可能にする。「ほのか」が場面によっていろんな人の顔を持っていたように。類推すれば、私自身も場面によって別々の顔を持っていたのかもしれない。それは時に鬼のような顔だったのかもしれないし、能面のように光の加減で微妙に変化していたのかもしれない。

「あんまり考え込みすぎる必要はないさ。誰だってふっと別の世界に迷い込むことはあるもんだ」

別の顔が同じ言葉をしゃべっている。私は妙に冷静にその言葉を反芻しているのだろう。私は妙に冷静にその言葉を反芻している。私は同じ街に長くいすぎたのだろうか。移りゆく街の姿を目の当たりにして、失われゆく街の記憶を必死でつなぎ止めようとしているのかもしれない。無かったことにはしたくないのだろう、私は今夜も幻影の路面電車に乗り込む。そして、もう一度会いたい人に会う。いや、会いたくない人にも会うことになる。ぶつ切りになった不都合な記憶をつなぎ止めるためにも、もう一度乗り込むことになる。呪文のように連呼される「未来へ」「前へ」という号令を尻目に、私は胸を張って後ろ向きに生きていくことにしよう。

「ありがとうございます。励みになります」

私は目の前に立ち尽くす屈強な男に礼を言う。男は少し恐縮したように人のよい笑顔を見せながら、自分の役目を終えたようにその場を離れた。淡いオレンジ色の電灯が陰っていた乗客の表情を浮かび上がらせる。いつかのような親子連れが互いに目配せしながら小声で話している。電車の運転ならいつでも任せておけというような人もいる。よく見れば、黒い鞄を膝の上に置いた往診中の年取った医師もいる。バイト帰りの疲れた学生たち、大きな荷物を携えた外国人らしい旅行者までいる。彼らは私をどこか広い場所へ連れ戻そうとする。私はその入り口の前で草むらに落とした合い鍵を探している。彼らはその在処を知っているのかもしれないが、自分から教えるようなことはしない。彼らのちょっとした仕草や何気ない会話が入り口そのものなのだから。

「ずいぶん休んでいたのね」

さっきから左隣に座っていた女が砕けた調子で唐突に話しかけてきた。入り口はすぐそばにあった。やはりほのかだった。

「いつからそこにいたんだ?」

「ずっとそばにいたよ。気づかなかった」

「だって、僕はさっき乗ったばかりだ。それに、隣には別の人が座っていた」

言いながら、その問いかけがむなしいということも知っている。彼女も当然知っていて、知っていながら白を切りとおすだろう。

「もう休憩は終わりよ。次の停留所で降りるから、早く」

好奇心が疲れを乗り越えた。私はポケットの小銭を確認してほのかに付き従った。ほのかは電車を降りるとすぐに私を促すように駆け足で走り始めた。道路を横断して公園のようなところに向かっている。公園は小高い丘になっていて、ところどころに段のある坂道を登っていく。私は、意外にも自分が息を切らすことなくそこまで走ってこられたことに驚いていた。普通に動いていれば、老いというものはそう簡単には身につかないものらしい。川の土手、神社、河原、自転車、そして今度は公園。彼女はどうやら私を野外に誘い出し、自分の足で地面を踏みしめることを促しているらしい。まるで失ったものがまだそこに残っているかのように。けれども薄暗い月の光では満足に見つけることもできないだろう。

「外周路線の内側には二つの山があって、一つ目は知ってるでしょう。ここは二つ目の山よ。山といっても丘陵地だけど、もう少し行ったところの展望台からは京の街が一望できる」

丸い月が東の空に浮かんだままで、まだ沈む気配はない。その下に東山の稜線と碁盤の目に沿って連なる街の明かりが見える。

「もうすぐみんな集まってくるわ」

「ふんじゃらーむ？」

「似たようなものよ」

もう一方の道を上がってくる人たちがいる。細い道なので一人ずつ展望広場に上がってくる。いずれも仮装行列のような奇抜な服装をしている。魔女の扮装、ヒッピー、サラリーマン、野球選手、ウェディングドレス、忍者、猫娘……。

「いったいこれから何が始まるんだい？」

「見ていればわかるよ」

彼らは私たち二人を取り囲むように広場を練り歩き、二十人くらいいるのだろうか、まるで月にお祈りでもするように空に手を差し伸べる。最後に広場に登場した性別のはっきりしない老人が松明のようなものを掲げている。その老人は、いつの間にかほのかのそばに積まれていた小さな薪の山に松明の火を近づけた。薪はパチパチと音を立てて燃え始めた。

「これは送り火？」

「諦めの火よ」

「何を諦めるための？」

「この空を見ればわかるでしょう、夜明けをよ」

　私は言葉に詰まった。諦めているのは自分だけではなかったようだ。常に私の二三歩先を歩いているようなほのかも、やはり夜明けを諦めていたのである。いつ果てるともない月夜を受け容れるために彼女は、いや彼らはいったい何をしようとしているのか。

「ちょっと待ってて」

　彼女はそう言って、ふっとどこかへ姿を消したかと思うと、しばらくして木陰から例の巫女の格好をして現れた。

「その格好はひょっとして仮装の一つだったの？」

　彼女は小さく頷いた。彼女はあの夜これと同じような集会に出かけていたのかもしれなかった。結果として私だけが場違いな普通の服装になってしまった。彼らはさまざまな扮装で雨乞いならぬ、「夜明け乞い」でもするというのだろうか。

「月夜がいつまでたっても明けないとしたら、人は朝を諦め、代わりに何を求めるだろうか。未来か、それとも人か？」

　その場の司祭であろう、しんがりの老人がそんなことを語り始めた。ほのかが耳元でそっとささやいた。

「私が出てきた木陰にあなたの衣装があるからすぐに着替えてきて、速く」

　私は目立たぬようにそそくさと木陰に隠れた。はっきり見えないが、そこには囚人でも着るような簡単な作業服が無造作に置かれていた。これでは逆に目立ってしまうのではないかと思ったが、それしか見当たらなかったので、ほのかの脱いだ服の隣に自分の服を置き、素早く着替えを済ませた。

「現実というものは、永遠に明けることのないの月夜のようなものである」

老人の言葉が続いている。

「新入り！」

自分が名指しされたことがわかった。私は戸惑いながらも返事をしないわけにはいかなかった。

「お前はいま永遠の闇に閉ざされて一人ぼっちだ。さて、お前ならどうするかな？」

「鍵は誰が持っているのですか？」

「外の誰かに助けを求めます」

「あたりに人はいない」

「闇に鍵などはない」

私は少し思案したが、すぐに答えた。

「ライターで火をつけます」

「火をつけてどうする？」

「焚き火をして人が来るのを待ちます」

「それからどうするかな？」

「人が集まればそこはもう闇ではなくなります」

「ほぼ正解じゃ。はははは」

老人は一転して人なつっこく笑った。私にはなんとなく彼の質問の意図が理解できたような気がした。ほのかが山上の集会に連れてきたこと、そして仮装行列、焚き火、囚人服、緩慢な動作の繰り返し、薪能。連想が膨らんで、どこからか笙の音でも聞こえてくるような気がした。

「ずいぶんがらんとしているね」

「まだ懲りないのか。がらんとしているのは最初からだ」

「仮装行列を禁止したのがそもそもの間違いだ」

「確か交通渋滞を引き起こすというのが表向きの理由だった」

「毎晩行列をやるわけでもないのにさ」

「渋滞が解消したら人がいなくなった」

「人がいなくなって空き家が増えた」

「道路が広がって、その空き家も消えた」

「そのうち車も来なくなった」

「そして、誰もいなくなった」

「とうとう朝が来なくなった」

「いつまでたっても夜明けはこなかった」

「月が煌々と輝く夜、ふと思い出したように無人の電車が道路の真ん中をゴトゴト走り始めた」

「すると、その灯りを求めてどこからか人が集まってきた」

「窓に浮かび上がる楽しげな人々の姿に引き込まれて」

「朝は来なくてもそこには新しい出会いがある」

それは老人の問いかけに対して演者それぞれが順番に振り付けをしながら答えるという形式で演じられた。そして、ほのかの番が回ってきたようである。彼女は満月に向けて幣をかざしながら答えた。

「夜明けの囚われ人をまた一人、その軛から解き放ってください」

服装から見て囚われ人とは私のことに違いない。ほのかがしきりに目で合図するので私は仕方なく囚人の仕草で言葉を探した。

「私は二度と夜明けを待ったりしません。ですから、どうかこの仮装行列に加えてください」

「もう加入してるんじゃないの」

魔女が言った。

「でも、囚人服のままではちょっと……」

「仮装に貴賎なんてあるもんか」

ぼさぼさ頭のヒッピーが言った。どうやらこの囚人服が自分の仮装ということらしい。仮装なら、それはそれでいいのかもしれない。魔女の扮装がしたいわけでもないし、自分の服は木陰に残っているから、また元に戻ることができるはずだ。仮装なら囚人だって悪くない。みんなも自分の仮装を全く気に入っているというわけでもなさそうだ。この場合は仮装の役になりきることが大切なんだろう。なりきれない私はまだ囚われたままなのかもしれない。そして、このまま囚われ人を演じて、演じることでどう変われるか、それが試されている気がする。

「きっと私のためにここに集まってくれたんですね」

「いや、みんなのためだ。夜明けが信じられないなら、誰かを信じるしかないんだ。それはみんなだって同じことだ」

どことなく窮屈そうでぎこちないサラリーマンがネクタイを緩めながら言った。

「それは、檻の中にいる囚人のもとに看守たちがみんなで集まるようなもんだ、監獄の意味を無くすために。そこでは囚人と看守の区別はなくなり、ただ人間がいる。それだけだ」

性別不詳の野球選手が左手のグローブにボールを投げ込みながら言った。仮装は性別をも曖昧にすることができる。その意味では何かと分類したがる理性のようなものから自由になれるのだろう。路面電車も安い均一料金で乗れる。区別……。昼と夜、過去と未来、男と女、善と悪、人は無意識に区別したがる。まるでその差異が何か新しいものでも生み出せるかのように。

「仮装は区別ではなく、区別を取り払う自由な表現なのよ。不本意な仮装も限界を超える一つの方法なの。変身願望といってもいい。だから、仮装はやめられない。仮装行列は廃止しちゃいけない」

新郎のいない新婦が力強く言った。

「ちょっと待ってください。つまり、こういうことですか。仮装行列の廃止が夜明けが来ない原因だと?」

「というか、夜明けなんてもともと無かったということに気づいたというわけでござる。拙者はそれを自覚してから、人目に付きにくい黒ずくめの扮装をしておる。忍者は夜明けを待たない、おぬし、そうは思わぬか」

時代劇風の忍者がおどけながら私の問いに答えてくれた。

「仮装こそが真実に気づくきっかけを作ってくれたということですね。夜明けがどこまでも来ないとしても絶望する必要などない、と。もう一人の自分が仲間を呼んでくるみたいな」

私は自分の立ち位置が把握できたような気がして、調子に乗って話しかけた。

「もう一匹と言ってほしかったわ。人と動物の間に入ってみると、意外とそれまで見えていなかったものが見えるのよね。まず、視線の位置、聴力の範囲、位置把握能力、それから各種運動能力も。環境に順応するために人間が失ったものと同時に、人間に付着したものもまた見えてくる」

最後に控えていた猫娘が割って入った。

「失ったとか、付着したとか、人間にとっては悪いことばかりに聞こえるよ。人間は一応最も進化した生き物だと思うんだけれど」

「猫だって進化してきたのよ。でも、生物界全体で見ると何が進化で何が退化か一概には決められないということよ」

「なるほど。猫娘の戦闘能力高いもんね」

「人間のほうがあれこれ持ちすぎて身動きがとれなくなっただけよ。まあ、私はそんな人間のだぶついた部分を捨てて、いまはずいぶん身軽になったけどね」

「それは思い切りましたね。僕は物でも人間関係でもなかなか捨てきれなくて、確かに身動きできないと感じるときがあります」

「ふーん、でも君はもうずいぶん捨ててきたんじゃないの。その素朴な服も結構似合ってるよ」

言われてみると、私はなんとなく自分が身軽になったような気がした。登って走って電車に飛び乗って、鞄も書類もどこかに置いてきた。下宿の四畳半だ、もともと家なんてなかった。そして、たまたま出会った人とためらうことなく話しかけ、また際限もなく話しかけられる。それから、時には紅白の巫女姿のほのかが月影とともに音もなく近づいてくる。

「僕は、自分の優柔不断で中途半端なところが嫌でたまらなかったけれど、いまはそれもまたいいって思えるようになった。よく見れば、この世界はすぱっと簡単に割り切れるようなものじゃないからね。余りや端数、あちこちにある歪みや染み、不条理や堂々巡りなど、中途半端なものだらけだ。決断も時には必要だけれど、たいていは中途半端なままにしておくのもいいかなって」

「あんたっておかしな人よね。まあいいわ。ここまで付き合ってくれたのもあんたのその雲をつかむような中途半端な性格のおかげかもしれないから」

私にとっては、ほのか自身もまたそんなつかみ所のない煙のような存在だった。だが、私はそのとき初めてほのかの本音を聞いたような気がした。ひょっとしたら、その本音を聞かせるために彼女はこの丘に連れてきたのかもしれない。

「ありがとう。これでも誰かに求められているんだね。なんとなくこの地味な作業着が気に入ってきたよ。檻の中にみんなで集ってわいわいやっていれば、いずれ檻の外になるかもしれない、そんな気がする」

ほのかはそれに対して同意も否定もしなかった。

仮装した人たちはあちこちで話し相手を見つけては、果てしなくしゃべり続けた。ほのかも私も少しずつそれに加わった。仮装によって演じられるそれぞれの役割はいつの間にか忘れ去られ、興奮したかと思えば、またしんみりとした。しゃべりすぎて誰もが空腹を感じ始めたころに、ようやくみんなは焚き火の周りに腰を下ろした。そこでは、誰が用意したのか、焚き火に据えられた大きな網の上に肉や野菜のバーベキュー料理が美味そうな香りを放っていた。いったん静かな食事会が始まったものの、林間のキャンプファイヤーのような宴会がまたしばらく続いた。そして、その夜の奇妙な集会は明確な終了宣言もなく、参加者が三々五々広場から姿を消すことでようやく終わりを告げた。

久しぶりに下宿の近辺を散歩した。一向に朝が来ないので、一日の区切りができないのは相変わらずだ。万が一朝が来たとしても、従来どおりにまた夜が来るかどうかはやはり怪しいものである。仮装集会以来、その意を強くした。私はどうやら前を向くことも後ろを向くことも断念したようである。ただ一つの大きな現実を生きている、そう考えればいいのだろう。身体を動かすことでまた気分も変わるものだろうと、今出川通りを東に向かって歩いていく。

そこには街のいちばん東側を走る路面電車の路線がある。銀閣寺道の交差点まで通りの北側には古本屋や喫茶店、製本屋や定食屋、骨董品屋と怪しげなライブハウスなどが軒を連ねている。歩道にはいつものプラタナスの並木が続く。幾度となく歩いた場所である。しばらくすると道路は少し左へ曲がって上り坂になる。

向こうから黄色い路面電車がやってくる。特別色の電車なのだろう。それにしても車体はやけにぴかぴかしていて、滑るように音もなく路面を移動していく。ひょっとしたら新型車両の試運転なのかもしれない。すれ違いざまにふとレモンの香りがした。その黄色い電車のせいなのか、それとも付近の果樹なのかはわからないが、どこか懐かしい香りである。そこだけに一陣の風が吹いたようだ。すると、今度は後ろから緑とベージュのいつもの電車が上り坂にさしかかって、ガラガラと軋みながら重い車体を押し上げていく。まるで過去と未来がこのちょっとカーブした坂道で同時に実現したかのようである。気をよくして私は心持ち駆け足になってそのまま通りを東に進む。すると、不思議とまだまだ走れるような気がする。むしろ以前より力が付いたような気さえするのだ。ここ数日（?）電車を乗り継いで（時には運転もしながら）街をうろついている間に体全体が少しずつ若返ったのかもしれない。身体は正直だから、実際には気持ちより先に身体が軽くなっていたのだろう。気持ちは後からそれを追認しただけである。人間はまだまだ動物なのだ。

私は歩道から一段高くなった疎水縁の遊歩道にひょいと駆け上がって細い土の道を歩き始めた。この街は豊かな水源を利用して発展したと聞く。その疎水に沿っていくと、やがて琵琶湖に行き着くという。おそらくこの街は水路だけでも一枚の地図が書けるのだろう。そんなことは知らなくても、水のある風景の中をゆっくり歩くのは心が落ち着く。柳の緑や桜のピンクが遊歩道を彩る。出会う人も一人ずつ。ときどきは隣の舗装道を自転車が通る。向こう岸から橋を渡って出てくる人もいて、詩集かなにかを持って橋のたもとのカフェに入る人もいる。

散策路をそのまま歩いていくと、いつしか疎水はどこかに姿を消していく。すると、いつの間にか霧が晴れるように辺りが明るくなる。理由は知らないが、ついに月夜は明けたのだろうか。モノクロの世界が徐々に鮮やかな色を取り戻していく。私は少し残念な気持ちになる。そのまま回復する土壁の色や植物の色を眺めながら歩き続けていると、前方から煉瓦造りのがっしりとした茶色い建物が見えてくる。水路の一部だろうか、勢いよく水が流れ込んで、その水流を巨大な照明が照らし出している。建物の上には変電所のように碍子と電線が張り巡らされている。思い出した、これはあの水力発電所に違いない。市電を走らせるための電気を作っていたというK発電所である。

待てよ、ふと私は思い当たる。ひょっとしたら私はこれまでこの発電所で作られる電気に操られていたのではなかろうか。というのも、水力発電と聞けば、たいていは巨大なコンクリートの塊であるダムによって堰き止められた人造湖を思い浮かべるが、ここは自然湖である琵琶湖から標高差を利用して水を引いている。人造湖は膨大な森林を犠牲にしているので二酸化炭素削減には貢献せず、水力発電はもはや自然エネルギーとは言いがたい。しかし、自然エネルギーだけでバスや自動車を走らせるという計画は、実はこのK水力発電所によってとっくにこの街で実現していたことになる。その市電が廃止された後、行き場を失った電気エネルギーはいったいどこに送られているのか。この「先進的」なK発電所の「それ見たことか」という恨みやらなにやらが、誰かれの頭の中に送電されて、そこでたまたま幻想の路面電車を走らせていた、いや、今なおどこかで走らせているのかもしれない、と。過去形のない町、そんな観念が頭の中にちらついた。

私は一つの町に長く住みすぎたのかもしれない。誰かの始まりはすでに誰かの途中である。そうやってつながって途切れることなく全部ここにある。それが個人的なものであっても、どこかの鉱脈を掘り当てる手がかりにはなるかもしれない。

近くで耳慣れた地響きがする。するとどうしたことであろうか、あたりはまただんだんと暗くなり、見慣れた丸い月が雲間から顔を出している。発電所の南側の三条通の広い坂を赤と黄色の電車が力強く上っていく。私はすっかり忘れていた。碁盤の目のような旧市街から外に向かって伸びている路線は西、南、北、だけではなかった。この町には東側の郊外へも続く路面電車の路線があって、それは県境を越えて琵琶湖畔の町とつながっていたのだ。私は憑かれたようにその電車に跳び乗った。二両編成のその電車は峠の小さな駅にいったん停まってから路面を滑るように山科の町中へと入っていく。おそらく琵琶湖疎水の流れと反対方向に。電車はいまは慢性渋滞の道路に絡みつくようにほぼ時間通りにつないでいた。人間一人の路面を占める面積を比較すると、町中に自家用車など必要ないと思わせるにそれは十分な機能だった。あるいは通勤通学時間を休息や瞑想の時間と考えている人にとって重要な場でもあった。温暖化以前の町がここにも存在している。「いる」と言うべきか「いた」と言うべきか私にはわからない。あの西の外れにある小学校での授業のように。あるいは、終わることのないこの月夜のように。この月夜は私に何を促しているのか。ひょっとしたら失われたものを取り戻す機会を提供しているのか、それとも私たちに瞑想そのものを促しているのだろうか。

電車はいよいよ盆地の町から湖畔の町へと入っていく。この路線は市の管轄でないから私が運転することはないと思われたが、相互乗り入れが当たり前になっている最近ならあり得ないことではない。視界が広がって湖が目の前に迫ってくる。広い湖面がどこまでも続いているように見え、対岸のかすかな稜線の上空には白い月がぽっかりと浮かんでいる。西に傾いていたはずの月がいま東の空に出ているということは、二つ目の月なのかもしれない。ひょっとしたら発電所付近が明るかったのは、そのときたまたま月が二つ出ていたからなのかもしれない。月は巡っていて二つ以上あって一つはとても大きくてそれが昼を作って光合成などを担うのかもしれない。しかし、それはいつからなのか……。私は面倒な地学的思考をあきらめて、やっぱりありのままを受け入れることにした。ありのままを受け入れて目に見えてくるもの。それでいいのだ。静かで雄大な湖面が空の色と月の姿を美しく映し出している。岸辺にはさざ波が寄せ、水の豊かさと先人の知恵と悠久の時を感じさせてくれる。松林の中にはいくつかのキャンプ場があり、季節を問わず人が訪れる。かつてアルバイト先の会社の保養施設に職場のみんなで訪れたこともある。中には家族連れの人もいて、野外炊飯や水浴びをして楽しいひとときを過ごした。孤独と紛争と失恋の学生時代にあって、ただ一つの明るい出来事であったかもしれない。久々にその場面を思い出した。それもまた長い間記憶の片隅にしまいこんでいたことだ。けれども、同じような保養施設も野外炊飯も水浴びも再現することはない。人に代わりはあってもその雰囲気は再現できないというくつかの客観的な理由がある。せいぜい誰かの記憶と照合させてみるくらいである。あとは想像力で再構成するしかない。

終点の坂本駅には連結するケーブル駅があり、なんと比叡山の頂き近くまで運んでくれる。私は気にしていなかったせいなのか、ほとんどそのことを知らなかった。山頂から東西にどんな夜景が見られるのだろうか。京都の碁盤状の町並み、琵琶湖の湖岸の漁り火。そういえば、京都側には八瀬からのケーブルもあって、その麓の八瀬駅は叡電の出町柳駅と電車でつながっているし、その出町柳と三条京阪はすでに地下鉄道でつながっている。つまり、京都市と大津市と比叡山は電車とケーブルカーで円環状に結ばれていたのである。歩く人たちにとって人工的なものはそれ以上必要ないほどしっかりと整備されていた。そして、私はそれ以上往く当てもない場所に来ている。深閑とした延暦寺。そろそろほのかが現れてもいいころだが、あいにくここは神社ではない。石段をたどって境内を巡り歩く。あたりは大きな森林にすっぽりと覆われている。かつて多くの若い僧たちが仏教を学んだ場所である。彼らも琵琶湖と京都盆地、その両方を眺めて暮らしたのだろう。眺めることはできても、そこに暮らす人々のことがそれほどわかっている訳ではない。ただ、私と街は少なくとも車で通りかかって、観光や買い物をするだけの関係ではない。ちょっとしたことに一喜一憂する住民の一人である。そして、近所付き合いの中で時には助け合ったり、自治会の祭りで家族同士で語らったり、ときどきは共に請願行動に出かけたりする。しかし、市電がなくなり、個人が車を持つことで住民同士がガラス越しに暮らすようになると、いつしか互いの会話は少なくなり、交わされる言葉の数も種類も乏しくなっていく。路面電車の中で偶然懐かしい人と出会ったりすることは長らく望めなくなった。望んでいたのはそんな個人として「自立した」生活なのだろうか。硬い鉄の箱の内側で、比較と挫折と自己満足ばかりが蠢いている。過去を振り返ることもなく、ビラや集会のプラカードもできるだけ見て見ぬ振りをする。前だけを見て、厄介なことに関わらなければそれなりに「自立して」生活できるのだから。
　街を歩こう、突然そんな意欲が湧いてきた。余裕のない電車もバスも嫌いだが、街を歩くためなら少しは我慢しよう。露店や芝居小屋や画廊など、覗きながら街を歩くのは気持ちがいいにちがいない。公園には蚤の市も出ているかもしれない。街角にはギターの弾き語りをしている人がいるかもしれない。街はまだまだ捨てたものではない。時代の引き算をすれば見えてくるものもまだたくさんあるだろう。街を歩こう、たまたま出会った人と。誰かの思い通りにさせないために、そして少し厄介なことに関わるために。街を歩こう、忘れ物や落とし物を捜しに、そして、それまですれ違っていた人と今度はすれ違ってしまわないために……。

了

著者紹介
塩貝敏夫（しおがい・としお）
1953年 京都府に生まれる
京都大学文学部卒業
元中学校教師
作品に『逗留者』（短編集）、『コミューン前史』（長編）、『時間病』第1巻（長編）、『時間病』第2巻（長編）がある

曖昧な部分

2025年4月10日　初版第1刷印刷
2025年4月25日　初版第1刷発行

著　者——塩貝敏夫
発行者——楠本耕之
発行所——行路社 Kohro-sha
520-0016 大津市比叡平 3-36-21
電話 077-529-0149　ファックス 077-529-2885
郵便振替　01030-1-16719
装　丁——仁井谷伴子
装　画——村上公也
組　版——鼓動社
印刷・製本——モリモト印刷株式会社

ISBN978-4-87534-464-3 C0093

三次元の人間 生成の思想を語る　作田啓一　四六判 222 頁 2000 円
■遠く、内奥へ――学問はどこまで生の実感をとらえうるか。超越と溶解の原理をもとに人間存在の謎に迫る作田人間学。
集合的記憶 社会学的時間論　M. アルヴァックス／小関藤一郎訳　四六判 280 頁 2800 円
■集合的記憶と個人的記憶／集合的記憶と歴史的記憶／集合的記憶と時間／集合的記憶と空間／等
メキシコ近代公教育におけるジェンダー・ポリティクス 松久玲子　A5 判 304 頁 3000 円
■ディアス時代の教育と女性たち／革命動乱期の教育運動とフェミニズム／ユカタン州フェミニズム会議と女子教育／1920 年代の優生学とフェミニズム運動／ユカタンの実験と反動／母性主義と女子職業教育／社会主義と教育とジェンダー、ほか
柏木義円日記 飯沼二郎・片野真佐子編・解説　A5 判 572 頁 5000 円
■日露戦争から日中戦争にいたるまで終始非戦・平和を唱え、韓国併合、対華政策、シベリヤ出兵、徴兵制等を厳しく批判、足尾の鉱毒、売娼問題、朝鮮人、大杉栄の虐殺、二・二六や国連脱退等にも果敢に論及した柏木義円の日記。
柏木義円日記 補遺 付・柏木義円著述目録　片野真佐子編・解説　A5 判 348 頁 3000 円
■第一次大戦参戦期、天皇制国家の軍国主義・帝国主義の強化推進の現実と対峙し、自己の思想をも厳しく検証する。
柏木義円書簡集 片野真佐子編・解説　A5 判 572 頁 5000 円
■日常生活の中での非戦論の展開など、その筆鋒は重厚な思想とその見事な表現に充ちている。また、信仰をめぐる真摯な議論、
柏木義円史料集 片野真佐子 編 解説　A5 判 464 頁 6000 円
■激しい時代批判で知られる柏木義円はまた、特に近代天皇制国家によるイデオロギー教育批判においても、他の追随を許さないほどに独自かつ多くの批判的論考をものした。
創造の意味 ベルジャーエフ／青山太郎訳　四六判 568 頁 4500 円
■「この書物は私の疾風怒濤の時代にできたものである。これはまた、比類のない創造的直感のもとで書き下されたものだ」
共産主義とキリスト教 ベルジャーエフ／峠尚武訳　四六判 352 頁 4000 円
■「キリスト教の価値……」「キリスト教と階級闘争」「ロシア人の宗教心理……」など、彼の〈反時代的考察〉7 本を収録。
新たな宗教意識と社会性 ベルジャーエフ／青山太郎訳　四六判 408 頁 4000 円
■ペテルブルグ時代の本書は、宗教的アナーキズムへの傾向を示す。「しかし私の内部では、あるひそかな過程が遂行されていた」。
死か洗礼か 異端審問時代におけるスペイン・ポルトガルからのユダヤ人追放　フリッツ・ハイマン／小岸昭・梅津真訳
A5 判上製 216 頁 2600 円　■その波乱に富む長い歴史をどのように生きぬいたか。
フランス教育思想史［第 3 刷］ E.デュルケーム／小関藤一郎訳　四六判 710 頁
■5000 円　■フランス中等教育の歴史/初期の教会と教育制度/大学の起源と成立/大学における論理学教育/大学の意味・性格組織/ルネッサンスの教育/現実主義的教育論/19 世紀における教育計画/ほか
デュルケムの教育論 J-C フィユー編／古川敦訳　A5 判 274 頁 3000 円
■教育に関するデュルケムのテキストを総体的に捉え直し、彼の教育学説そのものを徹底的に検証する画期的な労作。
カント哲学と現代 疎外・啓蒙・正義・環境・ジェンダー　杉田聡　A5 判 352 頁 3400 円
■カント哲学のほとんどあらゆる面（倫理学、法哲学、美学、目的論、宗教論、歴史論、教育論、人間学等）に論及しつつ、多様な領域にわたり、現代焦眉の問題の多くをあつかう。
倫理の大転換 スピノザ思想を梃子として　大津真作　A5 判 296 頁 3000 円 ■『エチカ』が提起する問題／神とは無限の自然である／神の認識は人間を幸せにする／精神と身体の断絶／観念とその自由／人間の能力と環境の変革について 他
現代に生きるフィヒテ フィヒテ実践哲学研究　高田 純　A5 判 328 頁 3300 円
■フィヒテの実践哲学の生れくる過程とその理論構造を彼の時代の激動のなかで考察し、その現実的意味を浮き彫りにする。彼がその時代において格闘し、彼の投げかけた諸問題は今こそその輝きを増している。
「政治哲学」のために 飯島昇藏・中金聡・太田義器 編　A5 判 392 頁 3500 円
■エロス 政治的と哲学的／マキァヴェッリと近代政治学／レオ・シュトラウスとポストモダン 他
「1968 年」再訪 「時代の転換期」の解剖　藤本博 編　A5 判 328 頁 3000 円
■「1968 年」を中心に広く 1960 年代から 1970 年代初頭のグローバルな歴史的転換とその世界史的意義を、文化・思想の側面までも含め、総合的に検討する。
ヒトラーに抗した女たち その比類なき勇気と良心の記録　M・シャート／田村万里・山本邦子訳
A5 判 2500 円　■多様な社会階層の中から、これまであまり注目されないできた女性たちをとりあげ、市民として抵抗運動に身をささげたその信念と勇気を。
法の原理 自然法と政治的な法の原理　トマス・ホッブズ／高野清弘 訳　A5 判 352 頁 3600 円
■中世の襞を剥ぎとるがごとく苛烈な政治闘争の時代に、まさに命がけでしかも精緻に数学的手法を積みかさね、新しい時代に見合う新しい人間観を定義し、あるべき秩序、あるべき近代国家の姿を提示する。
ジンメルとカント対決 社会を生きる思想の形成　大鐘武 編訳　A5 判 304 頁 3800 円
■形式社会学の創始者でもあるジンメルが、個人と社会との関係をめぐり社会学を哲学との緊張関係のもとにおいて取り組む。